建安散文研究

朱秀敏 著

哈尔滨工业大学出版社

内容简介

本书以严可均所辑《全后汉文》《全三国文》中的建安单篇文章为主要研究对象,把建安散文放在建安时期这一历史文化的大背景下,从建安士人的学养、个性、阅历、心态等方面,审视他们的人格魅力和散文创作,细致、深入地梳理和探讨建安时期各体文章的创作状况,探究其中的文学思想和时代风尚,力求对建安散文做出较为全面细致的分析,探索建安散文发展演变的规律,并对其文学史地位做出客观、准确的评价。

本书主要包括建安散文的创作背景、建安散文类析、建安散文的整体风貌、建安散文中的文学思想、建安散文的文学史地位等内容。本书可供古代文学与文化的科研工作者和建安文学的爱好者参考使用。

图书在版编目(CIP)数据

建安散文研究/朱秀敏著. —哈尔滨:哈尔滨工业大学出版社,2020.4
ISBN 978-7-5603-8742-0

Ⅰ.①建… Ⅱ.①朱… Ⅲ.①古典散文 – 古典文学研究 – 中国 – 三国时代 Ⅳ.①I207.62

中国版本图书馆 CIP 数据核字(2020)第 059586 号

策划编辑	闻 竹
责任编辑	马 媛 张羲琰
封面设计	崔晓晨
出版发行	哈尔滨工业大学出版社
社 址	哈尔滨市南岗区复华四道街10号 邮编150006
传 真	0451-86414749
网 址	http://hitpress.hit.edu.cn
印 刷	黑龙江艺德印刷有限责任公司
开 本	787mm×1092mm 1/16 印张18.25 字数430千字
版 次	2020年4月第1版 2024年6月第2次印刷
书 号	ISBN 978-7-5603-8742-0
定 价	128.00元

(如因印装质量问题影响阅读,我社负责调换)

序　言

　　建安文学是我国古代文学史的一大重镇，其中的诗歌、辞赋，学界创获颇多，而对建安散文致力相对较少。无论是题材内容，还是文学风格和表现形式，建安散文较前代散文皆呈现出新的风貌。本书以清代严可均所辑《全后汉文》《全三国文》中的建安单篇文章为主要研究对象，从文本出发，结合当时的时代背景、文化背景，细致、深入地梳理和探讨了建安时期各体文章的创作状况，探究其中的文学思想和时代风尚，力求对其文学史地位做出客观、准确的评价。本书由绪论和七章组成。

　　绪论主要论述了三个问题：一是建安散文研究的意义及范围，确定了建安散文的起止年代和本书研究的文本内容。二是以时间为序，将建安散文的研究状况做了回顾和反思，分为三个阶段，其中着力论述第三个阶段，即20世纪50年代初至今，认为建安散文在文本整理及校注，作家生平、思想及创作等方面的资料已经相当丰富，但是对建安散文的研究，或局限在"三曹""七子"等代表作家及其作品，较少关注其他作家及其作品，或从内容角度，专论某家散文抑或综论建安散文，或从文体角度，单论某种或某类文体，研究视角和方法还需进一步拓展和开掘。三是确定建安散文研究的内容与方法，以及在考察建安散文的发展及特点的时候，努力遵循的几条原则。

　　第一章介绍了建安散文的创作背景，主要分三个方面论述：一是社会政治背景，建安时期以建安十三年(208年)赤壁之战为界，可分为前、后两个时期，前期"世积乱离，风衰俗怨"，政局动荡不安，后期"区宇方辑"，三国分立基本形成，社会秩序较为安定。二是思想文化背景，与政治形势的多变相适应，这个时期的思想文化也相当活跃。三是建安士风与士人心态，在建安士人身上，既有汉末名士的风流，亦有建安时代造就的通脱。

　　第二、三、四章从文体角度对建安散文进行了分类论述。第二章论及两种目的性、实用性和功利性较强的文体，即下行公文诏令和上行公文奏议。建安时期的诏令风貌多样，曹操的诏令清峻通脱，曹丕的诏令典雅清丽，曹叡、孔融、曹植之作也各有特色。章表奏议等文章陈言务实，与社会生活密切相关，或陈政言事，或荐才论人，或劝进辞让谢恩请功，或谈论军事外交，或品文论学，是建安士人积极参政议政的重要体现。此外，建安奏议个性鲜明，理情并胜，行文严谨，结构严密，呈现出鲜明的时代特色。

　　第三章论述了书牍、论说文和序体文。建安书牍情文并胜，既有实用性很强的军政书牍，也有日渐兴盛的披心露性的私人书牍。从题材内容上，军政书牍可分为公务政事类、劝仕荐贤类、劝谏陈请类、外交辞令类、军事檄移类等，私人书牍可分为抒怀写志类、叙事类、品评论议类、状物描景类、戒书类、临终书信等。本书所论建安论说文有以"论"名篇的论文，有以"说"冠名的"说"文，还有以"难""答""对"名篇的对问体和以"释""辨""应"为题的设论体等问难类的文章，几乎涵盖了后世文章选集或文体学中罗列的各种论说文体。建安论说文承继两汉，在文学性和论辩技巧上都有新的发展和变化，并促进了正始时期和晋代论说文的繁盛。建安序体文创作大盛，有典籍序、诗序、赋序、碑序、颂序、铭序、哀辞序、诔序、赞序、七序、俳谐文序、关于人物品评的序等十余种。建安时期序体文的大量涌现，既是文章辨体的产物，又是文学自觉意识增强的体现。

第四章主要论述了碑诔哀吊、颂赞铭箴等一般以四言韵语为规范体式的文体、杂文以及其他文体。碑文在经历了桓灵之际的兴盛之后渐衰，在内容和功用上，可分为墓葬之碑文和纪事铭功之碑文，不管是哪一类碑文，作为一种以褒扬功能为主的饰终礼文，在文辞、句式等方面皆呈现出一定程度的文学化色彩。东汉以来，私谥的盛行和个体生命意识的觉醒，使建安士人开始重视诔文中个体哀情的抒发，曹植的诔文堪称其中的代表，他的创作体现出鲜明的私人化和抒情化的特征，亲友的密切关系和叙咏中的骋才抒情使其诔文成为寄托个人情感的文人之文。伤悼弱子的哀辞、品今吊古的吊文以及哀策、祭文等伤悼文体，在庄重的述德以外，也开始注重自我哀情的抒发。建安颂文在颂美传统的影响下，虽然仍是"廊庙文学"中政治话语的一部分，但也出现了一些颂美细物和托物言志的平民化、日常化的作品。作为一种四言为主的韵文形式，建安颂文仍有较强的拟古、崇古风尚，但其语言上的骈俪化和颂序的大量出现，体现了颂文文体的发展变化以及各种文体之间的互相渗透和影响。汉末至建安时期，文体的繁富和辨体意识的薄弱造成了一些文体的混用，如赞颂二体。赞美或颂美是赞的后起之意，赞颂二体在形式和功用上的相近造成了它们的混同使用，但二体在文章篇幅、语言风格、内容和文体功能、作者的情感态度等方面仍有不同之处。曹植的《画赞》是严可均《全上古三代秦汉三国六朝文》中可见的最早的画赞作品。建安赞文在语言形式上皆为四言韵文，且一韵到底，两句为一节奏和停顿，篇幅一般较短，大多为八句，也有六句或十二句者。建安铭文沿承两汉，内容上仍以祝颂和警戒为主，既有诫谏之辞，亦有自警之言。但这一时期的铭文也发生了新变，出现了咏物铭、颂铭、碑铭等一些新的铭文形式，有的具有较高的文学性和审美价值，有的与其他文体混合使用，不少铭文呈现出明显的赋化特征。沿袭两汉，根据箴诫对象的不同，建安时期的箴文仍分为官箴和私箴。此外，张纮作有一篇纯粹的咏物箴《瑰材枕箴》，已经完全偏离了箴体劝诫的功用。在杂文及其他文体中，则论及七体、连珠、俳谐文与"势"文等。

第五章论述了建安散文的整体风貌。从三个方面进行论述：一是文体发展与各体皆工，单篇文章创作日繁，无论从作者人数还是单篇作品的总数，建安文章都较两汉有了很大发展，在当时的四十余种文体中，几乎每种文体都有笔法较为纯熟的作者和较有代表性的作品。二是建安散文所体现的时代风尚，包括悲美意识、通过山水之乐传达的自然观与俳谐风尚等。三是人的觉醒下的文的自觉。在动荡的社会现实面前,建安文士视野更加开阔,生活内容更加丰富,情感体验更加细腻,文章创作追求实用与审美的统一,艺术技巧讲求多样化,个体抒情性逐渐增强。

第六章主要论述了建安散文中的文学思想。建安时期的论文已经较为繁富,虽未出现系统性的文学评论,但以曹丕《典论·论文》为代表,同两汉相比,建安士人的品藻、评赏已是主动的互相交流、沟通,他们畅谈各体文章,在单篇文章文体大备及各体发展非常成熟的情况下,辨体意识进一步增强,或评论文章的功用、价值,或提出一些文学批评的原则,或品评古代及当时的某些文学作品。他们将文学批评当作文学创作的一部分,也是个体生命观、价值观的重要体现。

第七章基于前文论述,确定了建安散文的文学史地位。建安散文相对先秦两汉散文,既有承续,又有新变和发展,既"收束汉音""兼笼前美",又"振发魏响""作范后来",开启了魏晋六朝散文新的审美风尚。建安堪称改造文章的时代。

目　　录

绪　论 ………………………………………………………………… 1

第一章　建安散文的创作背景 …………………………………… 14
第一节　审音知政:社会政治背景 ……………………………… 14
第二节　多元与因循:思想文化背景 …………………………… 18
第三节　建安士风与士人心态 ………………………………… 22

第二章　建安散文类析(上) ……………………………………… 27
第一节　风貌多样的诏令 ……………………………………… 27
第二节　陈言务实的奏议 ……………………………………… 44

第三章　建安散文类析(中) ……………………………………… 61
第一节　情文并胜的书牍 ……………………………………… 61
第二节　任性使气的论说文 …………………………………… 96
第三节　丰富多样的序体文 …………………………………… 110

第四章　建安散文类析(下) ……………………………………… 122
第一节　饰终典文:碑诔哀吊 …………………………………… 122
第二节　"美丽"韵文:颂赞铭箴 ………………………………… 138
第三节　杂文及其他 …………………………………………… 161

第五章　建安散文的整体风貌 …………………………………… 176
第一节　文体发展与各体皆工 ………………………………… 176
第二节　建安散文的时代风尚 ………………………………… 182
第三节　人的觉醒下的文的自觉 ……………………………… 194

第六章　建安散文中的文学思想 ………………………………… 203
第一节　文学价值论 …………………………………………… 204
第二节　文体论 ………………………………………………… 210
第三节　创作论 ………………………………………………… 212
第四节　批评论 ………………………………………………… 221

第七章　建安散文的文学史地位 ………………………………… 228
第一节　"收束汉音""兼笼前美" ……………………………… 228

第二节　改造文章的时代 ·· 236
　　第三节　"振发魏响""作范后来" ································· 240
结　语 ··· 246
附录一　现存建安单篇散文(含残篇)分类目录 ············· 248
附录二　建安单篇散文分类补遗、勘误与存疑 ··············· 263
参考文献 ··· 272
攻读博士学位期间取得的学术成果 ································ 281

绪　　论

一、建安散文研究的意义及范围

唐宋文坛兴起了继承先秦两汉文章传统的古文运动，苏轼称扬韩愈"文起八代之衰"，明代以"前后七子"为代表的复古派也提出了"文必秦汉"的主张，秦汉文章对后世有着深远的意义和影响，而魏晋南北朝文章常常处于被忽视甚至被轻视的地位。东汉末年至隋朝统一前是我国历史上一段动乱的时期，建安时期是这一动乱的开端。研究建安文学创作对我们了解那个时代、体察当时士人的心态有着重要的意义。谭家健说："古典散文最能体现中国古代文学的民族特色。"[①]建安时期的散文有很多新的变化：题材扩大，各种文体逐渐发展、成熟，文学风格和表现方式丰富多样，出现了很多优秀作品。人的觉醒、文的自觉、文学理论和文学批评的涌现、作家作品数量的增多及其文学价值的提高，这些都造就了千姿百态、异彩纷呈的建安散文。

建安文学在我国文学史上占有极其重要的地位，学术界对其致力也较多，但研究成果多集中在诗歌和辞赋创作上，对散文关注较少，对建安时期的作家研究也多集中在"三曹""七子"等人身上，对其他留下优秀散文作品的中小作家很少涉及或根本没有涉及。因此，对建安散文从文体的角度做细致、深入的梳理和探讨极有必要。

建安文学的起止时间，历来有不同的说法。关于上限，有的认为是汉灵帝中平元年（184 年）黄巾大起义；有的认为是汉献帝刘协初平三年（192 年）董卓被杀，曹操壮大了实力；有的则认为是汉献帝建安元年（196 年）。关于下限，有的认为是汉献帝建安二十五年（220 年）；有的认为是魏文帝曹丕黄初年间；有的认为是魏明帝曹叡太和六年（232 年）；有的认为是魏明帝曹叡景初末年（239 年）。袁行霈、罗宗强主编的《中国文学史》对"建安文学"的断限很有代表性："建安（196—220 年）是汉献帝的年号，建安文学指曹氏三祖（曹操、曹丕、曹叡）时代的文学创作，大致包括汉献帝和魏文帝、明帝时期的文学。严羽《沧浪诗话·诗体》说：'以时而论，则有"建安体"（汉末年号，曹子建父子及邺中七子之诗）、"黄初体"（魏年号，与建安相接，其体一也）'。'建安文学'实应包括此二体在内。"[②]而徐公持在《魏晋文学史》中指出："曹叡在文学方面亦有建树，他是建安文学与正始文学间的过渡人物。"[③]综合各种观点，本书拟从汉献帝永汉元年（189 年）即位开始止于魏明帝太和六年之说，前后共四十三年。因为公元 189 年，外戚和宦官全部被歼灭，董卓废皇子刘辩，立汉献

---

① 谭家健.中国古代散文史稿[M].重庆：重庆出版社，2006：591.
② 袁行霈，罗宗强.中国文学史（第二卷）[M].北京：高等教育出版社，1999：47.
③ 徐公持.魏晋文学史[M].北京：人民文学出版社，1999：156.

帝,豪强们开始割据混战,东汉已经名存实亡。而公元232年,曹植的去世,标志着建安文学的结束,此前建安文学的代表作家大都已相继去世,如建安十七年(212年)阮瑀去世,建安十九年(214年)路粹去世,建安二十二年(217年)王粲、徐幹、陈琳、刘桢、应瑒去世,建安二十三年(218年)繁钦病逝,建安二十四年(219年)杨修被杀,建安二十五年(220年)曹操去世,延康元年(220年)丁仪、丁廙被杀,黄初二年(221年)刘廙去世。凡是确定作于这个时期的散文作品均是本书的研究对象,共有作家一百六十位左右、单篇文章一千一百篇左右。蜀吴地区在公元221年、222年蜀、吴立国前出现的作品也算作建安散文的范围,立国后的作品则不在此范围。

关于散文的概念与涵盖的文体形式和范围,至今未有定论,谭家健在《中国古代散文史稿》的导论部分对这些观点有较为详细的梳理和评述。本书无意于再做类似的综述、比较和品评,更无力于补充一种新的观点而贻笑大方。对于建安散文范围的界定从众说,简而化之,以清代严可均所辑《全上古三代秦汉三国六朝文》中收录的单篇作品为主要研究对象,根据其他文献资料辑补到的单篇作品也属本书的研究范围,前面提到的作家及单篇作品的数量即来源于此。辞赋作为我国文学史上的一种特殊文体,介于诗歌和散文之间,一般将其归入韵文的范围。在评介建安作家的创作时,一般将辞赋与诗歌和其他的散文文体对举,故建安辞赋不在本书研究之列。

二、建安散文研究的历史与现状

对建安散文的评赏、研究可以说是伴随着它的诞生开始的,为便于说明,本书将建安散文的研究现状分三个阶段进行回顾和反思。

第一个阶段:建安至近代。

建安文人既是作者,也是读者、品评者,他们对当时的作家作品颇多品藻,如曹丕的《典论·论文》《又与吴质书》《答卞兰教》、吴质的《答魏太子笺》《答东阿王书》、曹植的《与杨德祖书》《王仲宣诔》《上卞太后诔表》《与吴季重书》等。其中有作家作品论,有文体论,亦有文学价值论,"虽为一时之言,亦千古之定说也"①。

建安以还至两晋南北朝的几部史书,如曹魏末期至晋朝初期鱼豢的《魏略》、西晋陈寿《三国志》(南朝宋裴松之为之作注)与南朝宋范晔的《后汉书》等中的人物论赞,以及南朝梁刘勰《文心雕龙》诸篇中,皆有对建安诸子文章得失的评述,数书品评綦当,基于此,可审建安散文创作之大略。其中《文心雕龙·时序》对东汉至三国的文学变迁所述甚详:"自献帝播迁,文学蓬转,建安之末,区宇方辑。魏武以相王之尊,雅爱诗章;文帝以副君之重,妙善辞赋;陈思以公子之豪,下笔琳琅;并体貌英逸,故俊才云蒸。仲宣委质于汉南,孔璋归命于河北,伟长从宦于青土,公干徇质于海隅;德琏综其斐然之思;元瑜展其翩翩之乐。文蔚、休伯之俦,于叔、德祖之侣,傲雅觞豆之前,雍容衽席之上,洒笔以成酣歌,和墨以藉谈笑。观其时文,雅好慷慨,良由世积乱离,风衰俗怨,并志深而笔长,故梗概而多气也。"②论及"三曹""六子"("七子"除去孔融)、路粹、繁钦、邯郸淳、杨修等多位作者,指出建安文学慷

---

① 刘师培.中国中古文学史 论文杂记[M].北京:人民文学出版社,1959:22.
② 刘勰.文心雕龙·时序[M].范文澜,注.北京:人民文学出版社,1978:673-674.

慨、梗概多气的特点,后人评述建安诗歌、辞赋或散文多由此发端。沈约在《宋书·谢灵运传论》中也概述了建安文学总的特点:"至于建安,曹氏基命,二祖陈王,咸蓄盛藻,甫乃以情纬文,以文被质。自汉至魏,四百余年,辞人才子,文体三变。相如巧为形似之言,班固长于情理之说,子建、仲宣以气质为体,并标能擅美,独映当时。是以一世之士,各相慕习,原其飙流所始,莫不同祖《风》《骚》。徒以赏好异情,故意制相诡。"①建安文章注重"气质",虽然讲求藻饰,但因为"以情纬文,以文被质",尚能情辞相称。

唐宋时人对建安甚至整个六朝时期的文学多有批判,包括建安散文在内的六朝文学研究在唐宋时期是衰微、颓靡的。如唐代卢藏用有言:"汉兴二百年,贾谊、马迁为之杰,宪章礼乐,有老成之风。长卿、子云之俦,瑰诡万变,亦奇特之士也。惜其王公大人之言,溺于流辞而不顾。其后班、张、崔、蔡、曹、刘、潘、陆,随波而作,虽大雅不足,其遗风余烈,尚有典型。宋、齐之末,盖憔悴矣,逶迤陵颓,流靡忘返,至于徐、庾,天之将丧斯文也。后进之士若上官仪者,继踵而生,于是风雅之道,扫地尽矣。《易》曰:'物不可以终否,故受之以泰。'道丧五百岁而得陈君……"②曹植、刘桢等建安之文仅是"遗风余烈,尚有典型",从东汉末年直至唐初五百年间的"风雅之道",即文学,丧而扫地,到陈君(即陈子昂),文风才又振兴。苏轼也有类似的言论:"自东汉以来,道丧文弊,异端并起,历唐贞观、开元之盛,辅以房、杜、姚、宋而不能救。独韩文公起布衣,谈笑而麾之,天下靡然从公,复归于正,盖三百年于此矣。文起八代之衰,而道济天下之溺;忠犯人主之怒,而勇夺三军之帅:此岂非参天地,关盛衰,浩然而独存者乎?"③称颂了韩愈的"文起八代之衰"。其间也有称述建安文坛的声音,陈子昂《修竹篇序》称"汉魏风骨,晋宋莫传",李白也说"蓬莱文章建安骨",从此"建安风骨"成为对建安文学总体特色的概括。杜确《岑嘉州诗集序》曾以建安之典范论述开元之际的文坛:"其时作者,凡十数辈,颇能以雅参丽,以古杂今,彬彬然,灿灿然,近建安之遗范矣。"元稹《唐故工部员外郎杜君墓系铭并序》亦言:"建安之后,天下文士遭罹兵战。曹氏父子鞍马间为文,往往横槊赋诗,故其遒壮抑扬怨哀悲离之作,尤极于古。"沉郁顿挫、志深笔长的慷慨尚气的文章不只曹氏父子,孔融、阮瑀、陈琳等建安作家多有为之。

元明清承续唐宋,针对建安散文同样出现了针锋相对的观点。明代"前后七子"主张"文必秦汉",以归有光为代表的"唐宋派"为文取法唐宋古文,均忽视了魏晋六朝文章。徐祯卿《谈艺录》认为:"汉魏之交,文人特茂,然衰世叔运,终鲜粹才。孔融懿名,高列诸子,视《临终诗》,大类铭箴语耳。应玚巧思逶迤,失之靡靡,休琏《百一》,微能自振,然伤媚焉。仲宣流客,慷慨有怀,西京之余,鲜可诵者。陈琳意气铿铿,非风人度也。阮生优缓有余,刘桢锥角重峭,割曳缀悬,并可称也。曹丕资近美媛,远不逮植,然植之才,不堪整栗,亦有憾焉。若夫重熙鸿化,烝育丛材,金玉其相,绰哉有斐,求之斯病,殆寡已夫。"④更是将孔融、应玚、曹丕、曹植等人一一贬斥。而张溥则认为这种"痛贬建安"的看法,"亦度己迹削他人

---

① 沈约.宋书·卷六十七·谢灵运传论[M].北京:中华书局,1974.
② 董诰,等.全唐文·卷二三八·右拾遗陈子昂文集序[M].北京:中华书局,1983:2402.
③ 苏轼.经进东坡文集事略·卷五十五·潮州韩文公庙碑[M].北京:文学古籍刊行社,1957:878.
④ 何文焕.历代诗话[M].北京:中华书局,1981:770.

足耳"①。清代"桐城派"继承"唐宋派"古文传统,而且上溯秦汉,魏晋六朝又被排斥在外,姚鼐、曾国藩等人基本上都持这一看法,也有少数肯定建安文章的学人,如李兆洛,他编选的《骈体文钞》同姚鼐的《古文辞类纂》几乎不收魏晋南北朝文章恰恰相反,主要选的就是魏晋南北朝文章。

第二个阶段:近代至20世纪40年代末。

近代以来,传统上对"八代之文"的评价被颠覆,建安散文的地位有了极大提高,其研究也随之出现了质的飞跃,一些知名学者如章太炎、刘师培、鲁迅、钱基博等人都有精到的评述。章太炎继承和学习魏晋文章,在《国故论衡》《检论》等著作中非常推崇魏晋之文。刘师培在《中国中古文学史讲义》《汉魏六朝专家文研究》《论文杂记》等论著中的很多观点得到了建安文学研究者的认同,鲁迅等人都给予了很高的评价,对建安文学研究有承前启后之功。他在《中国中古文学史讲义·论汉魏之际文学变迁》一文中,从时代变迁的社会诸因素出发,结合当时文学精神和文学风貌的嬗变,指出建安文风的特点是"清峻""通脱""骋词""华靡"②,这种观点直接影响了鲁迅。刘师培还概括了各种文体在建安时期的不同特点:"书檄之文,骋词以张势,一也;论说之文,渐事校练名理,二也;奏疏之文,质直而屏华,三也;诗赋之文,益事华靡,多慷慨之音,四也。"③他在《汉魏六朝专家文研究》中认为,汉魏六朝专家文"就人而论,太史公书最为复杂,就时代而论,建安最为复杂"④,"东汉一代文质适中,赋、诗、论、说、颂、赞、碑、铭各体,皆文质相半。惟张平子、班孟坚,文略胜质;蔡中郎之碑铭则有华有质,章奏亦得其中。建安以后,文风丕变:有文胜质者,有质胜文者。辞赋高华,较东汉为胜;章奏质朴,较东汉为差。《东观汉纪》及袁宏《后汉纪》所载东汉诸人之章奏,皆文质适中,即考据议礼之文亦有华彩可观,非如建安三国之重名实而求深刻也"⑤。可见建安文章在整个中国古代散文史上的价值。

1927年7月23日和26日,鲁迅在广州的讲演《魏晋风度及文章与药及酒之关系》⑥,从社会学、文化学和民俗学的角度研究建安文学,"将汉末魏初的文章特点归纳为清峻、通脱、华丽、壮大和慷慨。其中'慷慨'是建安作家诗文中共有的特点,而'清峻''通脱'主要是曹操;'华丽'是曹丕提倡的,曹植表现得比较突出;'壮大'这一特色则始于'以气运词'的孔融和祢衡"⑦。钱基博在《中国文学史》中对建安散文有很高的评价:"前汉恢张扬厉,袭战国纵横捭阖之遗,而自出变化。东汉春容整赡,得儒者俯仰揖让之态,而好为依仿。前汉张而不弛,东汉弛而不张。前汉为周秦纵横之余,东汉开齐梁骈偶之风。由疏而密,由朴而丽,文章之变,此其转关。"⑧"三国之文,莫盛于魏。西汉之文骏朗,东京之文丽则;而魏

---

① 张溥.汉魏六朝百三家集题辞注[M].殷孟伦,注.北京:人民文学出版社,1960:84.
② 刘师培.中国中古文学史 论文杂记[M].舒芜,校点.北京:人民文学出版社,1959:11.
③ 同②34.
④ 刘师培.汉魏六朝专家文研究[M].南京:独立出版社,1945:42.
⑤ 同④48.
⑥ 鲁迅.鲁迅全集(第三卷)[M].北京:人民文学出版社,1981:501-517.
⑦ 吴云.20世纪中国文学研究·魏晋南北朝文学研究[M].北京:北京出版社,2001:47.
⑧ 钱基博.中国文学史(上)[M].北京:中华书局,1993:101.其中汉魏六朝文学史写于1939年至1942年。

则总两汉之菁英,导六朝之先路,丽而能朗,疏以不野,藻密于西汉,气疏于东京;此所以独出冠时,而擅一代之胜也。"[1]"建安文章,雅壮多风,结两汉之局,而开魏晋之派者,盖(孔)融有以先之也。"[2]虽然有些评述是对刘勰《文心雕龙》的注疏或阐发,但是对深入而广泛地开展建安散文的研究是一种强有力的推动。

1932年,北京书局出版了沈达材的《建安文学概论》,这是第一部比较系统地研究建安文学的专著,但它认为"建安文学的真价值、真生命,全寄托在诗歌方面",忽视了抒情、咏物小赋和散文在建安文学中的价值和取得的成就。

第三个阶段:20世纪50年代初至今。

20世纪50年代初至70年代末,虽然有政治气候和意识形态等因素的限制,但对建安文学的研究并未停滞,这一时期仍然偏重于对建安文学的整体把握,如王瑶的《中古文学思想》《中古文人生活》《中古文学风貌》(后来结集为《中古文学史论》,修改删削为《中古文学史论集》)。50年代末至60年代初,在全国展开了关于建安文学问题的大讨论。这场讨论虽然有着浓厚的政治色彩,毕竟扩大了建安文学的影响,对建安时期的文学创作,如曹操的一些令文,也有涉及,专门论及建安散文的著作尚不多。

改革开放以来,建安文学研究无论是在宏观上还是微观上,在广度上还是深度上,都呈现出前所未有的繁荣景象。关于建安散文目前尚未出现专著性的研究成果,但在有关建安文学的论著中有所涉及,其中多为针对"三曹""七子"之散文创作的论述。现将建安散文的研究状况简要综述如下。

(一)有关建安散文文本的整理及校注

安徽亳县《曹操集》译注小组编写的《曹操集译注》,丁晏编的《曹集诠评》,夏传才注的《曹操集注》,中华书局1959年出版的《曹操集》,夏传才、唐绍忠校注的《曹丕集校注》,赵幼文校注的《曹植集校注》,俞绍初、王晓东选注的《曹植选集》,傅亚庶注译的《三曹诗文全集译注》,俞绍初点校的《王粲集》、辑校的《建安七子集》,韩格平的《建安七子诗文集校注译析》,张可礼、宿美丽编选的《曹操曹丕曹植集》,魏宏灿校注的《曹丕集校注》,吴云主编的《建安七子集校注》,王巍、李文禄主编的《建安诗文鉴赏辞典》等。

(二)有关建安作家生平、思想及创作等方面的资料整理及研究成果

张作耀的《曹操评传》(附《曹丕评传》《曹植评传》)、《曹操传》,冯国超主编的《曹操传》,三联书店1960年出版的《曹操论集》,章新建的《曹丕》,钟优民的《曹植新探》,王巍的《三曹评传》《曹操·曹丕·曹植》,张可礼、刘加夫的《建安文坛上的齐鲁文人》,李文禄的《建安七子评传》,韩格平的《建安七子综论》,郑孟彤的《建安风流人物》,刘文英的《王符评传 附崔寔、仲长统评传》等评传类著作,为建安散文研究提供了较为丰富的有关作家生平、思想及创作等方面的资料。

河北师范学院中文系古典文学教研组编定的《三曹资料汇编》及所附录的《建安文学总论资料汇编》《建安七子资料汇编》,对古人有关三曹及建安文学的论述有比较翔实的收

---

[1] 钱基博.中国文学史(上)[M].北京:中华书局,1993:113-114.
[2] 同[1]111.

录。

建安文学史料系年是建安散文研究的重要史料,历来受到研究者的推崇,重要的研究成果有张可礼编著的《三曹年谱》,陆侃如的《中古文学系年》,刘知渐的《建安文学编年史》,傅璇琮、沈玉成的《建安文学史料系年》①,俞绍初辑校的《建安七子集》,附《建安七子年谱》,曹道衡、沈玉成的《中古文学史料丛考》,曹道衡、刘跃进的《先秦两汉文学史料学》,刘跃进的《秦汉文学编年史》,石观海主编的《中国文学编年史(汉魏卷)》,穆克宏的《魏晋南北朝文学史料述略》中的建安文学史料部分②,杨监生、黄坤的《建安文学系年订补》③等,这些研究成果为我们深入开展对建安散文的研究提供了翔实而可靠的史料依据。

在这些评传类、资料汇编类、史料系年类的著作中,也有对建安作家散文创作的简要论述,如章新建的《曹丕》就论述了曹丕的散文成就。作者在导论部分,提出"曹丕的散文,诞生在魏晋时期。这是我国文学史上一个发展变化的时期"④。这时的散文题材逐渐扩大,抒情成分明显增加,汉代开始发展起来的骈偶句法,逐渐演变为骈体文,总体来说,这个时期的散文文胜于质,偏重抒情。作者认为曹丕的散文在内容方面比较平实,都是日常所见所闻,"这些普通的生活素材,经过作者感情的浸润"⑤,通过多样的形式,鲜明具体的形象,严谨的结构,简洁、遒劲有力的语言,委婉曲折地表达出来,形成一种美的诗意和意境。但因为这些著作主要是对作家生平、经历和思想等方面的介绍,所以对他们的散文等文学创作论述内容较少。

(三)相关文学史类著作

1. 文学通史中的建安文学部分

这些文学通史对建安文学总体的评价都比较高,但探讨的内容多是关于诗歌和辞赋,对于散文,只是对个别作家作品的简单分析或者对建安散文总体风格的简单概述,如郭预衡主编的《中国古代文学史》,章培恒、骆玉明主编的《中国文学史》,袁行霈主编的《中国文学史》等。这些分析和概述虽简单却不乏新颖独到的见解。如游国恩等主编的《中国文学史》认为,建安时期是我国文学发展的一个重要时期,建安文学也有了崭新的面貌,无论诗歌、辞赋还是散文都发生了明显的变化。在论述建安文学时,只是以较小的篇幅介绍了"三曹""七子"其某些散文作品的特色。罗宗强、陈洪主编,张峰屹、赵季撰写的《中国古代文学发展史》中先秦文学、秦汉文学、魏晋南北朝文学部分认为:"建安时期的思想解放,使散文创作打破了汉代中后期以来重复敷衍经义的僵化局面,在内容上真情流露,在形式上注重文采,甚至开始了骈偶化倾向。"⑥裴斐主编的《中国古代文学史(上)》在介绍建安文学时,只提到了曹操和曹植,以《让县自明本志令》为例,说明曹操"清峻通脱的文风,标志了汉代散文向魏晋散文的过渡";以《与杨德祖书》为例,说明曹植"文章好用典故,好用排偶,

---

① 《艺文志》编委会.建安文学史料系年[M].太原:山西人民出版社,1985:1-53.
② 穆克宏.魏晋南北朝文学史料述略[M].增订本.北京:中华书局,2007:1-35.
③ 杨监生,黄坤.建安文学系年订补[J].中华文史论丛,2009(2):27-36.
④ 章新建.曹丕[M].合肥:安徽人民出版社,1982:98.
⑤ 同④99.
⑥ 罗宗强,陈洪.中国文学发展史[M].天津:南开大学出版社,2003:292.

对骈体文的发展有较大影响",仅此而已。

2. 断代文学史

断代文学史中比较有代表性的论著有徐公持编著的《魏晋文学史》。为了宏观把握建安时期总体的文学创作,作者在论述建安文学的特点时,采取了文学史通用的方式,即以时间为序,以单个作家及其代表作品为论述对象,涉及诗赋作品较多,兼及散文创作。作者把建安时期分为三个阶段:第一个阶段为建安十三年之前,是文士们分散到聚合的过程,"志深而笔长,梗概而多气"是主要文风;第二个阶段为建安十三年至建安末,"邺下文士集团"形成,曹操是领袖,曹丕、曹植为核心,陈琳、刘桢、应玚等为附庸,"彬彬之盛""风流自赏";第三个阶段为黄初元年至太和六年,曹植为主要作家,创作了大量"情兼雅怨,体被文质"的诗文作品。在作家作品方面,主要选取了主流派"三曹""六子"("七子"除去孔融),"非主流派",如孔融、祢衡、杨修等,繁钦、仲长统、曹叡(因曹叡特殊的君主地位,本书拟将曹叡太和六年之前的作品归入建安散文)等。其中分专节论述其文章的只有曹操的文章和曹丕的《典论》。对曹操的文,作者给予了很高的评价,在内容上,操文政治性、应用性很强,表现出"强势"性格和"奸雄"形象;在文体上,操文是真正意义上的散文,体式自由,很少规制,以散句为主,不事雕琢,少有藻饰,自然朴实,只求"指事造实",不避俗言俚语;在风格上,操文甚得力于孔、孟,在文中引述最多的典籍是《论语》,而文章表现出的强势性格和浑茫文气,则颇近于孟子。对曹丕,主要论述了《典论》中的《自叙》和文章学专论《论文》,突出了曹丕在古代文论方面的贡献。

专论建安部分的文学史仅有顾农的《建安文学史》,全书共七章,其中第一章论述了"以气为文"的建安散文,篇幅仅占全书的1/6左右,而论述诗赋的内容则占到全书的近1/2,对建安文学的论述仍着力于诗赋。第一章还论及陈琳与阮瑀的符檄,吴质的书简,曹操、孔融、曹丕、曹植与两部专著《中论》《昌言》,虽然对有代表性的作家作品皆有提及,但内容较为粗略简单。

3. 古代散文通史

目前出版的中国古代散文史和中国古代散文通论,如郭预衡的《中国散文史》,谭家健的《中国古代散文史稿》,漆绪邦主编、李景华撰写的《中国散文通史》的"魏晋南北朝"部分,对古代散文或按朝代分章分节,或按历史特点进行分期,但在分析、论述的过程中,总跳不过建安这一重要环节。李景华提出建安文学的主要成就在诗,但也肯定了建安散文的价值。他以建安文章为例,指出不应忽视魏晋南北朝文章的前后发展和散骈之消长,认为曹操的文章内容充实简括,手法通脱自然,开一代散文之风气,"七子"和曹丕、曹植、繁钦、吴质、杨修的文章色彩纷呈,风格不一,建安散文大家当属曹操和曹植,"前者保持汉代文章朴实简明而尚质的特点,后者渐趋骈俪华艳,侧重声色之追求,有尚文之倾向"①。刘衍的《中国古代散文史论稿》同样将建安与正始、两晋三个阶段定位为古代散文的革新时期。因为这些论著皆立足于散文通论的角度,对建安的论述自然简略。

4. 断代分体文学论著

这类著作中较有代表性的是韩兆琦、吕伯涛编写的《汉代散文史稿》,谭家健的《六朝

---

① 漆绪邦. 中国散文通史[M]. 长春:吉林教育出版社,1995:495. 魏晋南北朝部分由李景华撰写。

文章新论》、黄金明的《汉魏晋南北朝诔碑文研究》等。

《汉代散文史稿》在论述东汉后期散文时,仅对建安时期的政论散文,如徐幹的《中论》、仲长统的《昌言》、荀悦的《汉纪》等进行了一些论述。建安时期,经学教条和神学迷信的影响逐步削弱,散文文风、文体都发生了很大的变化。文风方面,孔融、曹操等的清峻通脱的文章使人耳目一新,文坛多了一些生动活泼的气息;文体方面,关注时事的史传散文、教令奏疏等应用文、书信散文等,都极大地影响了魏晋以后散文的发展。

《六朝文章新论》的"三国文章家论略"部分单论建安文学家曹丕,从内容和形式上详论了曹丕的三类文章:《典论·自序》《答繁钦书》等以情纬文的记叙文;写给吴质、钟繇、王朗等人的深沉真切的抒情文;有远见卓识的《周成汉昭论》《汉文帝论》《汉武帝论》等史论和《终制》《典论·内诫》等时评。肯定了曹丕作为文学家,在理论批评、诗、赋以及散文等方面做出的贡献。此外,谭家健还对包括建安在内的六朝的家书、诙谐文、自传文等进行了溯本求源的探讨,一些新鲜的见解填补了这几种文体研究的空白。

《汉魏晋南北朝诔碑文研究》对汉魏晋南北朝的诔碑文进行了系统而深入的研究,它对曹植的诔文评价颇高。曹植的诔文既有合于典章,颂述亡者德勋的颂述体式,如《武帝诔》;也有从典章走出,自抒哀情的自抒体式,如《王仲宣诔》。他的诔文已由颂述体开始转向自抒体。由曹植开始,"嘉美终而诔集"的创作规范被打破了[①]。

(四)研究专著

目前学界尚无专论建安散文的著作,但从建安文学的整体风貌出发,出现了有一定影响的研究成果。

张可礼的《建安文学论稿》是继沈达材《建安文学概论》之后又一部专论建安文学的著作,它将建安时期的散文按内容分为以叙事为主的叙事性散文和以议论为主的议论性散文两类进行了论述。叙事性散文主要论述了曹操、陈琳、阮瑀、曹丕和曹植的书、檄、章、表、诏、令等文体的散文,而议论性散文则以仲长统《昌言》、徐幹《中论》、蒋济《万机论》等政论文为代表。张可礼认为建安散文有鲜明的时代特色,直抒胸臆,饱含真情实感。另外,建安散文在语言上有两种倾向:一是重视骈词摛采,骈俪偶句,骈化有所发展,以陈琳和曹植为代表;一是清峻通脱,质朴无华,散体比较明显,以曹操为代表。《建安文学论稿》还简要分析了建安散文发展的原因,是"时代的要求,反映了时代的风貌",还有以曹氏父子为代表的建安文人对散文的重视。建安散文大都是应用文体,在写作上相比辞赋等纯文学体裁更加灵活、自由。在对建安作家的艺术个性特点进行分析的时候,主要对"三曹""七子"十人的艺术个性特点做了分析,针对散文创作,简要论述了孔融("体气高妙""杂以嘲戏")、陈琳(章表书记的"壮有骨鲠")、徐幹(政论散文《中论》,既不同于曹操散文的清峻通脱、简明要约,也有别于陈琳书檄的驰骋辞藻、淋漓挥洒,而是叙事和说理相结合,说理比较详切,语言质朴平实)。因为全书是对建安时期整体文学创作的论述,关于散文论述的内容未详细展开。

王鹏廷的《建安七子研究》是专论"建安七子"文学创作的著作,其下编"七子创作实绩

---

① 黄金明.汉魏晋南北朝诔碑文研究[M].北京:人民文学出版社,2005:181.

略述"一章对"七子"的诗、赋、文创作"在题材、文体和写作技巧上所达到的水平"进行了论述,认为"七子"的文章在数量和创作成就上不及他们的诗和赋,但体裁种类很多,如书、檄、上书、表、议、笺、论、教、令、碑、铭、赞、颂、吊文、哀辞、对问、设论、问难、子书、史传等,他们的檄、表、笺及论都有一些名篇名作,成就突出。"七子的散文创作,基本上沿袭前人步履,尽管涉及不少文体,但开创性不太明显,而且他们在不同文体上的创作成就也不平衡。"全书从"七子"的作品出发,较为中肯地确立了他们的文学史地位,即从"汉音"到"魏响"的过渡,但是此结论主要来自他们诗赋所取得的成就,而对散文取得的成就重视不足。同王鹏廷一样,王玫的《建安文学接受史论》亦多从诗歌、辞赋作品谈建安文学的接受。

(五)学位论文

1. 博士论文

论及建安散文的博士论文有2004年苏州大学渠晓云的《魏晋散文研究》,从汉魏之际的社会环境变迁及其所引发的士人心态的变化切入,结合作品具体分析了魏代散文清峻、通脱、骋词、华靡的风格特征以及"侈陈哀乐""渐藻玄思"的发展趋向。关于建安散文,则论及了平易通脱的曹操文、清新绮丽的曹丕文、"建安七子"之文和文才富艳的曹植文,认为曹丕、"七子"和曹植在散文骈俪化的过程中,都有着不容忽视的地位。但这个时期这种逐渐骈化的文风是建立在审美不妨害实用的基础之上的,所以他们的散文审美与实用能够相得益彰,言与文的矛盾关系处理得也比较和谐。论文旨在论述"魏晋散文",而论述建安散文仅占全文篇幅的1/5,两晋散文占到全文篇幅的3/5,对建安散文承前启后的历史地位重视不足。

2. 硕士论文

近年来,涌现了不少以建安、"三曹"、"七子"、先唐的某类文体为选题的硕士论文,其中1996年吉林大学战学成的《建安散文浅论》是明确以"建安散文"为研究对象的学位论文,在论述过程中并未对建安散文做整体、系统的观照,仍以"三曹""七子"的散文为主要研究对象,从天灾人祸的时代写照、清峻通脱的简明文风、感时伤世的抒情色彩、文质相副的骈化追求、以气运词的个性强调五个方面对他们的散文创作进行了简要分析,虽然抓住了建安散文的一些特点,但并未展开,论述过于简单。2004年湘潭大学陈际斌的《黄初文学研究》对黄初年间的文学进行了总体论述,其中涉及一些建安散文的内容。

2004年陕西师范大学钱敏芳的《曹操诗文研究》、2004年山东师范大学邹庆浩的《曹丕辞赋散文研究》、2005年山东师范大学吕则丽的《曹植辞赋与散文研究》、2007年扬州大学杨士卿的《曹丕散文研究》、2007年东北师范大学温昭霞的《曹操诗文的个性追求》、2008年浙江大学朱晓玲的《曹丕"委婉华妍"诗文类型研究》、2008年广西师范大学刘素琴的《孔融文研究》、2010年苏州大学何飞飞的《建安七子散文研究》等论文分别从不同侧面和角度对"三曹""七子"等的散文创作进行了或详或略的论述。

另外,2001年山东师范大学柏秀叶的《汉魏六朝书信体散文论》、2002年广西师范大学刘玉珺《先唐铭文研究》、2003年山东师范大学赵燕的《汉魏六朝临终文试论》、2004年广西师范大学钟嘉芳的《汉魏赞文研究》、2005年华东师范大学张影洁的《唐前俳谐文学研究》、2006年厦门大学章雯的《汉魏六朝设论文研究》、2006年广西师范大学陈笑的《先唐笺文研究》、2006年辽宁师范大学李成荣的《先唐赞体文研究》、2006年广西师范大学刘敏的《先唐教文研究》、2007年河北师范大学李新霞的《汉末碑文研究》、2007年广西师范大学孔德明的《中古笺文研究》、2007年广西师范大学部攀峰的《先唐戒文研究》、2008年山东师范大学陈廷玉的《建安尺牍文学研究》等对建安时期的某种或某类散文创作有所论述。

（六）单篇论文

宣奉华在《三曹与七子》一文中提到："据有人统计,从本世纪(二十世纪)初到现在的八十年间,有关建安文学的研究文章总共655篇,其中关于曹操的就有395篇,占60%。"①"从1921年到1982年的六十一年间,发表的评论七子的文章仅有十四篇。"②纵观研究建安文学的单篇论文,"三曹"因其领袖地位和创作成就当仁不让地成为关注的焦点。对曹操,主要集中在他的政治思想和四言诗等的文学创作上；对曹丕,主要集中在他的文学思想和诗赋的创作上；对曹植,则主要集中在他的诗赋的创作上。"三曹"的散文作品共418篇,其中曹操149篇、曹丕149篇(不包括《典论》《列异传》)、曹植120篇,占建安散文总量的近40%,这些作品很有研究的价值。他们的诗赋创作成就突出,在论述建安文学时,以"三曹"为研究重点似乎无可厚非。但是建安文学处于文学自觉和个性张扬的时代,"七子"和其他很多的中小作家共同构成了建安文坛的繁荣局面,另外占建安散文总量60%的作品应该引起我们的重视,在建安文学史和古代散文发展史上也应该有它们的一席之地。

王运熙《论建安文学的新面貌》一文③认为建安散文,尤其是书、笺一类的作品,呈现出略同诗赋的抒情特色,而陈琳、阮瑀等人的书檄、章表类的作品,则"承袭了战国纵横家说辞,西汉辞赋家散文的特色""从东汉开始的崇尚文采的骈俪文风,至此又跨进一步",建安散文内容上着重抒情,语言上重视对偶、辞藻、声调,使得它与一般学术文、应用文明显不同。

史遵衡《浅论建安散文的艺术特点》④以时代精神为切入点,高度评价了建安散文的艺术特色："是建安时期'人的觉醒''文的自觉'和慷慨的时代精神,才带来了建安散文的笔法纵横、文辞繁富和激昂慷慨的艺术特色。"与此相辉映而并存的另一显著特色,"就是刘师培先生所说的'清峻''通脱'。所谓清峻,是指文章写得清淡质朴；所谓通脱,是说文章作得无拘无束。二者表现出同一特点:朴素无华"。这两大特点,"给散文在形式的表现技巧方面带来了长足的进步,文章在建安文人手中更具有了文学的特征,这主要表现在文章的更趋骈俪化和辞藻繁富华美方面"。

---

① 《艺谭》编辑部.建安文学研究文集[M].合肥:黄山书社,1984:124.该书共收论文35篇,是从首届建安文学学术讨论会收到的65篇论文中选录的。在书后还附有朱一清辑录的《建安文学研究论文索引》的续补内容。所谓续补,一是指续补1983年《艺谭》丛刊之一所载《建安文学论文索引》(1905年至1982年9月)的遗漏篇目,增补1982年10月至1983年2月全国主要报刊的论文篇目(不包括该书所收论文)；二是指根据中华书局1971年出版的邝利安编著的《魏晋南北朝史研究论文书目引得》(1912—1969)以及日本人编制的《东洋学文献类目》(1963—1975),辑录了中国香港、台湾地区和日本自1912年至1975年期间的报刊关于建安文学的研究论文和专著。

② 同①128.

③ 王运熙.汉魏六朝唐代文学论丛[M].上海:上海古籍出版社,1981:18-36.

④ 史遵衡.浅论建安散文的艺术特点[J].东岳论丛,1989(4):109-112.

在建安中小作家论中,徐公持和顾农创获颇多。徐公持《建安七子论》一文论述了"七子"散文在文学史上的贡献:陈琳、阮瑀的章表书记应用文和王粲、孔融的政论文,在当时独树一帜。在两汉质朴凝重的散体文向六朝华丽纤巧的骈体文的演化中,"七子"也占有重要位置。"七子"发展了骈化的趋向,其中以孔融、陈琳为最。"七子"的散文骈化,就其程度而言,比"三曹"走得要远。曹操的散文最质朴无华,他在当时文坛上以很"散"的文体卓然特立。至于曹丕、曹植兄弟,其文字或散或骈,似乎并无定格,然而,即使是他们骈化色彩最重的作品,也不能同孔融、陈琳、王粲的某些作品相比。如果要寻绎出一条从汉末到西晋散文骈化的主要线索,那么在蔡邕与张华、陆机之间,"七子"是不能忽略的一个环节①。顾农在《建安中小作家论》中也提出建安作家中,对除"三曹""七子"之外的其他比较重要的若干人必须给予足够的重视;并简述了吴质和仲长统的生平和创作,介绍了吴质洒脱而锋利的书信体散文、仲长统以议论为主而形象性不足的政论散文,认为"仲长统的文章虽然骈偶的气息已相当浓,但能以气运辞,畅达俊发,而且他也颇善于运用散句,使文章疏宕有力,毫无后代骈文平板雕琢之弊,在中国散文史上应当是有地位的"②。此外,顾农还有《孔融论》《繁钦论》《刘桢论》《陈琳论》《阮瑀论》《徐幹论》《王粲论》《应玚论》《祢衡论》《邯郸淳论》等分论作家不同特色的文章,对各自散文作品皆有论及,其中有不少独到见解。如《孔融论》③认为孔融是当时改革文风的作家中贡献最大的,他的一系列教令和议论性的散文"个性色彩非常强烈""从孔融等人开始,中国散文逐步建立了以抒情性为主的文学新传统""孔融可算是这一新传统的开山大师"。

(七)学术会议论文

1983年5月,在安徽亳州(时称亳县)召开了首届建安文学学术讨论会;1988年11月、1991年4月,又分别在河南许昌、河北邯郸召开了第二届、第三届建安文学学术讨论会;1993年5月,在安徽亳州又召开了首届三曹学术讨论会。吕美生、邢铁华、刘强整理的《首届建安文学学术讨论会综述》④,认为这次会议广泛深入地探讨了建安文学的新课题、新领域,包括建安文学的源流及其历史影响,社会思潮与"三曹""七子"在文学活动上的关系,建安文学的分期,历史地、科学地评价曹丕、曹植的作品及其成就,以及怎样评价"三曹""七子"的游仙诗、宴游诗,等等。由全国第三届建安文学学术讨论会选编,胡世厚等主编的《建安文学新论》收有论文24篇,这些文章对建安文学的总体特征及评价、邺下文人集团的形成及意义、邺下文学的分期等问题,进行了深入探讨和研究。可以说,这些学术会议的召开,对建安文学的研究起到了积极的推动作用,但仍是比较多地集中在上述课题和领域,对"三曹"、"七子"、蔡琰的诗歌、辞赋及《典论·论文》关注较多,散文研究成果相对薄弱。如选录首届建安文学学术讨论会论文的《建安文学研究文集》,共收论文35篇,题名论及建安散文的仅有周本淳的《"英雄亦到分香处"——读魏武〈遗令〉》1篇,只论及曹操数篇文章而已。

---

① 徐公持. 建安七子论[J]. 文学评论,1981(4):143-144.
② 顾农. 建安中小作家论[J]. 许昌师专学报(社会科学版),1993(1):59-63.
③ 顾农. 孔融论[J]. 齐鲁学刊,1990(5):58-63.
④ 吕美生,邢铁华,刘强. 首届建安文学学术讨论会综述[J]. 艺谭,1983(3):139-144.

通过以上分析,我们发现建安文学研究已经有了相当的深度与广度,成为我国古典文学研究的热点之一,并取得了丰硕的成果。但是建安散文研究相对诗歌、辞赋,仍属薄弱环节,这也许和自唐至清贬低整个六朝散文创作的历史观念有关。论及建安散文,或局限在"三曹""七子"等代表作家及其作品,较少关注其他作家作品;或从内容角度,专论某家散文(如谭家健《六朝文章新论》单论曹丕散文),抑或综论建安散文(如张可礼《建安文学论稿》);或从文体角度,如黄金明《汉魏晋南北朝诔碑文研究》、2004年广西师范大学钟嘉芳的硕士论文《汉魏赞文研究》、2008年山东师范大学陈廷玉的硕士论文《建安尺牍文学研究》,研究视角和方法还需进一步拓展和开掘。

三、建安散文研究的内容与方法

目前学界很少从文体的角度对建安散文做宏观的梳理和把握,虽然出现了一些涉及文体的专著(如黄金明《汉魏晋南北朝诔碑文研究》)和单篇或者学位论文,但也只是论及一种或一类文体。徐公持在20世纪中国文学研究丛书之一《魏晋南北朝文学研究》中指出:"(20世纪)人们颇疏于对文体的研究,没有充分认识到文体特征的形成及其变化,乃是把握一时代文学精神的极重要方面。文体的形成及其变化不是'纯形式'性的,它有着广泛的关联因素,而文化精神则往往起决定作用。即使是从形式的层面看,文学的一些本体性特点,其实往往是通过它来实现的,所以形式问题万不可忽略。"①基于此,本书拟从文体学的角度,立足于对文本的细致阅读,通过作家作品的个案和综合分析,采用比较研究的方法,并不仅仅以"三曹""七子"为研究对象或者为主要研究对象,因为有文采者尚有其他,"自颍川邯郸淳、繁钦、陈留路粹、沛国丁仪、丁廙、弘农杨修、河内荀纬等,亦有文采,而不在此七人之例"②,故而尽量顾及建安散文的整体创作,把建安散文放在建安这一历史文化的大背景下,着重从建安士人的学养、个性、阅历、心态出发,审视他们的人格魅力和散文创作,力求对建安散文做出较为全面细致的探讨,探索建安散文发展演变的规律。

关于散文文体的分类,一直众说纷纭,其中有三部著作很有代表意义,即刘勰《文心雕龙》、姚鼐《古文辞类纂》和褚斌杰《中国古代文体概论》。《文心雕龙》作为体大思精的文论专著,离建安时代较近,它对文体的分类应该有借鉴意义。刘勰将单篇散文分为颂赞、祝盟、铭箴、诔碑、哀吊、杂文、谐隐、论说、诏策、檄移、封禅、章表、奏启、议对、书记十五大类,在《定势》篇中又简括为章表奏议、赋颂歌诗、符檄书移、史论序注、箴铭碑诔、连珠七辞六大类。《古文辞类纂》将古文辞分为论辨类、序跋类、奏议类、书说类、赠序类、诏令类、传状类、碑志类、杂记类、箴铭类、颂赞类、辞赋类和哀祭类十三类,除去辞赋类,姚氏将散文分为十二类,他的"文体分类可以说是集前人散文文体分类之大成"③。而《中国古代文体概论》在第十一章"古代文章的各种体类"中将古代文章分为论说文、杂记文、序跋文、赠序文、书牍文、箴铭文、哀祭文、传状文、碑志文、公牍文十类,在第十二章"古代文章的其他体类"中又

---

① 转引自吴云.魏晋南北朝文学研究[M].北京:北京出版社,2001:34.第一章绪论部分由徐公持撰写。
② 陈寿.三国志·卷二十一·王粲传[M].裴松之,注.北京:中华书局,1959.
③ 熊礼汇.先唐散文艺术论[M].北京:学苑出版社,1999:109.

附录"古代文体分类"。本书将建安散文分为诏令、奏议、书牍、论说、序体、碑诔哀吊、颂赞铭箴、杂文八类,就是借鉴了他们的分类标准,并结合建安作家散文创作的实际情况而拟定的。

本书在考察建安散文的发展及特点的时候,努力遵循以下几条原则:

1. 从作家作品出发,尊重文本,尽量勾勒出建安散文发展变化的真实面貌。在仔细研读文本的基础上,分析比较,对"三曹""七子"等著名作家的散文作品不盲从已有评价和观点,对中小作家的散文作品给予应有的重视,不拔高,不贬低。建安时期四十余年散文的发展变化是比较复杂的。本书力图从时代背景、士人心态、文体的要求及演变等角度将复杂的建安散文真实地展现出来,并揭示不同文体流变过程中的表现和规律。

2. 对建安散文在整个中国散文史上,尤其是承继两汉散文、开启两晋南北朝散文发展的地位给予客观的评价。任何一个时期的文学现象都不是孤立的,孤立地研究某一时期的某种文学现象,所给的评价和定位也是有所偏颇的。本书在研究建安散文时,尽量避免片面地、孤立地考察某个作家的某篇作品。在厘清建安散文发展脉络的基础上,总体考察它对之前散文及其他文学现象的继承、有何新变和发展,以及对之后散文及其他文学现象的影响。把建安散文放在文学史纵向的衍变线索上,了解它真实的发展变化,对它的价值和地位做出实事求是的判断。

3. 在努力探究建安散文发展变化的同时,也兼顾其他各种文学体裁的渗透、融通。建安时期,文学的自觉意识尚未发展成熟;虽然单篇作品大量增多,但真正意义上的作家尚未出现;文体意识虽已产生,但各种文体之间联系密切,相互影响,独立的文体意识尚不浓厚,散文、诗歌、辞赋的发展变化呈现一定的趋同性,考察建安散文,不能不联系当时的诗歌和辞赋。

鲁迅说过:"倘要论文,最好是顾及全篇,并且顾及作者的全人,以及他所处的社会状态,这才较为确凿。"①这就要求我们在研究文学作品时,要全方位、多角度地综合考察作者的生平经历、全部作品及所处的时代政治情势、社会生活、思想文化氛围等各种因素,以便更好地知人论世,考察他的所为和所以为。

---

① 鲁迅.且介亭杂文二集·"题未定"草[M]//鲁迅全集(第六卷).北京:人民文学出版社,1981:430.

第一章 建安散文的创作背景

建安散文是我国古代散文发展史上的一个重要阶段。本书所指建安时期虽然仅有四十三年,无论是社会政治、思想文化,还是士人心态,都有建安散文生成或新变的特殊因素。恰是建安时期的动荡、失衡、裂变甚或整合,催生了包括散文在内的建安文学的繁荣。

第一节 审音知政:社会政治背景

关于文艺与政治的关系,早在《毛诗序》中就有论述:"治世之音安以乐,其政和;乱世之音怨以怒,其政乖;亡国之音哀以思,其民困。"文学风貌是当时社会治乱的风向标。建安时期以建安十三年(208年)赤壁之战为界,可分为前后两个时期:前期大小军阀逐鹿中原,政局动荡不安;后期,魏、蜀、吴三分天下的形势初步形成,虽然时有征伐,但政局相对比较安定。不同的政治背景,自然形成不同的散文风貌。

一、"世积乱离,风衰俗怨"[①]

东汉末年,统治阶级内部矛盾重重,外戚、宦官交相乱政,豪强士族互相倾轧,加之对外族的战争连年不断,自然灾害频繁发生,阶级矛盾随之急剧恶化,灵帝中平元年(184年),终于爆发了全国规模的黄巾大起义。起义虽然被镇压,却从根本上动摇了刘汉政权的根基。在镇压起义过程中壮大起来的豪强军阀拥兵自重,争权夺利,厮杀混战。中平六年(189年),董卓奉诏入朝,虽然外戚、宦官被诛杀殆尽,但董卓乱政却拉开了各方诸侯逐鹿中原的序幕。

在士人方面,汉桓帝延熹九年(166年)至灵帝熹平五年(176年),短短的十年时间里发生了两次较大规模的党锢之祸,党人或被禁锢,或被流放,或被杀害,惨烈如此,而士人仍以名入党人为荣,"先是京师游士汝南范滂等非讦朝政,自公卿以下皆折节下之。太学生争慕其风,以为文学将兴,处士复用"[②]。幸存者中有些结成了秘密组织,与朝廷对抗,陈启云认为其中最重要的是以何颙、袁绍、曹操、荀彧为首的组合[③],这种秘密组合,也可以看成是

---

① 刘勰.文心雕龙·时序[M].范文澜,注.北京:人民文学出版社,1978:674.
② 范晔.后汉书·卷五十三·申屠蟠传[M].李贤,等注.北京:中华书局,1965.
③ 陈启云.关于东汉史的几个问题——清议、党锢、黄巾[M]//燕园论学集.北京:北京大学出版社,1984:131.

士大夫势力的主动结合,为军阀政治集团及依附于政治的学术文化、文学集团的形成提供了契机。还有一部分幸存者则逃离政治旋涡,隐入山林,聚众讲学,私学的兴盛为建安文学提供了活跃的学术背景和通达博学的人才。

连年的动乱和征战极大地破坏了社会政治和经济生活,给人民生活带来了深重的灾难,建安士人对惨淡的社会现实,给予了深切的同情。很多章表奏议都有真切的反映,较有代表性的是统治者的诏令,如献帝刘协初平四年(193年)的《令州郡罢兵诏》:"今海内扰攘,州郡起兵,征夫劳瘁,寇难未弭,或将吏不良,因缘讨捕,侵侮黎民,离害者众。风声流闻,震荡城邑,丘墙惧于横暴,贞良化为群恶。此何异乎抱薪救焚,扇火止沸哉!今四民流移,托身佗方,携白首于山野,弃稚子于沟壑,顾故乡而哀叹,向阡陌而流涕,饥厄困苦,亦曰甚矣。"曹操的《军谯令》《存恤从军吏士家室令》亦是此类内容。刘协作为傀儡皇帝,面对列强纷争、人民流离失所,虽然痛心疾首却无可奈何;曹操作为乱世之主、领兵统帅,对百姓的颠沛流离、社会的萧条冷落,感受更为深切,为求霸业,"设使国家无有孤,不知当几人称帝,几人称王",不得不为之的苍凉激越,自然造成了悲壮激昂的心境,曹操努力成就的是慷慨悲壮的事业。他们的文章,流露的是自然本色。刘熙载说:"汉魏之间,文灭其质。以武侯经世之言,而当时怪其文采不艳。然彼艳者,如实用何!"①"公称为表不必三让,又勿得浮华。"②不仅曹操的章表、教令朴质通脱,建安前期的很多文章都是如此。

罗根泽曾引述曹氏父子带有颓废情绪的乐府诗句,指出这种颓丧的人生观,"此盖半由于天下久乱,半由于佛教东渐故也"③。虽有颓废之情绪和世事无常之概叹,但我们认为这在敢于直面现实、正视人生的建安士人那里,消沉只是暂时的,也是无可厚非的。契诃夫说:"文学家是自己时代的儿子,因此应当跟其他一切社会人士一样受社会生活外部条件的节制。"④"有博物之长,无谋身之断"⑤的儒者士人在连年的天灾人祸面前,开始深刻地省察生与死、个体与社会的问题。罗宗强说:"前此没有任何一个时期的士人,像建安士人那样感到生与死的问题,没有像他们那样的把注意力放到生命的价值上来。人的存在价值是被极大地发现了。"⑥强烈的事功观念使他们对生命更加珍惜和热爱,他们择主而从,献谋献策,努力张扬个性,为了理想和信仰,即使付出生命也在所不惜。汉末文人诗《古诗十九首》中随处可见人生苦难、生离死别,衰世乱离不断地冲击着士人对儒家仁义道德的信仰,但其中对爱情、友谊、燕集之乐的赞颂,则潜伏着对生命个体存在的价值和意义的思索。深刻的思索和迷惘的痛苦,激发了个体觉醒和文学自觉的意识。

为了在军阀混战中占据有利地位,各方势力也展开了人才战。冀州袁绍、许都曹操、刘汉傀儡政权、荆州刘表、益州刘焉和刘璋父子等广泛招揽人才,文士武将,济济一堂,形成了

---

① 刘熙载.艺概·卷一·文概[M].上海:上海古籍出版社,1978:17.
② 刘勰.文心雕龙·章表[M].范文澜,注.北京:人民文学出版社,1978:407.
③ 罗根泽.乐府文学史[M].北京:东方出版社,1996:72.
④ 契诃夫.契诃夫论文学[M].汝龙,译.北京:人民文学出版社,1958:36.
⑤ 张溥.汉魏六朝百三家集题辞注[M].殷孟伦,注.北京:人民文学出版社,1960:206.
⑥ 罗宗强.玄学与魏晋士人心态[M].天津:南开大学出版社,2003:45.

割据一方的政治集团。相对独立的地域有利于地域文化的形成和士人之间的交游,家族、宗亲传承的观念也更为突出,对六朝世家大族的出现有一定的影响。

张茂作于青龙三年(235年)的《上书谏明帝夺士女以配战士》有言:"自衰乱以来,四五十载,马不舍鞍,士不释甲,每一交战,血流丹野,创瘠号痛之声,于今未已。"战事不断,与之有关的军事文学,如檄移、盟辞等文章数量大增。研读兵法,掌握战略战术,也成为士人才能的一个重要方面。如曹操"博览群书,特好兵法,抄集诸家兵法,名曰《接要》,又注《孙武》十三篇"①,南征北战,奠定了魏国霸业的基础;贾逵小时候就"戏弄常设部伍,祖父习异之,曰:'汝大必为将率。'口授兵法数万言"②,曹操常嘉善之,曾命其为丞相主簿、谏议大夫,与夏侯尚并掌军计,曹丕时又任豫州刺史,赐爵关内侯、阳里亭侯,加建威将军;沈友"弱冠博学,多所贯综,善属文辞,兼好武事,注《孙子兵法》……咸言其笔之妙,舌之妙,刀之妙,三者皆过绝于人"③,孙权纳之而不为所用,于建安九年(204年)杀之。士人对战争也有理性的思考,辩证地看待战争的影响,袁涣说"夫兵者,凶器也,不得已而用之"(《说曹公》),华歆说"兵不得已而用之,故戢而时动"(《谏伐蜀疏》),曹操亦说"自顷以来,军数征行,或遇疫气,吏士死亡不归,家室怨旷,百姓流离,而仁者岂乐之哉?不得已也"(《存恤从军吏士家室令》),"圣贤之于兵也,戢而时动,不得已而用之"(《孙子兵法序》)。正因为对战争有清醒的认识,才希望战乱平息,天下一统。当政局相对安定时,谏阻战事的章表奏议随之增加,如刘廙的《上疏谏曹公亲征蜀》、王肃的《谏征蜀疏》、卫觊的《请恤凋匮罢役务疏》等。

二、"建安之末,区宇方辑"④

赤壁之战,曹操遭受重创,率残部逃回北方,统一天下的野心受阻,三国分立的形势基本形成。曹操、孙权、刘备在各自的领域继续削平割据势力,巩固内部的统一,实行屯田,兴修水利,恢复发展生产,稳定社会秩序,为西晋短暂的统一做了一些准备。

建安十五年(210年)十二月,曹操颁布《让县自明本志令》,"勤勤恳恳叙心腹",明言自己并无"不逊之志"。十六年(211年)正月,曹丕为五官中郎将,置官属,为丞相副。其后,曹操又发布《高选诸子掾属令》,为曹丕、曹植等挑选属吏,其子周围聚拢了大量有才之士,曹氏集团的势力更加庞大。曹操春秋渐高,为子孙代汉自立加紧准备,逐渐扫除拥汉势力,即使对曾经是重要的谋士,如荀彧、崔琰、毛玠,也毫不手软。建安十八年(213年)五月,曹操由丞相自立为魏公,开始修建宗庙社稷;十九年(214年)十一月,皇后伏氏宗族数百人被曹操处死;二十一年(216年)四月,又自进为魏王;二十二年(217年),曹丕为魏太子,后又嗣位为丞相、魏王;延康元年(220年),终于代汉自立。黄初二年(221年),刘备在成都建立蜀汉。东吴黄武元年(222),孙权自称吴王,黄龙元年(229年)即皇帝位。

曹操为诸子高选官属,尤其是设置文学官属,对建安文学的发展有极大的促进作用。

---

① 陈寿.三国志·卷一·武帝纪[M].裴松之,注.北京:中华书局,1959.
② 陈寿.三国志·卷一·贾逵传[M].裴松之,注.北京:中华书局,1959.
③ 陈寿.三国志·卷四十七·孙权传[M].裴松之,注.北京:中华书局,1959.
④ 刘勰.文心雕龙·时序[M].范文澜,注.北京:人民文学出版社,1978:673.

曹操给予他们合适的官职,充分发挥他们的文才。在"三曹",尤其是曹丕的组织、倡导下,建安文人集团或同题创作,或应命而作,或互相赠答、品评作品,或整理、编撰作品集,闲适、应制以及以女性为题材的作品大量出现。在文学的教化实用功能之外,文士们开始致力于艺术技巧和审美价值的提高。实际上,从东汉末期开始,士人即表现出对寻求政治仕途的乏力和疲惫,开始将人生目标转移到个体的文学创作,依靠立言以求不朽①。

曹操抑制豪强兼并,设置整套官职,致力于生产的恢复。曹丕即位后又实行了休养生息的政策,着力于恢复和巩固社会秩序。文士们经历了连年的战乱和颠沛流离、目睹了太多的悲惨凄凉之后,在相对安定的局势下,终于有了一吐为快的机会和冲动。狄德罗说:"什么时代产生诗人?那是在经历了大灾难和大忧患以后,当困乏的人民开始喘息的时候。那时想象力被惊心动魄的景象所激动,就会描绘出那些未曾亲身经历的人所不了解的事物。……这时,情感在胸中积聚酝酿,凡是具有喉舌的人都感到有说话的迫切需要,必欲畅抒胸怀而后快。"②文士们"行则连舆,止则接席,……每至觞酌流行,丝竹并奏,酒酣耳热,仰而赋诗"(曹丕《又与吴质书》),他们的痛定思痛,张扬了个体的独立自主和立言的价值。

建安后期,社会环境虽然相对安定,不以人的意志为转移的自然灾异依然频繁发生。据《后汉书》《三国志》,比较建安前后期的主要自然灾异情况(见下面两张表),前期共发生灾异15次,灾异相对集中,初平四年、兴平元年和建安二年这三年间先后发生了多种灾异;后期共发生20次,几乎每年都会发生。这就进一步削弱、瓦解了天人感应学说,也促进了民间道教及方术、佛教的广泛传播。值得一提的是,建安二十二年,建安七子中的四子徐幹、陈琳、刘桢、应玚死于疫病,曹丕在《又与吴质书》中感叹痛惜,曹植在《说疫气》中对"家家有僵尸之痛,室室有号泣之哀"也有较为理性的思考。面对自然灾异,士人们又一次体会到了生命的脆弱和无奈,"在他们看来,既然人不免一死,性命本来无常,那么,人之存在唯一可取的就在于尽情度过人的自然生命的有限性和今世生活的有效性"③。他们虽然依附于一定的政治集团,但是又保持着生命个体的相对独立,如孔融、祢衡,他们纵情任性,创造了独特的建安风骨。

---

① 于迎春.试论汉代文人的政治退守与文学和人性[J].文学评论,2003(1):89-93.
② 狄德罗.论戏剧诗[M]//徐继曾,陆达成,译.狄德罗美学论文选.北京:人民文学出版社,1984:207.
③ 刘康德.魏晋风度与东方人格[M].沈阳:辽宁教育出版社,1991:25.

献帝初平元年至建安十三年自然灾异表

时间	史书记载
初平二年	六月丙戌,地震。(《后汉书》卷九)
初平四年	六月,扶风大风,雨雹。华山崩裂。……雨水。冬十月,……辛丑,京师地震。十二月辛丑,地震。(同上)
兴平元年	夏六月……丁丑,地震;戊寅,又震。……大蝗。……三辅大旱,自四月至于是月。……是时谷一斛五十万,豆麦一斛二十万,人相食啖,白骨委积。(同上)
兴平二年	夏……大旱。(同上)
建安二年	夏五月,蝗。秋九月,汉水溢。是岁饥,江淮间民相食。(同上)

建安十三年至太和六年自然灾异表

时间	史书记载
建安十四年	冬十月,荆州地震。(《后汉书》卷九)
建安十七年	秋七月,洧水、颍水溢。螟。(同上)
建安十八年	夏五月……大雨水。(同上)六月,大水。(《后汉书》卷一〇五)
建安十九年	夏四月,旱。五月,雨水。(《后汉书》卷九)
建安二十二年	是岁大疫。(同上)
建安二十四年	八月,汉水溢。(同上)
黄初三年	秋七月,冀州大蝗,民饥,使尚书杜畿持节开仓廪以振之。(《三国志》卷二)
黄初四年	三月,……是月大疫。(同上) 六月,……是月大雨,伊、洛溢流,杀人民,坏庐宅。(同上)
黄初五年	十一月,庚寅,以冀州饥,遣使者开仓廪振之。(同上)
黄初六年	是岁大寒,水道冰,舟不得入江……(同上)
太和二年	五月,大旱。(《三国志》卷三)
太和四年	九月,大雨,伊、洛、河、汉水溢……(同上)
太和五年	三月……自去冬十月至此月不雨。辛巳,大雩。(同上)

第二节 多元与因循:思想文化背景

建安时期处于汉末儒学式微和魏晋玄学兴起的中间阶段,思想文化相当活跃,这与当时多变的政治形势是相适应的。因势利导的因循原则,对扩张势力和巩固政权的曹操、曹丕、曹叡祖孙三代来说,是很有必要而且可行的最高政治原则。

自汉武帝时期罢黜百家之后,儒学的独尊对中国的政治、文化各方面产生了深远的影响。本以利禄为求学、治学的动机和目的的儒士们,随着谶纬神学的兴起,沉溺于章句之学,又困守家法、师说,学风渐趋刻板繁缛,虽然皓首穷经,却劳而少功,儒学渐趋式微。《三国志·王肃传》注引《魏略》概述汉末至建安时的学术风习:"从初平之元,至建安之末,天下分崩,人怀苟且,纲纪既衰,儒道尤甚。至黄初元年之后,新主乃复,始扫除太学之灰炭,补旧石碑之缺坏,备博士之员录,依汉甲乙以考课。申告州郡,有欲学者,皆遣诣太学。太学始开,有弟子数百人。至太和、青龙中,中外多事,人怀避就,虽性非解学,多求诣太学。太学诸生有千数,而诸博士率皆粗疏,无以教弟子。弟子本亦避役,竟无能习学,冬来春去,岁岁如是。又虽有精者,而台阁举格太高,加不念统其大义,而问字指墨法点注之间,百人同试,度者未十。是以志学之士,遂复陵迟;而末求浮虚者,各竞逐也。"①儒学虽然呈现式微的趋势,但并没有丧失主导的地位,式微的也主要是今文经学,古文经学已经兴起并普及,建安时期的儒学表现出了与时代相适应的新的特质②。

桓灵之世的党锢之祸曾使士人遭受了沉重的打击,尤西林说:"汉末党人品藻人物、太学讲学、称同志、相标榜、私谥号,俨然别是一'天下国'。……'天下'一词……反复出现绝非偶然,在这种语境中,'天下'的空间地理含义虽较明显,但它们转而又标示了党人活动的特殊领域,即原始儒学创设的'天下',它与朝廷政府的对立性质十分明确"③,他们与朝廷日渐疏离,对皇权与政治表现出极大的不满和失望,婞直之风大兴。钱穆说:"东方的黄巾,乃至西方的边兵,均已逐次削平。若使当时的士族有意翊戴王室,未尝不可将已倒的统一政府复兴,然而他们的意兴,并不在此。汉末割据的枭雄,实际上即是东汉末年之名士。尤著者如袁绍、公孙瓒、刘表诸人。国家本是精神的产物,把握到时代力量的名士大族,他们不忠心要一个统一的国家,试问统一国家何从成立?""他们已有一个离心的力量,容许他们各自分裂",因此"当时士族不肯同心协力建设一个统一国家""离心势力的成长"④使诸侯割据和三国鼎立成为历史的必然。袁氏和曹氏是汉末最有势力和声望的士族代表,袁氏四世五公,袁绍很有政治野心,曹氏则是宦官与士族相互接纳的政治势力,曹操乃一代霸主,作为政治领袖,袁绍和曹操身边均网罗了大批名士文人,成为建安时期重要的分裂势力和政治集团。

政治衰乱、王纲解纽的东汉末年,士人们对政权的信任、参与政治的热情,在动乱的社会现实面前都减退了,观念和行为的约束趋于松弛,为巩固和加强思想统治,曹氏采取了一系列措施。曹操"令郡国各修文学……置校官"(《修学令》)。曹丕在延康元年(220年)五月,下《以郑称授太子经学令》,由经学大师郑称担任武德侯曹叡的老师,并以经学砥砺之;在延康元年七月的《敕尽规谏令》中提出"缙绅考六艺",即士大夫以儒学六经为考课;黄初三年(222年)正月,又下《取士勿限年诏》,广求人才,取士不拘老幼,只要"儒通经术,吏达

---

① 陈寿.三国志·卷十三·王肃传[M].裴松之,注.北京:中华书局,1959.
② 张振龙.汉末儒学及建安七子的儒家思想[J].信阳师范学院学报(哲学社会科学版),2000(3):80-83.
③ 尤西林.人文学科及其现代意义[M].西安:陕西人民教育出版社,1996:200.
④ 钱穆.国史大纲[M].北京:商务印书馆,1996:214-216.

文法"即可,但是因为九品官人法的实行,并无实际意义。为继续尊孔崇儒的传统①,黄初二年(221年)曹丕下《以孔羡为宗圣侯置吏修庙诏》②,令鲁郡重修孔子庙,庙外广建室屋以居学者。曹植亦作《孔子庙颂》以示表彰,另有《学宫颂》引经据典赞颂孔子的品行、学问,与《孔子庙颂》推广儒学,与其德行仁义教民的内容相近,大概作于同时。黄初五年(224年)四月,曹丕复立太学,"制五经课试之法,置春秋谷梁博士"③。曹叡时,曹洪乳母与临汾公主侍者共事无涧神,司马芝"敕县考竟,擅行刑戮"之后,才上《考竟曹洪乳母等事无涧神上疏》,曹叡对司马芝不顾卞太后通融的指令,"禁绝淫祀,以正风俗"的行为大加赞赏。高柔上《请待博士以不次之位疏》,提倡遵道重学、褒文崇儒,列数曹氏三祖对儒学的重视,待博士以不次之位的谏议也被曹叡采纳。太和二年(228年)六月曹叡下《贡士先经学诏》:"尊儒贵学,王教之本也。……申敕郡国,贡士以经学为先。"太和四年(230年)二月又下《策试罢退浮华诏》,令"郎吏学通一经"。鲁迅指出"……魏晋时所谓崇奉礼教,是用以自利,那崇奉也不过偶然崇奉……"④,只是为他们(曹操、司马懿等)篡夺天下做思想上的准备而已。这种见解似乎有些偏颇,阶级时代的政治、思想、文化政策都是为统治者稳定秩序、加强统治服务的,都是统治者维护自身利益的体现。

伴随儒学的式微,儒家的道德规范已经失去了原有的规范和约束的力量,为消解精神上的矛盾和危机,思想活跃、行为通脱的建安士人很自然地将道家思想作为儒学的反拨和补充,"东汉后期以来道家思想的兴盛,是以社会政治的坏乱和经学意识形态的衰落为前提的。以老庄学说为主体的道家影响的渐次广泛发生,出诸士阶层的人生需求和选择,而非像汉初黄老思潮一样,来自统治集团的政治需要。老庄学说是乱世中士大夫特有的人生庇护和心灵依归,是旧的正统价值溃然之后他们个性的内在支撑。道家的人生解脱和精神自由的哲理,给予文人们独特而深长的心灵启示,借助道家,士人们发现、培植起人生的新理想。而对于将来,老庄哲学是开启着的,它将以其理论上的不固定,言语演绎的圆转灵活,气质的超然,为新思想的渗透参入,为新文化的建设提供契机。"⑤

东汉后期,道教在民间已经大为兴盛,如张陵五斗米道、张角太平道,徒众数十万,遍布青、徐、幽、冀、荆、扬、兖、豫等地区,184年终于爆发了以道教为名的黄巾起义。献帝初平三年(192年),青州的黄巾军发展到上百万人,十二月,曹操在兖州招降黄巾军,将其精锐组成青州兵,因为曹操"宽之"⑥,青州兵有其相对的独立性,并为曹操的统一大业做出了很大的贡献。曹操对道教徒既防范,又利用,他身边延揽了大量方术之士:"世有方士,吾王悉

---

① 汉平帝时,王莽摄政,封孔子后孔均为褒成侯,追谥孔子为褒成宣尼,建武十三年,复封均子志为褒成侯。世世相传,至献帝初始绝。见《后汉书·卷七十九·孔僖传》:"初,平帝时王莽秉政,乃封孔子后孔均为褒成侯,追谥孔子为褒成宣尼。及莽败,失国。建武十三年,世祖复封均子志为褒成侯。志卒,子损嗣。永元四年,徙封褒亭侯。损卒,子曜嗣。曜卒,子完嗣。世世相传,至献帝初,国绝。"
② 张可礼.三曹年谱[M].济南:齐鲁书社,1983:185.
③ 陈寿.三国志·卷二·文帝纪[M].裴松之,注.北京:中华书局,1959.
④ 鲁迅.魏晋风度及文章与药及酒之关系[M]//鲁迅全集·而已集.北京:人民文学出版社,1981:513.
⑤ 于迎春.汉代文人与文学观念的演进[M].北京:东方出版社,1997:251.
⑥ 陈寿.三国志·卷十七·于禁传[M].裴松之,注.北京:中华书局,1959.

所招致,甘陵有甘始,庐江有左慈,阳城有郗俭。始能行气导引,慈晓房中之术,俭善辟谷,悉号三百岁。本所以集之于魏国者,诚恐斯人之徒,挟奸宄以欺众,行妖隐以惑民,故聚而禁之也"(曹植《辨道论》)。曹操"又好养性法,亦解方药……又习啖野葛至一尺,亦得少多饮鸩酒"①,还曾向皇甫隆讨教服食施行导引之术(《与皇甫隆令》),创作了大量以游仙和养生为题材的诗作。"慕通远"的曹丕为太子时,"常嘉汉文帝之为君"②,著《太宗论》从品行、器量方面称述汉文帝。延康元年(220年)二月,刚即位不久的曹丕下《除禁轻税令》,为了"通商旅"和"便民",要求"轻关津之税";七月,下《敕尽规谏令》,提出百官要各司其职,恪尽职守,又下《复谯租税令》,免除谯县两年的租税。黄初二年(221年)正月,又减免颍川一年的田租(《复颍川一年田租诏》)。黄初五年(224)十月又下《议轻刑诏》;十二月,为禁止淫祀、规范正统礼教,下《禁设非礼之祭诏》。黄初三年(222年),下《敕豫州禁吏民往老子亭祷祝》,维护以儒为尊的正统地位,但曹丕与乃父一样对道家采取了比较宽容的态度。这与曹丕崇奉的汉文帝在西汉初年施行的休养生息的黄老之术是相承的,曹丕为政比较通达,虽没有形成"文景之治"的盛世,政局还算安定。而其子曹叡尊儒贵学,事必躬亲,"听受吏民士庶上书,一月之中至数十百封,虽文辞鄙陋,犹览省究竟,意无厌倦"③,并不懂得"君道无为,臣道有为"的道理,孙盛评其"思建德垂风,不固维城之基"④,使朝政呈现崩颓之势,最终王权旁落。

经历了汉末的动乱,为实现由乱到治的思想文化建设,作为儒学的补充,诸子之学重又复兴。同先秦时期不同,诸子之学虽然热闹非凡,却未形成独立的学派。士人针对具体问题,取其所用,因循融合。它关注的并非学术思想,而是有效的政治谋略和方法措施,这与动荡分裂的建安时代是相适应的。

乱世人多无行,不能对人才求全责备,曹操为招揽人才,多次发布求贤令,奉行的是兼收并蓄的人才观。曹操的举贤授能发展了黄老派的"善者,吾善之;不善者,吾亦善之""信者,吾信之;不信者,吾亦信之"(《道德经》第四十九章)的宽容之道。此外,管宁"玄虚澹泊,与道逍遥;娱心黄老,游志六艺"(陶丘一《荐管宁》),陈群亦指出"静则天下安,动则天下扰"(《谏谥皇女淑平原公主疏》),则是提倡清静无为、与民休息的黄老之术。

曹操的思想较为复杂,他节用、节葬、尚贤的观点和做法带有墨家的思想,说"治定之化,以礼为首;拨乱之政,以刑为先"(《以高柔为理曹掾令》);其中又有法家的思想,傅玄说"魏武好法术,而天下贵刑名"。曹操除诗文作品外,还撰有《孙子略解》一卷、《兵书接要》十卷、《兵法接要》三卷、《兵书要略》九卷、《兵法》一卷,"其行军用师,大较依孙、吴之法,而因事设奇,谲敌制胜,变化如神。自作兵书十万余言,诸将征伐,皆以新书从事;临事又手为节度,从令者克捷,违教者负败"⑤,散文作品中的《军令》《船战令》《步战令》等带有浓厚的兵家思想。曹操兼收并蓄,讲求实际,奉行拿来主义,为我所用,采取的一系列政策和措施

---

① 陈寿.三国志·卷一·武帝纪[M].裴松之,注.北京:中华书局,1959.
② 陈寿.三国志·卷二·文帝纪[M].裴松之,注.北京:中华书局,1959.
③ 陈寿.三国志·卷三·明帝纪[M].裴松之,注.北京:中华书局,1959.
④ 同③.
⑤ 同①.

都是为他经营的专制系统服务的。

曹丕除了"慕通达",效仿汉文帝外,为稳定社会秩序,巩固统治,也因势利导,如黄初四年(223年)正月,下《禁复私仇诏》,要求百姓"不得相仇""当相亲爱,养老长幼",这与墨家兼爱、非攻的思想相一致。曹叡基本上延续祖、父的治国方略,还"特留意于法理"。此外,傅嘏、王粲等人则"校练名理"①。各家思想服务于现实需要,固守的藩篱逐渐被打破,融合众家的玄学时代,到魏晋时终于到来了。

建安文学的繁荣与作品数量的激增,还与书写工具的改进有很大关系,尤其是造纸术的发明和改进。东汉末年,纸张的广泛应用对汉魏学术的转型起了很大的推动作用,也催生了一批以纸张为材料,擅长写"帖"的书法家②。纸张代替书简,扩大了作者的写作空间,解放了作者的创作思维,使写作活动变得更为直接、方便,文不加点,快速成文,成为文才的重要体现之一,如曹植"言出为论,下笔成章"③,"仲宣举笔似宿构,阮瑀据案而制书,祢衡当食而草奏"④。同时,纸的流行与普及也促进了文学的私人化和抒情化,典型的标志即私人书牍作品的发达。因此查屏球说纸张的替代"激发了人们的创作热情,并形成了新的文学价值观"⑤,"从某种程度上说,文本载体的进化与转换也是造成邺下风流的一个物质基础"⑥,确有见地。

第三节　建安士风与士人心态

对汉魏转捩之际的建安士风,顾炎武有评:"孟德既有冀州,崇奖跅弛之士,观其下令再三,至于求负污辱之名,见笑之行,不仁不孝,而有治国用兵之术者。于是权诈迭进,奸逆萌生。故董昭太和之疏,已谓当今年少不复以学问为本,专更以交游为业,国士不以孝悌清修为首,乃以趋势求利为先。至正始之际,而一二浮诞之徒骋其智识,蔑周、孔之书,习老、庄之教,风俗又为之一变。夫以经术之治,节义之防,光武、明、章数世为之而未足,毁方败常之俗,孟德一人变之而有余。"⑦刘大杰亦说:"儒家培植了几百年的伦理观念与道德哲学,被他这几个命令,摧毁得精光了。"⑧"下令再三""这几个命令",指的是建安十五年(210年)春《求贤令》、十九年(214年)十二月《敕有司取士毋废偏短令》和二十二年(217)八月《举贤勿拘品行令》。顾炎武和刘大杰将建安士风全盘否定,而且全部归罪于曹操一人之身,似乎与史不符。其实建安士风对魏晋士风影响深远,我们常说的正始、竹林、江左等士

---

① 刘勰.文心雕龙·论说[M].范文澜,注.北京:人民文学出版社,1978:327.
② 跃进.纸张的广泛应用与汉魏经学的兴衰[J].学术论坛,2008(9):152-154.
③ 陈寿.三国志·卷十九·陈思王植传[M].裴松之,注.北京:中华书局,1959.
④ 刘勰.文心雕龙·神思[M].范文澜,注.北京:人民文学出版社,1978:494.
⑤ 查屏球.纸简替代与汉魏晋初文学新变[J].中国社会科学,2005(5):159.
⑥ 同⑤158.
⑦ 顾炎武.日知录集释·卷十三·两汉风俗[M].石家庄:花山文艺出版社,1990:588.
⑧ 刘大杰.魏晋思想论[M].上海:上海古籍出版社,1998:4.

风即直承建安士风。

自桓灵之世,与朝廷日渐疏离的士人们并没有放弃他们的天下意识,他们开始把视野与追求放到了个体心性的修养上,在躁动不安的社会思想文化氛围中,逐渐形成了新的交际方式,他们清议、清谈,"气质、禀赋、意趣、性情,所有这类个性色彩更其浓厚的因素之被普遍地引入人际范域,并成为人际关系建设不可忽视的条件,都表明了人对自身了解的程度愈来愈深微、细致,同时也体现着他们在人与人之间的交流、感应上日趋深细。如是,朋友之交便必然超出了道德砥砺的庄重动机,在更为内在的生命因素的参与下,寻找心灵与心灵间富于情致的深刻呼应和细密契合,建立起灵活而趣味盎然的和洽关系"①。魏武虽有相王之尊,文帝虽有副君之重,陈思虽有公子之豪,他们与名士文人之间,却是"傲雅觞豆之前,雍容衽席之上,洒笔以成酣歌,和墨以藉谈笑"②,形成了俊才云蒸、彬彬大盛的建安文坛。

建安士人身上有汉末名士风流的承续。建安士人尤其是其中的较为年长者,如孔融、曹操、杨彪等,都不同程度地受到桓灵以来政治、思想、文化土壤的影响。"朝政昏浊,国事日非,而党锢之流、独行之辈,依仁蹈义,舍命不渝,风雨如晦,鸡鸣不已。三代以下风俗之美,无尚于东京者。"③当时的名士大致分为两类:一类是以李膺、陈蕃、范滂、何颙为代表的敢于同外戚、宦官抗争的党人;一类是以许劭、郭泰为代表的避乱远世又讥刺时政之人,在建安士人身上仍承续着他们的人格与风流。孔融少年时即受到李膺的赞誉,后来力救张俭,怒杀左丞祖,为文嘲戏曹操,阻止曹操杀杨彪;祢衡尚气刚傲,"文若可借面吊丧,稚长可使监厨请客""大儿孔文举,小儿杨德祖。余子碌碌,莫足数也"④;曹操得到许劭"君清平之奸贼,乱世之英雄"的品评"大悦而去"⑤;田畴屡辞封赏,吊祭袁尚;管宁自称"草莽臣"⑥,固守本志;杨彪"见汉祚将终"⑦,闭门不仕积十年,至死仍自称汉臣;刘桢平视甄氏,因廓落带、石料巧辞应对曹丕、曹操;徐幹"轻官忽禄,不耽世荣"⑧,却作有"归之于圣贤之道"的政论性著作《中论》。他们这种高扬个性、自尊自信的自我体认意识反映到他们的散文创作中,呈现出通脱任性、以气运词、言随意到、重视自我、率意而言的清峻色彩。

他们亦是建安时代造就的通脱之士。一代有一代的文坛风尚,人们的审美标准和艺术价值的取向总会留下时代的痕迹。桓灵时期,"匹夫抗愤,处士横议";献帝时期,群雄逐鹿,为招揽人才,巩固统治,"好法术"的曹操多次发布"唯才是举""勿废偏短""勿拘品行"的求才令,杂取各家思想为之所用;魏国时期,曹丕"慕通远",曹叡"特留意于法理"。这样的文化思想环境使得儒学式微,儒家的伦理道德已经不再是士人安身立命的唯一准则,刑名

---

① 于迎春.汉代文人与文学观念的演进[M].北京:东方出版社,1997:228.
② 刘勰.文心雕龙·时序[M].范文澜,注.北京:人民文学出版社,1978:673-674.
③ 顾炎武.日知录集释·卷十三·两汉风俗[M].石家庄:花山文艺出版社,1990:587.
④ 范晔.后汉书·卷八十下·祢衡传[M].李贤,等注.北京:中华书局,1965.
⑤ 范晔.后汉书·卷六十八·许劭传[M].李贤,等注.北京:中华书局,1965.
⑥ 陈寿.三国志·卷十一·管宁传[M].裴松之,注.北京:中华书局,1959.
⑦ 范晔.后汉书·卷五十四·杨彪传[M].李贤,等注.北京:中华书局,1965.
⑧ 陈寿.三国志·卷二十一·王粲传[M].裴松之,注.北京:中华书局,1959.

之学,道家的通远之说、法理之术,一时并行。曹操有言:"丧乱以来,十有五年,后生者不见仁义礼让之风。"(《修学令》)重视个体、重视自我价值的建安士人们在时代的乱离与平静中挣脱了礼教的束缚,卸去了往日儒雅、敦厚的儒士风范,渐渐成长为建安时代特有的通脱之士。曹丕、曹植虽有"公子之尊",却常有不拘于礼法之行;孔融、祢衡、杨修三人惺惺相惜。士人们任性而动,最突出的表现即自由地、主动地择主而事,郭嘉初投袁绍,因袁绍"多端寡要,好谋无决",认为难与之"共济天下大难,定霸王之业""遂去之",在荀彧的推荐下,与曹操共论天下事之后,高兴地说"真吾主也"①;华歆因为袁术不采纳其讨伐董卓的建议而选择主动离开;田畴多次拒绝袁绍的征召,后来协助曹操平定乌丸,后又屡次辞却封赏,很有战国策士的遗风。他们行无定仪、通脱任性的为人处世的方式必然造就了文学创作上言辞的通脱和情性的自然迸发。曹植《赠丁翼》诗云:"滔荡固大节,时俗多所拘。君子通大道,无愿为世儒。"东汉末年的通儒或通人并不耽溺于章句之类的烦琐之学,而是注重个性和创造力的张扬,"与章句之学共同衰落的不仅是细琐、拘束的学风,还有与之相表里的人生品度;而随之兴起的,除了轻章句、重博通的新学风外,还有主要以恃才任性、狂简不拘为特色的文人作风。一种新形象已在士人中出现,并正不断加强。到了东汉末年尤其是魏晋时代,这种主要以文人为体现的新人格将成群地走上前台,并成为名噪一时的角色"②。徐公持曾经评论过孔融、祢衡、杨修等"非主流派"作家的独特性格和作风:"孔融、祢衡、杨修,三人在'盖将百计'的建安文士中,性格最为突出,作风亦甚奇特,其共同特点在于:以清德及才学自高,崇尚名节,轻蔑权贵,抗节侯王,甚至发展而为危言危行。这是对汉末清流名士'婞直之风'的直接继承。三人之中,又以祢衡为最,其次孔融,其次杨修(再其次,便是刘桢了)。祢衡的詈骂,孔融的嘲讽,杨修的诙谐,形态不同,其实质都是清流名士作风。这种风气,对王霸权力尊严构成破坏销蚀作用,对传统伦理道德体系亦形成挑战,因此具有一定的叛逆性。它不受任何统治者欢迎,如曹操这样生性忌刻的统治者,更难以容忍。然而在中国文化史上,这种叛逆性文人,往往体现出人的自我意识觉醒,是数千年专制黑暗社会中引人注目的闪光亮色。对于孔融、祢衡、杨修的贡献,包括文学贡献,亦应置于历史文化大背景下作如是观。"③建安能文者多为广博通达之士,他们的生活情趣广泛,具有多方面的才艺、技能,书法、音乐、棋弈已经成为他们日常生活中的重要组成部分。"鸿都门学"时,才艺之事常常遭到士大夫的百般诋诃,到建安时,已经成为士人必不可少的生活修养。

他们不仅在生活领域和个人修养方面重视自我、注重个性,在文学创作和审美意识等方面同样如此。曹操的散文清峻通脱,无所顾忌,想写便写,也许有人说这主要得自于他的政治地位、特殊的处境和心理优势,而曹丕说建安七子"咸以自骋骥騄于千里,仰齐足而并驰"(《典论·论文》),曹植也认为建安诸子"人人自谓握灵蛇之珠,家家自谓抱荆山之玉"(《与杨德祖书》),虽然很多学者引以为"文人相轻"的证据,但换一个角度,这不正是文章作者已经获得独立地位的标志吗?由于文学意识的强化和独立,以及品评人物风气之兴盛,士人的品评已由论人扩展到论文,涉及文气、文体、文章功用等方面,对文章创作、学术

---

① 陈寿.三国志·卷十四·郭嘉传[M].裴松之,注.北京:中华书局,1959.
② 于迎春.汉代文人与文学观念的演进[M].北京:东方出版社,1997:185.
③ 徐公持.魏晋文学史[M].北京:人民文学出版社,1999:142.

文化之价值,已经有了自觉的理论观照。如秦宓的《与王商书》《报李权》,就分别对严遵、李弘的蜀学和《战国策》进行了评述,品评范围扩展到学术、文化和典籍。文士之间彼此不相服,"各有所好尚""文之佳丽,吾自得之"(《与杨德祖书》),而不再是亦步亦趋君王的文学侍从,唯君王的权力和趣味是瞻。他们慷慨任气、磊落使才。曹植因枚乘、傅毅等人的七体作品"辞各美丽"而作《七启》,并命王粲并作,既有争胜之嫌,而且同题之作,也便于互相批评与交流。文学酬赠与品评在文学集团成员中常常发生,如曹丕品评六子之文(《又与吴质书》),曹植送给吴质"诸贤所著文章"(《与吴季重书》),杨修品评曹植文章(《答临淄侯笺》),丁廙让曹植润饰文章,等等,有利于审美意识和艺术技巧的提高。

在社会思想方面,他们同样开始注重自我,连个体与父母之间最纯粹、最亲密的血缘关系竟被孔融拿来调侃:"父之于子,当有何亲?论其本意,实为情欲发耳。子之于母,亦复奚为?譬如寄物瓶中,出则离矣。"(路粹《枉状奏孔融》)虽然有违父母与子女之间的亲缘关系,却标举了"子"即自我的完全独立性,这种观点即使在现在也有其激进的一面。"尚气刚傲"的祢衡同样如此,他不为权势所动,能入他青眼的只有孔融和杨修,"余子碌碌,莫足数也"[1],曹操本想在召他击鼓之时羞辱他,反被祢衡羞辱。与此相应的是英雄意识和不拘细节的名士风流。建安时代,崇尚英雄,如对文武兼备、胸怀大志的政治兼文坛领袖曹操,同时代的很多人皆认为他是一时之豪杰。李瓒乃名士李膺之子,说:"初,曹操微时,瓒异其才,将没,谓子宣等曰:'时将乱矣,天下英雄无过曹操。张孟卓与吾善,袁本初汝外亲,虽尔勿依,必归曹氏。'"[2]何颙初见曹操,亦叹曰:"汉家将亡,安天下者,必此人也。"[3]太尉桥玄,"睹太祖而异之,曰:'吾见天下名士多矣,未有若君者也!'"[4]著名的人物评论家许劭称曹操"治世之能臣,乱世之奸雄"[5]。杨阜评价曹操说:"曹公有雄才远略,决机无疑,法一而兵精,能用度外之人,所任各尽其力,必能济大事者也。"[6]荀彧也认为曹操在度、谋、武、德四个方面皆胜过袁绍[7]。我国历史上第一部专门记载"英雄"的传记——王粲的《英雄记》就产生在这一时期,而且因为群雄割据、王纲解纽,这里的"英雄"也具有最宽泛的意义。

建安时期,群雄逐鹿,各方诸侯均是从实际利益出发,"顺我者昌,逆我者亡",才略出众之英雄豪杰如曹操,同样是唯吾独尊,他虽然能给予文士适当的职位,但在拥汉还是拥曹的立场上,他绝不留情,毫不手软,孔融、许攸、娄圭等人"皆以恃旧不虔见诛"[8]。文士们虽然崇尚英雄意识,却也常常反省自重。英雄意识指向建功立业,而反省自重则指向隐逸自保。袁涣、袁徽兄弟的选择很鲜明地代表了当时士人的两条人生道路:

初,天下将乱,涣慨然叹曰:"汉室陵迟,乱无日矣。苟天下扰攘,逃将安之?若天未丧

---

[1] 范晔.后汉书·卷八十下·祢衡传[M].李贤,等注.北京:中华书局,1965.
[2] 范晔.后汉书·卷六十七·李膺传[M].李贤,等注.北京:中华书局,1965.
[3] 范晔.后汉书·卷六十七·何颙传[M].李贤,等注.北京:中华书局,1965.
[4] 陈寿.三国志·卷一·武帝纪[M].裴松之,注.北京:中华书局,1959.
[5] 同[4].
[6] 陈寿.三国志·卷二十五·杨阜传[M].裴松之,注.北京:中华书局,1959.
[7] 陈寿.三国志·卷十·荀彧传[M].裴松之,注.北京:中华书局,1959.
[8] 陈寿.三国志·卷十二·崔琰传[M].裴松之,注.北京:中华书局,1959.

道,民以义存,唯强而有礼,可以庇身乎!"徽曰:"古人有言,'知机其神乎'!见机而作,君子所以元吉也。天理盛衰,汉其亡矣!夫有大功必有大事,此又君子之所深识,退藏于密者也。且兵革既兴,外患必众,徽将远迹山海,以求免身。"及乱作,各行其志①。

  袁涣曾先后依刘备、袁术、吕布,后归曹操,成为魏国重臣。而袁徽则避难远害,走向山林。即使是成就功业者亦有希企隐逸之情,吴质曾想"投印释韨,朝夕侍坐,钻仲父之遗训,览老氏之要言,对清酤而不酌,抑嘉肴而不享;使西施出帷,嫫母侍侧,斯盛德之所蹈,明哲之所保也"(《答东阿王书》);孔融常常感叹"坐上客常满,樽中酒不空,吾无忧矣"②。隐逸之士亦有成就功业之志,田畴携宗门弟子隐居躬耕徐无山,"非苟安而已,将图大事"③,他在这里制定律法,兴举学校,建安十二年(207年),又助曹操击破乌丸;邴原因为汉朝陵迟,隐入郁洲山;孔融任北海相时,举原有道,遂到辽东,在辽东,"一年中往归原居者数百家,游学之士,教授之声不绝"④,后归曹操,辟为司空掾、丞相征事、五官将长史;诸葛亮躬耕南阳,自比管仲、乐毅,后辅佐刘备成就霸业。

  建安士人的这种人格分裂是特定的时代赋予的,他们时常内省,感受着内心的彷徨,敏感、细腻而真挚的体验,随文字率真、自然地流露出来。这种时代的苦闷在《古诗十九首》中已经有所表露,与诗歌不同的是,建安士人尚有自强不息与因循通达的精神,他们"沾染了、助长了流行于汉末的放达之风和隐逸之风,他们的诗文清楚地展现了个体生命觉醒的历程"⑤。在生活情趣和生活方式上,他们更加注重个性和自我,比如山水之乐、箕山之志,"至少自仲长统以来即已成为士大夫生活中不可或少之部分矣"⑥,比如饮酒,曹操曾下戒酒令;曹丕《典论·酒诲》依然反对过度饮酒,但他本人并没有摆脱饮酒之乐;曹植亦是"任性而行,不自雕励,饮酒不节"⑦,建安二十四年(219年)曾因醉酒不能受命救曹仁而被曹操罢之,黄初二年(221年),又几乎因"醉酒悖慢,劫胁使者"而获罪⑧,他的"大丈夫之乐"更是"倾东海以为酒"(《与吴季重书》)。他们的散漫通脱、纵情任诞,已渐开魏晋名士之风。

---

① 陈寿.三国志·卷十一·袁涣传[M].裴松之,注.北京:中华书局,1959.
② 陈寿.三国志·卷十二·崔琰传[M].裴松之,注.北京:中华书局,1959.
③ 陈寿.三国志·卷十一·田畴传[M].裴松之,注.北京:中华书局,1959.
④ 陈寿.三国志·卷十一·邴原传[M].裴松之,注.北京:中华书局,1959.
⑤ 孙明君.汉魏文学与政治[M].北京:商务印书馆,2003:14-15.
⑥ 余英时.士与中国文化[M].上海:上海人民出版社,2003:292.
⑦ 陈寿.三国志·卷十九·陈思王植传[M].裴松之,注.北京:中华书局,1959.
⑧ 同⑦.

第二章 建安散文类析(上)

东汉时,文体大盛,后世的各种文体几乎都可以在东汉找到源头并有创作,任昉《文章缘起》所记起于东汉的文体有:笺、荐、白事、序、诰、誓、露布、檄、明文、上章、训、旨、诫、传赞、谒文、祈文、哀册、哀颂、悲文、祭文、哀词、离合诗、势等①。虽然任昉对文体的分类是颇为芜杂的,有些是否源于东汉尚未形成定论,但是各种文体在东汉大兴却是无可争辩的事实,此时各种文体混用者有之,分界不清者亦有之,总之,文体辨析意识渐兴,但尚不强烈。从文体的角度对现存的建安单篇散文作品进行探析很有必要,而且这种文体分类研究也有它的现实意义:"从写作指导来看,……即使那些已被历史淘汰了的曾专用于封建统治的文体,诸如诏策、奏启、章表、封禅等,也有名亡而实存的情况。刘勰从中概括出来的某些写作原则、要求、方法和特色对今之有关各体文章的写作,也并非毫不相干。"②

第一节 风貌多样的诏令

诏令是出于政治生活的实际需要而创作的,带有很强的目的性、实用性和功利性的文章。严格来说,诏令并非文学作品,建安时期,文、笔之分尚未分明。东汉顺帝阳嘉元年(132年)左雄建议改革察举之法,即"诸生试家法,文吏课笺奏",新制虽未实行,却是后来选举制度由经术取士过渡到文章取士的一个起点,这种"试文之法"推动了当时士子文人自觉为文的意识,诏令等公文的创作也开始注重形式和技巧。诏令作为下行公文,有时并非皇帝或地方长官本人所作,但它们的写作是在授意之下完成,被颁布生效亦是经过过目、首肯的,除了一些特别标出代作者的名字之外,皆被认为是皇帝本人或地方长官的作品。纷繁复杂的建安时代,风云际会的人杰英才创作了大量姿态各异的公文作品,诏令就是其中的一大类。

建安时期的诏令包括诏、令、教、册(策)、敕和制六种文体,共二百七十余篇,作者主要为献帝刘协、曹操、曹丕、曹叡、曹植和孔融六人,以下分别论述之。

一、献帝刘协的诏令(附潘勖、卫觊)

献帝刘协的诏令今存二十三篇,从中可以看到一个想有一番作为却不能的末代皇帝的形象,正如《后汉书·献帝纪》所说:"至令负而趋者,此亦穷运之归乎!天厌汉德久矣,山

---

① 转引自黄金明.汉魏晋南北朝诔碑文研究[M].北京:人民文学出版社,2005:74.
② 林杉.文心雕龙文体论今疏[M].呼和浩特:内蒙古教育出版社,2000:12.

阳其何诛焉!……献生不辰,身播国屯。终我四百,永作虞宾。""汉自和帝以后,政教陵迟。"①东汉末年,农民起义,宦官、外戚相继专权,诸侯混战,九岁即位的刘协自有励精图治之心却力不足,刘协扭转不了汉代灭亡的命运,这是历史积弊的必然走向。

东汉末年,灾异常常发生,对谶纬之言,刘协态度较为微妙,《史官免罪诏》中太史令王立并未因"司候不明"而获罪,刘协认为"探道知微,焉能不失",这是一种较为客观的宇宙观;而《诏勿收裴茂之》却以"灾异数降,阴雨为害"为据,指出要"宣布恩泽"。相对谶纬、灾异之说,刘协更致力于人事,注重民本,《试儒生诏》中对"白首空归"的儒生报以同情,而且选择其中一部分委以太子舍人之职,足见刘协对儒学之重视,希望通过儒学之官充实自己的力量,当时长安城中传诵着有关此诏的歌谣:"头白皓然,食不充粮。裹衣寒裳,当还故乡。圣主愍念,悉用补郎。舍是布衣,被服玄黄。"②可见其影响。刘协在诏令中常常是一副忧国忧民、心怀天下苍生的形象,如《令州郡罢兵诏》"四民流移,托身佗方,携白首于山野,弃稚子于沟壑,顾故乡而哀叹,向阡陌而流涕,饥厄困苦,亦曰甚矣",《告张济诏》"诸军不止其竞,遂成祸乱。今不为定,民在涂炭",战乱下民不聊生,欲救百姓于水火之中的沉痛心情蕴含在凝重的语气中。面对百姓的苦苦挣扎,刘协只能是无可奈何,而《考实侯汶诏》却记录了刘协做成的一件为人称道的事:兴平元年(194年)三辅大旱,谷一斛五十万,豆麦一斛二十万,白骨遍野,刘协亲自求雨,赦免犯人,下令侍御史侯汶开仓济民,用太仓米豆为饥民做糜粥,但饿死者并没有减少。"帝疑赋恤有虚,乃亲于御坐前量试作糜,乃知非实",于是发布此诏杖责侯汶,诏令中"未忍"一词点出其责也轻,而饥民也因为皇帝的亲自督查而"多得全济"③,当时刘协十四岁。

愈到刘协统治后期,其诏令中君弱臣强的形势愈是明显。建安元年随曹操迁都许之后,曹操"奉天子以令不臣",刘协越来越成为名副其实的傀儡皇帝,他发布的《诏敕曹操领兖州牧》《诏曹操袭费亭侯》《命魏公得承制封拜诏》《进魏公爵为魏王诏》等并非本意,因为根据《后汉书·献帝纪》的记载,迁都许之后曹操历任的司隶校尉、司空、冀州牧、丞相、魏公、魏王等官爵都是"自领""自立""自为""自进"的,他的诏书只不过使这些官爵名正言顺罢了。《封孙策诏书》《又诏敕孙策》也是在曹操上表"授意"之后才发布的。据《后汉书·献帝纪》记载,不只曹操,袁术也自称天子,袁绍自立为将军,刘备自称汉中王,多方手握重兵、雄踞一方的诸侯使刘协倍感无奈与无助,曹操的"奉天子以令不臣"在一定程度上也限制了地方势力的发展和扩张。

《后汉书·荀悦传》载:"献帝颇好文学,悦与彧及少府孔融侍讲禁中,旦夕谈论。……时,政移曹氏,天子恭己""其(荀悦等人)所论辩,通见政体,既成而奏之。……帝览而善之。帝好典籍,常以班固《汉书》文繁难省,乃令悦依《左氏传》体以为《汉纪》,三十篇,诏尚书给笔札。辞约事详,论辨多美"。刘协不仅注重学术文化的建设,其文学修养也颇高,在他身边活跃着荀悦、荀彧、孔融等文学侍从之臣。因为长期处于"恭己"、受压制的地位,他的诏令多是娓娓道来,语气多优柔舒缓,多用排偶句式,语言凝练,雅富文采,情感凝重雍

---

① 范晔.后汉书·卷九·献帝纪[M].李贤,等注.北京:中华书局,1965.
② 同①.
③ 同①.

容。刘师培在《中国中古文学史·论汉魏之际文学变迁》中说:"献帝之初,诸方棋峙,乘时之士,颇慕纵横,骋词之风,肇端于此。"①献帝诏令也好骋词,有的篇章丰赡雍雅,如《命魏公得承制封拜诏》《进魏公爵为魏王诏》皆引用典实,以古证今,骈散相间,前诏从曹操角度切入,后诏多言己身,所选角度不同,虽非本意,却有诚恳的姿态;有的凝练含蓄,如《诏张济》《诏李乐》用简短的反问和类比,含蓄而明确地表明自己的态度。

建安十八年(213年)五月,在曹操由丞相进为魏公时,有一则《册魏公九锡文》,《三国志》裴注"后汉尚书左丞潘勖之辞也"②。关于九锡文,在潘勖以前,尚未定制。《韩诗外传》卷八载"诸侯之有德,天子锡之。一锡车马,再锡衣服,三锡虎贲,四锡乐器,五锡纳陛,六锡朱户,七锡弓矢,八锡鈇钺,九锡秬鬯"③,此谓九锡之礼。《礼记》《尚书》中也有以九锡之礼嘉奖有功之诸侯的记载。王莽为使篡位正统合理化,与属下共同谋划、由刘歆起草、以元王太后的名义发布的《策安汉公九锡文》是《全上古三代秦汉三国六朝文》中最早以"九锡文"为题的文章,但它在体例上并不是不成熟。在九锡文发布之前,张竦等人为陈崇作草奏,搜罗了王莽十二条合乎圣人之道的功德,每条皆以孔子或儒家经典之语再加上"公之谓也"作结。刘协时,"魏国初建,潘勖字元茂,为册命文。自汉武以来,未有此制。勖乃依商周宪章,唐虞辞义,温雅与典诰同风,于时朝士皆莫能措一字"(《太平御览》卷五九三引殷洪《小说》),潘勖此文在内容和形式上借鉴了《策安汉公九锡文》《为陈崇草奏称莽功德》,成为后代九锡文创作的范本。后人对潘勖这篇规范形式的九锡文开山之作评价甚高,刘勰评其"潘勖凭经以骋才,故绝群以锡命"④"典雅逸群"⑤"思摹经典,群才韬笔,乃其骨髓峻也",将其作为"风骨"中之有"骨髓",即"结言端直""捶字坚而难移"⑥的代表,《太平御览》卷五九三评其"辞义温雅",谭献曰:"所言不夸饰,渊乎茂乎,精神肌理与典诰相通,自是子云以后有数玮篇。"又云:"神完气足,朴茂渊懿,扬班俦也。"⑦赵翼有评:"每朝禅代之前,必先有九锡文,总叙其人之功绩,进爵封国,赐以殊礼,亦自曹操始……其文皆铺张典丽,为一时大著作,故各朝正史及南北史俱全载之。"⑧《汉书·王莽传》上载张竦为陈崇草奏,称莽功德,列举多条。对于潘勖的《册魏公九锡文》,范文澜亦曰:"近拟竦文,远学《尚书》,自后大盗移国,莫不作九锡文,如涂附涂,而典赡雅饬,则无有及此者。"⑨均指出其在言辞和句式上的典雅丰赡。十个"此又君之功也",从讨董卓开始,一一列举曹操之功德,九个"君……是用锡君……",详细分述九锡之嘉奖,两组排比句式,骈散结合,骈句居多,句式整饬,引历史故实为据,既有古今对比,又为今日之九锡文寻得名正言顺、足以服人的历史依据,开篇叙述帝之"不德""眇身""无任"与后文曹操功德的渲染形成鲜明的对比。渲染

---

① 刘师培.中国中古文学史 论文杂记[M].舒芜,校点.北京:人民文学出版社,1959:11.
② 陈寿.三国志·卷一·武帝纪[M].裴松之,注.北京:中华书局,1959.
③ 韩婴.韩诗外传附补逸校注拾遗[M].周廷寀,校注.北京:中华书局,1985:104.
④ 刘勰.文心雕龙·才略[M].范文澜,注.北京:人民文学出版社,1978:699.
⑤ 同④.
⑥ 同④.
⑦ 李兆洛.骈体文钞[M].郑州:中州古籍出版社,1990:124.
⑧ 赵翼.廿二史札记·卷七·九锡文[M].北京:中国书店,1987:91.
⑨ 刘勰.文心雕龙·诏策[M].范文澜,注.北京:人民文学出版社,1978:368.

曹操功德时，虽有夸张，如"袁绍逆乱天常，谋危社稷，凭恃其众，称兵内侮，当此之时，王师寡弱，天下寒心，莫有固志，君执大节，精贯白日，奋其武怒，运诸神策，致届官渡，大歼丑类，俾我国家，拯于危坠"，用对比、形容之辞叙说曹操官渡之战的功绩，但基本能做到"夸而有节，饰而不伪"。后来的九锡文更加追求骈辞俪句和形式之美，在内容上更多夸饰，如徐陵的《册陈公九锡文》等。李兆洛《骈体文钞》专列九锡文，将其归入策命类，并且指出："九锡禅诏，类相重袭，逾袭逾滥，稍录之以备体。"①这是由汉魏六朝散文骈体化的趋势和九锡文特殊的功用决定的。九锡文常常作为易鼎之用，曹丕《策命孙权九锡文》却非如此，文章作于黄初二年（221年）十一月，曹丕代汉自立根基尚不稳，刘备已于四月称帝，而孙权则凭借长江天险雄霸江东，为平衡权力，维持、稳定局面，曹丕只能拉拢孙权，封王赐九锡。此文在内容与形式上仍然模仿潘勖九锡文，但因为创作背景和目的不同，开篇并未有国家危难、皇室衰微的内容，也没有称述功德的排比、夸张性的语句，仅泛泛指出孙权之忠义，故而赐九锡，将笔墨着重放在九锡的内容上，以显示曹丕即位的正统性。

在众臣与曹丕之间多次的请受禅与辞让后，刘协"以众望在魏"②，遂"奉玺绶禅位"，他的禅让诏策系卫觊作，共六篇，内容紧紧围绕国家之危难、皇室之衰微、曹丕之贤德以及尧舜之古事展开，大量运用对比、用典、排比、对偶等修辞，渲染文章庄重而严肃的气势，措辞用语既显示出公文的典雅，也有文人的锤炼修饰，如"九州幅裂，强敌虎争，华夏鼎沸，蝮蛇塞路"，既有比喻又有夸张，当时的混乱局势如在目前，刘勰评曰"卫觊禅诰，符命炳耀"③，正是在其政治性之外指出了其浓厚的文学色彩。

二、魏之三祖诏令比较

据严可均《全三国文》，曹操现存散文共一百四十九篇，其中诏令作品八十八篇（《内诫令》归入戒书论述），包括令文七十九篇、教文七篇、策文两篇，占其作品总数的59.1%。曹操虽然不是国君，没有诏文，但他"挟天子以令诸侯"，却有国君之实。这八十八篇下行公文，充分体现了他"君临文坛"的地位。曹丕现存散文一百四十九篇，诏令九十一篇，从黄初元年（220年）至黄初七年（226年），共在位七年，诏令作品数量及占作品总数的比例与曹操相当。曹叡时期，即从太和元年（227年）至太和六年（232年），六年间可以确定的诏令作品有三十六篇，曹叡在位十三年共有诏令七十九篇，作品数量远远不及其祖、父。曹操一生都在"拨乱"，都在为曹氏家族代汉称帝做着努力，曹丕践祚之初为稳定政权也采取了很多措施，曹叡在祖、父两辈的基础上尚称得上是守成之君，他们在不同历史阶段、时代背景下所作的诏令自有其不同的内容和风格。

（一）不同的生活境遇与个性

曹操"勤勤恳恳叙心腹"的《让县自明本志令》，写于建安十五年（210年）十二月，它用翔实的文字记录了曹操几十年来的生平和思想发展的历程，再现了群雄逐鹿的历史风貌，毫无矫饰地阐明了各个人生阶段的心愿和抱负。曹操也曾自作《家传》，并用自己二十三岁

---

① 李兆洛.骈体文钞[M].郑州:中州古籍出版社,1990:124.
② 陈寿.三国志·卷二·文帝纪[M].裴松之,注.北京:中华书局,1959.
③ 刘勰.文心雕龙·诏策[M].范文澜,注.北京:人民文学出版社,1978:359.

任顿丘令时的所作所为亦无所悔愧的经历勉励曹植,可见曹操有着极强的自我肯定意识和强烈的积极进取精神。"少机警,有权数,而任侠放荡,不治行业"①的曹操二十岁举孝廉,然后破黄巾,讨董卓,"挟天子以令诸侯",最后基本平定北方,真可谓许劭所评"治世之能臣,乱世之奸雄"②。曹操丰富的人生经历,复杂的思想心路历程,独特鲜明的个性,以及特殊的政治、军事地位使他的诏令内容非常繁杂,作为"名略最优"的"非常之人,超世之杰"③,远非曹丕、曹叡可比。曹操在诗歌、书法、音乐方面也有很高的修养,"……文武并施。御军三十余年,手不舍书,昼则讲武策,夜则思经传,登高必赋,及造新诗,被之管弦,皆成乐章"④,古直、不尚藻饰的诗歌创作风格也体现在他的教令作品中。

  曹操虽然"文武并施",但对子孙的培养教育却更注重德行和文学才艺方面的能力,他不喜欢好武的曹彰,认为"不念读书慕圣道,而好乘汗马击剑,此一夫之用,何足贵也",并"课彰读《诗》《书》"⑤,而喜欢善属文的曹植,甚至几立为太子,常常命诸子同题作文,以试其德才。《百辟刀令》要选诸子中"不好武而好文学"者给予百辟刀,《诸儿令》中"欲择慈孝不违吾令"之儿督治寿春、汉中和长安,而且"不欲有所私",体现出对儿子们的严格要求。曹操在选材任能方面是"唯才是举""勿废偏短""勿拘品行",似乎并不太注重德行,但在为诸子选择属吏时则要选择德才兼备之人,《高选诸子官属令》中"侯家吏,宜得渊深法度如邢颙辈",邢颙当时有"德行堂堂邢子昂(邢颙字)"⑥之称,曹操让他做了曹植的家丞;《转邴原五官长史令》中邴原因为"秉德纯懿,志行忠方,清静足以厉俗,贞固足以干事,所谓龙翰凤翼,国之重宝",时任东曹掾的崔琰认为若能"举而用之,不仁者远"⑦,曹操遂以之取代凉茂为五官将长史。在孙辈中,曹操特别喜欢"生数岁而有岐嶷之姿""好学多识,特留意于法理"⑧的曹叡。因此,曹操更多的是把子孙作为治国安邦的守成之继承者来培养,而不是只能"马上打天下"的武将之才。曹丕、曹叡的生活面相对曹操狭窄得多,也缺少曹操纵横天下、驰骋疆场的霸王之气。

  曹丕虽然"生长戎马之间,善骑马,左右射,又工击剑弹棋,技能戏弄,不减若父"⑨,经常跟随曹操征伐、出猎,但颇好文学的他,时常"以著述为务",主持编纂了我国第一部类书《皇览》,著有一部学术著作《典论》,其中有我国文学批评史上第一篇专题论文《论文》,还"以素书所著《典论》及诗赋饷孙权,又以纸写一通与张昭"⑩,足见其对文化事业和文学的重视。曹丕虽然为巩固政权、完成统一做了很多努力,但他留给后人更多的是当时邺下文人集团的领袖形象。陈寿也是从其文人的角度论之:"文帝天资文藻,下笔成章,博闻强识,

---

① 陈寿.三国志·卷一·武帝纪[M].裴松之,注.北京:中华书局,1959.
② 同①.
③ 同①.
④ 同①.
⑤ 陈寿.三国志·卷十九·任城威王传[M].裴松之,注.北京:中华书局,1959.
⑥ 陈寿.三国志·卷十一·邢颙传[M].裴松之,注.北京:中华书局,1959.
⑦ 陈寿.三国志·卷十一·邴原传[M].裴松之,注.北京:中华书局,1959.
⑧ 陈寿.三国志·卷三·明帝纪[M].裴松之,注.北京:中华书局,1959.
⑨ 张溥.汉魏六朝百三家集题辞注[M].殷孟伦,注.北京:人民文学出版社,1960:67.
⑩ 陈寿.三国志·卷二·文帝纪[M].裴松之,注.北京:中华书局,1959.

才艺兼该。若加之旷大之度,励以公平之诚,迈志存道,克广德心,则古之贤主,何远之有哉!"①他的诏令作品亦可看出文人皇帝的风格。

曹叡少年时深受曹操喜爱,"常令在左右",因母亲甄氏被废,随郭后长大,曹丕并不太喜欢他,久未被立为太子。这样的成长环境,再加上他口吃少言,"自在东宫,不交朝臣,不问政事,唯潜思书籍而已"②,逐渐形成沉静内向的性格。即位之后,"沉毅断识,任心而行""褒礼大臣,料简功能,真伪不得相贸,务绝浮华谮毁之端,行师动众,论决大事""有君人之至概"③。曹叡博学多识,常常过目不忘,"含垢藏疾,容受直言,听受吏民士庶上书,一月之中至数十百封,虽文辞鄙陋,犹览省究竟,意无厌倦"④。曹叡"虽文采渐衰,然亦笃好艺文,观其《以所作平原公主诔手诏陈王植》曰:'吾既薄才,至于赋、诔特不闲。'陈王答表则言:'文义相扶,章章殊兴,句句感切。'此为明帝工文之证也。"⑤虽也能诗文,《隋书·经籍志》载其集七卷,但已散佚,在祖、父光环的掩盖下,生活面本来并不深广的曹叡除了乐府诗尚有人论及之外,散文作品中大多是诏令,并未引起学界注意。

(二)同中有异——一切从实际出发,"实际"各有不同

曹操作为魏国的实际开创者,他要做的就是扩张势力、夺取政权、消除异己、稳定局面,处在这种特殊的政治、军事地位上,发布的诏令有很强的针对性,令到即行,不容怠慢,在内容上也关涉到社会生活的方方面面。首先,在经济方面,有《置屯田令》《赡给灾民令》《加枣祗子处中封爵并祀祗令》《蠲河北租赋令》《收田租令》《军谯令》等,其中不仅有屯田、减轻或免除租税、抑制豪强土地兼并、抚恤死亡将士家属、分田地、配耕牛的政策,还有为后方百姓设立学校等一系列措施,既为统一北方奠定了经济基础,安定了军心,提高了军队的战斗力,也减轻了民众的负担,在一定程度上缓和了社会矛盾。而曹丕有关经济方面的诏令则主要是为了休养生息,恢复生产,促进经济的发展,增强国力,如《除禁轻税令》《复谯租税令》《复颍川一年田租诏》《平准诏》等。到了曹叡,经过曹操、曹丕两代人的治理,魏国国势已相对强盛,在曹叡现存的诏令中并未发现有关经济的内容,应该仍是沿用祖、父的措施。这些诏令都是当时社会经济状况的实录,完全可以视为重要的文献资料。

其次,在军事方面,曹操的很多诏令都是军事理论和多年作战经验的总结,详尽而细致、具体,有很强的实际操作性,如《军令》《船战令》《步战令》等介绍了作战布阵的方法、行军作战中的配合和具体的奖惩条例,突出其治军之严。《败军令》亦是通过"信赏必罚"鼓励将士临阵死战,多立战功。《合肥密教》《遣徐商吕建等诣徐晃令》则是对具体战事的军事部署,为文利索干练,意指明确,简短的几个字点出曹操对战局的了如指掌、对将士的各尽其用,篇幅虽短,传达的却是最有效的信息,惜墨如金,妙用到家。东晋历史学家孙盛评论《合肥密教》:"夫兵固诡道,奇正相资,若乃命将出征,推毂委权,或赖率然之形,或凭掎角之势,群帅不和,则弃师之道也。至于合肥之守,县弱无援,专任勇者则好战生患,专任怯

---

① 陈寿.三国志·卷二·文帝纪[M].裴松之,注.北京:中华书局,1959.
② 陈寿.三国志·卷三·明帝纪[M].裴松之,注.北京:中华书局,1959.
③ 同②.
④ 同②.
⑤ 刘师培.中国中古文学史 论文杂记[M].舒芜,校点.北京:人民文学出版社,1959:22.

者则惧心难保。且彼众我寡,必怀贪惰;以致命之兵,击贪惰之卒,其势必胜;胜而后守,守则必固。是以魏武推选方员,参以同异,为之密教,节宣其用;事至而应,若合符契,妙矣夫!"①曹操治军不只从严、从厉,也有大肆封赏、抚恤死亡将士家属、关心体贴将士的一面,如《封功臣令》《下令大论功行封》《分租与诸将掾属令》《存恤从军吏士家室令》《鼓吹令》《戒饮山水令》等,很好地稳定了军心、鼓舞了士气,有利于统一战争的顺利进行。我们可以根据曹操的这些军事诏令及他的《孙子》注、《孙子序》,分析研究其军事思想。曹丕和曹叡作为守成之君,在统一南北上并没有什么突出的成就。曹丕在军事上也有治军的令文,如祭奠死亡士卒的《殡祭死亡士卒令》,显示了一定的治军能力,在位后期征服了漠北的鲜卑、高句丽等部落,向北方开拓了疆域。在中原地区则主要采取防御性战略,以观望的态度或求得三方力量的平衡,或坐收渔人之利,当蜀将孟达、杨仆降附时,令文中显见志得意满之态(《孟达杨仆降附令》)。虽有几则册封、征伐、责问孙权的诏书,几次率军南下却都无功而返。曹叡虽然曾率军大败蜀军,但少有军事内容的诏令发布,而其战功也多有司马懿的参与。

再次,在选材任能方面,三祖都重视人才,但选材标准、用人策略又各有不同。曹操笃定"任天下之智力,以道御之,无所不可"②,《论吏士行能令》是他发布的最早的求贤才的令文,写于大败袁绍集团后的建安八年(203年),令文提出了"不官无功之臣,不赏不战之士;治平尚德行,有事赏功能"的用人方略,积极地为统一北方做人才上的准备。从建安八年(203年)到建安二十二年(217年),曹操发布了多条用人命令,《选举令》强调谨慎选材,恪尽职守;建安十一年(206年)的《求言令》主张广开言路;建安十五年(210年)春的《求贤令》明确提出"唯才是举"的用人主张;建安十九年(214年)的《敕有司取士毋废偏短令》,重申"唯才是举"的用人策略,以历史上的陈平、苏秦为据,指出有德行之士未必皆能进取,进取之士并非皆有德行,德行并非进取之士的唯一标准。建安二十二年(217年)秋八月的《举贤勿拘品行令》是曹操现存求贤诏令中发布最晚的一则,列举历史上或出身低微,或曾负污名的八位创下功业的人物,说明要不拘一格地任用在政治、经济、军事方面有才能的人。曹操正是在众多治国用兵之才的辅助、支持下,南征北战,恢复、稳定局势,逐步完成了统一北方的事业。曹操的"唯才是举""勿废偏短""勿拘品行"是非常时期的非常策略,在混乱的战争年代,这种不拘一格用人才,不对人才求全责备的方针政策的确招揽来大量人才,能者,为我所用;不能者,给予一定待遇,不让他捣乱。正如王夫之所说:"操之所以任天下之智力,术也,非道也。术者,有所可,有所不可;可者契合,而不可者弗能纳,则天下之智力,其不为所用者多矣。"③他在培养教育后备人才时仍注重对德才兼备之士的选择,《修学令》中的"仁义礼让之风""先王之道"显然是指传统的儒家道德。为了巩固权力和稳定局势,曹操也不惜使手段清除异己,《授崔琰东曹教》中称述崔琰有"伯夷之风,史鱼之直",而《赐死崔琰令》中却将其赐死,究其原因,乃是因为曹操"以为琰腹诽心谤",入狱之后,又"心似不平"④"若有所瞋"。与崔琰有相同命运的还有孔融、许攸、娄圭,陈寿将这四人被诛

---

① 陈寿.三国志·卷十七·张辽传[M].裴松之,注.北京:中华书局,1959.
② 陈寿.三国志·卷一·武帝纪[M].裴松之,注.北京:中华书局,1959.
③ 王夫之.读通鉴论·卷九·献帝[M].北京:中华书局,1975:290.
④ 陈寿.三国志·卷十二·崔琰传[M].裴松之,注.北京:中华书局,1959.

杀的原因归结为曹操"性忌,有所不堪",而这四人"皆以恃旧不虔见诛"①,实际上是曹操在不择手段地铲除拥汉派中的顽固分子,为曹氏政权顺利代汉扫清道路。

曹丕即位后,为巩固政权,对先代老臣和亲信之人加以重用和封赏,以取得他们的拥戴和支持,《与于禁诏》《封朱灵为鄃侯诏》《下诏赐华歆衣》《赐桓阶诏》等对他们加官进爵,并赐给衣物,从生活小事上予以关心;对拥汉派加以拉拢,试图缓和矛盾,取得谅解和拥护,《为汉帝置守冢诏》允许山阳公刘协在封国内仍实行汉制,并为武、昭、宣、明四位皇帝设守冢之户,《赐故太尉杨彪几杖诏》赐给汉献帝时曾位列三公之一的老成人杨彪延年杖和冯几;对吴蜀降附之士委以重任,实行安抚政策,《孟达杨仆降附令》中对蜀将孟达、杨仆在魏国内忧外患之际前来投降,深感仁义之风的教化作用。曹操用人主张"唯才是举""勿废偏短""勿拘品行"且身体力行,知人善任,用到实处;而曹丕强调取士勿限年龄,《取士勿限年诏》中提出"郡国所选,勿拘老幼,儒通经术,吏达文法,到皆试用,有司纠故不以实者",虽有承袭其父的通脱,但因为曹丕实行九品中正,不再打压士族豪强,这条诏令并没有起到实际的作用。《鶡鹂集灵芝池诏》以《诗经·曹风·候人》内容为意,主张要"博举天下俊德茂才、独行君子",因"鶡鹂集灵芝池"的自然之兆而要推举人才,已经不是曹操当年亟须大量人才的紧张局势了。《答孟达荐王雄诏》中阐述了曹丕的用人政策,选择官吏要亲自考察了解,如果名副其实,即加以擢用,王雄就是在"参散骑之选"后被任命为幽州刺史的,可见曹丕与其父一样在用人方面都很审慎。

曹叡在用人上,更注重尊儒贵学,《贡士先经学诏》明确提出"尊儒贵学,王教之本也。……贡士以经学为先";《下诏征管宁》对"耽怀道德,服膺六艺,清虚足以侔古,廉白可以当世"的高士管宁屡次下诏征用。曹叡另有一则《日蚀求言诏》,虽然并不认同太史令和太尉因为发生日蚀而"祈禳",但诏令中还是要广开言路,以补所阙,这与曹丕《鶡鹂集灵芝池诏》中的思想一脉相承。

最后,在思想文化与整顿社会风气方面,曹操作为高明的政治家,在某个地方的军事斗争结束之后,就会着力于恢复、重建当地的社会秩序,安定民心,变革尘风陋俗,整顿社会风气,振兴文化教育,进而逐步为曹魏的大治做政治、思想、文化、人才等各方面的准备。《整齐风俗令》对袁绍集团统治下的冀州长期形成的四种不良风气,即"阿党比周""更相毁誉""以白为黑""欺天罔君"进行整治;《明罚令》则要禁绝太原、上党、西河、雁门寒食的习俗,二令均从当地实际出发,令文内容简洁明了,语气中透出要根除陋习、重整风俗的决心。《春祠令》中,曹操从实用主义出发,对一些旧的祭祀形式,如上殿解履、临祭就洗、立待降神礼、受胙纳袖等进行了修正。《为张范下令》表面上是委婉批评张范欲学邴原"清规邈世"的行为,其实是表明对整个"名士"阶层的态度,希望他们能够辅助自己以成大业,而对顽固的拥汉派却绝不姑息。《宣示孔融罪状令》《赐死崔琰令》对所谓的孔融"违天反道""败伦乱理"和崔琰的"腹诽"绝不能容忍。上述内容可谓是曹操的除旧,他也有布新的诏令,《修学令》作于建安八年(203年)秋七月,接近统一北方之时,在郡国"修文学""置校官",在繁忙的军务中重修"先王之道",足见曹操之远见、高识。《清时令》《礼让令》分别倡导政治清明之时当为国尽忠和重德轻利的谦让之风。北方地区在经过战火的破坏后,满目疮痍,经

---

① 陈寿.三国志·卷十二·崔琰传[M].裴松之,注.北京:中华书局,1959.

过曹操实施的这一系列措施,开始恢复生产,百姓重建家园,社会秩序逐步恢复,为曹丕代汉自立打好了基础。

曹操考虑社会各方面的矛盾,最终只选择做"周公"。而曹丕代汉的时机已经逐渐成熟,他首先在社会舆论上大肆造势,这从他受禅前发布的《以李伏言禅代合符谶示外令》《辞符谶令》《辞许芝等条上谶纬令》《再让符命令》《答司马懿等再陈符命令》《止群臣议禅代礼仪令》《又令》《罢设受禅坛场令》《既发玺书又下令》《辞请禅令》《让禅令》《又令》《答董巴等令》《三让玺绶令》《让禅令》《又令》十六篇令文,另外还有《上书让禅》《上书再让禅》《上书三让禅》,共十九篇文章可以看出。张溥曾说:"霸朝初创,力更旧辙,至待山阳公以不死,礼遇汉老臣杨彪不夺其志,盛德之事,非孟德可及。当日符命献谀,玺绶被躬,群众推奉,时与势迫。倘建安君臣有能为武庚、比干者,或观望却步,竟保常节,未可知也。"①《文心雕龙·章表》说"曹公称为表不必三让"②,曹操除有一则《辞九锡令》是令的形式外,主要是写辞让谢表,而曹丕主要是辞让令文,表一般是上行公文,令一般是下行公文,标题虽不是曹操、曹丕自己拟定,但从为文语气、出文对象、时局情形等方面亦可看出曹丕代汉自立的时机已经成熟,几乎每篇令文后面,曹丕都强调"宣告官寮,咸使闻知""宣示远近,使昭赤心""宣之天下,使咸闻焉"。曹丕虽然是在做表面文章,但他连续十九次辞让,早已超出所谓的"三辞"礼仪,"千呼万唤始出来"的姿态实在做足做尽,将受禅的阻碍降低到最小,争取到最大限度的支持和拥护,代汉自立也就顺理成章了。即位之后,曹丕为巩固统治也做了不少努力,有规定宗法礼仪制度方面的《定服色诏》《毁高陵祭殿诏》《改雒为洛诏》《春分拜日诏》《禁设非礼之祭诏》《制旁枝入嗣大位不得加父母尊号诏》《禁妇人与政诏》等,针对时弊,延续受禅时五行相生相克及谶纬的观念,从魏系土德出发,变革旧制,尊古为准,以求简、务实、节俭为原则,重新规定礼仪制度,禁止后族参政,保持宗法关系中大宗的尊主地位,加强中央集权;也有刑法方面的《禁复私仇诏》《议轻刑诏》等;还有对经学儒术的重视,如《以孔羡为宗圣侯置吏修庙诏》《以郑称授太子经学令》《取士勿限年诏》《敕豫州禁吏民往老子亭祷祝》中不反对祭祀老子,但"未宜先孔子",以儒为尊,也并不排斥其他思想,在统一社会舆论的同时,兼容各家文化学说以刺激文化事业的繁荣发展。曹丕在《答邯郸淳上受命述诏》《答中山王献黄龙颂诏》《答卞兰教》中还有类似文论或文学鉴赏的内容,称《受命述》"甚典雅"、《黄龙颂》"文雅焕炳",尤其是《答卞兰教》是现存的唯一一篇先唐有关文论的教文。三则诏令似非公文,而像私人切磋文艺、交流思想的书信。后来有关魏晋南北朝时期的文论,都有论及《答卞兰教》。新朝伊始,百废俱兴,曹丕这些革新内容,为曹叡及魏国的强盛甚至西晋短暂的繁荣奠定了基础。

曹叡延续祖、父政策继续强化中央集权,《令诸王及宗室公侯各将适子一人入朝诏》《改封诸侯以郡为国诏》表面上是在通亲戚,而实际上进一步强化了皇权。随着魏国实力的不断增强,博闻强识的曹叡开始着力于文化艺术的建设。《刊典论诏》下令刊刻《典论》,与《石经》并立于庙门之外及太学,后来在景初年间也撰录整理了曹植的作品;《贡士先经学诏》明确"尊儒贵学""贡士以经学为先",重申儒学的独尊地位,针对当时文质不符的文风,

---

① 张溥.汉魏六朝百三家集题辞注[M].殷孟伦,注.北京:人民文学出版社,1960:67.
② 刘勰.文心雕龙·章表[M].范文澜,注.北京:人民文学出版社,1978:407.

指出摒弃浮华文风要从通经务本开始(《策试罢退浮华诏》);自曹丕令王粲等人改定舞乐礼制之后,曹叡又颁布《议定庙乐及舞诏》,对太庙礼乐做出新的规定,直至晋武帝太始二年(266年),"改制郊庙哥,其乐舞亦仍旧也"①。这些重质实、斥浮华、重实用的文艺政策,对曹丕敏感的文人特质带来的追求华丽、典雅的浮华世风,有一定的遏制作用。

(三)诏令在思想上体现出不同的指导方略

在群雄割据的东汉末年,面对混乱的局面,曹操为扩张势力,建立新的中央集权,选择了法家的路线,重刑名之学。陈寿指出:"太祖运筹演谋,鞭挞宇内,揽申、商之法术,该韩、白之奇策,官方授材,各因其器,矫情任算,不念旧恶,终能总御皇机,克成洪业者,惟其明略最优也。抑可谓非常之人,超世之杰矣。"②刘师培认为"魏武治国,颇杂刑名"③。在曹操具体的施政纲领中,儒家、法家、兵家、农家、墨家、道家都有浸染。他的一生大部分时间都在"拨乱",为了现实的需要,必须适时采取相宜的策略,不拘泥于某家,而是杂取各家,为我所用。他的这种实用理性精神"吸纳先代诸家之长,揆时度势,变化运用,做到'意之所图,动无违事;心之所虑,何向不济'。"④徐公持从曹操毕生的政治军事经历和政策方略得出结论:"曹操的基本思想性格特征,就是头脑清醒,料事准确,机智灵活,谋略盖世,知人善任,'难眩以伪',意志坚强,百折不挠,文治武略,手段多样,严刑峻法,赏罚分明,'兵无常势',善于权变,又'性不信天命',总之,他是一位中国历史上少有的'治世之能臣,乱世之奸雄'。"⑤

曹丕即位之后,百废待兴,"常嘉汉文帝之为君,宽仁玄默,务欲以德化民,有贤圣之风",曾著《太宗论》赞曰:"弘三章之教,恺悌之化,欲使曩时累息之民,得阔步高谈,无危惧之心。"⑥汉文帝是曹丕心目中理想的帝王形象,汉文帝尊黄老之术,曹丕为政也追求"旷大之度",求简便、重实用、节俭。曹丕以及其子曹叡虽然也有尊经重儒、尊儒贵学的诏令,但收效甚微,《三国志·魏书·王肃传》注引《魏略》载曰:"从初平之元,至建安之末,天下分崩,人怀苟且,纲纪既衰,儒道尤甚。至黄初元年之后,新主乃复始扫除太学之灰炭,补旧石碑之缺坏,备博士之员录,依汉甲乙以考课。申告州郡,有欲学者,皆遣诣太学。太学始开,有弟子数百人。至太和、青龙中,中外多事,人怀避就。虽性非解学,多求诣太学。太学诸生有千数,而诸博士率皆粗疏,无以教弟子。弟子本亦避役,竟无能习学,冬来春去,岁岁如是。又虽有精者,而台阁举格太高,加不念统其大义,而问字指墨法点注之间,百人同试,度者未十。是以志学之士,遂复陵迟,而末求浮虚者各竞逐也。正始中,有诏议圜丘,普延学士。是时郎官及司徒领吏二万余人,虽复分布,见在京师者尚且万人,而应书与议者略无几人。又是时朝堂公卿以下四百余人,其能操笔者未有十人,多皆相从饱食而退。嗟夫!学

---

① 沈约.宋书·卷十九·乐志[M].北京:中华书局,1974.
② 陈寿.三国志·卷一·武帝纪[M].裴松之,注.北京:中华书局,1959.
③ 刘师培.中国中古文学史 论文杂记[M].舒芜,校点.北京:人民文学出版社,1959:11.
④ 徐公持.魏晋文学史[M].北京:人民文学出版社,1999:27.
⑤ 同④26.
⑥ 陈寿.三国志·卷二·文帝纪[M].裴松之,注.北京:中华书局,1959.

业沈陨,乃至于此。是以私心常区区贵乎数公者,各处荒乱之际,而能守志弥敦者也。"①可见一斑。

西晋傅玄对魏之三祖时期的社会学术思想做过评论:"魏武好法术,而天下贵刑名;魏文慕通远,而天下贱守节。其后纲维不摄,而虚无放诞之论盈于朝野,使天下无复清议,而亡秦之病复发于今。"(《全晋文·卷四十六·掌谏职上疏》)曹操的"好法术"、曹丕的"尚通达","都是在儒家以外寻求理论武器,作为平天下、治国的政策依据。随之而来的是,士人的信念在变,社会的风气在变"②。这种影响波及曹叡统治时期,甚至愈演愈烈,曹叡屡下尊儒贵学和"以经学为先"的诏令也没有真正复兴儒学,浮华之风也没有得到扭转,"虚无放诞"的清谈、辨名析理的玄学在名教之争中反而逐渐兴起了。

(四)艺术特色之比较

1.清峻通脱的曹操诏令

诏令的实用性强,作为统治者使用的下行公文,西汉司马迁从儒家的审美观念出发,认为"诏书律令下者,明天人之际,通古今之义,文章尔雅,训辞深厚,恩施甚美。小吏浅闻,不能究宣,亡以明布谕下"③。东汉陈忠说:"臣伏惟古者帝王有所号令,言必弘雅,辞必温丽,垂于后世,列于典经。故仲尼嘉唐虞之文章,从周室之郁郁。"④南宋真德秀也提出"制、诰皆王言,贵乎典雅温润,用字不可深僻,造语不可尖新,文武宗室,各得其宜,斯为善矣"⑤。都指出诏令的言辞应该"温文尔雅""温润""深厚"。然而曹操的此类作品并非如此,作为出色的政治家,曹操的自信、自负、坦率使他的诏令等下行公文随意洒脱,是真正的自由派公文。他纯粹以意为文,文随意到,这些文章"体式自由,很少规制,以散句为主,不事雕琢,少有藻饰,自然朴实,只求'指事造实',不避俗言俚语",并未受到东汉文章骈化趋势的影响,句式长短不一,文势疏散。"他几乎不写骈体文",也很少有骈化的痕迹,多数作品与作者的地位和性格相称,可以称得上是"真正意义上的散文"⑥。诏令重实用,不重文采,朴质无华,有什么就说什么,说什么就是什么,不容置疑,绝不含糊。鲁迅说曹操"他胆子很大,文章从通脱得力不少,做文章时又没有顾及,想写的便写出来"⑦。这种随便即"通脱"是与"清峻"的风格结合在一起的。文如其人,曹操不需要掩饰,他是在以其笔写其心。在形式上也是不拘一格,有短则几字的诏令,如《原贾逵教》八个字、《诛袁谭令》九个字、《下田畴令》九个字、《在阳平将还师令》仅"鸡肋"两个字等,也有长达千字以上的《让县自明本志令》。曹操的八十八篇诏令中,不算标点,百字以内的有六十八篇,篇幅虽短,用语却明达,绝不含糊其辞,常常道其然,而不容置疑所以然,真正做到了凝练精悍、尚实尚用。刘勰说

---

① 陈寿.三国志·魏书·王肃传[M].裴松之,注.北京:中华书局,1959.
② 魏明安,赵以武.傅玄评传[M].南京:南京大学出版社,1996:114.
③ 司马迁.史记·卷一二一·儒林列传序[M].北京:中华书局,1959.
④ 范晔.后汉书·卷四十五·周荣传[M].李贤,等注.北京:中华书局,1965.
⑤ 吴讷.文章辨体序说·制诰[M].于北山,校点.北京:人民文学出版社,1962:36.
⑥ 徐公持.魏晋文学史[M].北京:人民文学出版社,1999:41.
⑦ 鲁迅.魏晋风度及文章与药及酒之关系[M]//鲁迅全集·而已集.北京:人民文学出版社,1981:503.

"魏武称作敕戒当指事而语,勿得依违,晓治要矣"①,正是指出了这一点。可以《让县自明本志令》为例,令文针对政敌的非难而作,将几十年来的人生经历、思想发展和盘托出,从事实出发,是极为坦率、毫无遮掩的自我表白,完全可视为曹操自传。傅刚说它"叙事如传,率真不饰,而又时露霸气"②,张溥说此令"述志一令,似乎欺人,未尝不抽序心腹,慨当以慷也"③,是一篇颇具建安风力的文章。

  在《曹操公文中"令"的研究》一文中,明丽根据曹操政治生涯中权力发展的三个阶段,分别从横向和纵向两个方面对其上行表奏、下行令教、书信及其他公文创作进行了统计学上的分析比较,认为随着曹操权力的不断扩大,令教创作愈来愈多,对皇帝的请示也渐渐流于形式④。作为政治家的曹操,其诏令在形式上更为随便洒脱,即通脱,在文势上更为疏散、俊朗,即清峻。随着政治权力的不断扩大,文学造诣很深的曹操更是在诏令中将这种随心所欲的任气、通脱、清峻之风发挥到了极致。他的诏令完全是强者的语言,诏令因为是下行公文,常常是权威或命令性的话语,为增强说服力,常常需要先引用典语或故实,方称得上言之有理。曹操也有这种规范格式的诏令,如《听田畴让封令》《辟蒋济为丞相主簿西曹属令》;他的大部分诏令或者直接明确自己的主张和态度,然后引出论据,最后重申论点,如《整齐风俗令》《求言令》;或者只是摆明观点,发布命令,如《存恤从军吏士家室令》《选军中典狱令》;或者仅仅列举史实,命令蕴含其中,如《置屯田令》。用典是公文常常用到的写作方式,曹操的诏令为了以古证今,说明事理和表明态度,同样需要引经据典,只是重刑名之学的曹操常常会引用儒家的言辞或借用儒家赞赏的古圣贤人的典实,如《授崔琰东曹教》中称崔琰"有伯夷之风,史鱼之直",《收田租令》中"有国有家者,不患寡而患不均,不患贫而患不安"语出《论语·季氏》,《求言令》引用《诗经》诗句,《告涿郡太守令》称赞卢植明《春秋》之义,实乃贤者之后,《让县自明本志令》引用《论语·泰伯》中称赞周文王的话语"三分天下有其二,以服事殷。周之德,其可谓至德也已矣",也曾有过"若天命在吾,吾为周文王矣"的言辞。曹操诏令中也有其他各派的思想言论,如《败军令》引用《司马法》中的语句,《论吏士行能令》引用管仲的言辞;有时也会引用质朴的民间谚语,如《选举令》中的"失晨之鸡,思补更鸣",《礼让令》中的"让礼一寸,得礼一尺"。曹操是真正的拿来主义者,诸子百家,信手拈来,任己驱遣,为己所用。

  曹操有较高的文学修养,他的诏令已开始呈现出文学化的趋势,首先表现在内容上,文笔不分,诗文互现。曹操"文武并施。御军三十余年,手不舍书,昼则讲武策,夜则思经传,登高必赋,及造新诗,被之管弦,皆成乐章"⑤。有着政治家与文学家双重身份的曹操,在三十余年的戎马生涯中创作的诗赋与发布的教令,在内容与功能上,不可避免地会互通或互融,他的诗赋常常有政治家的眼光和气魄,他的诏令等公文则会沾染诗赋的清新和形象。曹操的很多乐府诗以旧题写时事,反映了广阔的社会现实,其内容与表现手法与教令的内

---

① 刘勰.文心雕龙·诏策[M].范文澜,注.北京:人民文学出版社,1978:360.
② 傅刚.《昭明文选》研究[M].北京:中国社会科学出版社,2000:295.
③ 张溥.汉魏六朝百三家集题辞注[M].殷孟伦,注.北京:人民文学出版社,1960:64.
④ 明丽.曹操公文中"令"的研究[D].长春:长春理工大学,2008:7-9.
⑤ 陈寿.三国志·卷一·武帝纪[M].裴松之,注.北京:中华书局,1959.

容或相同或相近,如写长年的军阀混战给人民带来灾难的《蒿里行》与《军谯令》《短歌行·对酒当歌》与曹操发布的多条求贤才的诏令都可互相参读。

曹操的诏令常用排比、反问、对比、类比、比喻、引用等修辞手法说明事理,使文章语言更加生动形象,增强说服力。《整齐风俗令》中,铺排冀州四种恶俗,既加强了语气,又可见曹操深恶痛绝之情感。《收田租令》中,针对袁绍和审配统治的弊政,如土地兼并、转嫁租赋、包庇罪犯等,指出:"欲望百姓亲附,甲兵强盛,岂可得邪?"此令正是对症下药,从经济与政治上限制当地豪强的特权,曹操平定河北后除旧布新的决心从反问的语气中可见一斑。《春祠令》中,曹操将旧的祭祀形式,如上殿解履、临祭就洗、立待降神礼、受胙纳袖与修正后的形式一一对举,通过对比突出曹操更加重视礼仪的实用性。《明罚令》用"子胥沈江,吴人未有绝水之事"指出因介子推之事而绝火寒食的荒谬;《止省东曹令》用"日出于东,月盛于东"指出"东曹"的重要性,寓庄于谐,两篇令文都是通过类比和归谬法使对方的主张不攻自破。《敕王必领长史令》《选留府长史令》皆用千里马比喻王必、杜袭之才能,句式相近,语气亲切。《在阳平将还师令》将食之无味、弃之可惜的鸡肋用作军令,既形象地刻画出曹操对汉中的微妙心理,又成为后来杀害杨修的重要口实,"鸡肋"后来也成为意义不大而又不忍丢弃的事物的代名词。

曹操也注重辞句的选择和锤炼,他追求的是自然平实,而不是雕琢造作。如《以杜畿为尚书仍镇河东令》中"昔萧何定关中,寇恂平河内,卿有其功,间将授卿以纳言之职。顾念河东,吾股肱郡,充实之所,足以制天下,故且烦卿卧镇之",以"萧何定关中,寇恂平河内"的功绩比喻、赞扬杜畿之才能,"股肱"一词突出河东的重要性,"卧镇"既有对杜畿才能的钦佩,也有对杜畿的期望,语简意丰,句式也参差错落,语势畅达。

曹操诏令在结构安排上也是不拘一格,姿态各异。《加枣祗子处中封爵并祀祗令》本是一则封赏令,却几乎将全部笔墨放在了对枣祗的深切缅怀上,曹操以时间为序追叙了枣祗追随自己讨董卓、平吕布、接济大军粮草的事迹,尤其是兴立屯田的开创之功,枣祗坚持"分田之术",反对众人的"儱牛输谷",详述了当时争议的情景。内容安排有详有略,行文紧凑,除去封赏的文字,很像一篇饱含深情的悼念性文字。《举贤勿拘品行令》列举八位或出身低微,或曾负污名却建立了功业的历史人物,顺理成章地提出自己的用人原则,即"勿拘品行",大量古人事迹的引用使说理明白晓畅,并无堆砌之感。

曹操的诏令既因其政治军事地位而有较高的史料和思想价值,也因其文坛领袖的倡导作用而开一派之文风。真德秀在《文章正宗》中说:"孝武以后诏令,繁文多而实意少,至光武乃复汉初简质之归。……盖自昔方隆之时事,从简实,故文不胜质,及世之将蔽,则文胜而质衰矣。此有国者当戒,秉笔者所宜知也。"[1]而在建安之时,曹操的诏令并未延续东汉末年刻意追求形式的冗文之风[2],而使战代诸子百家横肆疏散的文风重返文坛,"世之将蔽,则文胜而质衰"的观念,对包括曹操在内的一部分通脱派或自由派的散文作品并不适合,其原因很大一部分是曹操的倡导作用,他作为"改造文章的祖师",开启了一派文学新

---

[1] 真德秀.《文章正宗》辞命三之一〇一,明正德十五年马卿刻本。
[2] 侯迎华.试论两汉公文文风的演变及其原因[J].河南师范大学学报(哲学社会科学版),2008(4):166.

风,影响了孔融、祢衡等的散文创作。

2. 文人化的曹丕诏令

曹丕主张"奏议宜雅",他的诏令也显示出典雅清丽的特点,这是合乎上述司马迁和陈忠对诏令的言辞要求的。

曹丕博闻强识,他的诏令言必有据,深切而著明,常常用"昔"或"夫"引发,有时也用"先王"这类的字词引出,作为后文发布命令、表达观点的依据,这些依据或为传统礼法制度,或为圣人贤臣的故实,或为儒家经典中的言论。这些"圣贤之鸿谟,经籍之通矩"①既为解决当下的问题提供了历史依据,引古以证令,也增强了说服力,同时使诏令的文风趋向于典雅弘奥,由"昔"字引发的诏令有十六篇,占到总数的近1/5,大量典故的引用,在减少语词繁累的同时,又充实了文章内容,如《既发玺书又下令》洋洋洒洒历数古代九位高节尚义、轻富贱贵的贤人高士的义行,不用再花费笔墨自明本志,而要效法他们,不会受禅的决心已显露无遗。曹丕在引用典实时,总是选用整饬的语句,如"或退而耕颖之阳,或辞以幽忧之疾""柳下惠不以三公之贵易其介,曾参不以晋、楚之富易其仁",文辞妍丽,对仗工整,声调和谐,在骈散之间增加了文章的形式美,丰富了文章的内涵。诏令虽是官样文章,在曹丕的笔下也有了温润的色彩。

曹丕诏令同样注重辞句的锤炼,与曹操诏令的自然平实不同,曹丕追求的是雅致深厚,以讨伐孙权的诏令《伐吴诏》②为例:

制诏:昔轩辕不为涿鹿之师,则蚩尤之妖不灭;唐尧不兴丹水之阵,则南蛮之难不平;汉武不行吕嘉之罚,则横浦之表不附;光武不加嚣述之诛,则陇蜀之乱不清。故曰"非威不服,非兵不定"。孙权小丑,凭江悖暴,因有外心,凶顽有性。故奋武锐,顺天行诛。骁骑龙骧,猛将武步,或修勾践潜涉之口顽,或图韩信夏口之诳愚。接舡以水攻阵,六军以陆横击。征南进运,以围江陵,多获舟船,斩首执俘。降者盈路,牛酒日至。大司马及征东诸将,卷甲长驱,其舟队今已向济。今车驾自东为之瞻镇,云行天步,乘衅而运。贼进退道迫,首尾有难,不为楚灵乾溪之溃,将有彭宠萧墙之变。必自鱼烂,不复血刃。宜慎终动静以闻。

开篇引用古事,以四组整齐的排比句点出战争之必要,然后写今事,讽刺孙权之"悖暴""凶顽",恰似"勾践潜涉之口顽""韩信夏口之诳愚",指出讨伐的正义性,结尾多用短促的四言句烘托魏军的声势,并用"必自鱼烂,不复血刃"指代孙权的不堪一击。诏书层次安排极为鲜明,合理使用排比、对偶及用典等修辞手法以长气势,语词深婉而有力量,很有讨伐檄文的气概,故此刘勰说:"魏文帝下诏,词义多伟。"③

曹丕也着意于对诏令形式和结构的安排,文随意变,亦有通脱的一面,例如他在受禅前发布的十六篇辞让令文,内容虽然一样,但在具体写法上又各有不同,曹丕善于选择不同的角度,采用不同的说理方式,有干净、利落地表明态度者,如《以李伏言禅代合符谶示外令》;有以比喻论事者,如《辞符谶令》;有以周文王、尧、舜、禹等历史人物或史实说理者,如《辞许芝等条上谶纬令》;有引用典语摆明态度者,如《答司马懿等再陈符命令》;有娓娓而谈当

---

① 刘勰.文心雕龙·事类[M].范文澜,注.北京:人民文学出版社,1978:614.
② 许敬宗,等.《文馆词林》卷六百六十二[M].北京:中华书局,1985:98-99.原题为《论伐吴诏》。
③ 刘勰.文心雕龙·诏策[M].范文澜,注.北京:人民文学出版社,1978:359.

今形势,语气恳切者,如《再让符命令》《让禅令》;有通过反问,加强语气者,如《三让玺绶令》。曹丕围绕辞让受禅这一主题,虽然做的全是表面文章,却将情、事、理有机地融合在一起,或寓情于理,或因事言情,或因理涉事,并无雷同之感,反倒有很强的艺术感染力。曹丕对文采和形式的注重使他的诏令在通脱之外又增添了华丽。

3.文质彬彬的曹叡诏令

沉静内向的曹叡好学多识,勤政务实,文韬武略。沈约并称曹操、曹丕、曹叡三人为"魏氏三祖",其《宋书》评曰:"至于建安,曹氏基命,三祖陈王,咸蓄盛藻。甫乃以情纬文,以文被质"①"魏氏三祖,风流可怀"②,可见曹叡在当时文坛也享誉一时。

建安后期,随着经济的发展和局势的稳定,包括诏令在内的散文到了曹丕这里,华丽的文风促使士人们致力于追求辞藻与艺术形式的华美,诗赋中反映时代和社会的内容逐渐减少;曹叡时,开始用尊儒贵学、以儒家典谟为本的文艺政策努力扭转愈演愈烈的浮华之风。曹叡在《报杨阜诏》中称赞杨阜之表乃"切至之辞,款诚笃实",是"苦言";在《诏陈王植》中称自己作的《儿诔》是"田家公语",可见,质实、文质彬彬、温柔敦厚是曹叡追求的文风;《策试罢退浮华诏》更是明确了这一思想,曹叡的诏令很好地诠释了他的这一政策。

曹叡质实的诏令中不乏真实感情的流露,即"以情纬文",如《令诸王及宗室公侯各将适子一人入朝诏》有对诸王的悠悠思念之情;《报满宠求留诏》以廉颇、马援为据,希望满庞能留下来辅助自己,中间的疑问句似乎是朋友之间面对面的询问,语气亲切而感人;《喻指华歆诏》亦是用极为真诚的态度期望华歆不要辞位,"君其力疾就位,以惠予一人。将立席机筵,命百官总己以须,君到朕然后御坐",作为君王的谦卑、恳切由此尽显,强势通脱的曹操断然写不出这样的文字;《与陈王植手诏》中"王颜色瘦弱何意邪?腹中调和不?今者食几许米?又啖肉多少?见王瘦,吾甚惊,宜当节水加餐",语词间全然不见君臣的矛盾,有的只是叔侄间的关切和问候。曹叡的诏令虽是缘事而发,却唯求其情真,不加雕饰,有一种浑然天成的自然美。

三、孔融、曹植之教令

《全后汉文》中孔融的教令共六篇,基本作于任北海相时(190—196年),大多表现了礼贤爱士的内容。《告高密相立郑公乡教》《缮治郑公宅教》二文,在郑玄故里立"郑公乡",修缮郑公宅,引用典实,增强说服力,此外还运用对比说理,东海于公"仅有一节",即断狱公平一件事为人称道,就"戒乡人侈其门闾",何况"好学"而且"怀明德"的郑公,可见孔融对儒学之士郑玄的推崇。《教高密令》《答王修举孝廉让邴原教》《重答王修》三篇是孔融举荐、爱惜人才的教令。初平年间(192—193年),王修任高密令,孔融在此期间曾推举他为孝廉,王修推让邴原,为此孔融与王修之间有多次书信和教文往来,《答王修举孝廉让邴原教》引古说今,希望王修不要推辞,《重答王修》表达了同样的态度,如果说前文中"不亦可乎"还有商量的语气,后文"其可辞乎"则不容推辞,故前文多散句,有萧散之气,后文则多偶句,以增语气。

---

① 沈约.宋书·卷六十七·谢灵运传论[M].北京:中华书局,1974.
② 沈约.宋书·卷十九·乐志[M].北京:中华书局,1974.

孔融的教令是他早期的创作,并未显示出"以气为文""杂以嘲戏"的特点,后人对其教文也多有述评,如刘勰《文心雕龙》:"孔融之守北海,文教丽而罕于理,乃治体乖也。"①司马彪《九州春秋》:"融住北海,自以智能优赡,溢才命世,当时豪俊皆不能及。……及高谈教令,盈溢官曹,辞气温雅,可玩而诵;论事考实,难可悉行。但能张磔网罗,其自理甚疏。"②教令是地方长官为解决地方事务而发布的下行公文,从孔融的教令内容及历史记载来看,他的政绩实属一般。孙至诚的评论综合了刘勰与司马彪的观点:"其(刘勰)于文举论列详矣,至其言之得失,容更别为评述。魏文募天下有上融文章者,辄赏以金帛。盖其珠零锦粲,皆足珍宝也。然彦和论其文教丽而乖于理,而《九州春秋》亦谓其教令辞气温雅,可玩而诵,论事考实,难可施行。故北海之作,其辞固优,其用则绌,乃丰年之玉,而非荒年之谷也。"③将文之"体"与文之"用"分别评述,而非据"用"论其"体",较为客观恰当,正是从此处出发,孙至诚对孔融的每篇教令都给予了较高评价,说《告高密相立郑公乡教》"情既恳恻,词亦朴茂"④,评《答王修举孝廉让邴原教》"文中不为修劝驾,而为原出脱,措词极妙"⑤,论《重答王修》"摹尚书典诰"⑥,言《教高密令》"文极婉约"⑦,认为《缮治郑公宅教》"思贤若渴之意,溢于言表"⑧,评论《告昌安县教》"文极雅隽"⑨。但从孔融现存教令,我们似乎看不出太多"丽"的特点,因为教令内容集中在礼贤爱士,在语词上主要呈现出高雅隽永的特色,如《缮治郑公宅教》《教高密令》都写得简约雅致,孔融教令以散句为主,不甚雕琢,较为质直大方。

曹植共有令文四篇,本书将其《自诫令》归入书牍中的戒书类。《写灌均上事令》名为下行令文,实为对魏文帝的表态。灌均,监国谒者,曾向魏文帝表奏曹植醉酒悖慢、劫胁使者。赵幼文据《后汉书·卷四十二·阜陵质王延》中的"使谒者一人监护延国,不得与吏人通",认为监国谒者是监察有罪王侯行动的官吏。因此这则令文所言"欲朝夕讽咏,以自警诫",其目的与《上责躬应诏诗表》一样,希望消除曹丕的疑虑,缓解两人之间的矛盾。他的《毁鄄城故殿令》《赏罚令》相对曹操大部分清峻通脱的令文,在篇幅上加长,在内容上也更为充实。《毁鄄城故殿令》通过自身体验,重申《说疫气》中的无鬼神之说,与《说疫气》主要以对比论事不同,令文罗列历史事实,通过语气强烈的排偶和反问句式讽刺"小人之无知",语言流畅,古今结合,现身说法,令人信服。《赏罚令》是曹植在封国内发布的用人命令,从中可见其治世思想,较多文人色彩,征引诗、传中的语句和民间谚语,运用大量典实,借以增强说服力,表达主张:"诸吏各敬尔在位,孤推一概之平。功之宜赏,于疏必与;罪之宜戮,在亲不赦。"即赏罚分明,公正无私。曹植曾多次上疏求自试,却无果而终,他理想的治世方略

---

① 刘勰.文心雕龙·诏策[M].范文澜,注.北京:人民文学出版社,1978:360.
② 转引自陈寿.三国志·卷十二·崔琰传[M].裴松之,注.北京:中华书局,1959.
③ 孙至诚.孔北海集评注[M].上海:商务印书馆,1935:13.
④ 同③85.
⑤ 同③82.
⑥ 同③83.
⑦ 同③86.
⑧ 同③87.
⑨ 同③90.

也只是一纸空文。

曹植的令文也同他的书表诗赋一样追求辞采的华丽,讲求使事用典,隶事富博,大量运用排偶句式,精工刻镂而又不着痕迹,令文也成为他骋才的一种文体形式。

建安时期,文笔未分,诏令作为下行公文,发布者也倾入了较多的情感和态度,如张猛《杀刺史邯郸商下令》"敢有临商丧,死不赦"的强硬,孙策《给周瑜鼓吹令》"总角之好,骨肉之分"的重情,袁涣《与主簿孙徽等教》"外温柔而内能断"①的性格,司马芝《与群下教》"君劣于上,吏祸于下"以及《门干盗簪辞不符下教》"何忍重惜一簪,轻伤同类乎"的通脱,都使诏令体现出一定的文学色彩。

此外,这一时期出现的四篇遗令,即赵岐的《临终敕其子》、张逸的《遗令》、曹操的《终令》《遗令》等,也较有特色。既然是临终之作,自然要对自己的身后事有所交代,如赵岐的《临终敕其子》"我死之日,墓中聚沙为状,布簟白衣,散发其上,覆以单被,即日便下,下讫便掩",张逸的《遗令》"闭口,寒具不得入",以及曹操的《终令》等,皆体现了当时简礼薄葬的观念和风气。

曹操的《终令》作于建安二十三年(218年)六月,对所葬之地进行了简单的交代:"古之葬者,必居瘠薄之地。其规西门豹祠西原上为寿陵,因高为基,不封不树。"而《遗令》应是他的绝笔,曹操死于建安二十五年(220年)庚子,《遗令》大概就作于此前不久。当曹操真正地面对死亡时,原来诗文中处处可见的风云气已被更多的儿女情所取代。文中虽有对军国大政的嘱托,但多为一些细碎小事,如分香卖履等烦琐周详的叮咛,此文虽为严可均从诸书辑录②,已非原貌,但也可见曹操临死前的心境。原来叱咤疆场、睥睨一世的一代枭雄在临终之际,也斤斤于琐碎家事,对死的无奈、对生的留恋,让人感怀。

赵岐的另一篇《遗令敕兄子》,同样是"临终"书信,赵岐三十几岁时,"有重疾,卧蓐七年,自虑奄忽",遂作《遗令敕兄子》:

大丈夫生世,遁无箕山之操,仕无伊、吕之勋,天不我与,复何言哉!可立一员石于吾墓前,刻之曰:"汉有逸人,姓赵名嘉。有志无时,命也奈何!"

"天不我与,复何言哉""有志无时,命也奈何"充满了对生的无限眷恋和功名尚未成就的遗憾和无奈,熊礼汇评其文"语简恨深。虽怨天命,实愤时世不清"③。天公似乎听到了赵岐不平的呐喊,"其后疾瘳"④。两遇党锢之祸、经历了世事的沉浮之后,建安六年(201年),年九十余时卒,此时的赵岐,"先自为寿藏,图季札、子产、晏婴、叔向四像居宾位,又自画其像居主位,皆为赞颂"⑤,而后乃作遗文,即《临终敕其子》一文,只是对死后冢墓的简单交代,说志得意满可,说看透生死亦可。命运同赵岐开了个大玩笑,对比他的两篇"临终"令

---

① 陈寿.三国志·卷十一·袁涣传[M].裴松之,注.北京:中华书局,1959.
② 曹操《遗令》原文散见于《三国志·卷一·武帝纪》、《宋书·礼志二》、《世说·言语篇》注、《文选·陆机〈吊魏武文〉》序、《通典》八十、《北堂书钞》一百三十二,以及《太平御览》五百、五百六十、六百八十七、六百九十七、六百九十九、八百二十、八百五十九等篇章。
③ 熊礼汇.先唐散文艺术论[M].北京:学苑出版社,1999:391.
④ 范晔.后汉书·卷六十四·赵岐传[M].李贤,等注.北京:中华书局,1965.
⑤ 同④.

文,可以看出汉末士人的价值观和当时的世风。

  对于六十六岁的曹操,在临终遗令中"婉娈房闼之内,绸缪家人之务""曩以天下自任,今以爱子托人"的伤感,晋代的陆机在《吊魏武帝文》中曾有"贻尘谤于后王"的批评。桥玄、陈宫、蒯越等人皆把自己身后的家小托付给了曹操,曹操《祀故太尉桥玄文》于感伤中加入戏笑之言,诙谐幽默,情真意切;曹操对蒯越临终前以门户相托时说:"死者反生,生者不愧。孤少所举,行之多矣。魂而有灵,亦将闻孤此言也。"①也是一副洒脱之态。作为一代豪雄,经历了太多的生死离别,"英雄个人经历的最后一章是死亡或离去。这是生命全部意义的集中表现。不用说,如果死亡使英雄恐惧,那他就不是英雄;首要条件是坟墓不会使他心中不安。"②我们不应把曹操在面对死亡时的恋恋不舍看成软弱或者说是恐惧,因为"除了他自然的善良本性和职责感,使他成为温柔的丈夫和牵挂子女的父亲的,是对自己软弱的承认;而这种坦白是他在其最内在的自持中对他自己做出的"③。这种儿女情长再加上叱咤风云才造就了完整的一个人,才是曹操完整的性情。

第二节　陈言务实的奏议

  据王启才《汉代奏议研究引论》,汉代奏议亡佚很多,今天能看到的包括有目无篇者,尚有近一千三百篇④,单单建安时期四十余年,就产生了二百五十余篇奏议作品,占到汉代总量的近1/5。这既与自东汉始士大夫对经世致用的奏议之文的重视观念有关,也与建安这个特殊的时期有关。奏议是文人士大夫参与国家管理的主要手段,其作者也大多兼政治家或谋士、学者于一身。东汉顺帝阳嘉元年(132年)采纳了左雄"诸生试家法,文吏课笺奏"(《上言察举孝廉》)的建议,对文吏出身的孝廉要考试笺奏,而据《后汉书·胡广传》,在安帝(107—122年)时,胡广因试章奏被奉为"天下第一",范文澜据应劭《汉官仪》认为"汉初察举,已试章奏"⑤,故此刘勰认为"及后汉察举,必试章奏"⑥。到建安时期,曹丕明确提出文章乃"经国之大业,不朽之盛事",当时文笔未分,文章中有很大一部分是章表奏议类的作品,建安文士们在个体价值的取向上已将立言提高到了与立功、立德并重的地位,刘勰亦称"章表奏议,经国之枢机"⑦。曹丕对奏议文体创作提出了要求,即"奏议宜雅"。当时的奏议作品也赢得了时人及后世的赞誉,如曹丕称美陈琳、阮瑀"章表书记,今之隽也",而"孔璋章表殊健";刘勰盛赞孔融的《荐祢衡表》"气扬采飞"、曹植的表文"独冠群才"。《后汉

---

① 陈寿.三国志·卷六·刘表传[M].裴松之,注.北京:中华书局,1959.
② 坎贝尔.千面英雄[M].张承谟,译.上海:上海文艺出版社,2000:362.
③ 贝克尔.拒斥死亡[M].林和生,译.北京:华夏出版社,2000:98.
④ 王启才.汉代奏议研究引论[J].阜阳师范学院学报(社会科学版),2005(6):27.
⑤ 刘勰.文心雕龙·章表[M].范文澜,注.北京:人民文学出版社,1978:412.
⑥ 同⑤407.
⑦ 同⑤407.

书》《三国志》等史书中亦非常重视对士人奏议的收录,如王朗"奏议论记,咸传于世"①,应劭作有驳议三十篇,王粲"才既高,辩论应机。钟繇、王朗等虽各为魏卿相,至于朝廷奏议,皆阁笔不能措手"②等。因此,建安奏议在很大程度上代表了那个时代的文章风貌。

历事桓、灵、献三朝的蔡邕在《独断》中对当时奏议的文体类别、形式和递送途径有明确而详细的记载:"凡群臣上书于天子者有四名:一曰章,二曰奏,三曰表,四曰驳议。章者需头,称'稽首上书',谢恩、陈事、诣阙通者也。奏者亦需头,其京师官但言'稽首',下言'稽首以闻',其中有所请,若罪法劾案,公府送御史台,公卿校尉送谒者台也。表者不需头,上言臣某言,下言臣某诚惶诚恐,顿首顿首,死罪死罪。左方下附曰某官臣某甲上,文多用编两行,文少以五行,诣尚书通者也。公卿校尉诸将不言姓,大夫以下有同姓官别者言姓,章曰报闻,公卿使谒者将大夫以下,至吏民,尚书左丞奏闻报可,表文报已奏如书。凡章表皆启封,其言密事得皂囊盛。其有疑事,公卿百官会议,若台阁有所正处,而独执异意者曰驳议。驳议曰:某官某甲议以为如是;下言臣愚戆议异。其非驳议,不言议异。其合于上意者,文报曰某甲某官议可。"蔡邕生活的时代与本书所定建安时期前后相承,《全后汉文》《全三国文》所收建安奏议的文体与蔡邕所述大致相同,有上书(亦作上疏、上言)、章、奏、表、议(中有驳议一类)五类,此外,孔融有一篇《南阳王冯东海王祗祭礼对》,应属于对策,刘勰说对策是"议之别体"③,故可归入议类;高柔有《军士亡匿勿罪妻子启》,刘辅有《论赐谥启》,"孝景讳启,故两汉无称。至魏国笺记,始云启闻。奏事之末,或云谨启",建安时,启不只用于笺记之始,奏事之末,还可用于"陈政言事",属"奏之异条""表之别干"④,只是现存仅见此二篇。从形式上来看,建安表文少见"诚惶诚恐,顿首顿首,死罪死罪"之言,只有卫觊的《公卿将军奏上尊号》、钟繇的《贺捷表》《力命表》《荐关内侯季直表》、曹植的《上责躬应诏诗表》等数篇"上言臣某言,下言臣某诚惶诚恐,顿首顿首,死罪死罪",按高步瀛言:"凡表中不具其诚惶恐等字者,盖后人节去,当时表中皆依式有之"⑤,应为确言,因为这几篇作品或为石碑拓本,或为书帖原文,或完整收录在《文选》中才得以保全完整的格式。

一、题材内容

(一)陈政言事

刘勰指出,章表的功用在于"对扬王庭,昭明心曲"⑥,忠君忧世是历代士人天经地义的职责,但因为所处时代不同,他们陈政言事的态度和方式便略有不同。承续东汉末年的党锢之祸、黄巾起义、灾异频发、幼主暗弱、诸侯割据混战,"处士横议、匹夫抗愤",建安士人们建功立业、扭转乾坤的主人翁精神在奏议中得到了最大的体现,他们谏诤立言、针砭时弊,由耿介与愤懑形成的婞直之风、骨鲠之气充斥在疏荡清峻的奏议之中。

---

① 陈寿.三国志·卷十三·王朗传[M].裴松之,注.北京:中华书局,1959.
② 陈寿.三国志·卷二十一·王粲传[M].裴松之,注.北京:中华书局,1959.
③ 刘勰.文心雕龙·议对[M].范文澜,注.北京:人民文学出版社,1978:439.
④ 刘勰.文心雕龙·奏启[M].范文澜,注.北京:人民文学出版社,1978:423-424.
⑤ 高步瀛.魏晋文举要[M].陈新,点校.北京:中华书局,1989:18.
⑥ 刘勰.文心雕龙·章表[M].范文澜,注.北京:人民文学出版社,1978:408.

建安士人陈言谋政,积极参与国家事务的评议与管理。在长期战乱、社会风衰俗怨的建安时期,作为上行公文的章表奏议,实用价值是其功用目的的最根本追求。奏议都与社会生活密切相关,都是针对具体问题而作,有很强的针对性、目的性。明确的目的、鲜明的观点、立足于现实的可操作性、切实而客观的立论过程是优秀奏议的共同点,建安时期的奏议在"经国之大业""经国之枢机"的观念指导下,涉及范围广泛,内容丰富,或曲折委婉,或切直清峻,都体现出崇尚实用的美感价值。士人们献计献策,展现了那个时代特有的英雄本色。曹操迎献帝到许都以后,给献帝上了《陈损益表》,其中以韩非自比,要"以区区之质,而当钟鼎之任;以暗钝之才,而奉明明之政",在"竭节投命之秋"提出"权时之宜十四事",希望达到"富国强兵,用贤任能"的目的,十四事虽已不传,其中的积极进言、希望有所建树的心态和思想与他的教令是一致的。建安初年,曹操开始"制新科下州郡,又收租税绵绢"①,何夔从当时实际出发,刚刚建立州郡,再加上连年战争的破坏,便上《制新科下州郡上言》,指出不可"一切齐以科禁",而应该"临时随宜",文章平实的语言、实事求是的态度得到了曹操的认同。陈群《明帝莅政上疏》亦是在曹叡继位之初针对教化陵迟而作的上疏。曹植的《求存问亲戚疏》《上疏陈审举之义》《上书请免发取诸国士息》分别针对曹叡亲异姓而远藩王、慎重任用人才、过度征用封国兵丁的现实状况而发,这些"不胜愤懑,拜表陈情"之作,实为曹植以"戮力上国,留惠下民,建永世之业,流金石之功"(《与杨德祖书》)为志向的情感的喷发。

建安时期连年的征战极大地破坏了社会秩序和生产,注重实用的奏议对社会现实有较为客观的反映和记录,体现了士人们的民本思想。王朗的《劝育民省刑疏》《奏宜节省》与司马芝的《奏请崇本抑末》,分别向曹丕、曹叡提出重农抑商、以民为本的宽缓之政。王肃的《谏征蜀疏》、华歆的《谏伐蜀疏》与杨阜的《伐蜀遇雨上疏》都是在曹真率军伐蜀过程中遭遇大雨时的上疏,均提出要息兵务农,与民休息。王肃用兵家的"顺天知时,通于权变"说理,华歆用词恳切,尽显"深虑国计"之心,杨阜从灾异入笔,又结合"年凶民饥"的实际,曹叡最终召回军队。卫觊的《请恤凋匮罢役务疏》亦是针对"百姓凋匮而役务方殷"②而上的"忠言"。"常侃然以天下为己任"③的杨阜在《应诏议政治不便于民》中,从孔子"苛政甚于猛虎"的典语出发,提出"致治在于任贤,兴国在于务农"。

在动乱的建安年代,能对时局保持清醒的认识并做出正确的判断,对士人们尤为重要。吴质曾在《答魏太子笺》中说陈琳、徐幹、刘桢、应玚等人只可做雍容的文学侍从,于战事则无用,而当时长期的战乱和时局的动荡也造就了很多有谋士之才的文士。陈琳在归操前,曾先后任何进的主簿、袁绍的幕府,长期的动荡、流离培养了他政治军事方面的敏感性,其中《谏何进召外兵》针对何进征召四方猛将豪杰入京,用"鼓洪炉燎毛发"形象地比喻当时的形势,并强调"功必不成",虽未说服何进,却成为事败人亡的谶语。汉室陵迟,献帝少弱,若能"挟天子而令诸侯,畜士马以讨不庭",则可占得政治上的先机,故沮授有《说袁绍迎天

---

① 陈寿.三国志·卷十二·何夔传[M].裴松之,注.北京:中华书局,1959.
② 陈寿.三国志·卷二十一·卫觊传[M].裴松之,注.北京:中华书局,1959.
③ 陈寿.三国志·卷二十五·杨阜传[M].裴松之,注.北京:中华书局,1959.

子都邺》①,荀彧有上曹操的《迎驾都许议》,毛玠也劝曹操"奉天子以令不臣"②,结果曹操迎献帝都许,终成霸业,袁绍则后悔不已。建安九年(204年)九月,曹操刚刚击败袁氏集团,平定冀州,孔融即《上书请准古王畿制》,向献帝提出要以史为鉴,恢复古王畿制。所谓"王畿",恰为曹操的势力范围,文章引《春秋》《诗》等儒家经典和史实为据,从正反两个方面论证整饬王畿的重要性,实为提醒献帝要限制曹操势力的扩张,强化汉家皇帝的权力,孔融在建安九年即看出曹操的野心,可谓独具慧眼,其作为拥汉派,忠君思想始终未曾改变。

很多奏议都是对国家典章制度、礼仪的论议和进言,臣子们积极建言献策,为国家机器的正常运转、各项制度的完善、社会的稳定和发展做出了很大的贡献,不少奏议也因此具有了很高的历史文献价值。有关于律历的奏议,如黄初年间,"太史令高堂隆复详议历数,更有改革",陈群有《奏定历》、董巴有《历议》,许芝、徐岳、李恩、杨伟等人也都参与其中;有关于祭祀礼仪的奏议,如桓阶的《奏改服色牺牲》、阙名的《奏外祖母丧制》、刘劭的《元会日蚀议》、士孙瑞的《日蚀行冠礼议》、高堂隆的《祀功臣议》《告瑞玺议》《告瑞玺又议》等;有关于律法、刑罚的,如卫觊的《奏请置律博士》、应劭的《奏上删定律令》等③;有关于追封、号谥的,如黄初年间,曹丕欲追封卞太后父母,陈群上《谏追封太后父母》,帝曰"此议是也。其勿施行。以作著诏,下藏之台阁,永为后式"④;有关于乐舞的,太和初年,明帝下诏议定庙乐及舞,王朗的《论乐舞表》、缪袭的《奏改安世哥为享神哥》《奏文昭皇后庙乐》《乐舞议》、阙名的《奏改庙乐舞》《奏置大钧乐》《奏乐舞冠服》等皆是此时之作,直至"晋武帝泰始二年,改制郊庙哥,其乐舞亦仍旧也"⑤,可见其对后世的影响。关于典章、礼仪制度的奏议很多都是尊古、依古而作,他们制定、完善制度,做出决策,常常以"故事"为依据,以古证今,论述合情合理,借以增强说服力和感染力,如孔融《南阳王冯东海王祇祭礼对》中"窃观故事"等,建安士人对前代故事既有继承,又有创新和发展,尊古、崇古却并不复古,他们多能从当时实际出发,因地、因时而制宜。

"议"这种文体用于论事、说理或者陈述意见,同样是臣子陈言谋政之文,与奏启却有不同,李曰刚言:"夫开陈政典,上劾变愆,此奏启之由兴;而审谋事宜,应答疑难,则议对之所生也。奏启、议对,两者殊途而同归,皆所以劝善纳忠,献可替否者也。惟奏启为主动进言,议对乃被动献说,此其大较,亦彦和两文相次之故也。"⑥议对之文为士人们被动而作,一般都由皇帝针对某项事务发布的诏令引起,有很强的针对性和时效性。如关于是否能恢复肉刑,曹操下《复肉刑令》,"使平议死刑可宫割者"⑦,陈纪《肉刑论》从废除肉刑、增加笞刑造

---

① 《三国志·卷六·袁绍传》说"说绍迎天子都邺"乃郭图之计,裴注引《献帝传》则说是沮授之计,并引《说袁绍迎天子都邺》,袁绍将从之,却因郭图、淳于琼的反对而作罢,此二说未知孰是,本书姑从《献帝传》说。
② 陈寿.三国志·卷十二·毛玠传[M].裴松之,注.北京:中华书局,1959.
③ 据《后汉书·卷四十八·应劭传》,应劭还著有《汉官礼仪故事》,"凡朝廷制度,百官典式,多劭所立"。
④ 陈寿.三国志·卷五·武宣卞皇后传[M].裴松之,注.北京:中华书局,1959.
⑤ 沈约.宋书·卷十九·乐志[M].北京:中华书局,1974.
⑥ 见于1982年李曰刚《文心雕龙斠诠》。
⑦ 转引自陈寿.三国志·卷十三·钟繇传[M].裴松之,注.北京:中华书局,1959.

成的伤民后果出发,认为当恢复肉刑,其子陈群《复肉刑议》、傅干《肉刑议》与钟繇等亦同意恢复肉刑代替死刑,以肉刑加强法治。而孔融《肉刑议》反对通过重刑纠正民风,从正反两个方面引用大量史实说明肉刑"不能止人遂为非也,适足绝人还为善耳",用正反事实说话,举例多,说教少,事实胜于雄辩,举例又多用排偶句式,更增气势。王朗等人亦不同意恢复肉刑,曹操虽然赞同陈群、钟繇之言论,但"议者以为非悦民之道"①,再加上战事不断,便作罢。曹丕时,又下诏曰:"大理欲复肉刑,此诚圣王之法。公卿当善共议。"②评议还未有结果便因战事而中断。曹叡时,钟繇又上《请复肉刑代死刑疏》,曹叡认为此为大事,遂作《下公卿议复肉刑诏》,希望"公卿群僚善共平议"。王朗有《议不宜复肉刑》重申不宜恢复惨酷的肉刑,不只要免除死刑,连肉刑也可以通过延长服刑时间而抵消。曹彦有《议复肉刑》,主张"肉刑于死为轻",可以肉刑代替死刑。当时参与评议者有百余人,大多赞同王朗的建议,曹叡因为吴蜀未平而作罢。对肉刑这种残酷刑罚的讨论持续了曹氏三代,从社会的思想根源来看,这其实是法家思想与儒家思想的长期辩论,陈纪、陈群与钟繇出生于颍川,乃三晋故地,受法家思想影响较重,而孔融乃鲁国人,孔子二十世孙,王朗出生于东海,受儒家影响较重③。关于肉刑不只有奏议之文,还涌现了很多相关的论辩之文,如丁谧《肉刑论》、曹羲《肉刑论》、夏侯玄《肉刑论》《答李胜难肉刑论》、李胜《难夏侯太初肉刑论》等,这在论体文部分有详述。此外,钟繇、缪袭、卫臻、刘晔等人关于处士君号谥的议对之文亦是在曹叡发布《议追崇处士君号谥诏》之后的讨论。

建安时还有数篇驳议作品,刘勰提出"汉世善驳,则应劭为首"④,据《全后汉文》,应劭驳议有《驳韩卓募兵鲜卑议》《追驳尚书陈忠活尹次史玉议》二篇,前文作于中平二年(185年),并不属建安时期,后文作于兴平元年(194年)之后,从"时化则刑重,时乱则刑轻"的角度出发,批驳安帝时陈忠活尹次、史玉之史实,以史为鉴,提出不可"败法乱政",以故事说今事是应劭惯用的方法,他的《汉官礼仪故事》《汉仪》便多有采用,征引史实更加便于说理和摆明观点。因此,他的驳议之文言之有物,逻辑性很强,语词恳切质实,以资君王治世之用,《后汉书·应劭传》载应劭"凡为驳议三十篇,皆此类也"⑤,可惜多已散失。郑玄《皇后敬父母议》与邴原《驳郑玄皇后敬父母议》均采用以古证今的方式来说理,"采故实于前代,观通变于当今"⑥是包括驳议在内的所有议对之文说明事理时常用的方法,因此其实用性、针对性、时效性更为鲜明。

(二)荐才论人

不管是建安前期诸侯的大力招揽人才,还是建安中后期的魏国恢复巩固统治,在清议、清谈之风兴起的影响下,出现了很多荐举人才、品评人物的奏议。"好士,喜诱益后进"的孔融便是其中的代表,他曾任太中大夫,太中大夫掌议论,职在言议。当时,每日宾客盈门,孔

---

① 同①.
② 同①.
③ 王琳师.齐鲁文人与六朝文风[M].济南:齐鲁书社,2008:242.
④ 刘勰.文心雕龙·议对[M].范文澜,注.北京:人民文学出版社,1978:438.
⑤ 范晔.后汉书·卷四十八·应劭传[M].李贤,等注.北京:中华书局,1965.
⑥ 同⑤438.

融常叹曰:"坐上客恒满,尊中酒不空,吾无忧矣。"孔融"闻人之善,若出诸己,言有可采,必演而成之,面告其短,而退称所长,荐达贤士,多所奖进,知而未言,以为己过,故海内英俊皆信服之"①。他不仅宽以待士,而且知人之贤。奖进贤士、诱益后进是他一贯的作风,任北海相时,他先后荐举了郑玄、彭璆、邴原等人,并在郑玄故乡高密特立"郑公乡"。他有两篇荐举人才的上疏,《上书荐谢该》作于建安初年,开篇即摆明观点,文武并用方是长久之计,如今正是尊儒贵学、益重儒术之时,故而上书皇帝,言谢该乃卓然之名儒,兼时机之便,并且借助用典暗示皇帝应该以史为鉴,不应失贤。文章句式奇偶相间,前半部分偶句多,以增气势,不容置疑,后半部分奇句多,语气舒缓,感情诚挚。《荐祢衡疏》作于建安元年(196年),"臣闻……(某人品格及才华等),陛下……(正当用人之际等),窃见……(期望招贤之辞等)"似乎是荐举人才之奏疏的套路。文章对祢衡的贤能表现注重风神和夸饰,这是建安时期惯常的方式,"昔贾谊求试属国,诡系单于,终军欲以长缨,牵制劲越。弱冠慷慨,前代美之。近日路粹、严象,亦用异才擢拜台郎",用古今人物的事例来比祢衡之价值;"龙跃天衢,振翼云汉,扬声紫微,垂光虹霓""钧天广乐,必有奇丽之观;帝室皇居,必蓄非常之宝",对其贤能、才华极尽比喻、夸张之能事,像祢衡这样的"至妙之容"、奔放之绝足,掌技者、善相马者绝不会放过,言下之意,正在招贤纳士的国君更不应错过。孔融此表,态度自信且诚恳,与他的一贯嘲戏不同,大概由于这是向天子荐才的表文,应有其严肃性、庄重性。

建安时期还有一些上疏自陈、弹劾他人或替他人辩解的奏议也很有特色。如袁绍的《上书自讼》②,文章有很好的切入点,"臣闻昔有哀叹而霜陨,悲哭而崩城者。每读其书,谓为信然!于今况之,乃知妄作。何者?臣出身为国,破家立事,至乃怀忠获衅,抱信见疑,昼夜长吟,剖肝泣血,曾无崩城陨霜之应,故邹衍、杞妇何能感彻?"开篇就将久为人信服的古人事迹慨然推翻,"反言以激",针对汉帝(实为曹操)的责难,郁塞之气喷薄而出,将忠于国家、君主的种种表现一一详述,"臣所以……者,诚以……""臣非……者,诚以……"。上书为"自讼"而作,且"自讼"的对象是有生杀大权的皇帝,故而充满鸣咽之词、怨愤之气。文章结构似邹阳《狱中上书自明》,如开头部分"臣闻忠无不报,信不见疑,臣常以为然,徒虚语耳。昔荆轲慕燕丹之义,白虹贯日,太子畏之;卫先生为秦画长平之事,太白食昴,昭王疑之。夫精变天地而信不谕两主,岂不哀哉",均是先破后立,其后文字也都是连说数事就下一论断,广引史实,反复陈说,文势放纵,似策士游说。邹阳是为个人遭遇鸣不平,身陷囹圄的悲愤使文章"气盛语壮"③,以泄愤为主,充分体现了作者"抗直不挠"④的气节,而《上书自讼》则是对献帝都许之后下诏责问的答复,"效命之一验""破家徇国之二验""畏怖天威,不敢怠慢之三验",语词间充满了谎言与意气之争,透出袁绍的虚伪与偏狭。王朗《劾刺史王凌不遣王基》、钟繇《上书自劾》、路粹《枉状奏孔融》、曹植《求自试表》、公孙瓒《表袁绍

---

① 范晔.后汉书·卷七十·孔融传[M].李贤,等注.北京:中华书局,1965.
② 《全后汉文·卷九十二·鹦鹉赋》后有按语曰:"张溥本有《为袁绍上汉帝书》《与公孙瓒书》《拜乌丸三王为单于版文》,此三篇出(陈)琳手,容或有之,但无实证,今编入袁绍文。"本书仍将此三篇归入袁绍作。
③ 刘熙载.艺概·卷三·赋概[M].上海:上海古籍出版社,1978:96.
④ 司马迁.史记·卷八十三·邹阳列传[M].北京:中华书局,1959.

罪状》等也都是其中有代表性的作品。

(三)劝进、辞让、谢恩、请功

劝进、辞让、谢恩、请功之类的奏议,很多都是表面文章,尤其是劝进辞让谢恩之作。曹操、刘备的多次封赏,据《后汉书》记载,多属自主行为,一来二去的劝进、辞让、谢恩,只不过是通过玩弄手段,使之名正言顺罢了,曹丕代汉自立的过程中同样涌现了一大批此类奏议。这些奏议有一个很大的特点,就是多从祥瑞、灾异等符谶之说与古之舜、禹之事寻找论据,汉室之衰与当立之主的功德形成鲜明的对比。刘勰说:"若乃羲农轩皞之源,山渎钟律之要,白鱼赤乌之符,黄金紫玉之瑞,事丰奇伟,辞富膏腴,无益经典而有助文章。是以后来辞人,采摭英华。"①明言灾瑞、谶纬与文学创作之关系,即"有助文章"。随着董仲舒天人感应理论的形成,灾瑞、谶纬以其神圣性、预言性与国家的政治生活逐渐形成了密切的关系,王莽用以篡汉,刘秀用以中兴,曹氏与刘备也将其作为扩张势力、巩固政权的手段,灾异对应汉室失尽人心、风雨飘摇、国将不国的氛围,意在讥刺,祥瑞对应曹氏或刘备顺天意、得民心、千呼万唤的时局,意在褒美。

建安二十四年(219年),孙权向曹操上书称臣,称说天命,陈群、桓阶上《奏请魏王受禅》称说天人之应,夏侯惇也劝说曹操要"应天顺民",曹操认为当时代汉时机尚未成熟,拥汉派在朝中尚有一定影响,遂将孙权之书公布于众,造成一定的舆论压力和影响,并说"是儿欲踞吾著炉火上邪",回应夏侯惇则说"若天命在吾,吾为周文王矣"②。

延康元年(220年),自左中郎将李伏上《禅代合符谶表》始,涌现了大量劝曹丕禅代的奏议,依次有侍中刘廙、辛毗、刘晔、尚书令桓阶、尚书陈矫、陈群,给事黄门侍郎王毖、董遇等《上言符谶》;太史丞许芝作《条奏魏代汉谶纬》;侍中辛毗、刘晔、散骑常侍傅巽、卫臻,尚书令桓阶,尚书陈矫、陈群,给事中博士骑都尉苏林、董巴等上《奏请宣著符命》(《艺文类聚》卷十三题作《劝进表》);督军御史中丞司马懿,侍御史郑浑、羊秘、鲍勋、武周等上《太史丞许芝上符命事议》;尚书令桓阶等上《奏请具受禅礼仪》;桓阶等又上《奏议受禅礼仪》;侍中刘廙、常侍卫臻等上《奏议治受禅坛场》;辅国将军清苑侯刘若等一百二十人作《上书请受禅》;刘若等一百二十人又上《奏请受禅》;侍中刘廙等上《奏具章拒禅》;给事中博士骑都尉苏林、董巴上《劝进表》;尚书令桓阶等上《奏请受禅》(《艺文类聚》卷十三题作《劝进表》);侍中刘廙等作《奏请受禅》;相国华歆、太尉贾诩、御史大夫王朗及九卿作《请受禅上言》;相国华歆、太尉贾诩、御史大夫王朗及九卿又上奏,即卫觊上《公卿将军奏上尊号》;尚书令桓阶等上《又奏》。总体来说,"不得不禅,奉天时也;不敢不受,畏天命也"(卫觊《公卿将军奏上尊号》),汉室已尽,魏氏当立,曹丕表面辞让之余,均将奏议公布于众,宣之天下,同曹操一样,通过舆论以造势。

纵观曹操、曹丕的辞让诏令,二人对灾瑞、谶纬之事并不太相信,曹操"性不信天命之事",曹丕在登坛禅让礼毕之时,转身对群臣说"舜、禹之事,吾知之矣"③,灾瑞、谶纬之象与舜、禹之事只不过是他们维护权力、改朝换代的工具而已。马超的《立汉中王上表汉帝》、费

---

① 刘勰.文心雕龙·正纬[M].范文澜,注.北京:人民文学出版社,1978:31.
② 陈寿.三国志·卷一·武帝纪[M].裴松之,注.北京:中华书局,1959.
③ 陈寿.三国志·卷二·文帝纪[M].裴松之,注.北京:中华书局,1959.

诗的《谏汉中王称尊号疏》、刘备的《上言汉帝》、刘豹的《因众瑞上言》与许靖的《因众瑞上言》也是此类作品。其中《立汉中王上表汉帝》与两篇《因众瑞上言》分别是诸葛亮、关羽、张飞、黄忠、赖恭、法正、李严等一百二十人从史实和时局出发,劝进汉中王与刘豹、许靖等人因为祥瑞而劝刘备即皇帝位的作品;《上言汉帝》是刘备通过上书献帝使汉中王的尊号合法化的手段;而《谏汉中王称尊号疏》则是一篇谏诤之文。

曹操的《谢袭费亭侯表》《上书谢策命魏公》、刘廙的《上疏谢徙署丞相仓曹属》与曹植的《改封陈王谢恩章》《封二子为乡公谢恩章》《谢初封安乡侯表》《封鄄城王谢表》《又谢得入表》《谢周观表》《转封东阿王谢表》《谢妻改封陈妃表》《入觐谢表》《谢赐柰表》等都是较有特色的谢恩章表,有的用形象生动的譬喻以比君王之德,如刘廙的《上疏谢徙署丞相仓曹属》中"值时来之运,扬汤止沸,使不焦烂;起烟于寒灰之上,生华于已枯之木",刘勰评曰"刘廙《谢恩》,喻切以至"①,《谢恩》即此疏;曹植的《封二子为乡公谢恩章》中"洪恩罔极,云雨增加,既荣本干,枝叶并蒙",《封鄄城王谢表》中"枯木生叶,白骨更肉",《又谢得入表》中"有若披浮云而晒白日,出幽谷而登乔木",《转封东阿王谢表》中"江海所流,无地不润;云雨所加,无物不茂。……枯木生华,白骨更肉"。有的用对比手法,如曹操的《谢袭费亭侯表》以古代"功成事就,乃备爵锡"的彭祖、昆吾与自己"束脩无称,统御无绩"却"末盈一时,三命交至"对比,突出君王之德;曹植的《谢周观表》以"虽昆仑阆风之丽,文昌之居,不是过也",突出魏宫园林之华美。有的用夸张、铺陈之辞来形容君王之德,如曹植的《入觐谢表》"臣得出幽屏之城,获觐百官之美,此一喜也。背茅茨之陋,登闾阖之闳,此二喜也。必以有腴之容,瞻见穆穆之颜,此三喜也。将以樗朽之质,禀受崇圣之训,此四喜也",曹丕、曹叡为限制藩王势力,规定藩王不得随意入京,曹植归藩以后,仅回京两次,此表当是最后一次进京朝见之前所作②,用对比、夸张、排比手法烘托出久受冷落、虐待之后的惊喜之情。有的谢恩章表娓娓道来,恳切陈词,如曹操的《上书谢策命魏公》,建安十八年(213年),汉献帝封曹操为魏公,赐九锡,此表之前,曹操曾上《让九锡表》《辞九锡令》等辞让之作,以"让不过三"为原则,此表便是接受策命的谢恩之作,回顾了从征议郎开始,讨董卓、灭袁氏、率军南征北战的经历,然后表明心迹,对皇帝的封赏必定以死而后已作为报答。此时的曹操势力逐步巩固,代汉之心渐显,谢恩、表明心迹的言辞之间充满冠冕堂皇之态。

曹操的请功章表较多,如《请爵荀彧表》《请封荀攸表》《表称乐进于禁张辽》《请增封荀彧表》《表论田畴功》《请追增郭嘉封邑表》《表论张辽功》等。曹操多次发布用人教令,对在统一战争中做出贡献的谋士贤才也重加封赏,这种信赏必罚的一贯作风使他周围聚拢了大量的贤能之士,如荀彧、郭嘉,曹操在章表中总能有所侧重地表彰他们的功绩,多用排偶句式增强语气,以表恳切之态,如《请增封荀彧表》集中论述了荀彧在官渡之战和南征刘表的关键时刻提出的两次建议;《请追增郭嘉封邑表》中称赞被曹操视为"良臣""奇佐"的郭嘉,有"尽节为国,忠良渊淑,体通性达"和"执中处理,动无遗策"的品性,有"东禽吕布,西取眭固。斩袁谭之首,平朔土之众。逾越险塞,荡定乌丸,震威辽东,以枭袁尚"的功绩,"发言盈庭,执中处理"直接借用《小雅》"发言盈庭,谁敢执其咎"的语句,"不仅形象地描述出群臣

---

① 刘勰.文心雕龙·书记[M].范文澜,注.北京:人民文学出版社,1978:457.
② 关于《入觐谢表》的写作时间,严可均定为太和六年,赵幼文《曹植集校注》定为太和五年冬。

商议国事,议论纷纷而又不能决断的场面,而且鲜明地衬托出郭嘉高人一筹的智谋,足见其遣词造句的深厚功力"①。这些章表体现了曹操对人才的重视和爱戴,也是他在攻城野战中取得胜利的重要保障。

(四)军事外交

建安时期,因为特定的时代因素,也出现了很多以军事、外交为题材内容的奏议,其中关于战局分析的军事谋略和思想与如何平衡各方利益,以及在内外交困的时局中,居于独立地位的外交策略,对当今时代仍有很大的借鉴和利用价值。

对战局分析较有代表性的奏议有董昭的《谏屯渚中作浮桥疏》、蒋济的《谏遣田豫王雄攻辽东》、卫觊的《关西议》、刘廙的《上疏谏曹公亲征蜀》、王朗的《谏东征疏》、田丰的《谏攻许》、沮授的《谏南师》《谏济河》等。这些奏议现实性、实用性、时效性很强,常常以切直、清峻之辞增强紧迫感,突出形势之严峻,如董昭的《谏屯渚中作浮桥疏》以兵家所忌之"至深""至危""至狭"作为切入点,然后通过"议者恬然不以为忧,岂不惑哉!加江水向长,一旦暴增,何以防御?就不破贼,尚当自完。奈何乘危,不以为惧"的感叹和反问增强语势和说服力。田丰的《谏攻许》中"若不如志,悔无及也",沮授的《谏南师》中"今弃万安之术,而兴无名之兵,窃为公惧之",《谏济河》中"胜负变化,不可不详。今宜留屯延津,分兵官渡,若其克获,还迎不晚,设其有难,众弗可还",谏诤之辞很有威慑力,但均未被袁绍采纳,终于招致灭亡,陈寿评袁绍"外宽内忌,好谋无决,有才而不能用,闻善而不能纳"②,盖指此而言。为了增强说服力,有些奏议也征引典实为据,如刘廙的《上疏谏曹公亲征蜀》,建安二十年(215年),曹操欲亲征蜀,刘廙以韦弦自比,以文王重修德而终得天下、秦因不恤民而终亡的正反史实为据,并以"天下有重得,有重失:势可得而我勤之,此重得也;势不可得而我勤之,此重失也"的哲理结合当时形势展开论述,认为曹操应该重农息战,以民为本,结果被曹操委婉拒绝。但据《资治通鉴》卷六十七记载,司马懿与刘晔在此年皆劝说曹操攻蜀,然而曹操在建安二十年并没有较大的征蜀举动③,也许有刘廙上疏的缘故吧。蒋济"才兼文武……每军国大事,辄有奏议"(曹叡《以蒋济为护军将军诏》),他的《谏遣田豫王雄攻辽东》则通过民间谚语"虎狼当路,不治狐狸。先除大害,小害自已"类比说理。

此时的奏捷章表有曹操的《上言破袁绍》《破袁尚上事》与孙策的《讨黄祖表》等。既然是战事之后的奏捷之作,一般会从敌我双方的对比入手,描绘我军之气势、敌军之狼狈,如《破袁尚上事》中写曹军士气之盛用了"被坚执锐,朱旗震耀"的夸饰之辞,写袁军的溃败之势,连用"望旗眩精,闻声丧气,投戈解甲,翕然沮坏"四个排比句;《讨黄祖表》中写孙策军士"身跨马擽陈,手击急鼓,以齐战势。吏士奋激,踊跃百倍,心精意果,各竞用命。越渡重堑,迅疾若飞。火放上风,兵激烟下,弓弩并发,流矢雨集",更是极尽夸张,暗示胜券在握,最终黄祖落得"锋刃所截,焱火所焚"的"溃烂"之态。奏捷章表基本上以简要陈述战事的经过为主要内容,得胜的一方总是以正义之师为标榜,师出有名,士气正盛,失败乃敌方必然之势,这是在战事结束之后,主帅以欣喜、轻松的笔调对战争进行的较有文学色彩的描

---

① 史遵衡.浅论建安散文的艺术特点[J].东岳论丛,1989(4):112.
② 陈寿.三国志·卷六·袁绍传[M].裴松之,注.北京:中华书局,1959.
③ 司马光.资治通鉴·卷六十七[M].北京:中华书局,1956:2140.

绘。钟繇的《贺捷表》作于建安二十四年(219年),当时曹仁与徐晃大败关羽军,关羽最终被马忠斩杀,此表即是上奏皇帝的贺捷之作,除了描绘战事双方的夸张、对比之辞,还满含"奉闻嘉憙,喜不自胜。望路载笑,踊跃逸豫"的贺喜之情状。

钟繇的《请许吴主委质表》、华歆的《奏讨孙吴》、孙权的《卑辞上魏文帝书》等奏议是建安时期较有代表性的外交辞令,皆作于黄初三年孙权称帝之前。当时孙权内外交困,为稳定局面,于是向曹丕称臣,曹丕为试其诚,与之盟誓,孙权表面答应遣子入魏,《请许吴主委质表》中钟繇已经看出孙权的"诚心不款",但"度其拳拳,无有二计,高尚自疏,况未见信。今推款诚,欲求见信,实怀不自信之心,亦宜待之以信,而当护其未自信也。其所求者,不可不许,许之而反,不必可与。求之而不许,势必自绝;许而不与,其曲在己。里语曰:'何以罚?与之夺。何以怒?许不与。'"用挚诚切实的分析和谚语表明态度,孙权虽没有诚心,但曹丕应该以诚心相待,这样才可以占得舆论上的优势。而当时位居三公的华歆、贾诩、杨彪则上《奏讨孙吴》,开篇即亮明观点"枝大者披心,尾大者不掉,有国有家之所慎",然后以历史上刘邦时的六王反叛与景帝时的七国之乱为据,指出孙权之罪有十五条,当免其官、治其罪,多愤激、凌厉之辞,曹操、曹丕之宽厚,孙权之罪衅,在整饬的对偶、疏散的文势之间形成鲜明的对比。文章峻烈的气势犹如讨伐檄文,然而不过是曹丕与三公君臣之间的把戏而已,其目的不过是向孙权施压。在局势的逼迫之下,孙权作《卑辞上魏文帝书》,虽言"求自改厉",仍然不过是"外托事魏"的伪辞。曹丕作《又报吴主孙权》回复,其中说"三公上君过失,皆有本末",仍假言信任孙权,实际上却派三路大军围攻东吴,孙权只得"改年,临江拒守"①,并与刘备重新通好。作为外交辞令的奏议,用较为切实的语言演绎了建安时期诸侯纷争的风云变幻,是他们之间力量对比与平衡的最好诠释。

(五)品文论学

两汉时期的奏议多为政论,建安时期除此类内容之外,还有数篇品文论学的奏议,这在当时是个可喜的现象,是建安士人文章辨体和自觉为文的意识逐渐增强的重要标志之一。此类奏议有曹植的《上责躬应诏诗表》《上卞太后诔表》《答诏示平原公主诔表》、邯郸淳的《上受命述表》、卞兰的《赞述太子赋并上赋表》、缪袭的《撰上仲长统昌言表》。陆厥《与沈约书》中还提到了刘桢的"大明体势之致"的奏书,可惜已亡佚。其中有关于文体功用的阐述,如《上责躬应诏诗表》指出诗作虽然"词旨浅末",却"贵露下情","情动于中而形于言"是诗歌的特色;《上卞太后诔表》《答诏示平原公主诔表》分别指出"铭以述德,诔尚及哀……以展臣《蓼莪》之思。忧荒情散……""文义相扶,章章殊兴,句句感切,哀动神明,痛贯天地。……莫不挥涕",建安诔文不只要"累其德行",更重要的是能述说哀情;《上受命述表》中《受命述》是邯郸淳为曹丕即位而作,在表文中邯郸淳对这篇作品的文体进行了考索:"欲谓之颂,则不能雍容盛懿,列伸玄妙;欲谓之赋,又不能敷演洪烈,光扬缉熙。"最后定其为"受命述",可见当时人已有较为严格的辨体意识,谭献指出其"渐成台阁文体"②,可见其对后世之影响。也有对文章作品的评述,如《赞述太子赋并上赋表》中评说曹丕《典论》

---

① 陈寿.三国志·卷四十七·孙权传[M].裴松之,注.北京:中华书局,1959.
② 转引自李兆洛.骈体文钞[M].郑州:中州古籍出版社,1990:55.

及诸赋颂"逸句烂然,沈思泉涌,华藻云浮",指出曹丕追求语词华丽的美学观念;《撰上仲长统昌言表》简要介绍了仲长统的生平经历、品行学识和其他人对他的品评,着重突出仲长统《昌言》的内容和篇数,类似人物小传。

建安奏议除了上述题材内容之外,还有一些呈献、颂赞之类的作品,如曹操的《上器物表》《上杂物疏》、曹植的《上九尾狐表》《庆文帝受禅章》《庆文帝受禅上礼章》等,并没多少文学色彩,兹不论述。

二、风格与特色

两汉时期包括奏议在内的政论文章已经达到了较高的文学成就,成为一代之文学"汉文章"的重要组成部分。建安奏议延续两汉的成就继续发展,不仅在题材内容上进一步丰富扩展,而且在风格与特色上也呈现出鲜明的时代特征。

(一) 个性鲜明

奏议是士人参政议政的主人翁意识的重要体现,为了最大程度地实现文体的实用价值,他们自然会采取合适的说理、论述方式,但或在情急之下,或迫于形势,或个人学识、性格使然,奏议有着不同的面孔,有的愤激,有的恳切,有的温雅,建安奏议也表现出个性鲜明的特色。

1."独冠群才"①的陈思之表

据赵幼文《曹植集校注》,曹植表文共三十三篇,黄初前一篇,黄初年间十三篇,太和年间十九篇,他的表文集中在曹丕、曹叡统治时期,因为三人之间特殊的关系和曹植特殊的处境,他的章表大多有着很多隐忍和难言之辞。

曹植黄初年间的章表总是以谢罪、自省、感恩、颂德为主要内容,"尽管他'才高八斗',文章也写得很漂亮,但他这种不得已的自我羞辱、自我贬损,显然是'自由自觉的活动'的产物,因而这样的作品仍然使人讨厌"②,这种从内容出发的片面评价并未结合曹植当时的处境,他的自我羞辱和自我贬损其实压抑了太多的隐忍和不平,以及无可奈何和不得已而为之,这从他当时的诗赋创作即可看出,如《九愁赋》中"恨时王之谬听,受奸枉之虚辞",用"奸枉之虚辞"斥责监国谒者灌均希指和东郡太守王机、防辅吏仓辑的告状,《赠白马王彪》为"意毒恨之"之后的"愤而成篇",其中第三首中"鸱枭鸣衡轭,豺狼当路衢。苍蝇间白黑,谗巧令亲疏",用"鸱枭""豺狼""苍蝇"以比监国谒者之迫害,"谗巧令亲疏"点明曹丕与他之间疏远的关系。诗赋常常用来抒发情志,而章表却是要"造阙""致禁"③,"属于文学类的诗赋要挥洒自如的状物言志,属于公牍类的章表要诚惶诚恐的谢恩陈情"④。

曹植的《求自试表》作于太和二年,这是他在太和年间写的第一篇表文,同黄初年间的章表不同,曹叡与曹植之间的叔侄关系相对曹丕与曹植之间的兄弟关系矛盾相对缓和。曹

---

① 刘勰.文心雕龙·章表[M].范文澜,注.北京:人民文学出版社,1978:407.
② 陈振鹏,章培恒.古文鉴赏辞典·序[M].上海:上海辞书出版社,1997:6.
③ 同②408.
④ 董家平.曹植章表"独冠群才"的精彩与悲哀[J].青海师范大学学报(哲学社会科学版),2003(1):58.

植长期被压抑的建功立业的志向终未泯灭,此时积极参与政务是他实现理想最后的也是唯一的时机,因此这一时期的章表同他的诗赋一样,也有了抒写意志的美学追求,《求自试表》《求存问亲戚疏》正是这一追求的最好诠释。

《求自试表》开篇即用古之毕命之臣与现今自己虽然爵重禄厚却无功德可记述形成鲜明的对比,因此自感惭愧而上此表。内有无功之愧,有古来忠臣以自励,有曾经用兵之经历,外有蜀、吴未灭之愤恨,又恰逢"东军失备"之机,再加时不我待、徒劳蹉跎岁月之感,感情真挚,曹植"抱利器而无所施"的愤怒令人扼腕,文中处处可闻诚心、积极求试、冀早见用的呼声。明代陆云龙曰:"引申微婉,一片血忱。"①近代谭献曰:"忧危愤懑,喷薄而成,言在于此,意在于彼。"②又曰:"畦辙井然,旋导旋顿,由于笔妙。"③曹植是想把满腔的愤怨一股脑全都倾倒出来,但长期流离、受压制的境遇使他不得不采用这种纡缓的语气、委婉的语词,待完成足够的铺垫、烘托之后,才旗帜鲜明地亮出自己的情志。忧危的赤诚,希望建立功德却长期受压抑的愤懑、焦灼,能否见用的忐忑,这些复杂的情感足可想见,但上表后却未被见用的结果足使人为之大哭。文中以比喻说理,以"未挂于轻缴"之"高鸟","未悬于钩饵"之"渊鱼",比喻吴、蜀二主,以"禽息鸟视"之"圈牢之养物"比喻无功而受禄之人,以"骐骥长鸣,则伯乐照其能;卢狗悲号,则韩国知其才"比喻才华能够得到施展。还采用大量排偶句式增强语气和文势,如陈说无功与受禄之对比,用了一连串的对偶句式:

士之生世,入则事父,出则事君;事父尚于荣亲,事君贵于兴国。故慈父不能爱无益之子,仁君不能畜无用之臣。夫论德而授官者,成功之君也;量能而受爵者,毕命之臣也。故君无虚授,臣无虚受。虚授谓之谬举,虚受谓之尸禄,《诗》之"素餐"所由作也。昔二虢不辞两国之任,其德厚也;旦奭不让燕、鲁之封,其功大也。今臣蒙国重恩,三世于今矣。正值陛下升平之际,沐浴圣泽,潜润德教,可谓厚幸矣。而位窃东藩,爵在上列,身被轻暖,口厌百味,目极华靡,耳倦丝竹者,爵重禄厚之所致也。④

傅刚评论此文说:"虽有偶对,但以散体为主;陈说个人抱负,语真情切,又腾跃着奇逸之气。"⑤明人孙月峰说:"佳处在作得有肉,高处在气力驱遣,而妙处则又在意到即写。"⑥不管是比喻还是对偶都渗透着曹植强烈的功利观念,他的"仁心劲气"⑦全都吐在了字里行间。丁晏认为曹植的《求自试表》与另一篇《求存问亲戚疏》与西汉刘向的奏疏之文一样,同是"肺腑之臣"⑧的肺腑之言,"忠君爱国,其心事同也,文亦雅健茂美,直匹西京"⑨,

---

① 转引自高步瀛.魏晋文举要[M].北京:中华书局,1989:29.
② 同②.
③ 同②.
④ 陈寿.三国志·卷十九·陈思王植传[M].裴松之,注.北京:中华书局,1959.
⑤ 傅刚.《昭明文选》研究[M].北京:中国社会科学出版社,2000:297.
⑥ 转引自金坛,于光华.《评注昭明文选》卷九[M].扫叶山房石印本.
⑦ 潘德舆.养一斋诗话·卷二[M]//郭绍虞,编选.富寿荪,校点.清诗话续编(四).上海:上海古籍出版社,1983:2026.
⑧ 丁晏.曹集诠评(二)[M].上海:商务印书馆,1933:18.
⑨ 同②24.

谭献在指出此文"句有可删,字不可减"①的文辞特色的同时,亦指出了他情感上丰富而含蓄的特点。

曹植《求存问亲戚疏》作于太和五年,曹植上疏求存问亲戚,也许因为上疏的内容与曹植和明帝叔侄之间的敏感关系有关,此表不像《求自试表》那样多从自身阐述,而是援引了很多典籍的言论和事例来增强气势和说服力。开篇曹植就借用《礼记·孔子闲居》中的话"天无私覆,地无私载,日月无私照",指出了天、地、日月、江海的无私和宽容,由此起兴写到人。"……孔子曰:'大哉尧之为君!惟天为大,惟尧则之。'夫天德之于万物,可谓弘广矣。盖尧之为教,先亲后疏,自近及远。其《传》曰:'克明峻德,以亲九族;九族既睦,平章百姓。'及周之文王亦崇厥化,其《诗》曰:'刑于寡妻,至于兄弟,以御于家邦。'是以雍雍穆穆,风人咏之。昔周公吊管、蔡之不咸,广封懿亲,以藩屏王室,《传》曰:'周之宗盟,异姓为后。'"用古之圣人及帝王的事例很自然地引出通亲亲的话题,并借用《孟子·梁惠王上》"未有仁而遗其亲者也,未有义而后其君者也"的否定句来加强语气。一开篇,即有雷霆万钧之势,不容置疑。

在自明不得通亲亲时,又用《诗经》中的篇章《鹿鸣》《棠棣》《伐木》《蓼莪》中君臣、兄弟、朋友故旧、父母的欢乐与现实进行对比烘托,两个"无所",一个"未尝不",更加深了内心的苦楚。谭献指出曹植"师法子政",文辞"纡徐卓荦"②,可以说曹植此表句句皆有所本、字字浸透着他的忠孝笃诚,在他华丽丰赡的文采之后,还有着繁富的情感世界,正如何焯所说:"忠孝笃诚,溢于楮墨。子建自是更生一流人,非仅以文采见长者。"③

2. "气扬采飞"④的孔融之表

孔融的奏议或陈政或荐举,都有一种英伟豪杰之气,张溥曾说"东汉词章拘密,独少府诗文,豪气直上,孟子所谓浩然,非邪"⑤。他的这种"豪气"主要是通过用典、夸饰形容和追求骈化的风格形成的。

孔融"奇逸博闻"(路粹《为曹公与孔融书》),爱用古人古事来说理,如《上书请准古王畿制》以史为鉴,借恢复古王畿制限制曹操势力的扩张,引《春秋》《诗》等儒家经典和史实为据,选用正反例证,而反例居多,更有说服力;《上三府所辟称故吏事》更是直言"臣惟古典",还引《春秋》《谷梁传》《传》等典实,主张征辟之士虽未就职,亦可享有故吏的美称。

孔融夸饰形容的风格主要体现在他的荐举奏议中。当时称说人物注重风神和气度,而这两点皆属概述性的点染,喜欢诱益后进的孔融对自己欣赏的贤能之士总是极尽溢美之词,正如他讥讽曹操的文章一样,其情性使他毫不掩饰爱憎分明的态度。《上书荐谢该》《荐祢衡疏》分别称美谢该、祢衡的品格、学识,用夸张、对比、比喻反复称说,概括而整齐的短句居多,既突出人物的立体形象,又使文章气势雄壮、文辞典丽。他的这种主观性极强、

---

① 李兆洛.骈体文钞[M].郑州:中州古籍出版社,1990:261.
② 同④261-262.
③ 转引自高步瀛.魏晋文举要[M].陈新,点校.北京:中华书局,1989:37.
④ 刘勰.文心雕龙·章表[M].范文澜,注.北京:人民文学出版社,1978:407.
⑤ 张溥.汉魏六朝百三家集题辞注[M].殷孟伦,注.北京:人民文学出版社,1960:57-58.

文学色彩极浓的荐举奏议很能造成先声夺人的气势,给人留下深刻的印象,《上书荐谢该》上奏之后,谢该被召还,拜议郎之职位,曹操最终并未因祢衡轻狂而杀之,主要是畏于祢衡的才名,而《荐祢衡疏》则恰好是对其才名的最好注脚。

这两篇荐疏不仅用华美富赡的夸张、形容之辞称说人物的人格美,还运用大量排偶句式构成文章的形式美,《荐祢衡疏》比《上书荐谢该》句式更严整,骈化现象更严重,除去虚词,几乎通篇四六句式。谭献对两篇荐疏给予了高度的评价,说《上书荐谢该》"博大""东京之季,文举神骏,下视群驽"①,《荐祢衡疏》"深美闳约""跌丽奇隽,绝后空前"②。钱基博也认为《荐祢衡疏》"……于典丽之中,能为疏宕;虽野于班固,而茂于蔡邕"③。

除去曹植、孔融,其他建安士人的奏议也都显示出作者的个性特点,陈琳、阮瑀"章表书记,今之隽也",可惜阮瑀奏议无存,陈琳奏议仅存《谏何进召外兵》一篇。王朗"奏议论记,咸传于世",《谏行役夜表》《答文帝表》用形象的比喻说理;《冬腊不得朝表》中的对偶句,如"宵梦庭燎之光,晨想百华之耀";《谏文帝游猎疏》中的排比句,如"设兵而后出幄,称警而后践堰,张弧而后登舆,清道而后奉引,遮列而后转毂,静室而后息驾";《劝育民省刑疏》几乎通篇采用整饬的排偶句,如"夫治狱者,得其情则无冤死之囚;丁壮者,得尽地力则无饥馑之民;穷老者,得仰食仓廪则无馁饿之殍;嫁娶以时,则男女无怨旷之恨;胎养必全,则孕者无自伤之哀;新生必复,则孩者无不育之累;壮而后役,则幼者无离家之思;二毛不戎,则老者无顿伏之患。医药以疗其疾,宽徭以乐其业,威罚以抑其强,恩仁以济其弱,赈贷以赡其乏",这都体现了王朗"文博富赡"④的特色。杨阜"常侃然以天下为己任",曹叡"初治宫室,发美女以充后庭,数出入弋猎",时任将作大匠的杨阜上《谏治宫室发美女疏》,直言"曩使桓、灵不废高祖之法,文、景之恭俭,太祖虽有神武,于何所施其能邪?而陛下何由处斯尊哉?"其"刚亮公直,正谏匪躬"⑤,令人想起东汉末年李云《露布上书移副三府》中的"帝欲不谛"。

(二)理、情并胜

《史记·卫青传》中,卫青说:"自魏其武安之厚宾客,天子常切齿。彼亲附士大夫、招贤、绌不肖者,人主之柄也。人臣奉法遵职而已,何与招士?""所以西汉后期,士人怀才不遇或久居卑位不得升迁,是常见的事。于是我们看到,此时的散文,写士人的不遇之感、牢骚不平较多。散文和人生贴得更近了,抒情性更加强了。"⑥到了建安时期,这种情况又有了新的变化,朝廷暗弱,军阀混战,各军阀为求得战略和政治上的主动权,纷纷招贤纳士,文士们又可以靠着满腹的学识和谋略为之出谋划策,士人的命运又有了新的变化,他们建功立业的功利观念重新被激起。曹操等人发布的不拘一格招贤纳士的教令,使受经学束缚的贤

---

① 转引自李兆洛.骈体文钞[M].郑州:中州古籍出版社,1990:249.
② 同①250.
③ 钱基博.中国文学史(上)[M].北京:中华书局,1993:111.
④ 陈寿.三国志·卷十三·王朗传[M].裴松之,注.北京:中华书局,1959.
⑤ 陈寿.三国志·卷二十五·杨阜传[M].裴松之,注.北京:中华书局,1959.
⑥ 熊礼汇.先唐散文艺术论[M].北京:学苑出版社,1999:182.

士也冲破了以前传统的观念。建安时期,虽未达到百家争鸣、处士横议、纷纷著书立说、奔走游说的战代局面,思想、观念、学术倒也颇为自由。注重实用性的奏议在说理方式上也因为士人观念的开放而变得丰富多彩。

刘勰说:"奏之为笔,固以明允笃诚为本,辨析疏通为首。强志足以成务,博见足以穷理,酌古御今,治繁总要,此其体也。"①"强志""博见"是奏议作者平日的功夫,只有做到"酌古御今,治繁总要",提出的奏议才客观、有效,才更有说服力。因此奏议必然会大量征引史实,用古人古事、儒家或其他各家经典著作等"故事"作为今人今事的佐证和准则。建安时期大量通过灾瑞之象、谶纬之说劝进的奏议即最显著的代表,如许芝《条奏魏代汉谶纬》中仅征引的典籍就有《易传》《春秋汉含孳》《春秋玉版谶》《春秋佐助期》《孝经中黄谶》《易运期谶》《春秋大传》七部之多。

除去用典,建安士人还多用譬喻、类比、对比、夸张等方式说理论事。卞兰的《赞述太子赋并上赋表》语词甚为华美,为了赞述曹丕之才性,作者运用了多种艺术手法,有譬喻,用"麟龙发足,群兽追踪;鸾凤举翼,众鸟随风"形容曹丕的领袖风范;有类比,用"游海者难与论水,睹前世者不可为言"突出曹丕的高山景行,令人难以企及;有夸张、对偶,用"望色则知其情,览始则达其终,遏伪辨于未言,绝谗巧于未形"称说其才智。卫觊的《请恤凋匮罢役务疏》则以汉文之时,诸侯势力虽然强大,文帝采纳贾谊《说积贮》《过秦论》等文章中的建议与民休息、轻徭薄赋,终成"文景之治",来类比当今形势,即天下三分,连年征战而百姓凋敝,希望曹叡也能像文帝一样采取息兵重农的策略,用其祖曹操因俭约而平定天下、遗福子孙来类比遗民之困苦、曹叡之奢靡,指出"当今之务"亦应"量入为出",引一事说一理,说理论事极有层次。这些方法的运用,给实用、板滞的公文增添了不少文学色彩。

建安士人强烈的功利观念使他们非常重视通过包括奏议等公文在内的文章来抒发情志,这种普遍的风尚也借鉴了诗歌、辞赋等文学创作的观念和方式,他们积极参与社会生活、热烈讨论军国大事,不管是在乱离、风衰俗怨的建安前期,还是在政权巩固、社会安定、经济相对繁荣的建安后期,建安士人似乎一直背负着沉重的精神负担,"对社会现状的深切忧虑及强烈的功业意识,由于生命短促、死亡必至的清醒认识而导致的焦虑紧张,以及个体生命自然的精神需求与不能满足之间的矛盾,构成建安士人心灵上的沉重负荷;而积极参与社会生活以体现个体价值、怡情悦性的宴饮游乐及对虚幻的神仙境界的着意创设则是主体寻求超脱重负的主要方式"②,命运的无常、生命的短暂,常常化为奏疏中的忧生之嗟,他们的这种忧患意识并不低沉、消极,而是积极地奋力争取,鸣奏着健康、雄健的生命交响曲。通脱的建安士人用"对扬王庭,昭明心曲"的奏议陈情、抒怀,议论朝政,曹植的章表堪称其中的杰作。

曹植的章表,尤其是太和年间的作品,因曹植特殊的身份,其以一副老臣的姿态直陈时弊,融情入理,用痛切、真诚、凝重的态度抒写了他的怨愤之情、哽咽之气和拳拳之心。曹植的《求存问亲戚疏》中描绘了他的孤独、寂寞:"每四节之会,块然独处,左右惟仆隶,所对惟

---

① 刘勰.文心雕龙·奏启[M].范文澜,注.北京:人民文学出版社,1978:422.
② 曹丽芳.论建安士人心灵重负的类型特征及其超脱方式——建安时期诗歌创作时代风格形成研究之二[J].山西师大学报(社会科学版),2002(2):111.

妻子,高谈无所与陈,发义无所与展,未尝不闻乐而拊心,临觞而叹息也!"曹植有"仆隶"在旁、"妻子"相对,仍觉"块然独处",这种众里身单之感早在托名李陵的《答苏武书》中已有吐露:"独坐愁苦,终日无睹,但见异类。……举目言笑,谁与为欢?……左右之人,见陵如此,以为不入耳之欢,来相劝勉,异方之乐,只令人悲,增忉怛耳。"钱锺书论曰:"与人为群,在己无偶,吾国词章中写此情者,以曹、李两文为最古。聚处仍若索居,同行益成孤往,各如只身在莽苍大野中。"①曹植的这种切身感受实是对其后期生活中遭受曹丕父子的猜忌、冷遇、防范,处于贬爵、迁徙的不稳定生活的一种哀怨和愤懑。徐公持在《曹植政治表现及创作风格的特点》一文中,指出曹植三个方面的政治表现:对政治事业始终一贯地热情、执着而自信;在政治上有一定的理想,对一些具体政治问题有独到的见解;疏阔而少实干才能②。强烈的功名心与欲为而不能的矛盾,再加上前后期生活的鲜明对比,曹植在表文中总是用委婉、隐晦的语词寄寓内心的压抑与苦闷,而压抑、苦闷到极点,曹植也常常生发出飘然、逍遥之志,正似他的游仙诗一样,"既读《升天》《远游》《仙人》《飞龙》诸篇,又何翩然遐征,觉思方外也"③。他的《上书请免发取诸国士息》中也说:"若柏成欣于野耕,子仲乐于灌园;蓬户茅牖,原宪之宅也;陋巷箪瓢,颜子之居也;臣才不见效用,常慨然执斯志焉。若陛下听臣悉还部曲,罢官属,省监官,使解玺释绂,追柏成、子仲之业,营颜渊、原宪之事,居子臧之庐,宅延陵之室。如此,虽进无成功,退有可守,身死之日,犹松、乔也。"但他在表文中接着说:"然伏度国朝终未肯听臣之若是,固当羁绊于世绳,维系于禄位,怀屑屑之小忧,执无已之百念,安得荡然肆志,逍遥于宇宙之外哉?"张溥说:"(曹植)慷慨请试,求通亲戚,贾谊奋节于匈奴,刘胜低首于斗乐,斯人感慨,岂空云尔哉!"④"建永世之业,流金石之功"是曹植一生的追求,虽然无望,并最终幻灭,却一直知其不可而为之。这种对理想的坚持和追求、虽九死而不悔的意志在孔融、田丰、沮授、霍性等建安士人的奏议中亦可看到。

(三)行文严谨,结构严密

奏议毕竟是臣子上奏给最高统治者的公文,是针砭时弊、危言耸听之类的作品,因此奏议带有一定的风险,万一触怒龙颜,即有可能招来杀身之祸,因此奏议作者必须讲求一定的策略和方式。建安奏议同其他时期的奏议一样崇尚实用,而建安士人通脱自然、任性而为的普遍风尚使他们在写作奏议时,大多选择平直明晰的结构,使人一目了然。如卫觊《请恤凋匮罢役务疏》开篇即用全文1/3的篇幅述说人臣谏言之不易、人主纳言之艰难,明言顺从人主之旨意并非利国利君,经过这样的先将一军,卫觊方才针对"百姓凋匮而役务方殷"的时弊摆明态度,这样就使自己的立论处于一种有利的地位,在陈述观点时,运用类比,使用典故,引一古人古事说一道理,语言平实,说理透彻,行文慷慨,足见作者构思之缜密和组织材料的能力。

建安奏议有通脱、任性的以散句为主的作品,也有注重锤炼辞句、讲究搭配,用排比、对偶等增强气势、构成外在形式美的作品,如霍性《谏魏王南征疏》中"而今创基,便复起兵,

---

① 钱锺书.管锥编(第三册)[M].北京:中华书局,1979:1065.
② 转引自《艺谭》编辑部.建安文学研究文集[M].合肥:黄山书社,1984:251-263.
③ 张溥.汉魏六朝百三家集题辞注[M].殷孟伦,注.北京:人民文学出版社,1960:71.
④ 同③.

兵者凶器,必有凶扰,扰则思乱,乱出不意,臣谓此危,危于累卵",用顶真手法形成了一种浩气流转的文势。建安奏议的行文严谨和结构严密在前面论述其题材内容和风格、特色时多有涉及,兹略。

总之,建安奏议因其实用价值、文学价值和审美价值成为建安散文的重要组成部分,它体现了建安士人社会理性的觉醒和完善,是他们关注社会生活和军国大事的人生价值的体现,对后世奏议乃至所有散文文体的创作产生了深远的影响。

第三章 建安散文类析(中)

第一节 情文并胜的书牍

根据吴承学、刘湘兰《书牍类文体》一文提出的"书牍类文体主要指称那些平行公文或同辈之间往来的书信"①,结合建安时期的散文创作情况,本书论述的建安书牍涉及的文体有书、笺、檄、移、露布、露版、盟辞等。刘勰说:"书之为体,主言者也。扬雄曰:'言,心声也;书,心画也。声画形,君子小人见矣。'故书者,舒也;舒布其言,陈之简牍,取象于夬。贵在明决而已。……详总书体,本在尽言,言以散郁陶,托风采,故宜条畅以任气,优柔以怿怀。文明从容,亦心声之献酬也。"②明代作家王思任在《陈学士尺牍引》中对刘勰这段话做了进一步的阐释:"尺牍者,代言之书也。而言为心声,对人言必自对我言始。凡可以对我言者,即无不可以对人言。但对我言以神,对人言以笔。神有疚,尚可回也;笔有疚,不可追也。凡尺牍之道,不可上群父,而惟以与朋友。其例有三:有期期乞乞,舌短心长,不能言而言之以尺牍者;有忞忞昧昧,睽违匆遽,不得言而言之以尺牍者;又有几几格格,意锐面难,不可以言而言之以尺牍者。凡尺牍之道,明白正大,婉曲详尽,达之而已矣。"③总之,一言以概之,言为心声在书牍类的文体中体现得最为充分。

经过了春秋、战国和秦汉的发展,书牍从早期的公文性质开始走向士人的日常生活,它的题材内容也更为广阔。赵树功将汉代尺牍作品的类型分为自荐之书、馈赠之书、论学之书、家庭琐事之书、绝交之书、举荐之书、边塞风光生活之书、闲逸之书、通篇用喻之书、言志之书和家书几种,并指出后世各种尺牍作品,多能在汉代找到源头④。建安书牍延续这种趋势,在那个特定的时代和文化背景之下,演绎出了纷繁的世间万象和复杂的士人心态。钱穆指出:"有意运用书牍为文学题材,其事当起于建安,而以魏文帝陈思王兄弟为之最。"⑤不只曹丕、曹植的书牍,建安时期的很多书牍作品都展现了作者的情感和思想,具有较高的艺术审美价值。明代杜浚即认为三国文章中最有价值的仅"孔明出师二表,建安诸

---

① 吴承学,刘湘兰.书牍类文体[J].古典文学知识,2008(5):103.
② 刘勰.文心雕龙·书记[M].范文澜,注.北京:人民文学出版社,1978:455-456.
③ 王思任.王季重小品[M].李鸣,选注.北京:文化艺术出版社,1996:143.
④ 赵树功.中国尺牍文学史[M].石家庄:河北人民出版社,1999:99-107.
⑤ 许结,等.中国古代文学研究导引[M].南京:南京大学出版社,2006:329.

子数书而已"①。

单从数量上来看,据严可均《全上古三代秦汉三国六朝文》,按本书涉及的书牍文体类型,《全汉文》约有书牍作品一百一十篇,《全后汉文》除去建安部分,约有书牍作品一百五十篇,《全后汉文》及《全三国文》中建安书牍则有二百三十余篇,其中曹丕二十七篇、曹操二十三篇、孔融十八篇。建安文士在短短四十余年的时间内创作的书牍数量,竟可以和长达四百年的两汉书牍数量相抗衡,而从内容题材和艺术审美价值上来看,建安书牍在整个中国书牍文学史上更是有着独特的地位和成就。

"西汉书信名篇(内容上)多涉及政治,即如邹阳《狱中上梁王书》、司马迁《报任安书》及杨恽《报孙会宗书》等抒情性浓重的作品,包含的基本是有关身世遭遇的愤懑或矢志成就事业的坚强决心,而非表现日常化的生活内容和情绪;东汉书信也有不少涉及军国政治的,与之同时,表现文人日常生活内容及情绪的书信也日渐兴盛,较知名的如马援《诫兄子严、敦书》、冯衍《与妇弟任武达书》等。至东汉中后期,这类作品如雨后春笋般地涌现,且内容愈益广泛,标志着书信从此成为一种受到文人普遍喜爱的文体形式。"②书牍在军阀混战、战火连绵的建安时期仍有很强的公文实用性,"东汉后期,士阶层内部逐渐发展起基于相互交流和自由选择的广泛的关系缔结"③,他们之间以及与当权者之间的书信往来,少不了劝仕荐贤、劝谏陈请和外交辞令,另有一些直接反映战争状况的檄移、露布、露版和盟辞,本书统称为军政书牍;而把日渐兴盛的"表现文人日常生活内容及情绪的书信"统称为私人书牍。

一、军政书牍

(一)公务政事类

书牍作为应用文的一类,其产生本是为了叙事的需要。许结说:"党锢之祸起,士子或'离俗为高',由群体精神转移,然实出于痛苦之世态与心态,其治世之情、修身品格未尝泯灭。"④建安时期,书牍仍有很强的应世实用功能,体现了文士们关注政事的热情和建立功业的志向。

东汉末年的战乱使民生大受摧残,征战者们也都认识到了民本、农业、休养生息乃其政治军事上的保证和基础。卫觊的《与荀彧书》针对关中地区出现的大量还民提出对策,认为若"诸将各竞招怀,以为部曲",必将引起大乱,应先从整顿当地的盐业入手,以盐"益市犁牛。……勤耕积粟,以丰殖关中","官民日盛"才是"强本弱敌"之道。荀彧将此方略告知曹操,曹操依计从事,果然平定关中地区,卫觊也迁至尚书。《三国志》评卫觊"以多识典故,相时王之式"⑤,但《与荀彧书》并未引用典故,而是以疏阔的散句陈述事实,不矫揉造作,为文简质、瘦削。刘靖,字文达,出为河南尹时,应璩《与刘文达书》中就"富民之术"展

---

① 张溥.汉魏六朝百三家集题辞注[M].殷孟伦,注.北京:人民文学出版社,1960:78.
② 卞孝萱,王琳师.两汉文学[M].合肥:安徽教育出版社,2001:360.
③ 于迎春.汉代文人与文学观念的演进[M].北京:东方出版社,1997:226.
④ 许结.汉代文学思想史[M].南京:南京大学出版社,1990:353.
⑤ 陈寿.三国志·卷二十一·卫觊传[M].裴松之,注.北京:中华书局,1959.

开了探讨,话题涉及"农器""蚕麦""鳏寡孤独"之类,刘靖为政也多从民本着力,政务治理刚开始非常"碎密""终于百姓便之,有馥(其父)遗风。……后为大司农卫尉"。后任镇北将军时,"开拓边守,屯据险要。又修广戾渠陵大堨,水溉灌蓟南北,三更种稻,边民利之"①。赵俨的《与荀彧书》也对阳安郡的户调征收提出了自己的见解,安危之时,应当根据形势做适当调整,"善为国者,藏之于民",最后明确指出"国家宜垂慰抚,所敛绵绢,皆俾还之"。荀彧回信说:"辄白曹公,公文下郡,绵绢悉以还民。"结果"上下欢喜,郡内遂安"②。曹操的《与王修书》也从"盐铁之利"出发,勉励时任司金中郎将(司金中郎将掌铸造武器和农具。曹操平定冀州后,在河北设立了冶铁机构,王修兼任司金中郎将)的王修③。这些书信平实质朴,多为散句,这种散体书牍关注更多的是应用性,而非审美性,通脱是其主要特征,想说什么便说什么,毫无扭捏造作之态,也不需要借助事典或语典增强说服力,从实际出发、具体问题具体分析的态度和谨严、平实的行文,使字里行间充满了诚恳和说服力。

此外,他们也注重从政治教化和人才选用制度方面巩固自己的力量。如王朗《论丧服书》,从汉儒郑玄的言论出发,提出自己对丧服的意见。刘廙善草书,其《答太子命通草书书》则是曹丕命其通草书后的答书。曹植《答崔文始书》极为简短:"临江直钓,不获一鳞,非江鱼之不食饵,其所饵之者非也。是以君子慎举擢。"虽短小,却用形象的比喻强调了"举擢"应该慎重和名实应该相符的人才观。

对汉儒和经学,文士们也展开了激烈的讨论,如孔融写给众卿,而非一人的《与诸卿书》④,就表明了自己对郑玄治学的态度:

郑康成多臆说,人见其名学,谓有所出也。证案大较,要在《五经》四部书。如非此文,近为妄矣。若子所执,以为郊天鼓必当麒麟之皮也,写《孝经》本当曾子家策乎?

袁枚《续子不语·卷五·麒麟喊冤》:"……奏曰:'臣麒麟也,……必待圣人出,臣才下世。不料有妄人郑某、孔某者生造注疏,说郊天必剥麒麟之皮蒙鼓,方可奏乐。'"⑤云云。钱锺书认为此段文字即按"孔融之旨而出以嘲戏"⑥。他还认为孔融若《书》(指《与诸卿书》)存,两《教》(指《告高密相立郑公乡教》《缮治郑公宅教》)佚,"则世必以为融于玄鄙夷不屑";若《书》佚,两《教》存,"则世必以为融于郑玄悦服无间"。"今三篇俱在,官《教》重玄之时望,私《书》薄玄之经学,立言各有所为。公廷私室,誉毁异宜,盖亦平常情事"。钱锺书对有人认为三文所作非一时,或非一人之作,并不认同⑦。本书认为"郊天鼓必当麒麟之皮也,写《孝经》本当曾子家策"是用来类比讽刺那些以为郑玄的言论皆本之《五经》四部书,否则便为妄言的人。郑康成也有想当然、无根据的言论,孔融并未认为是妄言,而且也并未妨碍郑公之名,钱锺书说三文矛盾,其实并不矛盾,《书》讽刺的矛头指向的是诸卿,而

---

① 陈寿.三国志·卷十五·刘馥传[M].裴松之,注.北京:中华书局,1959.
② 陈寿.三国志·卷二十三·赵俨传[M].裴松之,注.北京:中华书局,1959.
③ 王俊良.中国历代国家管理辞典[M].长春:吉林人民出版社,2002:779.
④ 李昉,等.太平御览·卷六百〇八[M].北京:中华书局,1960:2736.
⑤ 袁枚.续子不语(上)·卷五,进步书局校印本.
⑥ 钱锺书.管锥编(第三册)[M].北京:中华书局,1979:1025.
⑦ 同⑥.

非郑玄。袁枚认为"郑某"乃一"妄人",其实并未理解孔融《书》中"郊天鼓必当麒麟之皮"的用意。孔融在三篇文章中,对郑玄的态度是一致的,他认同郑玄并不拘泥于经典的作风。他身为孔子世孙和儒士,行事也常常像郑玄一样,并不拘泥于言论和形式。孔融虽然尊古、崇古,但并不主张复古,而是"与时消息"。

面对风雨飘摇的汉室,文士们是力挽狂澜,忠心辅佐,还是另拥明主;军阀们是自立为王,还是拥戴刘氏,不同的人自有不同的打算。袁术、袁绍、袁叙三兄弟之间就上演了这样的"戏中戏"。韩馥的《与袁术书议立刘虞为帝》从献帝幼弱,又非灵帝之子,而刘虞"公室枝属""功德治行,华夏少二",又有光武故事为先例,再加上各种刘虞当称帝的祥瑞、谶语出发,为刘虞称帝一一摆明依据。袁绍也修书一封《与袁术书》,内容大致相同,却用三个反问句,即"安可复信""如何有疑""又室家见戮,不念子胥可复北面乎"来增强气势。而袁术"观汉室衰陵,阴怀异志,故外托公义以拒绍"①,《答袁绍书》②曰:

圣主聪睿,有周成之质。贼卓因危乱之际,威服百寮,此乃汉家小厄之会。乱尚未厌,复欲兴之。乃云今主"无血脉之属",岂不诬乎!先人以来,奕世相承,忠义为先。太傅公仁慈恻隐,虽知贼卓必为祸害,以信徇义,不忍去也。门户灭绝,死亡流漫,幸蒙远近来相赴助,不因此时上讨国贼,下刷家耻,而图于此,非所闻也。

又曰"室家见戮,可复北面",此卓所为,岂国家哉?君命,天也。天不可仇,况非君命乎!偻偻赤心,志在灭卓,不识其他。

对韩馥和袁绍的来信一一辩驳,满口的忠义、国家,袁术与袁绍之间本就有的矛盾更加深化了。曹操和袁绍联合,大破术军。

后来袁术以陈珪中子陈应为要挟以图谋"大事",术与陈珪本都是公族子孙,少共交游,袁术作书与陈珪曰:

昔秦失其政,天下群雄争而取之,兼智勇者卒受其归。今世事纷扰,复有瓦解之势矣,诚英乂有为之时也。与足下旧交,岂肯左右之乎?若集大事,子实为吾心膂。③

陈珪答书针锋相对:

昔秦末世,肆暴恣情,虐流天下,毒被生民,下不堪命,故遂土崩。今虽季世,未有亡秦苛暴之乱也。曹将军神武应期,兴复典刑,将拨平凶慝,清定海内,信有征矣。以为足下当戮力同心,匡翼汉室;而阴谋不轨,以身试祸,岂不痛哉!若迷而知反,尚可以免。吾备旧知,故陈至情,虽逆于耳,肉骨之惠也。欲吾营私阿附,有犯死不能也。④

义正词严的陈珪并未使袁术警醒,张纮的《为孙会稽责袁术僭号书》也从九个方面阐述谏言⑤,也没有摧毁袁术的皇帝梦,袁术最终于兴平二年(195年)僭号称帝。后因饥困出

---

① 陈寿.三国志·卷六·袁术传[M].裴松之,注.北京:中华书局,1959.
② 同①.
③ 同①.
④ 同①.
⑤ 《后汉书·卷七十五·袁术传》载:"(孙)策闻术将欲僭号,与书谏曰。"袁弘《后汉纪·卷二十九》载:"闻袁术僭号,昭为策书谏术曰。"《三国志·卷四十六·孙破虏讨逆传》裴松之注曰:"《典略》云张昭之辞。臣松之以为,张昭虽名重,然不如纮之文也。此书必纮所作。"本书从裴说。

奔,放弃前嫌,欲归帝号与袁绍,作有《归帝号于袁绍书》,袁叙《与从兄绍书》也劝袁绍称帝,后来曹操大败袁绍于官渡。陈寿评袁术"奢淫放肆,荣不终己,自取之也",裴松之则认为"袁术无毫芒之功,纤介之善,而猖狂于时,妄自尊立,固义夫之所扼腕,人鬼之所同疾。虽复恭俭节用,而犹必覆亡不暇,而评但云'奢淫不终',未足见其大恶"①。袁术与吕布、曹操与吕布等人之间的书信往来也都是这样的利用、牵制、拉拢或安抚之辞。

曹操与袁术的僭号不同,在策命为魏公时,则是"前后三让"。先是潘勖以献帝名义作了《册魏公九锡文》诏告天下,而曹操《辞九锡令》拒绝之,荀攸等人上《劝进魏公笺》,引史为据,再表曹操功绩,以历史上有功之人必"褒功赏德"类比,劝谏曹操不该辞九锡。于是曹操"敕外为章,但受魏郡"②,荀攸等人《复劝进魏公》,再次以典实劝勉曹操策命魏公乃有史可依,合乎制度,于国有益。曹操这才接受,并作《上书谢策命魏公》表白心迹。二笺虽是书信,却似奏疏,多四言句式,齐整而典雅,劝进之情恳切之致。刘勰《文心雕龙·书记》云:"迄至后汉,……郡将奏笺。……笺者,表也,表识其情也。……原笺记之为式,既上窥乎表,亦下睨乎书。使敬而不慑,简而无傲,清美以惠其才,炳蔚以文其响,盖笺记之分也。"③既告诉我们笺文最早出现在东汉,也告诉我们笺文是一种下级写给上级的信函,"敬"是其最鲜明的特色,写作笺文就不能像普通的书信那样"在尽言,……宜条畅以任气"④,而是应该"肃以节文""简而无傲"。二笺的劝进之敬与文体之敬在雅致的言辞间得到了很好的展现。

(二)劝仕荐贤类

在东汉末年这个大变革、大动荡时期,苟延残喘的衰汉,势力日益强大的曹操集团,新旧如何交替,士人们分成了三个阵营:拥汉派(以孔融为代表)、困惑派(以荀彧为代表)和拥曹派⑤。困惑派与拥曹派为曹操集团推贤荐能自不待言,如曹操与荀彧之间的多重书信往来皆有关人才的荐举,曹操写给荀彧的多封书信本身即是对荀彧等有用之才的赏识和器重,他们都在客观上造就了曹操集团的赫赫功绩,为重造天下的大业做出了不容忽视的贡献。拥汉派也想借助曹氏集团振兴汉室,孔融就是其中最活跃的代表。

孔融的《与曹公书荐边让》已非全篇,但仅存的两句用"九州之被不足""单衣襜褕有余"比喻边让之才,新颖奇特。《与曹公书论盛孝章》(《文选》作《论盛孝章书》,张溥本作《与曹操论盛孝章书》)一文则一直受到学界的称赏,文章作于建安九年(204年)。盛宪,字孝章,器量雅伟,"举孝廉,补尚书郎,迁吴郡太守,以疾去官。孙策平定吴、会,诛其英豪。宪素有名,策深忌之。初,宪与少府孔融善,忧其不免祸"⑥,乃作此书。文章从对时间飞逝、离乱连年的共同感受破题,名为举荐人才,实是为了救友。从共同的感受切入,便于反客为主,通过文辞的巧妙设置,给曹操步步施压。"惟会稽盛孝章尚存"中"惟""尚存"二词

---

① 陈寿.三国志·卷六·袁术传[M].裴松之,注.北京:中华书局,1959.
② 陈寿.三国志·卷一·武帝纪[M].裴松之,注.北京:中华书局,1959.
③ 刘勰.文心雕龙·书记[M].范文澜,注.北京:人民文学出版社,1978:456-457.
④ 同③481.
⑤ 孙明君.荀彧之死[M]//汉魏文学与政治.北京:商务印书馆,2003:119-126.
⑥ 萧统.六臣注文选·卷四十一[M].李善,吕延济,刘良,等注.北京:中华书局,1987:774.

特别突出盛宪的价值,在时不我待、贤才难觅、"宗室将绝"的境况下,曹操要"匡复汉室",盛宪这样的人才尤其难得。而这良骥之才现在竟然"困于孙氏,妻孥湮没,单子独立,孤危愁苦。……身不免于幽执,命不期于旦夕"。倘若曹操"驰一介之使,加咫尺之书",凭此轻易之举,就可以"孝章可致,友道可弘",既得人才,又弘友道,何乐而不为?文章也正是从交友之道和为国家求才两个方面来劝说曹操的,态度恳切,笔法委婉。蒲起龙《古文眉诠》卷四十认为全文表现出孔融"一副爱士爱友热肠,笔墨外神韵拂拂",孙至诚也评其"文情相生,庄谐杂出"①,孔融之为人和文笔俱见。征引《春秋传》"桓公不能救,则桓公耻之",以桓公比曹公,既提高他的地位,又施加压力,曹公若不能救孝章,则曹公亦耻之,曹公必能效桓公之义举,救孝章,既可显示曹公之大义,又可弘友道,还可得人才。孔融善于揣摩曹操的心理,即使曹操不想、不愿救盛宪,但是从弘友道(即义)和得贤(匡扶汉室,即利)的角度考虑,曹操也不得不去救。曹操一箭可得三雕(名、义和利),孔融也可借曹操之一箭而得双雕,即他本人儒士的高姿态得以保全,又可达到救友目的。曹操果然征盛宪为都尉,但遗憾的是,诏命未至,却传来了他被孙权所害的噩耗。其子匡奔魏,位至征东司马,想来可能也有孔融举荐的缘故吧。苏轼称赞此文"慨然有烈丈夫之风",展现了孔融的"英伟豪杰之气"②。钱基博评曰:"纵笔无结构,然雄迈之气,弥以不掩。……不甚斫削,然疏俊可诵!"③张溥也说"豪气直上"④,刘熙载说"遒文壮节"⑤,"体气高妙"的孔融在友人危难之时写下这封书信,欲借曹操之手解救友人,形势紧迫,文中对句居多,如"身不免于幽执,命不期于旦夕""驰一介之使,加咫尺之书""倒县而王不解,临溺而王不拯""乐毅自魏往,剧辛自赵往,邹衍自齐往"的排比更是增加了文章的气势。又用"燕君市骏马之骨""昭王筑台"的典故与当时局势相结合,如此"气盛",并无故意施加压力之嫌,反而增强了说服力,让人不容置疑。

  东汉末年,军阀为了取得军事、政治上的主动权,对人才也展开了争夺战,除了劝仕荐贤,还极尽劝降、劝归、安抚、激赏之能事。如董昭的《与袁春卿书》就是一封劝人归顺的书信。建安五年(200年),曹操征伐刘备,袁绍趁机派颜良进攻东郡,董昭徙为魏郡太守,随曹操征讨颜良。建安九年(204年),曹操平定冀州,董昭随曹操进围邺城,邺城守将为袁绍同族袁春卿,为尽快攻下邺城,曹操派人将袁春卿在扬州的父亲接来。看似是以其父作为要挟,董昭却避而不谈,反以曹操此举是"悯其守志清恪,离群寡俦",虽然冠冕堂皇,却不是全文的重点。书信一开篇即言"孝者不背亲以要利,仁者不忘君以徇私,志士不探乱以徼幸,智者不诡道以自危",意在劝勉、警诫"孝者""仁者""志士""智者"四种人不为之事,董昭也不要做。然后又用历史上邿仪父虽与鲁隐公订立盟约,却又通过其他国家牵制鲁国,最后终于正式被周天子封为子爵国的典故,说明袁春卿"所托者,乃危乱之国;所受者,乃矫诬之命",而曹操"奉以令不臣"的"天子"汉献帝正像邿仪父时的周天子一样,期望袁春卿

---

① 孙至诚. 孔北海集评注[M]. 上海:商务印书馆,1935:93.
② 苏轼. 乐全先生文集叙[M]//孔凡礼,点校. 苏轼文集·卷十[M]. 北京:中华书局,1986:314.
③ 钱基博. 中国文学史(上)[M]. 北京:中华书局,1993:111.
④ 张溥. 汉魏六朝百三家集题辞注[M]. 殷孟伦,注. 北京:人民文学出版社,1960:58.
⑤ 刘熙载. 艺概·卷一·文概[M]. 上海:上海古籍出版社,1978:16.

不要做不孝(对其父而言)、不忠(对献帝、国家而言)、不智(指忠孝并替)的人,况且"足下昔日为曹公所礼辟",倘若做出"戚族人而疏所生,内所寓而外王室,怀邪禄而叛知己,远福祚而近危亡,弃明义而收大耻"的举动来,实在令人痛惜。文章处处替袁春卿考虑,情理并施,笔锋平和中透着锐利。不久邺城平定,董昭升为谏议大夫。

董昭的另外两篇书牍文《作曹公书与杨奉》《议丞相进爵九锡与荀彧书》也是此类作品。前文"死生契阔"的情谊是以"吾有粮""将军有兵"这种"足以相济"的"有无相通"为前提的,"将军当为内主,吾为外援",使当时"兵马最强而少党援"的杨奉收到书信后欣喜若狂,拥曹操为镇东将军,杨奉袭父爵费亭侯,而董昭迁符节令。后文作于建安十七年(212年)曹操东击孙权之时,董昭认为曹操"自古以来,人臣匡世,未有今日之功;有今日之功,未有久处人臣之势者也",文章从周旦、吕望、田单的史实着笔,又彰显曹操之功绩,认为"宜进爵国公,九锡备物,以彰殊勋",而荀彧则以曹操作为汉臣"本兴义兵以匡朝宁国",宜"秉忠贞之诚,守退让之实"为由拒绝,曹操很不高兴,对荀彧终于动了杀机。

袁徽的《与尚书令荀彧书》与宋衷的《与王商书》同样是举荐人才的书信,前者是袁徽写给尚书令荀彧的,举荐许靖和士燮,后者是宋衷写给蜀郡太守王商的,举荐许靖,二书写法基本相同,如后者"文休倜傥瑰玮,有当世之具,足下当以为指南",言简而意赅,以评赏人物为主,袁徽说许靖是"仁恕恻怛",说士燮是"既学问优博,又达于从政",并突出其对《春秋左氏传》《尚书》的精通,宋衷说许靖是"倜傥瑰玮"。建安时期注重对人物的品评,荐举人才时更需如此以增强说服力。张超的《与太尉朱俊书荐袁遗》、彭羕的《与蜀郡太守许靖书荐秦宓》、鲁肃的《遗先主书》等亦是此类作品。

(三)劝谏陈请类

孔融的两篇问难之书堪称劝谏类的代表,《难曹公表制酒禁书》与《又书》大约作于建安十二年(207年),曹操因"年饥兵兴",表制酒禁,孔融对此以二书嘲戏之。开篇即点名观点"酒之为德久矣",而后从天、地、人三方面阐述,并举出酒有利于治者的大量史实,连用多组"不……无以……""非……无以……"的双重否定句,加强酒之为德的气势和说服力,铺排开来,气势逼人,很有威慑力。《又书》则通过"不绝仁义""不禁谦退""不弃文学""不断婚姻"的类比进行嘲弄和讽刺,对曹操禁酒的态度一览无遗,在淋漓的语句中痛快地表明立场。"而将酒独急者,疑但惜谷耳,非以亡王为戒也",虚词和"……者……耳……也"句式的使用,确为侮慢之辞。孙至诚评曰:"两文隶事极富丽,立说极诙诡。"①钱锺书也说:"融两《书》(孔融难曹操禁酒两书)皆词辩巧利,庄出以谐。"②在两封书信中,孔融列举大量史实以成对句为依据来说理。《难曹公表制酒禁书》列举十个史实,《又书》列举四个,两两各成对偶,并且借题发挥,以泄不满。列举十位历史人物,"虽然难免牵强,却洋洋洒洒,一气呵成。对汉代书信中的凝重风气是一种解放"③,孔融"见操雄诈渐著,数不能堪,故发辞偏

---

① 孙至诚. 孔北海集评注[M]. 上海:商务印书馆,1935:98.
② 钱锺书. 管锥编(第三册)[M]. 北京:中华书局,1979:1026.
③ 谭家健. 中国古代散文史稿[M]. 重庆:重庆出版社,2006:220.

宕,多致乖忤"①。他以气运词、气盛为文的书信还有《嘲曹公讨乌桓书》《嘲曹公为子纳甄氏书》。李白将孔融的"天垂酒星之耀,地列酒泉之郡,人著旨酒之德"三句衍化为"天若不爱酒,酒星不在天。地若不爱酒,地应无酒泉。天地既爱酒,爱酒不愧天"(《月下独酌·其二》),气势更为洒脱、不羁,可以说是对孔融"非常可怪之论"②的发挥和"气盛为文"的继承。

  孔融的多次另类劝谏终于激怒了曹操,在曹操的授意下,郗虑奏免了孔融的官职。为"显明仇怨",路粹作《为曹公与孔融书》,以历史典故为依据,陈请孔融与郗虑应放下群小之构,"思协欢好"。孔融于是写了《报曹公书》以表明心迹。书信作于建安十二年(207年),篇幅虽短,却蕴含深层的内涵:他与郗虑虽是"州里比郡",仍希望在犯错误的时候,郗虑能及时指出来,这是从郗虑的角度考虑,为郗虑的"欲加之罪",即"黜退"孔融的官职开脱;从大局出发,不想把事态扩大化,两败俱伤的结果,于国无利;从自身出发,"性既迟缓""与人无伤"的性格使孔融"奉尊严教""不敢失坠";再次重申修好如初的立场和态度,对曹公再次表明心迹。郗虑、大局、自身、曹操四方均涉及,考虑周全而得体。文章感情丰富,孔融的情绪也随着文势的承转而波动不平。针对路粹来信中征引的大量史实,孔融也选用了多个恰当而有说服力的典故。"况……,而欲……哉"句式,语气和缓却不容置疑。孔融用喻较为独特,"昆虫之相啮""蚊虻之一过",比喻中暗含嘲讽,有对曹操和郗虑的蔑视,"坚而无窍"的"屈谷巨瓠"用来比喻于国无用之人。一通表白之后,申明了"修好如初"的态度,但诚恳中总有种嬉笑的不严肃,后来终于惹来杀身之祸。

  建安七年(202年),袁绍废嫡立庶,他死后,袁谭、袁尚之间的自相残杀常常令人扼腕,围绕他们而留传下来的三封书信虽是为各自利益所作,却也是一片劝解的深情。王修曾以"弃兄弟而不亲,天下其谁亲之"③的手足之情谏言,袁谭不听。建安九年(204年),袁尚派审配驻守邺城,袁尚攻谭于平原,审配《献书袁谭》正作于此时,开篇的"良药苦口而利于病,忠言逆耳而便于行",为全文定下基调,审配并没有引用大量的事典,而是苦口婆心地晓以大义,从袁绍的去世开始谈起,追述袁谭与袁尚之间的纠葛,有对"恋恋忠赤之情"的美好回忆,有对"造势无端"的"凶险逸愿之人"的愤慨,更多的则是对兄弟二人反目的痛惜。文中骈偶句式随处可见,振聋发聩的气势足以使人警醒,然而"谭得书怅然,登城而泣"④,并没有听从审配的劝解。最后曹操攻陷邺城,斩杀了审配。

  王粲代刘表作有谏书二篇,一为《为刘荆州谏袁谭书》,用典有简有繁,有正有反,有破有立。"……父子相残,盖有之矣,然或欲以成王业,或欲以定霸功,或欲以显宗主,或欲以固冢嗣,未有弃亲即异,杌其本根,而能崇业济功,垂祚后世者也。"历史上虽有父子反目的例子,但或成王业,或定霸功,因谗言而起的无功的兄弟相残却没有。"王室震荡"之时,先父遗志不可违,从自身利益出发,亦不可"忘先君之怨,弃至亲之好,为万世之戒,遗同盟之耻"。因袁谭"天性峭急",故行文语气舒缓,娓娓道来,设想周到。谭献评此文曰:"亦深切

---

① 范晔.后汉书·卷七十·孔融传[M].李贤,等注.北京:中华书局,1965.
② 钱锺书.管锥编(第三册)[M].北京:中华书局,1979:1026.
③ 陈寿.三国志·卷十一·王修传[M].裴松之,注.北京:中华书局,1959.
④ 陈寿.三国志·卷六·袁绍传[M].裴松之,注.北京:中华书局,1959.

矣,尚非垂涕泣而道之,诚不至也,代者故不能饰,全以利害为言,不闻伦常之训。本末倒置,而文体固自清雄。"①王粲代书本是为了利益之争,兄弟的身份只不过是劝说、和解的障眼之术,从其劝谏的目的来看,倒也算不得"本末倒置"。另一为《为刘荆州与袁尚书》,一反(二人若反目)一正(若二人联合),说理透辟,催人警醒。因袁尚"为人有勇力"②,故文章短句、对句居多,语句整饬,语气急迫,有劝勉,有警醒,有期待,"此韩卢、东郭自困于前,而遗田父之获也"的比喻和"金木水火"的类比,形象生动。两封书信均从对方利益考虑入手,刘表希望重续袁刘同盟,"欲卧收天运,拟踪三分"③,将矛盾引向曹操,"事定之后,乃议兄弟之怨""使天下平其曲直",然而刘表的如意算盘终未打成,袁谭、袁尚兄弟也以败亡告终。张溥评曰:"袁显思兄弟争国,王仲宣为刘荆州移书苦谏,今读其文,非独词章纵横,其言诚仁人也。昔颍考叔一言能感郑庄,使母子如初。仲宣二书,疾呼泣血,无救阋墙。袁氏将丧,顽子执兵,即苏、张复生何益哉!"④钱基博也说:"王粲溢才,捷而能密;属文举笔便成,无所改定;然正复精意覃思,亦不能加也。……而《为刘荆州与袁谭、袁尚》两书,亦同《左氏》之优游缓节,而异战国之卓荦为杰;文帝所为惜其体弱,不起其文者也。"⑤王粲二书从二人身份入手,动之以情,晓之以理、义,而且从收信人的性格特点安排行文的语气和措辞,前文"优游缓节",后文"词章纵横",各有特色。"世谓其诗出李陵,今观书命,亦相近也。"⑥托名李陵的《答苏武书》情采并胜,王粲二书亦如此。

袁氏兄弟阋墙之斗终于招祸,曹丕、曹叡父子则为善纳忠言、谏言之主。曹丕"六岁而知射""八岁而知骑射""少好弓马",曹操征并州时,崔琰傅曹丕于邺城,而曹丕"仍出田猎,变易服乘,志在驱逐"⑦,崔琰《谏世子书》谏言曹丕要"以身为宝""社稷之为重",应该"燔翳捐褶,以塞众望",曹丕复书《报傅崔琰》曰:"昨奉嘉命,惠示雅数,欲使燔翳捐褶。翳已坏矣,褶亦去焉。后有此比,蒙复诲诸。"轻松的笔调令人会心一笑。曹丕称帝后,仍然"颇出游猎,或昏夜还宫",王朗上表《谏文帝游猎疏》,曹丕《报王朗》以"二寇未殄"婉言拒绝。曹叡《报华歆》《报王朗》二书亦分别是给华歆《谏伐蜀疏》、王朗《屡失皇子上疏》的答书,为文沉稳而平实,这与当时罢退浮华的文坛风尚相一致。

轲比能的《与辅国将军鲜于辅书》与彭羕的《狱中与诸葛亮书》均是为自己辩解、推脱罪名的书信,因关涉自己性命之忧,有对往事的追忆,以博得同情,有对自己心迹的表白,坦率而诚恳,有请求,有勉励,相对其他以议论说理为主的公文书牍,别具情真意切的风味。

(四)外交辞令类

东汉末年,董卓被杀以后,豪强混战割据,"袁绍……占有冀、青、幽、并四州,成为北方最强大的割据者。袁术……据江淮间地,自称皇帝,建都寿春,成为南方最大的割据

---

① 李兆洛.骈体文钞[M].郑州:中州古籍出版社,1990:321.
② 陈寿.三国志·卷六·袁绍传[M].裴松之,注.北京:中华书局,1959.
③ 范晔.后汉书·卷七十四下·袁绍刘表列传[M].李贤,等注.北京:中华书局,1965.
④ 张溥.汉魏六朝百三家集题辞注[M].殷孟伦,注.北京:人民文学出版社,1960:78.
⑤ 钱基博.中国文学史(上)[M].北京:中华书局,1993:115.
⑥ 同④.
⑦ 陈寿.三国志·卷十二·崔琰传[M].裴松之,注.北京:中华书局,1959.

者。……刘表占荆州,……刘焉占益州,……公孙度占辽东,……公孙瓒占幽州……"①,乃至后起的曹操、孙坚及子孙策、孙权和刘备等势力之间纷争不断,他们之间外交辞令类的书信往来,皆从各自的利益出发,演绎了那段成王败寇的历史。

其中有借助军事力量进行威胁的作品,如建安十三年(208年),曹操击败刘表父子,又要攻打孙权,作《与孙权书》曰:"近者奉辞伐罪,旄麾南指,刘琮束手。今治水军,八十万众,方与将军会猎于吴。"虽是书信,却有檄文的气势,"伐罪""会猎"二词更是成竹在胸、志得意满之态,"权得书,以示群臣,莫不向震失色"②。周瑜、鲁肃促成孙刘联军与曹操战于赤壁,曹操大败,所以曰:"赤壁之役,值有疾病,孤烧船自退,横使周瑜虚获此名。"实为战败后的回护之辞。

除了威胁,还有勉励和拉拢,有时也恩威并用。黄初三年(222年)正月癸亥③,蜀主刘备将出秭归进击吴,吴王孙权《上魏文帝书》以请战,曹丕复书《报吴主孙权》④:

昔隗嚣之弊,祸发枸邑,子阳之禽,变起扞关。将军其亢厉威武,勉蹈奇功,以称吾意。

以东汉初年的割据势力隗嚣和公孙述(字子阳)之败类比刘备的割据也将败亡,借以勉励孙权建立奇功。孙权虽"外托事魏,而诚心不款",以浩周(曹丕当初即王位时,孙权曾派遣浩周作《上魏王笺》,语词谦卑、诚恳,如"权之赤心,不敢有他,愿垂明恕,保权所执",篇中如此推心置腹之言随处可见,皆是辩解开脱之辞,以表明对曹氏的诚心,曹操在世时如此,曹操去世后仍将继续如此,仿佛一篇痛下决心、表白心迹的誓词)为使者兼说客,《与浩周书》娓娓道来,约定"十二月遣子,复欲遣孙长绪、张子布随子俱来。彼二人,皆权股肱心腹也。又欲为子于京师求妇,此权无异心之明效也"(曹丕《诏责孙权》),恳切之至,骗取了曹丕的信任,但迟迟未"遣子入侍"⑤。后来,"扬、越蛮夷多未平集,内难未弭"⑥,在内外交困之时,孙权又作《卑辞上魏文帝书》⑦:

求自改厉⑧,若罪在难除,必不见置,当奉还土地、民人,乞寄命交州,以终余年。

俨然一副要改过自新的面孔,曹丕回信《又报吴主孙权》⑨:

君生于扰攘之际,本有纵横之志,降身奉国,以享兹祚。自君策名已来,贡献盈路。讨备之功,国朝仰成。埋而掘之,古人之所耻。朕之与君,大义已定,岂乐劳师远临江汉?廊庙之议,王者所不得专。三公上君过失,皆有本末。朕以不明,虽有曾母投杼之疑,犹冀言者不信,以为国福。故先遣使者犒劳,又遣尚书、侍中践修前言,以定任子。君遂设辞,不欲

---

① 范文澜.中国通史简编(修订本第二编)[M].北京:人民出版社,1964:153-154.
② 陈寿.三国志·卷四十七·孙权传[M].裴松之,注.北京:中华书局,1959.
③ 《三国志·卷二·文帝纪》裴松之注引《魏书》定为黄初三年正月癸亥,《资治通鉴·卷六十九》定为黄初三年二月。本书从《三国志》。
④ 陈寿.三国志·卷二·文帝纪[M].裴松之,注.北京:中华书局,1959.
⑤ 同②.
⑥ 同②.
⑦ 同②.
⑧ 严可均《全三国文·卷六十三·卑辞上魏文帝书》中有"求自改厉"语,实为《三国志·卷四十七·孙权传》中语,非《卑辞上魏文帝书》中语,严氏误入。
⑨ 同②.

使进,议者怪之。

又前都尉浩周劝君遣子,乃实朝臣交谋,以此卜君,君果有辞。外引隗嚣遣子不终,内喻窦融守忠而已。世殊时异,人各有心。浩周之还,口陈指麾,益令议者发明众嫌,终始之本,无所据杖,故遂俯仰从群臣议。

今省上事,款诚深至,心用慨然,凄怆动容。即日下诏,敕诸军但深沟高垒,不得妄进。若君必效忠节,以解疑议,登身朝到,夕召兵还。此言之诚,有如大江!

先对其贡献进行褒奖,然后笔锋一转,对其未"遣子入侍"、不讲信用进行指责,但"世殊时异,人各有心",对孙权的诚心归顺还是热诚欢迎的,并希望孙权"即日下诏,敕诸军但深沟高垒,不得妄进"以明真心并消除众人(主要指三公,当时为华歆、贾诩、杨彪,三人上书曹丕《奏讨孙吴》,指出孙权"为犬羊之姿,横被虎豹之文",犯有十五条罪名,当讨伐之)的疑虑。一波三折之笔,恩威并施,但并未达到目的,孙权最终自立为主,"临江拒守"①。

在建安这个特殊的战乱年代,还出现了一些为取得政治军事上的主动权而作的诈书,如黄盖诈降的《与曹公书》,满庞"不厌诈"的《为王凌报孙布书》,陆逊的《与关羽书》以"谦下自托之意"②骗取关羽的信任,使其放松警惕而致败。诈书须是这类平实、诚恳之作,方能取得对方信任。刘备与孙权之间的一些书牍往来,如孙权《报刘备》与刘备《拒答孙权》《报孙权》等亦是针锋相对的挟诈之作。

(五)军事檄移类

钱基博说:"陈琳、阮瑀,则文帝所云章表书记之隽;武帝并以为司空军谋祭酒,管记室;军国书檄,多琳、瑀所作也,而琳尤健爽。"③代人之书在两汉时期还不多见。建安时期,为了征伐的需要,军事檄移类的书信多为善为者代作。

1.檄文

《汉书·高帝纪》云:"吾以羽檄征天下兵。"颜师古注曰:"檄者,以木简为书,长尺二寸,谓之檄,用征召也。其有急事,则加鸟羽插之,示速疾也。"建安时的檄文有陈琳的《为袁绍檄豫州》《檄吴将校部曲文》、王粲的《为荀彧与孙权檄》、董昭的《伪作袁绍檄告郡》、繁钦的《为史叔良作移零陵檄》5篇,皆为代作,且为特定的战事而作,实用性、目的性极强。

建安五年(200年),袁绍攻许,战事开始之前,为壮声势,鼓舞士气,劝豫州刺史刘备附己以攻曹,陈琳代作了《为袁绍檄豫州》。文章以"非常之功"始,亦以"非常之功"终,前后、首尾照应,用"'平铺'体格,中间一曹一袁,短长错出,以鼓其跌宕之势,机轴运用,亦在有意无意之间。迅笔扫去,翻见圆而不板"④,"其妙大约惟在锻语。锻语工,故遂觉色浓而味腴,以细为宏,以琢为肆"⑤,一曹一袁,正反鲜明的对比,"或述此休明,或叙彼苛虐,指天时,审人事,算强弱,角权势,标蓍龟于前验,悬鞶鉴于已然,虽本国信,实参兵诈"⑥,情感与

---

① 陈寿.三国志·卷四十七·孙权传[M].裴松之,注.北京:中华书局,1959.
② 陈寿.三国志·卷五十八·陆逊传[M].裴松之,注.北京:中华书局,1959.
③ 钱基博.中国文学史(上)[M].北京:中华书局,1993:116.
④ 金坛,于光华.评注昭明文选·卷十一,扫叶山房石印本.
⑤ 同④.
⑥ 刘勰.文心雕龙·檄移[M].范文澜,注.北京:人民文学出版社,1978:378.

态度随倾泻的气势喷薄而出,结构安排浑然一体,牢不可破,很有感染力和感召力。张溥也指出其在文辞上的特点"奋其怒气,词若江河"①。罗宗强也说:"通篇檄文,以一种雄辩的口气,以一种无法辩驳的事实,证明操应受到惩罚,并且证明正义之士之必然胜利。这檄文真是写得极为雄辩而又气概非凡。这是一种内在的思想力量,一种用精心选择、严密组织的言辞表达出来的思想力量。彦和所谓壮有骨鲠,殆指此而言。"②"贪残酷烈"的"无道之臣"曹操与"董统鹰扬""加绪含容"的忠臣袁绍处处对比,笔锋犀利,在武战开始之前已经摇鼓摇旗呐喊助威了。

陈琳归曹后作的《檄吴将校部曲文》以荀彧的名义发布,关于其真伪与创作时间皆有争议,本书仍从众说③。檄文开篇即以"上圣之明""智者之虑""下愚之蔽"与"君子"及"小人"之对比张目,警醒世人应该认清形势,做出正确判断。"讳饰语多,遂尔嗫嚅,文不可不先质也"④,开篇这段质实的排偶句式似人生箴言,为全篇立意定下基调。"天威不可挡""社稷神武""天道助顺,人道助信,事上之谓义,亲亲之谓仁""五道并入",指出曹操与汉室的正义之师不可抵挡,战事迫在眉睫,必定会节节胜利,而孙权与江湖之众皆不足以抵挡天威,孙权"贼义残仁",悖逆之罪深重,必会呼啦似大厦倾。而对江东诸将,则以劝降为主,通过拉拢安抚瓦解他们的战斗力和意志力。"……每破灭强敌,未尝不务在先降后诛,拔将取才,各尽其用。是以立功之士,莫不翘足引领,望风响应。""……设非常之赏,以待非常之功。乃霸夫烈士奋命之良时也,可不勉乎?""莫不""可不"加强语气,并举出大量事例为证,多次重申"圣朝开弘旷荡,重惜民命,诛在一人,与众无忌",消除江东诸将部曲的疑虑和后顾之忧,指出吉凶得失、祸福利害,唯在一念之间。用鲜明的对比和"非常之赏"做诱饵,用天威、军威施加压力。"何则?天威不可当,而悖逆之罪重也。""何者?去就有道,各有宜也。""何则?以其所全者重,以其所弃者轻。"危言耸听的设问与气势,很容易使敌军将士未战而胆先寒,这种战事开始前的攻心术有时可以起到很好的杀伤力。谭献评曰:"反正开阖,谋篇甚善。"⑤颇有见地。

陈琳的两篇檄文,在句式上,长短奇偶错落交替,肆意为文,痛快淋漓。章太炎《国故论衡·论式》说:"檄之萌芽,在张仪檄楚相,徒述口语,不见缘饰。及陈琳、钟会以下,专为姿肆,……亦无韵之赋也。"⑥二文的铺张扬厉已有明显骈体化的趋势,《骈体文钞》也俱收二文,参读陈琳的《武军赋》《神武赋》,章氏所说二檄为"无韵之赋",深得刘勰所说檄文文体

---

① 张溥.汉魏六朝百三家集题辞注[M].殷孟伦,注.北京:人民文学出版社,1960:75.
② 罗宗强.魏晋南北朝文学思想史[M].北京:中华书局,2006:246.
③ 赵铭《琴鹤山房遗稿·卷五·书文选后》曰:"《文选》有赝作三:李陵《答苏武书》、陈琳《檄吴将校部曲文》、阮瑀《为曹公作书与孙权》;按之于史并不合。此《檄》年月地理皆多讹谬。以荀彧之名,'告江东诸将部曲',彧死于建安十七年,而《檄》举群氏率服、张鲁还降、夏侯渊拜征西将军等,皆二十年、二十一年事。"钱锺书同意赵说,曹道衡、沈玉成作《陈琳〈为袁绍檄豫州〉》一文(见《中古文学史料丛考》)亦有所考辨,可以参阅。关于陈琳《檄吴将校部曲文》的写作时间,可参阅田余庆《孙吴建国的道路》,《历史研究》1992年第1期,第75-76页,建安十七年(212年)是其创作上限,二十二年(217年)是其下限。
④ 李兆洛.骈体文钞[M].郑州:中州古籍出版社,1990:288.
⑤ 同④.
⑥ 章太炎.国故论衡[M].上海:上海古籍出版社,2003:86.

的特点"谲诡以驰旨,炜晔以腾说"①。

两篇檄文内容均从现实形势出发,谋篇布局也有很强的现实性。官渡之战开始前,袁绍"既并四州之地,众数十万""简精兵十万,骑万匹",气势逼人,《为袁绍檄豫州》"甚有仗义执言之风,绍势方盛,故无芥辞。罪状皆实迹,故操见而骇,斡旋失策,仍多饰辞,不觉瑕衅自露矣"②,这种仗义执言的颂辞和对曹操的詈骂(设置发丘中郎将、摸金校尉等有些罪名或许属实,刘勰则认为"发丘摸金,诬过其虐"③)与当时袁、曹双方军事力量的强弱是相应的。"磊磊轩轩,故是奇作",没有强大的军事力量做后盾,写不出如此英气逼人的檄文。陈琳作为袁绍幕府,本身有政治军事方面的敏感性,他曾做过何进的主簿,"何进谋诛宦官,召兵四方,陈孔璋时为主簿,谠言祸害,其意知岂让曹操哉"④,《谏何进召外兵》一文中陈琳态度坚决而明确,"功必不成"的威慑力虽未说服何进,反而成为谶语,可见陈琳对当时局势的了解和分析。陈琳的某些赋作,如葛洪《抱朴子·钧世》评其《武军赋》:"等称征伐,而《出车》《六月》之作,何如陈琳《武军》之壮乎?"⑤不只《武军赋》,现存不完整的《神武赋》也有这样壮伟的特点。"壮",再加上知局势,才可以写作檄文。吴质说文人只可作"雍容侍从",非也。其归曹后的《檄吴将校部曲文》则以大量篇幅盛赞曹操之战绩武功,此外则多是对江东旧族和吴将校的劝说,"除孙权外,凡'枝附叶从',皆为所宽宥;江东旧族及吴将校,翻然来归者必有显禄"⑥曹操的"非常之赏"与孙氏的"残仁贼义"形成鲜明的对比,为渲染孙氏之残暴,檄文中的很多口实把孙策、孙权之事混为一谈。这都源于孙氏与江东诸大族之间的复杂关系,孙氏以袁术部曲将的名分南渡,这些大族本不信任孙氏,有的还充满了疑惑和敌视。争取本在观望的大族的支持和倒戈应是曹操对孙吴作战的上策之一⑦,"篇末如其未能一折,正其命意所在"⑧,谭献也认识到了这一点。也许正是因为陈琳的知局势,他深知袁绍错过了攻伐曹操的大好时机,曹军虽势弱却不可掉以轻心,他也可能知晓孙权建国是一个复杂的过程,瞬息万变的局势难以预料,但三分天下却是历史的趋势。正因如此,李兆洛才说:"檄豫州最壮骇,而词惭以支;檄吴啴缓,如不欲战,皆中有戒心也。"⑨即便如此,陈琳的两篇檄文符合"事昭而理辨,气盛而辞断"⑩的文体写作要求,整体上气势高昂,极富煽动力,"声如冲风所击,气似欃枪所扫;奋其武怒,总其罪人"⑪,是檄文这种文体的典范之作。

---

① 刘勰.文心雕龙·檄移[M].范文澜,注.北京:人民文学出版社,1978:378.
② 李兆洛.骈体文钞[M].郑州:中州古籍出版社,1990:285.
③ 同①.
④ 张溥.汉魏六朝百三家集题辞注[M].殷孟伦,注.北京:人民文学出版社,1960:75.
⑤ 葛洪.抱朴子外篇·卷三十[M].上海:上海书店,1986:155.
⑥ 田余庆.秦汉魏晋史探微[M].北京:中华书局,1993:253.
⑦ 关于孙氏与江东诸大族之间的关系,参见田余庆.孙吴建国的道路[J].历史研究,1992(1):70-89.
⑧ 同②291.
⑨ 同⑧292.
⑩ 刘勰.文心雕龙·檄移[M].范文澜,注.北京:人民文学出版社,1978:379.
⑪ 同⑩378.

至于张溥针对陈琳先后为袁绍、曹操所作的檄文而评论说:"(陈琳)栖身冀州,为袁本初草檄,诋操,心诚轻之,奋其怒气,词若江河。及穷窘归操,预管记室,移书吴会,即盛称北方,无异《剧秦美新》。文人何常,唯所用之,茂恶尔矛,夷怿相酬,固恒态也。"①谭家健认为"这两篇檄文都不能看成个人行为,而是代表一个集团说话,相当于今之社论。是不可以用必须始终忠于某一方来要求作者的"②。《文选》李善注引《魏志》曰:"琳避难冀州,袁本初使典文章,作此檄以告刘备,言曹公失德,不堪依附,宜归本初也。后绍败,琳归曹公。曹公曰:'卿昔为本初移书,但可罪状孤而已,恶恶止其身,何乃上及父祖邪?'琳谢罪曰:'矢在弦上,不可不发。'曹公爱其才而不责之。"③建安文士在瞬息万变的动荡时局中,为了立身以成就功业,或主动依附,或不得已而为之,无可奈何也好,朝秦暮楚也罢,是那个特定时代的处世之道,不应对他们苛求太多。

王粲的《为荀彧与孙权檄》则根据敌方孙权依靠长江天险,强调我方水军力量也不容小觑,"就渤海七八百里阴习舟楫""四年之内无日休解""今皆击棹若飞,回舵若环",展示军威,"皦然明白"。董昭的《伪作袁绍檄告郡》是董昭平定巨鹿时的计策:"得贼罗候安平张吉辞,当攻巨鹿,贼故孝廉孙伉等为应,檄到收行军法,恶止其身,妻子勿坐。"将斗争的矛头指向他人,而董昭"案檄告令,皆即斩之。一郡惶恐,乃以次安慰,遂皆平集",借他人之名,引起骚乱之后,又及时加以安抚,收渔人之利。这篇檄文是董昭假托袁绍的名义而作,"事讫白绍,绍称善",董昭也被袁绍任命为魏郡太守,为平定郡界的大乱,"二日之中,羽檄三至",这些"羽檄"也当为董昭所作,"辄大克破"④,檄文的威慑力可见一斑。繁钦《为史叔良作移零陵檄》已非完篇⑤,仅存三句:"金鼓震天,丹旗曜野,巨堙既设。"亦可见出逼人的气势。

在建安那个战火纷飞的年代,善为书檄者甚多,可惜很多都未能保存下来,如《三国志·魏书·刘放传》曰:"放为(王)松答太祖书,其文甚丽……放善为书檄,三祖诏命有所招喻,多放所为。"⑥惜其书檄均佚。

建安时的檄文皆用于军事,颂扬己方之长,攻伐敌方之短,或晓谕,或讨伐,或征召,而此前此后的檄文并不都与军事有关,如张仪的《为文檄告楚相》、蔡谟的《易子檄》、弘君举的《食檄》、程晏的《内夷檄》等,是建安那个特殊的时代促进了檄文这种与军事密切相关的文体的发展和成熟。钟会的《移蜀将吏士民檄》和骆宾王的《讨武氏檄》中,慷慨激昂的骈偶文辞和鼓动性与陈琳等建安文士的檄文是一脉相承的。

2. 移文

建安时的移文有李术《报孙权移书》(严格说来,此文是孙权移书李术的回信,用如移书)与黄巾《移书曹公》两篇。刘勰将移文分为文移和武移,从这两篇移文的写作背景来看

---

① 张溥. 汉魏六朝百三家集题辞注[M]. 殷孟伦,注. 北京:人民文学出版社,1960:75.
② 谭家健. 中国古代散文史稿[M]. 重庆:重庆出版社,2006:236.
③ 萧统. 六臣注文选·卷四十四[M]. 李善,吕延济,刘良,等注. 北京:中华书局,1987:821.
④ 陈寿. 三国志·卷十四·董昭传[M]. 裴松之,注. 北京:中华书局,1959.
⑤ 陆侃如认为"史为文之误",见《中古文学系年》,北京:人民文学出版社,1985:332.
⑥ 陈寿. 三国志·卷十四·刘放传[M]. 裴松之,注. 北京:中华书局,1959.

皆是武移,体制和功用似檄文。刘勰认为:"移者,易也;移风易俗,令往而民随者也。"①即移文的主要目的是晓谕、劝谕,前面提到檄文的功用或晓谕、或讨伐、或征召,已经涵盖了移文的功用,而在魏晋注重文章辨体的历史时期,"逆党用檄,顺命资移",随着文体的发展,移文渐渐"与檄参伍,故不重论也"②。

李术在孙策时为庐江太守,策死后,不听孙权的命令,"不肯事权,而多纳其亡叛。权移书求索"③,孙权移书今已不存,从当时形势考虑,应是要求李术押解"亡叛"者交与孙权,可能也有利害的分析,结果李术报曰:"有德见归,无德见叛,不应复还。"公然反叛,此文"皦然明白",激怒了孙权,孙权《白曹公状》将严象之死归罪于李术,取得曹操的信任和讨伐李术的支持,李术闭门自守,向曹操求救,曹操不救,遂城破身死。

黄巾的《移书曹公》是在黄初三年曹操领兖州牧时,在寿张东与曹操作战时发出的,当时黄巾势力较盛,而曹操"旧兵少,新兵不习练"④,移书中指责曹操的罪过,"毁坏神坛",并且劝说"汉行已尽,黄家当立",曹操的逆天行事改变不了"天之大运",文章"指天时,审人事",语言虽质朴却"坚同符契""言约而事显",正得"武移之要",与檄文"体义大同"⑤。

3. 露布、露版类

关于露布、露版,刘勰说:"檄者,皦也。宣露于外,皦然明白也。张仪檄楚,书以尺二,明白之文,或称露布。露布者,盖露板不封,播诸视听也。""露板以宣众,不可使义隐。"⑥檄文产生之初,即称为露布,露布、露版皆是"明白之文",是一种不缄封的文书。曹操《让县自明本志令》中"人有劝(袁)术使遂即帝位,露布天下",即指这种公布于众的文书。崔琰的《露版答曹公》、袁绍的《拜乌丸三王为单于版文》⑦亦是此类。前文作于魏国初建时,曹操就立太子一事"以函令密访于外"⑧,崔琰《露版答曹公》曰:"盖闻《春秋》之义,立子以长,加五官将仁孝聪明,宜承正统。琰以死守之。"虽然曹植是"琰之兄女婿",但他的这种不避亲、不避嫌的"公亮",赢得了曹操的钦叹。这种不缄封的广而告之的露布,在东汉时已经出现,如李云的《露布上书移副三府》,乃李云为桓帝封单超等人列侯,并立亳氏为皇后的"忧国将危"之作,李贤等注曰:"露布谓不封之也,并以副本上三公府也。"⑨李云终因对皇帝的公然不敬而被杀。李云在文中以孔子之语增强说服力,而崔琰则在立谁为太子的问题上以《春秋》之义坚定自己的立场。后文是袁绍为安抚和勉励乌丸蹋顿、难峭王、汗鲁王三王矫制而作的通告,以颂扬其功绩当有所赐为主要内容,《骈体文钞》定为陈琳作,谭献有

---

① 刘勰. 文心雕龙·檄移[M]. 范文澜,注. 北京:人民文学出版社,1978:379.
② 同①.
③ 陈寿. 三国志·卷四十七·孙权传[M]. 裴松之,注. 北京:中华书局,1959.
④ 陈寿. 三国志·卷一·武帝纪[M]. 裴松之,注. 北京:中华书局,1959.
⑤ 同①.
⑥ 同①377-379.
⑦ 《全后汉文·卷九十二》有严可均按语:"张溥本有《为袁绍上汉帝书》《与公孙瓒书》《拜乌丸三王为单于版文》。此三篇出琳手,容或有之,但无实证,今编入袁绍文。"本书从严说。
⑧ 陈寿. 三国志·卷十二·崔琰传[M]. 裴松之,注. 北京:中华书局,1959.
⑨ 范晔. 后汉书·卷五十七·李云传[M]. 李贤,等注. 北京:中华书局,1965.

评:"气渐凡下汉文之尾闾,骨干尚健。"①

建安时期还出现了另一类露布、露版。裴松之注引鱼豢《魏略》曰:"后马超反,超劫洪(贾洪),将诣华阴,使作露布。洪不获已,为作之。司徒钟繇在东,识其文曰:'此贾洪作也。'"②赵翼认为露布这种文体"自贾洪作此讨曹操后,遂专用于军事。……则犹是檄文之类"③,泛指与军事征讨有关的布告、通告等。曹操《奏事》有言:"有警急,辄露版插羽。"《表论田畴功》亦言:"又使部曲持臣露布,出诱胡众。"既然是"警急"、诱敌,这类露布、露版自可看作征讨的檄文。曹叡《露布天下并班告益州》即此类。太和二年春,张郃于街亭大败诸葛亮,曹叡"行如长安""亲帅师继郃之后以张声势"④,刘勰说:"……或称露布。露布者,盖露板不封,播诸视听也。夫兵以定乱,莫敢自专:天子亲戎,则称'恭行天罚';诸侯御师,则云'肃将王诛'。"⑤曹叡奉辞伐罪,用夸饰的语言和形象的比喻陈说敌方的罪恶和无知,如"反裘负薪,里尽毛殚,刖趾适履,刻肌伤骨,……行兵于井底,游步于牛蹄",又以工整的六言句式宣扬己方的休明仁义,"养四海之耆老,长后生之孤幼,先移风于礼乐,次讲武于农隙",强与弱、仁义与"淫昏",形成鲜明的对比,既劝谕"巴、蜀将吏士民"幡然归顺,又震慑"残贼之党""马谡、高祥,望旗奔败,虎臣逐北,蹈尸涉血",为正义之师的征伐正名并呐喊助威。

露布、露版发展到北魏迄唐代时,逐渐演变为战争胜利后的奏捷之文了,如张昌龄《为昆丘道记室平龟兹露布》等。

4. 盟辞类

建安时的盟辞有袁绍的《漳河盟辞》、臧洪的《酸枣盟辞》两篇。盟辞在先秦时期应用已较为广泛,张银从《左传》一书中就辑有15条书面盟辞⑥,后世盟辞的体制大致沿袭先秦盟辞。刘勰在《文心雕龙·祝盟》中也阐述了盟辞的体制特点:"夫盟之大体,必序危机,奖忠孝,共存亡,戮心力,祈幽灵以取鉴,指九天以为正,感激以立诚,切至以敷辞,此其所同也。"⑦吴承学解释说:"刘勰认为盟誓的大致规格,必定要叙述危机,奖励忠孝之心,约定生死与共,同心协力,请神灵鉴察,指上天为证,以真诚之心和恳切之辞来写盟誓。这可以说是对盟誓体制比较全面中肯的总结……"⑧他从《左传》等大量盟辞的实例发现"先秦盟誓大致是由三部分组成的:(一)盟誓缘起,即叙述各方之所以盟誓的原因;(二)遵誓要求,即列出盟誓各方所应遵守的具体条款;(三)违盟恶果,即参盟各方共同约定,如果盟誓者有不遵盟的,他们本人及家人,甚至其国家即将受到鬼神的严惩"⑨。

---

① 李兆洛.骈体文钞[M].郑州:中州古籍出版社,1990:124.
② 陈寿.三国志·卷十三·王肃传[M].裴松之,注.北京:中华书局,1959.
③ 赵翼.陔馀丛考·卷二十一[M].北京:中华书局,1963:412.
④ 司马光.资治通鉴·卷七十一[M].北京:中华书局,1956:2241.
⑤ 刘勰.文心雕龙·檄移[M].范文澜,注.北京:人民文学出版社,1978:378.
⑥ 张银.《左传》盟辞的文学性及时代性[J].社科纵横,2008(3):100-101.
⑦ 刘勰.文心雕龙·祝盟[M].范文澜,注.北京:人民文学出版社,1978:178.
⑧ 吴承学.先秦盟誓及其文化意蕴[J].文学评论,2001(1):108.
⑨ 同⑧.

建安时的这两篇盟辞亦是由这三部分组成。《漳河盟辞》《酸枣盟辞》是关东诸郡为讨伐董卓而建立的联盟的盟约,前者是以袁绍为核心的漳河之盟,后者是刘岱、孔伷、张邈、桥瑁、张超五路诸侯结成的酸枣联军①。兹录其全文如下:

漳河盟辞②

贼臣董卓,承汉室之微,负兵甲之众,陵越帝城,跨蹈王朝,幽鸩太后,戮杀弘农,提挈幼主,越迁秦地,残害朝臣,斩刈忠良,焚烧宫室,蒸乱宫人,发掘陵墓,虐及鬼神,过恶蒸皇天,浊秽薰后土。神祇怨恫,无所凭恃,兆人泣血,无所控告。仁贤之士,痛心疾首,义士奋发,云兴雾合,咸欲奉辞伐罪,躬行天诛。凡我同盟之后,毕力致命,以伐凶丑,同奖王室,翼戴天子。有渝此盟,神明是殛,俾坠其师,无克祚国!

酸枣盟辞③

汉室不幸,皇纲失统,贼臣董卓,乘衅纵害,祸加至尊,虐流百姓。大惧沦丧社稷,剪覆四海。兖州刺史岱、豫州刺史伷、陈留太守邈、东郡太守瑁、广陵太守超等,纠合义兵,并赴国难。凡我同盟,齐心戮力,以致臣节,殒首丧元,必无二志。有渝此盟,俾坠其命,无克遗育。皇天后土,祖宗明灵,实皆鉴之!

前文自开始至"无所控告",后文从开始至"剪覆四海",是盟辞的第一部分,叙述董卓的罪行;前文自"仁贤之士"至"翼戴天子",后文自"兖州刺史岱"至"必无二志",交代同盟各方之所以联合的原因并应齐心协力完成的目标,是为第二部分;其余内容是第三部分,即不守盟誓的后果。这些语句在先秦盟辞中常常出现,如《左传》僖公二十八年:"有渝此盟,以相及也。明神先君,是纠是殛。"《左传》成公十二年:"有渝此盟,明神殛之,俾队其师,无克祚国。"

先秦盟辞已经发展得相当成熟,如《左传》僖公二十八年六月:"晋人复卫侯。宁武子与卫人盟于宛濮,曰:'天祸卫国,君臣不协,以及此忧也。今天诱其衷,使皆降心以相从也。不有居者,谁守社稷?不有行者,谁扞牧圉?不协之故,用昭乞盟于尔大神以诱天衷。自今日以往,既盟之后,行者无保其力,居者无惧其罪。有渝此盟,以相及也。明神先君,是纠是殛。'"句式多为四言句,两句为一组,四句为一小节。建安盟辞中四言句式更为齐整,排偶句式明显增多,骈体化倾向更为明显,韵律感、节奏感增强。比较建安时的这两篇盟辞,袁文词藻较为华丽,臧文虽朴实无华,感染力却更强,"洪辞气慷慨,涕泣横下,闻其言者,虽卒伍厮养,莫不激扬,人思致节",足见其"述文壮节"④,刘勰亦评曰:"臧洪歃辞,气截云蜺。"⑤

---

① 《三国志·卷七·臧洪传》引裴松之按语:"于时此盟止有刘岱等五人而已。魏氏春秋横内刘表等数人,皆非事实。表保据江、汉,身未尝出境,何由得与洪同坛而盟乎?"
② 范晔.后汉书·卷七十四上·袁绍传[M].李贤,等注.北京:中华书局,1965.
③ 陈寿.三国志·卷七·臧洪传[M].裴松之,注.北京:中华书局,1959.
④ 刘熙载.艺概·卷一·文概[M].上海:上海古籍出版社,1978:16.
⑤ 刘勰.文心雕龙·祝盟[M].范文澜,注.北京:人民文学出版社,1978:178.

建安时的盟誓仪式和先秦时期一样,也有庄重神圣的程序,如袁绍是"登坛歃血"①而盟,臧洪是"升坛操盘歃血而盟"②,盟辞结尾同样是向自然神和祖先保证要信守承诺,是原始信仰的继续和衍伸。然而这种盟约对联盟各方并没有太大的约束力,因为他们的结合有时只是利益的考虑,讨伐董卓拉开了汉末军阀大混战的序幕,人心更为不古,"忠信以为甲胄,礼义以为干橹"(《礼记·儒行》)的维系社会秩序的信条早已被战火抛到了九霄云外。"信不由衷,盟无益也"③,漳河之盟和酸枣联军很快就瓦解和消亡了,《吴志·孙破虏传》注引《吴录》曰:"(孙)坚慨然叹曰:'同举义兵,将救社稷。逆贼垂破而各若此,吾当谁与戮力乎!'言发涕下。"孙坚的慨然涕下可以看作对讨董联盟的祭奠。

5. 其他有关军事类

建安时期还有一些书牍虽未以檄文之类的文体命名,但功用却同檄文,如阮瑀的《为曹公作书与孙权》,就被谭献评曰"用同驰檄"④。

曹操在建安十三年(208年)的赤壁之战中落败于孙刘联军,为扭转局势,曹操转变策略,要拆散孙刘联盟。建安十六年(211年),阮瑀在曹操授意下作了《为曹公作书与孙权》,意即瓦解孙刘联盟,共扶汉室⑤。书信以曹操的口吻对孙权恩威并用,明确阐述己之心意,虽位高任重却始终以百姓为重,并无非分之想。曹公与孙权之间的"违异之恨",实是"佞人所构会",曹操劝孙权不要被奸人利用,自招祸患,终为世笑。文章围绕主题,纵横文辞,引用大量史实,申述联刘与联曹的利害,明确表示愿与孙氏"除弃小事,更申前好",但提出"用复前好"的条件是内除张昭、外与刘备断交。安抚中暗含恐吓,表面一团和气,其实绵里藏针。名为交好的书信,实为若不按信中所言,便要宣战的檄文。在和颜悦色之中,战鼓似乎马上就要擂响,剑拔弩张的紧张态势始终笼罩全文。钱基博评价此文:"条畅任气,优柔怿怀,虽不及陈琳之铦劲,然俊而能婉,所以难能。陈琳之为袁绍《檄豫州》,为魏武《檄吴将校部曲》,乘势恐喝。而瑀此书,当败军之后,固不能以形势自夸,有倍难于措辞者。情讽理喻,入后余波淋漓,是尺牍佳境,正于率处见风度;与陈琳着力锻语,于锻处见遒健者,故不同也。"⑥刘师培认为阮瑀的作品,包括《为曹公作书与孙权》,"均尚才藻,多优渥之

---

① 范晔.后汉书·卷七十四上·袁绍传[M].李贤,等注.北京:中华书局,1965.
② 见《三国志·卷七·臧洪传》,而《后汉书·卷五十八·臧洪传》载曰:"洪乃摄衣升坛,操血而盟。"
③ 刘勰.文心雕龙·祝盟[M].范文澜,注.北京:人民文学出版社,1978:178.关于此论,前有刘勰"臧洪歃辞,气截云蜺;刘琨铁誓,精贯霏霜;而无补于晋汉,反为仇雠"诸语,范文澜注曰此论"乃指当时与盟之人而言,于臧刘二子,固已推崇无所不至矣",并引黄叔琳"二义义炳千古,不宜以成败论之"。
④ 李兆洛.骈体文钞[M].郑州:中州古籍出版社,1990:324.
⑤ 《文选·卷四十二》李善注引《吴书》曰:"孙策初与魏武俱事汉,薨。周瑜、鲁肃谏权曰:将军承父兄余资,兼六郡之众,兵精粮多,何区区而受制于人也!权遂据江东,西连蜀汉,与刘备和亲。故作书与权,望得来同事汉也。"
⑥ 钱基博.中国文学史(上)[M].北京:中华书局,1993:120.

言"①。张溥评阮瑀《为曹公作书与孙权》:"阮掾为曹操遗书孙权,文词英拔,见重魏朝。文帝云:'书记翩翩,致足乐也。'元瑜没,王杰谋之,曰:'简书如雨,强力敏成。'若是乎行人有词,国家光辉,以之折冲御侮,其郑子产乎?余观彼书,润泽发扬,善辩若毂。独叙赤壁之败,流汗发惭,口重语塞,固知无情之言,即悬幡击鼓,无能助其威灵也。"②谭献则评其"辞異意狭""饰辨强言,文气殊苶,然章法变化,滔滔自运,繁而不厌"③。他们指出了此文的两个特点:一为用词的优美浑厚,大量虚词的使用使骈偶句式并无堆砌藻饰之感,文中处处可见的"……也"句式,使文气运转章法自如,虽然引据大量典实,却并不滞涩,反而增添了质实的厚重和丰满;一为在赤壁落败与江陵失守的不利条件下,饰言败北为"自还",失守为"徙民还师",强颜辩解,却有一种"我尽与君"的高姿态,更以委婉却暗含威胁的语气提醒孙权"若恃水战,临江塞要,欲令王师终不得渡,亦未必也。……江河虽广,其长难卫也"。虽有处在弱势下的纸老虎之嫌,却并不回避,反而因为文章整体上的章法结构与辞句的锻造大大削弱了这一点,任气而行的文势自有一种慑人的力量。

臧洪的《答陈琳书》亦是一篇情辞慷慨的意气之作。因曹操围困张超,臧洪请兵袁绍救超,袁绍不允,致使张超城破族灭,臧洪于是与袁绍决裂。臧洪时任东郡太守,袁绍兴兵围攻东郡数年不下,便遣臧洪同乡陈琳写信给洪,"喻以祸福,责以恩义"④,劝其归降。臧洪愤然作《答陈琳书》,阐明与陈琳虽有同乡之谊,却不同志,"本同而末离",将今日战事之原委和盘托出,辞气慷慨之间,"热血喷薄",指责袁绍"丧忠孝之名""亏交友之道",虽"明目张胆",却"称心而言",动人心弦,不愧为"千古至文"⑤。文中"每登城勒兵,望主人之旗鼓,感故友之周旋,抚弦搦矢,不觉涕涕之覆面也"等句,后被丘迟《与陈伯之书》化用为"见故国之旗鼓,感平生于畴日,抚弦登陴,岂不怆悢"⑥。忿悁之情充溢全篇⑦,最后表白心迹:"行矣孔璋!足下徼利于境外,臧洪投命于君亲;吾子托身于盟主,臧洪策名于长安。子谓余身死而名灭,仆亦笑子生死而无闻焉。本同末离,努力努力,夫复何言!""遒文壮节",以死明志,令人嗟叹。熊礼汇评价:"《答陈琳书》长千余言,为作者披情露性之作。……臧洪终因势弱为绍所杀,但此书辞气慷慨,却反映出作者节概轶群的特点。"⑧臧洪用最后的城

---

① 刘师培.中国中古文学史 论文杂记[M].舒芜,校点.北京:人民文学出版社,1959:42.
② 张溥.汉魏六朝百三家集题辞注[M].殷孟伦,注.北京:人民文学出版社,1960:81.
③ 李兆洛.骈体文钞[M].郑州:中州古籍出版社,1990:324.
④ 陈寿.三国志·卷七·臧洪传[M].裴松之,注.北京:中华书局,1959.
⑤ 同③319-321.
⑥ 萧统.六臣注文选·卷四十三[M].李善,吕延济,刘良,等注.北京:中华书局,1987:812.
⑦ 《后汉书·卷五十八·臧洪传》有范晔论曰"忿悁之师",既然是"忿悁之师",必有忿悁之情。
⑧ 熊礼汇.先唐散文艺术论[M].北京:学苑出版社,1999:378-379.

陷被杀①,演绎了一曲"士为知己者死"的赞歌。

有关军事战局的书信并不都是剑拔弩张的,有些就写到了胜利后的喜悦。如曹操的《下荆州书》、曹丕与钟繇在孙权称臣后的书信往来《又报钟繇书》《答太子书》以及陈琳的《为曹洪与魏太子书》等。

建安二十年(215年),陈琳、曹洪俱从曹操西征张鲁。平定汉中后,曹丕收到曹洪的信函,李善注引《陈琳集》曰:"琳为曹洪《与文帝笺》。"引《文帝集序》曰:"上平定汉中,族父都护还书与余,盛称彼方土地形势。观其辞,如陈琳所叙为也。"②钱锺书也认为此信"显然

---

① 关于臧洪效死张超,将吏庶民与之皆死一事,历来评价不一,有赞扬者,如陈普《咏史上·臧洪》:"汉士当时惟北海,一朝青史见臧洪。"有批评者,如徐众《三国评》:"洪敦天下名义,救旧君之危,其恩足以感人情,义足以励薄俗。然袁亦知己亲友,致位州郡,虽非君臣,且实盟主,既受其命,义不应贰。袁、曹方睦,夹辅王室,吕布反覆无义,志在逆乱,而邈、超擅立布为州牧,其于王法,乃一罪人也。曹公讨之,袁氏弗救,未为非理也。洪本不当就袁请兵,又不当还与怨仇。为洪计者,苟力所不足,可奔他国以求赴救,若谋力未展以待事机,则宜徐更观衅,效死于超。何必誓守穷城而无变通,身死殄民,功名不立,良可哀也!"王夫之《读通鉴论·卷九》则批评其连累一城百姓:"臧洪怨袁绍之不救张超,困守孤城,杀爱妾以食将士,陷其民男女相枕而死者七八千人,何为者哉?……洪以私恩为一曲之义,奋不顾身,而一郡之生齿为之并命,殆所谓任侠者与!于义未也,而食人之罪不可追矣。……若洪,则姑降绍焉,而未至丧其大节;愤兴而惨毒,至不仁而何义之足云?孟子曰:'仁义充塞,人将相食。'夫杨、墨固皆于道有所执者,孟子虑其将食人而亟拒之,臧洪之义,不足与于杨、墨,而祸烈焉。君子正其罪而诛之,岂或贷哉!"亦有评价较为客观者,如范晔《后汉书·卷五十八·臧洪传》有论赞曰:"雍丘之围,臧洪之感愤壮矣!想其行跣且号,束甲请举,诚足怜也。夫豪雄之所趣舍,其与守义之心异乎?若乃缔谋连衡,怀诈算以相尚者,盖惟利势所在而已。况偏城既危,曹、袁方穆,洪徒指外敌之衡,以纾倒县之会。忿悁之师,兵家所忌。可谓怀哭秦之节,存荆则未闻也。""洪怀偏节,力屈志扬。"臧洪死事及后来陈容因为其说情共赴死难,致在场者窃相谓曰:"如何一日戮二烈士!"此前桓帝时,李云因大不敬谏言获罪,杜众上书与云共死,而范晔论曰:"礼有五谏,讽为上。若夫托物见情,因文载旨,使言之者无罪,闻之者足以自戒,贵在于意达言从,理归乎正。曷其绞讦摩上,以衒沽成名哉?李云草茅之生,不识失身之义,遂乃露布帝者,班檄三公,至于诛死而不顾,斯岂古之狂也!夫未信而谏则以为谤己,故说者识其难焉。"对云、众皆死于狱中事并不认同。笔者认为,在东汉末年,这种士人共赴死难的事情屡见不鲜,不能简单地以应不应该与是非成败而论。臧洪也在《答陈琳书》中说:"子谓余身死而名灭,仆亦笑子生死而无闻焉!"我们应当考虑出现这种现象的社会因素,赵翼在《廿二史札记·卷五》"东汉尚名节"条中说:"自战国豫让、聂政、荆轲、侯嬴之徒,以意气相尚,一意孤行,能为人所不敢为,世竞慕之。……驯至东汉,其风益盛。盖当时荐举征辟,必采名誉,故凡可以得名者,必全力赴之,好为苟难,遂成风俗。……其大概有数端:是时郡吏之于太守,本有君臣名分,为掾吏者,往往周旋于死生患难之间。……此尽力于所事,以著其忠义者也。……又有以让爵为高者……又有轻生报仇者……又有代人报雠者……盖其时轻生尚气已成习俗,故志节之士好为苟难,务欲绝出流辈,以成卓特之行,而不自知其非也。然举世以此相尚,故国家缓急之际,尚有可恃,以撑拄倾危。昔人以气节之盛,为世运之衰,而不知并气节而无之,其衰乃更甚也!"这是当时重生前与死后之名的名士风尚使然。参见曹金华《"怀哭秦之节,存荆则未闻"——汉末"奇士"臧洪刍议》,《南都学坛》,2000年第1期,第15—18。

② 萧统.六臣注文选·卷四十一[M].李善,吕延济,刘良,等注.北京:中华书局,1987:778.

代笔""欲盖弥彰,文之俳也""莫逆相视,同声一笑"①而已,谭献也说"摇笔有滑稽之意,故先后皆不为庄语,而行文迅疾,旋起旋落处可悟"②,亦指出其欲盖弥彰之嫌。书信于调笑的氛围中,展示了雄壮的气势。既有轻松的玩笑之辞,如"粗举大纲,以当谈笑""间自入益部,仰司马杨王遗风,有子胜斐然之志,故颇奋文辞,异于他日""恐犹未信丘言,必大噱也",又有老夫聊发少年狂,如"岂不信然""我之所以克,彼之所以败也。不然,商周何以不敌哉"。激扬得意的文字将平定汉中后的欣喜豪情轻松展现。历史事件信手拈来,驱使文字如指挥千军万马奋勇奔腾,得胜后的余威充斥字里行间。对于平定汉中取得胜利,有王师旷荡之德、讨伐不义之师、顺应天意和民心、自己出兵名正言顺之理由;有汉中(张鲁)无贤能之人辅助,对此有大段的分析,陈琳借此信从侧面向曹丕强调人才的重要性,指出在天下未定、国之初立之时,更需广纳人才。虽有有利的地理形势,但如果没有"贤人"的辅助,易守难攻的地理优势也发挥不出来,最终要被同心同德的军队"星流景集,飚夺霆击,长驱山河,朝至暮捷"。这来自陈琳对局势的正确把握和分析。

钱基博评价陈琳《为曹洪与魏太子书》:"腴而得峭,骏而为婉,词气纷纭,远胜王粲之文秀而质羸也。王粲属文,举笔便成,篇中无幽奥之辞,雕镂之字;低徊往复,薪于自抒胸臆。而琳则着力锻语,以细为弘,以琢为肆,遂觉色浓而味腴矣。"③文章中对偶句式随处可见,辞藻华丽、铺陈,排比大有"司马、杨、王遗风",用轻松的笔调传达出丰富而充实的内容,绝非"不工为文辞"的曹洪所能写出来。虽然文中两次申称非人代笔,开头说"琳顷多事,不能得为……故自竭老夫之思",结尾又说"仰司马、杨、王遗风……故颇奋文辞,异于他日",既有陈琳不能为的客观缘由,又有入乡随俗、竭尽才思的主观努力,但仍摆脱不掉陈琳代书的"风力"和"骨鲠"。其中骈散相间、挥洒自如的气势,强烈的抑扬顿挫的节奏感,绝非一朝一夕的摹拟之功。

此外,如曹操的《与钟繇书》,对钟繇的勋绩进行表彰;曹植的《与司马仲达书》,用形象的比喻解读战术;与公孙瓒有关的几封书信,如袁绍的《与公孙瓒书》、公孙瓒的《遣行人文则赍书告子续》、陈琳的《更公孙瓒与子书》,则体现了袁绍与公孙瓒之间军事实力的变化,这些与军事有关的书信也都写得各有特色。

二、私人书牍

建安时期,文士们慷慨以写志、磊落以赋心,而书牍作为一种披心露性的文体,在动荡的社会现实和思想解放的影响下,不仅仅关注国家和整个社会、传达普遍的情感生活,还将丰富而敏感的笔触延伸到了家庭、朋友和自然界,凡是可以触动文士心灵的题材和情绪都被记录下来,或抒怀,或骋才,或品评,原本公文性质较强的书牍在建安时期更加平民化、私人化,更加可爱、生动了。李兆洛《骈体文钞》下编的目录之后有文曰:"尺牍之美,非关造作,妍媸雅郑,每肖其人。"④鲁迅也说:"作者本来也掩不住自己,无论写的是什么,这个人

---

① 钱锺书.管锥编(第三册)[M].北京:中华书局,1979:1040.
② 李兆洛.骈体文钞[M].郑州:中州古籍出版社,1990:668.
③ 钱基博.中国文学史(上)[M].北京:中华书局,1993:117.
④ 同②19.

总还是这个人,不过加了些藻饰,有了些排场,仿佛穿上了制服,写信固然比较随便,然而做作惯了的,仍不免带些惯性,……话虽如此,比起峨冠博带的时候,这一回可究竟接近于真实。所以从作家的日记或尺牍上,往往能得到比看他的作品更其明晰的意见,也就是他自己的简介的注释。"①个性化的书牍作品在建安时期大量涌现,透过这些作品,我们可以更真实、更立体、更全面地探讨建安文士的气质、性格,聆听他们在那个特殊时代的心声。

建安时期的私人书牍包容性很强,题材内容更为广泛,在形式上更加讲求技巧。钱穆说:"窃谓当时新文佳构,尤秀出者,当推魏文、陈思之书札。此等尤属眼前景色,口边谈吐,极平常,极真率,书札本非文,彼等亦若无意于为文,而遂成其为千古之至文焉。至是而文章与生活与心情,三者融洽合一,更不见隔阂所在。盖文章之新颖,首要在于题材之择取,而书札有文无题,无题乃无拘束,可以称心欲言也。古人书札,亦有上乘绝顶之作,如乐毅之报燕惠王,司马子长之报任少卿,皆是也。然皆有事乃发,虽无题而有事。建安书牍,乃多并事无之,仅是有意为文耳。无事而仅为文,所以成为文人之文。文人之文而臻于极境,乃所以成其为一种纯文艺作品也。"②正是因为真诚、坦率地无意为文,反倒使作者在披露心声时,卸去了束缚和面具,传达了本来的面目和真实的情感,很少有为文而造情的矫揉造作。

本书关于私人书牍题材内容的分类仅是为了论述的必要,并不存在严格意义上的划分,一篇书信可能会涉及多重题材,如繁钦《与魏太子书》既是为乐伎一事而作,也有对声音的评赏,还有融情入景的描绘。

(一)抒怀写志类

"汉来笔札,辞气纷纭。观史迁之报任安,东方朔之难公孙,杨恽之酬会宗,子云之答刘歆,志气槃桓,各含殊采,并杼轴乎尺素,抑扬乎寸心。"③在书牍文的发展史上,抒情性强的作品在两汉以前很少见,刘勰所举四篇作品,尤其是司马迁的《报任安书》与杨恽的《报孙会宗书》更富于抒情性,以此为标志,书牍文在文章领域逐渐成为人们抒写情怀的一种主要形式。建安文士通过书牍抒发情怀、交流情感,在时光的飘忽和人生的短暂中,展现了一副副情真意切的面孔。孔尚任在《与徐丙文》一文中将尺牍称为"诗之余"④,"诗言志"使得诗歌具有了抒情的永久价值,尺牍同样也有这种抒情的特质。法国著名传记作家安德烈·莫洛亚在《拜伦书信选》中把书信的作者分成三种:"一种是借助书信来披露思想的;一种是无病呻吟,把十分简单的生活中的极其微不足道的事情说得天花乱坠,借重形式来装饰各种事情;最后一种是因为没有别的办法只好写信,并把他们整个炽烈而充满活力的身心都倾述到通信中去的人。"⑤书牍作者的第三类即把书信当成了抒情的媒介,除此以外,找不到更合适的方式。

东汉末年,社会思想大转变,原来的与外在事功关联较密切的文学题材仍然非常活跃,

---

① 鲁迅.鲁迅全集(第六卷)[M].北京:人民文学出版社,1981:415.
② 钱穆.中国学术思想史论丛(三)[M].台北:东大图书股份有限公司,1985:107.
③ 刘勰.文心雕龙·书记[M].范文澜,注.北京:人民文学出版社,1978:456.
④ 孔尚任.孔尚任诗文集·卷七[M].北京:中华书局,1962:503.
⑤ 拜伦.拜伦书信选[M].王昕若,译.天津:百花文艺出版社,1992:7.

但《古诗十九首》的出现,体现了汉末文人对个体生存价值的关注,"实乃建安时期人的觉醒的先声"①。社会现实生活的种种情状在诗歌、散文和辞赋中都有了细腻而深入的刻画,建安文士们与自己生活的社会环境、自然环境,建立起了更为广泛而深刻的情感联系。

建安时期,战乱频繁,瘟疫、地震等自然灾害不断,生与死成了文士们必须思考和面对的问题,"人生价值、人生信仰、行为准则、人际关系、生活方式、以至于思维方法,都在重新寻求,重新衡量,取无定向,人各异趣。实际上,士这一个阶层,从思想到生活,都处在一个变动不居的时期"②。变动不居的社会生活,一方面,使人们在生与死的挣扎中感受到"人命危浅,朝不虑夕,给士人带来了岁月不居、人生无常的深沉叹息"③,另一方面也激发了及时行乐的思想。他们在日常生活中感悟到生命的无常、友情的珍贵,在游冶的聚散中,体会到物是人非的无可奈何。而在这忧生之嗟当中,并不纯粹是阴暗悲怆的情调,反而时时透露出对生命价值的思考和"少壮真当努力",要成就一番功业的昂扬明丽的情怀。

曹丕与吴质三书均以深厚的情感追忆了昔日的南皮之游,曹丕与吴质等友人共同游乐、宴饮、赋诗,共游之乐与逝者已矣的物是人非之间的冲突超越了等级与地位,拉近了人心的距离。如《与吴质书》,书信在内容上可分为三部分,先是亲切的慰问,后即感怀旧游,最后是致书时之情事。中间的对偶句式更好地传达了作者的情感,远游之时,"高谈娱心,哀筝顺耳。驰骛北场,旅食南馆,浮甘瓜于清泉,沈朱李于寒水",欢快的节奏泠泠作响。乐到极致之时,作者笔锋一转,钟伯敬云:"文帝书往往于没紧要处,口角低回,具有情理。又云,'参从无声'四字,想见文士放游之妙,无富贵气。"(明王志坚编选《四六法海》卷七)毫无防备的心理落差增强了悲情的浓度,在日月的交替、乐哀的往来之间,在轻松的"放游之妙"中,有聚必有散的"凄然伤怀"令人扼腕,只要活着,散了仍有聚的希望,而如今,却"节同时异,物是人非",虽然仍有"从者鸣笳以启路,文学托乘于后车",但知己、好友已不在人世,"我劳如何"的感叹久久郁结在胸中,挥之不去,通过对比更见真情。书信将"萦拂有致"④的结构安排、寓情于景的烘托手法与情感近乎完美地融合在一起。孙执升评曰:"抚今感旧,睹景思人,对此茫茫,百感交集。盈虚之慨,正因游览之胜而愈深也。读者徒赏其佳丽,犹未极才人之致。"⑤赵树功更论此书"开启了中国雅情美文的新篇章,成了中国第一篇完整而成功的抒情散文"⑥,虽有夸张,却指出了它作为书牍散文的抒情特质。

曹丕的《又与吴质书》结构内容也很有特色,"前段念往,后段悲来"(清蒲起龙《古文眉诠》卷四十)。蒋心馀评曰:"气体闲逸,风韵盎然。"⑦谭献说其"以感逝为主,不立间架,自成章法"⑧。高步瀛赞同这种说法,并认为"文以既痛逝者,行自念也二语为主,而于评论诸

---

① 门岿.二十六史精要辞典[M].北京:人民日报出版社,1993:591.
② 罗宗强.魏晋南北朝文学思想史[M].北京:中华书局,2006:8.
③ 同②36.
④ 李兆洛.骈体文钞[M].郑州:中州古籍出版社,1990:659.
⑤ 金坛,于光华.评注昭明文选[M].卷十,扫叶山房石印本.
⑥ 赵树功.中国尺牍文学史[M].石家庄:河北人民出版社,1999:85.
⑦ 高步瀛.魏晋文举要[M].陈新,点校.北京:中华书局,1989:6.
⑧ 同④661.

子中间插入,乃文章变化之妙。孙月峰辈不足以知之,反谓于法不宜,妄矣"①。笔者亦不同意"不立间架",文章在开头三言两语客套式的叙别之后,即开始了对过去、现在及将来的慨叹和感受。回顾往昔,与建安诸子流连诗酒的欢快情景尚历历在目,而经历了建安二十二年(217年)的魏郡大疫后,亲故离散,往日愈欢,今日愈痛。盖棺定论的传统观念需要作者对逝去的友朋和岁月做一总结和评价,所以才有了对徐幹、应玚、陈琳、刘桢、阮瑀、王粲中肯的评论。逝者已矣,类似的才俊当时恐再难遇到。对友人的怀念之情和对岁月的迁逝之悲写得情真意切,平易晓畅。曹丕此信写于建安二十三年(218年)②,当时其仅三十二岁,可以说正当盛年,竟如此叹老嗟衰,这在现在的我们似乎难以理解。然而从《古诗十九首》及当时士人的创作来看,这却是普遍的士人心态。建安二十二年刚被立为魏太子的曹丕虽有"以犬羊之质,服虎豹之文,无众星之明,假日月之光"的谦辞,但他深知"动见瞻观",万事不敢轻心处之。身处重位,他不允许志意"复类昔日",知音难再遇使他更感高处的寒冷、悲凉。已成老翁,时不我待的现实却时刻督促他真当努力。至于以后"何以自娱",能否再有所述造,那是将来的生活了,但不管怎样,那种悠游的日子将一去不复返了。痛定思痛,岁月的流逝是残酷的。反复品读这篇书信,它似乎不仅仅是在向友人传达情感,更多的像是对自己生命的追问和考索,其中有对过去的凭吊、现在的省察和将来的展望。在"所怀万端"的境遇下,曹丕也许会像登幽州台的陈子昂一样,"念天地之悠悠,独怆然而涕下"。吴质的复信《答魏太子笺》,在同样的背景下③,有着同样的感悟。曹丕"年齐萧王",吴质"已四十二矣,白发生鬓,所虑日深,实不复若平日之时也""游宴之欢,难可再遇;盛年一过,实不可追",与曹丕来书中"年一过往,何可攀援"有共同的感触,但吴质"欲保身敕行,不蹈有过之地""欲触匈奋首,展其割裂之用"的壮志又与曹丕的"少壮真当努力"互相击节,既互相解怀,又互相勉励,面对建安士人的生命价值观,蹉跎岁月的人们不禁汗颜。

曹植的书信也写到了与友人宴饮的欢乐,如《与吴季重书》"若夫觞酌凌波于前,箫笳发音于后,足下鹰扬其体,凤叹虎视,谓萧曹不足俦,卫霍不足侔也。左顾右盼,谓若无人,岂非吾子壮志哉?过屠门而大嚼,虽不得肉,贵且快意。当斯之时,愿举泰山以为肉,倾东海以为酒,伐云梦之竹以为笛,斩泗滨之梓以为筝,食若填巨壑,饮若灌漏卮,其乐固难量,岂非大丈夫之乐哉?"偶句骋铺排之辞,奇句呈转圜之势,"吾子壮志""大丈夫之乐"尽在语词的飞扬中显露无遗,"凌""发""举""倾""伐""斩""食""饮"几个动词,气势非凡,如此宴饮之场面实为平生难得。高步瀛评价:"魏晋之文,渊雅有余,而气势多不振。子建特为雄骏,此篇尤觉光焰非常。"④此评当是针对这几句而发。但天下没有不散的筵席,一个"然"字,一个"思"字,语气顿缓,壮乐、快意被时日向晚、会难别易的痛苦所掩盖。四六言的骈偶句式,纡徐有致,将内心之痛苦、遗憾幽幽道来,沉重、压抑而无法摆脱。骈偶铺陈的语词在句式的骈散之间近乎完美地完成了情感的对比,曹植不愧为建安之杰。曹植的另一篇书信《与丁敬礼书》中,描述与友人之乐曰"乘兴为书,含欣而秉笔,大笑而吐辞,亦欢之

---

① 高步瀛.魏晋文举要[M].陈新,点校.北京:中华书局,1989:12.
② 陈寿.三国志·卷二十一·王粲传[M].裴松之,注.北京:中华书局,1959.
③ 《文选·卷四十二》李善注引《魏略》曰:"魏郡大疫,故太子与质书,质报之。"
④ 同①48.

极也"。曹植与曹丕的几篇书信既有通脱自然的作风、情与景的交融,又有一副清丽可人的面孔,黎庶昌评曹丕、曹植的书牍作品"无所规仿,独抒性灵,辞意斐舋"①。"独抒性灵"作品的大量出现,正是建安时代人的觉醒和文的自觉的体现。

建安士人在更加广泛的个体生活中,共同感受着这个世界,相互交流着他们真实而细微的人生体验,反映他们日常生活和交往的书牍作品多率意之作,用寻常语言,直说其事,行文从容而平和。孔融写给友人的几篇书信即浸透着浓浓的友情,如《与王朗书》,"览省未周,涕陨潜然",情真而意切。"感怀增思""谈笑有期,勉行自爱",怀友之情溢于言表。整封书信,有怀念,有同情,有惊喜(以黄熊之典比王朗突然从东南出现),有期待。简短的文字中蕴含丰富的情感,这情感随事态的发展而变化,很有感染力。《遗张纮书》,表面为一封传达"无缘会面"的愁叹的书信,其实是寄希望于张纮能采取适当的行动,使"南北并定""道直途清"的态势早一天实现。《又遗张纮书》,见字如面,"欣然独笑",又着一"每"字,可见常常如此。《后汉书·孔融传》载:"孔融性宽容少忌,好士,喜诱益后进。……宾客日盈其门。常叹曰:'坐上客恒满,尊中酒不空,吾无忧矣。'……融闻人之善,若出诸己,言有可采,必演而成之,面告其短,而退称所长,荐达贤士,多所奖进,知而未言,以为己过,故海内英俊皆信服之。"如此看重有才之士,真乃多情之人。王朗的《与魏太子书》、傅干的《与张叔威书》等书信都体现了建安时代友情的珍贵。

王朗与许靖三书同样写出了阔别多年之后的情谊。兹录其中一篇:

文休足下:消息平安,甚善甚善。岂意脱别三十余年而无相见之缘乎!诗人比一日之别于岁月,岂况悠悠历累纪之年者哉!自与子别,若没而复浮,若绝而复连者数矣。而今而后,居升平之京师,攀附于飞龙之圣主。侪辈略尽,幸得老与足下并为遗种之叟,而相去数千里。加有辽寒之隔,时闻消息于风声,托旧情于思想,眇眇异处,与异世无以异也。往者随军到荆州,见邓子孝、桓元将,粗闻足下动静,云夫子既在益州,执职领郡,德素规矩,老而不堕。是时侍宿武皇帝于江陵刘景升听事之上,共道足下于通夜,拳拳饥渴,诚无已也。自天子在东宫,及即位之后,每会群贤,论天下髦隽之见在者,岂独人尽易为英,士鲜易取最,故乃猥以原壤之朽质,感夫子之情听;每叙足下,以为谋首,岂其注意,乃复过于前世,《书》曰"人惟求旧",《易》称"同声相应,同气相求",刘将军之与大魏,兼而两之,总此二义。前世邂逅,以同为睽,非武皇帝之旨;顷者蹉跌,其泰而否,亦非足下之意也。深思《书》《易》之义,利结分于宿好,故遣降者送吴所献致名马、貂、罽,得因无嫌。道初开通,展叙旧情,以达声问。久阔情愫,非夫笔墨所能写陈,亦想足下同其志念。今者,亲生男女凡有几人?年并几何?仆连失一男一女,今有二男:大儿名肃,年二十九,生于会稽;小儿裁岁余。临书怆恨,有怀缅然。②

江南有谚语说:"尺牍书疏,千里面目。"三十余年的阔别,因"道初开通",才得以"展叙旧情,以达声问",虽然久无音信的"情愫"并非笔墨所能陈写,但也只能靠尺素以传达思念之情,在这里,书牍"千里面目",千里以传情的文体价值充分体现了出来,此时的尺牍完全成了抒情的媒介。王朗在文中感叹岁月的流逝,仿佛当面倾诉恍如隔世的"旧情",通过对

---

① 黎庶昌.续古文辞类纂·卷十六,光绪乙未金陵状元阁本.
② 陈寿.三国志·卷三十八·许靖传[M].裴松之,注.北京:中华书局,1959.

往事的追索、四处打探友人的消息,关切友人之心备至,《书》《易》语典的使用有意深化主题。书信末尾,似拉家常般询问友人有几个孩子、多大了,介绍自己的孩子如何如何,亲切感人,我们在晶莹的泪光中仿佛看到两个花甲老人在久别重逢之后的嘘寒问暖。三篇书信皆为"申陈旧好,情义款至"①之作,文辞清丽流转,如描述双方的互相思念,王朗写道"极目而回望,侧耳而遐听,延颈而鹤立",比喻形象而生动;勉励友人回归中土时写道"弼人之遗孤,定人之犹豫,去非常之伪号,事受命之大魏,客主兼不世之荣名,上下蒙不朽之常耀,功与事并,声与勋著",齐整的对偶句式饱含着期待和劝勉;展望与友人重逢之后的生活,王朗又写道"避子以窃让名,然后绶带委质,游谈于平、勃之间,与子共陈往时避地之艰辛,乐酒酣宴,高谈大噱,亦足遗忧而忘老",情感深挚。第三篇书信虽有做说客劝其择明主之嫌,但多种复杂的情感却冲淡了这一点,书信在王朗笔下,表面上比较平静,语言也平淡自然,整个情感基调却浓烈真挚,王朗善于通过询问家人情况、展望二人聚在一起共话往昔岁月等这些细微处传递浓厚的情意。

许靖的《与曹公书》同样是一篇情深之作。且看其第一段:

世路戎夷,祸乱遂合,驽怯偷生,自窜蛮貊,成阔十年,吉凶礼废。昔在会稽,得所贻书,辞旨款密,久要不忘。迫于袁术方命圮族,扇动群逆,津涂四塞,虽县心北风,欲行靡由。正礼师退,术兵前进,会稽倾覆,景兴失据,三江五湖,皆为虏庭。临时困厄,无所控告。便与袁沛、邓子孝等浮涉沧海,南至交州。经历东瓯、闽、越之国,行经万里,不见汉地,漂薄风波,绝粮茹草,饥殍荐臻,死者大半。既济南海,与领守儿孝德相见,知足下忠义奋发,整饬元戎,西迎大驾,巡省中岳。承此休问,且悲且喜,即与袁沛及徐元贤复共严装,欲北上荆州。会苍梧诸县夷、越蜂起,州府倾覆,道路阻绝,元贤被害,老弱并杀。靖寻循诸崖五千余里,复遇疾疠,伯母陨命,并及群从,自诸妻子,一时略尽。复相扶侍,前到此郡,计为兵害及病亡者,十遗一二。生民之艰,辛苦之甚,岂可具陈哉!惧卒颠仆,永为亡虏,忧瘁惨惨,忘寝与食。欲附奉朝贡使,自获济通,归死阙庭,而荆州水陆无津,交部驿使断绝。欲上益州,复有峻防,故官长吏,一不得入。前令交阯太守士威彦,深相分托于益州兄弟,又靖亦自与书,辛苦恳恻,而复寂寞,未有报应。虽仰瞻光灵,延颈企踵,何由假翼自致哉?②

虽是写给别人的书信,却仿佛十年来心路历程的告白。回顾这十年的遭遇,字字看来皆是血,十年"奔波"不寻常,往事一幕幕在眼前闪过,曾经熟悉的身影早已天人永隔,经历了战乱与疾疫,又淹留他乡,终不得北回。裴松之虽然据许靖此种经历批评他并非真正的谋臣③,但许靖当时的辛酸和无可奈何也许并不是后人所能理解的,这应该是军阀混战造成的时代悲剧,人力也许无法与之抗衡。许靖在灵帝时举计吏,察孝廉,除尚书郎,典选举,董卓秉政后,迁御史中丞,后又辗转于孔伷、陈祎、许贡、王朗间,孙策渡江之后,又依附士燮,此后入蜀终老。此信当是在入蜀之前写给曹操表白心迹的书信,虽然多次欲北上归汉,

---

① 陈寿.三国志·卷三十八·许靖传[M].裴松之,注.北京:中华书局,1959.
② 同①.
③ 《三国志·卷三十八·许靖传》裴松之注:"臣松之以为孔子称'贤者避世,其次避地',盖贵其识见安危,去就得所也。许靖羁客会稽,间阎之士,孙策之来,于靖何为?而乃泛万里之海,入疫疠之乡,致使尊弱涂炭,百罹备经,可谓自贻矣。谋臣若斯,难以言智。孰若安时处顺,端拱吴、越,与张昭、张纮之俦同保元吉者哉?"

但终因道路阻绝,"生民之艰,辛苦之甚",三言两语不足道哉！第二段又重申"得归死国家,解逋逃之负"的期盼,真切期望曹公能助他达成心愿,第三段则是对曹公的劝勉,曹操"为国柱石""据爵高之任,当责重之地",担负着国家的安危、百姓的命运,应当审慎行事,为国为民自爱自重。作者以气运词,大量运用对偶句式,构成波澜的文势,情感充沛而丰富。林纾论文曰："所贵情挚而语驯,能驾驭控勒,不致奔逝,奋其逸足,则法程自在,会心者自能深造之也。"①当指王朗、许靖的这类情真语淡的作品。遗憾的是,许靖的书疏尽被钜鹿张翔投之于水,未能流传下来。

由友人的去世而生发出对生死的感叹,在建安那个时代的书牍作品中屡见不鲜,如前面提到的曹丕的《与吴质书》《又与吴质书》,此外曹丕的《与王朗书》、钟繇的《与人书》、曹操的《与荀彧书追伤郭嘉》等都是此类作品。曹操精力充沛,行事果决,其感情的流露常用一二字交代出来,如"爱""甚忧""不好""诚惜""不喜""喜"等。即使在《遗令》《题识送终衣奁》这样的临终文中也没有多少充溢情感的词语,只是对琐细小事的絮叨交代而已。曹操对情感的表达似较为节制,然亦有真情的宣泄,在郭嘉去世之后,曹操追念感深,痛惜知己之少,在赤壁落败之后,颇为感叹："哀哉奉孝！痛哉奉孝！惜哉奉孝！"并言"郭奉孝在,不使孤至此",天人永隔之无奈令人扼腕。此外,建安士人也在思考生命的价值和意义,如曹丕《与王朗书》中"生有七尺之形,死为一棺之土,唯立德扬名,可以不朽,其次莫如著篇籍",曹丕撰写《典论》、诗赋百余篇,并以相王之尊为诸儒"讲论大义",搜集整理建安诸子的作品,还"以素书所著《典论》及诗赋饷孙权,又以纸写一通与张昭"②；曹植《与杨德祖书》"……戮力上国,流惠下民,建永世之业,流金石之功,岂徒以翰墨为勋绩,辞赋为君子哉！若吾志不果,吾道不行,亦将采史官之实录,辨时俗之得失,定仁义之衷,成一家之言"；杨修《答临淄侯笺》"若乃不忘经国之大美,流千载之英声,铭功景钟,书名竹帛,此自雅量素所蓄也,岂与文章相妨害哉?"建安士人们汲汲于成就一番事业,期望能在青史上留名的迫切心理是当时忧生之嗟的一种特殊表现方式,"从汉末到正始,忧生是一个共同的主题,但汉末表现为及时行乐,建安表现为建功立业,黄初表现为明哲保身,混入主流政治,随波逐流,正始表现为全身远害、不合作。"③忧生之嗟的这四种表现形式不能简单地从时间上划分,在建安这个特殊的时代,士人的生存状态同样也是纷乱复杂的,这在他们日常的书牍作品中都有体现。吴质虽有"欲保身敕行,不蹈有过之地,以为知己之累耳"(《答魏太子笺》)、"斯盛德之所蹈,明哲之所保也"(《答东阿王书》④)这样明哲保身的人生态度,却也

---

① 林纾.春觉斋论文·流别论[M].舒芜,校点.北京:人民文学出版社,1959:68.
② 陈寿.三国志·卷二·文帝纪[M].裴松之,注.北京:中华书局,1959.
③ 陈际斌.黄初文学研究[D].湘潭:湘潭大学,2004:26.
④ 吴质《答东阿王书》是他写给曹植《与吴季重书》的复书,题目"东阿王"误,植书中有"墨翟不好伎,何为过朝歌而回车乎？足下好伎,值墨翟回车之县,想足下助我张目也",可见吴质时出为朝歌长。考吴质任朝歌长的时间,《三国志·卷二十一·王粲传》裴注引《魏略》："质字季重,出为朝歌长,后迁元城令。其后大军西征。"《文选·卷四十二》李善注引鱼豢《典略》："质为朝歌长,大军西征。""朝歌长"后无"后迁元城令"句。按《三国志·卷一·武帝纪》："建安二十年三月,公西征张鲁。"吴质出为朝歌长的时间当在建安二十年前不久,而建安十九年植徙封临淄侯,这与李善注引《典略》曰"质出为朝歌长,临淄侯与质书"相合。植封东阿王在太和三年,故称谓有误,当为《答临淄侯书》。

有"欲触匈奋首,展其割裂之用"(《答魏太子笺》)建立功业的志向;曹丕与曹植的宴饮之乐与成就功业之间并不矛盾;李固《与弟圉书》"容身而游,满腹而去,周观天下"与秦宓《答王商书》中避世远害,悠游于山水之间的生活方式也较常见。

建安时期抒怀写志的书牍除了回忆宴游之乐、感悟生命的无常、叙述离愁别绪、悼亡伤逝之外,还出现了一篇抒发绝交之情的书信,即应场的《报庞惠恭书》①。庞惠恭其人其事已不可考,只能通过书信内容推其大概。文章几乎全篇对偶,全文共32句,对偶句占到24句,对偶的形式已接近骈文的句法,大量用典,文辞华美,抒情性很浓:

夫萧艾之歌,发于信宿;子衿之思,起于嗣音。况实三载,能不有怀!虽萱草树背,皋苏在侧,悒愤不逞,祇以增毒。朝隐之官,宾不往来,乔木之下,旷无休息,抱劳而已。足下剖符南面,振威千里,行人子羽,朝夕相继。曾不枉咫尺之路,问蓬室之旧,过意赐书,辞不半纸,慰藉轻于缯缟,讥望重于丘山,是《角弓》之诗所以为刺也。值鹭羽于苑丘,骋骏足于株林,发明月之辉光,照妖人之窈窕。斯亦所以眩耳目之观听,亡身命于知友者也。

文章大量征引《诗经》《离骚》中的诗句,如"萧艾之歌,发于信宿"化用《离骚》"何昔日之芳草兮,今直为此萧艾也"、"子衿之思,起于嗣音"化用《诗经》"青青子衿,悠悠我心。纵我不往,子宁不嗣音",将个人情感寓于其中,"正尔徘徊,不徒切直"②,虽未明说,却蕴含了更为丰富的内容,如"萧艾之歌,发于信宿",抱怨友人的反复无常;与庞惠恭三年未见,自然怀念,但是道不同不相为谋,庞惠恭如今"剖符南面,振威千里",如此显贵,早已忘记了昔日的友情,"辞不半纸",并用《角弓》之诗指出其对友人的疏远。庞惠恭不但背叛了友情,连生活作风也变得腐化了,应场用《诗经》中用来讽刺王公贵族游荡无度的诗作《苑丘》《株林》,指斥对方的无可救药,虽有"萱草""皋苏"之类忘忧、释劳之物在身旁,却无济于事。无可奈何之下,只得"亡身命于知友",与庞惠恭愤然绝交。在书信中,应场既有痛惜,又有愤慨,最后不得不绝情断交,从内容到写法,"傲然有纵横策士之遗风"③,稍后嵇康的《与山巨源绝交书》或许受到了他的影响。

(二)叙事类

1. 举荐人才,称贤述能

东汉末年,军阀混战,在纷纭的政治军事形势下,文士择谁为主、如何择主,是建安士人私人书信的重要内容之一。重才、爱才且多情的孔融此类作品较多,如《喻邴原举有道书》《遗问邴原书》,均是孔融对友人邴原进行劝勉的书信。在《喻邴原举有道书》中,孔融将邴原之乐土与王室之多难对比,并以匹妇尚且不忘家国相激,诚恳地劝说有君子之名的邴原应该以仁为己任,"振民于难""根矩,根矩,可以来矣",这真诚的召唤最终打动了邴原,邴原"遂到辽东"④。匹妇与君子、个人与国家的对比,举例措辞得当,恳切之中又施加压力。后来,邴原"欲归乡里,止于三山"之时,孔融又作《遗问邴原书》劝其出山,用"榜人舟楫"比

---

① 欧阳询.艺文类聚·卷二十一[M].上海:上海古籍出版社,1982:396. 严可均《全后汉文·卷四十二》误为《艺文类聚·卷二十二》。

② 李兆洛.骈体文钞[M].郑州:中州古籍出版社,1990:670.

③ 同②671.

④ 陈寿.三国志·卷十一·邴原传[M].裴松之,注.北京:中华书局,1959.

喻有辅政治国之才的邴原,并用随会、贾季的事例规劝邴原不要漂泊在外了,并借慰问劳苦之机,期望他尽快回来为国效力,邴原果然"遂复反还"①。孔融《答虞仲翔书》是为虞翻示其所著《易注》一事而作的复书,作者用延陵之理乐、会稽之竹箭、梁丘之卦筮、刘向之《洪范》的史实来称说虞翻之贤能,肯定其治《易》之才能,孙至诚评价此文:"词采闲丽,气骨高骞。"②当指其形象的比喻和繁富的用典而言。还有一篇《与韦休甫书》,文章既有对友人的怀念之情,又称赞其身为地方官的业绩,"当勉功业,以丰此庆耳",并以史实勉励之,还夸奖其二子之才德。"前日元将来,渊才亮茂,雅度弘毅,伟世之器也。昨日仲将复来,懿性贞实,文敏笃诚,保家之主也",四言句式和对句居多,孙至诚评此文"一往情深,而词气珠圆玉润,尤耐讽诵"③。"双珠"之珍贵、"老蚌"之亲近,比喻诙谐,出人意料,亦可见出二人之情谊,与《与曹公书荐边让》中的九州衣被、单衣襜褕有异曲同工之妙。

建安私人书牍中的荐贤勉励之作,多从政治形势的分析出发,常常引史为据来增强说服力,多为私人之间主动的书信往来,并不掺杂郡国、主上的利益,但客观上因为择主必然涉及利弊的对比,又必然给这些作品带来一定的功利目的性。如曹丕《与孟达书》与刘晔《遗鲁肃书》即此类。前者以伊挚、百里奚、乐毅、王遵为例,劝说孟达归魏,孟达果然弃反归谯,并被委以重任;后者是劝鲁肃从当时形势考虑,投奔郑宝的书信,文中"方今""尤宜今日""急""时不可失,足下速之"几组词语,很好地渲染了当时形势的急迫程度。鲁肃当即整顿行装,欲投奔郑宝,然而周瑜早已把鲁肃的母亲接到了吴郡,鲁肃只得去见周瑜,并被其劝留在吴辅佐孙权。

"仗气爱奇"的刘桢亦有此类作品,如感念曹植知遇之情的《与曹植书》,以及称述邢颙,并为其争取平等待遇的《谏曹植书》等。

2. 答谢赉物馈赠

建安时期,随着个人交际的增多,人们缔结的关系更为宽泛,互相赠送物品的书信也开始大量出现。如曹操《与诸葛亮书》奉送鸡舌香五斤;曹丕此类书作较多,《九日与钟繇书》九月九日送给友人秋菊以助延年,《送剑书》送剑"以除妖氛",《铸五熟釜成与钟繇书》铸五熟釜以表钟繇之美德,《与孙权书》送纤骊马、文马、氍子裘、石蜜、鳆鱼等物,《答刘备书》答谢刘备惠赠双钩等物品,《与王朗书》介绍孙权称臣奉送的物品,《与孟达书》劝归孟达时赠送"所御马物,以昭忠爱",等等。谭家健说:"这类互相馈赠杂物的短笺,汉魏不多见,至齐梁而大盛。萧氏父子、兄弟、君臣以及庾信与北周诸王之间,有不少精美的名作,皆为骈体。曹丕此类文字,实开其先例。"④曹丕对异方之物或珍贵之物极感兴趣,他在《典论》中即有关于剑、刀、匕首、切玉之刀、火浣之布等物品的详细描述,在日常交际中,互赠物品以表情意自是情理中事。曹丕与钟繇之间为一块玉玦就有书信的往来和辞赋的创作,可见当时博物观念影响之深。

王朗的《遗孙伯符书》是为友人之丧事致谢孙策的书信,文章先是感叹友人之逝去,后

---

① 陈寿.三国志·卷十一·邴原传[M].裴松之,注.北京:中华书局,1959.
② 孙至诚.孔北海集评注[M].上海:商务印书馆,1935:109.
③ 同②112.
④ 谭家健.六朝文章新论[M].北京:北京燕山出版社,2002:60.

对孙策操办滞留他乡的友人之丧、善待其家人之举加以礼赞,并以《春秋》之义喻之,语言质朴,情意切切。

杨修被杀是建安史上的一件公案,围绕杀人者与被杀者之父母(还有杀人者之妻),现存的四封书信各有特色。这四封书信是曹操的《与太尉杨彪书》、武宣卞后的《与杨彪夫人袁氏书》、杨彪的《答曹公书》、袁氏(杨彪妻)的《答曹公夫人卞氏书》,其中虽也有赍物馈赠的内容,却不是文章的主旨。曹书重在释杀人原因,虽有不忍,却"未必非幸";卞书先是称述杨修贤能,却因违制被性急的曹操军法处置,自己当时并不知情,并通过书信向袁氏传达歉意、痛悼和抚慰之情;杨书虽有失子之痛却以"其失""自释",对曹操"延罪"之举表示谢意;袁书言杨修"自招罪戾""分应至此",然作为母亲,失子之痛更甚,"始立之年,毕命埃土。遗育幼孤,言之崩溃"。四封书信围绕同一件事,皆以散句写成,通脱而自然,但因身份的不同,在措辞和内容上也有不同,相对来说,卞书和袁书蕴含的情感更含蓄而充实。

3. 其他日常事务

家书是建安时期日常书牍作品的重要组成部分,延续两汉时期的家书内容,这一时期出现的家书有孔融劝学的《与宗从弟书》,李固表达要游观天下之志趣的《与弟圄书》,孙权责备从弟孙皎应宽容待人的《让孙皎书》,张就劝父亲勿以己为念、当成大事的《被拘执私与父恭疏》,"八厨"之一胡母班写给妹夫王匡的义正词严的讨伐之作《与王匡书》等,后两篇书信均是作者在狱中所作。如《与王匡书》,初平元年(190年),董卓使执金吾胡母班奉诏到河内,解释义兵,王匡受袁绍旨意,收班系狱,欲杀之以徇军,胡母班为讨伐王匡的"悖暴无道",以"狼虎之口""长蛇之毒"喻之,并誓言若死后有灵,当诉之天下,对二人的亲属关系也有讽刺,"婚姻者,祸福之机",并把幼子托付给王匡,王匡看到书信后,"抱班二子而泣"①,胡母班最终被杀。张就后来虽被救出,但从这两封书信写作的情形来看,亦可当作遗书来读。

在建安时期还出现了杂帖这种书信形式,杂帖是古代写在帛上的书信,文字简短却情意隽永,皆是友人在日常生活间的问候和交流,是书信内容日常生活化的一种重要体现。如钟繇的《杂帖》其一:

繇白:昨疏还,示知忧虞复深,遂积疾苦,何乃尔耶?盖张乐于洞庭之野,鸟值而高翔,鱼闻而深潜,岂丝磬之响、云英之奏非耶?此所爱有殊,所乐乃异。君能审己而恕物,则常无所结滞矣。钟繇白。②

从内容上来看,应是钟繇劝勉友人不要过度思虑,钟繇以音乐作比,阐述"所爱有殊,所乐乃异"的生活哲理,若能做到"审己恕物",自然忧虑全消。在三言两语间,以简单、轻松的语句言人生之箴言,举重若轻。但杂帖更多的是日常生活的点滴记录和往来交游的询问。东汉崔瑗已有《杂帖》,发展到钟繇,形式上,在开头与结尾处增添了"钟繇白"或"繇白"的称谓辞。到东晋时期,与钟繇一样同是著名书法家的王羲之、王献之的杂帖,内容和形式皆源自钟繇。钟繇妻子去世,王朗为劝解友人而作《与钟繇书》,并以轻松的语调谈论人的生死,从内容和形式上看亦似杂帖。

---

① 陈寿.三国志·卷六·袁绍传[M].裴松之,注.北京:中华书局,1959.
② 乾隆间奉敕.淳化阁帖释文·卷二[M].北京:商务印书馆,1937:19.

(三)品评论议类

建安时期,品评论议类的书牍很大一部分是对人物的评赏,这与当时的清议、清谈风气有关。东汉末年,清议、清谈风气已经形成,《后汉书·党锢列传》曰:"逮桓灵之间,主荒政谬,国命委于阉寺,士子羞与为伍,故匹夫抗愤,处士横议,遂乃激扬名声,互相题拂,品核公卿,裁量执政,婞直之风,于斯行矣。"虽然后来的党锢之祸使清议活动受到压制,但清谈却更加活跃,士人可因善谈而得名,亦可因得到当时名流的品赏而得名。建安士人的清谈大多以人物品评为主。如《三国志·卷三十八·许靖传》:"靖虽年逾七十,爱乐人物,诱纳后进,清谈不倦。"前面提到孔融亦是如此。如此,品第人物、论析才性的书牍作品相应增多也不足为奇了。如秦宓《与王商书》《报李权》、蒋济《遗卫臻书》与卫臻《答蒋济书》等。秦宓《与王商书》由王商为严君平、李弘二人立祠生发开去,洋洋洒洒又由对二人的品第引申到对蜀学的评述;《报李权》则从李权借阅《战国策》是为了增加学识切入,训导李权当从《战国策》中领悟防微杜渐的真谛,亦是由对仲尼的评赏上升到对文化典籍的评论。秦宓二书引经据典,借题发挥,多用偶句以增强气势,陈寿评秦宓曰"文藻壮美,可谓一时之才士"①,实为不误。蒋济与卫臻二人的书信往来则对那个时代荐才、用才的标准进行了探讨。除了品评人物时的借题发挥之作,还出现了很多以物拟人的品评书牍,如前面提到的孔融以突出羽渊的黄熊比王朗(《与王朗书》),以会稽之竹箭比虞翻(《答虞仲翔书》),以老蚌比韦端、以双珠比其二子(《与韦修甫书》)等。

清议、清谈的风气提高了建安士人的理论热情,也提高了他们的抽象思辨水平和语言表达能力,出现了很多以品评文学、艺术、服饰等与日常生活相关的内容为题材的书信。

论文书信似肇始于扬雄的《答桓谭书》中"长卿赋不似从人间来,其神化所至邪",建安时期论文的书信有:曹丕的《又与吴质书》《与王朗书》,吴质的《答魏太子笺》《答东阿王书》,曹植的《与杨德祖书》《与吴季重书》,杨修的《答临淄侯笺》,陈琳的《答张纮书》等。他们在书信中各抒己见,同以前书信中偶尔出现的评赏性语句不同,他们的品评有互相交流、沟通的主动性,更把文学批评本身当作个体文学创作的一部分。此时的论文书牍虽未有系统性,却已经是较为成熟的文学批评了。如对当时文学才俊进行评赏的书信有曹丕的《又与吴质书》(对建安六子)、吴质的《答魏太子笺》(对建安六子和曹丕)、曹植的《与杨德祖书》(对建安五子和杨修)、杨修的《答临淄侯笺》(对建安五子和曹植)、陈琳的《答张纮书》(对王朗和"江东二张",即张昭、张纮);对著书立言以扬名这一文学价值观发表看法的书信有曹植的《与杨德祖书》("……戮力上国,流惠下民,建永世之业,流金石之功,岂徒以翰墨为勋绩,辞颂为君子哉?若吾志不果,吾道不行,亦将采史官之实录,辨时俗之得失,定仁义之衷,成一家之言",若建功立业不成,则要作辞赋君子,成一家之言)与曹植针锋相对的杨修的《答临淄侯笺》("……不忘经国之大美,流千载之英声,铭功景钟,书名竹帛,斯自雅量,素所蓄也,岂与文章相妨害哉",建功立业与成一家之言并不相妨害)、曹丕的《与王朗书》("唯立德扬名,可以不朽,其次莫如著篇籍");对单篇作品进行点评的有杨修点评曹植辞赋作品的《答临淄侯笺》("虽讽《雅》《颂》,不复过此")、曹植评点吴质来书的《与吴季

---

① 陈寿.三国志·卷三十八·秦宓传[M].裴松之,注.北京:中华书局,1959.

重书》("文采委曲,晔若春荣,浏若清风,申咏反覆,旷若复面")、吴质评点曹植来书的《答东阿王书》("文采之巨丽,而慰喻之绸缪")等。建安文士的论文都以个体的创作经验为基础,曹丕、曹植兄弟亦是如此,高步瀛评价曹植《与杨德祖书》:"论文语意切挚,真甘苦自得之言。后幅倾吐怀抱,不欲以文人自囿,尤觉英气逼人。何义门谓气焰非阿兄敢望,信然。"①他们的倡导和积极创作极大地促进了建安文坛的繁荣,他们在书牍作品中的观点和看法在我国文学批评史上亦占有一定的地位,推动了后来像《文赋》《文心雕龙》这样系统的论文批评的出现。

此时还出现了论述学习的重要性的书牍,如赵商的《与人书诣郑康成学》,赵商曾师事郑玄,书信现存虽非完篇,对学习的重要性的评述却很有特色:"夫学之于人,犹土地之有山川也,珍宝于是乎出;犹树木之有枝叶,本根于是乎庇也。"形象的比喻和齐整的对偶生动而又有感召力。前面提到孔融的《与宗从弟书》也对从弟的"晚节豫学"大加赞赏。建安时期经过了汉末的动乱,《三国志·魏书·王肃传》注引《魏略》曰:"从初平之元,至建安之末,天下分崩,人怀苟且,纲纪既衰,儒道尤甚。"曹氏三祖皆有崇礼修学的诏令,如曹操的《修学令》:"丧乱以来,十有五年,后生者不见仁义礼让之风,吾甚伤之。其令郡国各修文学,县满五百户置校官,选其乡之俊造而教学之。庶几先王之道不废,而有以益于天下。"曹丕的《以孔羡为宗圣侯置吏修庙诏》:"遭天下大乱,……阙里不闻讲颂之声,四时不睹蒸尝之位,斯岂所谓崇礼报功,盛德百世必祀者哉!"曹叡的《贡士先经学诏》:"尊儒贵学,王教之本也。……申敕郡国,贡士以经学为先。"统治者的号召必然促进劝学、求学风气的形成。

还有探讨音乐的书牍,如繁钦的《与魏太子书》、曹丕的《答繁钦书》、曹植的《报陈孔璋书》等。前两篇作品是往来应答的书信。繁书重在描述艺伎车子转喉之奇,"潜气内转,哀音外激,大不抗越,细不幽散,声悲旧箛,曲美常均",连用三组对句直接描述"气""音""大""细""声""曲",对声音的正面描写足以称奇。而后又有黄门鼓吹温胡的侧面烘托,温胡自傲地用自己尚不太熟练的曲子来试车子,但车子"遗声抑扬,不可胜穷,优游转化,余弄未尽。暨其清激悲吟,杂以怨慕,咏北狄之遐征,奏胡马之长思",他的表演"凄入肝脾,哀感顽艳"。当时"日在西隅,凉风拂衽,背山临溪,流泉东逝",渐渐西斜的日影,带来丝丝寒意的凉风,东逝不回的流水,哀伤的声音萦绕回荡其中,观者"莫不泫泣殒涕,悲怀慷慨"。景物的衬托、周围人的表现使这种哀伤的效果发挥到了极致。李善引《文帝集序》说:"虽过其实,而其文甚丽。"②《三国志·魏书·王粲传》裴注引《典略》曰:"记喉转意,率皆巧丽。"③谭复堂亦云:"入微语妙绝古今,遂乃抗手傅毅《舞赋》。"④"丽""巧""微""妙",都指出了繁钦描摹声音的高超手笔。而曹书不只描述了歌女孙琐的声音,还描摹了其相貌和舞姿,"素颜玄发,皓齿丹唇。……振袂徐进,扬蛾微眺,芳声清激,逸足横集,众倡腾游,群宾失席。然后修容饰妆,改曲变度,激清角,扬白雪,接孤声,赴危节。于是商风振条,春鹰度吟,飞雾成霜。斯可谓声协钟石,气应风律,网罗韶濩,囊括郑卫者也。今之妙舞莫巧于绛树,

---

① 高步瀛.魏晋文举要[M].陈新,点校.北京:中华书局,1989:43.
② 萧统.六臣注文选·卷四十[M].李善,吕延济,刘良,等注.北京:中华书局,1987:749.
③ 陈寿.三国志·卷二十一·王粲传[M].裴松之,注.北京:中华书局,1959.
④ 李兆洛.骈体文钞[M].郑州:中州古籍出版社,1990:669.

清歌莫善于宋腊,岂能上乱灵祇,下变庶物,漂悠风云,横厉无方"。既有正面的描述,也有"众倡""群宾"的侧面烘托以及"绛树"(舞女名)、"宋腊"(歌女名)的对比、夸张。曹丕写孙琐的出场也大费笔墨,先交代其传奇经历,"年始九岁,梦与神通。寤而悲吟,哀声急切。涉历六载,于今十五",然后交代宴饮的时间、地点、环境,"曲极数弹,欢情未逞,白日西逝,清风赴闱,罗帏徒袪,玄烛方微",在大肆铺垫之后,才是孙琐的登场,真有"千呼万唤始出来,犹抱琵琶半遮面"的架势。文章结尾"若斯也哉,固非车子喉转长吟所能逮也。吾练色知声,雅应此选""不但夸耀自己所纳歌妓比繁钦所欣赏者水平更好,而且自己的文章也比来信更华美"①,得意之态跃然纸上。后来文学史上描述声音的著名篇章,例如白居易的《琵琶行》和刘鹗《老残游记》中的《明湖居听书》一节运用的一些技法,如正面描写与侧面烘托相结合、情景交融、以具体的形象描绘无形的声音等,皆源于此。

品评论议类的书牍中,也有对日常生活及用品的关注,如曹丕《与刘晔书》评其帽裁制不当,《与朝臣书》评说新城粳稻之香,曹植《与陈孔璋书》论议美服、良马;还有一些涉及生活哲理的书牍,如曹丕《与王朗书》中的防微杜渐与"难得之贵宝,不若易有之贱物"、刘桢《答魏太子丕借廓落带书》针对曹丕《借取廓落带嘲刘桢书》中"物因人而贵"而发的辞旨巧妙之作等,这些作品似作者随手写来,体现了建安士人思想"通脱"的一面。

(四)状物描景类

建安时期的一些书牍,出现了概述性的状物、描景的内容,虽然并非文章的主题,但是相对此前的书信作品,开始注重对物品、景物的描摹、渲染,毕竟是一个可喜的现象,是士人们由单纯地注重内视开始向山水、自然转移的标志之一。

有些记细事琐物的短笺,颇为工致。如曹丕《又与钟繇书》对美玉的描绘,"白若截肪,黑譬纯漆,赤拟鸡冠,黄侔蒸栗",比喻形象而生动,李善注引《魏略》曰:"后太祖征汉中,太子在孟津,闻繇有玉玦,欲得之而难公索,使临淄侯转因人说之。繇即送之。太子与繇书。"②文章并未对钟繇的玉玦做直接的描绘,而是通过一系列的类比烘托,侧面映衬,虽未有直笔,却实胜之。古今一一对应,用语雅致,似美玉一样熠熠生辉。

前文赉物馈赠和品评论议类的书牍有些也涉及对物品本身的描摹,如曹丕《九日与钟繇书》中对菊花的描绘"含乾坤之纯和,体芬芳之淑气",曹植《与陈孔璋书》中对美服的形象刻画,"披翠云以为衣,戴北斗以为冠,带虹蜺以为绅,连日月以为佩",但这里的描摹仅是渲染和铺垫,并非书信的主题。

建安士人虽然发现了山水之美,但他们通常把对山水的感情更多地倾入到诗赋等抒情性强的文体创作中,作为包容性很强、披情露性的书牍散文也出现了很多写景的句子,但多是一些概括性的语句,并不是对具体景物的形象生动的刻画描写。如前面提到的写宴饮之乐和描摹声音的书牍作品,为了更好地烘托情感,作者将真挚、浓厚的情感融入对周围景物的描绘中,寓情于景,景情完美地融为一体。如曹丕的《与吴质书》、繁钦的《与魏太子书》与曹丕的《答繁钦书》等。

---

① 谭家健.六朝文章新论[M].北京:北京燕山出版社,2002:56.
② 萧统.六臣注文选·卷四十二[M].李善,吕延济,刘良,等注.北京:中华书局,1987:788.

秦宓的《答王商书》对山水景物的刻画较为细致,已经有后来山水小品的雏形。刘璋时,治中从事王商与秦宓同郡,劝秦宓出山共同辅佐刘璋,"贫贱困苦,亦何时可以终身!卞和炫玉以耀世,宜一来,与州尊相见"(王商《与秦宓书》)。秦宓在答书中借山水之乐以明志:

  昔尧优许由,非不弘也,洗其两耳;楚聘庄周,非不广也,执竿不顾。《易》曰"确乎其不可拔",夫何衔之有?且以国君之贤,子为良辅,不以是时建萧、张之策,未足为智也。仆得曝背乎陇亩之中,诵颜氏之箪瓢,咏原宪之蓬户,时翱翔于林泽,与沮、溺之等俦,听玄猿之悲吟,察鹤鸣于九皋,安身为乐,无忧为福,处空虚之名,居不灵之龟,知我者希,则我贵矣。斯乃仆得志之秋也,何困苦之戚焉!①

  文章四六言句式居多,且多用典故,表现出很强的骈体化趋势,清新自然的行文体现了作者纵横不羁的志趣。

  还应提到一篇借眼前之景幽然发思古之情的作品,即吴质的《在元城与魏太子笺》。其中间一段:"观地形,察土宜,西带常山,连冈平代,北邻柏人,乃高帝之所忌也。重以漆水,渐渍疆宇,喟然叹息。思淮阴之奇谲,亮成安之失策。南望邯郸,想廉、蔺之风;东接钜鹿,存李、齐之流。都人士女,服习礼教,皆怀慷慨之节,包左车之计。"作者览元城形势,从西、北、南、东写其地形,也写到当地百姓的生活、习俗,描述中幽然兴起慨然怀古之心,大量运用历史故实,语句简洁而内容丰富。何义门评曰:"兴会标举,仰俯凭吊,极淋漓之概。"②谭献说这种写法"沾溉后人,探源《国策》"③。钱锺书认为"周览而发幽情,融史入地"④"因地及史,环顾四方,缅怀百世,能破寞曰"⑤。其实不只《国策》,《左传》中也已经有这种在介绍地名时加入历史典故的写法了,而且征引的历史典故都有一定的寓意。后世王勃《滕王阁序》、韩愈《题李生壁》、苏轼《超然台记》、朱熹《送郭拱辰序》等很多散文名作也都受到了这种写法的影响。

  (五)戒书类

  建安现存戒书有郑玄《戒子益恩书》、司马徽《诫子书》、王修《诫子书》、曹操《内诫令》《戒子植》、曹丕《诫子》、曹植《自诫令》、刘廙《戒弟伟》八篇,除曹操《内诫令》、曹植《自诫令》外,其余皆为家戒,或称诫子弟书,亦可归入家书一类,因其标题中均有"戒"或"诫"字,有劝诫之意,故单列一类简述之。

  诫子弟书的出现与当时的社会风气有很大关系,"汉代取用官吏,地方用察举方法,朝廷用征辟方法,人物品鉴至为重要。东汉的人物品鉴多以儒家的道德观念为标准,只是到了桓、灵之际,品鉴的标准才越出了儒家思想的范围。无论标准如何,社会上重视人物品鉴

---

① 陈寿.三国志·卷三十八·秦宓传[M].裴松之,注.北京:中华书局,1959.
② 金坛,于光华.评注昭明文选·卷十,扫叶山房石印本.
③ 李兆洛.骈体文钞[M].郑州:中州古籍出版社,1990:667.
④ 钱锺书.管锥编(第三册)[M].北京:中华书局,1979:1074.
⑤ 同④906.

的风气,对诫子弟书的大量出现是起了激发作用的。"①西汉时期,东方朔和刘向皆有诫子书传世,引用语典和事典,通过鲜明的对比劝诫子弟,告诫其生平行事须谨小慎微,到东汉时,马援的《诫兄子严、敦书》和张奂的《诫兄子书》更是反复叮咛,举人物为例,何人可学,何人不可学,郭预衡说:"汉人告诫子弟之文,自东方朔始。东方朔《诫子》讲:'明者处世,莫高于中''饱食安步,以仕代农'。其言已经有与世浮沉之意。马援此书(指马援《诫兄子严、敦书》)更能代表汉人在吏治森严之世,希望子孙苟全性命的思想。"②这种反复告诫、一再叮咛的心,是一脉相承的,东汉诫子弟书较西汉时用语更为平易、通脱,应是当时党锢之祸和外戚、宦官专政更为严酷的体现。

建安诫子弟书很少引用事典,多以作者自己的生平经历告诫子孙,如郑玄《戒子益恩书》、曹操《戒子植》等,语言平易,通俗易懂。郑玄的《戒子益恩书》写于建安元年(196年),是作者暮年时对独子的叮嘱。名为"戒子",实则多言己身,对自己生平所为的评价,并以此言传身教。刘熙载论曰:"雍雍穆穆,隐然涵《诗》、《礼》之气。"③虽未征引典实,作者自己一生的经历已可作为很好的教科书供独子参读。谭家健说郑玄《戒子益恩书》"娓娓道来,情辞恳挚,气息柔和,意味渊永。在历代家书中属于上品"④。不只郑玄之作,可以说,建安诫子弟书均有一副情真意切的面孔,刘熙载评之:"文有仰视,有俯视,有平视。仰视者,其言恭;俯视者,其言慈;平视者,其言直。文有本位。"⑤诫子弟书自然是"俯视"之作,作为长者对子弟的训诫,虽常有"勿""不可不""可不……邪(欤)"等加强语气和反复强调以示叮嘱的语句,但谆谆教诲中的拳拳之情、殷殷之心却感动千古。

此时的诫子弟书虽也有明哲保身、苟全性命的内容,如王修《诫子书》中"左右不可不慎""行止与人,务在饶之。言思乃出,行详乃动",但建安名士受事功观念的影响,对子弟更多的是劝勉鼓励,如曹操的《戒子植》,曹操出征孙权,使曹植留守邺城,勉励曹植当有所成就;司马徽的《诫子书》,劝诫其子不要因父之德薄居贫而妄自菲薄;王修的《诫子书》,勉励远在他乡的儿子要珍惜时光,善读书兼学做人;曹丕的《诫子》,训诫其子有则改之、无则加勉的为政之道;刘廙的《戒弟伟》,从"厚己辅仁"出发,告诫其弟刘伟交友之道,文中还有对魏讽之品评,"伟不从",后魏讽反,几乎连坐。

曹操《内诫令》从内容上来看,应是写给家婢侍臣的诫令,对日常生活所用的物品,如青布帐、韦笥(指皮箱)、衣被等一一简单交代,以散句写成,行文通脱自然。而曹植的《自诫令》则是"著于宫门,欲使左右共观志"的表白心迹之作。关于其写作年代,《艺文类聚》作"黄初六年令",此时曹植刚刚经历了黄初四年压迫最严重、人生最困顿的岁月,曹植主动释嫌,再加上母亲卞太后的呵护,他的性命才得以保全。谭献评曰:"忧畏之意,自在言下。"⑥曹植虽有"建永世之业,流金石之功"的志向,在经历了王机、仓辑的诬告等一系列事件之

---

① 熊礼汇.先唐散文艺术论[M].北京:学苑出版社,1999:386.
② 郭预衡.中国散文史(上册)[M].上海:上海古籍出版社,2000:360.
③ 刘熙载.艺概·卷一·文概[M].上海:上海古籍出版社,1978:17.
④ 谭家健.中国古代散文史稿[M].重庆:重庆出版社,2006:217.
⑤ 同③47.
⑥ 李兆洛.骈体文钞[M].郑州:中州古籍出版社,1990:141.

后,终于领悟了明哲保身、苟全性命的深意,既是诚恳的自白,又略带辛酸的沧桑感。即使在这样的境遇之中,曹植的文章也不乏华美之辞,如描述遭受诽谤的心态,"身轻于鸿毛,而谤重于泰山";写性命的得以保全,"反我旧居,袭我初服";写与曹丕和好如初,"欣笑和乐以欢孤,陨涕咨嗟以悼孤",皆可看出曹植对语词用语的锤炼和重视。

(六)临终书信

建安时期的临终书信有张纮《临困授子靖留笺》、周瑜《疾困与吴主权笺》①两篇。

这两篇临终书信因为是写给吴主孙权的笺文,是下谕上的"仰视"之文,又是笺体,但因是临终之文,再加上与吴主的密切关系,张纮为孙权长史②,周瑜为孙权之兄孙策之连襟,又为东吴三军大都督,故两篇遗文也是临终抒怀之作,多对吴主的劝谏勉励之辞。张纮《临困授子靖留笺》从治体与治道之不同娓娓道来,述说求贤受谏之策,字字箴言;三十六岁的周瑜,大志未图而身先病卒,故《疾困与吴主权笺》从对个人经历的简单回顾切入,感叹"短命"与"微志未展"的遗憾,接着由对天下形势的分析而笔锋一转,"此朝士旰食之秋,至尊垂虑之日也",笔调高扬,并向孙权举荐鲁肃,劝勉孙权当与曹操、刘备三分天下。二笺语气虽谦恭,更多的则是恳切的勉励,可以说也是对生的恋恋不舍的一种转嫁,语言质实而情感丰腴。

第二节　任性使气的论说文

论说文是我国古代以明辨事理为主要内容的一类文体,它在先秦诸子中已经大量存在,刘勰认为"群论立名"始于《论语》,而现存最早以"论"名篇的单篇文章一般认为是西汉贾谊的《过秦论》③。论说文的兴盛是在八代时期,到中唐时,其中最重要的文体之一"论"成了科举考试的重要文体。建安时期的论说文承继两汉,无论在作品数量、文体种类、题材内容和艺术特色上,都有了新的发展和变化,它的前后相继促进了正始时期和晋代论说文的繁盛。本书所论论说文的文体既包括以"论"名篇的论文,也包括以"说"冠名的"说"文,还有以"难""答""对"名篇的对问体和以"释""辩""应"为题的设论体等问难类的文章,建安论说文几乎涵盖了后世文章选集或文体学中罗列的各种论说文体。

---

① 关于此文,《三国志·卷五十四·鲁肃传》有裴松之按语曰:"此笺与本传所载,意旨虽同,其辞乖异耳。""本传"乃指《三国志·卷五十四·鲁肃传》:"周瑜病困,上疏曰:'当今天下,方有事役,是瑜乃心风夜所忧。愿至尊先虑未然,然后康乐。今既与曹操为敌,刘备近在公安,边境密迩,百姓未附,宜得良将,以镇抚之。鲁肃智略足任,乞以代瑜。瑜陨蹶之日,所怀尽矣。'"本书从严可均说,将其定为周瑜临终书信。

② 见《三国志·卷五十三·张纮传》裴松之注引《江表传》曰:"(孙)权于群臣多呼其字。惟呼张昭曰张公,(张)纮曰东部,所以重二人也。"

③ 关于《过秦论》的题名,班固《汉书》为"过秦",当是此文最初的定名,《文选》首次定其为"过秦论",并作为"论"的首篇,自此,确定了其在论说文中的地位。

一、创作的时代背景

西汉时期,随着百家争鸣的结束,儒学渐渐处于独尊的地位,在"禄利"的诱使下,士人的兴趣也随之转移到谨守家法传承的经典章句之学上。"元、成以后,刑名渐废。上无异教,下无异学。皇帝诏书,群臣奏议,莫不援引经义,以为据依。国有大疑,辄引《春秋》为断"①,奏议诏策这类偏重现实的文体创作较为繁盛,即使有着眼于抽象义理的论说文,也多针对现实的具体问题而发,多是援引经义之作,如贾谊的《过秦论》、东方朔的《非有先生论》、王褒的《四子讲德论》等。到了东汉,学术思想虽然仍笼罩在谶纬的异化儒学之中,论说文的数量据《全后汉文》(献帝以前的作品)有五十余篇,较西汉有所增加,但在内容和文风上并未有多少突破。刘勰说:"中兴之后,群才稍改前辙,华实所附,斟酌经辞,盖历政讲聚,故渐靡儒风者也。"②刘师培也说:"东汉论文,如延笃《仁孝》之属,均详引经义,以为论断。"③"斟酌经辞""详引经义,以为论断"的论说文在谶纬迷信和神学的外衣下,仍然是依经立论的旧面目,如班彪的《王命论》、李尤的《政事论》、延笃的《仁孝论》等。然而在"风气益开,性灵渐启"④的经学论辩风气的影响下,东汉的论说文,尤其是桓、灵之后的创作终于有了一些新的变化:在形式上,原来的正面立论或者应诏之作渐少,主动、多方问难之作渐多;在论证方式上,原来的依经立意也逐渐转向实证求真和思辨析理⑤,如何休的《公羊墨守》《左氏膏肓》《穀梁废疾》和郑玄的《发墨守》《针膏肓》《起废疾》等,其中大多为依附论著之作,单篇文章尚不多见。建安时期,政治上动荡不安,意识形态领域也充斥着蜕变、分离和化合,自王充《论衡》开始的儒学反思思潮,曹操好法术、尚刑名,曹丕尚通达、慕通远,刑名之学与道家思想也随之复兴,民间方术盛行,佛教的传播也在加速,士人的思想更为自由、开阔,他们的价值观念、人生态度和审美倾向也有了新的变化,清议、清谈和人物品藻的社会风气刺激了论说文的大量创作。曹丕在《典论·论文》中首次对论说文的特点有了明确的理论概括:"夫文本同而末异。盖奏议宜雅,书论宜理,铭诔尚实,诗赋欲丽。"他将论说文作为独立的文体,与文学性很强的诗赋并举,可见当时对论说文的重视。

二、功用与主题

建安士人对论说文的重视不仅表现在将其作为"文"之一体,还表现在他们将之作为传世以不朽的重要方式之一。曹丕在《典论·论文》中高度评价了贾谊的《过秦论》:"余观贾谊《过秦论》,发周秦之得失,通古今之制义,洽以三代之风,润以圣人之化,斯可谓作者矣。"他"论撰所著《典论》"等所谓的"著篇籍"行为是希望可以将声名传于后,可以不朽。曹丕对著有《中论》的徐干也极力称扬"融等已逝,唯干著论成一家言"(《典论·论文》),

---

① 皮锡瑞.经学历史[M].周予同,注.北京:中华书局,1959:103.
② 刘勰.文心雕龙·时序[M].范文澜,注.北京:人民文学出版社,1978:673.
③ 刘师培.中国中古文学史 论文杂记[M].舒芜,校点.北京:人民文学出版社,1959:29.
④ 同①127.
⑤ 尚学锋.经学辩论与东汉论说文的变化[J].北京师范大学学报(社会科学版),2007(4):34-39.

"成一家之言,辞义典雅,足传于后,此子为不朽矣"(《又与吴质书》)。稍晚的桓范在《世要论·序作》中亦言:"古者富贵而名贱废灭,不可胜记,唯篇论偶俶之人,为不朽耳。"同样把论说文提高到了实现生命不朽价值的高度。他们仍然秉承汉代注重教化、讽谏的文学观念,对论说文的创作和评价也多从此角度出发,前面曹丕对《过秦论》的评价即如此。而当时论说文写得非常出色的作者也确实得到了当时及后世的称赏,曹植年十余岁即已"言出为论,下笔成章",曹操"特见宠爱"①,其几被立为太子。刘勰在《文心雕龙·才略》中对徐幹、丁仪、邯郸淳的论说之文有评曰"徐幹以赋论标美""丁仪邯郸,亦含论述之美"②。

(一)论文

论文是论说文中的大宗,本书所指论文是以"××论"或"论××"为题的文章,东汉(不包括献帝时)的论文仅有十余篇,而建安时期则有四十余篇,其中曹植十二篇、王粲七篇(其中《去伐论》仅存篇目)、曹丕六篇③、孔融五篇,此外还出现了以"论"为题的子书,如曹丕《典论》、刘廙《政论》、任嘏《道论》、徐幹《中论》、蒋济《万机论》等,建安时期的论文在创作上已经呈现出渐盛的趋势。刘永济说:"魏晋之际,世极乱离,学靡宗主,俗好臧否,人竞唇舌,而论著之风郁然兴起。于是周成、汉昭之优劣,共论于庙堂;圣人喜怒之有无,竞辨于闲燕。文帝兄弟倡其始,钟、傅、王、何继其踪。追风会既成,论题弥广。"④说的虽是魏晋之际的情形,其实早在建安时期,"人竞唇舌"和"论著之风"已经双水并流了。他们在针锋相对的唇舌之战中,还常常以子书作为谈资,最著名的当属王充的《论衡》,这部堪称"疾虚妄古之实论,讥世俗汉之异书"的著作在东汉末年和建安时期颇受士人的青睐,蔡邕"恒秘玩以为谈助";王朗因此"异书"⑤而才进;孔融在路粹《枉状奏孔融》中所持的"非常可怪之论"在《论衡·物势》篇中已有显露,"夫天地合气,人偶自生也;犹夫妇合气,子则自生也。夫妇合气,非当时欲得生子,情欲动而合,合而生子矣",只不过"融推理至尽而已"⑥;王粲的《难钟荀太平论》取意于《论衡》的《儒增》诸篇,《儒吏论》似《论衡》的《程材》《量知》篇;曹植的《相论》《辨道论》《令禽恶鸟论》诸篇,也均受到《论衡》的影响⑦。王充《论衡》"转移三百年学术思想,开后来之新局者",正在"退孔、孟而进黄、老"⑧,这与建安时的社会思潮不谋而合,对魏晋清谈和玄学的兴起着力多也。

汉末评论朝政、臧否人物的清议和建安时代的文人辩论⑨,尤其是建安中期曹丕有意

---

① 陈寿. 三国志·卷十九·陈思王植传[M]. 裴松之,注. 北京:中华书局,1959.
② 刘勰. 文心雕龙·才略[M]. 范文澜,注. 北京:人民文学出版社,1978:700.
③ 本书所定曹丕的单篇论文有《论郤俭等事》《论文》《论太宗》《论孝武》《论周成汉昭》《交友论》六篇,均出自《典论》。
④ 刘永济. 文心雕龙校释[M]. 北京:中华书局,1962:65.
⑤ 范晔. 后汉书·卷四十九·王充传[M]. 李贤,等注. 北京:中华书局,1965.
⑥ 钱锺书. 管锥编(第三册)[M]. 北京:中华书局,1979:1026.
⑦ 钱穆. 国学概论[M]. 北京:商务印书馆,1997:135-136.
⑧ 同⑦132.
⑨ 顾农. 建安时代的文人辩论[J]. 书城,1994(7):12-14.

识地组织这种辩论,"傲雅觞豆之前,雍容衽席之上。洒笔以成酣歌,和墨以藉谈笑"①,"辩论释郁结,援笔兴文章"(应玚《公宴诗》),士人们将论说文作为露才扬己的手段,在"庙堂"与"闲燕"之上,充分发挥他们自由、开阔的思想观念和怀疑精神,针锋相对、成一家之言的思辨能力得到了锻炼,以理持论的热情自然空前高涨。善持论与否与才识的深浅成为当时人物品藻的一个重要方面,如钟繇好《左传》、严干特善《公羊传》,二人数次辨析二书的长短,钟繇"为人机捷,善持论",而严干"讷口,临时屈无以应"②;曹丕说孔融"体气高妙,有过人者,然不能持论,理不胜词,以至于杂以嘲戏"(《典论·论文》);吴质称赞曹丕"发言抗论,穷理尽微",而认为"东方朔、枚皋之徒,不能持论,即阮(瑀)、陈(琳)之俦也"(《答魏太子笺》);刘义庆《世说新语·言语》中对孔融、刘桢、边让、袁阆等人的机捷谈笑之辞多有记载,孔融持论经理不及边让,而逸才宏博却有过之③。

"论之为体,包括弥广"④,"论"作为一种文体,"陈政,则与议说合契;释经,则与传注参体;辨史,则与赞评齐行;铨文,则与叙引共纪"⑤,它与议、说、传、注、赞、评、叙、引等众多文体都有密切的联系。因此,建安论文的主题自然较为丰富,总体来说,有臧否人物、陈说军政、评论时俗、辩难刑法、商榷礼制、品评文艺、修身立命等几种。

臧否人物的论文既有对古代人物的品评,亦有对当代人物的品评。品评古代人物的有曹丕的《论太宗》《论孝武》《论周成汉昭》、曹植的《周成汉昭论》《汉二祖优劣论》、孔融的《周武王汉高祖论》《圣人优劣论》、丁仪的《周成汉昭论》;品评当代人物的有曹植的《辅臣论》、陈群的《汝颍人物论》,孔融的《汝颍优劣论》则是借古人古事说今人今事。其中虽有同题之作,观点却不尽相同,他们或专评一人,或比较二人优劣,或权衡两地人物,或综论一群人物,或展开论难,形式多样。评论历史和当代人物是当时文士的文艺活动项目之一,从中不仅可以考察他们对历史和当代人物的评价,也可以知晓他们的政治态度和观点⑥。

比如关于周成王和汉昭帝,二人继位时都尚年幼,"周公恐天下闻武王崩而畔,周公乃践阼代成王摄行政当国"(《史记·鲁周公世家》),霍光奉遗诏"行周公之事""政事一决于光"(《汉书·霍光传》),周公居摄时有所谓管、蔡流言,曾一度遭到周成王的怀疑,而霍光也曾被燕王告发,但汉昭帝却洞察一切,一直信任霍光,二人既相同,又有不同,周成王、汉昭帝便很有可比性,当时又有人提出"方周成于汉昭,金尚成而下昭"的观点,曹丕、曹植、丁仪的同题之作即针对此展开。曹丕、丁仪皆扬昭抑成,曹丕从天然的秉性及生长环境和对辅政之臣的态度两个方面进行对比,周成王"体上圣之休气,禀贤妣之贻诲,周召为保傅,吕尚为太师,口能言则行人称辞,足能履则相者导仪,目厌威容之美,耳饱仁义之声",却"聆二叔之谤,使周公东迁,皇天赫怒,显明厥咎,犹启诸《金縢》,稽诸国史,然后乃悟,不亮周公之圣德,而信《金縢》之教言",而汉昭帝虽然"父非武王,母非邑姜,养惟盖主,相则桀光,体不

---

① 刘勰.文心雕龙·时序[M].范文澜,注.北京:人民文学出版社,1978:673.
② 陈寿.三国志·卷二十三·裴潜传[M].裴松之,注.北京:中华书局,1959.
③ 陈寿.三国志·卷十二·崔琰传[M].裴松之,注.北京:中华书局,1959.
④ 林纾.春觉斋论文·流别论[M].舒芜,校点.北京:人民文学出版社,1959:60.
⑤ 刘勰.文心雕龙·论说[M].范文澜,注.北京:人民文学出版社,1978:326.
⑥ 曹植.曹植集校注[M].赵幼文,校注.北京:人民文学出版社,1984:112.

承圣,化不胎育,保无仁孝之质,佐无隆平之治,所谓生于深宫之中,长于妇人之手",却能在十四岁时"发燕书之诈,亮霍光之诚",通过鲜明的对比,从历史事实出发,最后假设二人"均年而立,易世而化,贸臣而治,换乐而歌",则"汉不独少,周不独多",天然的秉性和生长环境与后天的品性、德操并非有必然的联系。丁仪的《周成汉昭论》现已非完篇,但从现存内容亦可看出丁仪同曹丕一样,也是从天然秉性和对辅政之臣的态度进行对比,只是语句较为简洁,对偶中寓有对比,丁仪所言"叔父兄子,非相嫌之处,异姓君臣,非相信之地",似有所指,曹丕、曹植兄弟为太子之位数起矛盾,丁仪与曹植亲善,常常在曹操面前称赏曹植,曹丕即王位不久则被杀,丁仪此言似是针对当时曹丕、曹植兄弟二人的子嗣之争而言。曹植则认为在用人不疑这一点上,周成王不如汉昭帝,但曹植又能更具体地进行分析比较,认为霍光奉武帝遗诏辅佐汉昭帝,并未"践天子之位",如果他也像周公一样"称制假号",则"叛者非徒二弟,疑者非徒召公",可能会招致更多的叛者、疑者,正是周成王、汉昭帝所处的境遇不同,他们对辅政之臣的态度自然有所不同,曹植能够把历史人物放到具体的历史环境中进行细致、深入的考察,而不单是就事论事,因此他的观点更为客观、准确。

《辅臣论》是对当时一组人物的评述,是曹植赞颂曹叡即位后封赏的七位辅政大臣的论文,这七位辅政大臣即"(黄初七年)十二月,以太尉钟繇为太傅,征东大将军曹休为大司马,中军大将军曹真为大将军,司徒华歆为太尉,司空王朗为司徒,镇军大将军陈群为司空,抚军大将军司马宣王为骠骑大将军"①。七篇短文文字简洁,语句整饬,概括全面,对七个人的品性、德行、能力、学识和特长进行了分析品评,很多内容都可以和史书互相发明,如《三国志·魏书·华歆传》说华歆"素清贫,禄赐以振施亲戚故人,家无担石之储"②"歆为吏,休沐出府,则归家阖门。议论持平,终不毁伤人"③,《辅臣论》言华歆"清素寡欲""处平则以和养德";《三国志·魏书·王朗传》说王朗"文博富赡"④"高才博雅"⑤,《辅臣论》曰王朗"辨博通幽"。

汝、颍人物论是孔融和陈群讨论汝南、颍川二地人物优劣的文章。陈群认为颍川荀彧(字文若)、荀攸(字公达,荀彧从子)、荀衍(字休若,荀彧第三兄)、荀谌(字友若,荀彧第四兄)、荀悦(字仲豫,荀彧从父兄)"当今并无对",曹丕也认为荀谌之子闳"劲悍,往来锐师,真君侯之勍敌,左右之深忧"⑥。孔融则认为"汝南士胜颍川士",陈群以"颇有芜菁,唐突人参"的譬喻反驳,孔融则洋洋洒洒举出八组汝南士"未有……者也"的例子,每组各举一人之事相对比,滔滔汩汩,气势浩荡,为文通脱,发露自然。然而孔融仅仅是杂糅众多古人古事以持论,并没有深刻而抽象的理论论证和逻辑分析,说理也不够严密,正如曹丕所说"体气高妙,有过人者,然不能持论,理不胜词",气势豪迈有余,却缺少理论上的说服力。此外,

---

① 陈寿.三国志·卷三·明帝纪[M].裴松之,注.北京:中华书局,1959.据此,赵幼文《曹植集校注》认为《辅臣论》第三篇,《北堂书钞》卷五十一原注"曹仁"应为曹休,赵幼文是。

② 陈寿.三国志·卷十三·华歆传[M].裴松之,注.北京:中华书局,1959.

③ 同②.

④ 陈寿.三国志·卷十三·王朗传[M].裴松之,注.北京:中华书局,1959.

⑤ 同④.

⑥ 陈寿.三国志·卷十·荀彧传[M].裴松之,注.北京:中华书局,1959.

陈群还曾与崔林共论冀州人士,崔林称道崔琰为首,陈群则以"智不存身"贬之,崔林又以"大丈夫为有邂逅耳,即如卿诸人,良足贵乎"①相辩难。可见人物的品藻已由古今对照演变到地区间的评判,这是建安士人怀疑精神的拓展,也体现了他们辩难思维的活跃,对于后世从地域文化出发考察作家作品开拓了新的思路。但这种区域间以争名求胜为目的的相互褒贬并不利于士人之间的团结、相互信任和文化的传播,也是当时"文人相轻"的重要表现之一。

建安士人品鉴人物的盛行与汉代察举、征辟和曹魏时期九品中正的用人制度有关,曹丕《士操》、卢毓《九州人士论》及刘劭《人物志》等作品的涌现即是当时注重才性、品行的体现和结果。

陈说军政的论文有曹操的《辨卫臻不同朱越谋反论》、曹植的《征蜀论》《藉田论》、丁仪的《刑礼论》、吴质的《将论》、阮瑀的《文质论》、应玚的《文质论》、王粲的《爵论》《儒吏论》《难钟荀太平论》《务本论》《三辅论》等,或针对时事而发,或发表政治理念和治国方略,或谈论用人政策,体现了士人们积极参与时政的事业心和进取心。《藉田论》疑作于太和四年或五年之春②,是曹植借藉田以喻治国,阐述他的治世理念和抱负的论文,其内容可与《陈审举表》参读,其"不仅是讲讲自己的理想和为政之道,实际也是在发泄自己不得志的烦闷之思"③。第一段以"寡人之兴此田,将欲以拟乎治国"发起,然后分别譬喻,论述"封疆""先下""政理""习乐""亲贤""远佞"之道,将田事与政事形象地结合起来。第二段仍以农田之事"封人有能以轻凿修钩,去树之蝎者,树得以繁茂"起兴,通过中舍人与寡人之间的三问三答,表达了为君子、为大夫、为天子者必须"勤耘"方能修身、治国、平天下的治国方略,打比方的说理方式使立论更加生动形象,增强了说服力和文章的艺术性,很像战国时代策士的游说之辞。王粲的《三辅论》也是用人物辩难的方式展开对时政的论述,只不过借用的是虚构的人物湘潜先生、江滨逸老和云梦玄公三人之间的对话,这种作文方法显然受到两汉大赋,司马相如的《子虚赋》《上林赋》的影响,惜文有散佚,不得见其全旨,所存文字对刘表南征北战以"去暴举顺"有细致的描述,尤其是对刘表的军事力量和英雄业绩的描述用了排偶句式和充满力量的动词,如"建""鸣""曜""遏""追"等,语句灵动,很有气势。

阮瑀、应玚的同题之作《文质论》是针对当时的用人政策而发的争论,大约作于建安十五年(210)曹操发布《求贤令》提出"唯才是举"的用人方针以后。文、质两个概念自先秦产生以后,便被人们广泛用于人的自身修养和才性及物的外观与内容④,两篇《文质论》亦从

---

① 陈寿.三国志·卷十二·崔琰传[M].裴松之,注.北京:中华书局,1959.
② 张溥本作"《藉田说》",本书按《艺文类聚·卷三十九》《太平御览·卷八百二十一》定为"《藉田论》"。《太平御览·卷八百二十四》引《藉田赋》:"夫凡人之为圃,各植其所好焉。好甘者植乎荠,好苦者植乎茶,好香者植乎兰,好辛者植乎蓼。至于寡人之圃,无不植也。"《北堂书钞·卷九十一》引《藉田赋》:"名王亲枉千乘之体于陇亩之中,执锄镢于畦町之侧,尊趾勤于耒梠,玉手劳于耕耘。"张本之《藉田赋》已据《太平御览》定为《藉田说》脱文,赵幼文《曹植集校注》亦认为此二条皆不类赋语,疑亦《藉田说》佚句,故附于《藉田说》后。曹植藉田当在封东阿王时,疑作于太和四年或五年之春(据赵幼文《曹植集校注》),此二条创作时间应该与《藉田论》大致相当,内容也当有关,故本书亦将其定为《藉田论》佚文。
③ 张作耀.曹操评传[M].南京:南京大学出版社,2001:501.
④ 吴云.建安七子集校注[M].天津:天津古籍出版社,2005:472.

此处着笔,皆从天地人文发端,肯定了文、质的各有所用、缺一不可。阮文以"通士以四奇高人,必有四难之忌"与"质士以四短违人,必有四安之报"形成鲜明的对比,并引古人古事为例,否定了只重文采、追求浮华言辞的世风,表达了崇尚质朴的主张,这在徐幹《中论》的《考伪》《谴交》诸篇中亦有所揭露与抨击。张溥评曰:"(阮瑀)《文质论》雅有劲思,若得优游述作,勒成一家,亦足与伟长《中论》,翩翩上下。"①殷孟伦注"劲思"之语即针对"通士以四奇高人,必有四难之忌。且少言辞者,政不烦也;寡知见者,物不扰也;专一道者,思不散也;混濛蔑者,民不备也。质士以四短违人,必有四安之报"这样整饬而有逻辑性的语句而发。应文篇幅比阮文长,内容也更为充实,在充分肯定文、质相辅相成的基础上,娓娓以道其重文轻质的观点:端一的质者虽然有一部分凭着"玄静俭啬"等美德成就了功业,但仍有像孟僖、庆氏那样"循规常趋"无所建树的人,此一也;针对阮文,提出安刘氏江山、正刘氏嫡位的并非只有为人木强敦厚的周勃,而是"非一士之术",此二也;最后得出"质者之不足,文者之有余"的结论,文思敏锐,层次分明,旁征博引,立论有理有据,文采飞扬,既与作者的创作主张相一致,又表现出较强的论辩能力。

  评论时俗的论文有曹丕的《论郤俭等事》、曹植的《相论》《贪恶鸟论》《萤火论》《辨道论》《释疑论》、王朗的《相论》等,反映了他们对当时流俗的态度。黄巾农民起义虽然被镇压,方术在民间却非常流行,《论郤俭等事》《辨道论》《释疑论》分别表现了曹丕、曹植对方士和方术的态度,文中还录有曹操招集方士之事。曹操招集术士的意图,从大局来说,是"诚恐此人之徒,挟奸诡以欺众,行妖恶以惑民,故聚而禁之也",但他本人"好养性法,亦解方药"②,在《与皇甫隆令》中曾秘密询问"服食施行导引"之法,也曾服食术士之药,"亦云有验"。曹丕《论郤俭等事》因散佚过甚,只是对术士之方术的简单记录,"生之必死,成之必败,天地所不能变,圣贤所不能免"似是曹丕的观点,言辞间对术士的哗众取宠亦有揭露,但缺少深入的理论分析,对方术的令人费解处也没有合理的解释。曹植的《辨道论》亦对方士蛊惑人心的虚伪性进行了揭露,嘲笑秦皇汉武的受愚弄,认为所谓的神仙之书、道家之言都是虚妄之辞、眩惑之说,最后也提出养生得法可以长寿的看法。文章在政治上的功利目的非常明确,即为曹操招集术士进行辩解,消除术士在群众中的影响,巩固曹魏的统治,但也仅仅是陈述事实和现象,罗列材料,同曹丕一样,对方术的认识只是停留在感性认识阶段,虽然有一定的朴素唯物主义的倾向,却不能做出透辟而深刻的理论分析,这是由当时人们的认识水平决定的。张溥说:"曹氏父子,词坛虎步,论文有余,言理不足。"③用来评价曹丕兄弟甚为恰当。刘勰也说"曹植辩道,体同书抄"④,范文澜注曰"曹植《辨道论》,列举当时道士迂怪之语,辨其虚诞,义颇近正,而文实冗庸"⑤,这当与他们君王的地位和当时玄学尚未兴盛、理不持论的整体思辨水平有关。而丁晏则认为曹植的《辨道论》"卓然正论足以

---

 ① 张溥.汉魏六朝百三家集题辞注[M].殷孟伦,注.北京:人民文学出版社,1960:81.
 ② 陈寿.三国志·卷一·武帝纪[M].裴松之,注.北京:中华书局,1959.
 ③ 同①89.
 ④ 刘勰.文心雕龙·论说[M].范文澜,注.北京:人民文学出版社,1978:328.
 ⑤ 同④347.

唤醒痴迷"①,如果单从文章的气势和语词的恣肆、明快来说,也有一定的合理性。二律背反,现实生活有时可以改变人们已有的思想认识,曹植就是这样,经历了长期的折磨和压抑,本来就对方术的某些现象有所保留,在其晚年更是对神仙道术充满企羡,"但恨不能绝声色,专心以学长生之道耳"(曹植《释疑论》),已经完全改变了早年《辨道论》嘲弄、攻击方术的态度。

有些论文对当时的某些流俗和现象进行了解释说明,如曹植的《贪恶鸟论》对伯劳之鸣进行了阐释,指出"鸟鸣之恶自取憎",世人厌恶伯劳之鸣实际上是依声附会,"人言之恶自取灭",接着由人们对枭、蟢、蚤的不同态度,得出鸟兽虫鱼尚且"以名声见异",人们更应重视在社会上的名节的结论,思路开阔,以物比人,譬喻说理形象而深刻。《萤火论》虽然对萤火虫的发光行为没有给出科学解释,但是其"章句以为鬼火,或谓之磷,未为得也"的正确观点,在当时有助于迷信的破除。曹植和王朗有同题之作《相论》,可见当时相人之学、方人之术的流行,这与人物品藻的盛行有一定关联,二人皆持不可以貌取人的观点,有积极意义,曹植还通过历史史实,指出天道与人事之间"可知而疑,不可得而无"的双重性。

章太炎《国故论衡·论式》曰:"夫持论之难,不在出入风议,臧否人群,独持理议礼为剧。出入风议,臧否人群,文士所优为也;持理议礼,非擅其学莫能至。"②建安时期现存辩难刑法的论文仅有孔融的《肉刑论》一篇,商榷礼制的论文有薛靖的《朝日夕月论》、曹叡的《正朔论》,建安士人"持理议礼"的文章基本上采用了奏议之类的公文形式,以见出他们积极进取的精神。

建安时期,品评文艺的论文仅有曹丕的《论文》,收在《典论》中,是我国现存的第一篇系统性的文学批评专论。《论文》一开始先批评了文人相轻的积习,继而论述建安七子创作和著述的特点,并论及不同文体各有特点,作家才性有所不同,最后把文章看作"经国之大业,不朽之盛事",强调文章的价值。《论文》直接阐述观点,表现出建安时代作家创作和文学批评的自觉精神,持论也公允、客观,基本成为对建安作家和作品的定论,对后世文学和文学批评的发展有重要意义,开创了我国文学批评的新篇章。修身立命的论文有曹丕的《交友论》、王粲的《安身论》、曹植的《仁孝论》和华佗的《食论》等,多已残缺不全,完整者只有王粲的《安身论》,全文几乎全用排比句式,气势逼人,"崇德莫盛乎安身,安身莫大乎存政,存政莫重乎无私,无私莫深乎寡欲",顶真修辞使文气流转,衔接紧密,结论是安身之道在于无私寡欲。当时还出现了一篇歌功颂德的论文,即曹植的《魏德论》,文章作于延康元年(220年)。刘勰《文心雕龙·封禅篇》曰:"陈思魏德,假论客主,问答迂缓,且已千言,劳深勋寡,飙焰缺焉。"③可知《魏德论》假设客主问答,惜原文残缺,所存几乎全为主答之辞,创作目的非常明确,称颂曹操的开创之功,并从农事、文学、政治等方面赞美曹丕的功勋,文辞华美,多骈语俪句,溢美之词不乏阿谀之处,丁晏评曰"全仿长卿封禅文,典密茂美,足与踵武"④。

---

① 丁晏.曹集诠评(二)[M].上海:商务印书馆,1933:53.
② 章太炎.国故论衡[M].上海:上海古籍出版社,2003:82.
③ 刘勰.文心雕龙·封禅[M].范文澜,注.北京:人民文学出版社,1978:394.
④ 同①58.

(二)"说"文

从现存最早以"说"名篇的文章,即《易》"十翼"之一的《说卦》,到《汉书·艺文志·六艺略》所收录的《鲁说》《韩说》等对《诗经》进行解说的文章,"说"在很大程度上是一种解说经典的文体,解说义理是它的文体意义所在。先秦时期,尤其是战国时代,还有大量策士谋臣的游说之辞,它们大多保存在《国语》《战国策》及诸子典籍中。我国古代字书和韵书对"说"的解释,则侧重它的游说之意,如东汉许慎的《说文解字》释"说"曰:"说,释也。从言兑。一曰谈说。"①《广韵·祭韵》亦曰"说,诱"②,把"说"作为文体,对其体制特点和功用进行规范的文论著作也多从游说角度出发,如晋代陆机的《文赋》"说炜晔而谲诳"③,李善注"说以感动为先,故炜晔而谲诳"④,徐复观也指出:"陆机此言,系以《战国策》纵横之士的游说为背景。"⑤刘勰《文心雕龙》称"说者,悦也。兑为口舌,故言咨悦怿"⑥"凡说之枢要,必使时利而义贞;进有契于成务,退无阻于荣身。自非谲敌,则唯忠与信,披肝胆以献主,飞文敏以济辞,此说之本也"⑦。

两汉时期,以解说、论说为主要内容的"说"文仍然存在,如刘向编辑的《说苑》分君道、臣术等二十个主题,王充《论衡》中有《说日》《正说》两篇,只是论说范围不再局限在经典义理的阐释和说明上,而是围绕某个特定的主题展开论说。策士谋臣的游说之辞则被一统背景下士人的献言与劝说取代,如杜业《说王凤》、杨兴《说史高》、方阳《说樊崇等》、张玄《为隗嚣游说河西》、李熊《说公孙述》,姚鼐将此类"说"归入"书说"类,认为此类文章与奏议"其义一也",只不过为"说"者是"已去国或说异国之君"⑧而已。其实战国时代的策士言论多是"已去国或说异国之君"者所为,两汉时期则多是谋士或幕僚的谏言献策。

建安时期,作为解说、阐释之用与游说、进谏之辞的"说"文仍然并存,前者有曹植的《说疫气》《髑髅说》,后者有朱治的《说孙贲》、袁涣的《说曹公》、田丰的《说袁绍袭许》、沮授的《说袁绍》《说袁绍迎天子都邺》等。

建安二十二年(217年),魏国很多人死于瘟疫,曹植发现了"人罹此者,悉被褐茹藿之子,荆室蓬户之人耳。若夫殿处鼎食之家,重貂累蓐之门,若是者鲜焉"的现象,《说疫气》一文便是对疫气流行原因的解释,曹植认为并非"鬼神所作",而是气候失常所致,贫穷人家生活条件不能与之相适应,所以死人多。曹植善于从实际现象出发,实事求是,客观分析,在迷信盛行的时代,难能可贵。《髑髅说》则仿拟《庄子·至乐》和张衡《髑髅赋》,通过曹子和髑髅的对话,表现了曹植晚年的思想状态,借髑髅之口,传达幽冥之情,阐述死生之说,"偃然长寝,乐莫是喻",死是"归于道""反吾真",晚年的曹植备受压抑,理想无法实现,为

---

① 许慎.说文解字[M].北京:中华书局影印,1963:53.
② 陈彭年,等.宋本广韵·祭韵[M].北京:中国书店,1982:356.
③ 陆机.文赋集释[M].张少康,集释.北京:人民文学出版社,2002:99.
④ 同③.
⑤ 同③.
⑥ 刘勰.文心雕龙·论说[M].范文澜,注.北京:人民文学出版社,1978:328.
⑦ 同⑥329.
⑧ 姚鼐.古文辞类纂[M].北京:中国书店,1986:8.

排解内心苦闷,希望精神能脱离形体,在道家的出世无为中寻求安乐和解脱。《髑髅说》的对话内容和结构形式完全模仿张衡《髑髅赋》,只是这种寓言手法和趋于骈俪的辞句大大增强了"说"文的艺术性,先秦策士的游说技巧被曹植用来说明、阐释问题,说理变得更加形象、深刻,"说"文的艺术品格也大大提高了,对后世寓言形式的"说"文,如柳宗元的《罴说》等产生了深远的影响。

　　游说、进谏一类的"说"文直接源自先秦的策士言论,刘师培说:"献帝之初,诸方棋峙,乘时之士颇慕纵横,骋词之风,肇端于此。"①在动荡不安的政治局面下,文士奔走于较大的政治集团,献言献策,希望通过谋略实现建功立业的理想。初平二年(191年)时,沮授原为冀州牧韩馥的别驾,袁绍依宾客逢纪之计夺得冀州之后,沮授便任袁绍别驾,袁绍与他探讨建功立业之道,沮授《说袁绍》一文引用典故,用大量的排偶句式组成有气势的鼓动之言和阿谀之辞,本就踌躇满志的袁绍大喜曰"此吾心也",随即上表沮授为奋武将军,使监护诸将。政局的混乱使君臣之间尚无常分,士人易主自然也是经常的事,虽然有时会招致非议,如陈琳的《应讥》,但正像陈琳所说,他们秉持的更多的是"用能使贤,智者尽其策,勇敢者竭其身"的观念和原则。建安时局很像风云变幻的战国时代,但谋士献策、智士论辩追求的不再是个人的功名富贵,而是某一政治集团的利益,朱治《说孙贲》是为孙氏集团利益考虑,通过曹魏与孙吴局势与力量的对比劝阻孙贲"遣子入质",贲"由此遂止"②。袁涣先后依袁术、吕布,后归曹操,《说曹公》一文即是在归曹后献给曹操的治国之策,细致地向曹操提出"勤之""戒之""训之"的建议,袁涣"为政崇教训,恕思而后行,外温柔而内能断",曹操"深纳焉"③,拜为沛南部都尉。建安五年(200年),田丰劝袁绍趁曹操征讨刘备之机袭许(《说袁绍袭许》),袁绍"辞以子疾,未得行",田丰举杖击地曰"嗟乎,事去矣"④,袁绍怒而疏远之。建安士人不像战国时代的纵横之士喜欢运用巧妙生动的比喻和有趣的寓言故事来陈政说理,而是直抒胸臆,申述己见,排偶句式气势雄壮,如"举军东向,则青州可定;还讨黑山,则张燕可灭;回众北首,则公孙必丧;震胁戎狄,则匈奴必从。横大河之北,合四州之地,收英雄之才,拥百万之众,迎大驾于西京,复宗庙于洛邑"(沮授《说袁绍》),很有鼓动性,设问、反问句式先声夺人,如"暴乱未息者,何也?意者政失其道欤"(袁涣《说曹公》)、"以此争锋,谁能敌之"(沮授《说袁绍》)、"挟天子而令诸侯,畜士马以讨不庭,谁能御之"(沮授《说袁绍迎天子都邺》),把握立论的主动权,透出强烈的自信,有很强的感染力和说服力。"说"文以游说为主要目的,有很强的针对性和时效性,与以辩论、说理、论析为主要目的的"论"文并不同。

　　(三)问难体

　　刘永济说:"论之为体,盖著述之利器,而学术之干城也。其用有二:一以立我宗义,一以破彼异说。破而能立,然后敌黜而我尊,邪摧而正显。是故此体之兴废,常与学术相始

---

① 刘师培.中国中古文学史 论文杂记[M].舒芜,校点.北京:人民文学出版社,1959:11.
② 陈寿.三国志·卷五十六·朱治传[M].裴松之,注.北京:中华书局,1959.
③ 陈寿.三国志·卷十一·袁涣传[M].裴松之,注.北京:中华书局,1959.
④ 范晔.后汉书·卷七十四上·袁绍传[M].李贤,等注.北京:中华书局,1965.

终。"①如果说,"论"文与"说"文是论说文中的"立我宗义"者,那么,问难体则是在"破彼异说"的基础上开宗明义,破中有立,破、立合一,这既是经学辩论之风的延续,也是论说文超越性品格的重要体现。

本书将问难体分为对问体和设论体两种,对问体常以"难""答""对"名篇,如刘廙的《难丁廙》;仲长统的《答邓义社主难》、张既的《答文帝问苏则》、王肃的《答尚书难》、汜阁的《答陈铄问》《答桓翱问》、司马芝的《答刘绰问》、田琼的《答刘德文》;王朗的《对孙策诘》、毛玠的《对状》、钟繇的《诘毛玠对状》等。设论体常以"释""辩""应"为题②,如应玚的《释宾》、曹植的《辩问》、陈琳的《应讥》等,只可惜《释宾》与《辩问》这两篇设论文现仅存数语。

建安时期的对问体几乎全是关于祭祀、丧葬等典章制度的问难,其作者多从儒家礼制出发,如汜阁、田琼,二人皆为郑玄弟子,言必称《礼》和郑君,而仲长统虽常引《周礼》《礼记》为据,却也认为"钩校典籍,论本考始,矫前易故,不从常说,不可谓非"(《答邓义社主难》),提出不可拘泥,应该便宜从事的观点。这种从实际情况出发,虽然尊古,却不复古的观念更为进步。王朗《对孙策诘》是王朗任会稽太守时,被"渡江略地"的孙策战败降顺之后的诘对之辞,文中虽"自称降虏",卑微之至,但他的实际行动,如危难时刻不舍弃老母,就俘实是不得已而为之,"虽流移穷困,朝不谋夕,而收恤亲旧,分多割少",被曹操征召之后,便"自曲阿展转江海,积年乃至"③,忠(曹操奉天子以令诸侯)、孝、义竟得三全。文章客观描述了当时的局势,如"前见征讨,……寄命须臾。又迫大兵,……从者疾患,死亡略尽。独与老母,共乘一櫨。流矢始交,……",对于我们了解人物生平和建安动荡的社会现实有一定的史料意义。毛玠的《对状》与钟繇的《诘毛玠对状》是一组问对文章。建安二十一年(216),崔琰因"腹诽心谤"被曹操赐死。毛玠为曹操东曹掾时,曾与崔琰并典选举,所举用之人,皆清正之士。魏国建立后,毛玠为尚书仆射,复典选举,他的清廉正直、不徇私情遭到了一些人的忌恨,毛玠对崔琰被赐死之事略有不满,他们便向曹操进谗言谤毁毛玠。时任大理的钟繇作《诘毛玠对状》一文诘问毛玠,文章引用大量典实,针对谤毁之语一一责问,"时见黥面,凡为几人?黥面奴婢,所识知邪?何缘得见,对之叹言?时以语谁?见答云何?以何日月?于何处所?""开达理干"④的形象跃然纸上。"清公素履"⑤的毛玠作《对状》以答,引贾谊、晁错等被谤事,义正词严,刚正以对:"臣不言此,无有时、人。说臣此言,必有征要。乞蒙宣子之辨,而求王叔之对。"言辞整饬,充满凛然之气。虽然曹操曾经称述毛玠"古所谓国之司直,我之周昌",《省东曹令》中对毛玠多有回护,而《与和洽辩毛玠谤毁令》中则

---

① 刘永济.文心雕龙校释[M].北京:中华书局,1962:64.
② 关于设论,《文选·卷四十五》"设论"录有《答客难》《解嘲》《答宾戏》三篇文章,皆是假设主客问答之文,刘勰《文心雕龙》将其归入《杂文》篇,吴讷《文章辨体》认为设论乃"设客难以著其意者",也有学者将其定为"设论"体赋(如霍松林《辞赋大辞典》),本书将其归入论说文。另:本书将问难体分为对问体和设论体两种,即源自吴讷"问对体者,载昔人一时问答之辞,或设客难以著其意者也"的观点。
③ 陈寿.三国志·卷十三·王朗传[M].裴松之,注.北京:中华书局,1959.
④ 陈寿.三国志·卷十三·钟繇传[M].裴松之,注.北京:中华书局,1959.
⑤ 陈寿.三国志·卷十二·毛玠传[M].裴松之,注.北京:中华书局,1959.

欲"重参之",孙盛对毛玠前后受到的不公正待遇颇有微词,认为曹操并没有做到"狱明""枉直当""于是失政刑"①,其实不管是回护抑或治罪,曹操都是以维护自身的地位与利益为出发点的。

陈琳《应讥》是建安流传下来的唯一一篇较为完整的设论文,关于写作时间,顾农认为应是官渡之战(200 年)前其袁绍手下时所作②;罗宗强认为是作者归顺曹操(200 年)以后的作品③;韩格平认为作于袁绍割据冀州,而献帝尚未东归(196 年以前)之时④;张连科《陈琳集校注》则认为作于建安九年至十三年(204—208 年)之间,文中"主君"指汉献帝(实指曹操)⑤,本书从张连科说。建安时期,士人常常易主,陈琳前依袁绍时曾作檄文征讨曹操(《为袁绍檄豫州》),后归曹操,这种失节行为遭到时人责难,《应讥》便是回答此类批评的文章。陈琳模仿东方朔《答客难》、扬雄《解嘲》等假设主客问答、申主屈客的形式,引述大量史实,得出"达人君子,必相时以立功,必揆宜以处事"的结论,同时也提出"用能使贤智者尽其策,勇敢者竭其身"的用人政策,这对封建传统的伦理道德是一种挑战,从当时的时局来说,无疑是进步的。建安士人"相时""揆宜",维护所依附集团的利益,是为了"处事""立功",是他们强烈的生命价值观念的体现。陈琳侃侃而谈,思路开阔,旁征博引,高屋建瓴,从容以对,骈散之间,气势逼人。蔡邕、曹植、陈琳、皇甫谧、夏侯湛、王沈、郭璞、韩愈等人都有模仿东方朔《答客难》、扬雄《解嘲》的作品,"由于多处用韵,今人多将此类文章归于赋体",谭家健则认为它们是受辞赋影响的散文⑥。谭说正揭示了此类文章最突出的特点,即骋词恣肆。

三、文学性与论辩技巧

曹丕提出"书论宜理",后世文论也多从论说文以探究名理为主,注重结构的谨严和持论的圆通等角度,对其文体性质进行阐述,如桓范《世要论·序作》言:"阐弘大道,述明圣教,推演事义,尽极情类,记是贬非,以为法式。"陆机《文赋》曰:"论精微而朗畅。"李充《翰林论》云:"论贵于允理,不求支离。"刘勰《文心雕龙·论说》云:"论之为体,……义贵圆通,辞忌枝碎:必使心与理合,弥缝莫见其隙;辞共心密,敌人不知所乘。"⑦萧统《文选序》云:"论则析理精微。"但建安论说文也同其他文体一样,表现出较强的文学色彩,这既是时代风气的影响,曹植提出自己的创作观念"故君子之作也,俨乎若高山,勃乎若浮云,质素也如秋蓬,摛藻也如春葩。泛乎洋洋,光乎皓皓,与《雅》《颂》争流可也"(《前录序》),稍晚的桓范说当时人们的创作"务泛溢之言""尚其辞丽""好其巧慧",也是文体独立的文学性的体现和要求(曹丕将论与诗赋并列)。

---

① 陈寿.三国志·卷十二·毛玠传[M].裴松之,注.北京:中华书局,1959.
② 顾农.建安诗文系年新考二题[J].许昌师专学报(社会科学版),1999(1):46.
③ 罗宗强.玄学与魏晋士人心态[M].杭州:浙江人民出版社,1991:32.
④ 韩格平.建安七子诗文集校注译析[M].长春:吉林文史出版社,1991:129.
⑤ 吴云.建安七子集校注[M].天津:天津古籍出版社,2005:226.
⑥ 谭家健.中国古代散文史稿[M].重庆:重庆出版社,2006:219.
⑦ 刘勰.文心雕龙·论说[M].范文澜,注.北京:人民文学出版社,1978:328.

建安论说文的文学性突出的体现是骈俪化的倾向。"自西汉末叶以来,已经有以骈体为论说之趋势",建安时期,这种骈俪之风更为盛行,"以骈文作论说,正可利用他的词藻,供引申譬喻之用,利用他的格律,助精微密栗之观"①;方孝岳也从清谈的角度对当时的书面论说文有所论析:"魏晋六朝的论……自然都离了儒家的论体。好尚清谈,推崇口辩,以清辞名理相夸耀,根据这些心理所成的论文,当然是辞致极美了……清谈的风气之下,大家说话,无不讲究极端的漂亮,以口舌御人。至于真理是非,实无人过问。"②讲求文采同样可以为辩论说理增强感染力。论证说理本应该极为严密,刘勰说作论要"辞共心密,敌人不知所乘",刘熙载也说"论不可使辞胜于理,辞胜理则以反人为实,以胜人为名,弊且不可胜言也""论不贵强下断语,盖有置此举彼,从容叙述,而本事之理已曲到无遗者"③。论说文应该从容辨析,以理服人,士人们有时为了逞一时语词之快,以致辞胜于理,如气盛的孔融有时就"不能持论,理不胜词,以至乎杂以嘲戏",能像王粲那样校练名理,"师心独见,锋颖精密"④的论家在玄学尚未兴盛的建安并不太多。

建安论说文在论辩技巧方面丰富多样,章太炎说:"魏、晋之文,大体皆埤于汉,独持论仿佛晚周。"⑤他把魏晋论体文的渊源上溯至晚周,建安论说文在技巧运用上同样得力于春秋末期或战国时代的典籍。

建安士人有时引经据典,旁征博引,通过大量的事实增强说服力,如王粲《爵论》,通过古今百姓对爵事的不同态度的对比,接着用《司马法》引证,如高祖封功臣及白起、卫鞅等例证,最后提出"稍稍赐爵,与功大小相称而俱登""赏不逾时"的治国之术,"民劝而费省",一举而两得。王粲为文注重逻辑性与他注重法治的思想相一致。

有时通过引物连类以说理,在理论表述和抽象思维还不是很发达的时代,士人们长于直观感悟而短于思辨,"鲁连、邹阳之徒,援譬引类,以解缔结,诚彼时文辩之俊也。今览王(粲)、繁(钦)、阮(瑀)、陈(琳)、路(粹)诸人前后文旨,亦何昔不若哉"⑥,他们通过熟悉的事例或者形象的比喻说明抽象的道理。王粲的《儒吏论》开篇即以"士""农"类比"儒""吏",从"士同风于朝,农同业于野"等平常的事理入手,有感于末世之儒吏与古者之不同,"执法之吏,不窥先王之典;搢绅之儒,不通律令之要""刀笔之吏,岂生而察刻哉?起于几案之下,长于官曹之间,无温裕文雅以自润,虽欲无察刻,弗能得矣。竹帛之儒,岂生而迂缓也?起于讲堂之上,游于乡校之中,无严猛断割以自裁,虽欲不迂缓,弗能得矣",对偶句式有长有短,文气转合之间形成独特的形式美。通过类比,提出"吏服雅训,儒通文法"的治世策略,应该加强法吏和儒者"文法典艺"的修养,使他们能够"宽猛相济,刚柔自克"。文章阐述观点引人入胜,层次分明。孔融的《同岁论》虽残甚,但现存部分却是巧用比喻引发读者形象思维,并借以说理的内容。他的另一篇《圣人优劣论》用金之"紫磨"、马之"骐骥"、

---

① 瞿兑之.中国骈文概论[M].上海:世界书局,1934:29.
② 方孝岳.中国散文概论[M].上海:世界书局,1935:60-61.
③ 刘熙载.艺概·卷一·文概[M].上海:上海古籍出版社,1978:43.
④ 刘勰.文心雕龙·论说[M].范文澜,注.北京:人民文学出版社,1978:327.
⑤ 章太炎.国故论衡[M].上海:上海古籍出版社,2003:84.
⑥ 陈寿.三国志·卷二十一·王粲传[M].裴松之,注.北京:中华书局,1959.

犬之"韩卢"譬喻人中之圣,曹植的《藉田论》借藉田之事言治国之策,可见用人们喜闻乐见的事物阐述抽象的道理是一种普遍的社会审美心理。

建安士人有时以鲜明的对比来立论,如孔融的《周武王汉高祖论》,便从祥瑞之兆与忠厚两方面进行比较,认为周武王不如汉高祖;《汝颍优劣论》则引用大量的史实,先举汝南士的事例,后用"颍川士虽……,未有……也"作对比,共八组对比,句式整饬,似一气呵成,语气急中有缓,使对方无招架之力,汝颍优劣不言自明。士人们含蓄而蕴藉地坐而论道,在文酒之会中创作了很多同题之作,虽不是纵横家辞,然亦是各抒己见,姑备一说。

他们还会采用问答式结构全篇,有时是论辩双方实实在在的辩论,如孔融《汝颍优劣论》、仲长统《答邓义社主难》、司马芝《答刘绰问》,而更多的则是假设主客问答,或以问难连缀全篇,如曹植《汉二祖优劣论》《藉田论》《贪恶鸟论》分别由客、中舍人、侍臣之疑问引发,畅所欲言,申述道理;或以客为假想敌,有的放矢,针对性强,己方观点在批驳的过程中自然显明,如曹植《魏德论》、王粲《三辅论》等,可惜文有残缺,不得见其全貌。曹植的《髑髅说》虽也采用曹子和髑髅对话的形式,却是借用寓言手法,通过髑髅之口,传达了幽冥之情和死生之说。

建安论说文中还有一些直抒胸臆的作品,作者找好切入点,有什么便说什么,层层推理分析,言辞通脱却直指要害,有一种高屋建瓴的气势和不顾一切的气概,不容辩驳。刘师培说:"东汉论文,如《延笃》《仁孝》之属,均详引经义,以为论断。其有直抒己意者,自此论(指丁仪《刑礼论》)始。魏代名理之文,其先声也。"① 建安动乱使多种观念相互冲突,在法律思想上也出现了刑、礼的争论,丁仪《刑礼论》、刘廙《先刑后礼论》及王粲《难钟荀太平论》皆是讨论刑与礼即制定法与自然法的论文。刘廙之论已不存,丁仪、王粲之论皆属直抒胸臆的作品,类似子书,针对现实问题,直接提出主张。丁仪先用天人感应的观点对刑、礼进行了阐释,用历史进化的眼光来研究刑、礼之效力②,主张先礼而后刑。王粲则由尧、舜、禹三圣而言及孔子"不移",言及周公,言及孟轲"尽信书不如无书",得出"刑不可错"的结论。此时游说、进谏一类的"说"文亦属直抒己意者。

建安论说文对后世影响极为深远,刘师培高度评价包括建安在内的三国论理之文:"建安以后,群雄分立,游说风行。魏祖提倡名法,趋重深刻,故法家纵横又渐被于文学,与儒家复成鼎足之势。儒家则东汉之遗韵,法家纵横则当时之新变也。七子之中,曹子建可代表儒家,其作法与班、蔡相同,气厚而有光,惟不免杂以慨叹耳。王仲宣介乎儒、法之间,其文大都渊懿,惟议论之文推析尽致,渐开校练名理之风。已与两汉之儒家异贯。盖论理之文,'迹坚求通,钩深取极'(《文心雕龙·论说》篇语),意尚新奇,文必深刻,如剥芭蕉,层脱层现;如转螺旋,节节逼深。不可为肤里脉外之言及铺张门面之语。故非参以名、法家言不可。仲宣即开此派之端者也。至于三国奏章皆属法家之文,斩截了当,以质实为主。……陈琳、阮瑀并以骋词为主,盖受纵横家之影响而下开阮嗣宗一派。故研究建安文学者,学子建应本于儒;学仲宣溯诸法;学阮、陈应求之纵横,最近亦当推迹邹阳……综上所述,可知三

---

① 刘师培.中国中古文学史 论文杂记[M].舒芜,校点.北京:人民文学出版社,1959:29.
② 杨鸿烈.中国法律发达史[M].上海:上海书店,1990:208.

国之文学最为复杂也。"①刘师培指出建安论说文与先秦名、法、纵横家思想的复杂关系,特别称述王粲、陈琳、阮瑀的论说文立论精当。建安论说文在论辩技巧方面吸取名、法、纵横家思想之精华,促进了正始和晋代论说文创作的繁盛,尤其是王粲的论说文对后世影响更为深远,刘师培由王粲《难钟荀太平论》《安身论》,"知粲工持论,雅似魏、晋诸贤。其他所著,别有《儒史论》《务本论》《爵论》……均于名法之言为近"②。刘勰《文心雕龙·论说》云:"魏之初霸,术兼名法;傅嘏王粲,校练名理。"③《三国志·魏书·王粲传》注引《典略》曰:"粲才既高,辩论应机。钟繇、王朗等虽各为魏卿相,至于朝廷奏议,皆阁笔不能措手。"④刘师培认为自太和以迄正始,魏代论文大致可分为王弼、何晏与嵇康、阮籍两派,他们的渊源可分别追溯到孔融、王粲与阮瑀、陈琳,只是后出者持论更审,并能藻以玄思罢了⑤,晋代论说文也是沿着他们的路子进一步拓宽发展。

第三节 丰富多样的序体文

建安时期的序体文创作大盛,既有为著述作的序,也有为单篇诗文作的序,前者可统称为典籍序,后者因单篇作品文体的多样性,可分为诗序、赋序、碑序、颂序、铭序、哀辞序、诔序、赞序、七序、俳谐文序十种,此外还有关于人物品评的序。从数量上来说,建安时期的典籍序有十三篇,诗序六篇,赋序四十七篇,碑序十一篇,颂序六篇,铭序五篇,哀辞序三篇,诔序六篇,赞序一篇,七序一篇,俳谐文序一篇,品评人物的序两篇,另外还有不能确定文体的单篇作品的序三篇,共一百零五篇。这些依附性的文字,或"序典籍之所以作",或"序作者之意"。建安时期序体文的大量涌现,既是文章辨体的产物,又是文学自觉意识增强的体现。

一、典籍序

先秦时期出现的典籍序有《庄子·天下》和吕不韦的《吕氏春秋·序意》等,但前者不以序为名,后者在《全上古三代文》中严可均有按语说:"此下尚有赵襄子一段,非《十二纪》之总序也,不录。"可见《序意》应非《吕氏春秋》序文全篇,但二文都对典籍的主要内容及创作意义有介绍,已经初具后来典籍序文本内容的雏形。两汉时期出现的典籍序有孔安国的《尚书序》《古文孝经训传序》《家语序》、东方朔的《十洲记序》以及刘向的《战国策书录》《管子书录》《晏子叙录》《孙卿书录》《韩非子书录》《列子书录》《邓析书录》《关尹子书录》《子华子书录》《说苑叙录》等,在名称上虽有"序""书录""叙录"的不同,但序体文已经基本上成为一种独立的文体。孔安国指出"《书序》,序所以为作者之意,昭然义见,宜相附

---

① 刘师培.汉魏六朝专家文研究[M].南京:独立出版社,1945:40-41.
② 刘师培.中国中古文学史 论文杂记[M].舒芜,校点.北京:人民文学出版社,1959:37-38.
③ 刘勰.文心雕龙·论说[M].范文澜,注.北京:人民文学出版社,1978:327.
④ 陈寿.三国志·卷二十一·王粲传[M].裴松之,注.北京:中华书局,1959.
⑤ 同②35.

近,故引之各冠其篇首"(《孔安国传古文尚书序》,亦称《孔传自序》),后来的典籍序也都继承了《书序》"序作者之意"和"冠其篇首"的观念,而且其论述内容在两汉典籍序中也都出现了。建安时期,创作典籍序的作家作品数量都有所增加,名称上除《新律序略》一篇为"序略"外,其他全都为"序"或"叙"。

(一)建安典籍序的文本内容

前面提到,建安时期出现了十三篇典籍序,它们是应劭的《风俗通义序》、荀悦的《汉纪序》①、刘熙的《释名序》、颖容的《春秋释例序》、高诱的《吕氏春秋序》《淮南子叙》、仲长统的《尹文子序》②、曹操的《孙子兵法序》、曹丕的《典论·自叙》、曹植的《前录序》《画赞序》、刘劭的《新律序略》、无名氏的《中论序》③。其中《吕氏春秋序》《淮南子叙》《尹文子序》《孙子兵法序》是为前代典籍作的序;《风俗通义序》《释名序》《典论·自叙》《中论序》是为当代典籍作的序,而且前三篇为作者自作,《中论序》为他人作(两汉时期,还没有出现为他书作的序,他们常常为前代典籍作序,但这些典籍经过他们的注解之后已经成了新的著作,"汉人惟为己书作序,未有为他书作序者。有之,自三国始"④);《春秋释例序》《新律序略》《汉纪序》也是当代典籍的序作,只不过它们是依据已有典籍而作的新典籍;《前录序》《画赞序》是曹植为他的两部作品集作的序,《前录》是他删定的七十八篇赋的合集,《画赞》是他为古人所作画赞的合集⑤。

1. 创作缘起、著述内容及体例

从内容上来看,有些典籍序交代了创作的缘起、著述的主要内容和体例等。如刘劭的《新律序略》,开篇即说明旧律"难知",再加上后人的改增,已经很不合时宜了,因此才要制定新律,"新律"的定名就是相对原来的"旧律"说的。新律参考了原来的旧律,以"宜都总事类,多其篇条,删旧科,采汉律,为魏律,悬之象魏"为原则,新增定了十三篇,每篇增定的原因都有详细的记载,让人一目了然。关于刑罚的种类和如此执行的目的也介绍得非常清楚。这样的典籍序类似新书推介,让读者在读到原著之前,已经对著作的创作背景、主要内容、编排体例及创作意义有了大概的了解。

2. 人物小传及相关品评

有些典籍序尤其是为他人作的典籍序的内容可分为两部分,前面是对典籍作者的介

---

① 《全后汉文·卷六十七》本篇题后有按语曰:"此《汉纪》正文,范史称之为序。今从之。"故本书亦将其定为典籍序。

② 《全后汉文·卷八十七》本篇后有按语曰:"统卒于献帝逊位之岁,而此序,言黄初末始到京师,当是后人妄改,或此序非统作也。疑莫能明。"陆侃如《中古文学系年》也据此认为"此序多半是伪作"。因无更多证据,估认为是建安时作品。

③ 《全三国文·卷五十五》本篇后有按语曰:"此《序》徐幹同时人作,旧无名氏。《意林》:《中论》六卷,任氏注,任嘏与干同时,多著述。疑此《序》及《注》皆任嘏作,不敢定之。"作者仍阙名,列为建安时作品。

④ 刘师培.中国中古文学史 论文杂记[M].舒芜,校点.北京:人民文学出版社,1959:23.

⑤ 《隋书·经籍志》集部别集著录曹植《画赞》五卷,《画赞》应为曹植的独立著作,故本书将其序定为典籍序。

绍,包括生平、德行、从学经历等内容,类似人物传记,后面是对作品的评价,既有典籍作者同时代及后人的评价,也有序作者本人的观点和态度。仲长统《尹文子序》①即如此。

尹文子者,盖出于周之尹氏。齐宣王时,居稷下,与宋钘、彭蒙、田骈同学于公孙龙,公孙龙称之。著书一篇,多所弥纶。《庄子》曰:"不累于物,不苟于人,不忮于众,愿天下之安宁,以活于民命,人我之养,毕足而止之。以此白心,见侮不辱。"此其道也。而刘向亦以其学本于黄、老,大较刑名家也,近为诬矣。余黄初末始到京师,缪熙伯以此书见示,意甚玩之,而多脱误,聊试条次,撰定为上下篇,亦未能究其详也。

一开篇就对尹文子的宗族由来、生活时代、地域、交游与从师学习的经历做了简要介绍,其老师公孙龙对他评价很高。对其所作《尹文子》的思想性,刘向有评,仲长统说他是因为缪熙伯(缪袭)的推荐才看到此书的,他肯定了作品的价值,却发现书中有不少脱误的地方,所以才尝试做一些补救工作,但是有些内容还是不能详细考究。仲长统在序文中对作家作品的评价内容虽然简单,但这种对著述作品的肯定、怀疑以及推敲的精神已经基本具备了书评者的某些素质。

典籍序中或简或详的小传,深得孟子"诵其诗,读其书,不知其人可乎?是以论其世也"的批评原则,也因此保存下来很多有关典籍作者生平行迹的文献资料。以曹丕《典论·自叙》和无名氏的《中论序》为例,前者是自作序,语言平实,娓娓道来,内容侧重于对射箭、骑马、击剑等学习"戏弄之事"的详细记录;后者是他人作序,开始就说"先目其德,以发其姓名,述其雅好不刊之行,属之篇首,以为之序",既然是"目其德""述其雅好不刊之行",故内容上多是对徐幹治学、德行的介绍,语言上则排偶句式居多,有意烘托文势,作者对徐幹的崇敬、仰慕之情充溢字里行间,不免有溢美、夸张之辞。"学无常师,有一业胜己者,便从学焉,必尽其所知,而后释之;有一言之美,不令过耳,必心识之。志在总众言之长,统道德之微,耻一物之不知,愧一艺之不克。故日夜矻矻,晨不暇食,夕不解衣,昼则研精经纬,夜则历观列宿,考混元于未形,补圣德之空缺,诞长虑于无穷,旌微言之将坠。"这样齐整的句式随处可见,在虚词的连缀下,语势灵动,情感也随之飞扬。二序都以时间贯穿全文,但前者对时代背景的描述不如后者详细,这当与《典论》《中论》的内容及创作目的有关。徐幹"常欲损世之有余,益俗之不足,见辞人美丽之文,并时而作,曾无阐弘大义,敷散道教,上求圣人之中,下救流俗之昏者,故废诗、赋、颂、铭、赞之文,著《中论》之书二十二篇"。《中论》作为政论性著作,"大都阐发义理,原本经训,而归之于圣贤之道"是作者的意旨。而《典论》从其现存篇目来看,内容深奥渊博,曹丕"好文学,以著述为务,自所勒成垂百篇"②,他认为可以使人不朽的方式除了"立德扬名"之外,就是"著篇籍"了,这些篇籍中,他对《典论》极其看重。《典论》内容非常丰富,如《奸逸》篇、《内诫》篇通过逸言致败和刺诫妇人对历史教训进行反思;《酒诲》篇阐述饮酒要有节制,"过则败德";《论郤俭等事》篇论述生死及方士、方术;《剑铭》篇、《论文》篇则分别是对剑、文章的评述,每篇都可看作专题论文。《自叙》如果只涉及求学经历、文章创作等方面不免单薄,自作序也不好对德行过多涉及,所以曹丕就在序文中展示了自己在射箭、骑马、击剑、弹棋以及文学等各方面的才能。具备多方面才能

---

① 尹文.尹文子[M].北京:中华书局,1954:2.
② 陈寿.三国志·卷二·文帝纪[M].裴松之,注.北京:中华书局,1959.

和丰富知识的曹丕,才能写出"道无深而不测,术无细而不敷。论古贤以叹息,觌懿德以欢娱"的《典论》(语出卞兰《赞述太子赋》)。同样,《中论序》中徐幹的品行、秉性均以时代为依托,"时势造英雄""由其世以知其人,由其人以逆其志,则古人之诗,虽有不能解者,寡矣。汉人传诗,皆用此法。故四家诗皆有序,序者,序所以为作者之意也"①,那样的时代,那样的徐幹,才能写出《中论》那样的政论性著作。

3. 典籍的成书过程

有时,典籍序还会交代典籍的成书过程。如高诱的《淮南子叙》,在叙述完淮南王刘安的生平及著书缘由、作者情况与"鸿烈"之意旨后,高诱详细追述了为《淮南子》作注解的动机与过程,"自诱之少,从故侍中同县卢君受其句读,诵举大义。会遭兵灾,天下棋峙,亡失书传。废不寻修,二十余载。建安十年,辟司空掾,除东郡濮阳令,睹时人少为《淮南》者,惧遂凌迟,于是以朝餔事毕之间,乃深思先师之训,参以经传道家之言,比方其事,为之注解,悉载本文,并举音读。典农中郎将弁揖借八卷刺之,会揖身丧,遂亡不得。至十七年,迁监河东,复更补足。浅学寡见,未能备悉,其所不达,注以'未闻'。唯博物君子览而详之,以勤后学者云耳。"他治学严谨、实事求是,在学力不达的地方皆标示出来,以待后者。序文将社会背景与作者心态结合起来,为读者提供了更为丰富的背景资料。

4. 书名释义

典籍序中还有对书名的解释。应劭的《风俗通义序》:"谓之《风俗通义》,言通于流俗之过谬,而事该之于义理也。风者,天气有寒暖,地形有险易,水泉有美恶,草木有刚柔也。俗者,含血之类,像之而生,故言语歌讴异声,鼓舞动作殊形,或直或邪,或善或淫也。圣人作而均齐之,咸归于正,圣人废则还其本俗。《尚书》:'天子巡狩,至于岱宗,觐诸侯,见百年,命大师陈诗,以观民风俗。'《孝经》曰:'移风易俗,莫善于乐。'传曰:'百里不同风,千里不同俗,户异政,人殊服。'由此言之,为政之要,辩风正俗,最其上也。"对"风""俗""通义"分别进行了解释,还强调了"辩风正俗"对治理国家的重要性。刘熙的《释名序》、曹操的《孙子兵法序》、曹植的《画赞序》也分别对"名"的含义、释名的重要意义,何为"兵"、"不得已而用之"的态度,何为"画"、作画的"知鉴"性等内容进行了论述。序文的这部分内容使读者更容易理解典籍之所以定此名以及之所以作的意义。

(二)建安士人强烈的著述观念

典籍序反映了建安士人强烈的著述观念。他们的创作或者因为"多脱误"(《尹文子序》),"多缺略"(《春秋释例序》);或者因为"与本体相离"的不合时宜,需重新增改(《新律序略》);或者在原书基础上"撮要举凡,存其大体。旨少所缺,务从省约,以副本书,以为要结"(《汉纪序》);或者因为"不知其所以之意"(《释名序》),"既有脱误,小儒又以私意改定,犹虑傅义失其本真,少能详之"(《吕氏春秋序》)造成的晦涩难懂或注解错误;或者因为战火之乱、人世无常要保存文献的责任感(《风俗通义序》)(《淮南子叙》);或者总结历史教训,"阐发义理,原本经训,而归之于圣贤之道"(《中论序》);或者"著篇籍"以不朽(《典论·自叙》,曹植的两篇序文亦是,甚至从曹丕认为徐幹"著《中论》二十余篇,成一家之

---

① 王国维.玉溪生年谱会笺序[M]//张采田.玉溪生年谱会笺:外一种.北京:中华书局,1963:3.

言……此子为不朽矣"来看,建安士人大体上都有"成一家之言"以不朽的观念)。《风俗通义序》还以历史事例和鬼魅易画、犬马难为的典故说明著述亦难为的事实和原因,这恐怕是没有创作经历的人无法体悟的。

还应该要提到的是曹植的《前录序》《画赞序》,《前录》《画赞》是曹植删定本人作品而编辑成的合集,可见建安文人已开始有意识地整理、编纂作品集。在此过程中,当然要遵循一定的删定原则或标准,而这种原则或标准则体现了当时的文坛风尚或整理、编纂者本人的审美取向。

《前录序》①可以说是现存最早的一篇别集序,兹录如下:

故君子之作也,俨乎若高山,勃乎若浮云,质素也如秋蓬,摛藻也如春葩。泛乎洋洋,光乎皓皓,与《雅》《颂》争流可也。余少而好赋,其所尚也,雅好慷慨,所著繁多,虽触类而作,然芜秽者众,故删定,别撰为《前录》七十八篇。

对文章的品评与对人物的品评统一起来,"文如其人",可以说,当时人物品评的风气影响了对文学创作的评价,君子的文章应该有君子的形象树立其中。曹植受文坛风尚的影响创作了大量的赋,他"雅好慷慨",删定其中的七十八篇撰为《前录》。曹植的审美取向与建安文人"雅好慷慨""梗概多气"的创作风格是一致的。这样的序文也可作为文学批评的材料。《中论序》中就评论了当时的文坛:"见辞人美丽之文,并时而作,曾无阐弘大义,敷散道教,上求圣人之中,下救流俗之昏者,故废诗、赋、颂、铭、赞之文,著《中论》之书二十二篇……"建安时期,文章辨体意识增强,诗、赋、颂、铭、赞这些文体的文章数量大增,"诗赋欲丽"(《典论·论文》),"诗缘情而绮靡,赋体物而浏亮"(陆机《文赋》),"颂惟典雅,辞必清铄"②,"铭兼褒赞,故体贵弘润"③,"丽""绮靡""浏亮""典雅""清铄""弘润"是这些文体的语言风格,概言之,"美丽之文,并时而作",而徐幹独作政论性散文,则是文学创作个性化的体现。

曹植《画赞序》则是我国画论史上的重要作品,李泽厚对其美学价值有很高的评价:

这篇序,是中国画论史上第一篇直接讨论绘画问题的长篇论著。它的根本思想在于阐明绘画的鉴戒作用,可以说是汉代《毛诗序》关于诗的教化作用的看法在绘画上的应用。绘画确实有它的可以应用于教化的方面,亦即同社会政治伦理道德相关的方面。曹植着重地指出了这一点,有着不可否认的意义,在理论上使绘画艺术的地位得到了空前的提高。……虽然曹植还仅仅是从鉴戒的观点来谈绘画,有着儒家美学所共有的局限性,但他第一个正确地提出和强调了绘画能有力地作用于人们的感情,使人产生"仰戴""悲惋""切齿""忘食""抗首""叹息""侧目""嘉贵"等等不同的感情,这就是绘画能"存乎鉴戒"的原因所在。曹植立足于情感的感染来讲绘画的鉴戒作用,不把鉴戒看作单纯的说理教训,这是和魏晋重"情"的思想以及魏晋美学对艺术的特征的认识分不开的。只就画论来看,这也是历史上对绘画和观者的情感的关系的第一次论述,并且显示了绘画艺术所能引起的情感

---

① 欧阳询.艺文类聚·卷五十五[M].上海:上海古籍出版社,1982:996.
② 刘勰.文心雕龙·颂赞[M].范文澜,注.北京:人民文学出版社,1978:158.
③ 刘勰.文心雕龙·铭箴[M].范文澜,注.北京:人民文学出版社,1978:195.

的多样性、丰富性。①

不只在画论史上,《画赞序》亦可告诉我们,曹植结录画赞成集的举动体现了画赞在当时的教化、实用功能。

(三)建安典籍序的语言特色

典籍序的语言质朴平实,多从社会背景、典籍作者的生平阅历、创作心态等方面论及态度和评价,高屋建瓴,言必有据,颇得"知人论世"的章法。凡是与典籍有关的内容均可入序,但其篇章结构却很严谨,很有条理,平铺直叙中夹杂论断之语,逻辑性强。正始时,桓范的《世要论》中有一篇《序作》可以解释典籍序为什么会有这样的语言特点:

夫著作书论者,乃欲阐弘大道,述明圣教,推演事义,尽极情类,记是贬非,以为法式。当时可行,后世可修。且古者富贵而名贱废灭,不可胜记,唯论倜傥之人,为不朽耳。夫奋名于百代之前,而流誉于千载之后,以其览之者益,闻之者有觉故也。岂徒转相放效,名作书论,浮辞谈说,而无损益哉? 而世俗之人,不解作礼,而务泛溢之言,不存有益之义,非也。故作者不尚其辞丽,而贵其存道也;不好其巧慧,而恶其伤义也。故夫小辩破道,狂简之徒,斐然成文,皆圣人之所疾矣。②

"著篇籍"是为了"阐弘大道,述明圣教,推演事义,尽极情类,记是贬非,以为法式",而"浮辞谈说""泛溢之言""辞丽""巧慧""斐然成文"于此无益。《中论序》中也提到当时文坛崇尚"美丽之文",有这些语言风格的文体并不能明作者之志,必须舍弃以"成一家之言"。

二、诗序

建安时期,诗序还不太常见,仅出现了曹丕和曹植的作品。但序文文本中涵盖的内容已大致与后世无异,即交代诗歌创作的背景和动机,具体说来,包括时间、地点、事件、人物等,有时还用简洁的语言营造诗歌的情感氛围。如曹植《于圈城作赠白马王彪诗序》:"黄初四年正(《文选》作'五')月。白马王、任城王与余俱朝京师。会节气,到洛阳,任城王薨。至七月,与白马王还国。后有司以二王归藩,道路宜异宿止,意毒恨之。盖以大别在数日,是用自剖,与王辞焉,愤而成篇。"序文提供了详细的背景资料,可与史书参看,并补其阙。逯钦立在序文后有按语:"又据《魏志》,是年正月魏文帝尚不在洛阳,以作五月者为是。"③此结论如果离开了曹植序文,就不成立了。正因为如此,序文可以为编写年谱、了解作者生活的时代和写作时的心态提供大量可靠的资料。"意毒恨之""愤"是作者写诗最直接的情感冲动,《于圈城作赠白马王彪诗》就是一篇抒恨泄愤之作。《离友诗序》中的"心有眷然,为之陨涕",《寡妇诗序》中的"伤其妻孤寡",都在序文中奠定了全诗的抒情基调。

序文数量虽然只有六篇,却交代了诗歌的四种创作方式,除常见的"情动于中""志之所之"以外,另外两种较为独特。曹丕《寡妇诗序》《代刘勋出妻王氏诗序》,是代人之作,分别以阮瑀之妻和刘勋出妻王氏的口吻作诗。曹丕《叙诗》中提到"命王粲、刘桢、阮瑀、应玚等"于"北园及东阁讲堂并赋诗",则类似后来的酬唱、唱和之作。《离友诗序》"乡人有夏侯

---

① 李泽厚,刘纲纪.中国美学史(魏晋南北朝编)[M].合肥:安徽文艺出版社,1999:428-429.
② 魏征,等.群书治要·卷四十七[M].北京:中华书局,1985:838.
③ 逯钦立.先秦汉魏晋南北朝诗[M].北京:中华书局,1983:453.

威者,少有成人之风,余尚其为人,与之昵好。王师振旅,送余于魏邦,心有眷然,为之陨涕,乃作离友之诗",可见"离友之诗"乃是离别赠言之作,是古代临别赠人以言习俗的发展,后来进一步发展成为独立的赠序。代人之作、唱和之作、赠别之作后来蔚为大观,通常也都有序文加以说明,可以说,这都源于建安的诗序。

三、赋序

到了建安,赋前有序已经是较为普遍的现象了,翻检建安赋作较多的作家,据严可均《全后汉文》《全三国文》,曹操存赋三篇,有序者一篇;曹丕二十八篇,有序者十五篇;曹植五十六篇,有序者十七篇(另本书辑补两篇,严可均所收曹植赋有序者实应十八篇,另有《失题赋序》);陈琳十篇,有序者三篇;王粲二十五篇,有序者三篇(另据《历代赋汇·卷二十六》,补《浮淮赋序》,实应四篇)。考两汉赋作大家用序的情况,仍据《全汉文》《全后汉文》,如司马相如存赋七篇,有序者两篇;扬雄十二篇,有序者五篇;班固八篇,有序者两篇;张衡十三篇,有序者四篇;蔡邕十五篇,有序者三篇(以上均包括残篇和存目赋)。比较这些数字,两汉赋作大家只有扬雄和张衡二人用序比例超过30%,建安时除王粲外,其他人均已达到或超过30%,可见序的使用变得更为频繁,是建安赋相对两汉赋的一个明显的变化。

"今存西汉赋作之序,均为史官介绍背景之词。赋前有序,自东汉始。冯衍《显志赋》前,以'自论'为序,杜笃《论都赋》前以'上奏'之言为序。见得东汉初年赋作之序,尚不规范。"①建安赋序通常以"赋并序"为题,往往会交代作赋的缘起,一般包括创作背景和创作动机,考察这些内容,会发现建安赋除了作者主观的创作冲动之外,还有几种较为特殊的创作方式,如同题共作、即席而作、受命而作、代言之作等。

同题共作的现象,在一定程度上得力于"三曹"的提倡和组织,在他们周围活动着大批的创作者,他们的交流切磋促成了邺下文人集团的形成。这一文学集团作为建安文学的核心,其最显著的创作方式就是唱和赠答②,这一创作方式使同题共作成为可能并大量涌现。如杨修《孔雀赋序》:"……临淄侯感世人之待士,亦咸如此,故兴志而作赋。并见命及,遂作赋曰。"曹丕《玛瑙勒赋序》:"余有斯勒,美而赋之。命陈琳、王粲并作。"可见杨修、曹植均有《孔雀赋》,曹丕、陈琳、王粲均有《玛瑙勒赋》,这既是同题共作的体现,也是曹丕、曹植作为文坛领袖命题而作的结果。这也成为后人比较不同赋家同一题目的赋作创作水平高下的重要依据,也是考证存目赋作或失题等残篇赋作创作时间等相关内容的重要依据。应玚、曹植、王粲、陈琳、阮瑀皆有《鹦鹉赋》(祢衡亦有《鹦鹉赋》,但却是即席而作,《鹦鹉赋》之序为史官介绍背景之辞,非祢衡本人所作,不列为本书研究范围),是否为同一场合下的共作不得而知,但为同题之作却无疑。程章灿认为它们在内容上"都是哀怜困于樊笼的鹦鹉,寄托自己抱负不得施展的激愤,虽然其中的感情真诚与深厚程度又各不同"③。

因为同题共作是在相同的背景和同一场合下创作的,它们的赋序在内容上也大致相

---

① 熊礼汇.先唐散文艺术论[M].北京:学苑出版社,1999:403.
② 寇矛.邺下文人集团文学创作特色研究[J].南京理工大学学报(社会科学版),2007(3):26 - 29.
③ 程章灿.魏晋南北朝赋史[M].南京:江苏古籍出版社,1992:129.

同。如曹丕《浮淮赋序》①：

建安十四年，王师自谯东征，大兴水军，泛舟万艘。时予从行，始入淮口，行泊东山，睹师徒，观旌帆，赫哉盛矣，虽孝武盛唐之狩，舳舻千里，殆不过也。乃作斯赋云。

再看王粲《浮淮赋序》②：

建安十四年春三月，王师自谯东征，大兴水军，泛舟万艘，秋七月始自涡入淮口，将出泚水，经合肥，旌帆之盛，诚孝武盛唐之狩，舳舻千里，不是过也，时粲以丞相掾随行，承命同作斯赋。

二序参看，内容句式惊人相似，王粲说"承命同作斯赋"，可推测其《浮淮赋》应该是承曹丕之命在东征过程中同作。而另外两篇赋序，即曹操《鹖鸡赋序》"鹖鸡猛气，其斗终无负，期于必死。今人以鹖为冠，像此也"和曹植《鹖赋序》"鹖之为禽，猛气其斗，终无胜负，期于必死，遂赋之焉"，从内容和行文上来看，大概同样是同题共作的产物。程章灿疑此二序为一文重出，据杨修《答临淄王笺》"是以对鹖而辞"云云，认为此序属曹植作，非曹操作③。从上引曹丕、王粲二序的情况来看，认为曹操、曹植二序乃一文重出似乎有些武断。

正因为建安赋创作的繁荣，赋家们才可以在技巧上互相切磋、品评，借以提高，使邺下文人集团形成了大致相同的赋体创作倾向，而大致相同的创作倾向又反过来促进了同题共作的现象。程章灿做过统计，"据刘知渐《建安文学编年史》所附《建安作家诗文总目》，建安作家中有赋作传世的计十八家，作品一百八十四篇。……建安作家中涉及同题共作赋者十八人，作品一百二十六篇，占作者总数的100%，赋作总数的68%。这两个百分比足以说明同题共作在建安赋创作繁荣中占有举足轻重的地位。"④建安文人的这种创作方式促使辞赋理论和文学批评也发展到了一个新的高度，是文学自觉意识的体现。他们虽是针对单篇作品或具体某个作家的评述，这些评述也仅是针对辞藻、韵味等方面的三言两语，但因为他们本人皆娴于辞赋创作，所以常常都是中的之言。

除了同题共作，还有即席而成的作品，如刘桢《瓜赋》有序："桢在曹植坐，厨人进瓜。植命为赋，促立成。其辞曰。"刘赋乃受曹植之命而作，且即席而成，"促立成"很有后来宴饮时指定题目，以考察其才华的意味。赋已不再是壮夫不为的雕虫小技，而是建安赋家对个人才华强烈自信的体现。下笔成章、援笔立成是建安时期品评人物的标准之一⑤。在这

---

① 欧阳询.艺文类聚·卷八[M].上海：上海古籍出版社，1982：160.亦见于《北堂书钞·卷一百三十七》《初学记·卷六》《太平御览·卷七百七十》，严可均合而为一篇。

② 此序见于陈元龙辑《历代赋汇·卷二十六》，未见于《全后汉文》。

③ 程章灿.魏晋南北朝赋史[M].南京：江苏古籍出版社，1992：46.

④ 同③.

⑤ 如《三国志·卷十九·陈思王植传》中："太祖尝视其文，谓植曰：'汝倩人邪？'植跪曰：'言出为论，下笔成章，顾当面试，奈何倩人？'时邺铜爵台新成，太祖悉将诸子登台，使各为赋。植援笔立成，可观，太祖甚异之。……每进见难问，应声而对，特见宠爱。"曹植因下笔成章、才思敏捷而得曹操赏识。《三国志·卷二·文帝纪评》："文帝天资文藻，下笔成章，博闻强识，才艺兼该。"《后汉书·卷八十下·祢衡传》："射时大会宾客，人有献鹦鹉者，射举卮于衡曰：'愿先生赋之，以娱嘉宾。'衡揽笔而作，文无加点，辞采甚丽。"曹植《王仲宣诔》："文若春华，思若涌泉。发言可咏，下笔成篇。"《三国志·卷二十一·王粲传》："善属文，举笔便成，无所改定，时人常以为宿构，然正复精意覃思，亦不能加也。"皆将"下笔成章"作为品评文才的标准之一。

种社会风气的推动下,他们逐渐转变了尚用载道的儒家正统的文学观念,提高了对文章价值的认识,开始着眼于辞赋的艺术特征。

建安时受命而成的赋作,多为受曹操、曹丕、曹植等人之命,如杨修因曹植作《孔雀赋》,陈琳、王粲因曹丕作《玛瑙勒赋》,曹丕、曹植因曹操作《登台赋》①。"三曹"能成为建安文学或邺下文人集团之领袖和主帅,除了其政治地位和文学方面的成就外,还因为他们是文学创作活动的组织者和推动者。

从赋序当中还会发现一些更为特殊的创作方式,如代言之作,曹植《叙愁赋序》:"时家二女弟,故汉皇帝聘以为贵人,家母见二弟愁思,故令予作赋曰。"曹植在序文中如果没有交代赋作是受母命代二女弟之言而作,就很难理解赋中人物的身份和心情;如模拟之作,曹植《酒赋序》:"余览扬雄《酒赋》,辞甚瑰玮,颇戏而不雅,聊作《酒赋》,粗究其终始。"曹植基于对扬雄《酒赋》艺术和内容上的评价而"聊作"同题之作,虽为模拟但更有争胜的意味;如想象之作,曹植《东征赋序》:"建安十九年,王师东征吴寇,余典禁兵卫宫省。然神武一举,东夷必克。想见振旅之盛,故作赋一篇。"曹植虽未随军出征,但因其生活年代和生平经历,仍可"想见振旅之盛",但内容多点染,不如曹丕、王粲的《浮淮赋》描写细致;还有赠言之作,曹植《释思赋序》:"家弟出养族父郎中伊,余以兄弟之爱,心有恋然,作此赋以赠之。"曹植因"兄弟之爱,心有恋然"而作此赋以赠家弟,表离别之情。这几种方式在建安时期还仅为偶尔尝试,后来便较为普遍了。

赋序中记录、说明的文本独特的创作方式,开拓了赋的创作空间,是建安文人在辞赋创作上集体自觉努力的体现。"少而好赋"的"建安之杰"曹植对每种创作方式都积极尝试,"所著繁多",后来"删定别撰为《前录》七十八篇"。辞赋创作的繁荣,正是文章观念,尤其是辞赋观念转变的结果。

虽然建安赋家在"三曹"的倡导下尝试并开拓了多种创作方式,但大多数的赋作还是他们主观创作冲动的产物。建安时期,辞赋的抒情性大大增强,罗宗强说:"建安抒情小赋实在是赋发展的一个重要阶段,虽失两汉大赋恢宏之气象,而归之于一往情深。此时赋被用来状物抒情,而不用来美刺,只是作为感情发泄的工具,而完全忘掉汉赋的规讽之义,似是一种自觉的创作追求。这从不少赋的创作意图中可以得到证明。"②而"赋的创作意图"一般会在序文中有所交代,很多都是为了直接抒发情志,如曹丕《感离赋序》抒发对亲人的思念:"建安十六年,上西征,余居守,老母诸弟皆从,不胜思慕,乃作赋曰。"《感物赋序》对盛衰无常的慨叹:"丧乱以来,天下城郭丘墟,惟从太仆君宅尚在。南征荆州,还过乡里,舍焉,乃种诸蔗于中庭。涉夏历秋,先盛后衰。悟兴废之无常,慨然永叹,乃作斯赋。"建安时期这种以个人日常化的情感为题的抒情小赋大量增多,曹植就有《离思赋序》《叙愁赋序》《怀亲赋序》《释思赋序》《愍志赋序》《慰情赋序》六篇,大约占到其赋序总数的35%,此外还有不

---

① 此说据曹丕《登台赋序》"建安十七年春,□游西园,登铜雀台,命余兄弟并作,其词曰"及《三国志·卷十九·陈思王植传》"时邺铜爵台新成,太祖悉将诸子登台,使各为赋"注引阴澹《魏纪》载曹植《登台赋》,可知曹丕、曹植《登台赋》为受曹操之命的同题共作。

② 罗宗强.魏晋南北朝文学思想史[M].北京:中华书局,2006:19.

以情感为题、抒发情志的赋作,个体情感堂而皇之地迈入了文学,首先是赋作题材的殿堂。①

建安时期的抒情写志赋很多都是通过体物完成的,像曹丕《柳赋序》曰:"昔建安五年,上与袁绍战于官渡,是时余始植斯柳,自彼迄今,十有五载矣;左右仆御已多亡,感物伤怀,乃作斯赋曰。"曹丕在赋中并非要描摹柳"妙其可珍"的"瑰姿",而是借柳的"始围寸而高尺,今连拱而九成",感物伤怀,"嗟日月之逝迈,忽冉冉以遄征"。美国心理学家、艺术理论家鲁道夫·阿恩海姆有一段话分析了物象和人类情感的关系:"一棵垂柳之所以看上去是悲哀的,并不是因为它看上去像一个悲哀的人,而是因为垂柳枝条的形状、方向和柔软性本身就传递了一种被动下垂的表现性;那种将垂柳的结构与一个悲哀的人或悲哀的心理结构所进行的比较,却是在知觉到垂柳的表现性之后才进行的事情。"②曹丕正是因为那棵亲手栽植的柳树十五年前后的变化,再加上"左右仆御已多亡",触发了内心物是人非的伤感,才借柳以抒情。这样的物象已经不是物体本身,而是蕴含着作者浓厚的情感,作者借物抒怀,物体本身意象化、情感化,成为情意的载体。因为作者的一往情深,物象似乎成了作者的代言人。杨修的孔雀、曹植的离缴雁、曹丕的莺,皆是如此。瞿蜕园评说祢衡《鹦鹉赋》"借了鹦鹉这个题目,发泄心中的感慨,字面上是替鹦鹉诉衷怀,词气之情却是写有志之士在离乱时期那种委屈苦闷的心情"③。不只鹦鹉,被主观情感化了的客观物象都饱含着作者充沛、饱满的情感,通过激扬的文字喷涌而出,读者感到的不是赋作辞句的精工雕琢,而是文势的轻灵舒展,体现了建安文人自觉的以气运词、以情造势的艺术审美追求。探讨建安文学、建安文风,必须深入到建安文人"斑斓的情感世界"。曹植《〈前录〉序》曰:"余少而好赋,其所尚也,雅好慷慨,所著繁多。"语词带有总结性质,且有理论色彩,"汉魏之际,辞赋仍是文人喜爱的一种主要文体","具有强烈抒情性的作品"是当时的"崇尚与追求","汉人论赋,局限于'美刺',子建把'雅好慷慨'的革新旗帜高高举起,标志着中古辞赋观的一次重大转变"④。

建安赋序还体现了赋家在写作态度上的实用观念,他们在赋序中或记叙,或说明,或议论,或讽谏。赋序是作品的有机组成部分,而不仅仅是交代作赋的缘起,甚至有很多像是独立的小短文。曹丕《答卞兰教》:"赋者,言事类之所附也""故作者不虚其辞,受者必当其实"。这种"言事类""当其实"的求实倾向,明显受到王充《论衡》中求实思想的影响⑤。

叙述事件的赋序,如崔琰《述初赋序》,现存序文非完篇(本书附录有补),但从现存内容来看,"琰性顽口讷,年十八,不能会问,好击剑,尚武事""涉淄水,过相都,登铁山,望齐密""琰闻北郑征君者,名儒善训,遂往造焉。涉淄水,历杞焉,过杞郊之津,登铁山以望高密""郁州者,故苍梧之山也。心说而怪之,闻其上有仙士石室也,乃往观焉。见一道人,独处休休然,不谈不对,顾非己所及也。登州山以望沧海。琰性顽口讷,至二十九,粗关书传,

---

① 程章灿.魏晋南北朝赋史[M].南京:江苏古籍出版社,1992:58.
② 阿恩海姆.艺术与视知觉[M].滕守尧,朱疆源,译.北京:中国社会科学出版社,1984:624.
③ 瞿蜕园.汉魏六朝赋选[M].上海:上海古籍出版社,1979:52.
④ 王琳师.魏晋"赋序"简论[J].山东师大学报(社会科学版),1999(3):16.
⑤ 同④17.

闻北海有郑征君者,当世名儒,遂往造焉。道由齐都,而作《述初赋》曰",序文应该很长,"年十八""至二十九",跋山涉水造访道人、郑玄,后来崔琰师事郑玄。序文简直就是一篇个人求学传记,真实地记录了崔琰的求学经历,可以作为独立的记叙散文来读。

有些赋序单纯咏物。汉末品评人物的社会风气也影响了建安士人对物的评赏,出现了单纯以描摹为主要内容的赋作,赋家以品、赏的眼光和角度对物本身进行审美,如曹丕《迷迭赋序》《玛瑙勒赋序》《车渠椀赋序》、陈琳《马脑勒赋序》等。以曹丕《玛瑙勒赋序》①为例:

> 玛瑙,玉属也。出自西域,文理交错,有似马脑,故其方人因以名之。或以系颈,或以饰勒。余有斯勒,美而赋之。命陈琳、王粲并作。其词曰。

序文主要介绍了玛瑙的属性、产地、外形、功用等内容。单纯咏物赋一般所咏之物不太常见,作者需要在序文中详细描绘,赋作本身也是为了咏物而已,并未着意在借咏物而抒情明理。这种自觉的写实状物的写法大概与当时的博物观念和类书的编纂有关。建安文人逐渐改变了儒家正统的尚用载道的观念,开始用实用、审美的角度观察周围的物象,周围的一切在建安士人眼里更加具象化、生活化了。

建安文人亦在赋序中阐明哲理。曹植《玄畅赋序》阐发对富贵声名的态度;《神龟赋序》"龟号千岁,时有遗余龟者,数日而死,肌肉消尽,唯甲存焉,余感而赋之曰",由千岁之龟的死引发感叹,由此言及苍龙、白虎、玄武和朱雀四灵,因"万载而不恤"而生"物类之迁化"、人事之变迁的万千思绪,体悟到了关乎宇宙和人生的哲理。曹丕《戒盈赋序》,在"延宾高会,酒酣乐作"之时,"怅然怀盈满之戒","戒盈"是曹丕对自己的警醒,也是现实对他的要求。王粲《投壶赋序》《围棋赋序》《弹棋赋序》三篇赋序最有特色:

投壶赋序②

> 夫注心锐念,自求诸身,投壶是也。

围棋赋序③

> 清灵体道,稽谟玄神,围棋是也。

弹棋赋序④

> 因行骋志,通权达理,六博是也。

序文均未对投壶、围棋、弹棋三项娱乐活动做任何描摹、介绍,只是以简洁的文字阐述了各自蕴含的哲理。

颂德讽谏的赋作直承两汉京都苑猎大赋的传统,借用夸饰、渲染和虚构的方式讽咏、美刺。缪袭《许昌宫赋序》记录了太和六年(232年)春举国上下清平的景象,原赋虽已不存,但从序文来看,内容应以颂德为主。边让《章华台赋序》:"楚灵王既游云梦之泽,息于荆台之上。前方淮之水,左洞庭之波,右顾彭蠡之隩,南眺巫山之阿。延目广望,骋观终日。顾

---

① 欧阳询.艺文类聚·卷八十四[M].上海:上海古籍出版社,1982:1441.亦见于《北堂书钞·卷一百二十六》《太平御览·卷三百五十八》《太平御览·卷八百八》,严可均合而为一篇。
② 李昉,等.太平御览·卷七百五十三[M].北京:中华书局,1960:3344.
③ 同②3343.
④ 李昉,等.太平御览·卷七百五十四[M].北京:中华书局,1960:3346.

谓左史倚相曰:'盛哉斯乐! 可以遗老而忘死也!'于是遂作章华之台,筑乾溪之室,穷木土之技,单珍府之实,举国营之,数年乃成。设长夜之淫宴,作北里之新声。于是伍举知夫陈、蔡之将生谋也,乃作斯赋以讽之。"边让以"举国营之,数年乃成"的章华台为切入点,借楚灵王盛极而亡的史实讽谏当权者,范晔说边让"作《章华赋》,虽多淫丽之辞,而终之以正,亦如相如之讽也"(《后汉书·卷八十下》)。但这种曲终奏雅,以颂德为主的大赋在建安时期已经很少见了,适合它的历史土壤已经不复存在了。

建安赋序反映出来的丰富多样的创作方式和辞赋功用的观念较两汉有了很大发展。曹植在《与杨德祖书》中说"辞赋小道",遭到了杨修的反驳(见杨修《答临淄王笺》),鲁迅也认为这"大概是违心之论"①,不管是不是真的违心,曹植的创作实践和成就已经证明了他对辞赋的重视。他们在辞赋中可以状物、可以叙事、可以抒情、可以明理,赋序体现出来的辞赋批评观念与创作实践的转变极大地开阔了文学的创作空间,也向后人展示了建安辞赋兴盛的局面。

此外,当时还出现了品评人物之序和颂、赞、铭、诔、碑等文体之序。建安之前,现存人物序仅有东汉刘珍《东观汉纪》中的《光武叙》《章帝叙》《和帝叙》《殇帝叙》四篇,皆为皇帝而作,多是对君王品行和政绩的溢美之词。建安时则出现了为普通人作的序,如曹丕的《叙繁钦》《叙陈琳》。刘珍之作为史书之序,句式以四言为主,而曹丕的人物序则皆为散句,内容皆是对文章的品评,《叙繁钦》评繁钦的《与魏太子书》"文甚丽",指出《为曹洪与魏太子书》"盛称彼方土地形势,观其词,知陈琳所叙为也",是我国古代文论史上的重要作品,也是文学、文学评赏自觉的重要体现。颂、赞、铭、诔、碑等文体之序在建安时期数量较少,在论述每种文体时会谈及它们的内容和特点,兹略。

---

① 鲁迅.魏晋风度及文章与药及酒之关系[M]//鲁迅全集·而已集.北京:人民文学出版社,1981:504.

第四章 建安散文类析(下)

第一节 饰终典文:碑诔哀吊

汉代,尤其东汉以来,私谥和墓祀习俗在儒家重视丧葬礼仪观念的影响下逐渐兴起,诔碑文创作大量出现,并由宫廷开始走向社会,形成了以述德行为主的多为四言韵语的丧葬礼文形式,文学性、审美性进一步提高,渐渐成为士子文人的个性化创作。

一、颂德叙哀的碑文

据严可均《全后汉文》《全三国文》,建安时期的碑文现存十九篇,其中不少已残缺不全,如陈琳《韦端碑》仅存两句,相比有明确纪年的东汉碑刻有一百六十余篇,其中桓帝年间的五十九篇,灵帝年间的七十六篇,仅蔡邕一人就有碑文三十多篇来说[①],兴盛于桓灵之际的碑文在灵帝之后渐衰。究其原因,既有建安十年曹操禁绝厚葬、又禁立碑的政策因素,又有当时由清议转向清谈的时代因素。党锢政治环境的险恶,使文士们消极避世,不再过问政治,原来以德为标准臧否人物的清议更多地转向了以人的形貌仪表、精神风度和思想玄理为谈资的清谈,再加上诸子之学并兴,尤其是道家思想的复苏,佛教、道教及名法思想的注入,逐渐形成了较为宽松的政治学术环境[②]。这种状况使碑文在延续前期体制内容的同时,也有了新的发展,并促进了伤悼文学等其他文体样式的形成和发展。

碑文是一种以褒扬功德为主的文体,"标序盛德""昭纪鸿懿"是它的主要功用[③],它涉及社会生活的方方面面,如明代徐师曾《文体明辨序说》按内容将古代碑文分为山川、城池、宫室、桥道、坛井、神庙、家庙、古迹、风土、灾祥、功德、墓道、寺观、托物等,清代叶昌炽《语石》按功能把碑文分为述德、纪事、铭功、纂言四类。建安时期的碑文除了墓葬之用以外,还用来纪事铭功等。

(一)墓葬之碑

建安时期的墓葬碑文共十三篇,碑主可分为三类。第一类是有功名德行之人,如陈琳的《韦端碑》、潘勖的《尚书令荀彧碑》、繁钦的《丘隽碑》、邯郸淳的《汉鸿胪陈纪碑》、阙名

---

① 统计数字据李新霞《汉末碑文研究》,河北师范大学2007年硕士论文,该文以桓帝即位(147年)至建安十年(205年)曹操碑禁期间的碑文为研究对象。
② 李新霞,袁庚申.清议转向清谈与汉碑文的衰落[J].时代文学,2009(5):120.
③ 刘勰.文心雕龙·诔碑[M].范文澜,注.北京:人民文学出版社,1978:214.

的《圉令赵君碑》《巴郡太守樊敏碑》《益州太守高颐碑》《绥民校尉熊君碑》《刘镇南碑》《张詹碑阴》等。韦端"从凉州牧征为太仆"①,孔融亦有《与韦修甫(韦端字)书》,盛赞韦端德行,现存两句"撰勒洪伐,式昭德音",亦是从其功德入笔;从《丘隽碑》仅存序文可知丘隽为右扶风都尉的主簿;据盛弘之《荆州记》张詹为魏征南军司,其余几篇从标题即可看出碑主官职和身份。第二类是虽没有官职却有德行之人,有刘桢的《处士国文甫碑》。第三类是古代圣贤,有祢衡的《鲁夫子碑》《颜子碑》。

碑文大家蔡邕基本确立了碑文的创作典范,碑文在体制上分为两部分:碑序和铭文。第一类碑文延续桓灵之际碑文的风尚,写作对象是时官,碑序一般用散文写成,多从碑主名讳世系写起,介绍碑主学问德识、生平行迹、卒葬情况、立碑原因等内容,类似人物传记,正如刘勰所言:"夫属碑之体,资乎史才,其序则传,其文则铭。"②《汉鸿胪陈纪碑》即"略举其著于人事者",突出碑主的主要德行;《刘镇南碑》中详述刘表先后任北军中侯、荆州刺史、荆州牧,又开经立学,爱民养士,称雄荆州,很多内容可与史书相参读,只是字里行间充斥着褒扬的情感倾向性,不像史书要求客观全面,但碑文因"其事不可遍举,故举其要者一两事以取信"③,故从中亦可见作者之史才。碑序一般简单介绍碑主先祖的情况,但是随着门阀氏族观念渐兴,这部分内容占的篇幅也越来越多,如《绥民校尉熊君碑》,因有阙文,但还是可以看到碑文对熊君高祖父、曾祖父、祖父履历行迹的记述,以表碑主乃高门大姓名门望族之后,"刊碑以示后绳",为子孙后人树立楷模。有时碑序也不交代先祖世系的情况,而是直接记述碑主的仕历功绩,如《圉令赵君碑》《刘镇南碑》。《丘隽碑》仅存的碑序极为简略,用几个质朴的散句仅仅介绍人物身份、姓名及死因而已,但言辞间却透露出哀痛之情。碑序相对铭文篇幅较长,内容较丰富,更能显露作者的才华,潘勖的《尚书令荀彧碑》已非完篇,但从其内容和形式来看,所存文字应是碑序:

夫其为德也,则主忠履信,孝友温惠,高亮以固其中,柔嘉以宣其外,廉慎以为己任,仁恕以察人物,践行则无辙迹,出言则无辞费,纳规无敬辱之心,机情有密静之性。若乃奉身蹈道,勤礼贲德,后之事间,匪云予克。然后教以黄中之睿,守以贞固之直。注焉若洪河之源,不可竭也;确焉若华岳之停,不可拔也。故能言之斯立,行之期成。身匪隆污,直哉惟情。素纲用乱,废礼复经。于是百揆时序,王猷允塞,告厥成功,用俟万岁。④

用简括、形容的语词颂赞荀彧的德行,四六言句式居多,文辞典丽,工整的排偶句足见锤炼之功,对句渐趋新巧,"注焉若洪河之源,不可竭也;确焉若华岳之停,不可拔也"二句,通过对偶、比喻、对比、夸张等手法体现出作者在语言形式上的审美追求,谭献对潘勖《册魏公九锡文》的评语"神完气足,朴茂渊懿"⑤亦可用来评此碑序,序文以气运词,整饬中又有变化,咏叹中骋其文采,已有明显的骈体化趋势,"碑披文以相质"(陆机《文赋》)的特色已经显露。

---

① 陈寿.三国志·卷十·荀彧传[M].裴松之,注.北京:中华书局,1959.
② 刘勰.文心雕龙·诔碑[M].范文澜,注.北京:人民文学出版社,1978:214 页
③ 欧阳修.论尹师鲁墓志[M]//欧阳修诗文集校笺.上海:上海古籍出版社,2009:1917.
④ 欧阳询.艺文类聚·卷四十八[M].上海:上海古籍出版社,1982:852.
⑤ 李兆洛.骈体文钞[M].郑州:中州古籍出版社,1990:124.

碑序之后,常常用"其辞曰""辞曰""其词曰""因作颂曰"引起铭文。一般情况下,篇幅较长的碑序对碑主已做了详细的描述,铭文只是帮助情感的升华,表达赞颂和哀思之情而已,铭文一般用四言韵语,也有三言韵语者,如《圉令赵君碑》。也有骚体者,如《绥民校尉熊君碑》的铭文较长,其中前半部分用四言韵语,后半部分用骚体,这在两汉时期较少见,铭文在叙议结合的基础上,以寄托哀思为主,"懿懿其操,穆穆其姿。光光其行,桓桓其威",讲求文饰的语词;"丧我良则",以第一人称反复抒写哀情;"追叙君兮怀纯精""呜呼君兮""是以刊石兮为君立碑",以第二人称饱含深情地呼告,虽仍带有空言套语宽泛叙哀的特点,作为饰终的礼文,建安的碑文也在一定程度上成为士子文人的才艺之文。

有的碑文在铭文之后还有乱辞,如《巴郡太守樊敏碑》,虽已残缺不全,但仍可看出以楚辞体写成,因为有"魂神"的词句,当是礼神之歌谣。邯郸淳作于元嘉元年(151年)左右的《孝女曹娥碑》虽也有乱辞,却以四言韵语写成。

有的碑文在铭文之后还会附加立碑时间、刻写工匠等内容,如《圉令赵君碑》言"初平元年十二月廿八日立",《巴郡太守樊敏碑》曰"建安十三年三月上旬造。石工刘盛息㦧书",《绥民校尉熊君碑》载"建安廿一年十(缺)月丙寅朔一日丙寅大岁丙申,碑师春陵程福造"等,为后人提供了明确的史料依据。

值得一提的还有《张詹碑阴》,碑阴指的是刻写在碑背面的文字。汉代墓碑一般在正面刻长篇碑文,其背面(即碑阴)或刻写门生故吏的名字,或列书撰人及石工石师的名字。《张詹碑阴》原文甚短:

白楸之棺,易朽之裳,铜铁不入,丹器不藏,嗟矣后人,幸勿我伤①。

《水经注·卷二十九·湍水注》云:"(冠军县东有)魏征南军司张詹墓(盛弘之《荆州记》言张詹魏太和时人也,见《读礼通考·卷九十五》),墓有碑,碑背刊云……自后古坟旧冢,莫不夷毁,而是墓至元嘉初尚不见发。六年大水,蛮饥,始被发掘。说者言:初开,金银铜锡之器,朱漆雕刻之饰烂然,有二朱漆棺,棺前垂竹帘,隐以金钉。墓不甚高,而内极宽大,虚设白楸之言,空负黄金之实……"②建安时期,虽然曹操、曹丕多次下令禁断或普除淫祀,禁止厚葬,在遗令中也要求薄葬,但自汉代兴起的厚葬之风屡禁不绝,而发丘摸金的盗墓之风也很盛行。《张詹碑阴》这种"此地无银"的声明,实在是自欺欺人,曹丕《终制》云"自古及今,未有不亡之国,亦无不堀之墓也",郦道元因此才评之曰"虚设白楸之言,空负黄金之实","嗟尔后人,幸勿我伤"的美好愿望恐怕只是空想罢了。

第二类碑文以淡泊名利的"处士"为对象,"处士"指在野而有德才之人。建安时仅存刘桢《处士国文甫碑》一篇,碑文分前序、后铭两部分,序文同蔡邕《处士圉典碑》碑序一样,并没有对先祖世系的追索,而是直述其美德与修养。不同者,刘文通过对国文甫成长经历的叙述,高度评价了其在家事、国事、治学、修身等方面的德行和造诣,尤其突出其因为忧国忧民而伤身以致早亡的品格,塑造了一位在建安动乱时期避世以待时的在野文人形象,"逍遥九皋,方回是慕",体现了刘桢对国文甫"潜身穷岩,游心载籍"淡泊名利人格的钦慕,"知我者希",作者反言自己正是国文甫难得的知己,刘桢的人生态度亦可见一斑。那个因廓落

---

① 郦道元.水经注[M].杭州:浙江古籍出版社,2001:462.
② 同①462-463.

带而巧妙应对曹丕,因平视甄氏而遭"减死输作"的刘桢宛然在目,《三国志·卷二十一》裴松之注引《先贤行状》曰:"干(刘桢字公干)清玄体道,六行修备,聪识洽闻,操翰成章,轻官忽禄,不耽世荣。建安中,太祖特加旌命,以疾休息。后除上艾长,以兴疾不行。"①可见二人确为志同道合者,正因为如此,对国文甫虽有溢美之词却不浮华,"于时龙德逸民,黄发实叟,缀文通儒,有方彦士,莫不拊心长号,如丧同生",对哀思的侧面烘托,也透露出深挚的感情,用笔典则而洒脱。

第三类碑文以古代圣贤为写作对象,现存建安时期祢衡的《鲁夫子碑》《颜子碑》两篇。桓灵之际已经出现了此类碑文,如阙名的《楚相孙叔敖碑》《帝尧碑》、蔡邕的《伯夷叔齐碑》《王子乔碑》等。祢衡的两篇碑文虽然在形式上仍分为前序、后铭两部分,但是碑序中已经没有了关于先祖功德、生平事迹、立碑原因或目的等方面的叙述,而是直接高度评价并赞颂圣人的品格,句式上韵散结合,多排偶句,如《鲁夫子碑》"崇高足以长世,宽容足以广包,幽明足以测神,文藻足以辩物。然而敏学以求之,下问以诹之,虚心以受之,深思以咏之。愍周道之回遹,悼九畴之乖悖",《颜子碑》"德行迈于三千,仁风横于万国"。刘师培对祢衡评价甚高:"东汉之文,均尚和缓;其奋笔直书,以气运词,实自衡始,《鹦鹉赋序》谓:'衡因为赋,笔不停缀,文不加点。'知他文亦然。"②这两篇碑文即祢衡感情充沛、"以气运词"的产物。作者俨然已将笔下的圣人作为理想的人格来抒发个人情志,文采斐然之间形成了汪洋恣肆的气势,骈俪色彩较浓,作为饰终礼文的碑文,已成为祢衡骋才述志的文学创作。

(二)纪事铭功之碑

墓葬碑文是碑文题材的主体,"碑实铭器",碑文亦可纪事铭功,这在桓灵之际已很常见,如功绩碑《漳河神坛碑》、营建碑《蜀郡属国辛通达李仲曾造桥碑》、庙碑《西岳华山庙碑》等。建安时期,碑文渐衰,然而此类作品仍不乏创作,有铭功之作,如曹植的《大飨碑》③、阙名的《魏大飨记残碑》;有营建碑记,如阙名的《益州太守高朕修周公礼殿记》;有纪事之作,如阙名的《伊阙左壁摩崖》《千金堨石人腹上刻勒》;有庙碑,如《胶东令王君庙门断碑二》等。

《三国志·魏书·文帝纪》载:"(延康元年七月④)甲午,军次于谯,大飨六军及谯父老百姓于邑东。"裴松之注引《魏书》曰:"设伎乐百戏,《令》曰:'先王皆乐其所生,礼不忘其本。谯,霸王之邦,真人本出,其复谯租税二年。'三老吏民上寿,日夕而罢。丙申,亲祠谯陵。"《大飨碑》与《魏大飨记残碑》则是对此事的铭勒。《大飨碑》在序文中叙述了大飨的时

---

① 陈寿.三国志·卷二十一·王粲传[M].裴松之,注.北京:中华书局,1959.
② 刘师培.中国中古文学史讲义[M].上海:上海古籍出版社,2000:22.
③ 严可均《全三国文·卷十九》收录曹植《大飨碑》,有按语曰:"闻人牟准《魏敬侯碑阴》云:'《大飨碑》,卫凯文并书。'《天下碑录》引《图经》云:'曹子建文,钟繇书。'今姑录入子建集,俟考。"《全三国文·卷二十八》亦收录卫觊《大飨碑》,且有按语:"闻人牟准《魏敬侯碑阴》云:'《大飨碑》,卫凯文并书;《天下碑录》引《图经》云'曹子建文,钟繇书。'疑《图经》之言非也。《隶释》四又有《大飨残碑》,云:'繇文为书。'则《大飨》非一碑,当以碑阴为实。"二文重出,本书暂定《大飨碑》为曹植作品,待考。
④ 张可礼.三曹年谱[M].齐鲁书社,1983:176.张可礼认为《文帝纪》定大飨六军及百姓于七月为非,依据是《大飨碑》曰"延康元年八月旬有八日辛未"。

间、背景状况,尤其是对六军之气势、临飨之日的盛况极尽夸饰和形容,文辞典丽,齐整的排偶句在韵散之间颇得雅赡之美,清代王先谦即将此文作为骈文收入《骈文类纂》①。

墓葬碑文均为逝者而作,而纪事铭功之碑有些则为生人而作,《益州太守高朕修周公礼殿记》即此类,碑记以叙述周公礼殿于四百年间屡遭战乱破坏为主,突出益州太守高朕重修周公礼殿的价值和意义,对其功德之赞颂自然隐含于其中。

《伊阙左壁摩崖》与《千金碣石人腹上刻勒》以简短而质朴的语句记录刻石的时间、目的及意义等,有很高的史料价值。《胶东令王君庙门断碑二》乃是家庙碑文,阙失较多,可视为王氏家族有功绩者的家谱,这种铺叙既有慎终追远的意义,也是当时门第观念萌生的结果和体现。

建安时期,碑与铭、诔这两种文体常有混用的情况,刘勰说:"夫碑实铭器,铭实碑文,因器立名,事光于诔。是以勒石赞勋者,入铭之域;树碑述亡者,同诔之区焉。"②"勒石赞勋"的碑文,即纪事铭功之碑,因为题写在石头上,与勒石记功的铭文功用相似,所以二者常常交叉混用,如《西岳华山堂阙碑铭》。此外也有一些称述逝者德行、表达哀思的碑铭,如孔融的《卫尉张俭碑铭》、阙名的《横海将军吕君碑铭》等。而"树碑述亡"的碑文,既然是为逝者而作,与"传体而颂文,荣始而哀终"的诔文在内容和形制上也很相似③,如邯郸淳《孝女曹娥碑》言:"度尚设祭诔之,辞曰。"即将碑、诔等而视之。将建安碑文分为墓葬之碑和纪事铭功之碑,除了内容题材不同,也有此时文体辨析尚不明确的缘故。

二、建安诔文之新变:礼赞到伤悼的衍化

"表之素旗"的诔文本是"累其德行,旌之不朽"的一种文体,"读诔"方可"定谥"。但东汉以来私谥盛行,贱不诔贵的约束被打破了,谥号与礼制渐渐分离,但述德与写哀仍是诔文的基本内容,而且,在建安时期,文士们尤其是建安之杰曹植开始重视诔文中个体哀怀的抒发。

(一)建安时期诔文的创作观念

建安时期文士非常重视诔文的创作,如曹植与邯郸淳初次见面,"评说混元造化之端,品物区别之意,然后论羲皇以来贤圣名臣烈士优劣之差,次颂古今文章赋诔及当官政事宜所先后,又论用武行兵倚伏之势"④。曹叡太和六年(232年)所作《诏陈王植》云:"吾既薄才,至于赋诔特不闲,从儿陵上还,哀怀未散,作儿诔,为田家公语耳。"曹叡很是看重赋诔方面的才能。吴国国君孙权也很重视铭诔的功用,孙权待凌统甚厚,闻凌统卒,孙权"拊床起坐,哀不能自止。数日减膳,言及流涕,使张承为作铭诔"⑤。这当是"大夫之材,临丧能诔"⑥观念的延续。

---

① 王先谦.骈文类纂·卷三十一[M].杭州:浙江古籍出版社,1998:602.
② 刘勰.文心雕龙·诔碑[M].范文澜,注.北京:人民文学出版社,1978:214.
③ 同②213.
④ 陈寿.三国志·卷二十一·王粲传[M].裴松之,注.北京:中华书局,1959.
⑤ 陈寿.三国志·卷五十五·凌统传[M].裴松之,注.北京:中华书局,1959.
⑥ 同②213.

建安文人不但重视诔文创作,而且对诔文也提出了要求。曹丕《典论·论文》说"铭诔尚实",稍后的桓范在《世要论·铭诔》篇中说:"夫渝世富贵,乘时要世,爵以赂至,官以贿成。……而门生故吏,合集财货,刊石纪功,称述勋德,高邈伊、周,下陵管、晏,远追豹、产,近逾黄、邵,势重者称美,财富者文丽。后人相踵,称以为义。外若赞善,内为己发,上下相效,竞以为荣,其流之弊,乃至于此。欺曜当时,疑误后世,罪莫大焉。且夫赏生以爵禄,荣死以诔谥,是人主权柄而汉世不禁!使私称与王命争流,臣子与君上俱用,善恶无章,得失无效,岂不误哉!"二人都对诔文"考行迹,论功业"表现出来的"追虚"倾向有所批评,诔文的述德常常为死者讳,为已经终结的生命的礼赞不免会有溢美之词,而且诔文大多是代言体的形式,要做到完全地写实反而有违人之常情。在当时追求切实、反对虚饰的文风下,建安文人更多地把才力用到了对哀情的描述上,如曹植在《文帝诔》中言:"何以述德?表之素旃。何以咏功?宣之管弦。乃作诔曰。"可见他深知诔文乃荣死饰终之礼文,而《上〈卞太后诔〉表》又云:"臣闻铭以述德,诔尚及哀,是以冒越谅暗之礼,作诔一篇,知不足赞扬明明,贵以展臣《蓼莪》之思,忧荒情散,不足观采。"明言创作此诔的目的重在抒发对母亲的悼念之情,在曹植那里,诔文作为饰终之典,增添了更多的叙哀成分。发展到陆机,诔完全成了一种"缠绵而凄怆"的文体,述德的功能渐渐削弱了。

(二)"由颂述体转向自抒体的曹植诔文"①

建安时期诔文作品有曹丕的《曹苍舒诔》、曹植的《光禄大夫荀侯诔》《王仲宣诔》《武帝诔》《任城王诔》《文帝诔》《大司马曹休诔》《卞太后诔》《平原懿公主诔》②、刘劭的《文帝诔》、崔琰的《大将军夫人寇氏诔》、王粲的《阮元瑜诔》③十二篇,其中刘劭与崔琰之诔皆仅存四言,曹植独作八篇,着重分析曹植的诔文作品,即可看出建安诔文的新变。两汉时期的诔文现存西汉一篇、东汉十五篇,共十六篇。碑文并未因建安十年(205年)曹操碑禁完全消失,但正是碑文的渐衰、盗墓与薄葬风气的影响、私谥的兴起,促进了诔文、哀辞等伤悼文体的发展。

1. 诔文创作对象的私人化

从创作对象来看,建安诔文已表现出很强的私人化特点,如曹植的诔文,《武帝诔》是为父亲;《任城王诔》是为任城王,即曹彰,曹植同母兄;《文帝诔》是为曹丕,曹植同母兄;《大司马曹休诔》是为曹休,曹植族兄;《卞太后诔》是为卞太后,曹植的母亲;《平原懿公主诔》

---

① 黄金明.汉魏晋南北朝诔碑文研究[M].北京:人民文学出版社,2005:173.
② 严可均《全三国文·卷十九》录有曹植《曹仲雍诔》,且有按语:诔(《曹仲雍诔》)与哀辞(《曹仲雍哀辞》),疑只一篇,本书从严说。
③ 严可均《全三国文·卷三十六》有《阮元瑜诔》:"既登宰朝,充我秘府。允司文章,爰及军旅。庶绩惟殷,简书如雨。强力敏成,事至则举。"严可均认为是王杰作,《北堂书钞·卷一○三》:"王杰集《阮瑜诔》云:'既登宰朝,充我秘府。允司文章,爰及军旅。庶绩维殷,简书如雨。强力成敏,事至则举。'"并有按语:"陈俞本'成敏'作'敏成',俞本司误可余同,又本钞'王杰'疑当作'王粲'。"程章灿据此认为作者为王粲(参考程章灿.论《全上古三代秦汉三国六朝文》之阙误[J].南京大学学报(哲学·人文科学·社会科学版),1995(1):66.)。此外,俞绍初校点《王粲集》补遗亦有《阮元瑜诔》(中华书局1980年版),本书从程、俞说。

是为曹叡之女曹淑,曹植的侄孙女;《王仲宣诔》是为王粲(字仲宣),曹植的好友;曹丕的《曹苍舒诔》是为曹冲(字苍舒),曹丕异母弟;王粲的《阮元瑜诔》是为阮瑀(字元瑜),王粲好友,阮瑀亡后,王粲亦有"叙其妻子悲苦之情"的《寡妇赋》。诔文作者与诔主或为亲属,或为好友。美国心理学家罗洛·梅指出:"爱总是提醒我们自己终有一死。当一位朋友或一个家庭成员死后,我们总是深深感受到生命的短暂和不可挽回。但是死亡的可能性中还有一种更深的意义,有一种冒险拼搏的动力,有些人(也许是大多数人)直到通过某人的死,体验到友谊、奉献、忠诚的可贵后,才懂得什么是深挚的爱。"①作者与诔主特殊的身份和地位使作者别无选择要把诔文首先作为饰终之礼文,内容上应以颂德铭勋为主,但是由于他们之间密切的亲友关系,又很自然地将哀悼这种情感蕴含其中。

曹植与荀彧关系如何,历史资料所记不多。二人年龄相差近三十岁,建安十七年(212年)荀彧去世时,曹植21岁。荀彧作为曹操的重要谋士,谥曰敬侯,虽有被曹操赐死之疑,但其丧事应十分隆重,曹植《光禄大夫荀侯诔》或许正是应制所作。诔文首先颂扬荀彧的品质修养,然后通过"百僚士庶""机女""农夫"各阶层人物对其亡故的态度,描述群体哀情,马之悲鸣、车轮之停滞不转的侧面烘托,虽然刻画较为细致,但仍是为述亡者之德勋服务。因现存辞句恐非全篇,只能略知大概,其中并没有太多真切感人的内容。

曹植的《文帝诔》则不然,严可均《全三国文》题为《文帝诔并上表》。曹植序文中亦言"生若浮寄,惟德可论,朝闻夕逝,孔志所存。皇虽壹没,天禄永延,何以述德?表之素旃。何以咏功?宣之管弦。乃作诔曰",可见此诔是一篇饰终礼文。诔辞在形式上明显分为两部分:第一部分为四言韵语,以记述功德为主,先从曹丕"受命于天"写起,然后极力铺叙其学识才华、品行、德政等方面取得的成就,对其功业用几个排比句喷薄而出:"天地震荡,大行康之。三辰暗昧,大行光之。皇纮绝维,大行纲之;神器莫统,大行当之。礼乐废弛,大行张之。仁义陆沈,大行扬之;潜龙隐凤,大行翔之。疏狄遐康,大行匡之。"最后又对其薄葬行为进行颂扬。第二部分由"于是"一词引出,为骚体形式,描述了出殡时的悲痛场面,"痛""嗟""悲""悼""涕"等语词之间全然不见往日兄弟二人的不合,寄托了对兄长深深的哀思。结尾部分"慨拊心而自悼兮,惧施重而命轻。嗟微躯之是效兮,甘九死而忘生。几司命之役籍兮,先黄发而陨零,天盖高而察卑兮,冀神明之我听。独郁伊而莫诉兮,追顾景而怜形。奏斯文以写思兮,结翰墨以敷诚"。曹丕四十岁即卒,天地之间生命的短暂、脆弱与卑微引发了曹植无限的慨叹,"写思""敷诚",不只曹丕,也为自己,同时也为所有的生命。刘勰曰:"陈思叨名而体实繁缓,文皇诔末,旨言自陈,其乖甚矣。"刘勰既然已经肯定"傅毅之诔北海……始序致感,遂为后式"②,随着诔文"致感"内容的发展,不免"自陈",这并不"乖甚",反而是诔文叙哀内容自身发展的必然结果。李兆洛亦批评刘勰曰:"予谓文之繁缓,诚如所讥,使彦和见江谢之篇,更不知作何挥诋;至其旨言自陈,则思王以同气之亲,积讥逸之愤,述情切至,溢于自然,正可以副言哀之本致,破庸冗之常态。诔必四言,羌

---

① 梅.爱与意志[M].冯川,译.北京:国际文化出版公司,1987:104.
② 刘勰.文心雕龙·诔碑[M].范文澜,注.北京:人民文学出版社,1978:213.

无前典,固不得援此为例,亦不宜遽目为乖也。"①对这种前述其(曹丕)德迹,后抒其(曹植)哀情的结构安排,谭献认为"章法浑成"②,"哀悼性散文的情或者意以及由此生发的美,都来自祭者与被祭者、写者与被写者之间的特定关系。只有从这种特定关系出发,化出特有的心态、感情、境界以至语言;才有可能使读者产生出美的谐应"③,如果只是献给先皇的单纯的饰终礼文,恐怕不会有感切至深、顾影自怜的情感流露。

2. 抒情意味的强化

建安诔文在体制上仍沿袭两汉,分为诔序和诔辞两部分,诔序一般首先交代逝者身份、卒时,然后以概括性的语句宽泛颂德、叙哀,接着用"何用诔德,表之素旗。何以赠终,哀以送之""敢扬圣德,表之素旗""人谁不没?贵有遗声""何以述德?表之素旃。何以咏功?宣之管弦""敢扬厚德,表之旆旌。光垂罔极,以慰我情"之类的设问句或陈述句表明作诔的目的,最后以"遂作诔曰""乃作诔曰"引出诔辞。诔序的颂德、叙哀部分仅是概述性的,是为后面诔辞细致而真切地展开叙咏在情感和气氛上所做的铺垫。有时这部分内容也会省略,仅仅记述逝者身份、卒期,然后就是诔辞,如曹丕《曹苍舒诔》的序文"惟建安十有五年五月甲戌,童子曹苍舒卒,呜呼哀哉!乃作诔曰",给人一种悲恸欲绝、急于倾诉哀情的压迫感。诔序除曹丕是用散句外,曹植的诔序几乎全用四言韵语。从先秦至两汉,诔文经历了从无韵散体到以四言韵文为主的转变,这应该与在丧葬场合"读之以作谥"有关④,也应该与赋体和骚体等韵文在当时的繁盛有关,为便于诵读,诔序也逐渐定型为以四言韵文为主。

诔辞在内容和体制上分述德和叙哀两部分:"诔之为制,盖选言录行,传体而颂文,荣始而哀终。论其人也,暧乎若可觌;道其哀也,凄焉如可伤。"⑤"选言录行"的传体文字以叙述为主,相比一般的歌功颂德的礼文,曹植的这部分内容描述更为细致,内容上也更为充实,以《武帝诔》⑥为例:

于穆我王,胄稷胤周。贤圣是绍,元懿允休。先侯佐汉,实惟平阳;功成绩著,德昭二王。民以宁一,兴咏有章。我王承统,天姿特生。年在志学,谋过老成。奋臂旧邦,翻身上京。袁与我王,交兵若神。张陈背誓,傲帝虐民,拥徒百万,虎视朔滨。我王赫怒,戎车列陈,武卒虓阚,如雷如震。搀枪北扫,举不浃辰,绍遂奔北,河朔是宾。振旅京室,帝嘉厥庸,乃位承相,总摄三公。进受上爵,君临魏邦。九锡昭备,大路火龙。玄鉴灵察,探幽洞微。下无伪情,奸不容非。敦俭尚古,不玩珠玉,以身先下,民以纯朴。圣性严毅,平修清一。唯善是嘉,靡疏靡昵。怒过雷霆,喜逾春日。万国肃虔,望风震栗。既总庶政,兼览儒林。躬著雅颂,被之瑟琴。茫茫四海,我王康之。微微汉嗣,我王匡之。群桀扇动,我王服之。喁喁黎庶,我王育之。光有天下,万国作君。虔奉本朝,德美周文。以宽克众,每征必举。四

---

① 李兆洛. 骈体文钞[M]. 郑州:中州古籍出版社,1990:90.
② 同①.
③ 万陆. 中国散文美学[M]. 郑州:中州古籍出版社,1989:403.
④ 陈恩维. 先唐诔文的文学化进程[D]. 桂林:广西师范大学,2002:11.
⑤ 刘勰. 文心雕龙·诔碑[M]. 范文澜,注. 北京:人民文学出版社,1978:213-214.
⑥ 欧阳询. 艺文类聚·卷十三[M]. 上海:上海古籍出版社,1982:241-242.

夷宾服,功夷圣武。翼帝王世,神武鹰扬,左钺右旄,威凌伊吕。年逾耳顺,体壮忠肃,乾乾庶事,气过方叔。宜并南岳,君国无穷。

曹操于建安二十五年二月丁卯葬于高陵,谏文作于曹操葬时。叙述曹操一生,从少年"志学"写起,颂扬其北扫袁绍、内修政术的文治武功,尤其是对其以少胜多、奠定统一北方基础的官渡之战的叙述甚有特色,从曹袁交好到袁绍背誓到双方列陈,最后曹军获胜,一波三折,跌宕起伏,"拥徒百万,虎视朔滨。我王赫怒,戎车列陈,武卒虓阚,如雷如震",强烈的对比尽显曹操威武的气势,"茫茫四海,我王康之。微微汉嗣,我王匡之。群桀扇动,我王服之。喁喁黎庶,我王育之",用整饬的排比句咏叹其护国安民的功绩。叙咏结合,于叙述中显其质实,于咏叹中骋其辞采,避免了平铺直叙的单调,钦慕之情也倾吐在字里行间。

建安谏文的述德开始加入描写、议论、抒情性文字以形容绘饰,故实的征用也使语词厚重典雅,更能让士人们显示才情的叙哀部分也成为他们寄托情感的才艺之文。为方便论述,我们根据创作对象的不同将建安谏文分成三类。

第一类以好友为对象,曹植《王仲宣谏》即属此类。曹植与王粲交好,建安二十一年(216年),王粲随曹操征吴,次年春,病死途中,时年四十一,曹植为其英年早逝作文以谏之。谏文在叙述王粲先世功业和王粲本人的学识德操时饱含了深沉的哀思,吴讷云:"唯《文选》录曹子建之谏王仲宣,潘安仁之谏杨仲武,盖皆述其世系行业而寓哀伤之意。"① 其中很多内容皆可以征之于史书,但多比喻、形容之辞,如《三国志·魏书·王粲传》言王粲"博物多识,问无不对……善属文,举笔便成,无所改定,时人常以为宿构,然正复精意覃思,亦不能加也"②,谏文则言"强记洽闻,幽赞微言。文若春华,思若涌泉。发言可咏,下笔成篇。何道不洽,何艺不闲。棋局逞巧,博奕惟贤"。述德部分从其曾祖父、祖父、父亲的德业写起,阐述王粲的令德及文思、棋弈等方面的博闻多识,详述其先依荆楚,然后归操,并任祭酒,随军出征的生平经历,生如此之荣,而其早逝之哀又将令人何其悲痛。

作者除了以生荣反衬死哀外,还以哀景写哀情,如"哀风兴感,行云徘徊。游鱼失浪,归鸟忘栖",还有回轨的灵輀、悲鸣的白骥,拟人化的手法仿佛告诉我们,风、云、鱼、鸟、灵车、白马尚且如此悲伤,人,尤其是昔日好友,又何以堪!作者又以回忆往日之乐突出今日之哀,"感昔宴会,志各高厉。予戏夫子,金石难弊。人命靡常,吉凶异制。此欢之人,孰先殒越?何寤夫子,果乃先逝!又论死生,存亡数度。子犹怀疑,求之明据",往日宴会的场面刻画得越是细致,越是令人悲痛。"哀悼类实用性散文的美,来自特定的人物关系,来自由这种特定的人物关系产生的、非他人所能体验的独特感情以及感情表达的独特方式,特定关系表现得愈充分、愈巧妙,魅力就愈大,美学之味也就越浓。"③ 往日对生死的讨论令人想起曹操的《祀故太尉桥玄文》,恍如昨日的亲密与阴阳的永隔强烈地触动了作者对生命易逝的悲情,谭献评此数语说:"此书家谓中锋也,不尚姿致,而骨干伟异,'感昔'一节,后人多从此悟入。"④ 随着情感的层层推进、逐步深化,作者也在变换不同的称谓,由前文的"侍中"

---

① 吴讷.文章辨体序说[M].北京:人民文学出版社,1962:53.
② 陈寿.三国志·卷二十一·王粲传[M].裴松之,注.北京:中华书局,1959.
③ 万陆.中国散文美学[M].郑州:中州古籍出版社,1989:404.
④ 李兆洛.骈体文钞[M].郑州:中州古籍出版社,1990:576.

"君"的第三人称有节制地抒情到"吾与夫子""弃我夙零""予戏夫子""何寤夫子""子犹怀疑""要子天路""嗟乎夫子"的第一人称、第二人称呼告似的直接抒情,赵幼文评曰:"前称君,而此称夫子,称谓变化,亦表达感情之变化。"①痛定思痛,生命的易逝也在促使曹植思考生命的价值,从诔序中的"朝闻夕没,先民所思"到诔辞最后的"人谁不没,达士徇名。生荣死哀,亦孔之荣",这种生荣死哀的达观是曹植借好友的早逝而做出的对自己生命价值的追索,可谓借他人之酒杯,浇自己之块垒。

第二类以夭折或意外死亡之人为对象,包括《曹苍舒诔》《平原懿公主诔》《任城王诔》三篇。

前两篇从写作对象来看,在文体上,严格来说应该属于哀辞,也许是父亲过于宠爱他们,皆以成人之礼丧葬的缘故②,才以诔文哀悼之。曹淑和曹冲年龄尚小,曹淑卒时只有百日,曹冲"十三而卒",还没有多少功业可以记述。《曹苍舒诔》用较为空泛的语句称赞曹冲的品性:"诞丰令质,荷天之光。既哲且仁,爰柔克刚。彼德之容,兹义肇行。猗欤□□,终然允臧。"然后因其"忽如朝露"的早夭引出后半部分对其送殡场面声势之浩大的描述:"贻尔良妃,襚尔嘉服。越以乙酉,宅彼城隅。增丘峨峨,寝庙渠渠。姻媾云会,充路盈衢。悠悠群司,炭炭其车。倾都荡邑,爰迄尔居。"语词藻饰,抒发的虽然仍是曹氏家族对曹冲的哀悼之情,但趋于细致、形象的绘饰使情感更加细腻、真切。《平原懿公主诔》应是曹植的应制之作。太和六年(232 年),曹叡爱女曹淑十旬而卒,曹叡《诏陈王植》云:"吾既薄才,至于赋诔特不闲,从儿陵上还,哀怀未散,作儿诔,为田家公语耳。"曹植《答诏示平原公主诔表》言:"奉诏并见圣思所作《故平原公主诔》,文义相扶,章章殊兴,句句感切,哀动神明,痛贯天地。楚王臣彪等闻臣为读,莫不挥涕。""感切""哀动""痛贯""莫不挥涕",虽有臣子对君主的逢迎或礼节性的夸赞,但还是在一定程度上反映出曹叡为曹淑作的诔文乃是真切感情的排解和宣泄,关注常人之情的"田家公语"并未能完全排遣"哀怀","未散"之余,曹植也许就献上了此诔,以开解曹叡"未散"之"哀怀"。诔文一开篇即用阴暗的悲风、霜雪形象和凋兰夭蕙的比兴营造了一种忧伤、凄凉的情调。曹淑出生只有百天,更无功业、德行可述,曹植重在对其容貌、声音的描绘,以往日之"骧眉识往,俯瞳知来。求颜必笑,和音则该"对比今日之"号之不应,听之莫聆",突出哀情。李兆洛评曰:"含意抑扬,而授辞婉委,此之谓不苟。其模容写貌,则安仁《金鹿》等篇所自出也。"③后半部分详述治丧之隆重,治丧愈是隆重,愈是哀情沉重的体现,谭献认为此文的结构安排"叙嫁殇有致"④。虽为套语较多的应制之作,面对美好而脆弱的生命,曹植也有着切身的感受,他曾在三年之中痛失两个幼

---

① 曹植.曹植集校注[M].赵幼文,校注.北京:人民文学出版社,1984:171.
② 《三国志·卷五·文昭甄皇后传》载:"太和六年,明帝爱女淑薨,追封谥淑为平原懿公主,为之立庙。取后亡从孙黄与合葬,追封黄列侯。"魏明帝曹叡对爱女曹淑既封谥号,又立庙,以成人之礼葬之。《三国志·卷二十·武文世王公传》载:"邓哀王冲,字仓舒。少聪察岐嶷,生五六岁,智意所及,有若成人之智。……冲仁爱识达,……太祖数于群臣称述,有欲传后意。年十三,建安十三年疾病,太祖亲为请命。及亡,哀甚。……(曹操)言则流涕,为聘甄氏亡女与合葬,赠骑都尉印绶,命宛侯据子琮奉冲后。"建安十三年(208 年),曹操废三公,自任丞相,实为汉朝最高统治者,曾亲为曹冲请命,亦以成人之礼葬之。
③ 李兆洛.骈体文钞[M].郑州:中州古籍出版社,1990:90.
④ 同③.

女,他用哀婉、清允的语句表达了个人的感怀。

曹植《任城王诔》是现存较为完整的诔文中诔辞篇幅最短的一篇。任城王,即曹彰,曹植同母兄。黄初四年(223年)五月,曹植与曹彰、曹彪一同朝京都,会节气,曹彰暴死于洛阳。三人同来,却不得同归,而且是天人永诀,对此事,曹植悲愤难平。另有《赠白马王彪》诗自剖忧愤:"太息将何为? 天命与我违。奈何念同生,一往形不归。孤魂翔故域,灵柩寄京师。存者忽复过,亡没身自衰。人生处一世,去若朝露晞。年在桑榆间,影响不能追。自顾非金石,咄喑令心悲。"虽然极度悲伤,但在当时紧张的政治氛围中,曹植除了感叹生命的无常与短暂,并未言及其他。在诔辞中,曹植把笔墨着重放在对曹彰品行与武功的称述上,尤其对曹彰北破代郡乌丸一事极力夸张:"矫矫元戎,雷动雨徂。横行燕代,威慴北胡。奔虏无窜,还战高柳。"丁晏评曰"写黄须儿英姿如见。"①曹彰威武的形象跃然纸上。而对其暴卒,曹植仅用了"如何奄忽,景命不遐。同盟饮泪,百僚咨嗟"十六字而已,哀情戛然而止,个中的隐忍难言其实是内心情感积郁太深的另一种表现方式。

第三类以成年女性为写作对象,以《卞太后诔》为代表。卞氏于太和四年(230年)五月崩,曹植诔序明确了创作目的:"扬厚德""慰我情"。而作为女性,卞氏并无多少功业可述,曹植则从才艺兼备、母仪天下、勤俭节约、敬微慎独等方面称颂其仁德,对母后的钦佩充满字里行间。"遗孤在疚,承讳东藩。擗踊郊甸,洒泪中原。追号皇妣,弃我何迁! 昔垂顾复,今何不然! 空宫寥廓,栋宇无烟。巡省阶途,仿佛梡轩。仰瞻帷幄,俯察几筵,物不毁故,而人不存。痛莫酷斯,彼苍者天。"人去屋空,物在人亡,"弃我何迁""今何不然"的叩问,凸显出失去母后庇佑后的孤寂、无助,"叹息雾兴,挥泪雨集。徘徊輀柩,号咷弗及。神光既幽,伫立以泣",各种动态的情状描写,既有对母亲的追忆,也是对个人生活境遇的悲慨。在母亲去世两年之后,曹植终于抑郁而终。

谶纬与经学在东汉的结合,对当时的政治、思想、文化和社会生活产生了很大的影响,谶纬之学营造的神秘色彩随着东汉末年的社会动乱渐渐消退,原来的信仰体系轰然倒塌,人们开始用迷茫、忧伤的目光反观自我。他人,尤其是亲友的死亡更是触动了刚刚觉醒的生命意识,实用性很强的诔文,即使是应制之作,也开始逐渐摆脱应用文的束缚,成为文人抒发哀悼之情的才艺之文。曹植的诔文,既有合于典章,颂述亡者德勋的颂述体式,如《武帝诔》,也有从典章中走出,抒发个体悲痛哀情的自抒体式,如《王仲宣诔》,可以说,他是第一位将礼仪性的诔和吐露真情的诔加以区别而进行创作的文人②,自曹植开始,"嘉美终而诔集"的创作规范被打破了③。

三、伤悼弱子的哀辞

《哀辞考》④作者后藤秋正认为崔瑗、苏顺、班固的哀辞或已不存,或无线索可查,依据现存资料,认为哀辞的形成是在后汉建宁三年(170年)的《许阿瞿墓志》,墓志为四言韵文,

---

① 丁晏.曹集诠评(二)[M].上海:商务印书馆,1933:67.
② 后藤秋正.哀辞考[J].郭俊海,译.佳木斯师专学报,1990(3):42.
③ 黄金明.汉魏晋南北朝诔碑文研究[M].北京:人民文学出版社,2005:181.
④ 同②33-42.

以五岁的幼儿为哀悼对象。而张昭的《徐州刺史陶谦哀辞》,作于兴平元年(194年),以六十三岁的逝者陶谦为对象,累述死者生前功绩。直到建安年间,自曹植的三篇哀辞,哀辞才作为一种能够反映作者个性的文体而得以确定。诔和哀辞本是较为相近的文体,但是在曹植的创作意识中,很明确地区分了这两种文体。挚虞说哀辞"率以施于童殇夭折、不以寿终者。建安中,文帝与临淄侯各失稚子,命徐幹、刘桢等为之哀辞"(《太平御览·卷五百九十六》)。刘勰也说:"以辞遣哀,盖不泪之悼,故不在黄发,必施夭昏。"①哀辞以夭折的幼儿为写作对象。前面提到的曹植《平原懿公主诔》从对象来说应属于哀辞一体(曹丕《曹苍舒诔》的对象亦是未成年人,但惜其无哀辞传世,并不存在区分诔文与哀辞这两种文体的问题),明帝将公主以成人之礼厚葬,并要亲自送葬,当时陈群、杨阜等大臣谏言于礼不合。陈群上疏曰:"长短有命,存亡有分。故圣人制礼,或抑或致,以求厥中。……八岁下殇,礼所不备,况未期月,而以成人礼送之,加为制服,举朝素衣,朝夕哭临,自古已来,未有此比。而乃复自往视陵,亲临祖载。……况乃帝王万国之主,静则天下安,动则天下扰;行止动静,岂可轻脱哉?"②杨阜亦曰:"文皇帝、武宣皇后崩,陛下皆不送葬,所以重社稷、备不虞也。何至孩抱之赤子而可送葬也哉?"③明帝不听。晚年的曹植抑或是为避免摩擦,便顺了明帝之意,主动进献了此诔。而其他以夭折的幼儿为对象的悼念之文,曹植均选择了哀辞体,即《金瓠哀辞》《行女哀辞》《曹仲雍哀辞》等。

挚虞说"建安中,文帝与临淄侯各失稚子,命徐幹、刘桢等为之哀辞""建安哀辞,惟伟长差善,行女一篇,时有恻怛",知徐幹亦有《行女哀辞》,已佚。曹植亦有《行女哀辞》。《曹仲雍哀辞》为曹丕的中子曹喈而作,数篇作品创作时间应该大致相同。据《文选》中谢灵运《拟魏太子邺中诗》李善注补"家王征蜀汉"④,疑为曹植《行女哀辞》序中脱文,考曹操征蜀汉时间,《三国志·魏书·武帝纪》载"(建安二十三年)秋七月,治兵,遂西征刘备"⑤,则几篇哀辞或作于建安二十三四年间,《金瓠哀辞》作于建安二十一二年间,正是曹丕与曹植嫡子之争趋于激烈之时。

哀辞对象既为夭折之子,自然不用记述功业,痛惜、哀伤是它的主要内容。"原夫哀辞大体,情主于痛伤,而辞穷乎爱惜。幼未成德,故誉止于察惠;弱不胜务,故悼加乎肤色"⑥,刘勰认为这种哀情主要通过对天资和容貌的描述表现出来,而曹植哀辞则很少这方面的内容,仅在《金瓠哀辞》序中提到"虽未能言,固以授色知心矣"而已。曹植的哀辞因为是为爱女或侄子所作,笔墨全放在了哀痛的描述上,连简短的序文也因其生卒时间的记录而不免令人唏嘘不已。《曹仲雍哀辞》的序文更是"有意表奇"⑦,将昔日处于寒冰中的后稷、楚泽中的斗谷在鸟虎的依凭下,反而"无风尘之灾",与今日处在玄䌦文茵、罗帱绮帐、幽房闲宇

---

① 刘勰.文心雕龙·哀吊[M].范文澜,注.北京:人民文学出版社,1978:239.
② 陈寿.三国志·卷二十二·陈群传[M].裴松之,注.北京:中华书局,1959.
③ 陈寿.三国志·卷二十五·杨阜传[M].裴松之,注.北京:中华书局,1959.
④ 萧统.六臣注文选·卷三十[M].李善,吕延济,刘良,等注.北京:中华书局,1987:579.
⑤ 陈寿.三国志·卷一·武帝纪[M].裴松之,注.北京:中华书局,1959.
⑥ 刘勰.文心雕龙·哀吊[M].范文澜,注.北京:人民文学出版社,1978:240.
⑦ 李兆洛.骈体文钞[M].郑州:中州古籍出版社,1990:578.

之中,又有慈母良保照料,却"六旬而夭没"的曹嗐进行对比,上四下六的排比句形成了急促的语势,从侧面烘托出绵绵弱子的早夭带来的沉痛之情。刘克庄《后村诗话·续集卷二》引《仲雍哀辞》序文的一部分,并做了"文字丽密有如此者"①的评价。李兆洛《骈体文钞·卷二十六·诔祭类》亦收有《曹仲雍哀辞》。

曹植的诔文除了《光禄大夫荀侯诔》《文帝诔》在形式上以四言体为主,另有六言句以外,其余均是四言体;而他的三篇哀辞则以六言句为主,以赋体形式写成,有很明显的赋化趋势,语句虽平淡,情感却极沉痛。从建安开始,以自己子女为写作对象的哀辞逐渐增多,其中的切肤之痛凝重而绵长。如果说《曹仲雍哀辞》对送葬场面中"阴云""悲风"等哀景的描绘尚有较浓的礼仪色彩的话,《金瓠哀辞》《行女哀辞》则纯粹是情感的宣泄,《金瓠哀辞》前半部分为六言句,语气舒缓,情感凝重,后半部分转为四言句,语气短促,情感似因哽咽而戛然而止。司马迁说:"夫天者,人之始也;父母者,人之本也。人穷则反本,故劳苦倦极,未尝不呼天也;疾痛惨怛,未尝不呼父母也。"(《史记·屈原列传》)这两篇哀辞都有对天地的哀号与质问:"何见罚于皇天""天地长久,人生几时""天盖高而无阶,怀此恨其谁诉"。"前哀未阕""新殃重来"之时,处于兄弟相争的穷途末路,个中滋味欲说还休,语虽浅意却深,哀婉的忧伤久久挥之不去。曹植另有《慰子赋》:"彼凡人之相亲,小离别而怀恋。况中殇之爱子,乃千秋而不见。入空室而独倚,对床帷而切叹。痛人亡而物在,心何忍而复观。日晼晚而既没,月代照而舒光。仰列星以至晨,方沾露而含霜。惟逝者之日远,怆伤心而绝肠。"虽未指明"中殇之爱子",其中物是人非、天人永隔的情感与哀辞一样,令听者伤心、闻者落泪。挚虞认为"哀辞之体,以哀痛为主,缘以叹息之辞"(《全晋文·卷七十七·文章流别论》),曹植的哀辞即典型代表,对后世影响很大。梁简文帝萧纲的《大同哀辞》中有语句"藉绮茵于弱肌,隐孩笑于罗帷","绮茵"一词化用《曹仲雍哀辞》中的"玄绋文茵""罗帱绮帐","孩笑"一词化用《金瓠哀辞》"向孩笑而未言",而"金鹿之恨涕沾衣,金瓠之哀还掩扉"一句更是点明对曹植《金瓠哀辞》、潘岳《金鹿哀辞》的效仿。也许是哀辞仅以早夭的幼儿为对象,在创作上受到一定的限制,而其抒情性又不如传统的辞赋文体,建安时曹植的《慰子赋》、曹丕的《悼夭赋》、王粲的《伤夭赋》,都是伤悼弱子的赋作,从唐代以后,哀辞这种伤悼文体就逐渐衰弱了。

四、品今吊古的吊文

建安时期的吊文有阮瑀《吊伯夷》、王粲《吊夷齐文》、麋元《吊夷齐文》和祢衡《吊张衡文》四篇。

前三篇吊文写作对象相同,且吊文开头出征一事,阮文"余以王事,适彼洛师",王文"岁旻秋之仲月,从王师以南征",麋文"少承洪烈,从戎于王",同为经首阳山而作。据《三国志·魏书·武帝纪》,曹操于建安十六年(211年)七月西征马超、韩遂,曹植与文士王粲、阮瑀、徐干等随行,八月至潼关,由邺而西南,道近首阳山。行军经过骊山时,曹植作《述征赋》感叹秦政;过三良冢时,曹植、王粲、阮瑀皆有咏史诗②,这三篇吊文也应该是行军途中

---

① 刘克庄.后村诗话[M].北京:中华书局,1983:102.
② 刘知渐.建安文学编年史[M].重庆:重庆出版社,1985:39-41.

吊古抒怀的作品。

伯夷、叔齐一直被人们认为是古之贤人,二人谦让君位,独行其志,耻食周粟,采薇而食,饿死首阳的故事人尽皆知,更被后人奉为抱节守志的典范,孔子、孟子、墨子、管子、韩非子、庄子、屈原、司马迁、董仲舒、东方朔、匡衡、严忌、冯衍、杜笃、班固、蔡邕等人或为文赞其志节,或借以抒不遇之感与贤人失志的无所适从。

关于伯夷、叔齐的吊文,东汉时已有胡广《吊夷齐文》,刘勰曾比较过胡广、阮瑀、王粲的三篇同题吊文:"胡、阮之吊夷齐,褒而无间,仲宣所制,讥诃实工。然则胡阮嘉其清,王子伤其隘,各其志也。"①胡文重在赞其洁身自好,阮文重在扬其仁德之行,王文虽然认为其行为足以"厉清风于贪士,立果志于懦夫",却不符合天下为公的大道,态度上虽有"讥诃",实仍以钦慕为主。刘勰并未提到糜元的同题吊文,糜文则将伯夷、叔齐大大挖苦、嘲笑了一番:"所在谁路,而子绝之? 首阳谁山,而子匿之? 彼薇谁菜,而子食之? 行周之道,藏周之林,读周之书,弹周之琴,饮周之水,食周之芩。□谤周之主,谓周之淫。"连续的反问与排比句式将情感抒发得淋漓尽致,然后总结:"是诵圣之文,听圣之音。居圣之世,而异圣之心。"一个"异"字全盘否定了伯夷、叔齐作为古之贤人的形象,故此谭献评曰"块垒填膺"②。刘勰说这几篇吊文态度与价值取向虽不同,只是"各其志也"。历事六帝、清廉正直的胡广"援翰录吊"是为了"舒怀";阮、王、糜三文可能是随军时的同题应制之作,据《三国志·魏书·王粲传》裴松之注"案鱼氏《典略》、挚虞《文章志》并云瑀建安初辞疾避役,不为曹洪屈。得太祖召,即投杖而起。不得有逃入山中,焚之乃出之事也",归操时曾作有"奕奕天门开,大魏应期运。青盖巡九州,在东西人怨。士为知己死,女为悦者玩。恩义苟敷畅,他人焉能乱"的琴歌,建安十六年(211 年)曹操征马超时,又作战书与韩遂③;王粲归曹后,于建安十六年迁军谋祭酒,并开始与曹丕、曹植兄弟及徐幹、陈琳、阮瑀、应场、刘桢建立密切的关系④;关于糜元史料记载不足,仅知当时或任散骑常侍。总之,三人当时感念曹操的知遇之恩,亦有建功立业的志向。曾"辞疾避役,不为曹洪屈"的阮瑀尚有对伯夷、叔齐高风亮节人格的敬仰,故在文中称"敬吊";王粲则因为伯夷、叔齐的隐遁,违背了"圣哲之大伦"而有"心于悒而感怀,意惆怅而不平"的感受;糜元更是以"受命之王""秋兰之芳"称颂曹操,从中亦可见作者人格之高下。

刘勰指出有些吊文"或骄贵以殒身,或狷忿以乖道,或有志而无时,或美才而兼累,追而慰之"⑤,祢衡的《吊张衡文》正是通过张衡的生不逢时发泄自己怀才不遇的感叹,并视张衡为知己,借以自慰。

建安吊文少有序文,作者通过对古人的凭吊而抒今我之怀,文中的古人只是排遣自我情感的凭借或诱因,刘师培在论文章有主观、客观之别时说:"吊文哀词贵抒己悲,墓志碑铭

---

① 刘勰. 文心雕龙·哀吊[M]. 范文澜,注. 北京:人民文学出版社,1978:241.
② 李兆洛. 骈体文钞[M]. 郑州:中州古籍出版社,1990:719.
③ 陈寿. 三国志·卷二十一·王粲传[M]. 裴松之,注. 北京:中华书局,1959.
④ 吴云,唐绍忠. 王粲集注[M]. 郑州:中州书画社,1984:158.
⑤ 同①240 - 241.

重在死者；主客异致,心物攸分。"①"己悲"是通过幽然思古的情怀间接流露出来的,含蓄而蕴藉。正因为如此,吊文注重辞藻的典丽,多用对比、比喻等手法从侧面烘托。《吊张衡文》将张衡的处境与其"清和""达机"的品行及身后的声名一一对比,句式整饬,情不空泛,刘勰评曰："祢衡之吊平子,缛丽而轻清。"②祢衡一贯的狂狷在形象生动的比喻中变得幽远而荡气回肠,透露出深深的无奈。不独此文,祢衡的《鹦鹉赋》《鲁夫子碑》《颜子碑》等中都可看到他清狂的形象,郦道元评价祢衡："恃才倜傥,肆狂狷于无妄之世,保身不足遇非,其死可谓咎,悔之深矣。"③王文全篇用楚辞体,相对于四言韵语,楚辞体更便于抒发这种品今吊古的幽然思古之情。

五、哀策

《汉书·景帝纪》中首次将策与诔、谥联系在一起④,策与致哀之文开始发生联系,至东汉时已有明确的关于哀策的记载,如《后汉书·卷九十六·礼仪志》："(大丧时)太祝令跪读谥策,太尉再拜稽首。治礼告事毕,太尉奉谥策,还诣殿端门。……大行车西少南,东面奉策,太史令奉哀策立后。太常跪曰'进',皇帝进,太尉读谥策,藏金匮,皇帝次科藏于庙。太史奉哀策苇箧诣陵。……司徒跪曰'大驾请舍',太史令自车南,北面读哀策。……司徒、太史令奉谥、哀策。"而曹丕的《武帝哀策文》是现存最早的哀策文。《三国志·卷二·文帝纪》："黄初元年,十一月,癸酉……追尊皇祖太王曰太皇帝,考武王曰武皇帝。"哀策文当作于此时。

挚虞《文章流别论》说："今所谓哀策者,古诔之义。"从体制上来说,哀策文也应和诔文一样,以述德和叙哀为主要内容,哀策毕竟是用于迁移帝王棺木的策书,有着很强的礼仪性,它的叙哀应显示出作为策书的庄重性。曹丕的《武帝哀策文》并没有对曹操功业的记述,开篇"痛神曜之幽潜,哀鼎俎之虚置"用形象的比喻写出曹操之死带来的深切的哀痛,接着从父子亲情的永隔感叹哀情,最后描述出殡的情景,叙述与抒情相结合。刘师培指出："深情文字,若吊祭哀诔文类,应以缠绵往复为主,苟用庄重陈腐语,即为不称。"⑤因为没有对功德的称述,再加上父子的关系,虽为饰终之哀策文,曹丕并没有太多的"庄重陈腐语",反而有一种真切的孤独感。

六、祭文

祭文来源于古代的祭祀活动,其中又有祭神与祭故旧之别,吴讷在《文章辨体序说》中指出："祷神以悔过迁善为主,祭故旧以道达情意为尚。"⑥曹操的《祀故太尉桥玄文》可以说

---

① 刘师培.汉魏六朝专家文研究[M].南京:独立出版社,1945:44.
② 刘勰.文心雕龙·哀吊[M].范文澜,注.北京:人民文学出版社,1978:241.
③ 郦道元.水经注[M].杭州:浙江古籍出版社,2001:541.
④ 见《汉书·卷五·景帝纪》："(中元)二年春二月,令诸侯王薨、列侯初封及之国,大鸿胪奏谥、诔、策。列侯薨及诸侯太傅初除之官,大行奏谥、诔、策。"
⑤ 同①73.
⑥ 吴讷.文章辨体序说·祭文[M].北京:人民文学出版社,1962:54.

是现存最早的祭故旧之文,任昉《文章缘起》载有东汉杜笃的《祭延钟文》,可惜已佚。

《祀故太尉桥玄文》作于建安七年(202年):"(建安)七年春正月,公军谯,……遂至浚仪,治睢阳渠,遣使以太牢祀桥玄。"①祭文开头称述桥玄的德行,刘勰说:"若乃礼之祭祀,事止告飨;而中代祭文,兼赞言行,祭而兼赞,盖引神而作也。"②接着以主要篇幅缅怀桥玄的知遇之恩,回忆昔日的戏笑之言,二人当时的亲密之情景如同再现。刘师培说:"祭文吊文亦可发挥自己之交谊。"③在祭文中回忆往日之交谊,影响到后来很多伤悼散文的创作,如北宋大文豪苏轼在他悼念性的记人散文《文与可画筼筜谷偃竹记》中也借用了这种方式,并明言对曹操祭文的模仿:"元丰二年正月二十日,与可没于陈州。是岁七月七日,予在湖州曝书画,见此竹,废卷而哭失声。昔曹孟德《祭桥公文》,有'车过''腹痛'之语,而予亦载与可畴昔戏笑之言者,以见与可于予亲厚无间如此也。"④都用极平淡的语言抒发了极沉痛的伤悼之情。祭文最后"裁致薄奠,公其尚飨",与开头的"引神"之赞相照应,文辞跌宕,结构浑然,清峻通脱的散句使情感更加深挚而不造作,堪称"一掬痛洒在奖助其成才者墓前的泪水"⑤,据《后汉书·桥玄传》,曹操"常感其知己。及后经过玄墓,辄凄怆致祭"⑥,可见曹操感念桥玄感情之真、之深。

总体考察建安伤悼散文的题材,虽然士人们已开始将目光转向亲朋好友的私密关系,也开始反观自我生命的脆弱和价值,但仍有一部分内容是空白的,那就是夫妻之间的悼亡散文。姜志燕、张蔚在《论建安悼亡题材的缺失性》一文中分析了悼亡主题的文学创作在政权更替及社会动荡的建安时代,尤其是受到社会习惯和礼法的约束,文士们不便于直接抒发夫妻间的感怀之情,而更多的是采用寡妇、弃妇、思妇、怨妇等女性身份的代言体来创作,如曹植有《弃妇赋》《出妇赋》《浮萍篇》《妾薄命》《怨诗行》《七哀诗》《情诗》;曹丕有《离居赋》《出妇赋》《寡妇赋》《燕歌行》;徐幹有《室思》《情诗》《为挽船士志新娶妻别》;王粲有《寡妇赋》《杂诗》;陈琳有《饮马长城窟行》;等等⑦。

伤悼文体中除了哀辞、吊文、祭文较多达情外,其他都有述德的内容。既为追述逝者,不免溢美之词,谀墓之风可以说自伤悼文学诞生之日起即已开始,何焯《义门读书记·文选》说:"碑版行状之文,自蔡中郎以来,皆华而无实。"⑧建安时期同样如此,虞预《会稽典录》载:"魏曹植为东阿王,东阿先有三十碑铭,多非实,植皆毁除之。以(虞)歆碑不虚,独全焉。"⑨曹操禁碑也有其华而不实的缘故。曹丕《典论·论文》言"铭诔尚实",正始时桓范《世要论·铭诔》篇说:"夫渝世富贵,乘时要世,爵以赂至,官以贿成。……此乃绳墨之所加,流放之所弃。而门生故吏,合集财货,刊石纪功,称述勋德,高迈伊、周,下陵管、晏,远

---

① 陈寿.三国志·卷一·武帝纪[M].裴松之,注.北京:中华书局,1959.
② 刘勰.文心雕龙·祝盟[M].范文澜,注.北京:人民文学出版社,1978:177.
③ 刘师培.汉魏六朝专家文研究[M].南京:独立出版社,1945:53.
④ 苏轼.苏轼文集·卷十一[M].北京:中华书局,1986:366.
⑤ 张长明.一掬成才者的泪——谈曹操《祀故太尉桥玄文》[J].艺谭,1982(2):138.
⑥ 范晔.后汉书·卷五十一·桥玄传[M].李贤,等注.北京:中华书局,1965.
⑦ 姜志燕,张蔚.论建安悼亡题材的缺失性[J].阿坝师范高等专科学校学报,2006(1):79-81.
⑧ 何焯.义门读书记(下册)[M].北京:中华书局,1987:974.
⑨ 鲁迅.会稽郡故书杂集[M].上海:鲁迅全集出版社,1941:39.

追豹、产,近逾黄、邵。势重者称美,财富者文丽。后人相踵,称以为义。外若赞善,内为己发,上下相效,竞以为荣,其流之弊,乃至于此。欺曜当时,疑误后世,罪莫大焉。"自建安始,士人们已开始矫正伤悼文学的浮诞之风,直到韩愈、柳宗元开始采用史传的实录原则创作才有所改观,但仍不免虚饰夸张,这应该是由饰终之典文的礼仪色彩所决定的。

第二节 "美丽"韵文:颂赞铭箴

汉代辞赋的繁荣使各种文体均受到了影响,尤其是以四言韵语为规范体式的颂、赞、铭、箴四种文体。"汉代是赋文学的时代,但汉代的赋又不都是以赋名篇的。诸如颂、赞、箴、铭,因其较注重句式的整饬和用韵、换韵……而且大多数篇章文辞繁富,重在铺陈,与赋实为同体异用。"①这种观点虽有些武断,但仍揭示出韵文文体之间更易互渗和影响,故列为专节,并分别论述之。

一、称美述德的颂文

最初的"颂"与初民的原始宗教活动有关,关于其本义,学界有多种不同的说法②,但颂作为一种文体出现,则普遍认为是在汉代,而且先秦颂诗,如《诗经》中《商颂》《周颂》《鲁颂》、屈原《橘颂》及秦代李斯的刻石文中已经从内容和形式上涵盖了后世颂文的基本形态。从内容上来说,后世颂文大多是颂扬先祖圣贤的文治武功和美德、颂美细物或者礼赞帝王的征伐巡狩;从形式上来说,颂文以四言句式为主,以韵语写成。建安颂文在经过两汉的发展之后,呈现出独有的异彩。

(一)颂文辨体

颂文作为一种韵文文体,在两汉时期产生并非偶然,离不开前代各种因素的积累,更主要的是两汉时期主流文学样式——辞赋的繁荣,"在辞赋的推动下,汉代还出现了各种四言韵文样式,如颂、连珠、赞……在后代大都仍属流行的文体,产生过大量的作品。"③这就使得颂文从一诞生就不可避免地带有一种赋化的倾向。

两汉时期文体观念较为模糊、宽泛,常常赋颂并称,或有时称赋为颂,但却几乎从不以赋称颂,此时尚未出现专门的颂文理论。直至东汉中期,赋与颂在文人的观念中似乎也尚未分别,明显的例证是班固《汉书·艺文志·诗赋略》中收入了不少颂作,如"刘向赋三十三篇中有《高祖颂》,王褒赋十六篇中有《圣主得贤臣颂》《甘泉宫颂》《碧鸡颂》,又李思有《孝景皇帝颂》十五篇",程千帆认为这些作品"苟赋之属,则颂亦赋也"④,"以此推之,知董仲舒之《山川颂》,东方朔《旱颂》,吾丘寿王《骠骑将军颂》(见《后汉书·班固传》),淮南王

---

① 万光治.汉赋通论[M].成都:巴蜀书社,1989:79.
② 陈开梅.先唐颂体研究[M].广州:中山大学出版社,2007:1-12.
③ 章培衡,骆玉明.中国文学史[M].上海:复旦大学出版社,1997:178.
④ 程千帆.闲堂文薮[M].济南:齐鲁书社,1984:249-250.

之《国都颂》(见本传)……亦当或入赋家,或在其所著书中,皆不特著其目"①。程章灿说:"显然都是将赋颂二者合一,等同视之。从《汉书·艺文志》的著录情况看,颂在当时乃赋之别名,是赋的一个组成部分。"②刘永济亦有此论:"盖不仅赋、颂可通为一名,实亦成于敷布,又皆为不歌而诵之体也。"③但刘永济还提出应该以发展变化的观念看待文体的发展:"若夫名实之异,体用之殊,后贤于此,每多诟病。斯固综核之正术,非变通之微旨矣。"④虽然在理论或观念上没有明确区分这两种文体,但作者在创作实践上还是有意或无意地将它们区分开来,而且愈到汉末,这种文体辨析的意识愈是鲜明,如王延寿《鲁灵光殿赋序》云:"嗟乎!诗人之兴,感物而作。故奚斯颂僖,歌其路寝,而功绩存乎辞,德音昭乎声。物以赋显,事以颂宣,非赋非颂,将何述焉。"赋颂的混称或并称,并没有掩盖二者的不同,反而刺激了赋与颂的辨体意识,"物以赋显,事以颂宣",赋常常用来体物状物,颂常常与宣德之事有关,王充《论衡·须颂篇》中就详细阐述了创作颂体的必要场合和功用。

东汉后期政治混乱,礼乐崩坏,对此时的颂文创作,王符《潜夫论》说:"今赋颂之徒,苟为饶辩屈蹇之辞,竞陈诬罔无然之事,以索见怪于世。愚夫戆士,从而奇之。此悖孩童之思,而长不诚之言者也。"⑤当时的世俗文人用"饶辩屈蹇之辞"竞相称颂所谓的"诬罔无然之事",方能"见怪于世",助长了"不诚之言"的传播,其中虽然有不苟同于世俗的愤激之辞,却也反映了当时夸饰、虚泛的颂文创作风格(当然这也与颂体本身的功用和价值有关)。曹丕也在《答卞兰教》中说:"赋者,言事类之所附也;颂者,美盛德之形容也。故作者不虚其辞,受者必当其实。""不虚辞""必当实"也强调了颂文创作的真实性。在这种求实务实观念的影响下,建安时期的颂文,除了对前世颂美宏大的主题和内容的沿承外,也出现了一些美细物和托物言志的平民化、日常化的作品。

晋代挚虞的《文章流别论》是我国历史上第一部研究文体的专论,它在论述颂体时说:"颂者,诗之美者也。古者圣帝明王,功成治定而颂声兴。于是史录其篇,工歌其章,以奏于宗庙,告于鬼神,故颂之所美者,圣王之德也。则以为律吕,或以颂形,或以颂声,其细已甚,非古颂之意。昔班固为《安丰戴侯颂》,史岑为《出师颂》《和熹邓后颂》,与《鲁颂》体意相类;而文辞之异,古今之变也。扬雄《赵充国颂》,颂而似雅;傅毅《显宗颂》,文与《周颂》相似,而杂以风雅之意。若马融《广成》《上林》之属,纯为今赋之体,而谓之颂,失之远矣。""后世之为诗者多矣,其功德者谓之颂,其余则总谓之诗。"(《全晋文·卷七十七》)挚虞将汉代作为文体出现的"颂"与《诗经·颂》中的"诗体"之颂等同起来,混淆了二者的区别。朱东润"举其大概论之,挚虞之在当日,与时代精神,适相背驰。自建安以降,迄于太康,文体变迁,趋势已定,仲洽之论,乃欲一一取而质之于古……莫不举古衡今,备见其旨……"⑥挚虞从儒家正统的文艺观念出发,拘泥于古代经典,虽有其局限性,但这种"原始以表末"的

---

① 刘永济.十四朝文学要略[M].哈尔滨:黑龙江人民出版社,1984:131.
② 程章灿.魏晋南北朝赋史[M].南京:江苏古籍出版社,2001:6.
③ 刘永济.文心雕龙校释[M].北京:中华书局,1962:30.
④ 同①.
⑤ 王符.潜夫论·卷一[M].上海:上海古籍出版社,1978:19.
⑥ 朱东润.中国文学批评史大纲[M].上海:上海古籍出版社,2001:35.

考镜源流的评论方式被后来的刘勰等人继承和发展。颂的体义与风雅颂的颂有关,即"美盛德而述形容""以其成功告于神明",作为诗体的颂(指《商颂》《周颂》《鲁颂》)也在语言风格和体式结构上规范着作为文体的颂,刘勰即称合《诗经》之颂的颂体文为正体,不合者为"变体""谬体"或"讹体"。刘师培亦提出过"颂"是诗之附庸的观点:"三代之时,赋颂二体,皆诗之附庸;自兹而后,蔚为大国。"①但随着时代、文化的发展,从秦汉开始,作为一种独立于诗歌的文学样式,颂的内容、形式逐渐多样化,普通的人或事物皆可入颂。颂本来是政治话语的一部分,但随着文学的自觉和人的觉醒,颂作为一种文学形式,建安以降,其社会政治功能愈来愈弱,而艺术审美功能愈来愈强,成为一种常见的文学样式。

(二)建安颂文述论

根据严可均《全上古三代秦汉三国六朝文》可知,建安时期存留的颂文共有四位作者的十六篇作品,其中较为完整者只有十篇,其他或存残句,或仅存序。相比西汉时五位作者的七篇作品,东汉时十四位作者的二十二篇作品,在作品总量上有了很大发展,而且"建安之杰"曹植一人独作十二篇,其中《列女传颂》在《隋书·经籍志》史部杂传中著录为一卷,疑为现存最早的颂文别集,现仅存两句。

1. 建安颂文在题材内容上的承继、发展

(1)帮忙或帮闲的"廊庙文学"的继续。

《文心雕龙·颂赞》曰:"四始之至,颂居其极。颂者,容也,所以美盛德而述形容也。……夫化偃一国谓之风,风正四方谓之雅,容告神明谓之颂。风雅序人,事兼变正;颂主告神,义必纯美。"②美颂传统从上古一路走来,少不得与祭祀、皇权有关的庙堂、宫廷文学产生密切的关系,这种政治性的赞歌在建安这个大动乱时代依然没有中断。两汉时期战争、征伐、巡狩、贤臣清官的颂赞较多,如班固的《窦将军北征颂》、蔡邕的《京兆樊惠渠颂》等。建安时期,颂文似乎缺失此类内容的颂赞(此类内容在建安时期多用赋体写成),关注更多的是文治,而非武功。考王粲《太庙颂》、傅嘏《皇初颂》与曹植《孔子庙颂并序》《学宫颂并序》写作年代③,或为魏国初建,或为曹魏初代汉,均是政治、军事上标志性的转折或开始。在礼乐崩坏的动乱大致结束后,尊孔崇儒、重整礼教的教化需要重新奏响了时代的强

---

① 刘师培.文心雕龙讲录[M]//中古文学论著三种.沈阳:辽宁教育出版社,1997:146.
② 刘勰.文心雕龙·颂赞[M].范文澜,注.北京:人民文学出版社,1978:156-157.
③ 关于王粲《太庙颂》,《三国会要·卷十三》引《古诗纪》"建安十八年,操为魏公,加九锡,始立宗庙,令粲作此颂,以享其先。始曰《显庙颂》,后更名《太庙颂》。"又《三国志·卷一·武帝纪》:"(建安十八年)秋七月,始建魏社稷宗庙。"又《王粲传》:"魏国既建,拜侍中。博物多识,问无不对。时旧仪废弛,兴造制度,粲恒典之。"此颂或即其所典"兴造"事之一。关于傅嘏《皇初颂》,陆侃如认为皇初即黄初,故系于220年魏文帝黄初元年。关于曹植《孔子庙颂》《学宫颂》,系于221年魏文帝黄初二年,详见张可礼《三曹年谱》。另关于曹植《学宫颂》,赵幼文《曹植集校注》"考《魏志·高柔传》:'太祖初兴,愍其如此,在于拨乱之际,并使郡县立教学之官。'则,植此颂,盖写于此时。"然《高柔传》此引文后亦有:"高祖即位,遂阐其业,兴复辟雍,州立课试,于是天下之士,复闻庠序之教,亲俎豆之礼焉。"故《学宫颂》作于曹操抑或曹丕时,无法确定,但从其残文来看,为颂德之文无疑,甚至是主动进献之作。

音。其中有应诏而作的《太庙颂》，也有主动进献的《孔子庙颂》①。前者是祭祀宗庙乐章之辞，必然要称颂曹氏祖先的美德，共三节，前两节为四言韵文，第三节为三言韵文，结构严整中有变化，典重而板滞，内容空泛，语言呆板，程式化的创作造成了此类宗庙颂德文的通病；后者同样出于"著德名颂""腾声千载"的目的，揄扬曹丕于"大道衰废，礼学灭绝卅余年"之时，修复孔庙，"褒崇大圣（指孔子）"之德，李兆洛评曰"闳约茂懿"②。

谶纬之学在两汉的盛行促进了祥瑞颂的出现，两汉时即有王褒《碧鸡颂》和已经亡佚的班固、贾逵、傅毅、杨终、侯讽五人的同题之作《神雀颂》。魏代汉时臣下亦多言祥瑞之事，中山王衮曾进献《黄龙颂》，按《三国志·卷二十·武文世王公传》："中山恭王衮……（黄初）三年（222年）为北海王，其年，黄龙见邺西漳水，衮上书赞颂。诏赐黄金十斤，诏曰：'昔唐叔归禾，东平献颂，斯皆骨肉赞美，以彰懿亲。王研精坟典，耽味道真，文雅焕炳，朕甚嘉之。王其克慎明德，以终令问。'四年，改封赞王。"惜其文已佚。这是时人进献"文雅焕炳"的颂文而获得皇帝褒奖，并建立功业的很好例证。

不管是主动地献颂邀宠，还是被动地应诏而作，颂这种特殊的文体造成了创作者处于仰视地位和接受者处于俯视地位的鲜明对比，这种地位、等级上的强烈不平等带来的是创作者主体意识的丧失和接受者特殊要求（即唯我独尊的主观意志）的膨胀，最终使得颂体文凸显为帮忙或帮闲的"廊庙文学"的一种，落入了无病呻吟，甚至阿谀奉承的尴尬境地③。这在一定程度上也造成了现在学界对颂这种文体研究相对薄弱的局面。

建安时期，随着正统价值的式微，颂文已不再只是政治性的赞歌，在题材内容上开始走向世俗，向更广的领域拓展延伸，和文士日常生活的庸常联系在了一起。

（2）美细物颂文。

《文心雕龙·颂赞》云："及三闾《橘颂》，情采芬芳，比类寓意，又覃及细物矣。"④作为"中国历史上最早、也最成功的咏物诗"⑤，屈原《橘颂》不仅开拓了后世咏物诗的范畴，而且也促进了后来咏物言志的美细物颂文的发展。刘师培说："至于屈平《九章》之《橘颂》，美及细物，乃颂之变体矣。汉魏之际，此类最多。如《菊花颂》等篇，与三代之颂殊途，然亦颂之一体。盖虽非述德告神，而与'美'之旨弗悖矣。"⑥建安时的美细物颂文有王粲的《灵寿杖颂》、曹植的《宜男花颂》《柳颂》（仅存序）、繁钦的《砚颂》。两汉时则仅有崔骃的《杖颂》、黄香的《天子冠颂》和班昭的《欹器颂》（现存六字）。此类颂文创作的题材从日常生活用品扩展到外部的自然世界，这既是文人个体意识觉醒的要求和体现，同时也是美细物颂文自身题材进一步拓展的结果。此时的美细物颂主要还是着眼于物的实用价值，或比附于

---

① 《孔子庙颂》，丁晏《曹集诠评》题作"制命宗圣侯孔羡奉家祀碑"，碑现存于今曲阜市。《隶释·卷十九》载此碑为曹植词，梁鹄书，碑本后有"陈思王曹植正书"七字，而丁晏认为此碑为洪氏题，梁鹄书。应为曹植之作无疑，从其内容及被同时人题写于碑上可见当是主动进献之作。

② 李兆洛.骈体文钞[M].郑州：中州古籍出版社，1990：9.

③ 郭宝军.中古颂文研究[D].桂林：广西师范大学，2003：47-48.

④ 刘勰.文心雕龙·颂赞[M].范文澜，注.北京：人民文学出版社，1978：157.

⑤ 郭杰，李炳海，张庆利.先秦诗歌史论[M].长春：吉林教育出版社，1995：288页

⑥ 刘师培.刘师培中古文学论集[M].北京：中国社会科学出版社，1997：150-151.

德,如曹植《宜男花颂》①、王粲《灵寿杖颂》②、繁钦《砚颂》等;或咏物以言志,如曹植《柳颂》,原文虽已亡佚,但现存序文告诉我们这是一篇"聊戏刊其枝叶……以讥当今之士"的作品③。颂文中尚未出现具象化的纯粹描写的语句,《宜男花颂》中"其晔伊何,绿叶丹花。光采晃曜,配彼朝日",《灵寿杖颂》中"奇干贞正,不待矫揉。据贞斯直,杖之爰茂",这类对物态的描述仍是着眼于德用的点染之笔,直到两晋南北朝时期,如江淹《草木颂》等,美细物颂文才逐步发展为脱离德用的怡情之作。

(3)"帮不上忙的不平与不屑帮忙的清高"④。

曹植的一生,经历复杂,从"戮力上国,流惠下民,建永世之业,流金石之功"(《与杨德祖书》)的慷慨报国,到几被曹操立为太子,再到黄初、太和年间,蒙受罪责,饱受迁徙流离之苦,颂美已不再是他的颂文唯一或最终的目的。如他的《社颂》,《太平御览·卷五百三十二》作《赞社文》,其序文简单交代了从黄初二年封鄄城侯、黄初四年转雍丘、太和三年又为东阿王的辛酸经历,"皆遇荒土""经离十载⑤,块然守空,饥寒备尝"的言语中似乎流露出些许的不满。此篇颂文现虽非全篇,但其内容并非像《转封东阿王谢表》以感念恩泽为主,而是祈求丰收的篇章,语言古朴,感情虔诚。

曹植的颂文还有讽谏政事和劝美惩恶的内容,如《皇太子生颂》《柳颂》等。《三国志·魏书·明帝纪》:"(太和五年秋,七月)乙酉,皇子殷生,大赦。"⑥曹叡"屡失皇子"⑦,此次子嗣诞生,全国欢庆,夏侯玄有《皇胤赋》,曹植有《皇太子生颂》。刘勰在《文心雕龙·颂赞》里说:"原夫颂惟典雅,辞必清铄;敷写似赋,而不入华侈之区;敬慎如铭,而异乎规戒之域。"⑧颂应是"义必纯美"的"揄扬"之辞,而夏侯玄与曹植之作除了形式上一是骚体之赋,一是四言韵文的颂之外,内容上皆借皇子诞生,含蓄而委婉地劝谏皇帝关注民瘼,"殊惠洽乎黎民,崇施畅于无外。爵群兆以布德,赦殊死以示仁。黔首咏而齐乐,愿皇祚之日新。"(《皇胤赋》)"喁喁万国,炭炭群生。禀命我后,绥之则荣。"(《皇太子生颂》)作为"讹体"的《皇太子生颂》与曲终奏雅的赋体在内容和主题上并无区别,刘勰评曰:"陈思所缀,以皇子

---

① 关于宜男花,《艺文类聚·卷八十一》引《风土记》云:"宜男,草也。高六七尺,花如莲,宜怀妊妇人,佩之必生男。"又嵇含《宜男花序》曰:"宜男花者,世有之久矣……世人多女,欲求男者,取此草服之,尤良也。"

② 关于灵寿杖,《汉书·孔光传》:"赐太师灵寿杖。"颜师古注曰:"木似竹,有枝节,长不过八九尺,围三四寸,自然有合杖制,不须削治也。"宋周密《癸辛杂识续集上·灵寿杖》:"灵寿杖出西域,自黄河随流而出,不知为何木?其轻如竹,而性极坚韧。"王粲《灵寿杖颂》以颂杖为题,意在"兹仗灵木,以介眉寿"。

③ 晋代苏彦《女贞颂》云:"昔东阿王作《杨柳颂》,辞意慷慨,旨在其中。"考文中意,曹植《杨柳颂》与《柳颂》当为一文。从苏彦语亦可看出颂文是以慷慨的辞意传达主旨。

④ 郭宝军.中古颂文研究[D].桂林:广西师范大学,2003:58.

⑤ 据赵幼文《曹植集校注》,"十载"疑当作"七载",曹植自黄初二年封鄄城侯至太和三年转封东阿王共七年。汉代七与十字形近多致误。

⑥ 陈寿.三国志·卷三·明帝纪[M].裴松之,注.北京:中华书局,1959.

⑦ 因曹叡屡失皇子事,曹植作有《宜男花颂》,王朗有《屡失皇子疏》,高柔有《谏大兴殿舍广采众女疏》,文中多借用《诗经·螽斯篇》希望曹叡多子多孙。

⑧ 刘勰.文心雕龙·颂赞[M].范文澜,注.北京:人民文学出版社,1978:158.

为标。"①《柳颂》则是曹植闲暇出游之时,"过友人杨德祖之家,视其屋宇寥廓,庭中有一柳树,聊戏刊其枝叶。故著斯文,表之遗翰,遂因辞势,以讥当今之士"的作品。曹植还有为古之贤士谋臣而作的碑颂《郦生颂》(文已佚)和为贤后贞妇而作的《列女传颂》《母仪颂》《贤明颂》②等。《郦生颂序》说:"余道经郦生之墓,聊驻马,书此文于其碑侧。"建安时期称美述德的颂文被刻写在碑上,成了碑文颂扬内容的一部分。

曹植的汲汲用世与慷慨报国之需求长期得不到满足,自然生发出超然于政事之外的矛盾心理,"试图在个体生命的感性存在中体验到超感性本体的存在,以求得精神和心灵的安宁"③。在道教、玄学的影响下,曹植也写作了神仙隐逸题材的颂文,这是他避世远害而做的无奈的挣扎,也是获得内心平衡和宁静的一种自我疗救的方式。《冬至献袜颂》乃是一篇冬至之时的主动进献之作,沈约《宋书·礼志》曰:"魏、晋则冬至日受万国及百僚称贺,因小会,其仪亚于岁旦……"④冬至是建安时的一个重要节日,曹植《冬至献履袜颂表》当为同年所作,"伏见旧仪,国家冬至,献履贡袜,所以迎福践长,先臣或为之颂"。此处"先臣或为之颂"未知所指,或指东汉崔骃《冬至袜铭》和李尤《文履铭》,曹植"既玩其嘉藻,愿述朝庆",故《冬至献袜颂》除了"朝庆"之外,更有逞文才争胜之嫌,语句"南窥比户,西巡王城。翱翔万域,圣体浮轻",借用西王母的故事,以"浮轻"象征仙人,恭祝曹叡永享遐龄⑤。如果说《冬至献袜颂》还披着"廊庙颂美文学"的外衣,《玄俗颂》⑥则明显是两汉时期神仙隐逸的颂文,如班固《安邱严平颂》、崔琦《四皓颂》、崔骃《四皓墟颂》)的延续,这三篇颂文已难见全貌,《玄俗颂》保存尚完整,四言八句,一韵到底,可见对玄俗"无影""自静"的仰慕,更可见曹植对尘世的逃避。

2. 建安颂文在艺术风格上的特色

(1) 语词与句式的拟古风尚。

刘勰说:"若夫子云之表充国,孟坚之序戴侯,武仲之美显宗,史岑之述熹后,或拟《清庙》,或范《駉》《那》,虽浅深不同,详略各异,其褒德显容,典章一也。"⑦两汉时期的这四篇

---

① 刘勰.文心雕龙·颂赞[M].范文澜,注.北京:人民文学出版社,1978:158.
② 《全晋文·卷五十九》成公绥亦有《贤明颂》,注引《艺文类聚·卷十五》,所异之处"晏起失朝"句为"晏起早朝"。参上下文意,"失"字为当。疑二文实一。按"贤明"本《列女传》旧题,《隋书·经籍志》史部杂传著录曹植《列女传颂》一卷,故《贤明颂》为曹植之作可能性较大。本书定为曹植之作。
③ 许辉,邱敏,胡阿祥.六朝文化[M].南京:江苏古籍出版社,2001:71.
④ 沈约.宋书·卷十四·礼志一[M].北京:中华书局,1974.
⑤ 关于"浮轻"一词,刘勰《文心雕龙·指瑕》言:"陈思之文,群才之俊也;而……《明帝颂》云,圣体浮轻。浮轻有似于胡蝶,……施之尊极,岂其当乎?"赵幼文认为"浮轻"象征仙人,刘氏指摘,或失原旨,说详见曹植.曹植集校注[M].赵幼文,校注.北京:人民文学出版社,1984:490.
⑥ 《全晋文·卷一百三》陆云《登遐颂》,为秦汉以来二十一位仙圣作颂,中有玄洛。内容与曹植《玄俗颂》大致相同,陆云《与兄平原书》十六云:"省《登遐传》因作《登遐颂》,须臾便成……"是以士龙确有《登遐颂》。《玄洛颂》疑误收入曹植集中,但无确证,俟考。玄俗,河间人,河间故赵国,是曹操封魏公的十郡之一,曹植或在曹操封魏公之后作此颂也未可知,也可能因内容误入《登遐颂》,本书仍定为曹植之作。
⑦ 同①157.

颂文拟范经典,将经典奉为圭臬。建安时期的颂文亦如此。颂文的颂美传统在一定程度上带来了程式化的规范创作,造成了情感的僵化和形式的呆板,尤其表现为对前代典籍,如《诗经》《论语》《尚书》等的因袭、模拟。可以曹植《孔子庙颂》为例:

《孔子庙颂》原文	出处
煌煌大魏,受命溥将	《诗经·商颂·那》:我受命溥将
嘉彼玄圣,有邈其灵	《诗经·大雅·生民》:以赫厥灵
莘莘学徒,爰居爰处	《诗经·邶风·击鼓》:爰居爰处?爰丧其马?
王教既备,群小遒沮	《诗经·小雅·巧言》:乱庶遒沮
殊方重译,搏拊扬歌	《尚书·益稷》:搏拊琴瑟以咏
仲尼既没,文亦在兹	《论语·子罕》:文王既没,文不在兹乎
思皇烈祖	《诗经·大雅·皇矣》:皇矣上帝
时迈其德	《诗经·周颂·时迈》
于穆清庙,翼严休征	《诗经·周颂·清庙》:于穆清庙,肃雍显相
厥德允升	《易·升》:允升大吉
设璧羽	《礼记·明堂位》:周之璧翣

静穆斋庄的语言形式,与颂文歌功颂德、庙堂祭祀等神圣崇高的主题相结合,构成庄严肃穆、雍容典雅之文体风格,使得形式与内容,即雍容肃穆的语体色彩与虔诚恭敬的感情基调浑融为一体。遣词用语虽稍嫌生涩古奥,但发语词和衬字的适当运用,使行文语气庄重而舒缓,情感古朴而丰腴。

(2)建安颂体的赋化。

两汉时出现了很多赋体形式写成的颂文,如王褒《洞箫颂》、马融《广成颂》《上林颂》,这应是受到屈原《橘颂》的影响。挚虞《文章流别论》云:"若马融《广成》《上林》之属,纯为今赋之体,而谓之颂,失之远矣。"刘勰也认为:"马融之《广成》《上林》,雅而似赋,何弄文而失质乎!"① 范文澜有言:"《孟子·万章篇》:'颂其诗。'颂诗,即诵诗也。故《橘颂》即《橘诵》,亦即《橘赋》。推之汉人所作,尚存此意,王褒《洞箫颂》即《洞箫诵》,亦即《洞箫赋》。马融《广成颂》即《广成诵》,亦即《广成赋》。盖诵与赋二者音调虽异,而大体可通,故或称颂,或称赋,其实一也。"② 建安颂体文也延续了这种赋化的趋势,如繁钦的《砚颂》③即以骚体的形式写成的:

有般倕之妙匠兮,睨诡异于遐都。稽山川之神瑞兮,识璇之内敷。遂紫绳于规矩兮,假下氏之遗模。拟浑灵之肇制兮,效羲和之毁隅。钩三趾于夏鼎兮,象辰宿之相扶。供无穷之秘用兮,御几筵而优游。

---

① 刘勰.文心雕龙·颂赞[M].范文澜,注.北京:人民文学出版社,1978:157.
② 同①161.
③ 徐坚,等.初学记·卷二十一[M].北京:中华书局,1962:519.

全篇一韵到底,极力铺写砚之采制过程,尽显流畅之美。

(3)语言形式的骈俪化。

颂文崇尚并效仿《诗经》的四言句式,经历了从杂言到四言的发展过程,而建安时期却以四言为主,出现了骚体、杂言等多种语言形式,一般两句为一节奏和停顿,庄重而舒缓,而对句的大量使用,使原本为韵文的颂文呈现出很强的骈俪化趋势。如傅嘏《皇初颂》即大量运用对句,且对句的形式多种多样,既有单句对,又有复句对。单句对根据字数的不同,有三言对句,如"登雕辇,戴羽盖""歌九功,舞八佾";有四言对句,如"白雉素乌,丹芝朱鱼""佩玉锵锵,銮声哕哕";有五言对句,如"应天之美瑞,受命之灵符";有六言对句,如"览公卿之谠议,询百僚之典谟""建皇初之上元,发旷荡之明诏";有七言对句,如"甘露霄零于宫庭,醴泉冬涌于中原"。复句对,如"寻盛德以降应,著显符于方臻。积嘉祚以待期,储鸿施于真人"。除对句外,还使用多组短句组成的排比句,如"应灵运以承统,排阊阖以龙升。摅皇象以阐化,顺帝则以播音。遵阳春以行施,揆四时以立信。运聪明以举善,宣柔惠以养人"八组六言短句、"拜上皇,告受位;兆休祚,导神气"四组三言短句。对句和排比句的使用使本为韵文的《皇初颂》行文更为整饬,音韵更加和谐,节奏感更加强烈。再借助连接虚词的起承转合,文章在抑扬顿挫之间,完美地体现了气势宏大的颂德主题。

(4)颂文之序

两汉时期的颂文即已出现序,如崔骃《四巡颂》每篇皆有序,交代巡狩的时间、行程和献颂的动机。这些序文多为散体,一般是对颂文创作背景的介绍,但其篇幅常常超过正文,故刘勰《文心雕龙·颂赞》说:"至于班、傅之《北征》《西征》,变为序引,岂不褒过而谬体哉!"① 刘勰将带有序引的颂文称为"谬体"。但随着时代的发展,这种"谬体"反而越来越常见了。建安颂文有序者五篇,皆为曹植之作,几乎占其颂文总量的一半。刘师培认为:"颂之正文既以叙事为主,序文仍叙事,则有叠床架屋之弊。"② 虽然指出序文有其弊端,但其文献、文学价值不容忽视,《柳颂》《郦生颂》正是因序文而得以存目,而且分别成为咏物托志颂文和颂文入碑文的代表作品。

建安颂序皆为无韵的散体,语言平实,交代了创作背景和缘起,有主动进献的《孔子庙颂序》,有咏物以言志的《柳颂序》,有对古代贤士谋臣颂赞的《郦生颂序》。序文部分扩大了颂文本身四言为主的韵文的表现内容,是对颂体典雅规范的一种突破,也是各种文体之间互相渗透、影响的结果。

文体是随着时代的发展而变化的,我们不能拘泥于古代的规范和程式。刘勰关于颂体提出了所谓的"正体""变体""讹体"抑或"谬体",他的这种建立在"原道""征圣""宗经"基础上的颂体观,在一定程度上忽视了文体发展的实际和客观要求。

二、阐释颂美的赞文

关于赞体文的起源,当今学界基本认定与上古至先秦时期祭祀、明事或释理时唱诵的赞辞有关,为便于口头上的宣读和记忆,赞辞在体制上逐渐定型为简短明朗的四言韵文的

---

① 刘勰.文心雕龙·颂赞[M].范文澜,注.北京:人民文学出版社,1978:157.
② 刘师培.刘师培中古文学论集[M].北京:中国社会科学出版社,1997:152.

形式。刘勰《文心雕龙·颂赞》曰:"赞者,明也,助也。"①赞美或颂美是"赞"的后起之义。

(一)颂、赞在建安时的混同使用及其差异

刘师培说:"赞之一体,三代时本与颂殊途,至东汉以后,界囿渐泯。考其起源,实不相谋。赞之训诂:(一)明也;(二)助也。本义惟此而已。……逮及后世,以赞为赞美之义,遂与古训相乖。"②古时的赞辞本来只有阐明和辅助的功能,"昔虞舜之祀,乐正重赞,盖唱发之辞也。及益赞于禹,伊陟赞于巫咸,并扬言以明事,嗟叹以助辞也"③,几篇古赞正是"扬言明事"的"唱发之辞",但纯粹客观、无动于衷地阐明事理的辅助性赞辞并不多见,既然"嗟叹以助辞""事生奖叹",就不可避免在赞辞中流露出或褒或贬的情感、态度或评价。"汉置鸿胪,以唱拜为赞,……至相如属笔,始赞荆轲。及迁史固书,托赞褒贬"④,因此徐师曾《文体明辨序说》认为:"昔汉司马相如初赞荆轲,其词虽亡,而后人祖之,著作甚众。"⑤司马相如的《荆轲赞》⑥虽已亡佚,但他首创赞体文,对司马迁和班固在史书中以"太史公曰"和"赞曰"形式出现的史赞有所影响,也促进了其他形式和内容的赞体文的发展。

1. 颂、赞二体的混用与界限的模糊

汉代有描画功臣贤能之士以示表彰、纪念或警戒的风尚⑦,这在《汉书》和《后汉书》中有大量记载。李充《翰林论》说:"容象图而赞立。"这些图画大都与人物有关,围绕这些人物而作的赞文除了对画面故事、人物身份的陈述说明之外,也有对其操行品德的简单评价。这与当时的褒美之风和儒家的劝诫教化观念有很大关联,赞文中颂美的庄重成分越来越多,而赞文与颂文在体制上本来就有很大的相似性,即皆为四言为主的韵文形式,到东汉末年直至建安时期,这种赞、颂混用的情况一直存在。如《蔡邕别传》载:"东国宗敬邕,不言名,咸称蔡君。兖州陈留,并图画蔡邕形像而颂之曰。"⑧《后汉书·卷六十四·赵岐传》云:"先自为寿藏,图季札、子产、晏婴、叔向四像居宾位,又自画其像居主位,皆为赞颂。";《汉书·卷六十九·赵充国传》:"初,充国以功德与霍光等列,画未央宫。成帝时,西羌尝有警,上思将帅之臣,追美充国,乃召黄门郎杨雄即充国图画而颂之……"颜师古注曰:"……于画侧而书颂。"据图画而作的文字一般称为画赞,而上举三处有两处称"颂",一处"赞颂"并称。汉代辞赋创作盛兴,"在辞赋的推动下,汉代还出现了各种四言韵文样式,如颂、连珠、赞……在后代大都仍属流行的文体,产生过大量的作品"⑨。颂、赞同为韵文,又皆受到赋化的影响,刘向、班固将很多的颂、赞作品归入了诗赋略。魏初代汉时,整理图书,秘书郎郑

---

① 刘勰.文心雕龙·颂赞[M].范文澜,注.北京:人民文学出版社,1978:158.
② 刘师培.文心雕龙讲录[M]//中古文学论著三种.沈阳:辽宁教育出版社,1997:149.
③ 同①.
④ 同①.
⑤ 徐师曾.文体明辨序说[M].北京:人民文学出版社,1962:143.
⑥ 刘勰称司马相如作《荆轲赞》,《汉书·艺文志》杂家著录《荆轲论》五篇,班固自注曰:"轲为燕刺秦王,不成而死,司马相如等论之。"故刘勰所说《荆轲赞》或为"《荆轲论》"之误,今仍从众说。
⑦ 郗文倩.汉代图画人物风尚与赞体的生成流变[J].文史哲,2007(3):86-93.
⑧ 《全后汉文·卷八十·蔡君书像颂》严可均引。
⑨ 章培衡,骆玉明.中国文学史[M].上海:复旦大学出版社,1997:178.

默制《中经》,晋初荀勖因《中经》而著《新簿》,分为甲、乙、丙、丁四部,丁部收有"诗赋、图赞、《汲冢书》"①等,图赞在建安时期与诗赋同为丁部的重要韵文。赞、颂二体在辞赋的影响下,因其内容和体制,界限越来越模糊,章太炎在《国故论衡·辨诗》中也指出了这一点:"其他有韵诸文,汉世未具,亦容附于赋录。"②正因为如此,刘勰才认为赞体乃是"颂家之细条"。相应地,文体的繁富和界限模糊造成的混用现象必然产生文体辨析观念。

2. 赞、颂二体的不同之处

建安时期赞、颂虽然常常混用,文体界限也很模糊,但它们毕竟是两种不同的文体。"文学体制的发展可以在同一体制中推陈出新,不是一种文体先亡,之后生出另一种文体,而是犹如调色,黑白呈灰,黑红呈紫,红黄蓝白黑五种颜色,可随意随时调配,便会产生越来越多的异样色彩,而原色是绝不能缺少的。"③颂与赞也遵循这样的规律,它们仅仅存在文体混用和界限的模糊,并没有融合、催生新的文体,因此它们的"原色"当然更不能少。

首先从篇幅来看,刘勰说赞体文"促而不广,必结言于四字之句,盘桓乎数韵之辞"④,指出了其篇幅短小的特征。刘师培亦云:"三国之时,颂赞虽已混淆,然尚以篇之长短分之。大抵自八句以迄十六句者为赞,长篇者为颂,其体之区别,至为谨严。彦和所谓'促而不广'云云,正与斯时赞体相合。……可知自西汉以下,颂赞以渐合为一矣。"⑤其实建安时的颂文并不全是长篇,亦有短制,如曹植《母仪颂》四言八句、《宜男花颂》四言十四句;王粲《灵寿杖颂》四言六句;繁钦《砚颂》骚体十二句。传统意义上称颂功德的颂文在建安时期基本上是长篇,如曹植《孔子庙颂》《皇太子生颂》、傅嘏的《皇初颂》等,而至建安时期才大量出现的美细物颂文则大多是短制。此时的赞文皆是四言韵文,最长者为杨修的《司空荀爽述赞》,十八句。短制的美细物颂文与赞文体制形式大致相似,足见二体的互相影响与渗透,而传统颂美题材的颂文仍然固守自己的"庙堂"特色。林纾《春觉斋论文·流别论》云:"赞体不能过长,意长而语约,必务括本人之生平而已,与颂略异。"⑥可谓确论。

在语言风格上,刘勰说赞体"促而不广,必结言于四字之句,盘桓乎数韵之辞;约举以尽情,昭灼以送文"⑦,李充在《翰林论》中亦言"容象图而赞立,宜使辞简而义正",都指出赞体文篇幅较短,语词简约而凝练。但从汉末开始,与颂体文的混用,再加上赋化的影响,赞文在语言上也逐渐呈现出铺陈、夸饰的风尚。王应麟《辞学指南》引西山先生(真德秀)言:"赞颂皆韵语,体式类相似。赞者赞美之辞,颂者形容功德。然颂比于赞,尤贵赡丽宏肆。"⑧指出赞与颂的言辞皆有"赡丽宏肆"的特点,只不过颂文因其颂美传统更为侈丽繁富。我们可以繁钦的《砚颂》和《砚赞》⑨为例:

---

① 长孙无忌,等. 隋书经籍志·卷一[M]. 北京:中华书局,1985:3.
② 章太炎. 国故论衡[M]. 上海:上海古籍出版社,2003:87.
③ 周振甫,冀勤. 钱锺书《谈艺录》读本[M]. 上海:上海教育出版社,1992:420.
④ 刘勰. 文心雕龙·颂赞[M]. 范文澜,注. 北京:人民文学出版社,1978:159.
⑤ 刘师培. 文心雕龙讲录[M]//中古文学论著三种. 沈阳:辽宁教育出版社,1997:151.
⑥ 林纾. 春觉斋论文[M]. 舒芜,校点. 北京:人民文学出版社,1959:52.
⑦ 同④.
⑧ 詹锳. 文心雕龙义证[M]. 上海:上海古籍出版社,1989:338.
⑨ 徐坚,等. 初学记·卷二十一[M]. 北京:中华书局,1962:519.

砚颂

有般倕之妙匠兮,睋诡异于遐都。稽山川之神瑞兮,识璇之内敷。遂萦绳于规矩兮,假卞氏之遗模。拟浑灵之肇制兮,效羲和之毁隅。钧三趾于夏鼎兮,角辰宿之相扶。供无穷之妙用兮,御几筵而优游。

砚赞

顾寻斯砚,乃生翰墨。自昔颉皇,傅之周极。或薄或厚,乃圆乃方。方如地象,圆似天常。班采散色,沤染豪芒。点黛文字,耀明典章。施而不德,吐惠无疆。浸渍甘液,吸受流光。

《砚颂》以骚体写成,极力铺写砚的采制过程,典故的运用丰富了颂文的内涵,对所颂之砚极尽夸饰之辞,似咏物小赋。而《砚赞》则主要是对砚的产生、外形、品性及功能的描摹和称美,对偶、比喻和拟人手法的运用,使砚的形象可观可感,似状物小诗。徐幹正是因为诗、赋、颂、铭、赞等这些文体辞采的"美丽",才弃置这些文体不用而创作了政论性著作《中论》,可见赞、颂均属"美丽"之韵文。曹丕在《答卞兰教》中说:"赋者,言事类之所附也;颂者,美盛德之形容也。故作者不虚其辞,受者必当其实。"稍后的桓范在《世要论·赞象》中也提出:"夫赞象之所作,所以昭述勋德,思咏政惠,……若言不足纪,事不足述,虚而为盈,亡而为有,此圣人之所疾,庶几之所耻也。"这些言论也从反面反映出当时赞、颂等韵文的"虚辞"风气。

在内容和文体功能上,赞文和颂文亦有不同。司马相如《荆轲赞》始创赞体,其内容虽不得而知,但肯定是一篇有关荆轲的人物赞,而后来的人物画像赞更是成为赞体文中的重要组成部分,并占据重要的地位,人物生平事迹的陈述介绍、嘉行令德的称美颂扬是出于作者纪念、表彰、教化的意图,而颂体文则注重对先祖圣贤功德业绩的颂美。表彰称美的附加功能使赞与颂发生了密切的联系,但赞本来用于阐明事理的辅助说明功能也时有体现。建安时期的颂虽然出现了世俗化、日常化的倾向,但颂美仍是其基本的主题。如曹植《画赞》中的《禹渡河赞》①:

禹济于河,黄龙负船。舟人并惧,禹叹仰天。予受大运,勤功恤民。死亡命也,龙乃弭身。

该赞文是据画图而作的有关大禹渡河故事的文字性阐释,似一首简洁的叙事诗,并没有太多称颂的内容。

在作者的情感态度上,刘师培指出:"'约文以总录'与赞体正合。至'颂体以论辞'一语,'论辞'甚切,而云'颂体'则非也。又所谓'托赞褒贬'者,盖颂有褒无贬,赞则可褒可贬也,抑可见二体之异。"②刘勰在《文心雕龙·颂赞》中明确提出颂文正体"惟典雅……敬慎如铭,而异乎规戒之域;揄扬以发藻,汪洋以树义""义必纯美"③,这给我们一种颂有褒无贬的错觉,其实《诗经》三颂即有君王自箴、臣子规劝告诫君王、君臣互相勉励的篇章,如《周颂·敬之》《周颂·闵予小子》。在建安时期创作颂文也不仅仅是为了称美,如曹植的"讥

---

① 欧阳询.艺文类聚·卷十一[M].上海:上海古籍出版社,1982:219.
② 刘师培.文心雕龙讲录[M]//中古文学论著三种.沈阳:辽宁教育出版社,1997:150.
③ 刘勰.文心雕龙·颂赞[M].范文澜,注.北京:人民文学出版社,1978:157-158.

当今之士"的《柳颂》与被刘勰称为"以皇子为标"的《皇太子生颂》。颂在建安时可褒,亦可贬或讽。而赞体文却恰好相反,汉末至建安以降,其称颂功能逐渐被强化,赞也逐渐成为一种称美不称恶的文体。作于东汉末年、现存于山东济宁紫云山的《武梁祠堂画像赞》是为祠堂中的上古帝王画像作的赞文,但十位帝王中,唯有暴虐的夏桀的画像没有赞文。从曹植《画赞序》"见三季暴主,莫不悲惋;见篡臣贼嗣,莫不切齿;……见淫夫妒妇,莫不侧目",可知汉明帝刘庄《画赞》五十卷中当有"三季暴主""篡臣贼嗣""淫夫妒妇"之类人物的作品,有褒扬亦有贬斥,才可体现图画"知存乎鉴"的意义。但是现存曹植的《画赞》作品中已看不到贬斥内容的画赞,不知是佚失,还是汉末以来赞、颂混同造成的此类内容的缺失,笔者认为应是后者的可能性大些。桓范在《世要论·赞象》中明确提出为像立赞的表彰功能:"夫赞象之所作,所以昭述勋德,思咏政惠,此盖《诗·颂》之末流矣,宜由上而兴,非专下而作也。世考之导。实有勋绩,惠利加于百姓,遗爱留于民庶,宜请于国,当录于史官,载于竹帛,上章君将之德,下宣臣吏之忠。"有一定功绩德行的圣贤、忠孝之士才可画像立赞,而德行不够的人是没有资格被画像立赞的,否则会招致非议。

(二)曹植《画赞》

曹植的《画赞》是严可均《全上古三代秦汉三国六朝文》中可见的最早的画赞作品。《隋书·经籍志》集部别集著录曹植《画赞》五卷,与曹植同时的应劭也曾有结录画赞成集的举动①,画赞这种文体到建安时运用已很广泛,也相当成熟了。谢巍据唐代张彦远《历代名画记》及《隋书·经籍志》《旧唐书·经籍志》《新唐书·艺文志》等史料,考证认为"西汉司马相如、司马迁创赞体,至东汉刘庄以作图画赞兴,画赞则始于兹时",自明帝刘庄作《画赞》后,诸种画赞遂兴,出现了贺纯《会稽太守像赞》两卷、《会稽先贤像赞》四卷(早于蔡邕)、赵岐《画像赞》、阙名《武梁祠堂画像赞》、蔡邕《赤泉侯五世像赞》及阙名《蔡君画像颂》等作品②,但均没有流传下来。

1."画赞"其体

画赞这种形式出现很早,《晋书·束晳传》曰:"初,太康二年,汲郡人不准盗发魏襄王墓,或言安厘王冢,得竹书数十车。……《图诗》一篇,画赞之属也。"可知在春秋战国时已有,但"画赞"一词的出现,当在汉明帝时。《历代名画记·卷三·述古之秘画珍图》云:"汉明帝画宫图。"张彦远注曰:"汉明帝雅好画图,别立画官,诏博洽之士班固、贾逵辈,取诸经史事,命尚方画工图画,谓之画赞。至陈思王曹植为赞传。"③当时图画之风的盛行、儒家的劝诫观念和经学的统治地位,形成了画赞在汉代得以产生的特殊文化背景。《后汉书·郡国志》在"河南尹"下引应劭《汉官仪》曰:"尹,正也。郡府听事壁诸尹画赞,肇自建武,迄于阳嘉,注其清浊进退,所谓不隐过,不虚誉,甚得述事之实。后人是瞻,足以劝惧。虽《春秋》采毫毛之善,贬纤介之恶,不避王公,无以过此,尤著明也。"④自光武帝建武年间(25—26

---

① 《后汉书·卷四十八·应劭传》:"初,(应劭)父奉为司隶时,并下诸官府郡国,各上前人像赞,劭乃连缀其名,录为《状人纪》。"
② 谢巍.中国画学著作考录[M].上海:上海书画出版社,1998:4-6.
③ 张彦远.历代名画记[M].北京:中华书局,1985:150-151.
④ 范晔.后汉书·卷一百〇九·郡国志[M].李贤,等注.北京:中华书局,1965.

年)至汉顺帝阳嘉年间(132—135年)一百余年的时间,"郡府听事壁诸尹画赞"已成惯例。汉明帝"别立画官",很重视儒家的教化功能,十岁即能通《春秋》,应该也受到父亲光武帝为画像作赞的影响,遂作《画赞》五十卷,终于为这种形式定了官方的名称——画赞。

关于汉明帝刘庄之"画赞"的含义,当是指阐明文意的图画,与建安时"至陈思王曹植为赞传"之"赞传"即五卷的《画赞》所指并不相同。《旧唐书·经籍志》云:"画赞五十卷,汉明帝撰。"①《隋书·经籍志》卷四载:"汉明帝殿阁画,魏陈思王撰。"②唐张彦远《历代名画记·卷三·述古之秘画珍图》云:"汉明帝宫图五十卷,第一起庖犠,五十杂画赞。"③《旧唐书》称"画赞",《隋书》称"汉明帝殿阁画",而《历代名画记》却说"汉明帝画宫图",笔者认为三处名称虽不同,所指应相同。谢巍也认为曹植所见所赞即"汉明帝殿阁画",亦是"汉明帝画宫图",两者名称虽不同,但非两批不同之画④。故而刘庄之"画赞"乃是"画""图",而曹植的"赞传",即为刘庄之"画""图"而作的阐释、辅助性的颂辞,才是现在文体意义上的"画赞","画赞"这种文体大概是从曹植才开始出现或者定型的。到晋代,画赞已是专指文字而非"画""图"了,如《晋书·嵇含传》:"时弘农王粹以贵公子尚主,馆宇甚盛,图庄周于室,广集朝士,使含为之赞。含援笔为吊文,文不加点。"可见,早期的画赞多指劝诫性的图画,而曹植之后的画赞则是指据图画而作的阐释、辅助性的文字,画赞作为一种文体与颂更为接近了。

2. 曹植的画赞

曹植的《画赞》是根据汉明帝的《画赞》或《汉明帝画宫图》抑或《汉明帝殿阁画》而作的独立性的画赞别集,这应是现存最早的赞文别集。其序文已非完篇,但从中可以明确地知晓两汉时期图画的表彰教化风尚的盛行,像赞也随之得到了普及。"故夫画所见多矣,上形太极混元之前,却列将来未萌之事。""是知存乎鉴者,图画也。"并用八组齐整的排比句交代和概括了画赞所据图画中人物的类型:"见三皇五帝,莫不仰戴;见三季暴主,莫不悲惋;见篡臣贼嗣,莫不切齿;见高节妙士,莫不忘食;见忠节死难,莫不抗首;见放臣斥子,莫不叹息;见淫夫妒妇,莫不侧目;见令妃顺后,莫不嘉贵。"而"仰戴""悲惋"等词,正是画赞教化功能的体现。

关于《画赞》的创作背景和时代,因序文不全,无从考证,但当与汉代于宫殿壁间图绘历史人物,以资儆戒的风尚有关。据赵幼文考证,《画赞》乃为邺宫而作,"邺宫之建,在刘协封操为魏公之后。……《画像赞》盖植作于魏宫建成之时,亦即建安十九年之际也"⑤。而谢巍《中国画学著作考录》认为《画赞》初撰于建安二十年(215年),成书于太和元年(227年)左右⑥,不知所据。

《画赞》现存三十一篇,人物涉及汉儒所谓的"三古",即上古的三皇五帝,中古的夏、

---

① 刘昫,等.旧唐书经籍志[M].北京:中华书局,1985:41.
② 长孙无忌,等.隋书经籍志[M].北京:中华书局,1985:123.
③ 张彦远.历代名画记[M].北京:中华书局,1985:150.
④ 谢巍.中国画学著作考录[M].上海:上海书画出版社,1998:7.
⑤ 曹植.曹植集校注[M].赵幼文,校注.北京:人民文学出版社,1984:69.
⑥ 同④.

商、周三代,近古的春秋战国诸帝王,所绘图画的时代始自伏羲而至西汉。从题材与内容上来说,主要是人物赞,有传说中的圣贤,如庖羲、神农、黄帝、少昊、颛顼、帝喾、帝尧、帝舜、夏禹;有商周时期的贤圣,如殷汤、周文王、武王、成王、周公;有帝王将相,如汉高帝、文帝、景帝、武帝、田开疆、公孙接、古冶子;有贤女后妃,如女娲、姜嫄、简狄、禹妻、班婕妤;有道仙隐逸,如商山四皓、巢父、许由、池主、卞随。亦有人物故事赞,如禹治水、禹渡河、汤祷桑林等;还有器物赞,如黄帝三鼎;祥瑞赞,如文王赤雀。这三十一篇赞文皆为四言韵文,除《神农赞》为六句、《夏禹赞》为十二句外,其余均为八句。人物赞大多一赞一人,也有赞两人、三人、四人者。

《画赞》主要围绕画面人物或画面故事展开,简明扼要地陈述人物的生平事迹或某一特定场景的情境,类似现在的剪影或截图,通过赞文识别人物特定的身份,而简短质朴的对人物操行品德的评价,则体现出明确的政治、思想或文化的指向性,赞文文体鲜明的实用性也蕴含其中。这在分析建安时期赞文的内容特点时有详述,兹不赘言。

曹植另有一篇《长乐观画赞》:"妙哉平生,才巧若神。辞赋之作,华若望春。"名为画赞,应当是为书于长乐观壁上的辞赋作品而作,可见除为图画作赞之外,建安时也有为书法作品而作的赞文。随着赞文的发展,画赞也逐渐脱离了对图画的依附,获得了独立的发展,产生了新的人赞、事赞、物赞等形式,而赞作为一种文体,其与颂原本相近的功用也传承了下来。

早在汉末,蔡邕就有人物赞作品了,如《焦君赞》《太尉陈公赞》《议郎胡公夫人哀赞》《赤泉侯五世像赞》(已佚)等,即品评、称美人物的人物赞,只是当时这种文体尚未定型,如《焦君赞》为四言二十句;《太尉陈公赞》除第二句为五言外,其余为四言,共十八句;《议郎胡公夫人哀赞》为代人之作,有长序,有赞辞,赞辞很长,且分为两部分,前半部分为四言韵文,后半部分为带"兮"字的骚体,赞辞最终要"书之于碑",在形式与内容上也很像碑文。王应麟在《困学纪闻·卷十三》中即指出:"蔡邕文今存九十篇,而铭墓居其半。曰'碑',曰'铭',曰'神诰',曰'哀赞',其实一也。"①

人物赞的定型与大量出现,除了画赞作品的推动之外,还与汉魏时期著史之风和私人传记盛行以及评赏人物的清谈、清议风气有关。

(三)建安赞体文

除了曹植的画赞,建安时期的赞体文还有王粲的《正考父赞》《反金人赞》,杨修的《司空荀爽述赞》,繁钦的《砚赞》,曹植另有《禹庙赞》(仅存序)、《吹云赞》等。

《砚赞》是一篇器物赞。《吹云赞》将"吹云"视为"神物",当是一篇祥瑞赞。建安时的祥瑞赞还有曹植《画赞》中的《文王赤雀赞》,《黄帝三鼎赞》中因有"世衰则隐,世和则出"的语词,亦可看作是有关祥瑞之物的赞文。这类题材内容与《全上古三代秦汉三国六朝文》中收录的最早的赞文,即汉初郑众的《婚礼》②(《全后汉文·卷二十二》)是一脉相承的,

---

① 王应麟.困学纪闻(下)[M].北京:商务印书馆,1935:1053.
② 杜佑《通典·卷五十八》王彪之上书引为"郑氏婚物赞",曰"羊者,祥也""其礼物凡三十种,各内有谒文,外有赞文。"故本书将郑众《婚礼》定为严可均《全上古三代秦汉三国六朝文》中收录的最早的赞文。

《婚礼》虽非完篇，但仍可以看出是对婚礼中所用的吉祥之物的品性与寓意的称美。

除去上述几篇赞文，其余大多为人物赞。"……反观魏晋间的画赞，人物'赞'以叙事为主，物品'赞'则为咏物，其写法皆为客观描述""画赞所用的客观叙述，其叙述不过为了说明，纵然其中也有赞美的文字，但其赞美也仅止于画中人物的美德而已。"①建安时期，不只画赞，人物赞也大多是有关人物生平事迹的客观叙述，在人物评价上多从德行入手，如曹植《画赞》中将庖羲、神农、黄帝、少昊、颛顼、帝喾、帝尧等上古圣贤与金、木、水、火、土五德相比，庖羲为"木德风姓"、神农为"火德承木"、黄帝为"土德承火"、少昊为"金德承土"、颛顼为"水德统天"、帝喾为"木德帝世"、帝尧为"火德统位"。《正考父赞》《司空荀爽述赞》亦是如此。而王粲的《反金人赞》则以说明、议论为主，"金人"事见《孔子家语·观周》，"孔子观周，遂入太祖后稷之庙，堂右阶之前，有金人焉，三缄其口。"②金人背后有铭文，昭示人们应该像金人那样谨言慎行③，孔子很是赞同，并用《诗经》中类似的话语"战战兢兢，如临深渊，如履薄冰"教导其弟子。王粲则反其道，既反对三缄其口的金人和劝人谨言慎行，少说话，以免招来祸患的黄帝之铭，也反对孔子利用此铭教育弟子要少说话、少惹是非，王粲认为对社会和在朋友有益的话还是要说，尤其是在混乱的末世和在朋友有了过失的时候。西晋傅玄的《口诫》、南北朝谢慧连的《口箴》和萧子良的《口铭》、唐代姚崇的《口箴》、皮日休的《口箴》等作品均是承继金人的"三缄其口"而来，但基本上传达的是谨小慎微、明哲保身的主旨，与王粲并不相同。

人物赞的重德在很大程度上体现了士人对儒家忠、义、节、孝等道德观念的推重，赞文称美的人物很多都已成为某种品性道德的化身。《司空荀爽述赞》是杨修为当时"荀氏八龙"之一的荀爽作的赞文，赞辞以"玉之莹"喻其德行，对其"贞""德""清""正直""道德"进行了颂扬。建安时期也出现了隐逸题材的赞文，如曹植《画赞》中的《巢父许由池主赞》《商山四皓赞》《卞随赞》等，对巢父、许由、池主的"清足厉俗"，商山四皓的"保节全贞"，卞随的"清风邈矣"的行为甚是仰慕，虽然也写到了商山四皓"应命太子，汉嗣以宁"的行为，但对赞主的评价仍是以虚静为主。杨修为荀爽作的赞文，也提到了荀爽隐遁汉水专心著述一事，"清水平土，茂哉是力"。这应是受到魏晋时期玄学初兴的影响。

建安赞文在语言形式上皆为四言韵文，且一韵到底，两句为一节奏和停顿，篇幅较短，大多为八句，也有六句或十二句者，最长者是杨修的《司空荀爽述赞》，十八句。简洁典雅的语句仅是对赞文对象的笼统概括，《文镜秘府论》云："语清典，则铭、赞居其极。"因为"铭题

---

① 青木正儿.题画文学及其发展[J].魏仲佑，译.中国文化月刊，1980(9):81-82.
② 陈士珂.孔子家语疏证·卷三[M].北京：商务印书馆，1937:72.
③ 铭文全文为："古之慎言人也，戒之哉。无多言，多言多败。无多事，多事多患。安乐必戒，无所行悔。勿谓何伤，其祸将长。勿谓何害，其祸将大。勿谓不闻，神将伺人。焰焰不灭，炎炎若何。涓涓不壅，终为江河。绵绵不绝，或成网罗。毫末不札，将寻斧柯。诚能慎之，福之根也。曰是何伤，祸之门也。强梁者不得其死，好胜者必遇其敌。盗憎主人，民怨其上，君子知天下之不可上也，故下之。知众人之不可先也，故后之。温恭慎德，使人慕之。执雌持下，人莫踰之。人皆趋彼，我独守此。人皆或之，我独不徙。内藏我智，不示人技，我虽尊高，人弗我害，谁能于此。江海虽左，长于百川，以其卑也。天道无亲，而能下人，戒之哉！"严可均据《太公阴谋》《太公金匮》，知此铭为《黄帝六铭》之一，将其收入《全上古三代文》卷一中，定其名为《金人铭》。

器物,赞述功德,皆限以四言,分有定准,言不沉迤,故声必清;体不诡杂,故辞必典也"①。林纾《春觉斋论文·流别论》云:"颂赞之词,非泽于子书,精于小学者,万不能佳。二体均结言于四字之句,不能自镇则近佻,不能自敛则近纤;累句相同,不自变换,则近沓;前后隔阂,不相照应,则近蹇;过艰恶涩,过险恶怪,过深恶晦,过易恶悝。必运以散文之抒轴,就中变化,文既古雅,体不板滞;自非发源于葩经,则选词不韵;赋色于子书,则取材不精,下字必严,撰言必巧,近之矣。"②赞文在脱离了图画形式的束缚之后,为文人抒发情志、展示文才又增添了一种独立而相对自由的文体。这种浮泛的抒写模式和非具象化的展开描述,反而使赞文的言辞呈现出清丽典雅的特色。如王粲《正考父赞》用韵齐整,充溢着对正考父卓著功绩和谦恭节俭德行的褒美情感;曹植《禹渡河赞》俨然一首简洁的叙事诗,《班婕妤赞》最后两句"临飙端干,冲霜振叶"运用比喻和象征以赞其德,《吹云赞》描摹吹云的姿态,"吹云吐润,浮气翁郁",很有诗味。

建安单篇赞文有序者唯杨修《司空荀爽述赞》。序言以散体形式写成,类似人物小传,交代了赞主的生平事迹,然后简单说明写作缘由,以"词曰"引起赞辞,这种形式的赞文称为述赞体或传赞体,是在赞文脱离借助画像描述人物的身份之后,在序文或史传的影响下产生的③。赞辞部分隔句用韵,中间转韵,形式规整,与序文相得益彰。

三、祝颂警戒的铭文

夏商周三代,铭常常镌刻于宗庙之碑,以彰显天子、诸侯及大夫的功德,也有一些刻在器物上,作为对自己和他人的警戒。铭文作为一种实用性很强的文体,其功用"……不过有二:一曰警戒,二曰祝颂"④。建安铭文在经过两汉的发展之后,出现了一些新的变化,但在内容上仍是以祝颂和警戒为主。

(一)祝颂之铭文

建安士人对铭文的功用已有很明确的认识,如曹植《上〈卞太后诔〉表》曰:"臣闻铭以述德,诔尚及哀。"刘桢《处士国文甫碑》曰:"咸以为诔所以昭行也,铭所以旌德也。古之君子,既没而令问不忘者,由斯二者也。"邯郸淳在《汉鸿胪陈纪碑》中亦云:"咨所以计功称伐,铭赞之义……勒铭表德,久而弥新。""述德""旌德""计功称伐""表德"即称述功德,称述的对象,延续两汉作风,不再只是古之圣贤或先祖,而是扩展到现世君王或能臣。

曹丕的《五熟釜铭》作于魏国初建。时钟繇为相国,以五熟釜鼎范因太子曹丕铸之。釜成后,曹丕赐繇,作《铸五熟釜成与钟繇书》,借五熟釜铸成,赞扬大魏王朝的圣化之德,并通过"周之尸臣,宋之考父,卫之孔悝,晋之魏颗……以功德勒名钟鼎"的典实,希望能够建功立业,名著金石,永垂不朽。曹丕依勒金铭德的古制亦为之铭,"于赫有魏,作汉藩辅",赞颂魏之圣德。

曹植应诏而作的《承露盘颂铭并序》亦是祝颂之铭文。《三国志·卷三·明帝纪》注引

---

① 弘法大师.文镜秘府论校注[M].王利器,校注.北京:中国社会科学出版社,1983:333.
② 林纾.春觉斋论文[M].舒芜,校点.北京:人民文学出版社,1959:51.
③ 郗文倩.汉代图画人物风尚与赞体的生成流变[J].文史哲,2007年第3期,第92.
④ 徐师曾.文体明辨序说[M].北京:人民文学出版社,1962:142.

《魏略》曰:"中尚方纯作玩弄之物,炫耀后园,建承露之盘……"《三辅黄图》亦引《汉宫殿疏》云长安洛城门"又名鹳雀台门,外有汉武承露盘,在台上"①。魏明帝仿之。当是于承露盘建成之时,曹叡《与陈王植诏》曰:"昔先帝时,甘露屡降于仁寿殿前,灵芝生芳林园中。自吾建承露盘已来,甘露复降芳林园仁寿殿前。"赵幼文据此定《承露盘颂铭并序》作于太和五年冬②,考此诏作于太和六年正二月,曹植卒于太和六年十一月,此铭当作于太和五六年间。序文开篇即说明承露盘铸造之意义:"夫形能见者莫如高,物不朽者莫如金,气之清者莫如露,盛之安者莫如盘。"接着用一系列数字如实描摹承露盘的姿态,隐透出承露盘高而不倾的巍巍气势,序文质朴的散语与铭文典雅温润的四言韵语相得益彰。

王粲的《蕤宾钟铭》与《无射钟铭》或为主动进献的祝颂之作。关于其写作时间,《文选·卷六》左思《魏都赋》刘渊林注引《钟簴铭》曰:"惟魏四年,岁在丙申,龙次大火,五月丙寅,作蕤宾钟,又作无射钟。"③曹操于建安十八年(213年)自立为魏公,故魏四年为建安二十一年(216年),《北堂书钞·卷一○八》载蕤宾钟、无射钟皆作于建安二十一年九月十七日,恰相合。《三国志·卷一·武帝纪》载:"(建安二十一年)夏五月,天子进公爵为魏王。"④铭文当为歌颂曹魏功德而作,内容相近,主旨相同。当时北方较为安定,社会生产逐渐恢复,文辞中洋溢着对曹操的崇敬与钦佩。王粲《刀铭》乃奉命之作,曹操有《百辟刀令》:"往岁作百辟刀五枚,适成,先以一与五官将,其余四,吾诸子中有不好武而好文学者,将以次与之。"此铭或为曹操百辟刀而作。"相时阴阳,制兹利兵。和诸色剂,考诸浊清。灌襞以数,质象以呈。附反载颖,舒中错形",详细交代刀的铸锻过程,"陆剸犀兕,水截鲸鲵",又极言刀之锋利,对宝刀之赞美溢于言表,"君子服之,式章威灵",顺理成章烘托出佩戴之人的美德。

作为传统题材的铭文,这几篇勒勋、祝颂之作在行文风格上,仍然体现出铭文文体的特点,如陆机要求"博约而温润",《文选序》说铭文要"序事清润",刘勰也说:"铭兼褒赞,体贵弘润。"既为勒功、祝颂,并流传后世而作,自然要求文风温润敦厚。以王粲《蕤宾钟铭》⑤和《无射钟铭》⑥为例:

蕤宾钟铭

有魏匡国,诞成天功。厎绥六合,纂定庶邦。承民靡庆,休征惟同。皇命孔昭,造兹衡钟。纪之以三,平之以六。度量允嘉,气齐允淑。表声韶和,民听以睦。时作蕤宾,永享遐福。

无射钟铭

有魏匡国,成功允章。格于上下,光于四方。休征时序,人说时康。造兹衡钟,有命自

---

① 陈直.三辅黄图校证[M].西安:山西人民出版社,1980:26.
② 曹植.曹植集校注[M].赵幼文,校注.北京:人民文学出版社,1984:479.
③ 萧统.六臣注文选·卷六[M].李善,吕延济,刘良,等注.北京:中华书局,1987:124.
④ 陈寿.三国志·卷一·武帝纪[M].裴松之,注.北京:中华书局,1959.
⑤ 章樵.古文苑·卷十三[M].北京:中华书局,1985:318.
⑥ 徐坚,等.初学记·卷十六[M].北京:中华书局,1962:397.原题为《蕤宾钟铭》,今依铭文改。

皇。三以纪之,六以平之。厥量孔嘉,厥齐孔时。音声和协,人德同熙。听之无射,用以启期。

此二铭同时为同一事而作,在内容和形式上也可互相发明。蕤宾钟和无射钟的铸造兼得天时、地利与人和,又很合度量与音律,美好动听而又和谐的乐声昭示着永远的幸福与康乐,简约的文辞间流露出浓郁的颂赞之情,情虽满却不充盈。

(二)警戒之铭文

警戒之铭自古有之,《玉海·卷二〇四·辞学指南》"铭"类引西山先生(真德秀)言:"古之为铭,有称述先人之德善劳烈者,卫孔悝《鼎铭》是也。有著儆戒之辞于器物者,如汤《盘铭》、武王几、杖、楹、席之铭是也。"[①]建安铭文既有对铭文进献对象的警戒,也有自警之辞。

记功祝颂类的铭文一般会在结尾处寓有诫谏之辞。曹丕《五熟釜铭》在赞魏之德的同时,对百官恭谨行事提出要求和期望:"靖恭夙夜,匪遑安处。百寮师师,楷兹度矩。"曹植《承露盘颂铭并序》在礼赞承露盘外形和祥瑞之兆的同时,用象征手法以承露盘之坚固和"高而不倾"为衬托,将对曹叡"圣贤继迹,奕世明德。不忝先功,保兹皇极"的要求和箴规寓于铭辞当中。王粲的《刀铭》亦在文末晓谕佩刀之人应该居安思危:"无曰不虞,戒不在明。"傅巽的《笔铭》在简单回顾书写、记事工具的历史变迁之后,突出笔之"垂训纪典"的功能,人物的臧否、祸福的由来,"实为心尽""惟道是扬",全在个人的作为。

王粲的另一篇铭文《砚铭》则旨在自警,简单叙写文字的功用之后,即将笔锋转向书写作文的流弊"在世季末,华藻流淫。文不写行,书不尽心。淳朴浇散,俗以崩沈",最后提出"墨运翰染"时应该"惟玄是宅"的劝诫,作文造辞应该避免流俗,谨慎为之。

铭文本是一种应用性很强的叙事文体,叙述、说明是最常用到的表达方式,而其中的警戒之辞又给铭文增添了说理和抒情的成分,这些警示性的语言在叙述、说明的基础上,宣扬道理,劝诫世人,既委婉含蓄,又耐人寻味。如曹植的《承露盘颂铭并序》,本是应诏而作的祝颂之文,礼赞自然是铭文的主要内容,然而太和五六年间,曹植洞察到当时的政治潜伏着危机,多次上书曹叡,如《求通亲亲表》《陈审举表》《谏伐辽东表》中,多次言及任人应先亲后疏及周公辅佐成王事,屡求试用的期望很强烈,祝颂之辞不便于直抒胸怀,便婉转而含蓄地通过传统象征的技巧,对曹叡提出劝勉和希冀,如沐春风中的箴刺之言更易于君王接受。

(三)建安铭文之新变

1. 咏物铭

不管是祝颂还是警戒的铭文,在汉代都受到了辞赋铺陈侈辞的影响,"铭箴规劝为要,不免直陈其言,或假物以寓理。……更易把寓理的物转化为写作目的,成为华美的咏物小品。"[②]先秦之时,已经出现了刻写在日常生活用品之上,并以其为写作对象的铭文,如《大

---

① 王应麟.玉海(第七册)[M].中文出版社中日合璧本,1986:3835.
② 万光洁.汉代颂赞铭箴与赋同体异用[J].社会科学研究,1986(4):102.

戴礼记》所载武王《鉴铭》:"见尔前,虑尔后。"①《盥盘铭》:"与其溺于人也,宁溺于渊。溺于渊,犹可游也。溺于人,不可救也。"②《弓铭》:"屈伸之义,废兴之行,无忘自过。"③这些铭文语词简短,尚未形成规范的四言韵语形式,多从器物本身出发阐述生活哲理,含蕴深远。到汉代时,器物铭文侧重于对器物外形特点的描述,警戒意味渐少,如刘向《熏炉铭》"嘉此正器,崭岩若山。上贯太华,承以铜盘。中有兰麝,朱火青烟。尉术四塞,上连青天"、崔骃《刀剑铭》"欧冶运巧,铸锋成锷。麟角凤体,玉饰金错。龙渊、太阿,干将、莫邪,带以自御,烨烨吐花"等,皆以刻画形态为内容,可看作咏物小诗,四言韵语也渐成规范体式。

到建安时,士人自觉为文的意识增强,如王粲《刀铭》在序文中点明是奉命而作,但"及示以其叙二报,诚必朝氏之刀,而张常为工矣。辄思作铭,谨奉,陋不足览",言辞间有自谦,更有炫才之嫌,这样创作出来的作品,自然有较高的文学性和审美价值。以《刀铭》④为例:

相时阴阳,制兹利兵。和诸色剂,考诸浊清。灌襞以数,质象以呈。附反载颖,舒中错形。陆剸犀兕,水截鲵鲸。君子服之,式章威灵。无曰不虞,戒不在明。

对比同时人曹植同一题材的《宝刀赋》⑤:

有皇汉之明后,思潜达而玄通。飞文藻以博致,扬武备以御凶。乃炽火炎炉,融铁挺英。乌获奋椎,欧冶是营。扇景风以激气,飞光鉴于天庭。爰告祠于太乙,乃感梦而通灵。然后砺以五方之石,鉴以中黄之壤。规圆景以定环,摅神思而造象。垂华纷之葳蕤,流翠采之滉瀁。陆斩犀革,水断龙角。轻击浮截,刃不濡流。逾南越之巨阙,超西楚之太阿。实真人之攸御,永天禄而是荷。

铭和赋均写到宝刀的锻造过程和锋利程度。描述锻造过程,铭文曰"和诸色剂,考诸浊清。灌襞以数,质象以呈。附反载颖,舒中错形",赋文曰"砺以五方之石,鉴以中黄之壤。规圆景以定环,摅神思而造像。垂华纷之葳蕤,流翠采之滉瀁",铭文简约雅重,赋文比铭文更为铺陈、夸饰;描述锋利程度,铭文言"陆剸犀兕,水截鲵鲸",赋文言"陆斩犀革,水断龙角。轻击浮截,刃不濡流",皆为四言偶句,同属夸张虚饰;祝颂之辞,铭文是"君子服之,式章威灵",赋文是"实真人之攸御,永天禄而是荷",内容也大致相同。语词的繁富和偶句的使用大大提高了铭文语言的张力,先秦铭文"一般只能在较简单的语言组合中,就实词的固有含义和虚词的结构作用直接地加以使用,语言功能的发挥局限于其实指性和直接性"⑥,建安铭文则言简意赅,语浅意深,更富有表现力。此时器物铭文在内容和语词上向赋体的借鉴和靠拢,使这种文体逐渐脱离了昭德纪功、以物寓意、劝勉警戒的实用性,逐渐成为文人描摹器物、抒发情志的单纯题咏之文。

---

① 戴德.大戴礼记·卷六[M].北京:中华书局,1985:100.
② 同①.
③ 同①102.
④ 章樵.古文苑·卷十三[M].北京:中华书局,1985:320-321.
⑤ 徐坚,等.初学记·卷二十二[M].北京:中华书局,1962:530.亦见于《艺文类聚·卷六十》《太平御览·卷三百四十六》,严可均合而为一篇。
⑥ 杜豫.古代散文内部构成因素演变史概说[J].齐鲁学刊,1999(5):70.

2. 颂铭

《左传·襄公十九年》论铭曰"天子令德,诸侯言时计功,大夫称伐",蔡邕《铭论》曰:"(铭于)钟鼎礼乐之器,昭德纪功,以示子孙。物不朽者,莫不朽于金石……"铭文的勒石记功的文体功能与颂文的"美圣德而述形容"有先天的相似性。自秦代李斯刻石文始,刻石颂德,亦是颂之变体。章太炎《国学讲演录·文学说略》说:"三颂而外,秦碑亦颂之类也。刻石颂德,斯之谓颂矣。惟古代之颂,用之祭祀。生人作颂,始于秦碑,及后人作碑亦称'颂曰'是也。"① 刘勰《文心雕龙·颂赞》亦云:"秦政刻文,爰颂其德。汉之惠、景,亦有述容,沿世并作,相继于时矣。"② 铭文勒石记功,颂文勒石颂德,皆以简约雅致的四言韵语为规范体式,在文体意识尚模糊且文人自主为文意识渐强的建安时代,颂与铭很自然地常常混合使用,铭文有时也称"颂曰""为颂铭"等,如曹植《承露盘颂铭并序》,序文中即点明"使臣为颂铭"。颂与铭的混用,使铭文的言辞在雅致典宏之外又多了些颂文的"敷写似赋",谭献评其"侔色揣称"③,参读曹植《承露盘颂铭》与同时人毌丘俭的《承露盘赋》,曹植铭文辞采华茂,有鲜明的赋化趋势。

3. 碑铭

三代之时,铭即"铭于宗庙之碑"(挚虞《文章流别志论》),至东汉时,"近世以来咸铭之于碑,德非此族,不在铭典"(蔡邕《铭论》),碑文与铭文在体制和功能上并不相同,但因其"勒勋绩"的同源性和"以石代金"以期不朽的同一目的,记功颂德类的铭文与碑文常常混用。刘勰的《文心雕龙·诔碑》中即论述了碑铭与铭文的关系:"夫属碑之体,资乎史才。其序则传,其文则铭。标序盛德,必见清风之华;昭纪鸿懿,必见峻伟之烈:此碑之制也。夫碑实铭器,铭实碑文,因器立名,事光于诔。是以勒石赞勋者,入铭之域;树碑述亡者,同诔之区焉。"④ 铭文的题刻载体"以石代金"后,便促进了碑铭的产生。

不少人认为李斯所作刻石文是碑铭的先导。⑤ 刘玉珺则认为班固的《封燕然山铭》是汉晋碑铭的先导,因为它"一改以前铭文只有铭词的形式,在铭词前加上序文"⑥。东汉作铭文最多的李尤,其铭文无序。冯衍、崔骃的器物铭文也无序。自班固《封燕然山铭》开始出现长序,他的另一篇《高祖泗水亭碑铭》也有序文,可惜已佚。建安时期的碑铭有张昶的《西岳华山堂阙碑铭》、孔融的《卫尉张俭碑铭》和阙名的《横海将军吕君碑铭》,三篇作品皆是承《封燕然山铭》的形式,有序文、有铭辞。序文以散体写成,篇幅较长,称为志或序,多为

---

① 章太炎.国学讲演录[M].上海:华东师范大学出版社,1995:256.
② 刘勰.文心雕龙·颂赞[M].范文澜,注.北京:人民文学出版社,1978:157.
③ 李兆洛.骈体文钞[M].郑州:中州古籍出版社,1990:10.
④ 刘勰.文心雕龙·诔碑[M].范文澜,注.北京:人民文学出版社,1978:214-215.
⑤ 吴讷、鲁迅皆持此说。吴讷《文章辨体序说·碑》云:"按《仪礼·士昏礼》:'入门当碑揖。'又《礼记·祭义》云:'牲入丽于碑。'贾氏注云:'宫庙皆有碑,以识日影,以知早晚。'《说文》注又云:'古宗庙立碑系牲,后人因于上纪功德。'是则宫室之碑,所以识日影;而宗庙则以系牲也。秦汉以来,始谓刻石曰碑,其盖始于李斯峄山之刻耳。"(见吴讷.文章辨体序说[M].北京:人民文学出版社,1962:52.)鲁迅:"二十八年,始皇始东巡郡县,群臣乃相与诵其功德,刻于金石,以垂后世,其辞亦李斯所为,今尚有流传,质而能壮,实汉晋碑铭所从出也。"(见鲁迅.汉文学史纲要[M].北京:人民文学出版社,1973:30.)
⑥ 刘玉珺.先唐铭文研究[D].桂林:广西师范大学,2002:18.

陈述之辞,然后以"其辞曰""铭曰"引出铭辞,皆是颂赞之韵语。刘勰说:"若班固《燕然》之勒,张昶《华阴》之碣,序亦盛矣。"①《文选序》亦曰:"铭则序事清润。"建安时的铭文有序者不多,但颂铭、碑铭皆有序文,有韵的铭辞虽然是文章的主体,但序文已经成为颂铭、碑铭中不可或缺的一部分,对铭辞情感的升华起着补充、准备和铺垫的作用。

张昶的《西岳华山堂阙碑铭》是一篇营建之铭,序文部分较为细致地叙述了西岳华山堂阙修建的原因、过程及当时重修堂庙、建碑刊石的具体情形,错落于其中的排偶句,如"郡国方士,自远而至者,充岩塞崖。乡邑巫觋,宗祀乎其中者,盈谷溢豀。咸有浮飘之志,愉悦之色,必云霄之路,可升而越,果繁昌之福,可降而致也。故殖财之宝,黄玉自出;令德之珍,卿相是毓""户有乐生之欢,朝释西顾之虑""建神路之端首,观壮丽乎孔彻",为铭辞的礼赞做了情感上的铺垫,谭献评曰:"语致跌荡,若素波之沦涟。"②

孔融和阙名的两篇碑铭均为逝者而作,序文类似人物小传,从铭主先祖写起,详细记述铭主的生卒年月、品质德行和主要生平行迹。碑铭序文常以历史典故对比,衬托铭主的高行,如孔文中的"虽史鱼之励操,叔向之正色,未足比焉"(《卫尉张俭碑铭》),阙名文中的"虽叔敖相楚,晏婴在齐,不能尚也……其于战也,即履矢石之所及,锋刃之所先,虽古良将,不能逾也"(《横海将军吕君碑铭》),选取典型事例塑造人物品性及形象。孔文通过党锢的迫害表现张俭的高洁忠贞,既有对正直的爱,亦有对奸邪的恨,正义凛然,力透纸背;阙名文通过平定叛乱赞颂吕君的勇猛果毅。全篇从序文到铭辞皆洋溢着对铭主的赞誉与哀思。

四、规诫劝谕的箴文

现仅存建安时期箴文五篇,即王朗《杂箴》、繁钦《尚书箴》《威仪箴》、傅干《皇后箴》与张纮《瑰材枕箴》。

崔瑗《叙箴》曰:"昔扬子云读《春秋传·虞人箴》而善之,于是作为《九州》及《二十五官箴》规匡救,言君德之所宜,斯乃体国之宗也。"(《全后汉文·卷四十五》)作为后世典范的《虞箴》,凡十五句,除去一句五言、一句六言外,其余均为四言句,且注重押韵。两汉箴文也偶见五字句、六字句,甚至九字句,到建安时也基本上是四言韵语,偶见五字句、六字句,如王朗《杂箴》"家人有严君焉,井灶之谓也",傅干《皇后箴》:"故祸不出所憎,常出所爱。是以在昔明后,日新其化"。《虞箴》开头以重言入文,"茫茫禹迹,画为九州",扬雄现存三十三篇箴文,以重言开头的有二十一篇。建安箴文也多以重言开头,如傅干《皇后箴》:"煌煌四星,著天垂曜。赫赫后妃,是则是效。"张纮《瑰材枕箴》:"或或其文,馥馥其芬。"《虞箴》不只在形式、体制上,也在内容上规范着后世的箴文,由"官箴王阙"的本意生发出箴诫对象更为广泛的箴体作品,如官箴、私箴等。

(一)官箴

自《左传·襄公四年》"命百官官箴王阙"后,官箴逐渐兴盛,东汉胡广编辑扬雄、崔骃、崔瑗、刘騊駼等箴文为《百官箴》,对朝臣在职业道德方面进行劝诫讽谏,劝诫的对象已不再

---

① 刘勰.文心雕龙·诔碑[M].范文澜,注.北京:人民文学出版社,1978:194.
② 李兆洛.骈体文钞[M].郑州:中州古籍出版社,1990:497.

仅限于国君,而是扩展至群臣百官、后妃,劝诫的内容也更为丰富。王应麟《玉海》附《辞学指南》"箴"类说:"箴者,下规上之辞,须有古人风谏之意,惟官名可以命题,所谓百官官箴王阙,各因其职以讽谏,……则当以敬天为说,其他皆然。又有非官名而出箴者(若宣室、上林、清台之类),亦当引从规讽上立说。"①建安时期,以官名命题的箴文有扬雄的《尚书箴》②,繁钦亦有《尚书箴》③,对比二文:

扬雄《尚书箴》

皇皇圣哲,允敕百工。命作斋栗,龙惟纳言。是机是密,出入王命。王之喉舌,献善宣美,而谮说是折。我视云明,我听云聪。载夙载夜,惟允惟恭。故君子在室,出言如风。动于民人,涣其大号,而万国平信。《春秋》讥漏言,《易》称不密则失臣。兑吉其和,巽咎其频。《书》称明允,申申厥邻。昔秦尚权诈,官非其人,符玺窃发,而扶苏陨身。一奸怨命,七庙为墟。威福同门,床上维辜。书臣司命,敢告侍隅。

繁钦《尚书箴》

龙作纳言,帝命惟允。山甫翼周,实司喉吻。赫赫禁台,万邦所庭。无曰我平,而慢尔衡。无曰我审,而怠尔明。四岳阿鲧,绩用不成。虞登八凯,五教丰清。举涉其私,乃悉服荣。正直是与,伊道之经。先人匪懈,永世流声。君子下问,敢告侍廷。

二文在行文布局与风格上极为相似,均从尚书荐才献言入笔,突出其实乃朝廷、国君之喉舌的重要性;在故实的征用上,扬文通过"秦尚权诈"而致国家灭亡,从反面举例说明,繁文对比舜举禹咎鲧,多从正面论述,皆强调尚书为官应恭谨正直。二文在格式上沿袭《虞箴》,但《虞箴》较为质朴凝涩,二文在形式、体制上有了更大发展。篇幅有所增加,前后呼应,自成章法,结构严谨,典故的频繁运用使本来短小的箴体增加了内涵,语言含蓄而凝练、委婉而中肯。刘熙载《艺概·文概》:"作短篇之法,不外婉而成章。"④箴文通过对史实的回顾和总结增强了内容的厚重感,"事类者,盖文章之外,据事以类义,援古以证今者也"⑤,这种间接的譬拟有着明确的道德指向,比《虞箴》简单的举例说明更有说服力,箴谏之力度也更为紧迫,阐述事理,委婉含蓄,避免过于直露,虽低沉却弘深,在隐晦低回中达到箴谏的目的。晋代傅玄亦有《吏部尚书箴》,从一正一反两个方面,引用大量史实阐述说理,"以精神代色相,以议论当铺排",俨然已成为"赋之别格"⑥。

傅干的《皇后箴》仍是从"官箴王阙"的本意出发,向皇帝提出"祸不出所憎,常出所爱。是以在昔明后,日新其化。匪唯训外,亦训于内"的谏言,但它并不是"箴王阙",而是"箴后族"之阙。此类内容,东汉皇甫规已有《女师箴》,主要针对后妃之德对后妃进行劝诫,而《皇后箴》则因后妃的逾矩行为箴谏国君。通过舜纳娥皇、女英,使舜"不失子道,兄弟孝

---

① 王应麟.玉海(第七册)[M].中文出版社中日合璧本,1986:3833.
② 《初学记·卷十一》以为《尚书箴》繁钦作,《古文苑》以为崔骃作,本文暂定繁钦作,存疑。
③ 《艺文类聚·卷四十八》以为《尚书箴》扬雄作,《古文苑》以为崔瑗作,从众说,定为扬雄作,存疑。
④ 刘熙载.艺概·卷一·文概[M].上海:上海古籍出版社,1978:40.
⑤ 刘勰.文心雕龙·事类[M].范文澜,注.北京:人民文学出版社,1978:614.
⑥ 刘熙载.艺概·卷三·赋概[M].上海:上海古籍出版社,1978:103.

慈"(《史记·五帝本纪》),而商纣王宠爱妲己、汉成帝宠幸赵飞燕,后宫专断国政,造成国事荒废、被奸佞所用的悲剧的鲜明对比,指出后妃的贤惠与否对国家有很大的影响,圣明的国君应增强自己的教化和修养。从引用史实对比到得出结论,用语甚为通脱,提出的规劝语重而心长,可谓字字珠玑,"写箴的目的,既在于裨补阙失,就须立言谨严,也就是文字要写得'确切'。因为要求不严格,不能起到抑制的作用。这和《文赋》所说的'顿挫''清壮'之义也是比较接近的。但是'确切'不等于直斥。《文镜秘府论》南卷论文体六事,其六说:'舒陈哀愤,献纳约戒,言惟折中,情必曲尽,切至之功也。言切至则箴谏得其实。箴陈戒约,谏述哀情,故义资感动,言重切至也。切至之失也直。体尚专直,文好直斥,直乃行焉。谓文体不经营,专为直置,言无比附,好相指斥也。''确切'和《文镜秘府论》所说'切至'的风格是一致的。"①繁钦的《尚书箴》受到《百官箴》的影响,风格恭谨弘深;《皇后箴》则体现出建安散文清峻通脱的特色。

繁钦的《威仪箴》不以官名为题,但内容上仍是劝诫君主日常起居应有威德、有仪则,即习称之行、住、坐、卧四威仪,直言陈述,言简意赅。

不管是以官名命题,还是以非官名命题的官箴,在内容上都有很强的针对性。吕祖谦曰:"凡做箴,须用'官箴王阙'之意,各以其官所掌而为箴辞,如司隶校尉箴,当说司隶箴人君振纪纲,非谓使司隶振纪纲也。如延尉箴,当说人君谨刑罚,非谓延尉谨刑罚也。箴尾须依《虞箴》'兽人司原,敢告仆夫'之类。"②官箴在对君主、官员、后妃进行规劝时,多从伦理、品性、道德的完善入手,侧重其职业操守、品格德行,体现出鲜明的儒家内敛倾向。箴文常用"兽人司原,敢告仆夫""书臣司命,敢告侍隅""君子下问,敢告侍廷"之类的套语作结,随箴诫对象的不同改定用语,这是一种委婉的敬语。将官箴改造成代言体的格式,使作者虽处于谦卑的地位却能箴刺得失,收到积极的效果。

(二)私箴

私箴是由官箴衍变出的、对作者自身的言行举止与为人处世的方式等进行规诫的一种文体,有一些私箴也有普遍的规诫意义。由官箴到私箴,体现出箴诫对象由君王到百官,再到私人的嬗变。建安时期开始出现私箴,唐以后开始大量出现。

建安私箴现存只有王朗的《杂箴》。刘勰说:"至于王朗《杂箴》,乃置巾履,得其戒慎,而失其所施。观其约文举要,宪章武铭,而水火井灶,繁辞不已,志有偏也。"③可知《杂箴》已散失,其中当有《巾箴》《履箴》,且分别写在巾履之上,而刘勰认为"箴诵于官,铭题于器",题于巾履之上而曰箴,故谓"失其所施"④。关于"戒铭"之"铭"字,《文心雕龙校注》云:"'戒',唐写本作'武';《御览》引同。按'武'字是。'武铭'者,武王所题席、机等十七铭也。景兴《杂箴》,多所则效,故云。"《文心雕龙考异》言:"宪章于武王之诸铭也。"《文心雕龙注订》曰:"上言'失其所施'者,戒慎于己,义不及人,故云志有偏而近私也。"⑤如此

---

① 刘勰.文心雕龙义证·卷三[M].詹锳,义证.上海:上海古籍出版社,1989:421.
② 潘昂霄.金石例·卷九[M].文渊阁四库全书本.
③ 刘勰.文心雕龙·铭箴[M].范文澜,注.北京:人民文学出版社,1978:195.
④ 参见叶长青《文心雕龙杂记》:"此谓巾履应施于铭,施于箴为失也。"
⑤ 同①.

看来,王朗的《杂箴》已不再是"箴王阙",而是写水火井灶之类内容的芜杂的自戒之辞。

王朗《杂箴》现存数句:"家人有严君焉,井灶之谓也。俾冬作夏,非灶孰能?俾夏作冬,非井孰闲。"刘熙《释名》说:"灶,造也,造创食物也。"①《抱朴子·微旨》说灶神能够"上天白人罪状,大者夺纪,纪者,三百日也;小者夺算,算者,三日也"②。对灶君的祭祀始于西汉,王朗将井灶喻为"严君"进行描述,提出世人应对井灶怀有敬畏和崇敬之心。这篇私箴已经具有了普遍的箴诫意义,不只对王朗个人,也对所有人进行规劝。

(三)咏物箴

王朗《杂箴》已经"失其所施""志有所偏",但它仍有规诫的意义,而张纮的《瑰材枕箴》③则完全偏离了箴体劝诫的功用:

或或其文,馥馥其芬。出自幽阻,升于毡茵。允瑰允丽,惟淑惟珍。安安文枕,贰彼弁冠。冠御于画,枕式于昏。代作充用,荣己宁身。兴寝有节,适性和神。

对枕的质地和作用进行描述,指出瑰材枕可以调神静气。语词形象生动,文学色彩浓厚。张纮另有《瑰材枕赋》,内容大致相同,只是赋体更多侈辞俪句,更为铺张罢了,也许箴文的创作正是受到了赋体的影响。这种描述器物的四言韵文很像铭文,《北堂书钞·卷一百三十四》即将其定为"铭"。其实两汉时期已经出现了器物箴,如扬雄、崔骃皆作有《酒箴》,扬文以酒为喻,寄寓深远,崔文仅存四句,仍可看出劝诫之意,均未脱离"依违讽喻"的主旨。而《瑰材枕箴》则是一篇纯粹的咏物箴,完全可以看作一首咏物小诗,清代张玉书等编订的《御定佩文斋咏物诗选·卷二百一十八》就收入了此箴。

第三节 杂文及其他

关于杂文包容的范围,历来说法不一,有广义与狭义之分,邵传烈在《中国杂文史》中根据刘勰的划分,即"详夫汉来杂文,名号多品:或典诰誓问,或览略篇章,或曲操弄引,或吟讽谣咏。总括其名,并归杂文之区;甄别其义,各入讨论之域"④,认为广义的杂文应当兼容各种体裁、各种形式⑤,《文心雕龙》中狭义的杂文包括对问、七、连珠三体。我们从建安散文创作的实际情况出发,依据刘宋范晔的《后汉书》包括《文苑传》在内的诸列传、西晋陈寿的《三国志》各纪传、《隋书·经籍志》等著录的文体与文集,以及西晋挚虞《文章流别论》、南朝梁萧统编撰的《文选》等论及的文类,确定本节的论述范围包括七体、连珠、俳谐文、传记体等,这几种文体现存作品数量较少,如传体仅存曹操《家传》一篇、记体亦仅存王粲《荆州文学记官志》一篇,但它们在各自的文体发展史上皆有重要的意义和影响,论述这些文体,

---

① 刘熙.释名·卷五[M].北京:中华书局,1985:90.

② 葛洪.抱朴子内篇·卷六[M].上海:上海书店,1986:27.

③ 欧阳询撰.艺文类聚·卷七十[M].上海:上海古籍出版社,1982:1218.又略见《北堂书钞·卷一百三十四》,题作"铭"。

④ 刘勰.文心雕龙·杂文[M].范文澜,注.北京:人民文学出版社,1978:256.

⑤ 邵传烈.中国杂文史[M].上海:上海文艺出版社,1991:2.

既可见建安时期文体之繁富,亦可见建安文士创作之自觉。

一、七体

关于七体的渊源,众说纷纭,但是枚乘的《七发》作为首篇确立七体形制的作品是现在学界所公认的,在它之后,模拟之作众多,西晋傅玄的《七谟序》就详细列举了汉魏时期的七体作品:"昔枚乘作《七发》,而属文之士若傅毅、刘广世、崔骃、李尤、桓麟、崔琦、刘梁、桓彬之徒,承其流而作之者纷焉,《七激》《七兴》《七依》《七款》《七说》《七蠲》《七举》《七设》之篇,于是通儒大才马季长(马融)、张平子(张衡)亦引其源而广之,马作《七厉》,张造《七辩》,或以恢大道而导幽滞,或以黜瑰奓而托讽咏,扬辉播烈,垂于后世者,凡十有余篇。自大魏英贤迭作,有陈王《七启》,王氏《七释》,杨氏《七训》,刘氏《七华》,从父侍中《七诲》,并陵前而邈后,扬清风于儒林,亦数篇焉。世之贤明,多称《七激》工,余以为未心善也,《七辩》似也。非张氏至思,比之《七激》,未为劣也。《七释》佥曰'妙哉',吾无间矣。若《七依》之卓轹一致,《七辩》之缠绵精巧,《七启》之奔逸壮丽,《七释》之精密闲理,亦近代之所希见。"其中汉代作品再加上崔瑗《七苏》①、郦炎有目无辞的《七平》②,共有十三篇,其中西汉仅枚乘一篇,其余全为东汉作品,多已残缺不全,完整者有枚乘《七发》、傅毅《七激》,张衡《七辩》基本完整。所谓的"七体",就是模仿枚乘的《七发》形成的一种文体,其文体特征包括以虚构的主客问答为结构形式、以七事(一般为"六过一是"的模式)安排内容、以启发为手段、以规谏为宗旨、以铺张夸饰为语言风格等。建安时的七体作品有曹植《七启》《七忿》(《初学记》卷七仅存四句十六言)、王粲《七释》、徐幹《七喻》、杨修《七训》(据《七谟序》有目无辞)、傅巽③《七诲》六篇,其中完篇有曹植《七启》、王粲《七释》,傅巽《七诲》据日藏弘仁本《文馆词林》第四一四卷,尚存四段内容④。

(一)主题模式的发展

七体有两大主题模式:问疾和招隐。首篇七体文《七发》为问疾型作品,东汉时刘光世的《七兴》、崔琦的《七蠲》亦属问疾型,其他七体文则多是招隐型。从渊源上来看,招隐型衍生于问疾型,由问疾过渡到招隐的作品是傅毅的《七激》,而完全的招隐作品当是张衡的《七辩》,此文的招隐模式与后世又有不同,即张衡在人物设置上仍是虚构主客问答,主仍为

---

① 刘勰《文心雕龙·杂文》曰:"崔瑗七厉,植义纯正。"范文澜注曰:"崔瑗《七厉》,据本传应作《七苏》。李贤注曰'瑗集载其文,即枚乘七发之流'。《全后汉文》自《北堂书钞》一百三十五辑得'加以脂粉。润以滋泽'两句。又案傅玄《七谟序》,《七厉》乃马融所作,此或彦和误记。"《后汉书·卷五十二·崔瑗传》载:"瑗高于文辞,尤善为书、记、箴、铭,所著赋、碑、铭、箴、颂、《七苏》、《南阳文学官志》、《叹辞》、《移社文》、《悔祈》、《草书势》、七言,凡五十七篇。"知崔瑗有《七苏》,现仅存八言。

② 据《古文苑·卷十》郦炎《遗令书》言:"我十七而作《郦篇》,二十四而州书矣,二十七而作《七平》矣。"知郦炎有《七平》,文已佚。

③ 《三国志·卷六·刘表传》裴松之注引《傅子》曰:"(傅)巽字公悌,瑰伟博达,有知人鉴。辟公府,拜尚书郎,后客荆州,以说刘琮之功,赐爵关内侯。文帝时为侍中,太和中卒。"故本书定其为建安时人。

④ 许敬宗.日藏弘仁本文馆词林校证·第四一四卷[M].北京:中华书局,2001:139-141.

一人——"无为先生",而客则有七人:虚然子、雕华子、安存子、阙丘子、空桐子、依卫子、仿无子,他们各言一事,在结构上虽显得活泼,后世却无仿者。

建安七体文皆是虚构一主一客问答的招隐型作品。招隐是我国古代文学的一个重要主题,它源于淮南小山的《招隐士》。招隐型七体文借鉴了《招隐士》夸张、渲染的艺术手法,而在招隐角度和招隐理由上却不同。《招隐士》铺写隐士所处山中环境的怪异、恐怖,文末自然发出"王孙兮归来,山中兮不可以久留"的呼唤,而七体作者欲擒故纵,采用规谏的技法。以王粲《七释》为例,开篇文籍大夫认为当前"圣人居上,国无室士",而潜虚丈人则避世隐居,大夫认为是"在列之耻",便前往说之。他先以五段内容夸言五味、宫室、音乐、游猎、美色的奢华侈靡以引诱丈人,丈人不仅逐一否定,而且"心疾意忘,气怒外凌,艴然作色,谧尔弗应",使劝说进入僵局,大夫见反击丈人心志之效果已达到,便转变话锋,以学林、师友相劝,盛赞君子的美行,丈人才"变容降色",言曰"实诱我志",大夫因势利导,直言当今"大人在位,时迈其德",然后一一列举贤王的德政,并以"栖林隐谷之夫,逸迹放言之士"莫不"踊跃泉田之间""载贽而兴起"相激励,丈人果然"踧然动颜",亦称道"圣人之至化,大道之上功",跃然入世。曹植的《七启》同《七释》一样,并没有采用较为常见的"六过一是"的模式,而是以"五过"相激之后,第六事转变角度,气氛由紧张变得缓和,如《七启》中镜机子第六事辞未及终而玄微子已称"善",为第七事唤起隐士强烈的入世欲望做好铺垫。丈人曰"子之前论,多违德类"(《七释》),玄微子曰"近者吾子,所述华淫。欲以厉我,只搅予心"(《七启》),正是作者技法巧妙之所在。正如刘勰所言:"观其大抵所归,莫不高谈宫馆,壮语畋猎,穷瑰奇之服馔,极蛊媚之声色;甘意摇骨体,艳词动魂识。虽始之以淫侈,而终之以居正;然讽一劝百,势不自反。子云所谓先骋郑卫之声,曲终而奏雅者也。"①招隐者极力铺陈宫馆、畋猎、容饰、肴馔、声色等极致美的世俗生活并不是真正的目的,而是要为后面的"居正""奏雅"即招隐做好充分的铺垫。

东汉自傅毅、张衡开始,招隐型的七体文开始大量出现,这与当时的时代文化背景有很大关系。自王莽篡权开始,隐逸已逐渐成为一种不可忽视的文化现象,据《后汉书·卷八十三·逸民列传》:"汉室中微,王莽篡位,士之蕴藉义愤甚矣,是时裂冠毁冕,相携持而去之者,盖不可胜数。《后汉书》中专列《独行列传》(卷八十一)、《逸民列传》(卷八十三),可见隐逸之风之浓郁、隐居队伍之庞大,而且他们的隐逸不仅仅是个人行为,还常常"相携持",如《后汉书·卷三十七·桓荣列传》载:"莽败,天下乱。荣抱其经书,与弟子(徒众数百人)逃匿山谷。"建安时这种情况亦很常见,如《三国志·魏书·田畴传》:"(田畴)率举宗族他附从数百人,……遂入徐无山中,营深险平敞地而居,躬耕以养父母。百姓归之,数年间至五千余家。"②他们携宗门弟子隐居躬耕实是不得已的行为,大多数还是希望有机会能够建立功业,田畴曾与众人言曰:"今来在此,非苟安而已,将图大事。"而且在隐居之地徐无山中制定律法,"制为婚姻嫁娶之礼,兴举学校讲授之业",俨然把这里当成了实践自己治国安邦理念的"理想国"。建安十二年(207年),田畴帮助曹操击破乌丸,而且对门人"昔袁公慕

---

① 刘勰.文心雕龙·杂文[M].范文澜,注.北京:人民文学出版社,1978:255-256.
② 陈寿.三国志·卷十一·田畴传[M].裴松之,注.北京:中华书局,1959.

君,礼命五至,君义不屈;今曹公使一来而君若恐弗及者,何也"的质疑,笑曰"此非君所识也"①,受这种社会风气影响的还有郑玄、邴原、诸葛亮等人,建安士人大多曾有避难的经历。

  受隐逸之风的影响,东汉帝王如光武、章帝、和帝、安帝、冲帝时都曾有诏求隐逸之举。傅毅因为"显宗求贤不笃,士多隐处,故作《七激》以为讽"②。初平元年(190年),幽州牧刘虞感叹:"贼臣作乱,朝廷播荡,四海俄然,莫有固志。"③傅巽在《七诲》中也有对时代背景的描述:"其母先生体杜志烈,贵义尚功,希慕明哲,忿愠末俗。朱紫杂形,是非散乱,雅郑糅声。乃捐绪业,弃缙绅,慕彭聃,思真人,愿松乔,希烈仙。""其母先生"们本来怀抱"贵义尚功"的"固志",在"是非散乱"的社会激流的冲击下,只能避世隐遁。曹操多次下求贤令招揽人才,他勿拘品行、毋废偏短、不拘一格地选用人才,对原本就关心立身行事的士人来说,实在是热烈的召唤。曹植《七启》应该是为配合曹操的求贤令文而作,文中说"世有圣宰,翼帝霸世",李善注圣宰"谓魏太祖"④,赵幼文考此文作于曹操任丞相时,大约作于建安十五年(210年)发布《求贤令》之后,当时曹操已经消灭了袁绍,控制了冀州,复取荆州,为了进一步发展统一事业,必须争取士族,广泛网罗人才与之合作,曹植此文不只配合了其父的政治意图,借献帝刘协的号召,鼓舞在野士族参与政治的积极情绪⑤,而且也表达了他自己的志向,丁晏说"归到正论,仍是求自试之心"⑥,希望能像"游侠之徒""上古之俊公子"一样建立不朽的功业。曹植《七启序》曰"并命王粲作焉",王粲七体现仅存《七释》,考其主旨,当为应命之作⑦。徐幹《七喻》、傅巽《七诲》的题旨与《七启》《七释》相近,同是招隐之作,大约亦作于同时。

  (二)建安七体文的思想倾向

  建安七体即为招隐之作,且虚构隐士与招隐者,文中招隐者皆为作者化身,从问答双方的身份上,隐士为主,招隐者为客;而从内容上,招隐者为主,隐士为辅,作者通过招隐者传达了他的思想倾向,并与隐士的思想倾向相对立。一般来说,隐士代表道家思想,招隐者以儒家为主。

  这首先从他们的命名上可以看出,《七启》的隐士名为"玄微子"、招隐者名为"镜机子",李善分别注曰"玄微,幽玄精微""镜机,镜照机微",后者识见自然比前者高出一筹。《七释》隐士与招隐者名号分别为"潜虚丈人""文籍大夫",《七喻》分别为"逸俗先生"

---

① 陈寿.三国志·卷十一·田畴传[M].裴松之,注.北京:中华书局,1959.
② 范晔.后汉书·卷八十上·傅毅传[M].李贤,等注.北京:中华书局,1965.
③ 同①.
④ 萧统.六臣注文选·卷三十四[M].李善,吕延济,刘良,等注.北京:中华书局,1987:649.
⑤ 曹植.曹植集校注[M].赵幼文,校注.北京:人民文学出版社,1984:28-29.
⑥ 丁晏.曹集诠评(二)[M].上海:商务印书馆,1933:41.
⑦ 关于《七释》创作时间,韩格平认为文中有"巴渝代起"句,考《俞儿舞歌四首》作于建安十八年秋曹操为魏公之后,在此之前,巴渝舞因无人通晓其句度而近于湮灭,疑本文作于建安十八年(213年)秋天之后(见《建安七子诗文集校注译析》,第218页),而学界一般认为《七释》乃王粲应曹植之命而作,与《七启》同时,今从赵幼文《曹植集校注》,定于建安十五年(210年)之后。

"宾",《七诲》分别为"其母先生""安有公子",这些名号大都可以从先秦儒家或道家典籍中找到渊源。即使是主客的称谓都有道家思想的倾向,如《七启》《七诲》,在文章的立意上,也表现出积极入世的态度,反映了建安士人强烈的建功立业、不屑巢许的生命价值观念,他们的招隐,如曹植,在很大程度上是在自招。

此外,从作者对他们的介绍、隐士居住的环境和他们之间的言论亦可看出他们的思想倾向,如其母先生"捐绪业,弃缙绅,慕彭聃,思真人,愿松乔,希烈仙。藏身岩穴,托体名山。绝圣释智,含和养生。同欲婴儿,致思玄冥。方有在溺,惜足濡而弗拯也。或困途炭,实一毛而不营也"(《七诲》),玄微子"隐居大荒之庭,飞遁离俗,澄神定灵。轻禄傲贵,与物无营。耽虚好静,羡此永生。独驰思于天云之际,无物象而能倾……其居也,左激水,右高岑。背洞溪,对芳林。冠皮弁,被文裘。出山岫之潜穴,倚峻崖而嬉游。志飘飘焉,岿岿焉,似若狭六合而隘九州。若将飞而未逝,若举翼而中留"(《七启》),俨然服膺老庄之道的山中隐士;文籍大夫曰"栖迟诵咏,同车携手。论载籍,叙彝伦,度八索,考三坟,升堂入室,温故知新。上不为悠悠苟进,下不与鸟兽同群;近不逼俗,远不违亲,从容中和,与时屈申。焕然顺叙,粲乎有文"(《七释》),言辞多从《论语》化出,是儒士自我对道德修养的要求,他所描绘的有道之世是"圣人在位,时迈其德。先天弗违,稽若古则。睿哲文明,允恭玄塞。旁施业业,勤厘万机。阐幽扬陋,博采畴咨。登俊乂于垄亩,举贤才于仄微。置彼周行,列于邦畿。九德咸事,百僚师师。乃建雍宫,立明堂,考宪度,修旧章,缀故训之纪,综六艺之纲。下理九土,上步三光。制礼作乐,班叙等分。明恤庶狱,详刑淑问。百揆无废,五品克顺。形中情于俎豆,宣德教于四邦,布休风以偃物,驰纯化而玄通。于是四海之内,咸变时雍。仁泽洽于心,义气荡其匈。父慈子孝,长惠幼恭。推畔让路,重信贵公。五辟偃措,囹圄阒空。普天率土,比屋可封。声暨海外,和充天宇,越裳重译而来献,肃慎纳贡于王府。日月重光,五徵时叙。嘉生繁殖,祥瑞蔽野"(《七释》),完全是按照儒家的政治伦理绘制的理想社会蓝图。

曹植的《七启》稍有不同,镜机子认为入世有三种形式:一是像田光、荆轲一样"乐奋节以显义""甘危躯以成仁""交党结伦,重气轻命,感分遗身""果毅轻断,虎步谷风。威慴万乘,华夏称雄"的"游侠之徒",镜机子认为"未足称善"。二是像孟尝君、信陵君一样"飞仁扬义,腾跃道艺。游心无方,抗志云际。陵轹诸侯,驱驰当世。挥袂则九野生风,慷慨则气成虹蜺"的"上古之俊公子"。而他最推崇的是第三种,即"世有圣宰,翼帝霸世。同量乾坤,等曜日月。玄化参神,与灵合契。惠泽播于黎苗,威灵震乎无外。超隆平于殷周,踵羲皇而齐泰。显朝惟清,王道暇均。民望如草,我泽如春。河滨无洗耳之士,乔岳无巢居之民。是以俊乂来仕,观国之光。举不遗才,进各异方。赞典礼于辟雍,讲文德于明堂。正流俗之华说,综孔氏之旧章。散乐移风,国富民康。神应休臻,屡获嘉祥。故甘灵纷而晨降,景星宵而舒光。观游龙于神渊,聆鸣凤于高冈。此霸道之至隆,而雍熙之盛际。然主上犹以沈恩之未广,惧声教之未厉。采英奇于仄陋,宣皇明于岩穴",一方面是"正流俗之华说,综孔氏之旧章"的"王道暇均",一方面是"霸道之至隆""惧声教之未厉。采英奇于仄陋,宣皇明于岩穴",这样的盛世图景其实是曹操兼用儒术、刑名之学等治国方略的艺术表现。

曹植的《七启》在思想倾向上还有稍显矛盾的地方,首先,在主、客双方的命名上,皆带有道家色彩;其次,曹植细致描绘了隐者的居住环境;最后,招隐者探寻隐者的过程,"驾超野之驷,乘追风之舆。经迥漠,出幽墟。入乎泱漭之野,遂届玄微子之所居",带有逍遥之游的味道,到达的地方当然是背世离俗的隐者之居。虽然文章的立意是强烈的入世思想,但从这些地方,我们可以看出青年曹植对老庄之道的仰慕,既体现了他思想的复杂性,也与他晚年从佛道之中寻求解脱的思想相沿承。

(三)建安七体文的情感倾向

随着七体主题由问疾转向招隐,作者的情感也由讽喻转向颂美。《七发》最后一节的要言妙道并无颂美之意,由问疾向招隐转型的《七激》已经在文章收束处称美朝政,但傅毅是因"显宗求贤不笃"而作此文,他是借颂而讽,《七辩》结尾虽然极尽歌功颂德之美事,但无为先生对"神仙之丽"的道家情怀似有兴致,然未实行,在仕途上颇感失意的张衡,在文中也流露出一定的讽谏意识。建安七体文在结尾处都表现出自觉而强烈的颂美意识。曹植《七启序》说"辞各美丽,余有慕之焉,遂作《七启》",表面看来,《七启》是为骋词之丽,与古人以争高下而作。实际上,曹植以世子的身份,在文中盛赞"世有圣宰,翼帝霸世",建安十五年(210年)左右,位列丞相的曹操已经基本统一了中原地区,曹植在文中说当时的朝政"超隆平于殷周,踵羲皇而齐泰",虽近乎阿谀,却也有一定的现实基础,曹植正是配合当时的社会政治形势而作的"天下有道则见"的招隐之辞。王圣俞评曰:"枚乘《七发》以要言妙道去病,寄趣自不凡也。曹植《七启》以其父操乘钓而为招隐士,则其趣浸下矣。由枚而上之,几于庄列之寓言,由曹而下之,即俳优杂剧不远矣。曹之措语有工绝无匹者,而本趣高下不侔。"①文章虽然表现出很强的称美盛世的政治意图,却是建安文士内心渴望有所作为的价值取向的热切流露。

王粲的应命之作同样是颂美之文,刘勰称"仲宣《七释》,致辨于事理"②,"事理"即政治清明之时,有志之士当积极入世,成就功业。王粲世为豪族,博闻多识,有强烈的功利观念,而汉末动荡的政局使他在依附刘表的十余年中并无多大作为,建安十三年(208年)投奔曹操之后,受到曹操的重视,曹丕、曹植兄弟也都和他交好。应曹植之命而作的《七释》同他的《太庙颂》《俞儿歌舞》《公宴诗》一样,是为曹操歌功颂德的作品,文中"大人在位,时迈其德"中的"大人"显系曹操,此文既为颂美,也在借招隐而自招。

徐幹《七喻》残缺太甚,招隐之作自是无疑,是否有颂美之辞已不得而知。傅巽《七诲》后半部分已佚,是否有颂美之辞同样不得而知,但是文章开头安有公子说"智可以学益,而性不可迁","性"乃是儒士修齐治平的价值观念。东汉至建安以来,七体文逐渐褪去了对君王讽谏的外衣,演变为颂美朝政、激励士人的劝仕之作。

(四)艺术技巧

很多汉赋研究者都把枚乘的《七发》看作汉代散体大赋体制形成的标志。它虚构主客问答,铺陈服食游观的至美,文末借要言妙道以讽谏,这些都开汉大赋铺张扬厉的风气,但七事一文的结构,特定的主题,相对固定地铺叙宫室、声色、园囿、饮食等内容,再加上一系列的模拟之作,都使七体文成为一种独立的文体。言辞的铺张、对极致之美的追求是所有

---

① 王志坚.四六法海·卷十二·七启[M].上海:上海古籍出版社,1987:776.
② 刘勰.文心雕龙·杂文[M].范文澜,注.北京:人民文学出版社,1978:255.

七体文的美学追求,刘勰说"七辞""从事乎巧艳","七辞"乃七体之变文,曹植言"辞各美丽",都是针对七体繁富华美的言辞而发。曹植有慕而作、希企与古人争美的《七启》得到了刘勰"取美于宏壮"①、傅玄"奔逸壮丽"(《七谟序》)的美誉,《七启》的语言较前代更为绮丽华美,语句以四六言为主,对仗工整,呈现出较强的骈偶化色彩。《七释》《七诲》的语词也有这样的特色。《七启》写"容饰之妙":"饰以文犀,雕以翠绿。缀以骊龙之珠,错以荆山之玉";《七释》言"游猎之娱":"凌原隙以升降,捷蹊径而邀遇。弦不虚控,矢不徒注";《七诲》绘"天下之异观":"重屋增构,栾栭相经。华井流其藻,兰房披其英"。建安七体文中对极致美的夸饰手法仍然十分普遍,曹植、王粲本为辞赋大家,他们的七体作品比《七诲》有更强的骈化趋势,《七诲》仍较多四言偶句。

建安七体文不仅注重语句的对仗工整,而且也讲究音律的和谐,表现出一种整齐化和精致化的审美追求②。《七启》写"肴馔之妙"时说:"春清漂酒,康狄所营。应化则变,感气而成。弹徵则苦发,叩宫则甘生。于是盛以翠樽,酌以雕觞。浮蚁鼎沸,酷烈馨香。可以和神,可以娱肠。"《七释》中写"五味之极"有语曰:"西旅游梁,御宿青粲,瓜州红曲,参糅相半。软滑膏润,入口流散。鼋羹蠁臛,晨凫宿鹅。五黄捣珍,肠腩肺烂。旄象叶解,胎豹脔断。霜熊之掌,茸麋之腱(《北堂书钞》卷一百四十二作"文鹿之茸")。齐以甘酸,随时代献。芬芳滋液,方丈兼案。"《七诲》描绘"天下之异观"时说:"群工致巧,侈饰无形。重屋增构,栾栭相经。华井流其藻,兰房披其英。红采焕烂,敷耀舒荣。"韵脚较为繁密,有较强的诗化色彩。在语句整饬、音律协调、各节内容所占篇幅大致相称的同时,建安七体文仍注重散句虚词的运用,即使是对句也不限于四六言,还有三言、五言、七言、八言等,"七体虽尚骈俪,然遣辞变化,与连珠全篇四六不同"③,语词的灵活多变,便于阐发事理,在主客问答的过程中体现了迂回曲折的论辩艺术,"此乃""未足""然后""于是"等调节语气的虚词使招隐者的循循善诱起到了很好的效果。

建安七体文的骈化趋势还体现在用典成分的增多上,这使文章在辞采华美的同时,内容也更加充实。《七释》最后一节中有很多语句,都从《论语》《诗经》《尚书》等儒家经典中化出,如"布休风以偃物",语出《论语·颜渊》:"君子之德风,小人之德草,草上之风,必偃。"突出曹操的德政与教化,盛赞盛世的图景,表达了劝仕的政治意图和强烈的功利观念。

建安七体文并不是简单的模拟之作,它们在思想、情感倾向和艺术技巧等方面都体现了那个时代的社会风气和政治背景。

(五)七体评论及后世七体文的发展

《七启序》是现存最早的一篇七体序,它不仅交代了作者的创作动机,而且还列举了前代四位作家的七体作品,并论之曰"辞各美丽",这也是现存最早的七体评论。从曹植的这篇序文,可以看出当时的文人已经意识到七体的存在,而且还有意识地模拟创作,只是还未定名而已,此序在七体发展史上有重要的意义。到了西晋,出现了傅玄《七谟序》,论列七体作品十六篇,写作方式和内容与《七启序》相似,只是评论更加具体。

---

① 刘勰.文心雕龙·杂文[M].范文澜,注.北京:人民文学出版社,1978:255.
② 宋志民.论七体的形成和演进[J].湖南大学学报(社会科学版),2002(5):85-87.
③ 吴讷.文章辨体序说·七体[M].北京:人民文学出版社,1962:48.

《七发》为七体首创之作,后作全为模拟之作,对这些作品,后人多从思想内容与艺术技巧两方面进行评述,对其语言、结构等艺术方面多是赞赏,如曹植"辞各美丽"(《七启序》),宋代晁补之"引物连类,能究情状"(《七述序》),元代赵孟頫"夸奇斗丽。才高者干云霄,学博者涨溟渤"(《七观跋》),明代孙绪"腴词丽旨,脍炙百世"(《七谣序》),皆强调该文体辞采的华美以及富丽的文风。而对其主题内容方面则多指责,刘勰认为这些作品莫不"讽一劝百""曲终奏雅"①,南宋洪迈亦指出:"规仿太切,了无新意。"②

七体成为一种文体,自是因其特定的体制特点,但也正是特定的体制束缚了它的发展,后世七体文虽也有所开拓与创新,出现了以柳宗元《晋问》、袁桷《七观》为代表的"都邑风土"和"谈艺论学"新的题材领域③,但大多还是对传统题材的继承与发展,很少有突破。它在辞藻方面的过分追求也造成了文风越来越艳丽,而思想、感情的狭窄和苍白也造成了这种文体的停滞不前。

二、连珠

连珠同七体一样,其起源历来说法不一,有源于邓析、韩非、扬雄、东汉章帝、先秦诸子文章、战国游辩之士的论说之辞等说法④,笔者较倾向于钱锺书的观点,他认为:"盖诸子中常有其体,后汉作者本而整齐藻绘,别标门类,遂成'连珠'。"⑤连珠同七体等很多文体一样很难断定源于何时何人,先秦诸子著作中具有连珠形式的文字可视为连珠体制的滥觞。到汉代,喜欢在模拟中演变和创新的扬雄首作《连珠》,其体式被后人竞相模仿,文学色彩渐浓,遂成为一种别具风格的古代文体。晋代傅玄《连珠序》有言:"所谓连珠者,兴于汉章帝之世,班固、贾逵、傅毅三子受诏作之,而蔡邕、张华之徒又广焉。其文体辞丽而言约,不指说事情,必假喻以达其旨,而贤者微悟,合于古诗劝兴之义,欲使历历如贯珠,易观而可悦,故谓之连珠也。班固喻美辞壮,文章弘丽,最得其体。蔡邕似论,言质而辞碎,然其旨笃矣。贾逵儒而不艳,傅毅文而不典。"(《全晋文·卷四十六》)傅玄不仅以精要之言论述了连珠的文体特点和得名由来,而且还论列了汉代的连珠作品,除序中提到的作家作品之外,《全后汉文》中尚存杜笃《连珠》二句。建安连珠现存潘勖《拟连珠》一则、曹丕《连珠》三则、王粲《仿连珠》四则。连珠常以"臣闻""盖闻"开头,常以类比、譬喻或事典说理,结构短小而凝练,语多骈俪。

正因为连珠独特的文体风格,关于其文体归类,大致有四种不同观点:一是归入辞赋。周振甫说"对问、七、连珠,实际上都是辞赋"⑥。程章灿认为连珠"是一篇精粹的微型赋,它

---

① 刘勰.文心雕龙·杂文[M].范文澜,注.北京:人民文学出版社,1978:256.
② 洪迈.容斋随笔·卷七[M].上海:上海古籍出版社,1978:88.
③ 孙津华."七体"题材的突破与创新——唐后"七体"创作管窥[J].中国韵文学刊,2008(4):47-51.
④ 孙波.连珠范式的演变及其逻辑解析[J].甘肃社会科学,2008(3):46.;陈启智.连珠溯源[J].渤海学刊,1985(4):50-53.;孙津华.连珠体的起源、命名及著录探析[J].中州学刊,2009(5):226-227.
⑤ 钱锺书.管锥编(第三册)[M].北京:中华书局,1979:1136.
⑥ 刘勰.文心雕龙注释[M].周振甫,注.北京:人民文学出版社,1981:156.

的短小体制与对问、七体形成鲜明对照,它的精巧结构更值得我们注意"①,"刘勰的赋论主要见于《文心雕龙》的《诠赋》、《杂文》二篇。……杂文中论及的对问、七体、连珠三种,实为赋之旁衍,所谓貌异而心同者,应算在赋的范围内"②。程千帆亦提出连珠和七、对问一样是"赋体之旁衍"③。二是归入骈文。清代李兆洛的《骈体文钞》把连珠看作骈文的一小类。王瑶《徐庾与骈体》一文也持此论:"从连珠的文字组织看来,就是简短的骈文;……从扬雄班固,张华陆机,到沈约庾信,也说明了骈文的演进过程。……习作连珠是文士间普遍的现象。……这种说理方式的起源是很早的。后来逐渐为文人所采用,如扬雄班固等,便成了骈体的滥觞。到骈文成立以后,这便成了属文的初步练习,好像现在练习造句一样。陆机庾信都是骈文演进上的重要人物,正可证明这种情形。"④莫道才也提出"(骈文)最早的名称应是'连珠'""连珠是骈文的初始形态,或称准骈文形态,可以说'连珠'是骈文的乳名"⑤。三是归入章表奏议。扬雄因为辞赋"劝百讽一""曲终奏雅"的空泛,弃之而作连珠。傅玄《连珠序》中说班固、贾逵、傅毅受诏而作连珠。《汉书》《后汉书》中虽无相关记载,但连珠常以"臣闻"开头。汉代连珠亦多谈论朝政和政治理念,元代郝经据此提出"连珠,孝章命班固、傅毅作,一事未已,又列一事,骈辞相连,体如贯珠,故谓之连珠,亦奏议之体也"⑥。曹道衡亦认为连珠"是章表的一个旁枝"⑦,很多章表奏议都是以"臣闻"开头,只不过连珠很少直言进谏,而是迂回、曲折地讽谏。四是归入诗歌。傅玄说连珠"合于古诗劝兴之义",是希望这种文体能成为诗歌的一种别体。罗莹《连珠体的归类与起源问题的再思考》一文分析了连珠与辞赋、骈文的异同,认为从连珠的结构、体式、用语等方面来看,它兼有辞赋、骈文、章表奏议、诗歌的部分特点,从严格的文体分类的角度来看,不能把它简单地归入辞赋、骈文、章表奏议或诗歌中。由于连珠自身的独特性,参照刘勰的做法,将之归入"杂文"类,其作为一种古老而式微的文体样式存在于研究者的视野中会更好⑧。

汉代连珠在体式上还较为随意,扬雄现存完整的两则连珠,其中"臣闻明君取士"一则是二段式连珠,是后世连珠体的主要格式;另一则"臣闻天下有三乐",结构则较为松散,形式上很像一段政论散文,并没有推理论证的结论。班固、蔡邕也都有结构随意的连珠作品。在题材内容上也较为单一,多集中于对君臣之道、治理理政的论述,这些连珠同当时的章表作品一样,"以远大为本,不以华藻为先"(李充《翰林论》),语言质朴而古拙,钱锺书根据傅玄《连珠序》提出"见存班固、扬雄、潘勖、蔡邕、曹丕、王粲所作此体,每伤直达,不甚假喻"⑨,傅玄说"蔡邕似论,言质而辞碎,然其旨笃矣。贾逵儒而不艳,傅毅文而不典",贾逵、傅毅之作已难论,是否"儒而不艳""文而不典"已不得而知,而他认为班固的连珠"喻美辞

---

① 程章灿.魏晋南北朝赋史[M].南京:江苏古籍出版社,2001:13.
② 同①272.
③ 程千帆.程千帆全集·第七卷·闲堂文薮[M].石家庄:河北教育出版社,2001:124.
④ 王瑶.中古文学史论集[M].上海:古典文学出版社,1956:165.
⑤ 莫道才.骈文通论[M].南宁:广西教育出版社,1994:1.
⑥ 郝经.续后汉书·卷六十六上上[M].北京:商务印书馆,1937:758.
⑦ 曹道衡.中古文学史论文集[M].北京:中华书局,1986:57.
⑧ 罗莹.连珠体的归类与起源问题的再思考[J].古典文学知识,2007(4):75-79.
⑨ 钱锺书.管锥编(第三册)[M].北京:中华书局,1979:1135.

壮,文章弘丽",从现存班固作品来看似乎有些不实,如"臣闻公输爱其斧,故能妙其巧;明主贵其士,故能成其治"一则并无用喻,汉代连珠大多是像蔡邕"似论而言质"的作品。钱锺书说西晋陆机的《演连珠》庶足当"喻美文丽"之目应为确论。

建安连珠在题材内容上仍有君臣之道的探讨,如王粲《仿连珠》四则皆是劝谕明主任贤纳言的内容,而曹丕的连珠则以"盖闻"开篇,虽与王粲、潘勖及以往连珠的"臣闻"只是一字之差,却标志着连珠表现范围的扩展。曹丕的三则连珠不再是臣子"受诏"而作的谏言,而是一代君王对声名的重视和追求,这些简短的事例也反映了当时人的价值观念。

建安连珠在体式结构上皆是二段式的推理形式。在逻辑上,或有前提和结论,或有论题和论据,两部分之间用相应的连词,如"故""是以"连接,在体制上较为规范。曹丕的三则连珠和王粲的前两则《仿连珠》都是以"臣闻"引出论题,以"故"或"是以"引出论据。建安连珠以譬喻说理的情况还不太常见,西晋陆机的三段式连珠总有一段譬喻的内容作为结论的前提,王粲的后两则《仿连珠》虽是二段式推理,却也出现了譬喻的内容,它们的结构形式与班固的最后一则《拟连珠》相同,相比当时其他的连珠作品,文学性更浓,不是以理服人,而是用形象而诗歌化的语言,通过比兴手法以情感人,不是刻板的说教,而是"假喻以达其旨,而览者微悟,合于古诗劝兴之义"(傅玄《连珠序》)。刘勰曾说潘勖等人的连珠乃鱼目混珠、邯郸学步、东施效颦之作①,潘勖《拟连珠》据《艺文类聚·卷五十七》仅存一则:"臣闻媚上以布利者,臣之常情,主之所患;忘身以忧国者,臣之所难,主之所愿。是以忠臣背利而修所难,明主排患而获所愿。"其前提共六句,三句为一联,结论为两句,前提与结论两部分各自形成整饬的对仗,句式参差错落,形式灵活,言简而意赅,重在说理。前提是两个逆态的联言判断("虽然……但是……"),结论是两个顺态的联言判断("不但……而且……"),结论打破了前提中主、谓词的组合次序,而是用"忠臣"和"明主"重新归类②。它的推理方式类似于《墨经》中的侔式推理及今之所谓附性法推理,却又不尽然③。潘勖的这则连珠文学性并不强,但推理过程较汉代及建安其他连珠却更为复杂严密。

南朝梁沈约说:"连珠者,盖谓辞句连续,互相发明,若珠之结排也。"(《注制旨连珠表》)辞句之间的"互相发明"点明了连珠这种文体的逻辑推理性质,它一般是针对较为严肃的论题给出简明的结论。陆机因为研习过名理,其《演连珠》无论内容还是形式都堪称佳构。建安时期,曹操好法术、重刑名,曹丕慕通远、尚通达,逐渐形成了实用、通脱的思想文化氛围,这也是当时文章创作的一大特色,连珠作品虽然不多,也呈现出文辞质朴的特点,辨名析理的玄学在当时仍是潜流,连珠多是通过简短的举事用典推理论证,讲求骈偶对仗,言约而义丰,这些常见的典实起到了很好的论据作用,使连珠的语词更加凝练、典雅,文学与举例论证的逻辑推理很好地结合在一起。校练名理的王粲,或设喻明理,或隶事用典,在行文上相比汉代更加注重文采。

连珠篇幅短小,注重议论,讲求偶对,是文学与逻辑的统一体。两汉、建安时期的作品

---

① 刘勰.文心雕龙·杂文[M].范文澜,注.北京:人民文学出版社,1978:256.
② 孙波.论"连珠体"的逻辑性质[J].社会科学战线,1993(5):94.
③ 沈剑英.论连珠体[M]//《中国逻辑史研究》编辑小组.中国逻辑史研究.北京:中国逻辑史出版社,1982:255.

以政治题材为主,发展到六朝时期,随着思想的发展和多元化,连珠的题材内容也日益丰富,现实的政治功用性逐渐削弱,个人的娱情性逐渐增强。

三、俳谐文

一般说来,汉代文学以重教化、重功利为主,但也有"悦笑"之"谲辞饰说"而"意在微讽"的俳谐文①,较有代表性的作品有东方朔的《答客难》《非有先生论》、王褒的《僮约》、《责须髯奴辞》、戴良的《失父零丁》等,司马迁亦在《史记》中专列《滑稽列传》。汉代末年,儒家思想统治相对松弛,清议、清谈的社会风气刺激了士人独立自由的思想文化观念,自汉灵帝置鸿都门学后,原来备受杨赐、蔡邕指责的"虫篆小技"②、"连偶俗语,有类俳优"③等民间通俗文学和谐谑文学逐渐有了独立的地位并获得了较大发展,"由于自我意识的加强,文学的社会使命感减弱了。文学的创作首先不是为了满足社会的需要——政治、教化的需要,而是为了满足自己,获得心灵上的快感。"④到两晋南北朝时,俳谐文学更加兴盛。

建安时期,魏之三祖实行的一系列政治文化措施使社会思想更加活跃自由,士风渐趋通脱放旷,文学审美观念更加多元化。曹丕、曹植兄弟的隐语"约而密之",曹丕"因俳说以著笑书"⑤,曹植初见邯郸淳时,"诵俳优小说数千言",自炫于以滑稽著称的邯郸淳,还请邯郸淳做出评价。曹植对民间通俗文学也有极高的评价:"夫街谈巷说,必有可采,击辕之歌,有应风雅,匹夫之思,未易轻弃也。"(《与杨德祖书》)上好下行,原来东方朔、枚皋之徒只能"见视如倡",而现在"杂以嘲戏"已成为社会风气,"朋友、夫妇、敌国、君臣之间无不嘲谑取乐。其语言一改汉末的凝重质直而转为通脱,还有诙谐调侃意味。当时盛行的谐隐嘲谑风气与邺下文采风流相映成趣"⑥。刘勰说"应场之鼻,方于盗削卵",应场事虽未闻其说,但繁钦的《嘲应德梿文》以书札的形式嘲弄友人应场的隐私,似以之取乐,前所未见,实属"本体不雅"者⑦。《隋书·经籍志》著录邯郸淳《笑林》三卷,《笑书》《笑林》当为一类作品,《笑书》已佚,鲁迅《古小说钩沉》有《笑林》辑本。

建安时的俳谐文还有曹植的《诘纣文》《释愁文》《诘咎文》⑧等。《诘纣文》恐非全篇,责难纣王不辨忠奸而最终误国。《释愁文》《诘咎文》同王褒的《僮约》《责须髯奴辞》一样是近似于赋体的俳谐文。《释愁文》模拟扬雄《逐贫赋》,"而未极唐李廷璧所谓'著骨粘心'之况"⑨。钱锺书谓扬雄《逐贫赋》"笔致流利而意态安详,其写贫之于人,如影随形,似疽附

---

① 刘勰.文心雕龙·谐隐[M].范文澜,注.北京:人民文学出版社,1978:270.
② 范晔.后汉书·卷五十四·杨赐传[M].李贤,等注.北京:中华书局,1965.
③ 范晔.后汉书·卷六十下·蔡邕传[M].李贤,等注.北京:中华书局,1965.
④ 章培恒.关于魏晋南北朝文学的评价[J].复旦学报(社会科学版),1987(1):85.
⑤ 同①271-272.
⑥ 魏宏灿.远实用而近娱乐——建安谐隐文论[J].聊城大学学报(社会科学版),2005(2):92.
⑦ 同①.
⑧ 严可均《全三国文·卷十九》作"《诘咎文》",赵幼文据《文选·洛神赋》李善注引虞喜《志林》作"《诘洛文》","洛"为"咎"之误,胡克家《文选考异》曰:"王伯厚尝言曹子建《诘咎文》,假天帝之命,以诘风伯、雨师。名篇之意显然矣",认为"诰实为诘字之形误",本书从赵说。
⑨ 钱锺书.管锥编(第三册)[M].北京:中华书局,1979:963.

骨,罔远勿届,无孔不入"①,而曹植则是虚构与玄灵先生的对话,宣泄内心积郁很久的苦闷。曹植原有的"戮力上国,流惠下民"的政治追求,在流落凄苦的生活境遇下已经变成了沉重的精神负担,曹植试图从道家与方士合流的思想中寻求解脱,描述愁苦之态说:"加之以粉饰不泽,饮之以兼肴不肥,温之以金石不消,摩之以神膏不稀,授之以巧笑不悦,乐之以丝竹增悲。"远非扬雄的"意态安详",玄灵先生开出的释愁之术是"赠子以无为之药,给子以澹薄之汤,刺子以玄虚之针,灸子以淳朴之方,安子以恢廓之宇,坐子以寂寞之床",两组排比句分别由六个短句组成,语言质朴而"调脱"②。曹植希企通过消极无为的老庄哲学释愁解忧,标志着他晚年思想的迁化,最终是否真的做到了清静无为,实在大可怀疑。《诘咎文》序文中已经交代了文意,即天灾自有其规律,并非政治治乱所能影响,有感于天灾,"聊假天帝之命,以诘咎祈福",文中列数自然灾害给农业生产和社会生活带来的危害,实际上是希望社会安定,"年登岁丰,民无馁饥",此文当是曹植在封国时所作。

三篇文章虽然皆有虚构性的内容,《诘纣文》中纣王已化为历史的尘土,《释愁文》中玄灵先生乃幻想的方士,"愁"也被拟人化了,《诘咎文》诘问风伯雨师以祈福,但都有严肃的现实基础,《诘纣文》论述为君之道,《释愁文》是作者思想的斗争和自我排解,《诘咎文》关心民瘼,心怀天下。曹植的俳谐文形式新颖别致,而在内容上已并非简单的以文为戏的调笑之作,而是"意归义正"③、"以广视听"之作④。由此魏宏灿认为它们似乎不能算道地的诙谐文学⑤,其实这正是建安俳谐文进一步发展的标志。

四、"势"文

建安时期出现了三篇以"势"为标题的文章:应玚的《弈势》、钟繇的《隶书势》和王朗的《塞势》,在内容上或论弈棋(《弈势》),或论书(《隶书势》),或论塞⑥(《塞势》)。东汉以前并未有以"势"为标题的文章,东汉时出现了崔瑗的《草书势》、蔡邕的《篆势》⑦。在文体的归属上,刘宋范晔的《后汉书》在著录崔瑗和蔡邕的著述情况时说:"(崔)瑗高于文辞,尤善为书、记、箴、铭,所著赋、碑、铭、箴、颂、《七苏》、《南阳文学官志》、《叹辞》、《移社文》、《悔祈》、《草书势》、七言,凡五十七篇"⑧,"(蔡邕)所著诗、赋、碑、诔、铭、赞、连珠、箴、吊、论议、《独断》、《劝学》、《释诲》、《叙乐》、《女训》、《篆势》、祝文、章表、书记,凡百四篇"⑨。《草书势》和《篆势》同七体和连珠一样被单独列出,范晔如此著录,当是认识到此类作品的

---

① 钱锺书.管锥编(第三册)[M].北京:中华书局,1979:963.
② 张溥.汉魏六朝百三家集题辞注[M].殷孟伦,注.北京:人民文学出版社,1960:23.
③ 刘勰.文心雕龙·谐隐[M].范文澜,注.北京:人民文学出版社,1978:270.
④ 同③272.
⑤ 魏宏灿.远实用而近娱乐——建安谐隐文论[J].聊城大学学报(社会科学版),2005(2):90.
⑥ 塞是古代的一种赌博游戏,通"簺",《管子·四称第三十三》:"流于博塞。"
⑦ 严可均《全后汉文·卷八十》录有《隶势》,严氏有按语曰:"此篇当是卫恒作。本集有之,姑不删。"考卫恒《四体书势》,《隶势》乃钟繇作,严氏误。《全三国文·卷二十四》录有钟繇《隶书势》三条,据《初学记·卷二十一》引钟氏《隶书势》。本书据卫恒《四体书势》,钟繇《隶书势》(即《隶势》)为完篇。
⑧ 范晔.后汉书·卷五十二·崔瑗传[M].李贤,等注.北京:中华书局,1965.
⑨ 范晔.后汉书·卷六十下·蔡邕传[M].李贤,等注.北京:中华书局,1965.

独特性,作品数量虽然少,却不好归入其他文类,只好同七体和连珠一样单独列出。南朝梁任昉的文体论著作《文章缘起》即将"势"作为一种文体:"势,汉济北相崔瑗作《草书势》。势,商略笔势,形容字体者也。"①七体和连珠后来都逐渐发展成为独立的文体,而以"势"为标题,论书画和弈棋、博弈的文章却未能发展成独立的文体,但此类作品在内容和文学性上毕竟有其独特性,本书姑且称之为"势"文,并对其做一简要介绍②。

汉代统治者的喜好刺激了书法艺术的兴盛,当时广泛流行应用的有小篆、隶书、章草三种,其中,章草因章帝的爱好而得名,灵帝时置鸿都门学,"敕州、郡、三公举召能为尺牍辞赋及工书鸟篆者相课试,至千人焉"③。至建安时,曹操的身体力行、大力提倡及其用人政策同样推动了书法艺术的发展,提高了书法家的地位。曹操曾下《选举令》:"国家旧法,选尚书郎,取年未五十者,使文笔真草有才能谨慎,典曹治事,起草立义。又以草呈示令仆讫,乃付令史书之耳。书讫,共省读内之。事本来台郎统之,令史不行知也。书之不好令史坐之,至于谬误,读省者之责,若郎不能为文书当御史令,是为牵牛不可以服箱,而当取辩于茧角也。"对公文的书写提出具体的要求,可见其对书法的重视。他的书法艺术取得了很高的成就,晋张华《博物志》称"汉世,安平崔瑗、瑗子寔、弘农张芝、芝弟昶并善草书,而太祖亚之"④;南朝梁庾肩吾《书品》将其列在九品中的中之中,评曰"笔墨雄赡"(《全梁文·卷六十六》);唐代张怀瑾《书断》将其列入妙品,称其"尤工章草,雄逸绝伦"⑤。其子曹丕和曹植也都重视和擅长书法,曹丕曾令五官将文学刘廙通草书。曹植善章草,《宣和书谱》称其"胸中磊落,发于笔墨间者,固自不恶尔",北宋内府曾藏其章草作品《鹞雀赋》,"观其以章草书《鹞雀赋》,可以想见其人也"⑥。当时著名的书法家如钟繇、邯郸淳、卫觊、韦诞、梁鹄等多是曹氏重臣。

建安时期,书法艺术延续着汉代的遗风,但在文房用品上,有着巨大的转变,自蔡伦发明纸张并大量制造之后,笔墨纸砚等书写工具在质和量上也都有了很大改观,为书家艺术才能的充分发挥提供了极大的便利。《齐民要术·卷九》载韦诞《笔方》介绍了制笔的方法,韦诞还是最早见于记载的制墨专家,南朝萧子良赞曰"仲将(韦诞字)之墨,一点如漆"(《全齐文·卷七》萧子良《答王僧虔书》)。萧子良还称赞当时"子邑(左伯字,东汉末献帝时人)之纸,研妙辉光,……伯英(张芝字,东汉末人,生年不详,约卒于献帝初平三年)之笔,穷神尽思"。曹植《乐府诗》云:"墨出青松烟,笔出狡兔翰。古人感鸟迹,文字有改判。"皆突出了笔墨纸的重要性,曹丕以帝王之尊曾"以素书所著《典论》及诗赋饷孙权,又以纸写一通与张昭"⑦,"贵素纸贱"的社会风气有所改观。当时也非常重视砚的研制,使用也很

---

① 任昉.文章缘起注[M].陈懋仁,注.北京:中华书局,1985:18.
② 吴云主编,曹立波、戚津虹校注的《应玚集校注》亦指出"势""是一种文体名";韩格平《建安七子诗文集校注译析》亦认为"势"是"文体名,主要用于描述某一事物的态势与特性"。
③ 范晔.后汉书·卷八·灵帝纪[M].李贤,等注.北京:中华书局,1965.
④ 陈寿.三国志·卷一·武帝纪[M].裴松之,注.北京:中华书局,1959.
⑤ 潘运告.中国历代书论选(上)[M].长沙:湖南美术出版社,2007:192.
⑥ 佚名.宣和书谱[M].上海:上海书画出版社,1984:102.
⑦ 陈寿.三国志·卷二·文帝纪[M].裴松之,注.北京:中华书局,1959.

广泛,曹操《上杂物疏》中有"纯银参带台砚一枚,纯银参带圆砚大小各一枚",王粲有《砚铭》,繁钦有《砚颂》《砚赞》。笔墨纸砚等文房用品制作工艺的改善和进步必然促进书法艺术的兴盛,钟繇的《杂帖》五则既是写在帛上的情真意切的书信文字,又是水平较高的书法作品。

西晋书法家卫恒《四体书势》①一文中收录了崔瑗的《草势》、蔡邕的《篆势》、钟繇的《隶势》(即《隶书势》)。蔡邕另有《笔论》和《九势》。这些文章皆是对书体的艺术特征和价值的阐述,是书法艺术觉醒的重要体现。其中《草势》是现存最早的一篇书法论文,论述了草书的实用性和艺术审美性;《篆势》突出了蔡邕对篆书的艺术审美感受,蔡邕已经不是把书法作为简单的记事工具,而是比崔瑗更进一步摆脱了书法对文字实用性的依附,书法成为一种具有独立审美价值的艺术了②。早在秦代,李斯在《用笔法》中已经指出"书之微妙,道合自然",既然合于自然,用自然之物描摹书体艺术便顺理成章,"鹰望鹏逝,……如游鱼得水,景山兴云,或卷或舒,乍轻乍重",即用譬喻说明用笔之法。崔瑗、蔡邕、钟繇同样运用了大量譬喻和对偶句式,形象生动地表现了书法的审美价值。钟繇《隶书势》开篇交代了隶书由篆书省改变化而来,然后具体阐述隶书的"体象有度",既合乎法度又独具艺术特色,"焕若星陈,郁若云布""或穹隆恢廓,或栉比针裂,或砥平绳直,或蜿蜒缪戾,或长邪角趣,或规旋矩折",指出隶书的用笔讲究突出主笔和收敛次笔,"奋笔轻举,离而不绝。纤波浓点,错落其间。若钟簴设张,庭燎飞烟。崭岩嵯峨,高下属连,似崇台重宇,层云冠山。远而望之,若飞龙在天;近而察之,心乱目眩,奇姿谲诡,不可胜原",指出结构和章法讲究收放疏密的动静统一。钟繇同崔瑗和蔡邕一样,选取大量可观可感的自然意象,具体生动地描绘书体的艺术形象,这种书体理论是士人要求摆脱名教束缚、顺应个体性情、注重自然禀赋和神韵气质的文化心理的体现。

曹操不仅书法很有造诣,音乐和围棋等方面也很有才能,张华《博物志》曰:"桓谭、蔡邕善音乐,冯翊山子道、王九真、郭凯等善围棋,太祖皆与埒能。"③上行下随,当时弈棋和博弈等文化艺术也较为兴盛。王朗的《塞势》已非完篇,其内容与东汉边韶《塞赋序》大致相同,指出塞可以代替博弈,其玩法足以"惊睡"。应玚的《弈势》从"军戎战阵之纪"入笔,通过军事学、战争学角度,论述围棋的布阵与招数。文章以整饬的语句构成六组排比句式,论列了六种战例,即对弈的全胜、出奇制胜、以少胜多、轻举妄动、先负后胜及贪小失大,先分别以平实、简洁的语词概述战势,然后以历史和现实中著名的战事做总结,最后告诫棋手要谨慎而行。钱锺书说此文堆垛如点鬼簿,徐公持评此文敷演弈棋阵势及变化道:"演述棋理,形容奕势,攻防进退,得失成败,万千变化,颇尽其妙。以奕喻战,以战证奕,既引古例,又用近事(如官渡之战),皆称贴切,并增雅趣。"④典故与近事的恰当运用很好地起到了以少总多之用,与文章内容、结构的安排完美地统一起来,对于今人研究棋局的战略、招数仍

---

① 卫恒生于书法世家,祖卫觊、父卫瓘、从妹卫铄都是著名书法家,《四体书势》论述了篆、草、隶等书体。
② 潘运告.汉魏六朝书画论[M].长沙:湖南美术出版社,1997:2.
③ 陈寿.三国志·卷一·武帝纪[M].裴松之,注.北京:中华书局,1959.
④ 徐公持.魏晋文学史[M].北京:人民文学出版社,1999:129.

有借鉴意义。它与汉马融《围棋赋》、晋曹摅《围棋赋》、晋蔡洪《围棋赋》、南朝梁武帝萧衍《围棋赋》、梁宣帝萧詧《围棋赋》以及汉班固《弈旨》、南朝梁沈约《棋品序》并称"五赋三论",是汉魏南北朝时期围棋史上有代表性的经典篇章,宋人高似孙称曰:"有能悟其一,当所向无敌,况尽其理乎?"(《纬略》)评价颇高。

"势"作为一种描述事物态势与特性的文体,或以自然之物借助几组譬喻描摹物态,或以铺排论列之辞敷衍形势变化,几乎全篇偶对,注重语句的流转和自然之势,讲究结构安排和内在逻辑。我国古代常常以"势"论书、论画、论诗、论文,"势"也逐渐成为我国古代一个重要的哲学、美学范畴,刘勰《文心雕龙》即有《定势》篇。古人对"势"的重视,其实是他们注重自然、追求生命的动感与趣味的体现。

第五章　建安散文的整体风貌

东汉后期以来,随着王纲的解纽、儒学的式微和建安时期统治者的倡导,文坛继续汉末以来的急剧变化之势,单篇文章创作激增,各体文章皆有佳作传世,体现了那个时代的审美风尚,文学审美价值大大增强,堪称建安文学的一大重镇。

第一节　文体发展与各体皆工

东汉后期抒情小赋和乐府等诗歌创作形式逐渐繁盛,这是学界都注意到的事实。在辞赋和诗歌以外,单篇散文无论从创作者的队伍还是从作品总量上来说,都有了很大发展。在各种文体的消长起伏间,建安散文各体皆工,文体间的区分更加细密。文体的繁多和艺术、审美价值的提高,使建安士人开始有了自觉的文体辨析意识。

一、单篇散文创作增多

自战国以来,经史诸子皆以勒成专书的著述为习尚。刘知几有言:"夫饰言者为文,编文者为句,句积而章立,章积而篇成。篇目既分,而一家之言备矣。"①著成"篇章"或"篇籍"以成"一家之言"是古人立言以名世的重要途径之一。"左氏、屈原,始以文章自为一家,而稍与经分。"②至两汉时皆有强调著述的观念,如西汉刘向《晏子叙录》曰:"凡中外书三十篇,为八百三十八章。"东汉桓谭《新论·本造》曰:"汉之淮南王,聘天下辩通,以著篇章。"但东汉时又有了些微的不同。西汉时文学之事并不兴盛,辞赋作者多处于俳优的地位,"雕虫小技"的文学只是"润色鸿业"的政治附庸,"言语侍从之臣,若司马相如、虞丘寿王、东方朔、枚皋、王褒、刘向之属,朝夕论思,日月献纳。而公卿大臣御史大夫倪宽、太常孔臧、大中大夫董仲舒、宗正刘德、太子太傅萧望之等,时时间作。或以抒下情而通讽喻,或以宣上德而尽忠孝,雍容揄扬,著于后嗣,抑亦《雅》《颂》之亚也。故孝成之世,论而录之,盖奏御者千有余篇,而后大汉之文章,炳焉与三代同风"(班固《两都赋序》)。班固将辞赋作品视为"文章",与"篇章"自是不同,王充亦言班固、杨终、傅毅等人,"虽无篇章,赋颂记奏,文辞斐炳,赋象屈原、贾生,奏象唐林、谷永,并比以观好,其美优一也"③,将赋颂记奏等单篇

---

① 刘知几.史通通释·叙事[M].上海:中华书局.据浦氏重校本校刊,1947.
② 宋代文学家汪藻语,转引自王应麟.翁注困学纪闻·卷十七[M].翁元圻,注.上海:世界书局,1937:857.
③ 王充.论衡·卷二十九[M].北京:中华书局,1985:304.

散文的创作提高到与篇章同等的地位。自武帝之后,文学之事渐盛,"东京以还,文胜篇富"①,"两汉文章渐富,为著作之始衰"②,单篇散文大量涌现,并不仅仅以政事教化为要务。在西汉时,"贾生奏议,编入《新书》;相如词赋,但记篇目:皆成一家之言,与诸子未甚相远"③。而到东汉时,《后汉书》始列《文苑传》,与《儒林传》并举,章学诚《丙辰札记》中说:"盖自东都而后,文集日繁,其为之者,大抵应求取给,鲜有古人立言之旨。故文人撰述,但有赋、颂、碑、笺、铭、诔诸体,而子史专门著述之书,不稍概见。而其文亦华胜于质,不能定为谁氏之言,何家之学也。其故由于无立言之质,致文靡而文不足责,非文集之体必劣于子史诸书也。"④东汉时,文人虽然摆脱了俳优的地位,但在官职和功业方面的作为一般仍有限,而善写文章成为他们在事功之外又一名世的才能和途径。

单篇散文创作日繁,先秦时期尚模糊的文体辨析意识在两汉时已有了明确的现实需要,蔡邕的《独断》和刘熙的《释名》皆有文体论的内容,《独断》论列了策书、制书、诏书、戒书、章、奏、表、驳议八种文体的体式和用途,其中前四种为帝王专用,后四种为臣子上书所用;《释名》中《释书契》和《释典艺》两篇论及奏、檄、谒、符、传、券、策书、启、书、告、表、诗、赋、诏书、论、赞、铭、碑等文体。当时文体辨析的对象多是诏令文和奏议文,即实用性很强的公文,文体辨析自然不是为了文学之事,而是为了实际的政治生活需要。

文学意义上的或者文学创作需要的文体辨析意识,是在单篇散文文体大备及各体发展非常成熟的情况下才走向自觉的,这当始于曹丕的《典论·论文》。刘师培说:"文章各体,至东汉而大备。汉魏之际,文家承其体式,故辨别文体,其说不淆。"⑤章学诚亦言:"自东京以降,迄乎建安、黄初之间,文章繁矣。然范、陈二史(《文苑传》始于《后汉书》),所次文士诸传,识其文笔,皆云所著诗、赋、碑、箴、颂、诔若干篇,而不云文集若干卷,则文集之实已具,而文集之名犹未立也。"⑥东汉后期以降,文体繁富,并逐渐走向成熟,几乎所有文体都有纯熟的写作者,《后汉书》《三国志》著录了传主的各体文学创作情况,《后汉书》著录的文体有三十余种,《三国志》亦有十余种,尽管两种书的文体著录免不了带有南朝和西晋人的某些观念,毕竟在一定程度上客观地反映了当时文体发展的程度和创作的繁荣,"从此,散篇短章就在中国古代的书面文学中,占据了中心、醒目的位置"⑦。

曹丕称文章为"经国之大业,不朽之盛事",这种态度直承班固《答宾戏》中对世人以著述无功的讥刺:"近者陆子优游,《新语》以兴;董生下帷,发藻儒林;刘向司籍,辨章旧闻;扬雄覃思,《法言》《太玄》:皆及时君之门闱,究先圣之壸奥,婆娑乎术艺之场,休息乎篇籍之囿,以全其质而发其文,用纳乎圣德,烈炳乎后人,斯非亚与!"到建安时,文章的境界进一步被拓宽和加深,上升为普遍的生命价值。但曹丕有时也会流露出重视著述的传统观念,如

---

① 章学诚.文史通义·卷一[M].上海:上海书店,1988:12.
② 章学诚.文史通义·卷三[M].上海:上海书店,1988:85.
③ 同②85.
④ 章学诚.章氏遗书外编·卷3·丙辰札记[M].北京:文物出版社,1985:394-395.
⑤ 刘师培.刘师培中古文学论集[M].陈引驰,编校.北京:中国社会科学出版社,1997:19.
⑥ 同②85.
⑦ 于迎春.汉代文人与文学观念的演进[M].北京:东方出版社,1997:274.

他"好文学,以著述为务"①,"论撰所著《典论》、诗、赋,盖百余篇。集诸儒于肃城门内,讲论大义,侃侃无倦"②,"以素书所著《典论》及诗赋饷孙权,又以纸写一通与张昭"③。曹丕不仅与诸儒讲论《典论》大义,还将《典论》用于外交,足见他对《典论》之重视。此外,他多次称赞著成一家之言、足以不朽的徐幹,痛惜"常斐然有述作之意,其才学足以著书,美志不遂"的应场。其子曹叡于太和二年四月下《刊〈典论〉诏》:"先帝昔著《典论》,不朽之格言。其刊石于庙门之外及太学,与石经并以永示来世。"其弟曹植虽说辞赋为小道,但若"永世之业""金石之功"的志向不果,"亦将采史官之实录,辨时俗之得失,定仁义之衷,成一家之言"(《与杨德祖书》)。经史、诸子因其经世致用的意义得到了曹丕父子、兄弟的重视,但诗赋及其他篇章并没有处于被轻视或忽视的地位,而是被提高到与"篇籍""著述"同等重要的地位。

二、今存作品数量简述(兼涉及文体)

自汉武帝独尊儒术之后,帝王的诏令文和臣子的奏疏文是两汉文章的大宗,正如刘师培所言:"自武帝以迄建安,儒术独尊,故儒家之文亦独盛。"④自东汉始,尤其是东汉后期,文士的单篇作品数量大增。"《后汉书·文苑列传》中的传主,大多为和安以后的文人,所以《文心雕龙·时序》言和安、顺桓之间,'磊落鸿儒,才不时乏'。"⑤文才富赡也成为一些家族的门风和传统,如安平崔氏、颍川荀氏等。《后汉书》著录传主作品时,多把诗、赋放在前面,曹丕的《典论·论文》则把文章分为奏议、书论、铭诔、诗赋四科八体,且强调"文本同而末异",这显然已经打破了诗歌与文章之间的界限,突出了不同文体之间的文学性,曹丕是从文学的角度观照各种文体的。他虽然仍强调文章或文学的社会、政治功能,即"盖文章,经国之大业,不朽之盛事",但他并没有忽视文章或文学的审美功能,从建安开始,文辞和事义结合并重的文章观已经建立。

建安时期,社会的动乱和思想文化方面的急剧变化使当时的文坛经历了一个转变的过程,为适应政治与军事生活的需要,文体更为繁富,单篇文章数量激增。建安四十余年间,据严可均《全后汉文》《全三国文》,可以确定作于此时的单篇作品共有一千一百篇左右,作者一百六十位左右。西汉二百一十余年间,《全汉文》共收录作者三百二十位左右,作品一千三百九十余篇,东汉至献帝一百六十年间,《全后汉文》共收录作者三百七十位左右,作品一千八百余篇,无论从作者人数还是从单篇作品的总数,建安文章都较两汉有了很大发展。在文体方面,建安时期出现的文体有诏、令、教、册(策)、敕、制、上书(疏)、奏、表、章、议、对、书、笺、檄、移、露布、露版、遗令、盟辞、戒、论、说、语、难、答、对、释、辩、应、序(叙)、诔、碑、哀辞、哀策、祭、吊、颂、赞、箴、铭、七、连珠、势、传、记四十六种之多,几乎每种文体都出现了较为纯熟的作者和较有代表性的作品。

---

① 陈寿. 三国志·卷二·文帝纪[M]. 裴松之,注. 北京:中华书局,1959.
② 同①.
③ 同①.
④ 刘师培. 中国中古文学史讲义[M]. 上海:上海古籍出版社,2006:125.
⑤ 于迎春. 汉代文人与文学观念的演进[M]. 北京:东方出版社,1997:170.

曹植几乎各体皆有创作，计有令文四篇，上书(疏)三篇，表三十五篇，章四篇，书七篇，戒文一篇，诔八篇，碑一篇，哀辞三篇，论十二篇，说两篇，辩一篇，序文三十九篇(其中典籍序两篇，赋序十七篇，诗序三篇，颂序五篇，赞序一篇，铭序一篇，碑序一篇，诔序五篇，哀辞序三篇，俳谐文序一篇)，颂十二篇(其中两篇仅存序文)，赞四篇(《画赞》按一篇计算，另有一篇仅存序)，铭文两篇，七体两篇，另有俳谐文三篇，共有文章一百二十二篇；曹操现存文章一百四十九篇，其中篇数较多的文体有令文七十七篇，书二十二篇，表十七篇；曹丕现存文章一百四十九篇，其中诏文六十二篇，书二十七篇，令二十六篇。父子三人共四百二十篇，占到建安文章总量的38%左右。

建安七子中孔融现存文章三十九篇，其中书十八篇，上书(疏)六篇，教五篇，论五篇；王粲现存二十四篇，其中论六篇，铭四篇，赋序四篇，赞两篇，吊一篇，记一篇，七体一篇，连珠一篇；陈琳现存十二篇，其中书三篇，檄文两篇，应文一篇；阮瑀现存五篇，其中书两篇，论一篇，吊一篇；应玚现存五篇，其中释文一篇，论一篇，势一篇；刘桢现存五篇，其中书三篇，碑文一篇；徐幹现存三篇，其中七体一篇。七子共存文章九十三篇，仅占建安文章总量的8%左右。学界一般将"三曹""七子"作为建安文学的代表，而他们的文章只占到建安文章总量的46.6%左右，还不到一半。当时的其他作者，如王朗的奏议和书信、吴质的笺文、祢衡的吊文和碑文、卫觊的奏议和碑文、钟繇的书信等都很有特色，在古代散文史上也有一定的价值，应该引起我们足够的重视。

三、建安散文各体皆工

建安散文大多仍是实用性很强的公文，当时复杂、动乱、多变的社会现实催生了瞬息多变的社会现象和社会问题，与之相适应，文坛也处于急剧的变化之中。其中的诏、令、教、册(策)等下行公文存世二百七十余篇，章、表、奏、议、上书(疏)等上行公文存世二百四十余篇，占到建安散文总量的近一半，它们在内容上关乎政治、军事、经济、文化等社会的方方面面，服务于典章制度、国计民生，注重目的性、实用性、实效性和功利性。

建安公文文体基本上沿袭汉制，下行公文即使不是君王撰写，也是在其授意下完成的。汉代由尚书省负责起草诏书。建安时也有文化修养较高的文人代为起草诏令，如潘勖、卫觊、刘放，建安十八年(213年)策命曹操为魏公的《册魏公九锡文》即献帝时尚书左丞潘勖所作，侍郎卫觊在曹丕代汉自立的过程中，"劝赞禅代之义，为文诰之诏"①，刘放"善为书檄，三祖诏命有所招喻，多放所为"②。

下行公文中写得最有特色的当属曹操的教令，曹丕的诏令、孔融的教文、曹植的令文也较有特色。曹操的《让县自明本志令》等教令，清峻通脱，因曹操的地位和性格，其在体式上不拘一格，凝练精悍，尚实尚用。曹丕提出"奏议宜雅"，他的诏令呈现出文人化的倾向，典雅清丽，在通脱之外又增添了妍丽的色彩。孔融现存教令多作于早年，以礼贤爱士为主要内容，以散句为主，不甚雕琢，并未有"以气为文"的特点，语词高雅隽永。曹植的令文存世不多，仅有4篇，同样是他使才骋词的一种文体形式，追求辞采的华丽，讲求使事用典，精工

---

① 陈寿.三国志·卷二十一·卫觊传[M].裴松之,注.北京：中华书局,1959.
② 陈寿.三国志·卷十四·刘放传[M].裴松之,注.北京：中华书局,1959.

刻镂而又不着痕迹,有很强的骈偶化趋势。

上行公文中作品数量最多的文体是上书(疏),共八十六篇,其中曹操十篇,王朗七篇;表次之,共八十三篇,其中曹植三十五篇,曹操十七篇。从功用上来说,这些章、表、奏、议、上书(疏)等上行公文或陈政言事,包括对典章制度、政治经济、法治等国家事务的评议与管理;或荐举人才,品评人物,这既是笼络人才的现实需要,也是清议、清谈的社会背景下,人才的各种观念的体现;或劝进辞让谢恩请功,曹操、曹丕在权力的扩张中皆涌现了一大批劝进辞让谢恩的章表文章;或阐述军事外交策略,演绎建安时期的风云变幻;或品文论学,建安士人的文章辨体和自觉为文的意识逐渐增强;或呈献物品;或冠冕堂皇地颂赞。刘勰说"表体多包"①,即主要是从其功用、内容上来说的。建安上行公文除了强烈的实用性,也呈现出鲜明的时代特色和独特的审美价值。曹植的《求自试表》《求存问亲戚疏》等奏议"独冠群才"②,不仅文采华丽丰赡,情感也极为繁富。孔融的《荐祢衡疏》等奏议或陈政或荐举,"气扬采飞"③,追求骈化。此外,曹丕《又与吴质书》中说陈琳"章表殊健,微为繁富",阮瑀"书记翩翩",《典论·论文》中又说陈琳、阮瑀"章表书记,今之隽也",刘勰亦称"琳瑀章表,有誉当时;孔璋称健,则其标也"④,只可惜阮瑀章表现已无存,陈琳也仅存《谏何进召外兵》一篇,可见他对政局的正确分析。王朗"奏议论记,咸传于世",现存表五篇,上书(疏)七篇,奏三篇,议六篇,针对现实问题而发,内容丰富,实用性与文学艺术性相得益彰,陈寿评王朗"文博富赡"⑤,当是针对他的奏议论记而言。

建安时的书笺檄移等作品约有二百三十余篇,其中既有平行和专用的公务文章,也有私人化的创作。在题材上也基本沿袭汉制,出现了杂帖这种新的书信形式,内容更加日常生活化。几乎各种文体都出现了传世的名篇,如曹丕与吴质、曹植与杨修之间往来的书笺作品在古代文论史上影响深远;陈琳的《为袁绍檄豫州》和归曹后的《檄吴将校部曲文》两篇檄文堪称典范之作;刘放亦善为书檄,可惜已佚;袁绍的《漳河盟辞》和臧洪的《酸枣盟辞》两篇盟辞,前者辞藻华丽,后者质朴无华,四言句式较前代更为齐整,骈体化倾向更加明显,以气为文,感染力更强,建安那个特殊时代的政局变化可见一斑。

论说文体既包括以"论"名篇的论文,共四十一篇,其中曹植十二篇,曹丕六篇,王粲六篇,孔融五篇,也包括以"说"冠名的"说"文,共七篇,还有以"难""答""对"名篇的对问体和以"释""辩""应"为题的设论体等问难类的文章,可以说,建安论说文几乎涵盖了后世论说文的各种文体。东汉末年党锢兴起,评论朝政、臧否人物的清议渐盛,建安时代文人辩论同样盛行,辨名析理的玄学已成潜流,论说文的创作渐成繁盛之势,臧否人物、陈说军政、评论时俗、辩难刑法、商榷礼制、品评文艺、修身立命等皆为其主题。孔融和陈群讨论汝南、颍川二地人物优劣的汝、颍人物论,阮瑀和应玚的同题之作《文质论》,曹植的《辨道论》《髑髅说》,陈琳的《应讥》都是其中探究名理、善持论的代表作品,论辩技巧丰富多样,或引经据

---

① 刘勰.文心雕龙·章表[M].范文澜,注.北京:人民文学出版社,1978:408.
② 同①407.
③ 同①407.
④ 同①407.
⑤ 陈寿.三国志·卷十三·王朗传[M].裴松之,注.北京:中华书局,1959.

典，或引物连类，或虚构主客问答，呈现出鲜明的骈俪化倾向。

建安时期，很多文体都有了小序，序体文创作大盛，出现了典籍序、诗序、赋序、碑序、颂序、铭序、哀辞序、诔序、赞序、七序、俳谐文序等，此外还有品评人物的序（叙）文，共106篇，其中赋前有序已较为普遍，诗前有序还不太常见。在内容上，或交代作品创作缘起，或介绍写作背景和动机，或营造情感氛围，从中可见同题共作、即席而作、受命而作、代言之作等几种创作方式，在当时，文学创作已成为群体或集团性的活动。曹植的《〈前录〉序》《画赞序》有重要的文献史料价值，《前录》《画赞》是曹植删定本人辞赋和画赞作品而成的集子，《画赞序》也是我国画论史上的重要作品。《四库全书总目》"别集类"小序说"其自制名者，则始于张融《玉海集》"，由曹植《前录》《画赞》推测，自制别集之名似应始于建安时的曹植。

诔碑哀吊文章由宫廷开始走向社会，渐渐成为士人的私人化创作，文学性、审美性进一步增强。由于曹操禁碑，建安碑文现存十九篇，相比东汉的碑刻，已显衰落，但祢衡的《鲁夫子碑》《颜子碑》两篇碑文在句式上韵散结合，文采斐然，气势汪洋恣肆，骈俪色彩较浓。正是碑文的衰落，才促进了建安时期伤悼文学其他文体样式的形成和发展，出现了诔文十二篇，其中曹植八篇，哀辞三篇皆为曹植之作，吊文四篇，哀策一篇，即曹丕的《武帝哀策文》，其是现存最早的哀策文，祭文一篇，即曹操的《祀故太尉桥玄文》，其亦是现存最早的祭故旧之文。伤悼文学中，最有特色的当属曹植的诔文和哀辞，不仅在创作对象上私人化，在抒情意味上也开始个人化、私人化。

颂、赞、铭、箴四种文体以四言韵语为规范体式，作为韵文文体自然会受到汉赋的艺术手法的影响。建安颂文现存十六篇，其中既有歌功颂德的传统主题，也出现了美细物和托物言志的平民化、日常化的作品，如王粲的《灵寿杖颂》。曹植颂文存世最多，共十二篇，其《列女传颂》在《隋书·经籍志》史部杂传中著录为一卷，疑为现存最早的颂文别集，现已仅存两句。建安时期，颂赞二体常有混同使用的情况，这与当时文体的繁富和界限的模糊有关，但它们毕竟是两种不同的文体。建安赞文的典范之作当属曹植的《画赞》，它也是严可均《全上古三代秦汉三国六朝文》中可见的最早的画赞作品，曹植将其结集行于世，标志着画赞文体到建安时已相当成熟。建安铭文延续至汉代，在内容上仍是以祝颂和警戒为主，此外，还出现了器物铭，铭文也常与其他文体融合，形成了颂铭和碑铭作品，如曹植的《承露盘颂铭并序》和孔融的《卫尉张俭碑铭》等。建安箴文现存五篇，其中繁钦两篇，既有延续汉制的官箴，也有新出现的私箴，如王朗的《杂箴》，此外还有完全偏离劝诫功用的咏物箴，如张纮的《瑰材枕箴》。

建安杂文主要有七体、连珠体两种文体。七体现存六篇，其中完篇有曹植的《七启》、王粲的《七释》，堪称七体文的杰作，建安七体文皆是虚构一主一客问答的招隐之作，相比汉代，更加注重语句的整饬和音律的和谐，用典成分增多，辞采华美，内容充实，表现出整齐化和精致化的审美追求。曹植《七启序》也是现存最早的一篇七体序和七体评论。建安连珠体文现存潘勖《拟连珠》一则、曹丕《连珠》三则、王粲《仿连珠》四则，内容表现范围进一步扩展，如曹丕的三则连珠不再是君臣之道的探讨，而是一代君王对声名的重视和追求，在体式结构上，建安连珠体文皆是二段式的推理形式，潘勖《拟连珠》文学性虽然不强，但推理过程较汉代及建安其他连珠体文却更为复杂严密。建安时的俳谐文学也较为兴盛，如曹植的《释愁文》《诘咎文》,似赋体,文学性较高。

秦汉以前,文史哲尚未分离。曹丕最早从文章的角度认识到"文本同而末异",不同的文体有不同的创作要求,即"奏议宜雅,书论宜理,铭诔尚实,诗赋欲丽",但是当时并没有把文学文体与非文学文体明确区别开来。在写作实践上,文章的实用性和艺术性交融在一起,实用性的公文文体注重艺术性和审美价值,而文学性较强的文体也强调社会价值。在文坛的急剧变化中,建安文章的表达方式和艺术技巧较前代更为丰富多样,追求个性和多变。

四、文体论与文体辨析的自觉

建安时期,文体繁多,区分较为细密,作家作品数量激增,相近文体之间的交融和混同使用的情况较为常见,而文学和文体自身的发展要求对文体进行自觉的辨析,正如徐师曾所说:"自秦汉而下,文愈盛;文愈盛,故类愈增;类愈增,故体愈众;体愈众,故辩当愈严。"①

建安士人同两汉集中在赋学的文体辨析不同,他们不是局限于某种文体,而是扩展到几乎各种文体,他们不仅注重辨体,而且还很重视各种文体的艺术特征,这在本书"建安散文中的文学思想"一章中的文体论部分有详述,兹略。此时的文体论和文体辨析意识虽然有时尚模糊,但却是自觉的,也是文学发展到一定程度的必然要求和产物,在文学批评史上具有突破性的意义。魏晋六朝是文学自觉的时代,其自觉性的标志,主要体现在以文体意识观照文学,从而引发文学思考的内部转向。就文学本质观而论,魏晋六朝文体视域的确立,形成了以"情"为本和以"文"为本的文学本质观,有效推进了文学的本位性认知,而这种认知是从建安时期开始的,显著的标志正是曹丕的《典论·论文》之"夫文本同而末异","本末"体现了"体用"观念,"奏议宜雅,书论宜理,铭诔尚实,诗赋欲丽","雅""理""实""丽"从文体观念来界定各种文类,透露了建安时期文学关注由伦理学向文学自身转换的重要契机,更清晰地显示出关注重心由伦理学向文学自身的转移。曹丕又在分"文"为四科八类的基础上,提出"文以气为主""气之清浊有体,不可力强而致。……虽在父兄,不能以移子弟"的观点,"气"与"情"之间有着内在的关联,这种情是一种自然的情性,与经过后天的学习、陶染的"情性"不同,体现了文学自觉时代对张扬个性的重视,可以说,曹丕《典论·论文》初步建立起了以"文"为本的文学本质观②。

第二节 建安散文的时代风尚

丹纳说:"要了解一件艺术品,一个艺术家,一群艺术家,必须正确设想他们所属的时代的精神和风俗概况。这是艺术品最后的解释,也是决定一切的基本的原因。这一点已经由经验证实;只要翻一下艺术史上各个重要的时代,就可看到某种艺术是和某些时代精神与

---

① 徐师曾.文体明辨序说[M].罗根泽,校点.北京:人民文学出版社,1962年版,第:78.
② 熊红梅.魏晋六朝文体视域下的文学本质观研究[J].中国文学研究.2010(1):25-28.

风俗情况同时出现,同时消灭的。"①我们探讨建安散文的艺术成就,自然逃不开那个特殊的时代背景。宗白华指出:"汉末魏晋六朝是中国政治上最混乱、社会上最痛苦的时代,然而却是精神史上极自由、极解放,最富于智慧、最浓于热情的一个时代。"②建安士人在这样一个特殊的时代,用大量的篇章谱写了当时的政治和精神风貌,这些作品是对当时的时代精神、社会风尚和审美取向的反映。

一、悲美意识

周代宫廷用于祭祀活动或朝会礼仪等场合的音乐皆是铿锵端庄的金石之声,当时的礼乐制度推崇这种中和、静淡,使人心平气和的雅正之乐。司马迁说:"故音乐者,所以动荡血脉,通流精神而和正心也。"(《史记·乐书》)"和正"二字正突出了儒家乐教的特点。经过春秋战国时期的"礼崩乐坏",雅乐的传习渐渐衰微,丝竹之类的俗乐渐渐兴起,丝竹之乐凄怨哀婉,音乐效果更加强烈。到建安时期,雅乐几乎荡尽,曹操平定荆州,"获杜夔,善八音,常为汉雅乐郎,尤悉乐事,于是以为军谋祭酒,使创定雅乐。时又有邓静、尹商,善训雅乐,哥师尹胡,能哥宗庙郊祀之曲,舞师冯肃、服养,晓知先代诸舞,夔悉总领之,远考经籍,近采故事。魏复先代古乐,自夔始也。"③但魏国的雅乐仅有《鹿鸣》《驺虞》《伐檀》《文王》四曲④。"以悲为乐的音乐审美流行于战国,到了经术思想统治日益衰颓的东汉,从政教和道德立场出发,对古雅之乐僵化的审美观念加以维护,士人们为此所作的努力就已经相当有限了,而通平安和,这种有所节制的明快欢欣之乐,从此日益保留为经典故训。……以乐教的正统眼光看来是纵滥无度、衰世末音的悲声哀调,到东汉后期,不仅与时代情绪相契,而且被士人们从美感上加以肯定……时人在'悲哀'中感受了生动、酣畅的审美愉悦。"⑤孔子"乐而不淫,哀而不伤"的美学理想被打破了。乐教的式微使哀伤怨怒随之成为另一种审美准则。

钱锺书说"奏乐以生悲为善音,听乐以能悲为知音"乃汉魏六朝的风尚如斯,不只音乐。"心理学即谓人感受美物,辄觉胸隐然痛,心怦然跃,背如冷水浇,眶有热泪滋等种种反应。文家自道赏会,不谋而合。或云:'读诗至美妙处,真泪方流';或云:'至美无类,皆能使敏感者下泪';或云:'能使体中寒栗、眼中泪迸之诗,乃吾心所好';或读诗观剧,嚅泪而叹曰:'文词之美使人心痛';或谓欲别诗之佳恶,只须读时体察己身,苟肌肤起粟、喉中哽咽、眼里出水、背脊冷浇,即是佳什。故知陨涕为贵,不独聆音。吾国古人赏诗,如徐渭《青藤书屋文集》卷一七《答许北口》:'能如冷水浇背,陡然一惊,便是兴观群怨之品;如其不然,便不是矣';似勿须急泪一把也。"因此,好音悦耳,佳景悦目,凡观心体物,使人危涕坠心的,皆是美

---

① 丹纳.艺术哲学[M].傅雷,译.北京:人民文学出版社,1963:7-8.
② 宗白华.美学散步[M].上海:上海人民出版社,1981:177.
③ 沈约.宋书·卷十九·乐志[M].北京:中华书局,1974.
④ 同③.
⑤ 于迎春.汉代文人与文学观念的演进[M].北京:东方出版社,1997:104.

的①。

  古人以迁逝、咏古、娱游、游仙等为主题的文学创作中常常有这种转乐成悲的情形,《管锥编》中引了大量例证,如《庄子·知北游》:"山林与,皋壤与,使我欣欣然而乐与;乐未毕也,哀又继之。"汉武帝《秋风歌》:"欢乐极兮哀情多,少壮几时兮奈老何。"《淮南子·原道训》:"建钟鼓,列管弦,席旃茵,傅旄象,耳听朝歌北鄙靡靡之乐,目齐靡曼之色,陈酒行觞,夜以继日;强弩弋高鸟,走犬逐狡兔。此其为乐也,炎炎赫赫,怵然若有所诱慕。解车休马,罢酒彻乐,而心忽然若有所丧,怅然若有所亡也。……乐作而喜,曲终而悲,悲喜转而相生。"张衡《西京赋》:"于是众变尽,心酲醉,盘乐极,怅怀萃。"《抱朴子·内篇·畅玄》:"然乐极则哀集,至盈必有亏,故曲终则叹发,燕罢则心悲也。寔理势之攸召,犹影响之相归也";《乐府诗集·卷三十六》中魏文帝《善哉行》:"乐极哀情来,寥亮摧肝心。"王羲之《兰亭集序》:"所以游目骋怀,足以极视听之娱,信可乐也!……及其所之既倦,情随事迁,感慨系之矣。向之所欣,俯仰之间,已为陈迹……"由乐到悲的情绪突变,或因时间的流逝,或是对佳音、美景的感激。到建安时期,此类作品屡见不鲜,如曹丕《清河》:"方舟戏长水,湛澹自浮沈。弦歌发中流,悲响有余音。音声入君怀,凄怆伤人心。"曹丕《善哉行》:"有美一人,婉如清扬。妍姿巧笑,和媚心肠。知音识曲,善为乐方。哀弦微妙,清气含芳。流郑激楚,度宫中商。"王粲《公燕诗》:"昊天降丰泽,百卉挺葳蕤。凉风撤蒸暑,清云却炎晖。高会君子堂,并坐荫华榱。嘉肴充圆方,旨酒盈金罍。管弦发徽音,曲度清且悲。"除了"情动于中而形于言"的诗作之外,言为心声的书牍文也常见这类内容,如繁钦《与魏太子书》:"时都尉薛访车子……潜气内转,哀音外激,大不抗越,细不幽散,声悲旧笳,曲美常均……暨其清激悲吟,杂以怨慕,咏北狄之遐征,奏胡马之长思,凄入肝脾,哀感顽艳。是时日在西隅,凉风拂衽,背山临溪,流泉东逝,同坐仰叹,欢者俯听,莫不泫泣殒涕,悲怀慷慨。"曹丕《与吴质书》:"每念昔日南皮之游,诚不可忘。既妙思六经,逍遥百氏,弹棋闲设,终以六博,高谈娱心,哀筝顺耳。驰骛北场,旅食南馆,浮甘瓜于清泉,沈朱李于寒水。白日既匿,继以朗月,同乘并载,以游后园,舆轮徐动,参从无声,清风夜起,悲笳微吟,乐往哀来,凄然伤怀。"他们在欢聚的场合常常以筝箫笳之类的丝竹之声佐兴,笳更为常见,在汉代时就很流行,善于表现哀怨、凄怆的情感。曹丕、曹植主持的游宴,环境优美,参与者虽有主从之别,却也有知己、友朋之欢,他们"高谈娱心",吟诗作赋,"每至觞酌流行,丝竹并奏"(曹丕《又与吴质书》),"觞酌凌波于前,箫笳发音于后"(曹植《与吴季重书》),凄婉哀怨的丝竹之声似乎在提醒他们时光的流逝,"斯乐难常""丝竹增悲"(曹植《释愁文》),天下没有不散的筵席,尤其是处在抱有强烈的功业观念而时代不与的焦灼状态下的建安士人,短暂、偶然的相聚或游览,不仅没有使他们沉重的精神负累获得片刻或些许的解脱,反而引发了潜在的悲情,周围景色之美与内心之哀情形成的强烈对比和落差,使他们感叹、唏嘘不已,"未尝不闻乐而拊心,临觞而叹息也"(曹植《求存问亲戚疏》)。

  以悲音佐兴并非从建安时期才开始出现,东汉时已经有记载。顺帝永和六年(141年)

---

① 钱锺书.管锥编(第三册)[M].北京:中华书局,1979:949.

三月上巳日,"(梁)商大会宾客,宴于洛水,……商与亲昵酣饮极欢,及酒阑倡罢,继以《薤露》之歌,坐中闻者,皆为掩涕。"①《薤露》,挽歌也。《风俗通义·灾异》曰:"灵帝时,京师宾婚嘉会,皆作《魁㭊》,酒酣之后,续以挽歌。《魁㭊》,丧家之乐;挽歌,执绋相偶和之者。"②东汉时,挽歌一般是在酒酣之后演奏,被时人周举认为不合时宜:"此所谓哀乐失时,非其所也。"③灵帝时在喜庆的场合演奏丧家之乐和挽歌,应劭也认为是不祥之兆:"自灵帝崩后,京师坏灭,户有兼尸,虫而相食,《魁㭊》挽歌,斯之效乎!"④到建安时,悲音哀乐并没有因为不合时宜或是不祥之兆被舍弃,却因其艺术魅力日渐被接受,亡国、丧身之音的帽子被摘掉,曹氏父子更是广泛地将其应用到宴飨和欢聚等场合的始终。

建安士人面对随时到来的死亡威胁,如地震等频发的自然灾害和长期的战乱,他们渴望建功立业的意识中,"总有一种人生朝露的悲凉情思"⑤,"建安创造了风骨,为中国文学带来了一种悲慨苍凉的美"⑥。不管是自己的亲身经历,还是耳闻目见的社会现象,经过他们主观情感择取之后进入文学作品中的自然景物、社会人事、历史故实等意象,大多具有悲哀的感情基调,即刘勰所说"雅好慷慨"。

二、山水之乐与建安士人的自然观

从先秦至汉代的文学作品中不乏自然景物的身影,但它们仅仅是一种标志,"或为突出作者的主观世界服务(《诗经》),或作为象征(《楚辞》),或囿于统治者意识的范围之内(赋)。其间,它从农民的自然经巫觋的自然走向官僚和皇室的自然,不是以单一现象(《诗经》《楚辞》)出现,就是以单一现象的集合体(赋)出现,好像并没有对自然美的特别发现,也缺少对自然的热爱或对其现实性的明显关注。其原因可在与农业、宗教和宫廷的密切关联中以及当时还没有、直到汉代末期才出现的'自我意识'中找到"⑦。自然景物一般是独立于主体之外的客观存在,这一点在汉赋中表现得尤为明显,汉赋常常胪列大量的山水景物,它们被限定在主体的外在视野之内。江山的雄伟也罢,物产的丰饶也罢,鸟兽的珍奇也罢,通过着意夸饰和刻意描写,作者力图展示的只是外在世界的图景,或繁华昌盛,或生机勃勃,他们对山形水势的夸饰和描写已有"意"在先作为统帅,山形水势等自然景物在随"意"变化,而此"意"之人一般是处于俳优地位的言语侍从之臣,"意"非主体自主之意,随"意"变化的山形水势等自然景物与主体之间的距离自然遥远。

到东汉末年,时局的急剧变化使文士们的视野不只投放到外部世界,也开始了对自己内心的审视和观照,他们的内省激发了自我意识的产生。从经术典籍中刚刚解脱出来的建

---

① 范晔.后汉书·卷六十一·周举传[M].李贤,等注.北京:中华书局,1965.
② 应劭.风俗通义校注·佚文[M].王利器,校注.北京:中华书局,1981:568-569.
③ 同①.
④ 同②569.
⑤ 罗宗强.魏晋南北朝文学思想史[M].北京:中华书局,2006:87.
⑥ 同⑤125.
⑦ 顾彬.中国文人的自然观[M].马树德,译.上海:上海人民出版社,1990:63.

安士人们,在自我意识的驱动下,开始了对内心世界的苦心经营和对自我精神世界的反观。他们开始注重形象、直观、含蓄的感性经验和重在意会的个性声色体验,逐渐与日用事为拉开距离,开始用审美的眼光和意识审视周围的世界,使之产生了含蓄的诗意和审美的特质,逐步获得对个体人生价值的深层开掘、精神世界的丰富和愉悦以及对生命个体的充分尊重。仲长统《见志诗》云:"大道虽夷,见几者寡。任意无非,适物无可。古来绕绕,委曲如琐。百虑何为,至要在我。寄愁天上,埋忧地下;叛散五经,灭弃风雅。百家杂碎,请用从火。抗志山栖,游心海左。元气为舟,微风为柂。敖翔太清,纵意容冶。"在五经叛散、风雅灭弃的时代,文士们传统的功业、伦理、道德观念面临破产的境地,为排解内心的焦灼、空虚,他们需要寻找新的精神寄托。在自我意识、情感和观念的驱使下,他们发现了新奇的山水世界,发现了原本存在于客观世界中的审美价值,审美客体的独立性与审美主体的情感从此实现了真正的融合。他们向内发现了真正、独立的自我,向外发现了山水之美,譬如一体之两面,向内的自我审视和向外的山水观照几乎是同步进行的。以前客观、孤立、被动的自然山水,在玄学的潜流中,成了建安士人生命体验的一部分,自然界中的春华秋实、花开花落,激荡着他们的情思,寄托着他们的心志。当时很多咏物抒情的小赋皆是由外物感动而发,这在它们的小序中都有交代,如曹丕《柳赋序》"昔建安五年,上与袁绍战于官渡,是时余始植斯柳,自彼迄今,十有五载矣;左右仆御已多亡,感物伤怀,乃作斯赋曰",明言《柳赋》因感物伤怀而作,他的《莺赋》因堂前笼莺之哀鸣"凄若有怀,怜而赋之";曹植的《离缴雁赋》因离缴之雁"不能复飞……怜而赋焉",《神龟赋》因号千岁之龟"数日而死,肌肉消尽,唯甲存焉","感而赋之",《鹞赋》亦属此类。当时还出现了一篇借眼前之景幽然发思古之情的怀古之作,即吴质的《在元城与魏太子笺》。

  有时自然山水甚至成了人格风范的象征。检索《三国志》中"避难""避乱""避世"三词,分别出现二十四、二十六、五次。始于外戚、宦官的败亡,经过董卓之乱,豪强割据混战,并与三国时期有交叉的建安四十余年间,"避难""避乱"同样是相当一部分士人的生活经历。正始时期的李康在《游山九吟序》中说:"盖人生天地之间也,若流电之过户牖,轻尘之栖弱草。"生命短暂,时局动荡,刚刚发现了自然山水新鲜、奇特而且亲切的审美价值的建安士人们,纷纷不由自主地将热情、灵动的人格投射其中,开始将大量的精力投入到山水之中。写景状物的诗歌和辞赋大量涌现,也不乏此类内容的散文。仲长统《昌言》有"使居有良田广宅,背山临流,沟池环匝,竹木周布,场圃筑前,果园树后。舟车足以代步涉之艰,使令足以息四体之役。养亲有兼珍之膳,妻孥无苦身之劳。良朋萃止,则陈酒肴以娱之;嘉时吉日,则烹羔豚以奉之。蹰躇畦苑,游戏平林。濯清水,追凉风。钓游鲤,弋高鸿。讽于舞雩之下,咏归高堂之上。安神闺房,思老氏之玄虚;呼吸精和,求至人之仿佛。与达者数子,论道讲书,俯仰二仪,错综人物。弹《南风》之雅操,发清商之妙曲。逍遥一世之上,睥睨天地之间。不受当时之责,永保性命之期。如是,则可以陵霄汉,出宇宙之外矣!岂羡夫人帝王之门哉"一节,胡维新《两京遗篇》题之为《乐志论》,钱锺书也认为此节文字自成篇章,可另加题目,曰《乐志论》①。仲长统做此论的起因是"常以为凡游帝王者,欲以立身扬名耳,而名不常存,人生易灭,优游偃仰,可以自娱。欲卜居旷,以乐其志"②。对此论,后人评述颇多,董其昌言:"仲长统此论,所谓'未闻巢由买山而隐'者。然薪火炽燃,相将入火坑,不必皆贫贱士。盖盛满不知足,往往十而九矣。"(《容台别集·卷三·书品》)尤侗说仲长统"俨然富贵逸乐之人,非岩居穴处、轻世肆志之所为。自右军书之,传为美谈,而平泉《知止赋》亦云:'仲既得于清旷',是为狂生所欺矣!"③钱锺书认为董氏与尤氏之言均讥统"言若退而望甚奢,异于饭蔬饮水枕肱者,殊中肯綮",并引《全后汉文·卷六十七》中荀爽的《贻李膺书》与仲长统此论相较,言曰:"荀以'悦山乐水',缘'不容于时';统以'背山临流',换'不受时责'。又可窥山水之好,初不尽出于逸兴野趣,远致闲情,而为不得已之慰藉。达官失意,穷士失职,乃倡幽寻胜赏,聊用乱思遗老,遂开风气耳。"④"后世画师言:'山水有可行者,有可望者,有可游者,有可居者'(《佩文斋书画谱》卷一三郭熙《山水训》);统之此文,局于'可居',尚是田园安隐之意多,景物流连之韵少"⑤,仲长统"盖悦山乐水,亦往往有苦中强乐,乐焉而非全心一意者"⑥。三人皆指出仲长统希望能在经济富赡的基础上,追求生活的闲适和随心所欲,达到物质和精神的双重富足、现实和心灵的和谐一致,在诗意盎然的日常生活中,实现精神的享受和性情的愉悦。这是封建士大夫最理想的一种生活方式:追求日常生活的艺术化和内心世界的超脱,追求心灵不受任何羁绊的极大自由。仲长统的这种理想在失志违时的汉末只能是"苦中强乐","不得已之慰藉",但他的悦山乐水已不再仅仅是山水景物的赏心悦目,而更注重山水景物带来的怡情快意,自然界已经成为蕴含着无限生机的主观化了的自我,"尽管仲长统的社会价值批判含糊散乱,但当他以自然六合的阔大世界为思想背景,以畅快从容、纵意任情的生命状态和精神自由境界为目的追求的时候,由于他在其中所显现出来的对成俗常规的傲然轻视和毫不拘羁的超离,他便成为开启魏晋士风的重要环节之一"⑦。

  当时的书牍和颂赞箴铭等文体的作品中也有很多咏物、写景的内容。咏物类的颂赞箴铭文章,同仲长统的此节文字一样,将自然物化为美丽的诗歌意象,如曹植的《宜男花颂》、繁钦的《砚赞》、张纮的《瑰材枕箴》、王粲的《刀铭》等,大多可以看作状物小诗。书牍文中也有描摹物品的作品,如曹丕《又与钟繇书》中对美玉和曹植《与陈孔璋书》中对美服的描绘等,用语虽然雅致,却并非书信的主题。而曹丕《与吴质书》《答繁钦书》和繁钦《与魏太子书》等则将浓厚、真挚的情感与周围的景物融为一体,在曹丕组织的宴饮、娱游活动中,文士们因为并未摆脱社会价值观的负累,山水自然不能真正寄托他们焦灼、躁动的内心。当

---

① 钱锺书.管锥编(第三册)[M].北京:中华书局,1979:1036.
② 范晔.后汉书·卷四十九·仲长统传[M].李贤,等注.北京:中华书局,1965.
③ 尤侗.艮斋杂说·卷三·艮斋杂说续说[M].李肇翔,整理.北京:中华书局,1992:49.
④ 同①.
⑤ 同①.
⑥ 同①82.
⑦ 于迎春.汉代文人与文学观念的演进[M].北京:东方出版社,1997:250.

时的秦宓却力图解决这一矛盾,他的《答王商书》借山水之乐以明纵横不羁的志趣:"仆得曝背乎陇亩之中,诵颜氏之箪瓢,咏原宪之蓬户,时翱翔于林泽,与沮、溺之等俦,听玄猿之悲吟,察鹤鸣于九皋,安身为乐,无忧为福,处空虚之名,居不灵之龟。"自此,"以读书论理、弹琴咏诗、山水盘桓等艺术化活动为大要,构成了'处'实现于生活实境并于其中切实存在下去的具体方式"①,士人们在山水自然中领略到了盎然的生趣和充沛的生机,他们焦灼、躁动的内心终于稍稍得以安顿。

三、俳谐风尚

刘勰《文心雕龙》专列"谐隐"篇讨论俳谐文学,它包括多种文学样式,如春秋时期"嗤戏形貌,内怨为俳"的歌谣,用于箴戒的谚语,淳于髡对齐威王长夜酣饮的劝谏,宋玉"意在微讽"的《登徒子好色赋》,优旃讽漆城、优孟谏葬马的"谲辞饰说"等。本书论述的俳谐风尚不单是指文学体类,而是一种广泛意义上的艺术审美追求。它体现了建安文章实用性与趣味性、娱乐性的统一,有时甚至轻实用而重娱情,文章的直接功利目的有所削弱,俳谐风尚正是当时文学走向自觉的又一具体表现。

对谐趣、滑稽的追求,"根植于人类的审美天性"②,"以游戏态度,把人事和物态的丑拙鄙陋和乖讹当作一种有趣的意象去欣赏"③,这种现象在先秦时期并不鲜见,如《诗经》中的《将仲子》《山有扶苏》《硕鼠》《新台》等篇,诸子和史传散文中也有很多寓言、民谣或诗歌类的作品,如有"千万世诙谐小说之祖"(宋人黄震《黄氏日钞》语)④称号的《庄子》,以丑为美,艺术手法夸张、怪诞,运用大量寓言阐述哲理,貌似诙谐实则严肃。

现存汉魏六朝时期的俳谐文完整或较为完整者,尚有五十篇左右,其中大多产生于魏晋南北朝时期⑤。汉代俳谐文学的发展虽然受到儒家文艺思想的限制,但随着时世的盛衰、统治者的好恶、社会风气的变迁,总体来说,俳谐风尚获得了不可遏制的发展,主要集中在武帝、宣帝、灵帝三朝。

汉武帝时,国力强盛,颇尚文事,东方朔是汉代现存俳谐文中最早的作者,武帝将他和枚皋等文学侍从之臣"俳优蓄之"。司马迁在《史记》中专列《滑稽列传》,将东方朔等人归入其中,并言"天道恢恢,岂不大哉?谈言微中,亦可以解纷"⑥,高度肯定他们的"辩捷"言辞,这在当时是难能可贵的。因为枚皋本人尚且认为"为赋乃俳,见视如倡,自悔类倡",曾作赋"诋娸东方朔,又自诋娸"⑦,班固、刘勰等后人对他们也多有鄙薄,班固《汉书》并未给

---

① 于迎春.汉代文人与文学观念的演进[M].北京:东方出版社,1997:225.
② 刘成国.宋代俳谐文研究[J].文学遗产,2009(5):34.
③ 朱光潜.诗论[M].北京:生活·读书·新知三联书店,1998:24.
④ 郎擎霄.庄子学案[M].上海:商务印书馆,1934:338.
⑤ 秦伏男.论汉魏六朝俳谐杂文[J].青海师范大学学报(哲学社会科学版),1990(1):78.
⑥ 司马迁.史记·卷一二六·滑稽列传[M].北京:中华书局,1959.
⑦ 班固.汉书·卷五十一·枚皋传[M].北京:中华书局,1962.

滑稽列传,说"朔、皋不根持论,上颇俳优畜之"①,东方朔"名过实者,以其诙达多端,不名一行,应谐似优,不穷似智,正谏似直,秽德似隐……其滑稽之雄乎"②,枚皋"不通经术,诙笑类俳倡,为赋颂好嫚戏,以故得媟黩贵幸,比东方朔、郭舍人等,而不得比严助等得尊官"③;刘勰说东方朔、枚皋"无所匡正,而诋嫚媟弄"④。上层人士不免存在鄙夷态度,而俳谐风气在普通民众之间则传播较为广泛,如东方朔"口谐倡辩,不能持论,喜为庸人诵说,故令后世多传闻者……朔之诙谐,逢占射覆,其事浮浅,行于众庶,童儿牧竖莫不眩耀。而后世好事者因取奇言怪语附著之朔……"⑤,他的俳谐言辞深受下层人民的喜爱。

宣帝曾长期生活在民间,喜游侠、斗鸡走马,对俗文学的发展有很大的推动作用。他在位期间,曾"修武帝故事,讲论六艺群书,博尽奇异之好",针对有臣子指责放猎之赋颂"淫靡不急",提出"辞赋大者与古诗同义,小者辩丽可喜。辟如女工有绮縠,音乐有郑、卫,今世俗犹皆以此虞说耳目,辞赋比之,尚有仁义风谕,鸟兽草木多闻之观,贤于倡优博弈远矣"的观点,并令王褒等人"朝夕诵读奇文及所自造作"⑥娱侍太子。这些世俗的"奇异之好",由武帝时的"颇类俳优"到"贤于倡优博弈远矣",透露出统治者对俗文学的文化政策、观念的转变。范文澜说:"宣帝时修汉武故事,宣帝以为辞赋贤于倡优博弈,则奇文异事亦如辞赋,此乃俗文学兴盛之获允也。"当时王褒创作了标志着俳谐文学体裁开始独立发展的作品——《僮约》。然宣帝的观念与政策,较多地体现了他的尚奇、好奇的审美趋向。为了迎合上层社会的猎奇心理,俳谐风尚一时盛行起来。到东汉灵帝时,设置鸿都门学,"诸生竞利,作者鼎沸,其高者颇引经训风喻之言,下则连偶俗语,有类俳优"(蔡邕《上封事陈政要七事》)。在好奇和竞利的双重心理的驱动下,再加上造纸术的发明、改造以及书写工具的改进,使之不仅仅承载公文内容,俳谐文学自上层社会至平民百姓逐渐繁荣起来,但尚未形成文人的自觉创作。

汉末以降至建安时期,礼教松弛,传统的儒学观念进一步受到冲击,世风渐趋通脱,嘲戏之风盛行。葛洪曾言:"闻之汉末,诸无行自相品藻次第,群骄慢傲,不入道检者,为都魁雄伯,四通八达。皆背叛礼教而从肆邪僻,讪毁真正,中伤非党,口习丑言,身行弊事。凡所云为,使人不忍论也。"⑦到曹丕代汉后更是"天下贱守节。其后纲维不摄,而虚无放诞之论盈于朝野,使天下无复清议"⑧。在相对宽松和多元的社会文化环境中,士人的性情自主意

---

① 班固.汉书·卷六十四上·严助传[M].北京:中华书局,1962.
② 班固.汉书·卷六十五·东方朔传[M].北京:中华书局,1962.
③ 班固.汉书·卷五十一·枚皋传[M].北京:中华书局,1962.
④ 刘勰.文心雕龙·谐隐[M].范文澜,注.北京:人民文学出版社,1978:270.关于刘勰认为东方朔、枚皋"无所匡正,而诋嫚媟弄",詹锳《文心雕龙义证》认为东方朔与枚皋的情况并不一样,大致是枚皋"颇诙笑","尤嫚戏不可读"之赋达数十篇之多,而东方朔在政治上颇有抱负,其谐辞还是有所"匡正"的。
⑤ 同②.
⑥ 班固.汉书·卷六十四下·王褒传[M].北京:中华书局,1962.
⑦ 葛洪.抱朴子外篇·卷二十七·抱朴子[M].上海:上海书店,1986:153.
⑧ 房玄龄,等.晋书·卷四十七·傅玄传[M].北京:中华书局,1974.

识和文学的独立性渐渐凸显,文学世俗化、平民化的审美取向进一步增强。

建安时期,谐谑、嘲戏已经成为上层人物及文人之间普遍的风气。曹操"为人佻易无威重,好音乐,倡优在侧,常以日达夕。……每与人谈论,戏弄言诵,尽无所隐,及欢悦大笑,至以头没杯案中,肴膳皆沾污巾帻,其轻易如此"①;曹丕"因俳说以著笑书"②;曹植对民间通俗文学评价甚高:"夫街谈巷说,必有可采,击辕之歌,有应风雅,匹夫之思,未易轻弃也。"(《与杨德祖书》)曹氏父子、兄弟之间还常常拿方术之事以为调笑(见曹植《辨道论》),"三曹"性情皆有通脱的一面,曹丕曾在宴请属臣酒酣之际让夫人甄氏出拜。礼教纲常的松弛和文士地位的适当提高,使当时君臣、主从之间嘲谑的情形屡有发生。如曹丕任五官中郎将时,知道王忠"尝啖人,因从驾出行,令俳取冢间骷髅系着忠马鞍,以为欢笑"③,他还曾因廓落带与刘桢作文互嘲;曹植在初次见到邯郸淳时,即"科头拍袒,胡舞五椎锻,跳丸击剑,诵俳优小说数千言"④;恃才傲物的祢衡因为"骄蹇,答(黄)祖言俳优饶言"⑤,终于惹怒黄祖,招来杀身之祸。

因为俳优或谐谑之言多,招来杀身之祸的还有孔融。《世说新语》以赞赏的笔调记载了他十岁时拜访名士李膺和"小时了了"的捷悟之辞,可见捷悟、嘲戏是孔融自小之性情。孔融狎侮曹操的文章有《难曹操表制酒禁》二书、《与曹公书》和《与曹公书啁征乌桓》等。曹操制酒禁的表文今已不存,从当时"年饥兵兴"时局出发,本无可非议,孔融只不过借题发挥,讽刺曹操禁酒的虚伪和冠冕堂皇,反对曹操的"挟天子以令诸侯"⑥。《与曹公书》作于建安九年(204年)曹操攻屠邺城,曹丕私纳袁熙妻甄氏之后,孔融自造典故,"以今度之,想当然耳"以泄不满。《与曹公书啁征乌桓》一文说曹操东征乌桓,可一并追究肃慎氏不进贡楛矢和丁零盗取苏武牛羊的事,讽刺曹操实在有些小题大做,冷嘲之态尽显。后两篇文章似非完篇,然嘲讽之辛辣、尖锐可见一斑。曹丕《典论·论文》认为孔融"不能持论,理不胜词,以至乎杂以嘲戏",曹丕"不满于孔融之'嘲戏',恐有个人嫌私原因,以孔融曾嘲曹操、曹丕父子'武王伐纣,以妲己赐周公'故也"⑦,其实"深好融文辞,每叹曰:'杨、班俦也。'募天下有上融文章者,辄赏以金帛"⑧。刘勰沿袭曹丕的观点,认为"孔融《孝廉》,但谈嘲戏"⑨,《孝廉》一文已佚。曹丕和刘勰对喜作嘲戏之文的孔融皆有微词,而钱锺书认为:"融

---

① 陈寿.三国志·卷一·武帝纪[M].裴松之,注.北京:中华书局,1959.
② 刘勰.文心雕龙·谐隐[M].范文澜,注.北京:人民文学出版社,1978:271.
③ 同①.
④ 陈寿.三国志·卷二十一·王粲传[M].裴松之,注.北京:中华书局,1959.
⑤ 陈寿.三国志·卷十·荀彧传[M].裴松之,注.北京:中华书局,1959.
⑥ 吴云.建安七子集校注[M].天津:天津古籍出版社,2005:90.
⑦ 徐公持.魏晋文学史[M].北京:人民文学出版社,1999:132.
⑧ 范晔.后汉书·卷七十·孔融传[M].李贤,等注.北京:中华书局,1965.
⑨ 刘勰.文心雕龙·论说[M].范文澜,注.北京:人民文学出版社,1978"327.

两《书》(孔融《难曹操表制酒禁》二书)皆词辩巧利,庄出以谐"①,"融好持非常可怪之论,见于难曹操禁酒两书、为曹丕纳袁熙妻《与曹公书》。《全后汉文》卷九四路粹《枉状奏孔融》、《全三国文》卷二魏武帝《宣示孔融罪状令》、《全晋文》卷四九傅玄《傅子》诸篇者,颇言之成理,'嘲戏'乃其持论之方,略类《史记·滑稽列传》所载微词谲谏耳。融立两论,最惊世骇俗"②,并且指出《枉状奏孔融》《傅子》中谈及孔融的观点,在王充的《论衡·物势》篇中已有显露:"夫天地合气,人偶自生也;犹夫妇合气,子则自生也。夫妇合气,非当时欲得生子,情欲动而合,合而生子矣。"只不过"融推理至尽而已"③。徐公持也说:"至于'杂以嘲戏',亦为实情,但自文学角度说,'杂以嘲戏'亦为一体,可以增强论说文兴味,避免刻板枯燥。"④孔融的嘲戏、谐谑同两汉时期用作"俳优"、尚奇、竞利不同,而是用来讽刺时政,有强烈的现实针对性,发泄对曹操的失望、不满,其实用价值大大超过了游戏、娱乐的价值。"汉代俳谐文从东方朔到孔融,经历了发轫、发展、成熟的阶段,也是俳谐文从一般的诙谐滑稽发展到针对现实、讽刺时政的阶段,扩大了俳谐文的表现力,也扩大了文学的影响范围。"⑤

与祢衡、孔融的严正刚直和恃才傲物不同,建安士人以俳谐的方式自处于纷乱的时局,借以自保,这一点,吴质最为典型。他与曹丕、曹植兄弟皆有书信往来。曹植《与吴季重书》中言:"墨翟不好伎,何为过朝歌而回车乎?足下好伎,值墨翟回车之县,想足下助我张目也。"此为曹植的诙谐之辞。在吴质的复书《答东阿王书》中,以诙嘲为乐的句子随处可见,如得到曹植赏识后的自谦之辞:"既威仪亏替,言辞漏渫,虽恃平原养士之懿,愧无毛遂耀颖之才;深蒙薛公折节之礼,而无冯谖三窟之效;屡获信陵虚左之德,又无侯生可述之美。"思与"大丈夫之乐"不同的"鄙人之乐":"投印释黻,朝夕侍坐,钻仲父之遗训,览老氏之要言,对清酤而不酌,抑嘉肴而不享;使西施出帷,嫫母侍侧,斯盛德之所蹈,明哲之所保也。"对曹植"大丈夫之乐"的夸赞:"秦筝发微,二八迭奏;埙箫激于华屋,灵鼓动于座右;耳嘈嘈于无闻,情踊跃于鞍马。谓可北慑肃慎,使贡其楛矢;南震百越,使献其白雉。又况权、备,夫何足视乎。"以及"质小人也,无以承命"的调侃。这些都好像是老朋友之间的玩笑话,并非互相讽刺。吴质在复信中与曹植轻松调侃,并以此为乐。吴质与曹丕也有书信往来,亦是亲密之态,《在元城与魏太子笺》中有言"小器易盈,先取沈顿,醒寤之后,不识所言",刘良注曰:"沈顿,酒困也。不记醉时所言,恐有亏失。"⑥足见吴质之善处。吴质"以才学通博,为五官将及诸侯所礼爱;质亦善处其兄弟之间,若前世楼君卿之游五侯矣"⑦,高步瀛亦认为

---

① 钱锺书.管锥编(第三册)[M].北京:中华书局,1979:1026.
② 同①.
③ 同①.
④ 徐公持.魏晋文学史[M].北京:人民文学出版社,1999:132.
⑤ 熊伟业.汉代俳谐文述论[J].西昌学院学报(社会科学版),2007(3):30.
⑥ 魏晋文举要[M].高步瀛,选注.陈新,点校.北京:中华书局,1989:61.
⑦ 陈寿.三国志·卷二十一·王粲传[M].裴松之,注.北京:中华书局,1959.

吴质"不得以丁氏兄弟及贾诩等专助一方者比。谭复堂谓强作周旋,两书皆足以府怨,未免过诬古人矣"①,这种借诙嘲和调侃以自保的方式也透露出建安文人在那个时代的辛酸,杨修即被曹操以"前后漏泄言教,交关诸侯"②的罪名杀害,丁仪、丁廙兄弟亦因与曹植交好,拥护曹植为嗣,曹丕即位后,两兄弟并其男口皆被诛杀。

友朋、常人之间互相嘲戏也极为常见。如繁钦的《嘲应德㯥文》③,纯属"空戏滑稽"之作,并无太多寄托,"应场之鼻,方于盗削卵"④之事想必亦是"本体不雅"⑤之作,无甚功利目的;祢衡取笑荀彧、赵稚长曰:"文若可借面吊丧,稚长可使监厨请客。"⑥

士人有时也借自嘲或揶揄的方式抒发一人一时之情志。曹植的游戏之作,如《髑髅说》《诰咎文》《释愁文》等皆是自我解嘲。尤其是《释愁文》,用俳谐笔调宣泄内心积郁很久的苦闷和牢骚,同扬雄的《解嘲》《逐贫赋》和东方朔的《答客难》以及班固的《答宾戏》在内容上一脉相承,后世又有韩愈的《送穷文》。曹植的俳谐作品最著名的是《鹞雀赋》,钱锺书称曰"游戏之作,不为华缛,而尽致达情"⑦。糜元《讥许由》《吊夷齐文》,将古之贤人许由、伯夷、叔齐大大挖苦、嘲笑了一番,借揶揄圣贤称颂曹操,并暗含辅助曹氏、成就一番功业的志向,这种俳谐技巧很有特色。孔融则常用奇特的动物作比,以达到俳谐效果,如用"两鼯相啮"比喻"轻薄劣弱者"(《答路粹书》),暗含讽刺。

在君臣、主从之间相对通脱的嘲谑和世人相互揶揄的世风影响下,建安士人在游宴、聚会等场合也常常有游戏、娱乐的文学活动,如黄祖太子射大会宾客时,曾让祢衡为鹦鹉作赋以"娱宾",刘义庆《世说新语》载有曹操和杨修共猜"绝妙好辞"的离合之谜以较才之高下的故事等。

即使是严肃的军政、外交事务,也受到了俳谐风气的影响。陈琳的《为曹洪与魏太子书》即是一篇军事内容的俳作,钱锺书认为此文"显然代笔",陈琳多次交代并非自己代作,而是曹洪亲作,真乃"欲盖弥彰,文之俳也",结果只能是"莫逆相视,同声一笑"而已⑧,而此文的目的也正是"以当谈笑"。在外交场合,赵咨作为孙权使者出使魏国时,曹丕作为国君,连连发问嘲弄赵咨,"吴王颇知学乎""吴可征不""吴难魏不""吴如大夫者几人"⑨,后来陈化出使魏国时,曹丕又在酒酣之际嘲戏陈化,质问他"吴、魏峙立,谁将平一海内者乎""昔

---

① 魏晋文举要[M].高步瀛,选注.陈新,点校.北京:中华书局,1989:48.
② 陈寿.三国志·卷十九·陈思王植传[M].裴松之,注.北京:中华书局,1959.
③ "㯥"当为"㻛"之误,德㻛为应场之字。
④ 刘勰.文心雕龙·谐隐[M].范文澜,注.北京:人民文学出版社,1978:271.
⑤ 同④270.
⑥ 陈寿.三国志·卷十·荀彧传[M].裴松之,注.北京:中华书局,1959.
⑦ 钱锺书.管锥编(第三册)[M].北京:中华书局,1979:1059.
⑧ 同⑦1040.
⑨ 陈寿.三国志·卷四十七·孙权传[M].裴松之,注.北京:中华书局,1959.

文王以西伯王天下,岂复在东乎"①,他们的应对之辞很有战国时期策士谋臣的诡谲、狎谑的味道。

当时还出现了将俳谐之辞著成专书的情况,可见俳谐风尚之浓厚。曹丕"因俳说以著笑书"②,今不传。常璩《华阳国志》卷十二载:"汉末时,汉中祝元灵,性滑稽,用州牧刘焉谈调之末,与蜀士燕胥,聊著翰墨,当时以为极欢,后人有以为惑。"③祝元灵与燕胥事迹不可考,当是刘焉(？—194年)时人,建安初期尚在世亦未可知,即使已不在世,"当时以为极欢,后人有以为惑",可见二人取材于"谈调之末"的俳谐之书肯定流传开来产生了一定的影响,或许曹丕著《笑书》亦受此书启发,惜此书未见著录。此外,《隋书·经籍志》子部小说类载"《笑林》三卷,后汉给事中邯郸淳撰",两唐书著录作者和卷数与此相同,赵宋时由三卷扩为十卷,后失传,《太平御览》《太平广记》等类书中有散篇,明陈禹谟的《广滑稽》和清马国翰的《玉函山房辑佚书》皆录《笑林》一卷,今存29则,有鲁迅《古小说钩沉》辑本。《笑林》是我国现存最早的古代笑话专集,晋孙楚称之曰"调谑之巨观"(《全晋文·卷六十·笑赋》),鲁迅赞曰"举非违,显纰缪,实《世说》之一体,亦后来诽谐文字之权舆也"④。继作见于《隋书·经籍志》的有《笑苑》四卷(未录撰者姓名)、《解颐》两卷(杨松玢传),见于《唐书·经籍志》的有《启颜录》十卷(侯白撰)。同先秦两汉的俳谐或对国君帝王进行讽谏,或阐明自己的政治哲学观点不同,《笑林》不仅成为后世《世说新语》等六朝志人、逸事小说的先驱,也充分体现了当时文学观赏娱乐价值的提高,堪称"远实用而近娱乐"的赏心之作,是建安时期俳谐风尚的产物。

建安时期,从上层社会到普通士人,俳谐文学都得到了足够的重视和较大的发展,促进了南北朝及后世俳谐文学的繁荣和进一步发展。宋代黄彻曰:"子建称孔北海文章多杂以嘲戏,子美亦戏效俳谐体,退之亦有寄诗杂诙俳,不独文举为然。自东方生而下,祢处士、张长史、颜延年辈,往往多滑稽语。"⑤文、诗、词、戏曲、小说等各种文体都受到了俳谐风尚的影响。

---

① 陈寿.三国志·卷四十七·孙权传[M].裴松之,注.北京:中华书局,1959.
② 曹丕著《笑书》,始见于刘勰《文心雕龙》,《三国志》及裴松之注未言此事,《隋书·经籍志》亦未著录,亦不见其他典籍文章有称引或征引,故姚振宗《隋书经籍志考证》疑魏文《笑书》即邯郸淳《笑林》,王利器《文心雕龙校正》认为"魏文"乃"魏人"之误,即魏人邯郸淳的《笑林》。学界虽多怀疑,却并无确切证据推翻此事,本书仍从成说。
③ 常璩.华阳国志校补图注[M].任乃强,校注.上海:上海古籍出版社,1987:727.
④ 鲁迅.中国小说史略[M].北京:人民文学出版社,2006:64.
⑤ 丁福保.溪诗话·卷十·历代诗话续编(上)[M].北京:中华书局,1983:395.

第三节 人的觉醒下的文的自觉

按照儒家的传统观念,文章一直被看作美人伦、助教化、辅王政的工具。而在儒学式微、玄学渐成潜流的建安时代,纲常解纽,英才辈出,儒、道、刑、名、纵横等各家思想观念交融、互渗,文士们受到它们的冲击,在动荡的社会现实面前,视野逐渐开阔,生活内容更加丰富,情感体验更加细腻,散文的文学性也随之大大增强。人的觉醒催生了文的自觉,文的自觉是人觉醒的重要体现。

一、实用与审美的统一

刘勰在《文心雕龙·宗经》中指出论说辞序、诏策章奏、赋颂歌赞、铭诔箴祝、纪传碑檄等文体皆有宗经崇古的倾向,可以说,我国古代的每一种文体或文类的产生,都带有很强的目的性和实用性,一切文章的写作也有其目的性或实用性,"非古人好为如此之文,故发明如此之文体也。实治化所有,故遂不得不有此等之文体耳"①。但目的和实用当中,并不排除艺术性的因素,"尽管人们需要从理性、从逻辑上去理解世界,但活生生的感性活动终究是最基本和无所不在的。文如果不能给人以鲜活的感受和某种情感上的打动,就很容易令人厌倦"②,这种实用和审美的统一在建安时期开始凸显。

文章的价值在秦汉至建安有了很大的转变。王充《论衡》曰:"韩非之书,传在秦庭,始皇叹曰:'独不得与此人同时!'陆贾《新语》,每奏一篇,高祖左右,称曰万岁。"③始皇和高祖左右对韩非、陆贾的叹赏在于著作中的经世、治国之道,而王充在世时,"玩扬子云之篇,乐于居千石之官;挟桓君山之书,富于积猗顿之财"④是当时的流行语,对扬雄、桓谭文章的评赏,更多的是享受阅读的快乐和精神的富足。到建安时,曹丕明言"盖文章经国之大业,不朽之盛事"(《典论·论文》),"顷何以自娱? 颇复有所述造不"(《又与吴质书》),文章的价值在于"经国",在于"不朽",在于"自娱"。如果说前两者尚是本诸古人,"自娱"之说,则是曹丕的新贡献,三者皆有针对个人的实用性,"经国",是为了个人的功利需求;"不朽",是为了个人的生命延续;"自娱",是为了个人的眼前适意。从此,文学已不仅仅是天下之"公器",同时也可以是文人个人的"私珍"了⑤。

建安时期的文章,大都属于实用性很强的公文文体。曹丕对各体提出了具体要求,即"文本同而末异,盖奏议宜雅,书论宜理,铭诔尚实,诗赋欲丽",而当时的实际情况是论议、铭诔等文体除了"理""实"之外,也表现出很强的文学性,公文文体和文学文体的界限并不

---

① 陈柱. 中国散文史[M]. 上海:上海书店,1984:6.
② 陈振鹏,章培恒. 古文鉴赏辞典·序(上册)[M]. 上海辞书出版社,1997:3.
③ 王充. 论衡·卷二十[M]. 北京:中华书局,1985:218.
④ 同③.
⑤ 刘晓莉. 论"建安体"[J]. 延安大学学报(社会科学版),1994(2):67.

那么分明,而是你中有我、我中有你。"实用性散文之美质表现为'真'、'活'、'自然'三方面,即真中求美,圆活变化中出美,明快自然中表现美。概括起来便是:突破文体特有规范的束缚,使附着于实用中的心态物化为具象,真中求美,活中出美,自然中现美。"①

章表诏令等常用的公文文体本为政治生活的实际需要所作,有很强的实用性、功利性和目的性,但不管是下行公文还是上行公文,皆出现了极具形象性、抒情性、极有文采,充满情致的作品。如曹操的《让县自明本志令》,勤勤恳恳,自叙心语,毫无矫饰;曹丕的《伐吴诏》,鼓荡有势,雅致深厚;曹叡的《喻指华歆诏》,情真意切,真诚谦卑;潘勖的《册魏公九锡文》,铺陈扬厉,典雅丰赡;曹植的《求自试表》《求存问亲戚疏》等抒写意志的章表,独冠群才,情理并胜;孔融的《上书荐谢该》《荐祢衡疏》等荐举奏疏,气扬采飞,文词典丽。

即使是一些用于特殊场合的文体,如檄文和盟辞,也由文辞极佳者写成。建安时期的五篇檄文皆为代作,陈琳、阮瑀即以善写军国书檄著称,《三国志》载曹操时,"军国书檄,多琳、瑀所作也"②。陈琳任袁绍幕府时所作的《为袁绍檄豫州》,莽莽大笔,情勇气盛,将曹操父祖三代一笔骂倒,竟然治好了曹操的头风病,灭袁后,曹操爱其才而不咎,反而"数加厚赐"③。《三国志》裴松之注引《典略》载曹操"初征荆州,使瑀作书与刘备,及征马超,又使瑀作书与韩遂"。作书与韩遂时,"因于马上具草,书成呈之。太祖揽笔欲有所定,而竟不能增损"④。与韩遂书今已不存,与刘备书仅存八字,然另有《为曹公作书与孙权》尚完整。陈琳归曹操后亦有《檄吴将校部曲文》。此四书均在曹操授意下完成,为特定的战事或局势而作,实用性、目的性自不待言,单从文学性上来说,句式长短错落、跌宕有致,妙用虚字、助词以显文气,慷慨激昂,极富鼓动性和威慑力。当时袁绍的《漳河盟辞》和臧洪的《酸枣盟辞》两篇盟辞也各具特色,前者辞藻华丽,后者质朴无华。漳河之盟以袁绍为核心,袁绍当仁不让理当作盟辞,酸枣之盟由刘岱、孔伷、张邈、桥瑁、张超五路诸侯结成,却在很大程度上是由臧洪促成,臧洪才略智数超群,他作盟辞是众望所归,臧洪"辞气慷慨,涕泣横下,闻其言者,虽卒伍厮养,莫不激扬,人思致节"⑤,极富感染力。

公文以外的其他文体,比如展现个人生活内容和情志的私人书牍更是追求个人化、形象化、情感化与艺术化,如曹植《与吴季重书》说吴质来书"文采委曲,晔若春荣,浏若清风,申咏反覆,旷若复面",吴质复书也说曹植的来书"文采之巨丽"(《答东阿王书》);曹丕《叙繁钦》说繁钦《与魏太子书》"其文甚丽",《叙陈琳》说陈琳《为曹洪与魏太子书》"盛称彼方土地形势"。注重辞采从此成为文章创作的审美风尚。基于从建安开始的书牍文的这一变化,对李陵《答苏武书》的真伪这一历史公案,古今很多学者进行了辨伪,如初唐刘知几《史通·杂说下》指出此书"词采壮丽,音句清靡"⑥,文章风格不类西汉人所为;清代翁方纲认

---

① 万陆.中国散文美学[M].郑州:中州古籍出版社,1989:384.
② 陈寿.三国志·卷二十一·王粲传[M].裴松之,注.北京:中华书局,1959.
③ 同②.
④ 同②.
⑤ 陈寿.三国志·卷七·臧洪传[M].裴松之,注.北京:中华书局,1959.
⑥ 刘知几.史通通释[M].浦起龙,释.上海:上海古籍出版社,1978:525.

为其"排荡感慨,与西京风气迥别""或云是六朝高手,想是明眼也"①;何焯认为似"建安才人之作"②。而对为何是"六朝高手""建安才人"所作,翁氏、何氏并未阐述,想必亦是从文章风格考量罢。近人黄侃则进一步提出:"此殆建安以后人所为,而尤类陈孔璋,以其健而微伤繁富也。"③王琳师《李陵〈答苏武书〉的真伪》一文,亦从此文抒情性浓重,富于文采,在语句的整饬与气氛的渲染上较多修饰,以及以景衬情的写法等方面,并举出魏晋时代涌现的大量书信体的文章风格为证,其中有建安时期的书牍作品,如曹丕《与吴质书》、孔融《喻邴原举有道书》《与王朗书》以及吴质《答魏太子笺》等,指出《答苏武书》当为汉末魏晋人的拟托之作④。从文章风格判定作品时代,虽有失严密,却也属胡应麟辨伪八法中的一种,即"核之文以观其体"⑤。

质诸当时的散文创作,文义妥帖是文章实用性的基本要求,而运用才思,注重情采,使实用性的文章变成艺术性的文学作品,是对当时文士的较高要求。《后汉书·祢衡传》载祢衡为荆州刘表宾客时,"文章言议,非衡不定。表尝与诸文人共草章奏,并极其才思。时衡出,还见之,开省未周,因毁以抵地。表忻然为骇。衡乃从求笔札,须臾立成,辞义可观。表大悦,益重之",后在黄祖处,"为作书记,轻重疏密,各得体宜。祖持其手曰:'处士,此正得祖意,如祖腹中之所欲言也。'"⑥"辞义可观""轻重疏密,各得体宜",可见当时的文章创作已不仅注重实用性,也开始讲求审美化、艺术化。文章写作本应从实用、功利目的出发,但受诗歌、辞赋等非功利性的纯文学体裁的影响,并延续东汉散文骈化、华丽的发展趋势,再加上社会风尚、思想文化的大背景,对作者提出了更高的要求,有些文体非一般文士所能为,正如曹丕所言:"夫文本同而末异,……此四科不同,故能之者偏也。唯通才能备其体。文以气为主,气之清浊有体,不可力强而致。……虽在父兄,不能以移子弟。"(《典论·论文》)

二、文人之文的审美追求

范晔《后汉书》始列《文苑传》,钱穆说:"文苑立传,事始东京,至是乃有所谓文人者出现。有文人,斯有文人之文。文人之文之特征,在其无意于在人事上作特种之施用。即如上举奏议书论铭诔诗赋四者,亦多应事成篇,尚非专一纯意于为文,亦尚非文人之文之至者。其至者,则仅以个人自我作中心,以日常生活为题材,抒写性灵,歌唱情感,不复以世用撄怀。"⑦曹丕除了强调"文章经国之大业,不朽之盛事",他还提出了"述造"以"自娱"的新观点。这是那个时代文学发展的必然结果和要求,"尽管士人们不遗余力地强调文章有补

---

① 翁方纲.翁方纲题跋手札集录[M].沈津,辑.桂林:广西师范大学出版社,2002:35.
② 何焯.义门读书记·第四十九卷[M].北京:中华书局,1987:955.
③ 文选平点·卷五[M].黄侃,平点.黄焯,编次.上海:上海古籍出版社,1985:229.
④ 王琳.李陵《答苏武书》的真伪[J].山东师范大学学报(人文社会科学版),2006(3):9-13.
⑤ 胡应麟.四部正伪[M]//少室山房笔丛.北京:中华书局,1958:423.
⑥ 范晔.后汉书·卷八十下·祢衡传[M].李贤,等注.北京:中华书局,1965.
⑦ 钱穆.读文选[M]//中国学术思想史论丛·卷三.合肥:安徽教育出版社,2004:93.

于世事的功利价值,但事实上,即使那些不以调文饰辞为主要特征的文章,其所体现出的社会影响,总的说来,也离军国大业较远。"①

建安时期,随着儒学教化功能的式微,当时的文学审美观念有了很大的变化。如曹丕《典论·论文》"诗赋欲丽";曹植《七启序》"昔枚乘作《七发》,傅毅作《七激》,张衡作《七辩》,崔骃作《七依》,辞各美丽。余有慕之焉",《与杨德祖书》"文之佳丽",《与吴季重书》"文采委曲,晔若春荣,浏若清风",《前录自序》"摛藻也如春葩";吴质《答东阿王书》"文采之巨丽",《答魏太子笺》"摛藻下笔,鸾龙之文奋矣";卞兰《赞述太子赋并上赋表》"逸句烂然,沈思泉涌,华藻云浮,听之忘味,奉读无倦""作叙欢之丽诗";阙名《中论序》"辞人美丽之文,并时而作";等等。这些虽多是针对诗赋等纯文学体裁提出的对形式美的追求,但也影响到当时的各体文章创作。建安文人重视艺术技巧的运用、辞藻的锤炼和个体风格的展现,他们这种自觉为文的意识,使散文创作从政治、经学的束缚中挣脱出来,更自由、自然、自觉地表达观点、抒发情感。他们的散文创作考虑的不仅仅是政治、功利的目的,而更多的是着眼于文学作品应有的特征。

(一)题材的日常化、细致化

汉代赋家总是喜欢宏大的主题,如京都、宫殿、畋猎等,自张衡的《归田赋》开始,汉赋的题材开始关注个人的情感和生存状态。自汉末开始,战乱不已,到建安时,虽有短暂的安定,人们已失却了总揽一切的信心和兴趣,功业难立、人生苦短、死亡的随时降临,种种忧虑,使人们开始关注自我,关注个人的日常生活,关注与个体生命息息相关的周围的环境。女性美、山水美与物态美开始大量出现在当时的诗、赋、文等作品中。对于日常生活中的书法、音乐、绘画、博弈等才艺活动,建安文士也有较高的修养,曹操父子皆是多才多艺之人,在他们的组织带领下,出现了文学史上最早的游宴唱和活动。曹丕《与吴质书》对南皮之游感慨万千,然而其中不过是清谈、弹琴、博弈、野餐、跑马之类的日常娱乐和清泉、寒水、日、月、园、风等普通的自然景物,而"斯乐难常"的"凄然伤怀"与自然界的永恒构成了鲜明的对比。繁钦写给有副君之重的曹丕的书信《与魏太子书》与曹丕的复书《答繁钦书》,讨论的只不过是艺伎与歌女的技艺,亦用周围的景物大肆渲染,融情入景。

很多建安赋作在序文中交代是因为感物伤怀而作,如曹丕《感离赋序》《柳赋序》等。此外,曹丕《迷迭赋序》《玛瑙勒赋序》《车渠椀赋序》以及陈琳《马脑勒赋序》中交代赋作以描摹物态为主要内容,曹植《玄畅赋序》《神龟赋序》和曹丕《戒盈赋序》以及王粲《投壶赋序》《围棋赋序》《弹棋赋序》则交代赋作以阐明日常哲理为主要内容。当时还出现了美细物的颂文,对物态的描述仍不脱比附于德的痕迹,但在内容上主要着眼于物的实用价值,如曹植《宜男花颂》、王粲《灵寿杖颂》、繁钦《砚颂》等。赞文、铭文中也出现了描写日常器物的作品,如繁钦《砚赞》、王粲《刀铭》。对日常题材的细致刻画,正是打通物、情与理,咏物、抒怀与名理相融合的体现与结果。

(二)形式美的追趋

建安文士任气骋才,文章风格或清峻通脱,或繁富典丽,排偶句式大量增多,对偶技巧

---

① 于迎春.汉代文人与文学观念的演进[M].北京:东方出版社,1997:169.

大有进步,骈偶化的倾向进一步增强。对句的形式多种多样,有单句对,有复句对,还有三句对。单句对,有三言对句,如"安陋巷,挹清流"(祢衡《颜子碑》),"义不可,势不得"(张纮《为孙会稽责袁术僭号书》);四言对句,如"白雉素乌,丹芝朱鱼"(傅巽《黄初颂》),"深不可测,高不可寻"(卞兰《赞述太子赋并上赋表》);五言对句,如"三王无以及,五帝无以加"(卫觊《公卿将军奏上尊号》),"包凶邪之心,肆蛊惑之政"(曹丕《答曹洪书》);六言对句,如"覩玉容而庆荐,奉欢宴而慈润"(曹植《罢朝表》),"清俭足以激浊,贞正足以矫时"(陈群《荐管宁》);七言对句,如"推恋恋忠赤之情,尽家家肝脑之计"(审配《献书袁谭》),"鹓鶵栖翔凤之条,鼋鼍游升龙之渊"(应璩《与刘公幹书》);八言对句,如"忠臣背利而修所难,明主排患而获所愿"(潘勖《拟连珠》),"上惟先代成败之戒,下思逐兔分定之义"(沮授《谏袁绍出长子谭为青州》);九言对句,如"周武未战而赤乌衔书;汉祖未兆而神母告符"(刘廙《上言符谶》),"伯禹命玄宫而为夏后,西伯由岐社而为周文"(曹植《孔子庙颂并序》);十言对句,如"子发未举于椒兰之奥房,藩王未繁于掖庭之众室"(王朗《屡失皇子上疏》),"徐以前歌后舞乐征之众,临彼倒戟折矢乐服之群"(王朗《奏宜节省》)。复句对,如"注焉若洪河之源,不可竭也;确焉若华岳之停,不可拔也"(潘勖《尚书令荀彧碑》),"登东岳者,然后知众山之逦迤也;奉至尊者,然后知百里之卑微也"(吴质《答东阿王书》)。三句对,如"兰茝荪蕙之芳,众人之所好,而海畔有逐臭之夫;《咸池》《六茎》之发,众人所共乐,而墨翟有非之之论"(曹植《与杨德祖书》),"媚上以布利者,臣之常情,主之所患;忘身以忧国者,臣之所难,主之所愿"(潘勖《拟连珠》)。各体文章写作,皆尚排偶。妙用虚字、助词,将若干短句与词组构成长句,长短错落,疏密相间,跌宕有致,散中带偶,散句在文中起到领起、联缀、收束的作用,同时也打破了骈句形成的均衡和对称,削去了文势的板滞和凝重。南宋李涂说:"文字须有数行不整齐处,须有数行整齐处。"①熊礼汇说:"句式整齐则意密气敛而文势遒紧,句式不整齐则意疏气纵而文势奔放。"②祢衡《鲁夫子碑》《颜子碑》的序文几乎通篇偶句,王粲《安身论》几乎全用排比句式,以气运词,很有气势和感染力。建安文士有时也喜欢用顶真手法构成长句,如"而今创基,便复起兵,兵者凶器,必有凶扰,扰则思乱,乱出不意,臣谓此危,危于累卵"(霍性《谏魏王南征疏》),"崇德莫盛乎安身,安身莫大乎存政,存政莫重乎无私,无私莫深乎寡欲"(王粲《安身论》),文气流转,语势灵动、圆活,便于说理、抒情。句式的长短随作者情感的起伏、语气的强弱而变化。

一些文章用相同或相似的句式将段落连缀起来,构成独特的形式美。每叙述完一类事就用评语概之,而评语句式相同或相近,穿插在每类事之间,对文势的跌宕起伏起到推波助澜的作用,正像南宋陈骙所说:"文有数句用一类字,所以壮文势、广文义也。"③如孔融《汝颍优劣论》,先举汝南士的事例,后用"颍川士虽……,未有……也"进行对比,共八组对比,

---

① 李涂.文章精义[M].王利器,校点.北京:人民文学出版社,1998:70.南宋学者吕祖谦《古文关键·总论看文字法》亦有类似语:"文字一篇之中,须有数行齐整处,须有数行不齐整处。或缓或急,或显或晦,缓急显晦相间,使人不知其为缓急显晦。常使经纬相通,有一脉过接乎其间,然后可。盖有形者纲目,无形者血脉也。"强调文章语句的节奏变化与语气的轻重缓急应该与文气一脉贯通。

② 熊礼汇.先唐散文艺术论[M].北京:学苑出版社,1999:38.

③ 陈骙.文则·卷下[M].北京:中华书局,1985:23.

句式齐整,通过八类情况的铺排说明,汝优颖劣不言自明。袁绍《上书自讼》,用"此诚愚臣之效命之一验也""斯亦愚臣破家殉国之二验也""是臣畏怖天威,不敢怠慢之三验也"三个句子很自然地将段落区划开来,并将文章内容串联起来,针对汉帝(实为曹操)的各项指责,一一做了详细的自陈辩解。潘勖《册魏公九锡文》与曹丕《策命孙权九锡文》文章结构相似,前文用十个"此又君之功也"的句子和九个"君……是用锡君……"的句子连缀全篇,后文用了九个"君……是用锡君……"的句子。潘文叙说功业,从董卓作乱直至建安十八年之间曹操较大的战功皆有提及,都以四言句式简括之,说得虽然简约,吐词却严峻、沉重,先说战乱兴起之过,再言平定之功,中间用"此又君之功也"连缀整饬的四言句式,使紧促的文气得以短暂舒缓,最后又以"君有定天下之功,重之以明德"的语句称颂之,行文凌厉。

一些文章在创作上明显受到四言诗的影响,全文几乎全为整饬的四言句式。如王朗《答太祖遣谘孙权称臣》,全文二十四句,四言句二十三句,刘季高赞曰:"(王朗)答孟德短笺,则如珠走盘,光彩流动。谈辞之美,当时推为华夏独步,诚信而有征矣。"①孔融《喻邴原举有道书》《与王朗书》和曹丕《答繁钦书》,以及繁钦《与魏太子书》等也多为严整、简洁的四言句式,堪称建安文章"诗化之尝试的代表成果"②。

文士们也注意语词的锻造,讲求用字的生动、新巧,尤其是在动词的选择上,避同求异,富于变化。如"刈单于之旗,剿阏氏之首,探符离之窟,扫五王之庭。纳休屠昆邪之附,获祭天金人之宝。斩名王以千数,馘酋虏以万计"(曹丕《论孝武》),"洞于纤微之域,通于恍惚之庭。望之不见其象,听之不闻其声。挹之不冲,满之不盈。吹之不凋,嘘之不荣。激之不流,凝之不停"(曹植《髑髅说》)。

纵览建安时期,曹植、陈琳、孔融等文章的骈俪之风最为浓厚。杨荫深认为曹植《与杨德祖书》《与吴季重书》等文章,无意为骈,却已篇篇是绝好的骈俪文,建安时期虽然骈散不分,曹植实际上已经奠定了骈俪文的基础③。宋云彬也有类似论述:"魏曹植的文章专尚俪偶,建安七子又从而和之……遂开魏晋以后文辞骈俪之源。"④其实文辞的"骈俪之源"并非从曹植始,在先秦的古籍中已经出现了长短不齐的偶句,西汉末刘向、刘歆父子出现了讲求骈字俪句的倾向,经过张衡、崔寔的发展,到蔡邕时,文章骈化的趋向已经很明显了。曹植主要生活在建安后期,他追求辞采藻饰,是有着充实的生活内容和丰富的情感特质的,其辞藻形式与情感内容并重,并无偏颇,与后来过于注重形式的骈俪文风并不相同。刘师培说:"建安之世,七子继兴,偶有撰著,悉以排偶易单行;(如《加魏公九锡文》之类,其最著者也。)即非有韵之文,(如书启之类是也。)亦用偶文之体,而华靡之作,遂开四六之先,而文体复殊于东汉。"⑤并以陈琳《为曹洪与魏文帝书》为例,认为:"孔璋之文,纯以骋辞为主,故文体渐流繁富。《文选》所载《檄豫州》、《檄吴将校部曲》二文,亦与此同。文之由简趋繁,

---

① 刘季高. 东汉三国时期的谈论[M]. 上海:上海古籍出版社,1999:56.
② 王琳. 齐鲁文人与六朝文风[M]. 济南:齐鲁书社,2008:171.
③ 杨荫深. 中国文学史大纲[M]. 北京:商务印书馆,1947:122-123.
④ 宋云彬. 中国文学史简编[M]. 重庆:文化供应社,1945:27.
⑤ 刘师培. 中国中古文学史 论文杂记[M]. 舒芜,校点. 北京:人民文学出版社,1959:117.

盖自此始。"①徐公持则认为:"在两汉质朴凝重的散体文向六朝华丽纤巧的骈体文的演化中,'七子'也占有重要位置。……就中以孔融、陈琳为最,他们的几篇名作,如《荐祢衡表》、《上书荐谢该》、《应讥》等,对偶整饬,典故颇多,骈化之迹甚浓。'七子'的散文骈化,就其程度言,比'三曹'走得要远些。"②

(三)艺术技巧的多样化

建安文章,骈词之风甚盛,曹丕《又与吴质书》称陈琳"章表殊健,微为繁富",虽稍有微词,却指出当时章表一类实用性很强的公文文体已有藻饰的倾向。刘勰亦评曹植之表"体赡而律调,辞清而志显"③,"体赡""辞清"的评语,同样是着眼于骈词、藻饰的特色。其他文体,如颂赞箴铭等韵文、抒发哀情的诔碑哀吊等悼祭文、任性使气的论说文和情文并胜的书牍文等的风格,也都呈现出此种倾向,且后期较前期愈烈,文章的骈化程度亦愈强,承袭了战国纵横策士之风和汉代辞赋家散文的特色。饶宗颐在《读文选序》中曾征引卞兰的《赞述太子赋》"窃见所作《典论》,及诸赋颂,逸句烂然,沈思泉涌,华藻云浮,听之忘味,奉读无倦",并于其中拈出一个"藻"字,强调:"由藻之出现,知纯文学应起于汉季。"④颜师古《汉书·叙传》注曰:"藻,文辞也。"饶氏这种观点虽待商榷,却可见当时对文辞之重视。

一个重要体现即用典的繁密。西汉刘安说:"世俗之人,多尊古而贱今,故为道者,必托之于神农、黄帝而后能入说。"⑤汉代的文章创作也有援古以证今的尊古倾向,独尊儒术以后引经据典渐成风气,黄侃说:"汉代之文,几无一篇不采录成语者……"⑥建安文章同样如此。当时类书《皇览》的编纂,文人有组织地宴游以切磋文艺,以及清谈、清议,受这些因素影响,援引古人古事古语以喻今人今事,追求文章的蕴藉和婉雅,已经成为普遍的现象。与"汉、魏人诗,但引事而不用事"⑦不同,建安文士已不仅仅"据事以类义,援古以证今",而是将之作为叙事、说理、抒情的方式和手段,把用典作为一种艺术技巧,在创作中乐此不疲地使用。

皮锡瑞说:"元、成以后,刑名渐废。上无异教,下无异学。皇帝诏书,群臣奏议,莫不援引经义,以为据依。国有大疑,辄引《春秋》为断。"⑧建安时期,虽然曹操好法术、尚刑名,曹丕尚通达,曹叡尊儒贵学,三祖在思想文化及用人政策上略有不同,文士们仍多以《春秋》大义作为行文立言的依据,几乎形成了无《春秋》大义不成文的态势。黄觉弘在《〈春秋学〉与建安文士群》一文中指出,"建安作品用典隶事多采《春秋》经传(尤其是《左传》和《公羊传》),几乎所有建安重要作家都有这方面的运用实例,其中用得比较频繁突出的有三曹、孔

---

① 刘师培.中国中古文学史 论文杂记[M].舒芜,校点.北京:人民文学出版社,1959:26.
② 徐公持.建安七子论[J].文学评论,1981(4):143.
③ 刘勰.文心雕龙·章表[M].范文澜,注.北京:人民文学出版社,1978:407.
④ 饶宗颐.文辙——文学史论集(上)[M].台北:台湾学生书局,1991:324.
⑤ 刘安,等.淮南子·修务训[M].高诱,注.上海:上海古籍出版社,1989:215.
⑥ 黄侃.文心雕龙札记·事类[M].北京:中华书局,1962:188.
⑦ 许学夷.诗源辩体·卷七[M].杜维沫,校点.北京:人民文学出版社,1987:114.
⑧ 皮锡瑞.经学历史[M].周予同,注.北京:中华书局,1959:103.

融、王粲等人"①,并征引了大量例证。

"三曹"、"七子"、邯郸淳、繁钦、路粹、祢衡等皆博学多才之士,对历史典故和前代文章自然非常熟悉,事典、语典信手拈来,因为用典之繁密,自然不免有相同或相似的情况。如孔融《荐祢衡疏》:"昔贾谊求试属国,诡系单于,终军欲以长缨,牵制劲越。"曹植《求自试表》:"昔贾谊弱冠,求试属国,请系单于之颈而制其命;终军以妙年使越,欲得长缨缨其王,羁致北阙。"钱锺书有言:"骈文律诗,隶事属对,每异撰同揆,而表章书启、律赋排诗,酬酢供奉,尤易互犯。《南齐书·文学传·论》曰:'或全借古语,用申今情,崎岖牵引,直为偶说。'日出事生,供官应制,送迎吊贺,世故无穷,而古典成语之可比拟假借、且复当对以成俪偶者,其数有限,相形不俸。……夫以无穷之人事,比附有限之典故,隶事成联,众手往往不谋而合,势所必至,语未必偷。公器同心,亦如江上清风、山间明月,子我所共适,而非彼此之相侵也。"②只要用典不矫揉造作,不是事典、古语的简单堆积,不妨碍文气的畅达,不着痕迹,恰如其分地传达文旨,就可以使语言凝练,内容充实,行文生动。

除了用典及上文提到的对偶、排比、顶真以外,建安文章还常常使用比喻、类比、对比、夸张等艺术手法。文章风格多样,或庄重典雅,如曹植《大飨碑》;或质朴无华,如阙名《中论序》;或华美富赡,如孔融《荐祢衡疏》;或幽默诙谐,如繁钦《嘲应德㻅文》;或新奇别致,如曹植《释愁文》。有些文章还借用了楚辞或汉赋的艺术手法,铺采摛文,繁富典丽,如"思欲抑六龙之首,顿羲和之辔,折若木之华,闭濛汜之谷"(曹植《与吴季重书》),辞藻绮丽,明显受到楚辞的影响。此外,诸侯割据,战乱不已,士人各方奔走,卫觊形容当时的形势:"况今四海之内,分而为三,群士陈力,各为其主。其来降者,未肯言舍邪就正,咸称迫于困急,是与六国分治,无以为异也"(《请恤凋匮罢役务疏》),因此纵横之术得以复苏。鱼豢曰:"寻省往者,鲁连、邹阳之徒,援譬引类,以解缔结,诚彼时文辩之俊也。今览王、繁、阮、陈、路诸人前后文旨,亦何昔不若哉?"③颇似战国的社会现实,使建安文士的书檄等文章的风格染上了强烈的纵横家的色彩。

三、个体抒情性的增强

钱穆在比较中国文学和西方文学的不同时,指出:"(中国文学)常是把作者本人表现在他的作品里。我们常说的'文以载道',其实也不过是如此。因苟非其人,道不虚行,故载道必能载入此作者之本人始得,次又与西方文学有不同。设辞作譬,正如一面镜子,西方文学是用之'照外'的;而中国文学乃重在'映内'的。"④建安时期,乱离的社会现实、自觉为文的意识、文章自娱价值的发现、思想文化的多元化,使得文士们拿起手中的笔主动、真切地书写内心的复杂感受。较之两汉散文,建安散文"映内"的特征更为明显。

建安散文注重实用、审美,然而最重要的创造还在个体抒情性的增强,主要体现在以日常生活为内容的书牍作品中。文士们或抒怀写志,或荐举人才,称述贤能,或答谢赠物馈

---

① 黄觉弘.《春秋学》与建安文士群[J].湖北大学学报(哲学社会科学版),2007(6):68-72.
② 钱锺书.管锥编(第三册)[M].北京:中华书局,1979:1023.
③ 陈寿.三国志·卷二十一·王粲传[M].裴松之,注.北京:中华书局,1959.
④ 钱穆.中国散文[M]//中国文学讲演集.成都:巴蜀书社,1987:41.

赠,或品评论议,或状物绘景,或劝诫勉励,或临终寄言。其中不乏有关细事琐物的短文,如曹丕与刘桢之间有关廓落带的书信,曹丕与繁钦之间有关艺伎、歌女的书信。有些文章抒情气氛浓厚,融情于景,情景交融,如曹丕《与吴质书》、秦宓《答王商书》、吴质《在元城与魏太子笺》,文辞佳美,具有抒情诗的风味与艺术感染力。此前,这种抒发个体情志而且文字精美的散文并不多见,司马迁《报任安书》堪称情文并茂的美文,全文以叙述为议论做铺垫,议论之中情感自现。建安时期,曹操创作了《观沧海》,这是古典诗歌中较早的写景诗,从此,写景与抒情很自然地融合在一起。从东汉末年郭泰的养生山林(《抱朴子·外篇·正郭》引:"……岩岫颐神,娱心彭老,优哉游哉,聊以卒岁。")到李膺的"悦山乐水"(《后汉书·党锢列传》),到仲长统《乐志论》的山水审美意识,直至曹丕等人以景写情的艺术手法,文士们已不再从单纯的功利目的、道德角度来观察、反映山水,他们对大自然中一山一水、一草一木的态度中开始有了审美的参与,景与情之间不再是隔、造,而是主、客观的浑融、协调。

"建安时期是一个抒情的时代"①,建安文人的山水自然观以及悲美的社会风尚使他们往往注重日常的生活与感想,在物我相融的深刻触发中,"悲歌慷慨,于悲歌慷慨中得到感情的满足"②。苏珊·朗格在《艺术问题》中说:"如果要想使得某种创造出来的符号(一个艺术品)激发人们的美感,它就必须以情感的形式展示出来;也就是说,它就必须使自己作为一个生命活动的投影或符号呈现出来,必须使自己成为一种与生命的基本形式相类似的逻辑形式。"③从此,文学史中这类抒情写景的散文渐渐多了起来,如鲍照《登大雷岸与妹书》、吴均《与朱元思书》都是其中的名作。

除去书牍,其他各体文章也不乏抒情性强的作品。如曹操"抽序心腹,慨当以慷"的《让县自明本志令》④;曹植抒写意志的《求自试表》《求存问亲戚疏》;曹植悼念亲友的《王仲宣诔》《卞太后诔》《金瓠哀辞》《行女哀辞》等,尤其是其中的哀悼文章,在传统的述德内容以外,增加了描写、议论、抒情的文字,以哀景写哀情,文学性大大增强。建安散文的抒情化,标志着传统以记事说理为主要内容的文章,已经成为文人表情达意、获得个人审美愉悦的才艺之作。

---

① 罗宗强.魏晋南北朝文学思想史[M].北京:中华书局,2006:33.
② 同①.
③ 朗格.艺术问题[M].滕守尧,朱疆源,译.中国社会科学出版社,1983:43.
④ 张溥.汉魏六朝百三家集题辞注[M].殷孟伦,注.北京:人民文学出版社,1960:64.

第六章　建安散文中的文学思想

我国历史上第一次有组织地整理、校勘皇家藏书是在汉成帝时,由刘向等人负责,当时他们每整理完一部古代典籍,总要写一份叙录奏上,如《上战国策叙》《上关尹子》《上晏子》《上列子》等,这些近于书评的提要式作品,一般要介绍各书的基本情况,如"校订的过程,作者的简况,并对各书的思想内容、艺术特点作了简要的评论,有的还与其他有关的作家作品进行了比较。这是文学评论逐步取得独立地位的象征"[①]。各种叙录汇辑成的《别录》及刘向之子刘歆在其基础上编成的《七略》,作为我国最早的目录学著作,对后世的文学评论产生了深远的影响,尤其是其中对图书的分类方式,对士人的文章辨体及自觉尊体为文的意识产生了极大的刺激作用。建安散文产生于文学自觉的时代,其中蕴含的某些文学思想就有发端于《七略》的因素,虽然比较零散,不成系统,却已经较为丰富。先秦诸子及两汉时的《史记》《汉书》《法言》《论衡》以及阐释、注解《诗经》《楚辞》的著作中的一些有关文学的片段,也成为建安散文创作的依据或本源。"议论文章得失,评论作家长短,由是而涉及文学理论问题的探讨,可以说是魏晋以后的一种值得注意的现象"[②],而这种现象则源于建安数量可观的散文创作。

建安时期论文的文章有曹丕的《答邯郸淳上〈受命述〉诏》《答中山王献〈黄龙颂〉诏》《答卞兰教》《典论·论文》《又与吴质书》《与王朗书》;曹植的《上〈责躬应诏诗〉表》《上〈卞太后诔〉表》《答诏示〈平原公主诔〉表》《与杨德祖书》《与吴季重书》;吴质的《答魏太子笺》《答东阿王书》;王粲的《荆州文学记》;阮瑀的《文质论》;应玚的《文质论》;杨修的《答临淄侯笺》;陈琳的《答张纮书》;邯郸淳的《上〈受命述〉表》;卞兰的《赞述太子赋并上赋表》;缪袭的《撰上仲长统〈昌言〉表》等,此外还有十三篇典籍序也涉及一些文章品藻的内容,包括应劭的《风俗通义序》、荀悦的《汉纪序》、刘熙的《释名序》、颖容的《春秋释例序》、高诱的《吕氏春秋序》《淮南子叙》、仲长统的《尹文子序》、曹操的《孙子兵法序》、曹丕的《典论·自叙》、曹植的《前录序》《画赞序》、刘劭的《新律序略》、无名氏的《中论序》等。

已经亡佚,仅存篇目的论文文章有《文心雕龙·序志》中提到的应玚的《文论》;陆厥《与沈约书》中提到的刘桢的"大明体势之致"的奏书;《三国志·卷六·刘表传》裴松之注引挚虞《文章志》中提到的周不疑的"《文论》四首"[③]等。

两汉时期,与当时辞赋创作的兴盛相适应,赋学理论批评较为兴盛,刘安、司马相如、司马迁、扬雄、班固、王逸、刘歆等赋家或学者都有辞赋理论传世。蔡邕创作了《独断》和《铭

---

① 韩兆琦,吕伯涛.汉代散文史稿[M].太原:山西人民出版社,1986:179.
② 罗宗强.魏晋南北朝文学思想史[M].北京:中华书局,2006:187.
③ 陈寿.三国志·卷六·刘表传[M].裴松之,注.北京:中华书局,1959.

论》，前文对诏、奏文体，后文对"铭"体进行了论析。到建安时期，虽还未出现系统性的文学评论，但同两汉相比，品藻、评赏已是主动互相交流、沟通，他们畅谈各体文章，或评论文章的功用、价值，或提出一些文学批评的原则，或品评古代及当时的某些文学作品。建安士人将文学批评当作文学创作的一部分，也是他们生命观、价值观的重要体现。

中国文学批评史上对建安散文最为看重的莫过于曹丕的《典论·论文》，从古至今，博得了世人极高的评价。《四库全书总目提要·卷一百九十五·诗文评序》云："文章莫盛于两汉，浑浑灏灏，文成法立，无格律之可拘。建安、黄初，体裁渐备，故论文之说出焉，《典论》其首也。"徐公持在《曹丕评传》中认为："《典论·论文》堪称是我国最早的一篇文学专论。在这篇文章里，曹丕强调了文学作为一种事业的重要性，说'盖文章，经国之大业，不朽之盛事'，曹丕这种推重文学的观点，同存在于两汉时期的认为辞赋是雕虫小技、壮夫不为的看法相比，是一个进步。正是从文学与政治有紧密联系、文学是立身扬名的有力手段这种认识出发，曹丕才对文学有了强烈的热情。在《典论·论文》中，作者还对'今之文人'孔融、陈琳、王粲、徐幹、阮瑀、应场、刘桢等七人的创作，进行了比较扼要的分析，指出他们各自的长处及缺点，其分析大体上是准确的、有分寸的。文章在对'建安七子'作综合评论以后又提出了'文以气为主，气之清浊有体，不可力强而致'的论点，表明曹丕对创作个性问题很重视。《典论·论文》开了文学批评的风气，在文学史上占有重要地位。"①宣奉华在《读曹丕的〈典论·论文〉》一文中称述《典论·论文》用五百九十三字"精辟而扼要地阐明了自己的文学观和关于文艺批评的主张"，而且它还是一篇精美的文学作品，它有自己独特的艺术风格，如"摆脱羁绊，贵在独创"（不引经据典、言之有物）、"质朴简约，刚健清新""文质彬彬，情采俱茂""把理论著作与抒情散文高度地统一起来了"。后来，陆机以赋的形式写作《文赋》，刘勰以骈体文的形式写《文心雕龙》，杜甫、司空图、元好问以诗的形式分别写作《戏为六绝句》《二十四诗品》《论诗绝句》，除了时代、文体的原因，这一传统创自曹丕，文艺批评有了一种"说理与抒情、逻辑与艺术"相结合的艺术美②。

作为我国文论史上第一篇较为完整而且自成体系的文论，对《典论·论文》有如此高的评价似乎并不过分。但是它仅是建安散文中较为重要的一篇，建安散文蕴含的文学思想是极为丰富多彩的，我们必须对当时的散文做整体的论析，才能较为真实、客观地揭示那个时代的文学观念和思想。

第一节　文学价值论

关于我国传统文人的价值观，早在《左传·襄公二十四年》中就已有所阐述："春，穆叔如晋。范宣子逆之，问焉，曰：'古人有言曰：死而不朽，何谓也？'穆叔未对。宣子曰：'昔匄之祖，自虞以上为陶唐氏，在夏为御龙氏，在商为豕韦氏，在周为唐杜氏，晋主夏盟为范氏，其是之谓乎？'穆叔曰：'以豹所闻，此之谓世禄，非不朽也。鲁有先大夫曰臧文仲，既没，其

---

① 吕慧娟,刘波,卢达.中国历代著名文学家评传(第一卷)[M].济南:山东教育出版社,1983:250.
② 宣奉华.读曹丕的《典论·论文》[J].艺谭,1982(2):36-38.

第六章　建安散文中的文学思想

言立,其是之谓乎。豹闻之,太上有立德,其次有立功,其次有立言,虽久不废,此之谓不朽。若夫保姓受氏,以守宗祊,世不绝祀,无国无之。禄之大者,不可谓不朽。'"立德、立功、立言,即所谓的"三不朽"观念,随着儒家思想正统地位的确立,逐渐成为我国传统文人一生实践的准则和追求。他们把立德放在首位,其次是立功,再次是立言。这与《礼记·大学》中的修身、齐家、治国、平天下的价值观念是一致的。不管时代风云如何变幻,我国传统文人对"三不朽"和修齐治平的理想的追求和个人修养的规范都未发生多大实质性的变化。

建安时期,尤其是前期,社会动荡不安、诸侯纷争不断、民不聊生、自然灾害频发,在短暂的生命与不可预知的命运面前,士人们怀着"人生几何"的清醒认识,延续汉末党人的斗争精神,确立了自觉而强烈的功业意识。且看他们的诗文创作,如陈琳《游览》其二:"骋哉日月逝,年命将西倾。建功不及时,钟鼎何所铭?收念还房寝,慷慨咏坟经。庶几及君在,立德垂功名。"曹植《又求自试表》:"无功而爵厚,无德而禄重,或人以为荣,而壮夫以为耻。故太上立德,其次立功,盖功德者所以垂名也。"曹操招揽人才的实用理性观念正迎合了士人希望成就功业的强烈要求,他们聚集到曹操周围也正是出于这样的目的。王粲归曹后曾称扬曹操:"方今袁绍起河北,杖大众,志兼天下,然好贤而不能用,故奇士去之。刘表雍容荆楚,坐观时变,自以为西伯可规。士之避乱荆州者,皆海内之俊杰也;表不知所任,故国危而无辅。明公定冀州之日,下车即缮其甲卒,收其豪杰而用之,以横行天下;及平江、汉,引其贤俊而置之列位,使海内回心,望风而愿治,文武并用,英雄毕力,此三王之举也。"① 其中虽有溢美之词,但士人弃袁、刘而归曹,在很大程度上是因为曹操的知人善用和实用理念。

刘表早在安定荆州的过程中已经"广开雍泮"(《资治通鉴》记此事于建安元年),王粲大约作于建安五年② 的《荆州文学记官志》明言文学乃"人伦之首,大教之本",文章详述了设置文学官的重要性和设置此官后在政治、民风等方面的积极成效。

曹操父子对文学之事也极为重视。曹操"雅好诗书文籍,虽在军旅,手不释卷"(曹丕《典论·自叙》),"御军三十余年,手不舍书,昼则讲武策,夜则思经传,登高必赋,及造新诗,被之管弦,皆成乐章"③。曹丕"少诵诗论,及长而备历《五经》、《四部》,《史》、《汉》、诸子百家之言,靡不毕览"(《典论·自叙》),"好文学,以著述为务,自所勒成垂百篇""下笔成章,博闻强识,才艺兼该"④。曹植"年十岁余,诵读诗论及辞赋数十万言,善属文""文才富艳"⑤。曹操父子以其较高的文学修养和大量的文学创作成为当时文坛的领袖。而很多士人也成为他们身边的文学侍从之臣,曹操以陈琳、阮瑀为司空军谋祭酒,管记室,军国移书多二人所作,应场、刘桢、刘廙曾为丞相掾属,曹操为曹丕设置"五官将文学",曾任此职的文士有苏林、徐幹、刘廙、刘桢(212年)、应场等,为曹植以"平原侯庶子"的名义网罗文士,刘桢(211年)、应场等曾任此职。在曹操父子的倡导之下,自然理性和社会理性全面觉醒

---

① 陈寿.三国志·卷二十一·王粲传[M].裴松之,注.北京:中华书局,1959.
② 关于《荆州文学记官志》的写作时间,吴云、唐绍忠的《王粲集校注》认为是建安五年,韩格平《建安七子诗文集校注译析》认为是建安八年左右,本书从吴云、唐绍忠说。
③ 陈寿.三国志·卷一·武帝纪[M].裴松之,注.北京:中华书局,1959.
④ 陈寿.三国志·卷二·文帝纪[M].裴松之,注.北京:中华书局,1959.
⑤ 陈寿.三国志·卷十九·陈思王植传[M].裴松之,注.北京:中华书局,1959.

的建安士人延续了汉代文人日益自觉的立言意识,"在建安这样一个特定的时代,文学开始成为一种自觉的行为和追求。建安文人不仅把立言与立德、立功并举,而且由于建安文人特殊的现实处境,他们也自然而然地通过立言来寄托他们对立德、立功的向往,这也使立言本身具有了立德、立功的内容。而立言地位的彰显促成了建安文学的繁荣,因此,立言地位的上升对建安文学功莫大焉!"①当时的一些散文作品,如曹丕《典论·论文》《与王朗书》和曹植《与杨德祖书》,以及杨修《答临淄侯笺》等,就讨论了立言的价值和意义。

曹丕的《典论·论文》发现了文学本身的价值,相比以前的"文以载道"说,提出"经国之大业,不朽之盛事"的文章观,在很大程度上提高了文学的价值,文章并非是"道"的附庸。张可礼、李泽厚两位先生皆从此点出发,高度评价了《典论·论文》的价值和意义。张可礼说:"曹丕把文章看成是'经国之大业',这就突破了道德教化说的框框,能从治理当时的封建社会的角度,把文学和封建政治紧密地联系在一起。同时,由于曹丕把文章看成是'经国之大业',因此,他提出的文章不朽之说,就不仅仅是个人的声名不朽,而是以有利于'经国'为前提的。"②李泽厚认为:"曹丕虽然还从'经国'的观点来看待'文章'的地位作用,但同时又已经鲜明地赋予了'文章'以一种与个体的存在的价值相连,不仅仅是'名教'附庸的独立意义。……意识到文艺有独立于儒家政治伦理的价值,标志着中国历史上'文'的自觉的时代的到来。"③

论者历来对《典论·论文》中的文人相轻说、文气说,还有曹丕对"七子"之文的论断大加评赏,而笔者认为全文的枢纽乃在"盖文章,经国之大业,不朽之盛事"。曹丕,应该说不只曹丕,当时的文士们都把文章抬高到了可以经国、立身的高度,于是他们竞相为文,而文备众体,体貌又各有不同,个人才性又不同,于是便有人以己之长,攻人之短,文人相轻便不足为怪(关于"文人相轻",在本章第四节中有详述)。能够以文会友,互相切磋,审己度人,谈笑风生,彼此钦服的彬彬君子尤为难得。要通过"寄身于翰墨,见意于篇籍",实现经国、立身的志向却很不容易,除了文非一体,备善为难;才性不同,擅长的文体亦不同之外,还有"日月逝于上,体貌衰于下"的现实。如果说前两者还可通过个人后天的努力学习有所改进,而时间的流逝、身体的衰老却是人力无法扭转的事实。也许正是体会到了这种"志士之大痛",建安文士们才有如此强烈的功利观念和慷慨之志。对个体、个性的崇尚,使他们在冲破两汉礼教的枷锁之后,在个人意识觉醒的基础上,发现了独立的人格和丰富的内心情感世界,"不假良史之辞,不托飞驰之势"的自觉为文的意识,要求建安士人争相依靠创作实践来取得社会地位。正是因此,写成一家之言,足以传之后世的徐幹,才会被曹丕钦叹不已。为更好地阐述观点,曹丕运用了多种艺术手法,有类比、有用典,在舒缓有致的语气中娓娓道来,如沐春风,而不似王公之言。

曹植的《与杨德祖书》言:"辞赋小道,固未足以揄扬大义,彰示来世也。"曹植与扬雄一

---

① 张萧绎.论建安时期"立言"地位的变化及原因[J].安阳工学院学报,2009(1):88.
② 张可礼.建安文学论稿[M].济南:山东教育出版社,1986:155.
③ 李泽厚,刘刚纪.中国美学史(第二卷上)[M].北京:中国社会科学出版社,1987:55.

样,同视辞赋为小道,而他们的辞赋作品却同被视为大家之作,二人正因为有辞赋创作的才力,才不"徒以翰墨为勋绩,辞颂为君子",正因为没有施展政治或军事等方面才华的机会,虽居显位,却仍要"戮力上国,流惠下民,建永世之业,流金石之功",然而这样的功业最终也未能建立,只能靠"一家之言"倾吐郁积的心结。表面看来,曹植与曹丕的文章和功利观念似乎截然不同,其实远非如此。结合二人不同的境遇,通过他们对待文章、功业的态度,我们完全可以更深刻地体察他们丰富的内心世界。"辞赋小道",除了自谦,更多地显示了曹植在辞赋创作方面的自负,而屡屡受压制,想建功业而不能,才有了如此强烈的功利观念。而曹丕则不然,建安十六年(211年)为五官中郎将,二十二年(217年)立为魏太子,后又嗣位为丞相、魏王,延康元年(220年),登上帝位,建立一番功业是理所应当而且必须的。"年寿有时而尽,荣乐止乎其身"的高处不胜寒、功业的难建立,甚至是拉拢文士等政策方面的需要,才形成了他"经国之大业,不朽之盛事"的文章观。且不去分析他们内心想法的不同,建安文人昂扬向上、积极生活的生命观、价值观是一样的,他们这种对待生命的紧迫感、要在有限的生命里增加相对长度的意识足够警醒我们。法国文学批评家埃莱娜·西苏说:"写作乃是一个生命与拯救的问题。"①"写作永远意味着以特定的方式获得拯救。"②而文章的创作正是建安士人在特定时代获得拯救的重要方式之一。

杨修在《答临淄侯笺》中回复曹植说:"君侯忘圣贤之显迹,述鄙宗之过言,窃以为未之思也。"杨修认为扬雄壮夫不为辞赋的观点为"过言",并且认为文章与"经国之大美""千载之英声"并不互相妨害。可以说,杨修像曹丕那样,也把文章提高到了"经国之大业,不朽之盛事"的高度,只是未明说而已,因为从杨修的家学渊源来看,修齐治平才是立身扬名之道,孔子尚且述而不作,然而当时的士人,如"七子"等人留意文章,徐幹《中论》更成一家之言,足以不朽,可见文章与修齐治平并不矛盾,甚至可以提高到与之相同的地位。

吴质《答魏太子笺》认为陈、徐、刘、应只可作"雍容侍从",若"边境有虞,群下鼎沸,军书辐至,羽檄交驰"之时,则"非其任也",传统文士们实际的经国治世才能常常遭到人们的质疑,此种观点未免太过绝对。以儒士孔融为例,孔融曾先后任北海相、青州刺史、将作大将、太中大夫等职。《后汉书》传言其"负其高气,志在靖难,而才疏意广,迄无成功",《三国志》卷十二裴松之注引司马彪《九州春秋》亦言"论事考实,难可悉行。但能张磔网罗,其自理甚疏。……奸民污吏,猾乱朝市,亦不能治",当时孔融任北海相,袁绍、曹操势力正盛,而北海郡黄巾军又最盛,孔融处于内外交困之时,纵有"不肯碌碌如平居郡守,事方伯、赴期会而已"③的大志却难以施展。纵观孔融一生,献帝都许之后,"每朝会访对,融辄引正定议,公卿大夫皆隶名而已"④,他反对给马日磾加礼(《马日磾不宜加礼议》),不同意恢复肉刑

---

① 西苏.从潜意识场景到历史场景[M]//当代女性主义文学批评.张京媛.北京:北京大学出版社,1992:219.
② 同①223.
③ 陈寿.三国志·卷十二·崔琰传[M].裴松之,注.北京:中华书局,1959.
④ 范晔.后汉书·卷七十·孔融传[M].李贤,等注.北京:中华书局,1965.

(《肉刑议》),针对刘表的僭越行为,主张维护国体(《崇国防疏》),曹操平定冀州之后,主张恢复古王畿制以限制曹氏权力(《上书请准古王畿制》),皆是立足现实、与时消息、希望重整朝纲的奏议,多被朝廷采纳。长期战乱和时局动荡的现实也造就了文士们的谋士之才、施政之能,他们并不仅仅是文学侍从之臣,凭着对军事、政治等方面的敏感和正确分析,才能写出真正有威慑力的檄移和其他实用客观的公文。他们的著述撰文正是他们经国治世才能的重要表现之一。

曹丕《典论·论文》把文章提高到了"经国之大业,不朽之盛事"的高度,同时也相应地提高了文士的地位,并且身体力行。曹植《与杨德祖书》认为若建功立业不成,则可著述,成一家之言。杨修《答临淄侯笺》并未明确提出反对意见,认为建功立业固然可贵,也很重要,但并不妨害文章的著述,借助文章也可"书名竹帛"。吴质《答魏太子笺》对曹丕来书《与吴质书》盛赞当代文人不以为然,认为他们只可做"雍容侍从",只是升平生活里的文学点缀,在战乱时,则于国于家无望,然而驰骋疆场的功业才是"善谋于国"的臣子所当为。吴质希望像严助、寿王那样,"往者严助释承明之欢,受会稽之位;寿王去侍从之娱,统东郡之任。其后皆克复旧职,追寻前轨"。这些文章观并没有脱离他们所处的地位和个体生命价值观的考虑。吴质在《答魏太子笺》中虽有"欲保身敕行,不蹈有过之地,以为知己之累耳"的明哲保身的人生态度,却也有"欲触匈奋首,展其割裂之用"成就一番功业的志向。曹丕来书说"年齐萧王""年一过往,何可攀援",吴质同样也有时不我待、功业未成的感叹:"已四十二矣,白发生鬓,所虑日深,实不复若平日之时也""游宴之欢,难可再遇;盛年一过,实不可追。"吴质与曹丕、曹植兄弟皆有书信往来,皆是亲密之态,他的善处其实正是希望借以建功立业的圆滑手段而已。

建安士人对民间文学艺术也非常重视。"夫街谈巷说,必有可采,击辕之歌,有应风雅,匹夫之思,未易轻弃也。"(曹植《与杨德祖书》)曹植并不轻视民间文学和各种形式的民间艺术,认为它们对文人的创作必定有所帮助、有所启发。曹植与邯郸淳初次见面,甚喜,"延入坐,不先与谈。……遂科头拍袒,胡舞五椎锻,跳丸击剑,诵俳优小说数千言……"①应劭认为"言语歌讴异声,鼓舞动作殊形,或直或邪,或善或淫"(《〈风俗通义〉序》),这些"众所共传"的"俗间行语"是"为政之要"中"最其上者",故而编撰《风俗通义》,希望能对为政者有所启发,中间援引了很多民间俗说、里语,如"临日月薄蚀而饮,令人蚀口""县官漫漫,冤死者半"等。其他士人在说理论事时也常如此,如曹操《选举令》中"失晨之鸡,思补更鸣"以喻既往不咎,《礼让令》中"让礼一寸,得礼一尺"强调礼让之重要性,指出此语"合经之要";曹丕《典论·太子》以"汝无自誉,观汝作家书"说明家书难为;曹植《上疏陈审举之义》引"相门有相,将门有将"说明知人善用的重要意义;陈琳《谏何进召外兵》用"掩目捕雀"劝谏何进不要征召外兵;钟繇《请许吴主委质表》用"何以罚?与之夺。何以怒?许不与"阐明"许而不与,其曲在己"的态度。这些民间俗说、谚语与儒家经典或其他著作并举,其文化、理论价值大大提高,这在前代散文创作中较少见,是建安士人对民间文学艺术重视的可

---

① 陈寿.三国志·卷二十一·王粲传[M].裴松之,注.北京:中华书局,1959.

第六章 建安散文中的文学思想

喜、可贵的结果。

建安士人对文学的重视,还体现在他们对文献作品的整理和编辑上。如曹丕说:"生有七尺之形,死为一棺之土,唯立德扬名,可以不朽,其次莫如著篇籍。"(《与王朗书》)认为著书立说同样可以不朽,将撰写的《典论》与平时所作诗赋共百余篇,"集诸儒于肃城门内,讲论大义,侃侃无倦"①,又"以素书所著《典论》及诗赋饷孙权,又以纸写一通与张昭"②,可见他对自己作品的重视和自信。曹丕还以国君的身份整理、编辑和保存文献,他组织当时的文学之士如桓范、刘劭、王象、韦诞、缪袭等人,"撰集经传,随类相从,凡千余篇,号曰《皇览》"③。这部书"合四十余部,部有数十篇,通合八百余万字"④,是我国历史上第一部大型类书,并开我国皇帝主持编书的先河。"类书之事,始于《皇览》。"⑤当时这种抄录同一类著作并编撰成册的方法甚为流行,《汉书艺文志通释·儒家言》载:"昔之读诸子百家书者,每喜撮录善言,别抄成帙。《汉志·诸子略》儒家有《儒家言》十八篇,道家有《道家言》二篇,法家有《法家言》二篇,杂家有《杂家言》一篇,小说家有《百家》百三十九卷,皆古人读诸子书时撮抄群言之作也。可知读书摘要之法,自汉以来然矣。后人效之,遂为治学一大法门。"⑥曹操也因为对兵法的喜好而"博览群书……抄集诸家兵法,名曰《接要》"⑦。可惜《皇览》和《接要》散佚较为严重,现已难以窥其全貌。

曹丕还搜集整理了孔融的作品,"募天下有上融文章者,辄赏以金、帛。"⑧曹植删定自己的辞赋作品七十八篇为《前录》,还有为图画而作的赞文集《画赞》。他们对文学作品的看重也影响到了年轻的曹叡,他在太和二年(228)刊刻曹丕《典论》于庙门之外与太学,和《石经》并立,在曹植去世后,又下诏将曹植百余篇作品编撰整理成集。建安时期,虽还未出现明确命名的作家别集,但是《前录》《画赞》及孔融、曹植等作品的编撰整理已初具别集的雏形。

此外,建安士人在曹操、曹丕、曹植父子倡导之下进行的文学创作,或同题共作,或应诏而作,或宴游感怀,都是他们文学价值观念增强的体现,他们在创作中互相品赏、互相交流,有助于文学创作的繁荣和艺术水平的提高。

---

① 陈寿.三国志·卷二·文帝纪[M].裴松之,注.北京:中华书局,1959.
② 同①.
③ 同①.
④ 陈寿.三国志·卷二十三·杨俊传[M].裴松之,注.北京:中华书局,1959.
⑤ 宋人王应麟在所辑《玉海》卷五十四《艺文·承诏撰述篇》中语。
⑥ 张舜徽.汉书艺文志通释[M].武汉:湖北教育出版社,1990:122-123.
⑦ 陈寿.三国志·卷一·武帝纪[M].裴松之,注.北京:中华书局,1959.
⑧ 范晔.后汉书·卷七十·孔融传[M].李贤,等注.北京:中华书局,1965.

第二节 文体论

东汉时期,文备众体,文体因丰富而开始变得复杂。对文章辨体的重要性和必要性,自古至今一直讨论不断,曹丕、陆机、刘勰等人从文体角度分析不同文体的体制及艺术风格,既有分论,也有综论。"中国古代文体产生时代都比较早,但在随后的发展中,则有很大的变化。就文体的规格要求说,早期文体的许多限制,渐渐随着社会的发展变化而有所更改……西周时期,值礼乐未崩之际,等级制度既严格又分明,社会成员身份简单易明,而作为社会政治制度附属物的各种文辞,内涵与外延都有明确规定,同时,所谓作者,也都是特定的官员,因此,所谓的文章也都是公文。战国以后,周前期等级社会的政治结构发生变化,社会成员的私有身份增加,与此相关的文化要求也越来越强烈,因此,以前用于公家的文体便开始施用于私人,这样,原先文体的限定就被修改而适应新的需要了。但是,这种变化,首先带来文体界限的模糊,这引起了作家和批评家的关注,东汉以后文体辨析之所以成为批评的主要内容,正与这个背景有关。"①考《汉书·艺文志》《隋书·经籍志》可知"西汉之时,总集、专集之名未立;隋、唐以上,诗集、文集之体未分。……至于东汉,文人撰作,以篇计,不以集名。(观《后汉》各列传可见。后世所谓《张平子集》《蔡中郎集》者,皆后人追称之词也。)"②东汉包括建安时的文人作品以篇计数,以文体分类,可见当时的文章辨体意识还是相当强烈的,文体的分类也是较为严格的。虽然从六朝以降,总集、别集及诗集、文集的编撰逐渐混淆了文体的异同,但编撰者还是按照通行的分类方法把同种文体的作品编排在了一起,可见文章辨体意识在我国古代是一脉相承、贯穿始终的。

两汉文人已经有了文体辨析意识,但基本上都集中在赋学方面,这与当时辞赋的兴盛有关。刘安、司马相如、司马迁、扬雄、班固、王逸、刘歆等人都有辞赋理论,如司马相如的《答盛览问作赋》中对赋作者提出的要求"赋家之心,苞括宇宙,总览人物"③;扬雄的《答桓谭书》评论司马相如的赋作"不似从人间来,其神化所至邪";班固的《两都赋序》认为作赋的目的"或以抒下情而通讽谕,或以宣上德而尽忠孝"等。此外,蔡邕创作《独断》对诏、奏文体和《铭论》对铭文进行了辨析论述。

建安时期,士人的辨体意识进一步增强,他们不再集中于某种文体,而是扩展到几乎所有文体。曹丕《典论·论文》中有关于奏议、书论、铭诔、诗赋等"四科八体"的辨析;曹丕《答卞兰教》对赋、颂二体有论:"赋者,言事类之所附也。颂者,美盛德之形容。"曹植《上〈卞太后诔〉表》言及铭、诔二体:"铭以述德,诔尚及哀",《画赞并序》认为为图画作赞文,即"画赞"这一文体的意义在于"知存乎鉴"。曹植已经有意识地把汉代的"七体"创作归入同

---

① 傅刚.《昭明文选》研究[M].北京:中国社会科学出版社,2000:306.
② 刘师培.中国中古文学史 论文杂记[M].舒芜,校点.北京:人民文学出版社,1959:113.
③ 葛洪.西京杂记·卷二[M].北京:中华书局,1985:12.

一文体，他在《七启序》中说："昔枚乘作《七发》，傅毅作《七激》，张衡作《七辩》，崔骃作《七依》，辞各美丽，余有慕之焉，遂作《七启》。"曹操《奏事》有言："有警急，辄露版插羽"，指出露版是一种与军事征讨有关的布告、通告性文体。稍晚的桓范在《世要论》中有《赞象篇》和《铭诔篇》，分别对赞象、铭诔进行了论析。

建安士人还出现了自造文体的现象，如邯郸淳的"受命述"体，此体应曹丕称帝而作，在他的《上〈受命述〉表》中对这一文体有详尽的辨析。首先介绍了这种文体创作的缘起："臣闻《雅》《颂》作于盛德，典谟兴于茂功。德盛功茂，传序弗忘。"在改朝换代之际，作文以颂之很有必要，邯郸淳对这篇文章的文体做了仔细考量："欲谓之颂，则不能雍容盛懿，列伸玄妙；欲谓之赋，又不能敷演洪烈，光扬缉熙。"在"故思竭愚"之后，最终定为"受命述"体，曹丕评此文为"甚典雅，斯亦美矣"①，从中可见建安士人尊体、重体之一斑。

建安士人还很重视各种文体的艺术特征，曹丕《典论·论文》说"夫文本同而末异。盖奏议宜雅，书论宜理，铭诔尚实，诗赋欲丽"，将文体分为四科八体，这是我国文学批评史上第一次对文学体裁的细致分工和对不同体裁体制及风格特点的明确区分。从曹丕开始，就出现了比较严格的文体及辨体说。两晋时出现了挚虞的《文章流别志论》、李充的《翰林论》和陆机的《文赋》。可惜前两篇文章散佚较多，难见其貌，而《文赋》因被《文选》收录而保存完好，其中"诗缘情而绮靡，赋体物而浏亮，碑披文以相质，诔缠绵而凄怆，铭博约而温润，箴顿挫而清壮，颂优游以彬蔚，论精微而朗畅，奏平彻以闲雅，说炜晔而谲诳"，论及诗、赋、碑、诔、铭、箴、颂、论、奏、说十种文体的特征。自南朝刘勰、萧统直至明清时的吴讷、徐师曾、姚鼐、曾国藩等人，他们对文体分类、辨析的方法皆肇端于曹丕的《典论·论文》。徐师曾说："夫文章之有体裁，犹宫室之有制度，器皿之有法式也。……苟舍制度法式，而率意为之，其不见笑于识者鲜矣，况文章乎？"②而这一制度法式正是从建安时期开始的。

建安时期对文体的明辨和区分虽然非常严格，但还是有一些功用和体制特点相近的文体之间出现了交叉、融合的现象。托多洛夫在《文学类型》中说："任何一种文类都在变化，不但有内部的变化，还有来自不同文体的交叉和渗透，因而文类概念的共同性、抽象性与被归入其下的具体作品的个别性、具体性的矛盾不可避免地产生了。"③每种文体的共性和具体文学作品的个性的矛盾自然造成不同文类之间的交叉、渗透和融合，这样，一方面是文体种类的繁荣丰富，另一方面则是相近文体因界限不清而造成混融，甚至混乱。如颂体的赋化，繁钦的《砚颂》就是以骚体的形式写成的颂文；篇幅短小的美细物颂文和赞文同属韵文，在体制形式上也大致相似，赵岐在去世前曾为季札、子产、晏婴、叔向和自画像共五幅图画做了赞颂之文；颂文勒石颂德，铭文勒石记功，其文体功能极为相似，又皆以简约雅致的四言韵语作为规范的体式，二体在建安时代常常混合使用，铭文有时也称"颂曰""为颂铭"，曹植的《承露盘颂铭并序》在序文中即点明"使臣为颂铭"；铭文的题刻载体"以石代金"之后，碑铭便产生了，张昶《西岳华山堂阙碑铭》、孔融《卫尉张俭碑铭》和阙名《横海将军吕君

---

① 傅亚庶认为"此"指邯郸淳《投壶赋》，见《三曹诗文全集译注》，长春：吉林文史出版社，1997：368．本书认为当是《受命述》。
② 徐师曾．文体明辨序说[M]．罗根泽，校点．北京：人民文学出版社，1962：77．
③ 转引自陶东风．文体演变及其文化意味[M]．昆明：云南人民出版社，1994：51．

碑铭》即代表;一些咏物箴文以四言韵文形式写成,很像铭文,《北堂书钞》卷一百三十四便将张纮的《瑰材枕箴》定体为"铭",因为它已经完全偏离了箴体劝诫的功用,俨然一篇器物铭文;诔文本为尚实的饰终之典,但曹植却在其中增添了更多的叙哀成分,他把诔文从颂述体逐渐演变为自抒体,诔文的述德功能逐渐衰弱,叙哀功能逐渐增强,并用这种抒情意味较浓的文体哀悼夭逝之人,如《平原懿公主诔》《曹苍舒诔》,严格说来,哀悼对象为未成年人当选用哀辞这一文体。

关于文章的辨体与交叉融合,钱锺书有一段论述:"盖文章之体可辨别而不堪执着,……《南齐书·张融传》载融《问律自序》云:'夫文岂有常体,但以有体为常,政当使常有其体';'岂有常体'与'常有其体'相反相顺,无适无莫,前语谓'无定体','常'如'典常'、'纲常'之'常',后语谓'有惯体','常'如'寻常'、'平常'之'常'。王若虚《滹南遗老集》卷三七《文辨》:'或问:"文章有体乎?"曰:"无。"又问:"无体乎?"曰:"有。""然则果何如?"曰:"定体则无,大体则有。"'不啻为张融语作注。"①"定体则无,大体则有"不只可以为张融语作注,也可以为建安散文中的文体论,甚至整个中国古代文体论作注。

第三节 创作论

建安时人提高了文章创作的价值,文士的地位也相应得到了提高。他们开始注重辨析不同文体的体制特点、艺术特征,在自觉辨体的同时,对各体文章的创作也在进行着自主的思考与探讨。这些思考与探讨有些仍在沿用前代的文化概念和审美风貌,如"气""文""质""自然"等,但在那个思想多元、理性自觉的特殊时代,他们进一步衍伸、发展,提出了很多独到的阐释。

一、文气说

熊礼汇认为"文气"是中国古代文学批评中语义最游移,最易产生歧义的一个术语②,而最早提出文气说的是曹丕,他在《典论·论文》中说"文以气为主",将文学创作与气联系在一起,文气说也由此形成,而二者之间的具体关系和相互影响到底如何,曹丕现存作品并没有太多论述。也许正因为说得简括,再加上汉语本身的模糊、含蓄、蕴藉的特点,后人对"文气"有了广泛而深入的引申和阐发,尤其是对"文气"中的"气"的理解和阐释更是丰富多样。

关于"气",我国古代哲人一般认为它与人的生命、性格有关。孟子早就提出了养气说,"我善养吾浩然之气""其为气也,配义与道"(《孟子·公孙丑》),庄子认为"人之生,气之聚也;聚则为生,散则为死"(《庄子·知北游》),王充也说"人禀元气于天,各受寿夭之命,以立长短之形"③,他们都未论及气与文的关系。是什么促使"气"与文之间发生了关系呢?

---

① 钱锺书.管锥编(第三册)[M].北京:中华书局,1979:889.
② 熊礼汇.中国古代散文艺术史论[M].武汉:湖北人民出版社,2005:545.
③ 王充.论衡·卷二[M].北京:中华书局,1985:13.

从曹丕"文以气为主"之后的那一句话,即"气之清浊有体,不可力强而致",应该可以找到答案。在曹丕之前,关于"气之清浊"已有很多人论及,如《淮南子·天文训》:"清阳者,薄靡而为天;重浊者,凝滞而为地"①;王充《论衡》卷一《逢遇篇》言:"道有清浊"②,"道有精粗,志有清浊"③,《命禄篇》言"临事知愚,操行清浊,性与才也"④,卷十《非韩篇》言:"凡人禀性也,清浊贪廉,各有操行,犹草木异质,不可复变易也"⑤。可见两汉时人已将天地之清浊之气与人之禀性、操行联系在一起,气有清浊,人之禀性、操行便亦有善恶。杨修《答临淄侯笺》说曹植"非夫体通性达,受之自然,其孰能至于此乎",陈琳《答东阿王笺》亦说曹植"此乃天然异禀,非钻仰者所庶几也",卞兰《赞述太子赋并上赋表》称赞曹丕"禀聪叡之绝性,体明达之殊风,慈孝发于自然,仁恕洽于无外……德生于性,明出自然",这都是从自然禀性出发以论人之德才的例证。建安时人认为"气"与人的道德修养、精神气质和人格境界有密切的联系,而且人的道德修养、精神气质和人格境界在很大程度上来自先天之"气"的清浊,因此他们非常重视自然之禀性。他们常常通过一个人外在的丰姿神貌而品藻他的品格、德操,如人们看到名儒蔡邕竟然倒屣相迎"容状短小"的王粲都很惊讶,刘表也因为王粲"貌寝而体弱通侻"而不甚重用他⑥;"为人短小,放荡不治节操"的张松并未受到曹操的礼遇⑦;身为少子的袁尚因为貌美而得到父亲袁绍的偏爱,并最终继任袁绍之位;等等。因此曹丕认为气"不可力强而致",这与蒋济《为毕轨击鲜卑失利表》中所言"凡人材有长短,不可强成"在意义上是一致的,尽管曹丕侧重于文采,而蒋济则侧重于政治、军事方面的才能。蒋济在表文中还说"文雅志意,自为美器","自为"一词更是突出毕轨的先天禀性,蒋济也正是从此处入笔希望曹叡对毕轨的前失既往不咎。这与曹丕的"气之清浊有体",即人的道德修养、精神气质和人格境界受之自然禀性又不谋而合。后人在对"气"的阐发中认为它除了指自然禀性即生理之气以外,还有精神、气质的内容。于是,建安时人认为的"不可力强而致""不可强成"逐渐变成了"气可以养而致",即养气说。他们虽未明言养气,即后天的学习和积养,可是他们都在努力实践着养气的重要意义,如曹操"雅好诗书文籍,虽在军旅,手不释卷,每定省从容,常言'人少好学则思专,长则善忘,长大而能勤学者,唯吾与袁伯业耳'"(曹丕《典论·自叙》),曹丕"少诵诗论,及长而备历《五经》、《四部》、《史》、《汉》、诸子百家之言,靡不毕览"(《典论·自叙》)。曹操的"长大而能勤学"、曹丕的"靡不毕览"都是加强主观修养的养气之术。正如高步瀛所说:"以气论文,为文家一大发明,遂为古今所不能易。养气之说,始于孟子,然非为文计也,而其文磅礴充沛,未始非养气之功。王仲任《论衡·自纪篇》亦有养气自守之言,文虽不工,亦能达其所见。自魏文帝发此论,后人祖之,刘彦和《文心雕龙·养气篇》、《颜氏家训·文章篇》,以迄至韩退之《答李翊书》、苏子由

---

① 刘安,等.淮南子·第三卷[M].高诱,注.上海:上海古籍出版社,1989:26.
② 王充.论衡·卷一[M].北京:中华书局,1985:1.
③ 同②1.
④ 同②5.
⑤ 王充.论衡·卷十[M].北京:中华书局,1985:106.
⑥ 陈寿.三国志·卷二十一·王粲传[M].裴松之,注.北京:中华书局,1959.
⑦ 陈寿.三国志·卷三十二·刘备传[M].裴松之,注.北京:中华书局,1959.

《上枢密韩太尉书》,皆各有发明。后来论文者,皆出其所得,要必以子桓为开山也。"①作家后天积养的情性仍会体现在他们的文学创作之中。

曹丕"文气"说的提出,除了上述历史渊源之外,还有时代的因素。吕美生在《论曹丕"文气"说的时代精神》一文中,认为曹丕"文气"说的产生,是建安时代苦难生活所激起的历史回想,是建安时代解放思潮所绽开的理论之花,是建安时代文的自觉所体现的人的觉醒②。建安时代,处士横议,风衰俗怨,傅玄曾说:"魏武好法术,而天下贵刑名;魏文慕通远,而天下贱守节。其后纲维不摄,而虚无放诞之论盈于朝野,使天下无复清议,而亡秦之病复发于今。"(《全晋文·卷四十六·掌谏职上疏》)魏之三祖力图在儒家之外寻求治国、平天下的理论依据,士人们摆脱了长期尊儒重教的思想束缚,思想的解放、时代的激荡与士人们日益觉醒的社会理性交融在一起,使他们的文学创作开始追求作为个体生命的诉求和渴望,这在稍早的文人五言诗《古诗十九首》中已显露端倪,只不过诗歌更多地传达了文士们刚刚失去价值观念、道德原则之后的消沉、低迷,体现了他们面对现实无所适从、无可奈何的信仰危机,而建安士人在冰与火的洗礼中,他们不再彷徨、逃避,政局虽然仍然混乱,却也有短暂的平稳,他们褪去了《古诗十九首》中女性化的哀哀怨怨,重新又恢复了积极向上、乐观昂扬的阳刚之气,他们追求不朽、时不我待的价值观和生命观催生了建安风骨、慷慨任气的一代文风,"文以气为主""气之清浊有体"正是这一文风形成的理论基础。

文气说的提出还受到当时以气论人风气的影响。汉魏时人常用"气"来评论人的才性、气质,如陆绩说扬雄"受气纯和"(《述玄》),蔡邕说申屠蟠"禀气玄妙,性敏心通"(《后汉书》卷五十三《申屠蟠传》),张既说毌丘兴"志气忠烈,临难不顾"(《表毌丘兴》),夏侯惇以"烈气"闻名(《三国志》卷九《夏侯惇传》)。曹丕则不仅用"气"评说人的性格,还用它来描述作品的艺术风貌,他说"公干有逸气,但未遒耳","惜其(王粲)体弱,不足起其文"(《又与吴质书》),"徐幹时有齐气","孔融体气高妙"(《典论·论文》),这里的"气","既指作家所秉之气(才性、气质),又指作品风格"③。李善对"惜其体弱,不足起其文"注曰:"《典论·论文》曰:'文以气为主,气之清浊有体。'弱,谓之体弱也"④,对"徐幹时有齐气"注曰:"言齐俗文体舒缓,而徐幹亦有斯累。《汉书·地理志》曰:'故齐诗曰:子之还兮,遭我乎猫之间兮。'此亦舒缓之体也。"⑤王粲因其体气之弱,徐幹则是受到故乡齐地民风的熏陶,都形成了舒缓的文风。"气"这一本来与人的体性、气质有关的词语,在曹丕这里,成了作家、作品的审美风格。

这种审美风格,在曹丕文论里是丰富多样的,刘桢的"未遒"的"逸气",徐幹的"齐气",孔融"高妙"的体气,都使他们的文学创作呈现出不同的艺术特色,而曹丕所推崇的也正是这种气盛、气壮,任气、任性而为的高妙的艺术风格。从曹丕开始,后人论文便多用"气"来

---

① 魏晋文举要[M].高步瀛,选注.陈新,点校.北京:中华书局,1989:17.
② 吕美生.论曹丕"文气"说的时代精神[J].艺谭,1982(3):46.
③ 熊礼汇.中国古代散文艺术史论[M].武汉:湖北人民出版社,2005:556.
④ 萧统.六臣注文选·卷四十二[M].李善,吕延济,刘良,等注.北京:中华书局,1987:787.
⑤ 同④967.

第六章 建安散文中的文学思想

形容①,如刘勰所谓"意气骏爽"、钟嵘所赞曹植"骨气奇高"等。

对孔融、刘桢等建安文人的评价,由曹丕发端,后人也多从"气"着笔。论孔融,有"气扬采飞"(刘勰《文心雕龙·章表》),"气盛于为笔"(刘勰《文心雕龙·才略》),有"英伟豪杰之气"(苏轼《乐全先生文集序》),"豪气直上"(张溥《汉魏六朝百三家集题辞注》),王运熙、顾易生主编的《中国文学批评通史》说:"所谓'孔融体气高妙,有过人者'与刘桢所说'孔氏卓卓,信含异气,笔墨之性,殆不可胜'(《文心雕龙·风骨》引)意思相近,谓孔融有度越常人之气,故其所为文章亦为他人所不可及。这里的'气'兼指孔融的才气性格和其文章的高妙风格而言。"②论刘桢,有"文最有气"③,有"仗气爱奇"④,有"气胜于才"⑤,有"气胜"⑥。刘桢本人也爱用"气"论人和作品风格,《文心雕龙·风骨》载:"公干亦云'孔氏卓卓,信含异气;笔墨之性,殆不可胜'。"⑦周振甫认为这是刘桢"并重气之旨"的凭证⑧,而刘桢对孔融的这一评论虽未知出处,但与曹丕所言"孔融体气高妙"含义相近。论曹操,有"莽莽有骨气"(陈祚明《采菽堂古诗选》卷五)。论曹植、王粲,有"皆以气质为主""兼江左之清绮与河朔之气质"(清人宋徵璧《抱真堂诗话》)。这些有关"气"的论述皆是兼指作家才气性格与作品风貌而言的。

后人对文气有了更多的阐释和引申,但都脱不开作家与作品这两个基本因素,熊礼汇在《中国古代散文艺术史论》外编部分有《中国古代的文气论》一文,从人们对文气的不同理解⑨,并联系当代文学创作理论,分五个方面论述了我国古代的文气论,即属于本体论的文气论;属于主体论的文气论;属于风格论的文气论;属于创作论的文气论;属于鉴赏论的文气论,征引了大量翔实的资料,将有关文气的各种说法加以整合、归纳,厘清了它们之间的联系和不同,对内涵丰富而歧义众多的"文气"做了全面而客观的综论。

二、文质说

"文"和"质"是我国古代文论中常见的一对审美范畴,但它们的出现并不是为了文学的意义。"文质"刚开始是历史文化概念,孔子说:"郁郁乎文哉,吾从周"(《论语·八佾》),"质胜文则野,文胜质则史。文质彬彬,然后君子"(《论语·雍也》);墨子说:"先质而后文,此圣人之务"(《说苑·反质》);韩非子说:"礼为情貌者也,文为质饰者也"(《韩非子·解老》);庄子说:"既雕既琢,复归于朴"(《庄子·山木》),孔子崇尚周之"文"与"文质

---

① 熊礼汇.中国古代散文艺术史论[M].武汉:湖北人民出版社,2005:557.
② 王运熙,杨明.中国文学批评通史(魏晋南北朝卷)[M].上海:上海古籍出版社,1996:31.
③ 谢灵运.谢灵运集校注[M].顾绍柏,校注.郑州:中州古籍出版社,1987:148.
④ 钟嵘.钟嵘《诗品》校释[M].吕德申,校释.北京:北京大学出版社,1986:93.
⑤ 许学夷.诗源辩体[M].杜维沫,校点.北京:人民文学出版社,1987:83.
⑥ 刘熙.艺概·卷二·诗概[M].上海:上海古籍出版社,1978:53.
⑦ 刘勰.文心雕龙·风骨[M].范文澜,注.北京:人民文学出版社,1978:514.
⑧ 周振甫.文心雕龙今译[M].北京:中华书局,1986:266.
⑨ 同①545-572.

彬彬"之相辅相成,墨子、韩非子重质轻文,庄子认为"文"复归于"质"。"文质"说体现了古人对社会的关注,对政治的关注,对人自身的内在思想的关注。因为文与社会、政治、思想的特殊关系,文的范畴非常广泛。在先秦时期,文、史、哲、社不分,日、月、星、辰为文(天文),礼乐刑政亦是文(人文)①,因此"文质"这一概念自被提出那一日开始,就有着与文章或文学的天然关系,"'文质'概念在中国古代常识范围内已经关涉到了许多不同层面的历史现象,被赋予了复杂的内涵。在较为一般的意义上,谈'文质'可能是在说一种'文体'的变化轨迹,或者是谈一种做人的风格与行为举止的方式,甚至可以讲是一种微妙难喻的生活细节。"②因为"文质"复杂的内涵,作为古代文论的一个术语,它关注或者强调的是文学作品现实的政治意义,而文学作品本身的审美价值和意义则退居第二位,必须为作品承载的意义服务③。"文"和"质"也就用来形容文学作品形式与内容、华美与质朴的关系。

  自孔子首次将"文""质"对举之后,"文""质"便成了一对矛盾统一体,后人或重质轻文,或重文轻质,或文质并重。两汉时期,"文质"说已开始大量应用于人物或作家作品风貌的品评。其实孔子的"文质彬彬,然后君子"已经是一种自觉地品评人物的"人文"思想。班彪《〈史记〉论》一文认为司马迁的《史记》"善述序事理,辩而不华,质而不野,文质相称,盖良史之才也",窦武在《上表》中称扬张陵、戴恢等人"文质彬彬,明达国典",汉章帝《地震举贤良方正诏》中论赞"敷奏以言,则文章可采。明试以功,则政有异迹"的举人贡士为"文质彬彬",傅毅《七激》说"含咏圣术,文质发矇",李尤《文履铭》赞颂文履"文以表德,质以体仁。乃制兹履,文质斌斌"。两汉时人更多的是重视"文""质"的相辅相成,即"文""质"并用。

  建安时期,首次出现了专门探讨"文""质"关系的论文:阮瑀、应玚的同题之文《文质论》。二文大约作于建安十五年(210年)曹操发布不拘品行、唯才是举的《求贤令》以后④,"文质"说针对曹操的选材标准而发,其内容仍与人才选用或为政治国有关。同先秦哲人是以自然界的文质作为参照来观照人事一样,二文也是通过天地、人文的论述,充分肯定了"文""质"的各有所用、缺一不可,在此基础上,从现实出发,引古论今,阐述观点,阮瑀重质轻文,应玚重文轻质。

  这两种文质观同中有异,与阮瑀、应玚在文学创作上的特点是一致的。二人并没有忽视"文"的作用和意义,他们的散文都有骈化的倾向,注重用比喻、夸张等手法增加文章的文采,使用大量对偶句式,以四四对为主,也不乏六六对句式,如阮瑀《为曹公作书与孙权》中的排偶句约占全文的1/3,应玚《报庞惠恭书》一文的排偶句占全文的3/4,此外大量典故的使用,也使文章意境开阔、气势壮观,产生了很好的艺术效果。二人的创作也有文质偏重的不同。擅长章表书记等公文的阮瑀今存书檄完篇仅有《为曹公作书与孙权》,而应玚则是

---

① 张立文.朱熹评传[M].南京:南京大学出版社,1998:362.
② 杨念群."文质"之辩与中国历史观之构造[J].史林,2009(5):89.
③ 仁超.中国古代文学中的"文"与"质"的论争[J].理论观察,2009(2):126.
④ 吴云.建安七子集校注[M].天津:天津古籍出版社,2005:535.

"善赋,篇目颇多"①,现存14篇,较为完整者11篇,而阮瑀仅存赋4篇。在行文的繁简上,阮瑀虽也旁征博引,援譬引喻,但与应玚的极力铺陈相比,还是简易许多。以《文质论》为例,二人都举了汉朝立国及安刘大臣的例子,阮瑀说:"故夫安刘氏者周勃,正嫡位者周勃。大臣木强,不至华言",寥寥数十个字,而应玚却说:"且高帝龙飞丰、沛,虎据秦、楚,唯德是建,唯贤是与。陆、郦摛其文藻,良、平奋其权谲,萧何创其章律,叔孙定其庠序,周、樊展其忠孝,韩、彭列其威武。明达天下者非一士之术,营造宫庙者非一匠之矩也。逮自高后乱德,损我宗刘,朱虚轸其虑,辟强释其忧,曲逆规其模,郦友诈其游。袭据北军,实赖其畴。冢嗣之不替,实四老之由也。夫谏则无议以陈,问则服汗沾濡,岂若陈平敏对,叔孙据书,言辨国典,辞定皇居",洋洋洒洒百余言。阮瑀文多用对比,应玚文则多用排偶,刘勰《文心雕龙·才略》称:"应玚学优以得文。"②应玚行文的铺陈繁缛得益于他丰富的才学③。阮瑀文风的简易质朴与应玚的繁富深切是与二人重质、重文的观念相适应的。

除了阮瑀、应玚,高堂隆提出了"文质相因,法度相改"(《改正朔议》引《诗推度灾》)的观点。整个建安时期的文章,总体来说,也呈现出两种审美风貌,即以曹操为代表的以"清峻""通脱"为主要特点的重质之文与以曹丕和曹植为代表的以"骋词""华靡"为主要特点的重文之文。建安前期,前者为主,建安后期,后者为主。李谔在《上隋高帝革文华书》中说:"降及后代,风教渐落。魏之三祖,更尚文词,忽君人之大道,好雕虫之小艺。下之从上,有同影响,竞骋文华,遂成风俗。江左齐梁,其弊弥甚,贵贱贤愚,唯务吟咏。遂复遗理存异,寻虚逐微,竞一韵之奇,争一字之巧。连篇累牍,不出月露之形;积案盈箱,唯是风云之状。世俗以此相高,朝廷据兹擢士。"对魏晋文章,皆因"文华"而一笔骂倒,确是有失偏颇,而张溥在《汉魏六朝百三家集》的《自序》中所言,则较为中肯:"两京风雅,光并日月,一字获留,寿且亿万;魏虽改元,承流未远;晋尚清微,宋矜新巧;南齐雅丽擅长,萧梁英华迈俗。总言其概,椎轮大辂,不废雕几;月露风云,无伤骨气。江左名流,得与汉朝大手同立天地者,未有不先质后文、吐华含实者也。"④从两汉至六朝,文章之变大概是由质朴而进于文饰,其中虽有"陈季之浮薄""周、隋之骈衍"的作品,但更多的却是"先质后文、吐华含实"的好文章。对于建安文学,沈约说"甫乃以情纬文,以文被质"(《宋书·谢灵运传论》),钟嵘说"彬彬之盛,大备于时矣"(《诗品序》),对建安代表作家,沈约说"子建、仲宣以气质为体"(《宋书·谢灵运传论》),钟嵘说曹植"骨气奇高,词采华茂,情兼雅怨,体被文质"(《诗品·卷上》)。建安作家虽然讲究文辞的华美与锤炼,但总体来说并不过分,当时很多人还都在有意识地做着重质实的努力,如作为国君的曹叡,为遏制日益浮华的世风,在太和四年(230年)发布了《策试罢退浮华诏》,徐幹废诗、赋、颂、铭、赞等文辞"美丽之文"而著政论散文《中论》,邯郸淳《汉鸿胪陈纪碑》中推崇陈纪其人其作:"(陈纪)乃覃思著书三十余万

---

① 张溥.汉魏六朝百三家集题辞注[M].殷孟伦,注.北京:人民文学出版社,1960:87.
② 刘勰.文心雕龙·才略[M].范文澜,注.北京:人民文学出版社,1978:700.
③ 刘天栋.阮瑀、应玚的文质论及创作异同[J].牡丹江教育学院学报,2009(3):5-6.
④ 同①314.

言,言不务华,事不虚设,其所交释合赞,规圣哲而后建旨明归焉,今所谓《陈子》者也。"建安文风相对后来过于靡丽的齐梁文风,应该说还是"文质彬彬"的,而齐梁的"轻薄之徒",即注重辞句雕琢之人,竟"笑曹(植)、刘(桢)为古拙"(钟嵘《诗品序》)。

三、自然说

"自然"本是先秦道家提出的一个哲学范畴,在魏晋南北朝时才广泛应用于美学范畴。"自然"这个概念同中国古代其他的抽象名词一样,含义模糊而多变。《老子》曰:"人法地,地法天,天法道,道法自然。"《庄子》曰:"顺物自然而无容私""无为而才自然。""道",在老庄看来,是宇宙万物的起源,而"道法自然","自然"是老庄哲学的核心。关于自然的含义,有很多说法,吴承学认为"自然"是无为的,与"朴"联系在一起,是"真"的①。

与天地人文联系密切的"自然"与"气"两个概念在先秦两汉常常连用来探讨人之性情,"气"有时是"元气",有时是阴阳之气。从战国晚期的《吕氏春秋》,到汉代《淮南子》、董仲舒都认为人的性情是阴阳之气凝聚的表现,而王充在《论衡》中则提出了元气自然说,他和张衡都认为宇宙生成的本源是元气,王充《论衡·谈天篇》说:"天地,含气之自然也"②,《论衡·自然篇》说"天地合气,万物自生"③,张衡说:"于是元气剖判,刚柔始分,清浊异位。天成于外,地定于内。天体于阳,故圆以动;地体于阴,故平以静。动以行施,静以合化,埕郁构精,时育庶类,斯谓天元,盖乃道之实也。"(《全后汉文·卷五十五·灵宪》)他们这种重视自然无为的天命观点极大地冲击了董仲舒所构建的天人感应学说,使人们开始重视人之自然才性或情性,开始关注不同人的天然禀性。两汉人已开始从这种自然的禀性出发来品鉴人物,如班固的《汉书·古今人表》,将所列之人分为九等,有"圣人""仁人""智人""愚人"等,根据当时的价值观或善恶智愚的标准,"究极经传,继世相次",对经书上出现的人物,给予不同的品第,并因此劝诫后人。在建安时期则出现了曹丕的《士操》、卢毓的《九州人士论》等作品,可惜均已亡佚,大约成书于正始时期的刘劭的《人物志》是现存最早的较成系统的品鉴才性、识人、论人的作品。

正是源于上述历史渊源,建安士人也颇喜欢从"自然""天然""禀性"等方面品物论人,如杨修《答临淄侯笺》说曹植"非夫体通性达,受之自然,其孰能至于此乎";陈琳《答东阿王笺》亦赞曹植"君侯体高世之才,秉青萍、干将之器,拂钟无声,应机立断。此乃天然异禀,非钻仰者所庶几也",李善作注曰:"言天性自然,受于异气也"④;繁钦《与魏太子书》赞乐伎车子"即日故共观试,乃知天壤之所生,诚有自然之妙物也";张纮《临困授子靖留笺》说国君应"承奕世之基,据自然之势,操八柄之威,甘易同之欢,无假取于人";祢衡《鹦鹉赋》以鸟喻人,开篇即夸赞鹦鹉"惟西域之灵鸟兮,挺自然之奇姿";审配《献书袁谭》称述袁谭"至

---

① 吴承学.释"自然"——兼论文学批评概念的历史性[J].广东社会科学,1991(4):55.
② 王充.论衡·卷十一[M].北京:中华书局,1985:115.
③ 王充.论衡·卷十八[M].北京:中华书局,1985:195.
④ 萧统.六臣注文选·卷四十[M].李善,吕延济,刘良,等注.北京:中华书局,1987:750.

第六章 建安散文中的文学思想

孝烝烝,发于岐嶷,友于之性,生于自然,章之以聪明,行之以敏达,览古今之举措,睹兴败之征符,轻荣财于粪土,贵名位于丘岳";王粲《神女赋》赞扬神女"禀自然以绝俗,超希世而无群";丁廙《蔡伯喈女赋》赞蔡琰"禀神惠之自然";华歆《请叙郑小同表》言"海岱之人,莫不嘉其自然,美其气量,迹其所履";曹植《神龟赋》赞叹神龟"体乾坤之自然";杜挚《笳赋》赞葭芦"唯葭芦之为物,谅挈劲之自然";阙名《中论序》称扬徐幹"含元休清明之气,持造化英哲之性"。建安碑文中也可见当时人的这一风尚,他们崇尚聪慧,而且认为这种聪慧来自天性,如刘桢《处士国文甫碑》赞国文甫"执乾灵之贞洁,禀神祇之正性""天授德度",在婴幼儿时期已显示出高尚的德操,"咳笑则孝悌之端著,匍匐则清节之兆见";孔融《卫尉张俭碑铭》说张俭"禀乾刚之正性""应天淑灵。皓素其质,允迪忠贞";阙名《横海将军吕君碑铭》赞吕君"天姿果毅";阙名《刘镇南碑》说刘表"膺期诞生"。总之,建安时人对自然禀赋极为重视。

建安时人不仅用禀赋品人论物,还将其应用到对文学、艺术的品鉴当中,上面提到的繁钦称赞乐伎车子的转喉之奇乃"自然之妙物"即是一例,《三国志·卷三十八·秦宓传》记载有关秦宓的一段对话很能代表当时人的审美观念:"或谓宓曰:'足下欲自比于巢、许、四皓,何故扬文藻见瑰颖乎?'宓答曰:'仆文不能尽言,言不能尽意,何文藻之有扬乎!昔孔子三见哀公,言成七卷,事盖有不可嘿嘿也。接舆行且歌,论家以光篇;渔父咏沧浪,贤者以耀章。此二人者,非有欲于时者也。夫虎生而文炳,凤生而五色,岂以五采自饰画哉?天性自然也。盖《河》《洛》由文兴,六经由文起,君子懿文德,采藻其何伤!以仆之愚,犹耻革子成之误,况贤于己者乎!'"这种"天性自然"的文藻并不妨害文意,而是像"虎生而文炳,凤生而五色"一样,讲究文藻对于文章创作而言,也是自然而然、相辅相成的。唐代独孤郁《辨文》中的一段话堪作秦宓此论的注脚:"夫天之文,位乎上;地之文,位乎下,人之文,位乎中。不可得而增损者,自然之文也。……而曰必以彩饰之能、援引之富为作文之秘诀,是何言之未敷?夫天岂有意于文彩耶?而日月星辰不可逾;地岂有意于文彩耶?而山川丘陵不可加;八卦、《春秋》岂有意于文彩耶?而极与天地侔(比)。……夫自然者,不得不然之谓也。"建安文士的这种美学思想和审美观念,正是他们遵从自然、抱朴守道、追求自然无为的天成之美的体现。

他们强调自在天然,纯真质朴,这种所谓的"自然之道"有着很强的现实意义。汉末大乱,曹操重刑名之术,曹丕以无为治国,并用九品官人之法,儒学逐渐式微,道家思想复兴,"老庄哲学是乱世的产物"①,当时灾瑞谶纬之说虽也流行,但仅仅是改朝换代的工具而已,曹操的"性不信天命",曹丕的知"舜、禹之事"都将汉代流行的天人感应学说击破了,代之而起的是道家的宇宙学说,他们开始重"气",重"自然"。佛教、道教也逐渐兴盛,曹植喜读佛经,他登鱼山感音而做梵呗的故事在《三国志补注》《高僧传》《法苑珠林》及《法华玄赞》中都有记载,曹操、仲长统、曹植等人皆重道家养生之术,曹操曾下《与皇甫隆令》向皇甫隆请教"服食施行导引"之法。钱锺书对仲长统、曹植的重养生之术有很精当的评述:"统不

---

① 刘大杰.魏晋思想论[M].上海:上海古籍出版社,1998:21.

信天道、神怪而信神仙长生之术,又桓谭所谓'通蔽'也。……尊天、事鬼、修仙,三者均出于妄想悖心,而难易劳逸不同。统持'嗽舌''行气'之法,以冀得道不死,此求诸于己,尽其在我也。若所斥'愚惑'之民、'昏乱'之主,则仰仗威灵,冀蒙恩荫,藉巫祝之佞、祭祀之谄,坐致福祐。相形之下,修仙尚是勤勉人力而非委心天道、依恃神庥。"①并说曹植《辩道论》"力辟神仙,而仍有取于术士导引房中之说,以为可以'疗疾'、'终命',然'非有志至精莫能行'。"②他们虽赞同"生之必死,成之必败,天地所不能变,圣贤所不能免",但对方士们的长生之术在调笑之余,"不全信之",并不是全不信之,而且还尝试之、探讨之、尝试之后,还说"行之有效""得其验",只是"非有志至精莫能行","但恨不能绝声色,专心以学长生之道"而已。在这样的思想、文化背景之下,"自然说"便成为以道家为主,道、儒、佛三家思想既互相矛盾又互相补充的文化思想的综合产物③,融合儒、道的玄学在建安时期虽未成形,但已经成为潜流,影响着士人的思想观念和社会生活。

  学术界一般认为最早把"自然"这个观点应用到文学批评领域的是刘勰的《文心雕龙》④。从上述所论我们可以看到,建安时期"自然"已经被广泛应用到品人论物和对文学、艺术的品鉴当中了。刘勰的重"自然之道","夫岂外饰?盖自然耳"的审美观念是从建安发端的⑤。建安文士对"自然"的重视对后世产生了两个深远的影响:一是崇尚性情的真实自然,推崇天然、素朴、真实的天成之美,反对矫饰和过分雕琢,钟嵘青睐"自然英旨"(《诗品序》),李白崇尚"清水出芙蓉,天然去雕饰"的诗歌,元好问赞叹"一语天然万古新,豪华落尽见真淳"的平淡之美,袁宏道主张作诗要"独抒性灵",中国文学艺术的这个美好传统一直延续至今;二是自然界,尤其是山水,包括田园风光,成为文学艺术家们的审美对象,建安文士在"自然之道"与自然山水之间发现了精神相通的美质。他们可以在山水之间获得"道"的无为、宁静和回归自然的"赤子"之心境,这种安宁的心灵状态是他们消解那个时代内心焦灼和苦闷的良方,在山水自然中,他们感悟着生命,心灵也得到了抚慰。《后汉书·卷四十九·仲长统传》载仲长统的"优游偃仰"的自娱之乐:"使居有良田广宅,背山临流,沟池环匝,竹木周布,场圃筑前,果园树后。舟车足以代步涉之艰,使令足以息四体之役。养亲有兼珍之膳,妻孥无苦身之劳。良朋萃止,则陈酒肴以娱之;嘉时吉日,则亨羔豚以奉之。蹴躇畦苑,游戏平林。濯清水,追凉风。钓游鲤,弋高鸿。讽于舞雩之下,咏归高堂之上。安神闺房,思老氏之玄虚;呼吸精和,求至人之仿佛。与达者数子,论道讲书,俯仰二仪,错综人物。弹南风之雅操,发清商之妙曲。消摇一世之上,睥睨天地之间。不受当时之责,永保性命之期。如是,则可以陵霄汉,出宇宙之外矣!岂羡夫入帝王之门哉!"秦宓的

---

① 钱锺书.管锥编(第三册)[M].北京:中华书局,1979:1031.
② 同①1032.
③ 田正铁,范小燕.艺术"自然说"的哲学渊源与现实批判[J].求索,2008(6):125.
④ 持此论者,古有纪昀、今有刘永济等人,纪昀说:"齐梁文藻,日竞雕华,标自然以为宗,是彦和吃紧为人处。"(见黄叔琳.文心雕龙辑注[M].北京:中华书局,1957:24.)刘永济也说:"舍人论文,首重自然。"(见刘永济.文心雕龙校释[M].北京:中华书局,1962:2.)
⑤ 刘勰.文心雕龙·原道[M].范文澜,注.北京:人民文学出版社,1978:1.

《答王商书》也是借细致地刻画山水之乐，表明自己"不戚戚于贫贱，不汲汲于富贵"的志向，在仲长统和秦宓的身上俨然已有陶渊明的影子了，只不过二人均是有山林之志趣而无其实，但恰是有了他们这种自觉的审美意识，才有后世山水、田园文学题材的发展和繁荣。

第四节 批评论

建安是文学自觉的时代，文士们的文学创作和文学批评，尤其是后者在自发、自觉当中体现了他们的文学观念和审美取向。他们在文人相轻中互相品鉴、激赏，尝试创作各种文体，而且各有所长，对作品进行有意识的编选、整理，品藻文章已成为他们自觉的行为，他们对品藻提出了具体的要求，而且当时的品评方式也多是描述性、具象化的。

一、"文人相轻"论

"文人相轻"是个古老的话题，《典论·论文》说："文人相轻，自古而然。"据现存四库史籍，这是"文人相轻"作为固定用语最早的出处①。其实《庄子·秋水》里早就有世人常常贵己贱他的论断："以道观之，物无贵贱，以物观之，自贵而相贱。"成玄英疏曰："夫物情倒置，迷惑是非，皆欲贵己而贱他，他亦自贵而贱彼，彼此怀惑，故言相也。"②《庄子》是说人人相轻的普遍性，而所谓"文人相轻"的话题，也许就来源于此吧，彭玉平就认为"先有一般意义上的'人'的自负，才有所谓'文人'的自负。有一般意义上的人人相轻，才有特殊意义上的'文人相轻'"③。

《庄子》认为人人相轻的原因在于人们很难做到以"虚通之妙理"来观人④，《典论·论文》认为文人相轻在于"人善于自见，而文非一体，鲜能备善，是以各以所长，相轻所短"，然后曹丕引里语"家有弊帚，享之千金"，进一步阐释"不自见之患"，对于"善于自见"与"不自见之患"，钱锺书有很确切的解释："'善于自见'适即'暗于自见'或'不自见之患'，'善自见'而矜'所长'与'暗自见'而夸'己贤'，事不矛盾，所从言之异路耳。"⑤"唯'善于自见'，故深，唯'暗于自见'，故隘矣。"⑥不管是"善于自见"还是"不自见之患"，"文非一体，鲜能备善"的文士在阅读、品评文学作品的时候，自然会有不同的情感、心态和审美趣味，以己之长轻人所短的偏见也自然不可避免。曹植《与杨德祖书》说："世人之著述，不能无病。……盖有南威之容，乃可以论于淑媛；有龙渊之利，乃可以议于割断。"只有能作文、善作文者方可评文，因此当丁廙（字敬礼）让曹植为其润饰一篇小文时，曹植自以为才不及丁

---

① 彭玉平.论"文人相轻"[J].中山大学学报（社会科学版），2004(6):34.
② 郭庆藩.庄子集释[M].北京：中华书局，1961:578.
③ 同①38.
④ 同②578.
⑤ 钱锺书.管锥编（第三册）[M].北京：中华书局，1979:1051.
⑥ 同⑤1054.

廙,便拒绝了,这可以说是曹植的"善于自见"。但经常的情形是人们喜欢像刘季绪那样"才不逮于作者,而好诋诃文章,掎摭利病",这就是所谓的不"善于自见"或"不自见之患"。钱锺书认为"曹丕'自见'之论,不啻匡救阿弟之偏。盖作者评文,所长辄成所蔽,囿于我相,以一己之优工,为百家之衡准,不见异量之美,难语乎广大教化。《文心雕龙·明诗》论作者'兼善'与'偏美'曰:'随性适分,鲜能通圆',《知音》论评者亦曰:'知多偏好,人莫圆该……会己则嗟讽,异我则沮弃,各执一隅之解,欲拟万端之变。……故圆照之象,务先博观。'才之偏至与嗜之偏好,犹键管相当、函盖相称,足申曹丕之旨。'圆照'、'周道'、'圆觉'均无障无偏之谓也。夫充曹植之说,欲'圆照'非'备善'不能。兹事体难,无已姑降而求其次乎。不善作而能不作,无特长遂无所短,旁观不犯手,则眼界赅而心地坦。盖作者以偏长而生偏向,于是每'轻所短'。"①当作者的"偏长"遭遇论者的"偏废",或者作者的"所短"遭遇论者的"偏向",每"轻所短"的情形便出现了。

　　文人相轻的原因不仅是"文非一体,鲜能备善"造成的"善于自见"或"不自见之患",还有作者对自己作品的"原有信念",敝帚尚且自珍,文人强烈的自我意识、文学创作时根深蒂固的体验,都是不容易被改变的②。丁廙在曹植拒绝为他润饰文章时说了一句话:"卿何所疑难乎! 文之佳丽,吾自得之。后世谁相知定吾文者邪?"曹植叹为达言,以为美谈。文士自得"文之佳丽",对于论者或"偏废"或"偏向"的评论,很难轻易接受。于是,"人人自谓握灵蛇之珠,家家自谓抱荆山之玉"(曹植《与杨德祖书》),"咸以自骋骥于千里,仰齐足而并驰"(曹丕《典论·论文》),在文体上各有所长的建安文士,便有了文人相轻之嫌,一方面可见当时他们几人确为文坛才俊(曹丕认为是王粲、徐幹、陈琳、阮瑀、应玚、刘桢、孔融七人,曹植认为是王粲、陈琳、徐幹、刘桢、应玚、杨修六人,略有不同),但另一方面曹丕说他们"以此相服",因为曹植未做说明,"相服"或为实情,或为曹丕的回护之辞,因为曹丕本人也强调了"亦良难矣",各有所长的文坛才俊不互相看轻,反而互相钦服,要做到真的很难。

　　文人相轻有时为人所诟病,有时却可以带来文坛的活跃和创作的繁荣,钱锺书说:"文人好名,争风吃醋,历来传做笑柄,只要它不发展为无情、无义、无耻的倾轧和陷害,终还算得'人间喜剧'里一个情景轻松的场面。"③建安时期,文士们月旦人物,清谈成风,他们自觉、积极地品藻、沟通、交流,同题或应制、命题之作的大量出现是建安文学集团形成的标志之一,也是建安文坛"三曹""七子"等文学大家和文学作品大量涌现的重要原因之一。

二、文非一体,各有所长

　　曹丕《典论·论文》说:"文非一体,鲜能备善",曹植《与杨德祖书》说:"然此数子,犹不能飞翰绝迹,一举千里",并举陈琳"不闲于辞赋"为例,可见文备众体,兼善者鲜矣。况且"奏议宜雅,书论宜理,铭诔尚实,诗赋欲丽,此四科不同,故能之者偏也。唯通才能备其

---

① 钱锺书.管锥编(第三册)[M].北京:中华书局,1979:1052-1053.
② 彭玉平.论"文人相轻"[J].中山大学学报(社会科学版),2004(6):40.
③ 钱锺书.林纾的翻译[M]//七缀集.上海:上海古籍出版社,1985:87-88.

体",每种文体皆自有其体制特点和审美要求,"备其体"的"通才"实在太少,能做到"偏才"已经不错了。

曹植并未阐述造成"鲜能备善"现象的原因,而曹丕在《典论·论文》中则有所论述:"文以气为主,气之清浊有体,不可力强而致……虽在父兄,不能以移子弟",李善注引桓谭《新论》曰:"惟人心之所独晓,父不能以禅子,兄不能以教弟也。"[1]班固《与弟超书》亦言:"实亦艺由己立,名自人成。"曹丕是从文气的角度,强调为文需要有自然禀性的生理之气,而且这种"气""不可力强而致"。各人有各人的才性,有些东西只能靠自己的禀性和努力才可以得到,只有自己才可意会,并不能用言语或其他方式传达给别人,即使有亲密关系的父兄子弟也不可以,文学创作亦然,除了先天的禀赋,只能靠自己后天的学习、训练才可逐步提高。

除了文气,曹丕还认为作家的"各有所长"亦与其成长所处的地域文化有关。他说:"王粲长于辞赋,徐幹时有齐气,然粲之匹也",李善注曰:"徐伟长居北海郡,《禹贡》之青州也"[2],青州古属齐国,又曰:"言齐俗文体舒缓,而徐幹亦有斯累,《汉书·地理志》曰:'故《齐诗》曰:子之营兮,遭我乎峱之间兮。'此亦舒缓之体也。"[3]王粲是因为体气之弱,"不足起其文",而徐幹则是受齐地文化和民风的影响,都形成了舒缓的文风。孔融与陈群亦曾从地域的角度评论汝南、颍川人物的优劣,他们虽然是对人物的品评,但品行、德操、性情等的不同自然也会体现在他们的文学创作上,这对后世关于南北文风之不同或不同地域之间文化思想的研究有深远的影响。

曹植认为既然"人各有好尚",那么只有拥有共同志趣、爱好的人才会成为真正的知己、朋友,和他们在一起,才会有真正的快乐,因此他才会想将他的"一家之言""传之同好"。在为书嘲陈琳不闲于辞赋,陈琳反以为盛赞其文时,才感叹"钟期失听"。曹丕常常感叹六子(徐幹、应玚、陈琳、刘桢、阮瑀、王粲)的逝去,佳宾难再的落寞时时可见。这种心态在名家辈出的建安时代表现得更为细腻、敏感。

三、文学批评的丰富与发展

建安时期,文学创作呈现出一派繁荣景象,作品数量大增,文体种类大致齐备,能文之士辈出,《隋书·经籍志》载两汉文集共百余家、三国六十余家(其中大部分在建安时期)[4]。郭绍虞曾说:"文学批评的产生和发展,是在文学的产生和发展之后。在文学产生并且相当发展以后,于是要整理,整理就是批评。经过整理以后,类聚区分,一方面可以看出文学和其他学术的不同,一方面也可以看出文学作品本身之'本同而末异',于是也就认清了文章的体制和风格。"[5]曹植《与杨德祖书》言"世人之著述,不能无病",《与吴季重书》亦言"夫

---

[1] 萧统.六臣注文选·卷五十二[M].李善,吕延济,刘良,等注.北京:中华书局,1987:967.
[2] 同[1]789.
[3] 同[1].
[4] 王运熙,杨明.魏晋南北朝文学批评史[M].上海:上海古籍出版社,1989:2.
[5] 郭绍虞.中国文学批评史[M].上海:上海古籍出版社,1979:1.

文章之难,非独今也,古之君子,犹亦病诸",著述之难为,自古皆然,可以留诸史册的好文章尤其难为,因此需要互相切磋和提高,改定文章自有其必要。相比汉代,建安文人的作品出现了一些新的创作技巧和艺术特色,文坛的繁荣和思想的活跃也促使他们对作品进行整理编辑,促进了文学批评的进一步发展。他们的文学批评已经逐步摆脱政治教化的束缚,开始关注文学艺术本身的艺术性和审美价值,也不再是概括式的宽泛之论,而是自成系统的较为细致的评述。

曹植曾说:"以孔璋之才,不闲于辞赋,而多自谓能与司马长卿同风,譬画虎不成还为狗者也。前为书嘲之,反作论盛道仆赞其文。"(《与杨德祖书》)此例可证曹丕《典论·论文》中"常人贵远贱近,向声背实,又患暗于自见,谓己为贤",像陈琳这样不自知己文之病的文人者大有人在。"世人之著述,不能无病",万事很难十全十美,文学创作亦是,人称"绣虎"的曹植尚且"常好人讥弹其文,有不善者,应时改定",陈琳不但不自知己病,在别人指出来之后,不能虚心接受,反而敝帚自珍,曲解其意,以此炫耀。当建安文人将文章作为"经国之大业,不朽之盛事",并希望"传之后世"的时候,他们对文学作品的品评和探讨自然也变得必要、频繁了。当时,书牍类的文体日益个人化、日常化,仅仅这类文体,就涌现了大量有关文学批评的作品,如曹丕的《与吴质书》《又与吴质书》《与王朗书》;吴质的《答魏太子笺》《答东阿王书》;曹植与杨修之间的书信往来,即《与杨德祖书》与《答临淄侯笺》,而且"其相往来,如此甚数"①;曹植与吴质之间交流的《与吴季重书》《答东阿王书》;陈琳的《答张纮书》等。其他文体,如诏、教、表、论、诔、序等也都有文论作品出现。建安子书中也出现了文学批评的内容,同先秦两汉的子书以宽泛的文艺为批评对象(如王充《论衡》中的《超奇》等篇章)不同,曹丕《典论》中的《论文》即是首篇自成系统的专门的论文之作,稍晚的桓范在《世要论》中则有《序作》《赞象》《铭诔》等专论一种或两种文体的篇章。

建安时期文学批评的新发展不仅与当时文坛的繁荣、思想的活跃和对文章之事的重视有关,也与当时月旦人物、清谈成风的社会风气有关。汉末名士许劭与从兄靖喜好品藻人物,"每月辄更其品题",在汝南地区形成了"月旦评"的习俗,甚有影响,曹操曾"常卑辞厚礼,求为己目"②。曹操在建安十一年(206年)十月发布了《求言令》,要求官吏"常以月旦各言其失",魏国时更是实行了九品官人之法,人物的品第与他们的功德才行紧密联系在一起。"'诗文评'之作,莫先于魏文帝的《典论》,盖出于人伦月旦之风,与词赋诙嘲之习。"③曹植与邯郸淳初次相见,"不先与谈",而是经过一番装扮,"遂科头拍袒,胡舞五椎锻,跳丸击剑,诵俳优小说数千言",接着便问邯郸淳:"邯郸生何如耶",然后才更衣肃容,"与淳评说混元造化之端,品物区别之意,然后论羲皇以来贤圣、名臣、烈士优劣之差,次颂古今文章赋诔及当官政事宜所先后,又论用武行兵倚伏之势。"他们品藻人物之优劣、吟诵文章赋诔之作,已成为日常交际的重要组成部分,而且也是品论人物德才高低的重要方式。邯郸淳

---

① 陈寿.三国志·卷十九·陈思王植传[M].裴松之,注.北京:中华书局,1959.
② 范晔.后汉书·卷六十八·许劭传[M].李贤,等注.北京:中华书局,1965.
③ 顾荩臣.经史子集概要·集部·诗文评类[M].上海:华东师范大学出版社,2008:408.

见过曹植之后,"对其所知叹植之材,谓之'天人'。"①可以说,"在魏晋审美意识觉醒的思潮中,品藻人物也发展为审美的人格评价,并由品藻人物发展到品目山川城池,再发展到文章品藻。文才本来是才性的重要组成部分,因此,臧否人物与论文也是自然相通的"②,"方法的移植、概念的渗透和术语的借用,只是世族人物品藻影响文学批评的几点最显著的表现。从论人到论文,通过概念术语的移植,通过同学科门类之间的语言术语的借用化用、交叉杂交,使文学批评的面貌焕然一新。"③建安时人已经把对人物风神、品性、气质等品藻的术语与方法移植到了对文章的品评鉴赏当中,如曹植《前录序》中称说"君子之作""俨乎若高山,勃乎若浮云,质素也如秋蓬,摛藻也如春葩。泛乎洋洋,光乎皓皓,与《雅》《颂》争流可也",作为君子的文人,其作品也应该具有像"高山""浮云""秋蓬""春葩"那样的君子的姿态和气质。

建安时期的文学批评,尤其是曹丕的《典论·论文》对后世产生了深远的影响,自此文学批评开始有了对作家作品和文体的个案研究,也有了系统而专门的理论研究,"吾国古代的文章,莫盛于两汉,浑浑灏灏,文成法立,殆无'格律'之可拘。建安、黄初之间,体裁渐备,而'诗文评'之书以起……尝考:'后汉之世,竞尚标榜',务求声气;及乎建安,文士'好为诋诃',而才有不逮;及《典论》既出,始见黜陟得情,品题平允。晋世俗尚清谈,评议之风尤甚,故《流别》、《翰林》之属,略有数家。"④不只挚虞、李冲、陆机、刘勰、钟嵘等人都是在曹丕开创的基础上继续开拓、发展和延伸的。

四、批评者的修养

建安文士不仅热衷于文学批评,而且对批评者的修养还提出了很高的要求。"世人之著述",虽然"不能无病",文固各有短长,但要评论别人的文章亦不可轻下断言。曹植"不能妄叹",除了"畏后世之嗤"以外,还认为批评者应该有一定的特识,所谓的偏私之论不可取。"有南威之容,乃可以论于淑媛;有龙渊之利,乃可以议于断割。刘季绪才不能逮于作者,而好诋诃文章,掎摭利病。昔田巴毁五帝、罪三王、訾五霸于稷下,一旦而服千人。鲁连一说,使终身杜口。"(《与杨德祖书》)曹植分别从正、反两个方面举例,论述了只有具备了相关的学识素养,才能提出较为中肯的意见,这样的意见才会更有说服力,更能让人信服、接受。曹植还以亲身经历证之,"昔丁敬礼尝作小文,使仆润饰之,仆自以才不能过若人,辞不为也",俗话说,没有金刚钻,不揽瓷器活,曹植是也。曹植不但不妄评、妄改别人的文章,而且还希望、要求一旦给出了评改意见,对文章的最后改定应有所帮助,尽管给出这些评改意见的人并不能在文史上留下名字。《容斋续笔》卷十三曰:"子建之论善矣。任昉为王俭主簿,俭出自作文,令昉点正,昉因定数字,俭叹曰:'后世谁知子定吾文'。"⑤王俭之叹与丁

---

① 陈寿.三国志·卷二十一·王粲传[M].裴松之,注.北京:中华书局,1959.
② 程章灿.世族与六朝文学[M].哈尔滨:黑龙江教育出版社,1998:40.
③ 同②17.
④ 顾荩臣.经史子集概要·集部·诗文评类[M].上海:华东师范大学出版社,2008:408.
⑤ 洪迈.容斋随笔[M].上海:上海古籍出版社,1978:377.

廙"文之佳丽,吾自得之。后世谁相知定吾文者邪"的"达言",皆可称为"美谈"。

批评者除了相当程度的学识素养,还不应该有偏私之心。"兰茝荪蕙之芳,众人之所好,而海畔有逐臭之夫;《咸池》、《六茎》之发,众人所共乐,而墨翟有非之之论。"(《与杨德祖书》)曹植通过类比说明"人各有好尚",以喻批评者对于文章,亦爱好不同,不可以己之长评人之短,个人情感上的好恶难免影响对外物做出中肯的评价,对于此,作为一个文学批评者是要尽量避免的。刘勰《文心雕龙》亦有引曹植的话:"'世之作者,或好烦文博采,深沉其旨者;或好离言辨白,分毫析厘者:所习不同,所务各异。'言势殊也。"①曹植所言已经无考,但说的还是批评者的偏私之心、各有好尚。刘勰亦在《文心雕龙·知音》中通过批评者的偏私之心感叹文学作品知音的难逢:"夫篇章杂沓,质文交加,知多偏好,人莫圆该。慷慨者逆声而击节,酝藉者见密而高蹈,浮慧者观绮而跃心,爱奇者闻诡而惊听。会己则嗟讽,异我则沮弃,各执一隅之解,欲拟万端之变:所谓东向而望,不见西墙也。"②后世的文学批评,如李翱的《答朱载言书》、魏庆之的《诗人玉屑》及《蔡宽夫诗话》中也都有关于批评者偏私之心、各有好尚的言论,可见批评者要做到真正的无私、客观、公正确非易事,但作为文学批评者,提高自己的修养,尽量做到无私、客观和公正应该是不懈的追求。

五、描述性、具象化的批评方式

建安时人对作品的评论、赏鉴,常常采用描述性、具象化的批评方式,如陈琳《答东阿王笺》对曹植的《龟赋》大加赞赏:"披览粲然……音义既远,清辞妙句,焱绝焕炳,譬犹飞兔流星,超山越海,龙骥所不敢追,况于驽马,可得齐足";曹植《前录序》品评君子之作:"俨乎若高山,勃乎若浮云,质素也如秋蓬,摛藻也如春葩。汜乎洋洋,光乎皓皓,与《雅》《颂》争流可也",《与吴季重书》赞吴质来书:"文采委曲,晔若春荣,浏若清风,申咏反覆,旷若复面",《王仲宣诔》称述王粲:"文若春华,思若涌泉,发言可咏,下笔成篇";王粲的《阮元瑜诔》评论阮瑀:"简书如雨,强力敏成";卞兰《赞述太子赋并上赋表》赞赏曹丕《典论》及诸赋颂:"逸句烂然,沈思泉涌,华藻云浮,听之忘味,奉读无倦"等,皆用譬喻的方法,通过感性、生动、形象的语言将作家作品的写作技巧和艺术特色呈现在读者面前。"……譬喻之为用,本来重在说明。意义之难知的不能说,则用易知的说明之;意义之抽象的不能说,则用具体的说明之。"③既增强了美感,又使人印象深刻。这既是中国文人追求"羚羊挂角,无迹可求"的"妙悟"之意境的必然表现,也是中国文学注重意象或言有尽而意无穷的空灵玄远之美的必然结果,对后来的作家创作(如盛唐气象)和文学批评(如王士祯的神韵说)产生了深远的影响。

从建安文士对作家作品的评赏来看,当时的文坛风尚已开始注重华丽的文采和语词的雕琢,如曹丕评邯郸淳《上受命述诏》"淳作此甚典雅,斯亦美矣",评中山王《黄龙颂》"王研

---

① 刘勰.文心雕龙·定势[M].范文澜,注.北京:人民文学出版社,1978:531.
② 刘勰.文心雕龙·知音[M].范文澜,注.北京:人民文学出版社,1978:714.
③ 郭绍虞.中国文学批评史[M].上海:上海古籍出版社,1979:23.

精坟典,耽味道真,文雅焕炳,朕甚嘉之",而且在《典论·论文》中点明"诗赋欲丽";曹植《七启序》说"昔枚乘作《七发》,傅毅作《七激》,张衡作《七辩》,崔骃作《七依》,辞各美丽。余有慕之焉";吴质《答东阿王书》评赏曹植来书说"文采之巨丽",《答魏太子笺》评说曹丕"摛藻下笔,鸾龙之文奋矣";阙名《中论序》言"辞人美丽之文,并时而作"。虽然偏重于对"雅"和"丽"的追美,但因为建安文士同时注重文章的价值和内容的质实,"文质彬彬"仍是建安散文的主要特色。

第七章 建安散文的文学史地位

建安散文处于秦汉散体文章向魏晋六朝骈体文章过渡的特殊阶段，众体兼备，作品数量激增，名家辈出，名作众多，因为它处在一个特殊环节，这一时期的诗歌、辞赋，学术界已给予了足够的重视，但散体文学，尤其是诗赋以外的单篇各体之文，或被忽视，或被排斥，如今虽有改观，仍与其重要性、特殊性不相称。黄侃《〈诗品〉讲疏》说建安五言诗"毗于乐府，魏武诸作，慷慨苍凉，所以收束汉音，振发魏响。文帝兄弟所撰乐府最多，虽体有所因，而词贵独创，声不变古，而采自己杼，其余杂诗，皆崇藻丽，……故其称景物则不尚雕镂，叙胸情则唯求诚恳，而又缘以雅词，振其英响，斯所以兼笼前美，作范后来者也。"①可以说，建安散文同样"收束汉音""兼笼前美"，相对先秦两汉散文，既有承续，又有新变和发展，同时，它也振发魏响、"作范后来"，开启了魏晋六朝散文新的审美风尚。对建安散文在文学史上的地位，刘勰《文心雕龙·时序》和刘师培《论汉魏之际文学变迁》一文中已有所述，本书在其基础上予以概述。

第一节 "收束汉音""兼笼前美"

对两汉文章，学界多以朝代为界，认为西汉与东汉，文风各不相同。唐宋以降至于今，多称道西汉文章，而贬斥东汉文章，如柳宗元在《柳宗直〈西汉文类序〉》中说："文之近古而尤壮丽，莫若汉之西京。……殷、周之前，其文简而野，魏、晋以降，则荡而靡，得其中者汉氏。汉氏之东，则既衰矣。"②刘熙载《艺概·文概》："东汉文浸入排丽，是以难企西京。"③王世贞《艺苑卮言》卷三："西京之文实，东京之文弱。"④当然，其中也不乏推重东汉文章者，如张溥："夫西京之文，降而东京，整齐缛密，生气渐少。敬通（冯衍字）诸文，直达所怀，至今读之，尚想见其扬眉抵几，呼天饮酒。诚哉，马迁、杨恽之徒也""孟坚详雅，平子渊博，高步东汉，若言豁达激昂，鹰扬文囿，则必首敬通云"⑤；刘师培："东汉之文皆能含蓄，……蔡中郎文每篇皆有渊穆之光，……此事骤看似易，相称实难，盖所谓有光者，非一二句为然，而须通篇一律也。若浅言之，则通篇须用一种笔法，用重笔者全篇须并重，笔姿疏朗者全篇须

---

① 转引自曹旭.中日韩《诗品》论文选评[M].上海：上海古籍出版社，2003：95.
② 柳宗元.柳宗元集·第二十一卷[M].北京：中华书局，1979：576－577.
③ 刘熙载.艺概·卷一·文概[M].上海：上海古籍出版社，1978：16.
④ 王世贞.艺苑卮言校注[M].罗仲鼎，校注.济南：齐鲁社，1992：102.
⑤ 张溥.汉魏六朝百三家集题辞注[M].殷孟伦，注.北京：人民文学出版社，1960：29－30.

一致疏朗"①。两汉四百余年,散文艺术与风格自有变化,本书无意于探讨两汉文章之不同,而意在分析建安对两汉文章之沿承和发展。

先秦诸子,互不相服,其著书立说,同样张扬自由的个性。秦代焚书坑儒,政治、思想的集权,导致了文化、文学的集权,皇帝掌握了话语权,文化、文学成为统治者的工具,逐渐丧失了百家争鸣时的多元化、个性化。西汉建国后,总结秦亡的教训,开始致力于文艺的建设和发展。班固《汉书·艺文志》对这一时期的文化变迁有详载:"昔仲尼没而微言绝,七十子丧而大义乖。故《春秋》分为五,《诗》分为四,《易》有数家之传。战国纵衡,真伪分争,诸子之言纷然殽乱。至秦患之,乃燔灭文章,以愚黔首。汉兴,改秦之败,大收篇籍,广开献书之路。迄孝武世,书缺简脱,礼坏乐崩,圣上喟然而称曰:'朕甚闵焉!'于是建藏书之策,置写书之官,下及诸子传说,皆充秘府。至成帝时,以书颇散亡,使谒者陈农求遗书于天下。"秦代不文,西汉前期文章可以说是先秦散文艺术的继续和发展,文章作者有着深厚的政治情结,积极参与社会政治生活,涌现了大量政论性的奏疏之文,内容多是总结秦亡教训,指摘时政,建言献策,如贾谊、晁错之文,巧设譬喻,感情激切,率性直言,深受先秦儒、道、法、纵横家散文的影响,甚有战国策士纵横驰骋之遗风。当时的文家既有政治家的气魄,又兼有学者的睿智,为文气度恢宏,整饬严谨,重质而轻文,素朴而明快,堪称政治鸿文。武帝时罢黜百家,新儒学渐次复兴,促进了文事的发展。元帝、成帝以后,经学独尊,重章句之学,文风冗漫散缓,生气渐少,散文呈现出醇厚典雅之风。因为辞赋之兴盛,散文创作也受到辞赋艺术技巧之影响,讲求偶对和铺排,枚乘、邹阳之徒即"用辞赋之骈丽以为文者"②。东汉前期的散文,说理论事,沉稳透彻,随处援引经文,喜言灾异,四言句式增多,奇偶相生,错落跌宕,艺术上喜好铺陈、形容,受辞赋的影响更加鲜明,已呈现骈偶化的趋势。桓灵时期,党锢之祸、外戚宦官专权,使士人们以气节相尚,刚正婞直之风充满文坛,如窦武《谏党事疏》、黄琼《疾笃上疏》等文章,畅所欲言,错落有致,刚劲质朴,慷慨任气。

建安时期,动荡不安,战乱频仍,经学式微,类似战国时代的诸侯纷争,思想、文化重又多元化。建安文章沿承的既有西汉文章的气势鼓荡,亦有东汉文章的典丽渊雅。

关于西汉文章,韩愈《送孟东野序》评曰:"秦之兴,李斯鸣之。汉之时,司马迁、相如、扬雄,最其善鸣者也。其下魏、晋氏,鸣者不及于古,然亦未尝绝也";曾国藩《圣哲画像记》亦评:"西汉文章,如子云、相如之雄伟,此天地遒劲之气,得于阳与刚之美者也",皆指出西汉文章情感充沛,指陈时政,有战国策士之风、疏荡峻峭之气。建安亦有以气为文者,以孔融、祢衡、陈琳、阮瑀、臧洪为代表。孔融荐举人才的奏议《荐祢衡疏》与《难曹公表制酒禁》二书、《汝颍优劣论》等书论之文,祢衡的《鲁夫子碑》《颜子碑》《吊张衡文》等碑吊之文,陈琳的《为曹洪与魏太子书》《为袁绍檄豫州》《檄吴将校部曲文》与阮瑀的《为曹公作书与孙权》等书檄之文,臧洪的《酸枣盟辞》《答陈琳书》等,皆是言辞激切、情辞慷慨的意气之作。另有袁绍的《上书自讼》,语词间虽然不乏谎言与意气之争,却也充满了喷薄而出的郁塞之

---

① 刘师培.汉魏六朝专家文研究[M].南京:独立出版社,1945:74.
② 刘熙载.艺概·卷一·文概[M].上海:上海古籍出版社,1978:14.

气,用"此诚愚臣之效命之一验也""斯亦愚臣破家殉国之二验也""是臣畏怖天威,不敢怠慢之三验也"三个句子为基本框架,组织材料,在结构上似贾谊的《上疏陈政事》,段落分明,条理清晰,又似邹阳的《狱中上书自明》,先破后立,文势放纵,反复陈说。西汉时的意气之作多是政论散文,到建安时,已扩展到各体文章。这些气盛语壮之文,常常广引史实,铺陈夸张,似策士游说,危言耸听,如孔融的《难曹公表制酒禁》二书与《报曹公书》《汝颍优劣论》,一气呵成,杂以嘲戏,读来甚是痛快,然仔细推敲起来,并非无懈可击,说理论证也不够严密。

东汉晚期,经历了外戚、宦官专权和党锢之祸的士人们,在忠而见弃的悲哀与愤恨中,打破了经学一统的束缚与禁锢,开始走出朝廷,走向自我,独立意识、自主精神渐渐苏醒。他们重义尚气,思想自由,出语通脱,真情实感自然流露,追求句式、音节、辞藻等形式的崇美之风随之兴起,此时的文章虽有骈偶之势,却仍然平易畅达。曹操等少数作家,仍秉承实用精神,"勿得浮华",文章清峻通脱,以奇句散行为主,有切实之风。孔融、祢衡等作家,奋笔直书,行文气扬采飞,恣肆淋漓,逞性腾说,用词典丽,开始趋向华美。"东汉之文,均尚和缓;其奋笔直书,以气运词,实自衡始。……汉、魏文士,多尚骋辞,或慷慨高厉,或溢气坌涌。此皆衡文开之先也。孔融引重衡文,即以此启……"①鲁迅说建安散文的壮大始于"以气为主"的孔融和祢衡,"非专靠曹操父子之功"②,钱基博也认为"建安文章,雅壮多风,结两汉之局,而开魏晋之派者,盖(孔)融有以先之也"③。孔融在建安作家中,年龄较长,对汉末魏初文风的转变有独特的贡献。孔融的文辞和创作风格受到了当时人的推崇,曹丕对其评价很高,说孔融"体气高妙,有过人者"④,"深好融文辞,每叹曰:'扬、班俦也'",而且还搜集、整理孔融的文章,"辄赏以金帛"⑤,刘勰亦称"孔氏卓卓,信含异气,笔墨之性,殆不可胜"⑥。到曹丕时,他以普通人的身份记录个体的喜怒哀乐,直抒胸臆,毫不矫揉造作,情感真实而深沉,读来亲切感人。曹丕的诗歌,后人有较高的评价,谭元春评其《陌上桑》"奇调,奇思,奇语,无所不有"⑦,王夫之评其《燕歌行》"倾情倾度,倾色倾声,古今无两"⑧。曹丕作文亦如作诗,他标举文章的功用和价值,重视文学的审美功能,其书信间用丽语以形容描状。王世贞评说:"自三代而后,人主文章之美,无过于汉武帝、魏文帝者。"⑨曹丕的文章称得上是真正的文人之文。到曹植这里,其奏章则出现了大量对句,整齐流畅,以气运文,

---

① 刘师培.中国中古文学史·论文杂记[M].舒芜,校点.北京:人民文学出版社,1959:24.
② 鲁迅.魏晋风度及文章与药及酒之关系[M]//鲁迅全集(第三卷).北京:人民文学出版社,1981:506.
③ 钱基博.中国文学史(上)[M].北京:中华书局,1993:111.
④ 陈寿.三国志·卷二十一·王粲传[M].裴松之,注.北京:中华书局,1959.
⑤ 范晔.后汉书·卷七十·孔融传[M].李贤,等注.北京:中华书局,1965.
⑥ 刘勰.文心雕龙·风骨[M].范文澜,注.北京:人民文学出版社,1978:514.
⑦ 谭元春.古诗归·卷七[M].武汉:湖北人民出版社,1985:129.
⑧ 王夫之.船山古诗评选·卷一[M].张国星,校点.北京:文化艺术出版社,1997:19.
⑨ 王世贞.艺苑卮言·卷八[M].罗仲鼎,校注.济南:齐鲁书社,1992:365.

既呈现出富赡匀称之美，又灌注着疏朗谐婉之气，既不像东汉之凝重，又未如南朝之轻靡①，其文章在壮大之外，又增添了华靡之色。

建安时期，曹操好法术，重刑名，曹丕慕通达，曹叡尊儒贵学，学术、思想、文化自由发展，儒、道、名、法、兵、纵横、佛家互相融通，有利于作者审美观念的提高和散文艺术的发展，此时的诗歌、辞赋、散文等各体文学的发展，共同促成了建安文坛的繁荣局面。正如熊礼汇对两汉散文艺术的概述："两汉散文艺术的发展，中经三变，总体艺术风貌依次显现为雄健激切、典雅阐缓、清峻通脱。大抵前期之作，兼用先秦儒、道、名、法、阴阳、纵横家散文艺术经验，主要是在吸纳纵横家文艺术经验的基础上自出变化。中期之作（子书除外），主要是在继承先秦儒家散文艺术经验的基础上自出变化。后期之作，兼用先秦儒、道、名、法、阴阳、纵横诸家散文艺术经验，主要是在吸纳名家、法家散文艺术经验的基础上自出变化。无论何期散文，都有依采前代经典的特点，都受到同期辞赋艺术的影响。"②建安散文同样依采前代经典，吸纳各家散文艺术的经验，受到此前与当时各体文学的影响。无论是西汉开创的文体，如连珠、箴、碑、诔等，还是东汉开创的文体，如笺、露布等，在建安时期皆有较多作品出现，而且有些还是分体文学史上的名作，文体至建安，不仅大备，且已接近发展成熟。

两汉时期形成的文人群体有利于文人的群体自觉，建安承续其后，群体创作与张扬个性共举，促进了文学的个体自觉。西汉时，主要是楚元王刘交、吴王刘濞、淮南王刘安、梁孝王刘武等藩国诸侯招募宾客形成的文人群体，其中的文人学士有司马相如、枚乘、邹阳、严助、朱买臣等。东汉时，大部分文人学士被收罗到了中央，光武时期的兰台和其后的东观是中央的藏书场所，这里聚拢了大批的文人硕学，"汉之兰台及后汉东观，皆藏书之室，亦著述之所，多当时文学之士。"③温志拔做过相关统计："东汉著名的文人几乎都曾入值东观。这其中包括班彪、班固、傅毅、马融、张衡、崔骃、崔寔、刘珍、黄香、蔡邕、李尤、边韶、朱穆等。这些东观著作名字与刘勰《文心雕龙》所举的东汉文学家的名字几乎重合，而《后汉书·文苑列传》22人中，有三分之一曾校书东观或拜兰台令史，可谓东观之外，野无遗贤。"④东观和兰台文人学士既然是服务于中央政府的文人集团，有时奉诏创作，《太平御览》卷五百八十八载："永平中，神雀群集。孝明诏上《神雀颂》。百官上颂，文比瓦石，惟班固、贾逵、傅毅、杨终、侯讽五颂，文比金玉。"有时主动进献篇章，如傅毅追美汉明帝功德最盛的十篇《显宗颂》、崔骃的《四巡颂》等，正如王充所说："古之帝王建鸿德者，须鸿笔之臣褒颂记载。"⑤文体以颂体为主，内容多歌功颂德，这些同题或主动进献之作，内容、题材大致已经确定，只能在文辞上翻新花样，故而"文比金玉"，文风雅丽。兰台和东观既是藏书之室，又是著述之所，文人学士又兼修史书，因此多是博通之才，班固"年九岁，能属文诵诗赋，及长，遂博贯载

---

① 谭家健.中国古代散文史稿[M].重庆：重庆出版社,2006:234.
② 熊礼汇.两汉散文艺术嬗变论[J].武汉大学学报（哲学社会科学版）,1997(5):88-89.
③ 杜佑.通典·职官八·典一五五[M].北京：中华书局,1984.
④ 温志拔.论东汉文人群体性特征与东汉文章创作[J].周口师范学院学报,2008(6):18.
⑤ 王充.论衡·卷二十[M].北京：中华书局,1985:215.

籍,九流百家之言,无不穷究。所学无常师,不为章句,举大义而已"(《后汉书·卷四十·班固传》),崔骃"年十三能通《诗》、《易》、《春秋》,博学有伟才,尽通古今训诂百家之言,善属文"(《后汉书·卷五十二·崔骃传》),蔡邕"少博学,师事太傅胡广。好辞章、数术、天文,妙操音律"(《后汉书·卷六十·蔡邕传》)。建安文士承续东汉士风,亦不耽溺于章句之类的烦琐之学,曹植有《赠丁翼》诗:"滔荡固大节,时俗多所拘。君子通大道,无愿为世儒",邯郸淳、刘桢等人皆为博学之士。"东汉能文章者多博通之士,而非专儒,其间的联系不是偶然的。只有在广博通达且不拘守的知识基础之上,活跃的思路、开放的视野才有保持的可能。缘学术博通而来的,既有士人文化观念上巨大的包容性和文化创造上的兼综能力,还有对儒术之外的学说,比如道家思想,可能容纳的心理空间。而这,正是文化新变所可能发生的契机。"①东汉的文章虽有群体创作造成的因袭模拟之风,但是因为博通,他们也形成了恃才任性、狂简不拘的个性,他们张扬个性和创造力,在因袭的过程中,也注重创作技巧和艺术手法的提高和创新。尚学重雅、"华实所附"②成为文坛风气。上述文学创作方式、作者的特质与个性以及文坛风气的变化,有利于邺下等文人集团及以后文人群体的发展、成熟,有组织的宴游、清谈等切磋文艺的活动,促进了闲适、应制文体的成熟与相关文章的创作。建安散文作者大都依附于某一政治集团,担任一定的官职,文章著述代表某一集团的利益,以邺下文人集团为例,其在"三曹"的提倡和组织下,形成了这一文人集团,堪称建安文学的核心,他们唱和赠答,书札往来,品评交流,同题共作、即席而作、受命而作、代言之作等创作方式在当时较为普遍。作者本人即为博学之士,类书《皇览》的编纂以及题材、内容已经确定等因素,使文章写作的及时、快捷成为才力的重要表现形式之一。品评文章的优劣时,偏重丽辞和典雅,"辞人美丽之文,并时而作"(阙名《中论序》)。

东汉时期形成的家族文人群体同样促进了建安时期的家族文学的发展。东汉时的家族群体多是政治世家或经学世家,像扶风班氏(班彪、班固、班超、班勇、班昭)、江夏黄氏(黄香、黄琼、黄琬)、沛郡桓氏(桓荣、桓郁、桓麟、桓彬等)等,其中最典型的是几乎贯穿整个东汉的涿郡崔氏,范晔称曰"崔氏世有美才,兼以沈沦典籍,遂为儒家文林"③。家族、宗族在家国同构的中国封建社会,对文学的发展起到了很大的推动作用,在家族成员的日常交往中,文章题材逐渐日常化、生活化,原来只能应用于朝廷、官府的公文文体,如敕、铭、书牍等,也开始应用到家族事务中,如崔瑗的《敕妻子》《遗令子寔》《座右铭》与班固的《与弟超书》,重视家业传承的意识渐盛,文章写作从注重政治教化、国计民生,扩展到普通民众的日常生活。建安以至魏晋南北朝时,文学家族化的现象更为突出,对魏晋六朝散文的日常生活化影响深远。建安时期形成的文学家族有:汝南应氏(应劭、应场、应璩)、弘农杨氏(杨琦、杨彪、杨彪妻袁氏、杨修)、弘农张氏(张芝、张昶、张猛)、颍川荀氏(荀悦、荀彧、荀攸)、沛国曹氏(曹操、武宣卞后、曹丕、文昭甄后、文德郭后、曹植、曹叡、曹洪)、东海王氏

---

① 于迎春.汉代文人与文学观念的演进[M].北京:东方出版社,1997:184.
② 刘勰.文心雕龙·时序[M].范文澜,注.北京:人民文学出版社,1978:673.
③ 范晔.后汉书·卷五十二·崔骃传[M].李贤,等注.北京:中华书局,1965.

（王朗、王肃）、北地傅氏（傅巽、傅嘏）、沛国丁氏（丁冲、丁仪、丁仪妻、丁廙）等。他们已把文章写作当成日常生活中的一项重要内容，无论文体种类，还是作品总量，家族成员的文章写作在整个建安散文中皆占有较大比例，成员之间的砥砺交流与形成的创作氛围，也使散文创作的文学性、艺术性大大增强。

东汉时，还形成了地域性的文章群体。因为家族总是限于一定的地域，所以家族文学亦是地域文学的一部分，除此外，当时地域性的文章群体主要以南阳和陈留为代表。南阳文章群体主要有张衡、朱穆等，围绕张衡，与其交游的文人有李尤、刘珍、朱穆、左雄、崔瑗、马融和窦章等人①，他们之间互相提携与推重，互相激赏，各怀翰藻，是纯粹的文人交游。崔瑗有《南阳文学颂》，张衡有《南阳文学儒林书赞》《与崔瑗书》，二者探讨学术，张衡死后，崔瑗撰《河间相张平子碑》称扬之，并特指出其文章特色："瑰辞丽说""磊落炳焕"。陈留郡主要有蔡邕、边韶、边让、张升等人，皆为饱学之士，亦有文章传世。建安时，诸侯割据，各自为政，注重文化事业的建设、发展，在相对安定的地域内，形成了相对独立的学术、文化中心，延续东汉之风，形成了地域性的文章群体，如冀州文士群、豫州文士群、荆州文士群、益州文士群、江东文士群和交州文士群等。

"东观群体是官方性质，其文学取向是宣绍汉德、文风雅丽，家族群体有了地域性的特征，但更多是带有掌握政治、经学资源以求仕进的性质。南阳文人群体则是已经具有了文章唱和性质的文人群体，他们喜好文章、品性淡泊，在文章创作上互相欣赏，这对汉魏文学的发展更具影响力，到建安以后，相同的文人群体开始兴起。"②建安时期形成的文士群体既依附于一定的政治，又有一定的相对独立性。在歌舞筵席和文人化的交游唱和中，文章之士更加注重对声色、技巧的追求，既有群体性、趋同性的创作，亦有互不相服、争胜的个体性创作，辞藻、声韵等方面的表现手法和艺术技巧日渐丰富。

上文提到陈留郡的文士代表蔡邕，他对建安文学的影响尤其深远。蔡邕称得上东汉末年真正的文宗，曾师事太傅胡广。胡广才华横溢，历任司空、司徒、太尉、太傅等职，历事六帝，著述颇多，文风典美。蔡邕对其师甚是折服，为胡氏一族撰有多篇墓铭。此外，他对"著论甚美"③的朱穆在文辞和人品上也甚是敬慕④。也许是因为推重胡广、朱穆的文风，蔡邕前期的文章清绮华丽。"时邕才学显著，贵重朝廷，常车骑填巷，宾客盈坐"⑤，他将赵晔的《诗细历神渊》从会稽带至洛阳，"传之，学者咸诵习焉"⑥，俨然学者文人的中心人物。很多建安文士亦与蔡邕有密切的关系，蔡邕第一次在宫廷任职是受到司徒桥玄的辟召，"曹操素

---

① 许结.张衡评传[M].南京:南京大学出版社,1999:88.
② 温志拔.论东汉文人群体性特征与东汉文章创作[J].周口师范学院学报,2008(6):20.
③ 范晔.后汉书·卷四十三·朱穆传[M].李贤,等注.北京:中华书局,1965.
④ 冈村繁.从蔡邕看东汉末期的文学趋势[J].王琳,牛月明,译.阴山学刊(社会科学版),1994(3):19-20.
⑤ 陈寿.三国志·卷二十一·王粲传[M].裴松之,注.北京:中华书局,1959.
⑥ 范晔.后汉书·卷七十九下·赵晔传[M].李贤,等注.北京:中华书局,1965.

与邕善"①,并从匈奴用金璧赎回其女蔡文姬,"操必远赎文姬者,正以文姬独能传父业耳"(王先谦《后汉书集解校补》);蔡邕在东观曾与杨彪等人一起担任秘书校雠之职;路粹少受学于蔡邕,阮瑀亦师事蔡邕;蔡邕对王粲多有提携,"献帝西迁,粲徙长安。左中郎将蔡邕见而奇之。……闻粲在门,倒屣迎之。粲至,年既幼弱,容状短小,一坐尽惊。邕曰:'此王公(王畅)孙也,有异才,吾不如也。吾家书籍文章,尽当与之。'"②他与孔融的交谊也甚厚,经历也有相似之处,同样接受了正统的儒学训练,同样忠于汉室,却对刘氏王朝之覆灭无可奈何,在创作上也相似,前期文章颇多隶事用典,雅澹醇厚,后期文章意切气盛,多愤激之辞,故刘师培说"融之所作,多范伯喈"③,孔融"与蔡邕素善,邕卒后,有虎贲士貌类于邕,融每酒酣,引与同坐,曰:'虽无老成人,且有典刑。'"④可见,蔡邕与建安文士之间多有门生关系,其间的政治意味大大减少,增添的是较多的学术、文学意味,他是东汉晚期至建安文学的过渡性人物。

两汉文章独立、自由的个体创作和群体性、趋同性的创作以及蔡邕的文学领袖的地位,对建安散文来说,是巨大的馈赠。从西汉后期开始,据史引经已经成为风气,"皇帝诏书,群臣奏议,莫不援引经义,以为据依"⑤,引经据典使文风典雅弘奥。刘勰《文心雕龙·丽辞》说:"自扬马张蔡,崇盛丽辞,如宋画吴冶,刻形镂法,丽句与深采并流,偶意共逸韵俱发。"⑥《文心雕龙·事类》又说:"至于崔班张蔡,遂捃摭经史,华实布濩,因书立功,皆后人之范式也"⑦,文风沿袭从西汉的司马相如、扬雄至东汉的崔骃、班固、张衡、蔡邕,尤其是蔡邕的碑铭,"其叙事也该而要,其缀采也雅而泽。清词转而不穷,巧义出而卓立。察其为才,自然而至矣。"⑧李兆洛《骈体文钞》收录蔡邕作品多达29篇,蔡邕的文章在语词的雕琢、声韵的和谐、偶对和事类的运用上,已呈现出鲜明的骈体化趋势,向美之风在文坛渐兴。冈村繁认为:"自司马相如、扬雄以来一再雕琢磨砺的两汉宫廷贵族文学,尤其是赋颂文学,在对偶和用典的技巧方面,至张衡、马融时期大体可以说是达到极点。"⑨而蔡邕在文学和学术上,"恰到好处地承接了宫廷贵族文学的正统作风"⑩。魏之三祖和曹植,贵为王公或君主,在他们周围聚拢了大批文士,他们宴游、唱和、闲适、应制文章开始大量涌现,既有贵族宫廷文学的作风,又因为"三曹"的文学修养和成就,且时常有与文士平等相处的举动,所以也有平

---

① 范晔.后汉书·卷八十四·列女传[M].李贤,等注.北京:中华书局,1965.
② 陈寿.三国志·卷二十一·王粲传[M].裴松之,注.北京:中华书局,1959.
③ 刘师培.中国中古文学史 论文杂记[M].舒芜,校点.北京:人民文学出版社,1959:24.
④ 范晔.后汉书·卷七十·孔融传[M].李贤,等注.北京:中华书局,1965.
⑤ 皮锡瑞.经学历史[M].周予同,注释.北京:中华书局,1959:103.
⑥ 刘勰.文心雕龙·丽辞[M].范文澜,注.北京:人民文学出版社,1978:588.
⑦ 刘勰.文心雕龙·事类[M].范文澜,注.北京:人民文学出版社,1978:615.
⑧ 刘勰.文心雕龙·诔碑[M].范文澜,注.北京:人民文学出版社,1978:214.
⑨ 冈村繁.从蔡邕看东汉末期的文学趋势[J].王琳,牛月明,译.阴山学刊(社会科学版),1994(3):20.
⑩ 同⑨.

民化、通俗化的作风。两汉时期,文章之士多为政治家、学者,注重散文的实用价值,因此刘开说:"文莫盛于西汉。而汉人所谓文者,但有奏对封事。"①所谓的文人和文人之文,在两汉时,尚未完全独立。检严可均《全上古三代秦汉三国六朝文》,发现东汉傅毅《舞赋》中首次出现"文人"一词,而且两汉文章中仅见这一次,建安时,曹丕则常常提到"文人"一词,"文人相轻""今之文人"(《典论·论文》)以及"观古今文人"(《又与吴质书》),曹植也说"文人骋其妙说"(《娱宾赋》),孙权亦有"文人诸生"(《别咨诸葛瑾》),文人的独立自主意识已经较为强烈,文章功用的私人化、平民化也随之渐渐形成,开始注重文章、文学的审美、娱乐价值。其实两汉时,也偶有抒发一己之情的文章,如马融的《与谢伯世书》,写游猎之乐,蔡邕的《与袁公书》,写宴饮之乐。建安时,思想自由而且内省的文人发现了山水自然之乐,单纯咏物、状物以抒情,借物以言事理的各体文章均有创作,描写、抒情等表现手法更加多样化,开拓了文学创作的题材和领域。两汉作者也常引用民俗事象和里谚俗语来说理,应劭"辩风正俗"的《风俗通义》等作品,体现了对民间文学、风俗文化的重视。建安时期,在三曹的提倡下,思想、文化更是多元化、通俗化,士风渐趋通脱放旷,繁钦、曹植都有俳谐文章传世,尤其是曹植的此类文章,在形式上新颖别致,内容上有感而发,并非言之无物的空洞、调戏之文,促进了后来俳谐文章和志人、志怪、传奇等小说的发展、兴盛。

  后代对前代文学的继承、批评与接受是很自然的事情,建安士人对汉代的作家作品也极为关注,这种继承、批评与接受主要有两种方式:一是对前代作家作品的品评,曹丕《典论·论文》中即有对贾谊及其《过秦论》、李尤、马融及其《上林颂》等两汉作家作品的评述,而且在品评其时作家作品的时候,也用汉代文士作为参照进行比较,说"粲之《初征》《登楼》《槐赋》《征思》,幹之《玄猿》《漏卮》《圆扇》《橘赋》,虽张、蔡不过也。然于他文,未能称是""孔融体气高妙,有过人者,然不能持论,理不胜词;以至乎杂以嘲戏,及其所善,杨、班俦也";二是在题材或内容上的模拟,体现了当时人的一种争胜心理,也是对自身才力自信的一种体现。如曹植《酒赋序》评扬雄《酒赋》曰"辞甚瑰玮,颇戏而不雅",故"聊作《酒赋》,粗究其终始",骋词之丽,与古人以争高下,《七启序》评两汉七体作品,即枚乘《七发》、傅毅《七激》、张衡《七辩》、崔骃《七依》"辞各美丽",首次将"七"作为一种文体,并有意识地进行模拟。在赋作题材中,拟蔡邕之作较多,蔡邕有《霖雨赋》,曹丕、曹植、应场皆有《愁霖赋》,蔡邕有《述行赋》,曹植、繁钦亦有《述行赋》,蔡邕有《弹棋赋》,曹丕、王粲、丁廙亦有《弹棋赋》。在对两汉作者模拟、因袭、批评、接受的过程中,建安文士的艺术视野进一步开阔,艺术手法和表现技巧更加丰富多样,因为刻意雕琢,句式更加严整,文辞更加典丽。

---

① 刘开.刘孟涂文集·卷四·与阮芸台宫保论文书[M]//王文濡,等.国朝文汇·乙集卷六十.宣统元年(1909)石印本.上海:国学扶轮社.

第二节　改造文章的时代

　　东汉末年的动乱、汉政权的名存实亡、王纲的解纽、礼乐的崩坏,促使士人们回过头来,从包括原始儒学在内的先秦思想文化中寻找出路,道、名、法、纵横各家思想复兴,要解决的是现实的实际问题,立足点是相对独立的个体,论无定检,清议、清谈一时成为社会风气。曹操提出唯才是举的用人政策,是符合时代发展要求的,他打赢了人才争夺战,也保障了政治、军事上的胜利,名、法、道家思想,也为士人所重,"今之学者,师商、韩而上法术,竞以儒家为迂阔,不周世用"(杜恕《议考课疏》),"近者魏武好法术,而天下贵刑名;魏文慕通远,而天下贱守节。其后纲维不摄,而虚无放诞之论盈于朝野,使天下无复清议"(傅玄《掌谏职上疏》)。思想的多元与自由必然影响作者的创作心态和审美趣味,想说什么便说什么,想怎么说便怎么说,文的独立、人的觉醒,渐渐成为现实。文章的思想内容、表现艺术随之丰富多样,题材内容日益私人化、日常生活化,文体赅备,日常的叙事,随感式的评论,坦率的抒情,细致的状物、绘景,在建安散文中已较为普遍。

　　建安文士中,孔融和曹操是其中较为年长者,二人对建安散文特色的形成影响较大。鲁迅说曹操是"改造文章的祖师",钱基博认为"建安文章,雅壮多风,结两汉之局,而开魏晋之派者,盖融有以先之也"①。曹操与孔融对建安文风都有开风气之先的贡献,但二人散文呈现出的不同风格对建安文风形成的影响不尽相同,从散文史的发展来看,孔融的影响要大于曹操,这与二人的个性、地位及文风的不同有关。

　　曹操有着特殊的地位、吞吐宇宙的胸襟、以周文王自居的王者风范和较高的文学修养和造诣,他的文风通脱、清峻,行文随意任性,不事雕琢,奇句散行为主,偶见骈句,多疏散之气,文辞简约质朴。他的散文是政治家的散文,是政治家、军事家独特的个性、人格造就的心态和视角与文学家敏感、细腻的审美眼光与性情的统一,延续了汉末的率直、峻切而别开生面,疏荡、清峻之风渐兴。不管是奏表上疏等上行公文,还是令教等下行公文,曹操的文章称得上真正的指事造实之文。言所当言,言之有物,切中实际,体现了建安文风的毫无顾忌和直抒己意。后世承续这种士风、文风的文人屡见不鲜,如正始文人阮籍、刘伶、嵇康等人,在司马氏集团的政治高压下,分别写出了《大人先生传》《酒德颂》《与山巨源绝交书》等峻切之作。

　　孔融比曹操年长,他的文辞和创作风格受到了当时人的推崇,曹丕对其评价很高,说孔融"体气高妙,有过人者"(《典论·论文》),"深好融文辞,每叹曰:'杨、班俦也'",而且还搜集孔融的文章,"辄赏以金帛"②,刘桢亦称"孔氏卓卓,信含异气,笔墨之性,殆不可胜"③。今之学者对孔融能领建安文风之先,也基本达成了一致,如宋景昌说:"南北朝四六

---

①　钱基博.中国文学史(上)[M].北京:中华书局,1993:111.
②　范晔.后汉书·卷七十·孔融传[M].李贤,等注.北京:中华书局,1965.
③　刘勰.文心雕龙·风骨[M].范文澜,注.北京:人民文学出版社,1978:514.

骈体文风的形成,建安诸子都起着一定的促进作用。但孔融应该说是最显著、最有力者。"①熊礼汇说:"建安散文艺术的发展,实有两种趋势。一是由通脱走向清峻,可以曹操为代表;一是由通脱走向华靡,可以曹丕兄弟为代表。但是,对曹氏兄弟文风起先导作用的却是孔融。由于后一种趋势,终于成为建安乃至魏、晋散文艺术发展的主流,故孔融对建安散文艺术发展所起的作用不可低估。"②王鹏廷说:"孔融的文章不仅典型地体现了建安文学的文风特点,而且其富赡华丽的一面已为六朝骈文开风气之先""孔融的文章在汉末建安不仅与曹操一样有开建安文风的意义,而且更比曹操文章得六朝文风之先。"③李建中也说:"文举以圣门之后,膺党人之烈。在汉魏转型期是一个新旧特征兼备的人物:既有孔氏先人的忧道重义,又有东汉党人的正直不阿,更有着曹魏士人的通脱与梗概。将这三点缀为一体的,便是他的阳刚高妙之气。"④他们分别从骈体文风的形成、散文艺术的发展、士人风气三个方面论及孔融对当时及后世的影响。孔融的教令多为早期创作,以散句为主,辞气温雅,不甚雕琢。后期多为奏议和书论之文,充满英伟豪杰之气,或引经据典以说理论事,或雕琢词句、章法以追求骈化,或铺陈夸张以形容造势,"概言之不足,必加之以喻;一喻之不足,必广譬博喻;譬喻之不足,还借贤人美行衬托其美,连叙事也爱用形容语"⑤。他的《肉刑议》《上书荐谢该》《荐祢衡疏》等被收入李兆洛《骈体文钞》,文辞典丽,雅美丰赡,曹丕与曹植的壮大与华丽之文风即得益于此,从他们开始,追求文学性、艺术性的文人之文终于形成。

建安时期,文体大为繁富,文章总量激增,每种文体都有代表性的作家作品传世,建安散文给后世留下了巨大的文学、文化财富。不管是公文性强的诏令、奏议等文章,还是私人化较强的书论之文,很多都坦露了自然真挚的情感,体现了心灵的沟通与交流。建安士人思想通脱自由、情感细腻,注重外视的同时,又常常内省,视野进一步开阔,抒情、状物、绘景、说理题材的诗赋、文章明显增多。建安散文中有很多开风气之先的因素,如诏令文章,严格来说,并非文学作品,可是魏之三祖、曹植和孔融的诏令各有特色,清峻通脱者有之(曹操),典雅清丽者有之(曹丕),文质彬彬者有之(曹叡),辞采华丽者有之(曹植),简约雅致者有之(孔融),很多作品兼有实用价值和文学价值;建安书牍从早期较为单一的公文性质逐渐走向士人的日常生活,题材内容更为广阔,出现了大量反映作家日常生活和喜怒哀乐的私人书牍作品,艺术表现形式更加丰富多样,曹丕、曹植兄弟与其他文士之间的书信往来,情真意切,语词优美,如钱基博评曹植《与杨德祖书》:"其文体貌英逸,梗概而多气,然亦有平有激;激者,露才扬己,仿佛孔融,而健笔有纵横之意;平者,敛才就范,差似蔡邕,而

---

① 宋景昌.孔融论[J].阜阳师范学院学报,1982(4):55.
② 熊礼汇.孔融文风论——兼论孔融能领建安文风之先的原因[J].武汉大学学报,1999(2):99.
③ 王鹏廷.建安七子研究[M].北京:北京大学出版社,2004:242-243.
④ 李建中.魏晋文学与魏晋人格[M].武汉:湖北教育出版社,1998:52.
⑤ 同②102.

缓辔有蹀躞之致；佳处在作得有肉，高处在骨力驱遣，而要之有华有锋。"①建安时期的论说之文，文体繁多，主题内容也几乎涉及社会生活的方方面面，"……先秦两汉之文每笱卯懈而脉络乱，不能紧接逼近；以之说理论事，便欠严密明快。墨翟、荀卿、韩非、王充庶免乎此"②，曹丕提出"书论宜理"，建安论说文或引经据典，旁征博引，或引物连类，或运用鲜明的对比，或直抒胸臆，总之，论辩技巧富于变化，刘师培将太和以迄正始的魏代论文大致分为王弼、何晏与嵇康、阮籍两派，并且认为他们的渊源可分别追溯到孔融、王粲与阮瑀、陈琳，只是后出者持论更审，并能藻以玄思③，晋代论说文也是沿着他们的路子进一步拓宽发展；建安的很多诗序、赋序虽然简短，却交代了作者是有感而发、为情造文；很多诔碑哀吊之文是家族文学和集团文学的产物，是散文私人化、个体化的重要表现之一；一些颂赞箴铭之文，托物言一己之志，借物抒个体一时之情，其主题从严肃、华美的宫廷开始走向平常、细琐的平民生活。当时文、笔虽然尚未分离，文学文体与非文学文体并未区别，但是建安文章的实用性与文学性、艺术性交相混融，在反映实际生活、解决现实问题的同时，体现了较高的艺术审美价值。

郭沫若说建安文学在中国文学史上是有着划时代的表现的，他主要是从辞赋与诗歌两个方面论述的："辞赋脱离了汉赋的板滞形式与其歌功颂德的内容，而产生了抒情的小型赋。诗歌脱离了四言的定型，而尽量乐府化，即歌谣化。另一方面把五言的新形式奠定了下来。这是曹氏父子和建安七子的共同倾向，也就是他们的共同的功绩。"④对散文，郭沫若没有提及，但建安散文也同样是有着划时代的表现的："魏晋时期，骈文正式形成。对此起重要作用的首推曹丕、曹植兄弟。他们居于政坛文坛领袖地位，具有很高的文化修养，对传统文化十分熟悉，而又富于创造精神。他们的文章追求华美的辞藻，喜欢采用排比对仗，讲求雕饰。在其带动下，行文骈俪成为一时风气。"⑤检李兆洛《骈体文钞》，发现收入其中的建安文章有铭刻类：曹植《制命宗圣侯孔羡奉家祀碑》(严可均《全三国文》为《孔子庙颂并序》)、《承露盘铭》(《全三国文》为《承露盘颂铭并序》)；杂扬颂类：邯郸淳《礼魏受命述》(《全三国文》为《上〈受命述〉表》《受命述》)；谥诔哀策类：曹植《文帝诔》(《全三国文》为《文帝诔并上表》)、《平原懿公主诔》；策命类：陈琳《为袁绍王乌丸版文》(严可均编入袁绍文《拜乌丸三王为单于版文》)，潘勖《册魏公九锡文》；教令类：曹丕《以郑称为武德侯傅令》(《全三国文》为《以郑称授太子经学令》)，曹植《黄初六年下国中令》(《全三国文》为《自诫令》)；驳议类：孔融《肉刑议》；贺庆类：曹植《庆文帝受禅表》(《全三国文》为《庆文帝受禅章》)；荐达类：孔融《荐谢该上书》(《全三国文》为《上书荐谢该》)、《荐祢衡表》(《全三国文》为《荐祢衡疏》)，秦宓《奏记州牧刘焉荐儒士任定祖》(《全三国文》为《奏记益州牧刘焉

---

① 钱基博.中国文学史(上)[M].北京:中华书局,1993:121.
② 钱锺书.管锥编(第三册)[M].北京:中华书局,1979:888.
③ 刘师培.中国中古文学史 论文杂记[M].舒芜,校点.北京:人民文学出版社,1959:35.
④ 郭沫若.郭沫若全集·历史编(4)[M].北京:人民出版社,1982:129.
⑤ 谭家健.六朝文章新论[M].北京:北京燕山出版社,2002:522.

荐任安》);陈谢类:曹植《求自试表》《求通亲亲表》(《全三国文》为《求存问亲戚疏》)、《陈审举表》(《全三国文》为《上疏陈审举之义》)、《上责躬诗表》(《全三国文》为《上责躬应诏诗表》);檄移类:陈琳《为袁绍檄豫州》《檄吴将校部曲》(《全三国文》为《檄吴将校部曲文》);弹劾类:钟繇《上汉献帝自劾书》(《全三国文》为《上书自劾》);书类:臧洪《报陈琳书》(《全三国文》为《答陈琳书》)、王粲《为刘荆州与袁谭书》(《全三国文》为《为刘荆州谏袁谭书》);碑记类:张昶《西岳华山堂阙碑铭》、王粲《荆州文学记》(《全三国文》为《荆州文学记官志》);诔祭类:曹植《王仲宣诔》《仲雍哀辞》(《全三国文》为《曹仲雍哀辞》);七类:曹植《七启》;连珠类:潘勖《拟连珠》;笺牍类:曹丕《与吴季重书》(《全三国文》为《与吴质书》)、《与钟大理书》(《全三国文》为《又与钟繇书》)、《与吴质书》(《全三国文》为《又与吴质书》),吴质《答魏太子笺》《答东阿王书》《在元城与魏太子笺》,曹植《与吴季重书》《与杨德祖书》,杨修《答临淄侯笺》,陈琳《答东阿王笺》《为曹洪与魏文帝书》(《全三国文》为《为曹洪与魏太子书》),繁钦《与魏文帝笺》(《全三国文》为《与魏太子书》),应玚《报庞惠恭书》;杂文类:曹植《释愁文》,共十八类四十三篇。与姚鼐《古文辞类纂》几乎不选六朝文章不同,《骈体文钞》收录先秦至隋代的作品共三十一类六百二十篇,选辑建安文章涉及全部题材文类的1/2强,作品总量的1/15强,两汉及以前的作品涉及二十九种题材文类仅一百四十篇,而建安短短四十余年,所占的题材文类和作品总量,相对来说,都有所增加。《骈体文钞》是对以姚鼐为首的桐城古文派的以散斥骈的反拨,我们虽然不能说收入其中的文章都是成熟的骈体文,但是,可以肯定的是,秦汉文章,骈中有散,散中带骈,骈散交相互用,既是行文结构安排的需要,也是文学性增强的体现,并无区别骈散的自主意识。而建安时期,文辞的修饰和语句的雕琢,随着文学理论的独立和为文的自觉、自主意识加强,逐渐呈现出较浓的骈偶化趋势,至魏晋六朝,更加注重声韵与修辞,骈体文大盛。

  建安时期,文体赅备,文章创作技巧和方法繁富,文章价值提高,文学逐渐进入自觉的时代。文体辨析、作家作品论等有关散文的理论性批评随之增多,并逐渐取得了独立的地位。《四库全书总目提要·诗文评类》:"文章莫盛于两汉,浑浑灏灏,文成法立,无格律之可拘。建安、黄初,体裁渐备,故论文之说出焉,《典论》其首也。"南朝梁刘勰的《文心雕龙》是我国文论史上第一部体系严密的文学理论专著,在他之前,罗宗强将评论作家或作品体貌的理论形式分为两类:一类是以抽象之词语,表述作品之体貌特色,他举了曹丕论应玚,谓其文"和而不壮";论刘桢,谓其文"壮而不密"为例,并明确指出"和而不壮"和"壮而不密",均指作品之感情格调与文辞之表现特色;另一类则是以具体形象为比喻,描述体貌之特色,他举了曹植《前录自序》"故君子之作也,俨乎若高山,勃乎若浮云,质素也如秋蓬,摛藻也如春葩。泛乎洋洋,光乎皓皓,与《雅》、《颂》争流可也"为例,认为此一类之评论,往往带来较多的审美经验的意味①。罗宗强所举各例皆引自建安文章,可见其时的论文之说虽未成系统,却已有很大发展,促进了南北朝时文论的繁荣,对当时及后世散文及诗赋等的创作也有推动作用。

  建安文章取得的种种成就使后世文章选集对其极为重视,上文提到了清代李兆洛辑录的《骈体文钞》,其他的文章选集我们以南朝梁昭明太子萧统的《文选》为例,它是我国现存

---

① 罗宗强.魏晋南北朝文学思想史[M].北京:中华书局,2006:341.

最早也是影响最大的诗文总集。它从先秦至齐梁年间存世的数千篇作品中选录了七百余篇诗、文、赋等作品,选录过程中"略其芜秽,集其清英",所录皆为"沉思翰藻"之作。按照我们划定的建安散文的范围,《文选》共收建安作家十人,文体八种,作品二十七篇,分别占总数的13.2%,22.2%,16.7%(《文选》文类共收录作家七十六位,文体三十六种,作品一百六十二篇,包括七、连珠体,陆机《演连珠》五十首按一首计算)。包括册,潘勖一篇;表,孔融一篇,曹植两篇;笺,杨修一篇,繁钦一篇,陈琳一篇,吴质两篇;书,孔融一篇,陈琳一篇,阮瑀一篇,曹丕三篇,曹植两篇,吴质一篇,应璩四篇;檄,陈琳两篇;论,曹丕一篇;诔,曹植一篇;七,曹植一篇。根据作家入选作品的数量进行排名,在所有作家中,曹植排在第三位,有四种文体六篇作品,次于任昉和班固;陈琳、曹丕、应璩排在第四位,分别有三种文体四篇作品、两种文体四篇作品、一种文体四篇作品;吴质排在第五位,有两种文体三篇作品;孔融排在第六位,有两种文体两篇作品①。三国时期也是《文选》收录作品数量最多的时期。从这些数字可以看出《文选》编纂者对建安散文的重视程度以及对建安散文进行研究的价值和意义。

第三节 "振发魏响""作范后来"②

王玫曾说建安文学在文学史上的地位,实际上是由后代读者对它的接受程度决定的,这在她的《建安文学接受史论》一书中有详述,既有纵的历史性探讨,又有横的个案或范式探讨。她认为,大体而言,建安文学的接受在"六朝是鼎盛期,隋唐是变化期,宋代是低落期,明清是平稳期"③。六朝紧随建安,又是"鼎盛期",故本书亦重在讨论建安散文对六朝散文的影响。

有什么样的学风、士风,就有什么样的文风。武帝之后,迨至建安,儒学由独尊渐至式微。建安时,儒、道、名、法各家思想融通并行,催生了玄学这一魏晋时期主要的哲学思潮。魏晋玄风对当时士人的人格、心态乃至学风、世风皆影响深远。关于玄学对魏晋文风的影响,古今学者皆有论述,刘勰说:"魏之初霸,术兼名法;傅嘏王粲,校练名理。迄至正始,务欲守文;何晏之徒,始盛玄论。于是聃周当路,与尼父争途矣。详观兰石之《才性》,仲宣之《去伐》,叔夜之《辨声》,太初之《本玄》,辅嗣之《两例》,平叔之《二论》,并师心独见,锋颖精密,盖论之英也。至如李康《运命》,同《论衡》而过之,陆机《辨亡》,效《过秦》而不及;然亦其美矣。次及宋岱、郭象,锐思于几神之区;夷甫、裴頠,交辨于有无之域:并独步当时,流

---

① 傅刚.《昭明文选》研究[M].北京:中国社会科学出版社,2000:278-291.
② 转引自曹旭.中日韩《诗品》论文选评[M].上海:上海古籍出版社,2003:95.
③ 王玫.建安文学接受史论[M].上海:上海古籍出版社,2005:316.

声后代"①,"自中朝贵玄,江左称盛,因谈余气,流成文体。是以世极迍邅,而辞意夷泰"②;熊礼汇说魏晋士人"以玄对传统,敢于非汤、武而薄周、孔;以玄对现实,要越名教而任自然;以玄对人生,则呼唤个性觉醒、珍惜生命、张扬人格精神,率真任性,充分地享受人生;以玄对自然,则赏爱那种寓于自然山水中、契合玄理、与人格精神相通的内在美。这些都有助于魏晋散文题材的扩大、主题的深化和艺术精神的形成"③。建安时期,玄学尚是潜流,发展到六朝,形成了后人称道的追求个性独立、精神自由的魏晋风度。无论是论说之文,还是散文的创作技巧、艺术风格,濡染其中,形成了魏晋散文的率性、通脱、自然,如刘伶《酒德颂》、嵇康《与山巨源绝交书》,皆是师心之作,文如其人。《宋书·谢灵运传论》中说:"至于建安,曹氏基命,二祖、陈王,咸蓄盛藻,甫乃以情纬文,以文披质。"情文并重、文质彬彬,同"志深而笔长""梗概而多气"一起构成了建安文章的慷慨悲凉、一唱三叹,魏晋风度同这样的建安风骨是一脉相承的。

玄学在魏晋的发展经历了正始、西晋、东晋三个阶段。正始时期,玄学理论基本形成,较为著名的玄学家主要有何晏、王弼、夏侯玄、嵇康、阮籍等人,他们与建安士人皆有密切的关系。何晏乃何进之孙,曹操纳何晏之母尹氏为妾,并收养何晏,甚宠爱之,何晏"长于宫省,又尚公主"④,曹丕讥之为"假子"⑤。王粲是王弼的继祖父,刘表是王弼的曾外祖父⑥。夏侯玄乃夏侯尚之子,曹操族孙曹爽之姑子,夏侯尚与曹丕"亲友",曾任五官将文学。嵇康幼年丧父,成年后娶魏宗室女为妻⑦。阮籍为阮瑀之子。因家学传统,何晏、王弼等人既是著名的玄学家,也是当时的散文名家。刘师培在论述魏晋文学之变迁时说:"魏代自太和以迄正始,文士辈出。其文约分两派:一为王弼、何晏之文,清峻简约,文质兼备,虽阐发道家之绪,实与名、法家言为近者也。此派之文,盖成于傅嘏,而王、何集其大成;夏侯玄、锺会之流,亦属此派;溯其远源,则孔融、王粲实开其基。一为嵇康、阮籍之文,文章壮丽,总采骋辞,虽阐发道家之绪,实与纵横家言为近者也。此派之文,盛于竹林诸贤;溯其远源,则阮瑀、陈琳已开其始。惟阮、陈不善持论,孔、王虽善持论,而不能藻以玄思,故世之论魏、晋文学者,昧厥远源之所出。"⑧后世论魏晋文章者,多导源于建安各家。

刘勰《文心雕龙·通变》曰:"魏之篇制,顾慕汉风。晋之辞章,瞻望魏采。"魏晋文章导源建安各家,不仅有家世、家风等家族因素,也有文章集团的因素。这里的文章集团主要指

---

① 刘勰.文心雕龙·论说[M].范文澜,注.北京:人民文学出版社,1978:327.
② 刘勰.文心雕龙·时序[M].范文澜,注.北京:人民文学出版社,1978:675.
③ 熊礼汇.略论魏晋文风嬗变的文化动因[M]//冯天瑜.人文论丛:1998年卷.武汉:武汉大学出版社,1998:108.
④ 陈寿.三国志·卷九·何晏传[M].裴松之,注.北京:中华书局,1959.
⑤ 同②.
⑥ 陈寿.三国志·卷二十八·王弼传[M].裴松之,注.北京:中华书局,1959.
⑦ 一说为曹操孙女,沛王曹林之女;一说为曹操曾孙女,曹林之孙女。
⑧ 刘师培.中国中古文学史 论文杂记[M].舒芜,校点.北京:人民文学出版社,1959:35.

的是皇室对散文创作的提倡、组织等。"皇室对待文学的态度,常常影响着文学思想的发展进程。这在中国古代,差不多成一普遍之现象。盖皇室对待文学之态度,直接影响其文艺政策。而更为广泛的影响,乃在于形成一种导向,因其关涉士之升降进退,上有所好,下必从之。"①曹氏喜好文学,有较高的文学修养,建安文章集团虽然首先是一个依附于皇室的政治集团,但因其致力于文化、文学建设,在其带动下,建安文章呈现出清峻、通脱、华丽、壮大的特点。士人们在皇室组织的文章集团中,不再是文学侍从之臣,而是取得了相对独立的文人地位,将文章或著述作为人生价值的重要组成部分。延续皇室对文章之事的爱好、提倡,魏晋南北朝时,"(魏明帝曹叡)制诗度曲,征篇章之士,置崇文之观,何刘群才,迭相照耀。少主相仍,唯高贵英雅,顾盼合章,动言成论。于时正始余风,篇体轻澹,而嵇阮应缪,并驰文路矣。……元皇中兴,披文建学,刘刁礼吏而宠荣,景纯文敏而优擢。逮明帝秉哲,雅好文会,升储御极,孳孳讲艺,练情于诰策,振采于辞赋,庾以笔才愈亲,温以文思益厚,揄扬风流,亦彼时之汉武也。……自宋武爱文,文帝彬雅,秉文之德,孝武多才,英采云构。自明帝以下,文理替矣。尔其缙绅之林,霞蔚而飙起;王袁联宗以龙章,颜谢重叶以凤采,何范张沈之徒,亦不可胜也。……暨皇齐驭宝,运集休明:太祖以圣武膺箓,世祖以睿文纂业,文帝以贰离含章,中宗以上哲兴运,并文明自天,缉遐景祚。"②在统治者的倡导下,文风绮靡,骈俪之文创作大盛。像南朝梁萧氏家族即很有曹氏遗风,同曹氏三祖和曹植均享有文名一样,武帝萧衍、简文帝萧纲、孝元帝萧绎、昭明太子萧统父子四人,亦创作颇丰,有"四萧"之说。这种皇室文章集团,作为封建社会的集权统治者和文风的倡导者、文学的爱好者,他们延揽文士,奖掖游宴,对文学,尤其是文笔未分时的公文创作和文学理论批评产生的影响,一般文人是无法与之比肩的。

后人也常以建安作家为准的评论后世作家作品。如南朝梁钟嵘说"魏侍中应璩祖袭魏文"③,"晋中散嵇康颇似魏文"④;明代张溥评锺会"抑览其遗篇,彬彬儒雅,则犹魏文七子余泽矣"⑤,评陆机"然冤结乱朝,文悬万载,吊《魏武》而老奸掩袂,赋《豪士》而骄王丧魄。《辨亡》怀宗国之忧,《五等》陈建侯之利,北海以后,一人而已"⑥,评萧绎"诏令书表,咄咄火攻,挟陈思之才,攘子桓之坐"⑦;近代刘师培认为,"嵇、阮之文,艳逸壮丽,大抵相同。若施以区别,则嵇文近汉孔融,析理绵密,阮所不逮;阮文近汉祢衡,托体高健,嵇所不及:此其相异之点也"⑧;谭家健认为萧衍的《净业赋序》《孝思赋序》"俱为散体,多四言短句。用语

---

① 罗宗强.魏晋南北朝文学思想史[M].北京:中华书局,2006:338.
② 刘勰.文心雕龙·时序[M].范文澜,注.北京:人民文学出版社,1978:674-675.
③ 钟嵘.诗品译注[M].周振甫,译注.北京:中华书局,1998:59.
④ 同③55.
⑤ 张溥.汉魏六朝百三家集题辞注[M].殷孟伦,注.北京:人民文学出版社,1960:96.
⑥ 同⑤132.
⑦ 同⑤215.
⑧ 刘师培.中国中古文学史·论文杂记[M].舒芜,校点.北京:人民文学出版社,1959:44.

俚俗,率意行文,是建安'通脱'文风之遗响"①,其中《净业赋序》,张溥认为仿曹操《让县自明本志令》,"梁武帝《净业赋序》,即曹孟德之述志令也。孟德奸雄善文,自许西伯;梁帝亦谬比汤武,大言不怍"②。评论后世文章,或溯源建安文士、文章,或以建安文士、文章为准的,足见建安文章对后世之影响。

  承袭东汉清议之风,建安时期,清谈渐渐成为时尚,清谈的艺术技巧和表现形式也很自然地被移植到散文艺术的创作中。《三国志·魏书·荀攸传》裴松之注引《荀氏家传》云:"(荀攸之叔父)衢子祈,字伯旗,与族父愔俱著名。祈与孔融论肉刑,愔与孔融论圣人优劣,并在融集。"他们既可以评论朝政,也可以臧否人物,"天下谈士,依以扬声""今之少年,喜谤前辈"(孔融《与曹公书论盛孝章》),对当时人也常有讥评。《后汉书·许劭传》载许劭与从兄靖"俱有高名,好共核论乡党人物,每月辄更其品题,故汝南俗有'月旦评'焉"③。建安时人物论开始增多,因家族意识而涌现的诫子弟书、荐举人才的章表书牍之文、诔碑哀吊之文、臧否古今人物的论说之文等,都有人物品鉴的内容和创作技巧。魏晋时期,更是特重人物品鉴。汤用彤说:"汉代相人以筋骨,魏晋识鉴在神明。"④熊礼汇说:"魏晋各类散文都受到清谈艺术的影响,最突出的是说理文。影响最大的有四点:一是清谈辨析玄理,作形上之论,追求理之'至极',崇尚拔新领异,带来说理文的重在义理探寻,立论玄远、深微,而自然出拔,大大提升了理论高度。二是清谈求'理中',重思辨,带来说理文的言必剀切、逻辑严密、语无旁溢。三是清谈讲究'辞约旨达',重'简至'之美,带来说理文的章法严密、语词峻洁,而无辞句缭绕、义不可通之弊。四是清谈往反论难的方式直接为说理文所用。"⑤建安时,崇尚英雄,注重个性自由、人格独立,努力摆脱政治、道德的束缚,推许意趣和神韵,在此基础上,魏晋士人形成了超逸的人格风度和隽永、玄远的文风。刘师培说:"大抵南朝之文,其佳者必含隐秀,然开其端者,实惟晋文。又出语必隽,恒在自然,此亦晋文所特擅。"⑥"开其端"者,再往前推,就是风骨并存的建安文章了。嵇康、阮籍、乐广、殷浩、支遁等人皆是魏晋时期善谈的名士。其散文或预为清谈之用,或为清谈之后的整理稿⑦,涌现了大量以"××论""难××论""答××问"为题的说理文。魏晋说理文不同于汉儒的"逆取则饰游谈,顺守则主常论;游谈恣肆而无法程,常论宽缓而无攻守"⑧,而是"一洗辞赋纵

---

① 谭家健.中国古代散文史稿[M].重庆:重庆出版社,2006:267.
② 张溥.汉魏六朝百三家集题辞注[M].殷孟伦,注.北京:人民文学出版社,1960:206.
③ 范晔.后汉书·卷六十八·许劭传[M].李贤,等注.北京:中华书局,1965.
④ 汤用彤.言意之辨[M]//魏晋玄学论稿.北京:人民出版社,1957:40.
⑤ 熊礼汇.略论魏晋文风嬗变的文化动因[M]//冯天瑜.人文论丛:1998年卷.武汉:武汉大学出版社,1998:113.
⑥ 刘师培.中国中古文学史讲义[M].上海:上海古籍出版社,2006:54.
⑦ 同④111.
⑧ 章太炎.国故论衡[M].上海:上海古籍出版社,2003:84.

横之习,章句烦冗之风"①,同建安的"辞高而理疏"相比②,也多了些哲思和辩机。

玄学不仅给魏晋南北朝散文增添了哲思和辩机,也促进了山水散文的勃兴。钱锺书说"山水方滋,当在汉季"③,"尝试论之,诗文之及山水者,始则陈其形势、产品,如《京》《都》之《赋》,或喻诸心性德行,如《山》《川》之《颂》,未尝玩物审美。继乃山水依傍田园,若茑萝之施松柏,其趣明而未融,……终则附庸蔚成大国,殆在东晋乎。……游目赏心之致,前人抒写未曾。六法中山水一门于晋、宋间应运突起,正亦斯情之流露,操术异而发兴同者"④,山水散文在东晋时"蔚成大国"。两汉文章的题材内容较为单一,关心时政,注重教化,多为政论散文,自主的山水审美意识还很模糊,马第伯的《封禅仪记》是较早涉及山水写景的文章,但是山水景物只是背景陪衬。到建安时,由内省激发的个体独立意识逐渐觉醒,士人向外发现了山水景物之美,"游目赏心之致",自然山水成为生命体验的一部分,书牍、论说、颂赞箴铭、赋序之文中出现了很多概述性的咏物、写景的内容,较典型的有仲长统《乐志论》、秦宓《答王商书》等,二文借山水之乐以申闲情、志趣,这是在焦灼、躁动的社会现实下,文士们不得已做出的精神和性情方面的超离。正始时期,应璩有《与从弟君苗君胄书》一文,李善注曰:"此书言欲归田,故报二从弟也。"文章第一层写北游之乐无量,乃山水自然之乐;第二层写慕古人之志,离开京都(将块然独处与北游之乐做对比),第三层写有才不获骋,未遇之愤慨,提出立言亦可扬名身后(与曹丕《典论·论文》"古之作者,寄身于翰墨,见意于篇籍,不假良史之辞,不托飞驰之势,而声名自传于后"、曹植《与杨德祖书》"成一家之言"、杨修《答临淄侯笺》中的文章观念相同)。文章名为报二从弟书,实为与时代之宣言书,因为怀才不遇,难立"永世之业""金石之功",故借立言以扬名,非徒乐山水,只是借悠游其中,"潜精坟籍"而已,这种山水观念、文章观念是建安的继续,与东晋陶渊明及其后的山水田园诗人在山水、自然、宇宙中体悟个体生命之隽永相比,还差一大截。晋宋时,玄学重自然山水之神韵,以玄对山水,以美对山水,山水诗文已成蔚然大观。描山摹水、绘景抒情,已经成为散文的重要题材之一。如王羲之《兰亭集序》、鲍照《登大雷岸与妹书》、陶宏景《答谢中书书》、吴均《与朱元思书》等,皆是山水写景散文的典范之作,对后世如唐代柳宗元、宋代苏轼及明代张岱等的山水游记影响很大,以山水景物为主要内容的序跋书札之类的小品文也渐渐增多。

魏晋六朝的散文除了以上的新变和创造外,还有突出的一点,就是骈体文的定型与兴盛。刘麟生曾在《中国骈文史》中对秦汉至六朝文章的骈体之变有简述:"秦汉文章,犹重气势,雄浑厚重,不以文体而别。……西汉人非不用辞藻,而辞藻之中,仍流露厚重气息,斯为可贵。东汉作风,渐趋峻整,……厚重之风有余,浑朴之气则少减。骈文造成,此为津逮。

---

① 刘永济.十四朝文学要略[M].哈尔滨:黑龙江人民出版社,1984:152.
② 刘勰.文心雕龙·杂文[M].范文澜,注.北京:人民文学出版社,1978:255.
③ 钱锺书.管锥编(第三册)[M].北京:中华书局,1979:1036.
④ 同①1037.

魏晋则变本加厉，整俪更甚，自晋陆机潘岳以还，又复辞藻纷纶，渐有凌轹气势之动向。六朝作者，云蒸霞蔚，代有其人，复出之以轻倩之作风，而后骈文益臻美丽之域。"①两汉文章，虽有偶对，但仍以散句为主，东汉时，骈俪之风渐浓，"自扬马张蔡，崇盛丽辞，如宋画吴冶，刻形镂法，丽句与深采并流，偶意共逸韵俱发。"②建安时期的文章抒情性逐渐增强，创作方式和技巧也日渐丰富，形成了建安风骨，其中鲜明的一点是辞采的华美，这种华美与情感、内容浑融无间，"后人谓其所作不可以句摘。宋人严羽对此评价甚高：'建安之作，全在气象，不可寻枝摘句'（《沧浪诗话·诗评》）"③。三国时期出现了两部重要的声韵类著作，即孙炎的《尔雅音义》和李登的《声类》。明人谢榛《四溟诗话》卷一曰："建安之作，率多平仄稳帖，此声律之渐。而后流于六朝，千变万化，至盛唐极矣。"④虽是对建安诗歌的评价，也适用于散文，尤其是以四言韵语为主要形式的诔碑哀吊之文。"声律之渐"有利于抒情和华美的完美结合，"自建安开始的文学的华美化倾向并未中断，最为突出的表现，便是骈体文的进一步得到发展"⑤。魏晋时期，注重玄理与追求形式的唯美之风渐相融合，文章既注重高度的思辨与空灵的想象，又可以展示个人文采，讲求对偶、声韵、辞藻，追求艺术形式之美，文学性、艺术性大大增强，骈文逐渐取代散文，成为"文之正宗"。《骈体文钞》辑入的建安时的作品数量虽然不少，然对偶尚不精致，用典尚不细密，而且时常骈散兼行，我们可称之为骈文的先导。"虽然魏代散文已经发展到高度骈化的程度，对句、用典、藻绘几种骈文形式要素都在文章中有突出表现。但魏代未有一篇比较典型的骈文出现。"⑥西晋以后，骈文才日趋成熟，几乎全篇为整饬的四六句式，散句渐少，用典更为繁复，辞采更加华美、典雅，陆机《豪士赋序》等文章的出现标志着骈文的体式正式形成。谭家健认为在骈文形成的过程中，"起重要作用的首推曹丕、曹植兄弟。他们居于政坛文坛领袖地位，具有很高的文化修养，对传统文化十分熟悉，而又富于创造精神。他们的文章追求华美的辞藻，喜欢采用排比对仗，讲求雕饰。在其带动下，行文骈俪成为一时风气。"⑦魏晋风度传承建安风尚，尤其是到了齐梁年间，做作、模拟的文风盛兴，文章体式严密而凝滞，真情实感反倒被忽视了，"齐梁以后，……大率声律协和，文音清婉，辞气流靡"⑧，在达到形式美的极致和顶峰的同时，也落入了形式主义的窠臼，为后世不少文人所诟病。

---

① 刘麟生.中国骈文史[M].北京：东方出版社，1996：5-6.
② 刘勰.文心雕龙·丽辞[M].范文澜，注.北京：人民文学出版社，1978：588.
③ 罗宗强.魏晋南北朝文学思想史[M].北京：中华书局，2006：63.
④ 谢榛.四溟诗话[M].北京：中华书局，1985：1.
⑤ 同②47.
⑥ 钟涛.六朝骈文形式及其文化底蕴[M].北京：东方出版社，1996：71.
⑦ 谭家健.六朝文章新论[M].北京：北京燕山出版社，2002：522.
⑧ 刘勰.文心雕龙·声律[M].范文澜，注.北京：人民文学出版社，1978：556.

结　　语

在漫长的中国历史中,建安时期虽然仅有短短的四十余年,却因其风云变幻而在政治、经济、文化等领域大放异彩。各政治集团之间虽然交相混战,对学术文化事业却都较为重视。以曹氏为例,曹操既有"治世之能臣,乱世之枭雄"的政治才干,又有较高的文学修养和造诣,再加上"挟天子以令诸侯"的政治优势,不拘一格招揽人才,如徐幹曾任曹操司空军谋祭酒掾属,陈琳、阮瑀曾为曹操司空军谋祭酒,管记室,应场、刘桢、刘廙曾为丞相掾属。曹操还为诸子高选官属,如曹丕为五官中郎将时,有五官将文学,徐幹、应场、苏林、刘廙等人曾任此职,后被立为太子,王昶、郑冲等为太子文学,曹植亦有高选官属,毋丘俭曾为平原侯文学,应场任五官将文学前,曾为平原侯庶子,刘桢亦曾为平原侯庶子,徐幹、邯郸淳和郑袤曾为临淄侯文学,任嘏曾为临淄侯庶子,司马孚曾为曹植文学掾,后为太子(曹丕)中庶子。"文学"一职,汉时已有,职责主要是儒家经典的教授,而曹氏的"文学"之职已经有了重大的变化,傅亚庶将"文学托乘于后车"中的"文学"一词释为"当时的文人学士"①,虽不太确切,但从实际情况来看,是有一定道理的。胡大雷也说"这'文学'中多有文学家"②。"庶子"亦是"文学"一类的官职。这些文士常常被组织起来参加宴集,骋才斗智,赋诗作文,如曹丕"为五官将,坐上会客三十余人"③,为太子时,"尝请诸文学,酒酣坐欢"④,他们已经具备了现在所谓文学之士的主要特征,只是他们的文学活动尚依附于政治,但同两汉时期的帝王、藩国文学集团相比,在较为宽松的思想文化环境下,他们的文学创作又表现出相对的独立自主意识⑤。

建安时期,出于政治生活的实际需要,包括诏令、奏议在内的公文仍是建安文章的大宗。无论上行公文,还是下行公文,关乎社会事务的方方面面,或切直中肯,或委婉含蓄,语言平实,态度诚恳。这些文章大都针对具体问题而发,言之有物,注重目的与实效,体现出崇尚实用的美感特质。在公文创作中,建安士人对一些文体的创作提出了具体的要求,如曹丕的"奏议宜雅",因此,在文章的风格与特色上姿态各异,呈现出鲜明的时代特色,注重

---

① 傅亚庶.三曹诗文全集译注[M].长春:吉林文史出版社,1997:463.
② 胡大雷.中古文学集团[M].桂林:广西师范大学出版社,1996:38.
③ 陈寿.三国志·卷二十九·朱建平传[M].裴松之,注.北京:中华书局,1959.
④ 陈寿.三国志·卷二十一·王粲传[M].裴松之,注.北京:中华书局,1959.
⑤ 张振龙.建安"文的自觉"化的"人的觉醒"[J].天中学刊,2006(3):92.张振龙从创作主体在创作活动中表现出来的主体意识的强弱、创作主体的身份角色、创作活动中作品的内容和创作的灵活度、作品中创作激情和真实体验的多寡、创作的政治目的五个方面详述了建安"文的自觉"和"人的觉醒"。其实,不只文学创作,建安文士在政治思想方面,也同曹操有过矛盾,甚至激烈的冲突,如孔融、荀彧、杨修、刘桢等,孔融、杨修、荀彧因此还丢了性命。

文学性、艺术性,涌现了不少传世佳作。

此外,文章的题材也日益日常生活化,一棵槐树(曹丕《槐赋序》)、一件玛瑙勒(曹丕《玛瑙勒赋序》),游园登台(曹丕《登台赋序》),亲友辞世①,都会激发建安文人创作的热情。山水之乐,感物之思,与切身的情感融合在文章中,他们更加注重个人细腻、真切的感受。便于传情达意的互相赠答的书牍作品增多了,如曹丕与吴质、曹丕与繁钦、曹丕与钟繇、曹丕与王朗、曹植与杨修之间往还的书牍都是为情造文、披心露性。论说文也更加讲究论辩技巧,或引经据典,或引物连类,或对比立论,常常运用喜闻乐见的事物阐述抽象的道理,骋词恣肆,骈俪化倾向渐浓。建安时期的伤悼文在传统的颂美、述德功能之外,开始重视个体哀情的抒发,抒发个体哀情的意味逐渐强化,建安之杰曹植的诔文和哀辞堪称杰作。颂赞箴铭在建安时期渐成四言韵语的规范体式,在主题内容方面,除了昭德纪功、劝勉警戒,还出现了很多描摹器物、抒发一己之情志的题咏之文。

建安文章的个体化及题材的日常化,既是人的觉醒、文学自觉的体现,也是文学性、艺术性提高的标志。建安文士更加追求辞采的华美和辞句的雕琢,讲究作文的技巧和篇章的结构,用典更为繁富,骈偶句式随处可见,审美观念逐渐转变,建安散文的文学性、文人色彩渐浓,愈到建安后期,文章愈加追求语言技巧,这种倾向愈是鲜明。

---

① 如《太平御览》卷五百九十六:"建安中,文帝与临淄侯各失稚子,命徐幹、刘桢等为之哀辞",另有曹丕《寡妇赋序》等。

附录一　现存建安单篇散文(含残篇)分类目录

据严可均辑录《全后汉文》《全三国文》统计,现存建安单篇散文(含残篇)分类目录如下:

一、诏令类

(一)诏

献帝(刘协):《诏答王允》《诏答李傕》《史官免罪诏》《诏勿收裴茂之》《试儒生诏》《令州郡罢兵诏》《报有司请建长秋宫诏》《考实侯汶诏》《禄田诏》《喻郭汜诏》《诏张济》《报杨定请侍中尹忠为长史诏》《告张济诏》《诏董承等》《诏李乐》《诏敕曹操领兖州牧》《诏曹操袭费亭侯》《封孙策诏书》《又诏敕孙策》《命魏公得承制封拜诏》《进魏公爵为魏王诏》《又手诏》《诏魏太子丕嗣位》

曹丕:《任城王彰增邑诏》《诏议追崇始祖》《报何夔乞逊位诏》《下诏赐华歆衣》《出蒋济为东中郎将不听请留诏》《诏张既为凉州刺史》《诏褒张既击胡》《封朱灵为鄃侯诏》《诏官李通子基绪》《答桓阶等奏改服色诏》《定服色诏》《改"雒"为"洛"诏》《为汉帝置守冢诏》《制诏三公改元大赦》《复颍川一年田租诏》《以孔羡为宗圣侯置吏修庙诏》《日食勿劾太尉诏》《赐故太尉杨彪几杖诏》《诏征南将军夏侯尚》《改封曹植为安乡侯诏》《赐谥邓哀侯诏》《取士勿限年诏》《抚劳西域奉献诏》《禁妇人与政诏》《答中山王献〈黄龙颂〉诏》《诏答吴王》《诏责孙权》《伐吴诏》《毁高陵祭殿诏》《禁复私仇诏》《敕还师诏》《鹈鹕集灵芝池诏》《止王朗让位诏》《以张登为大官令诏》《以蒋济为东中郎将代领曹仁兵诏》《诏赐张既子翁归爵》《诏刘靖迁庐江太守》《成皋令沐并收校事刘肇以状闻有诏》《械系令狐浚诏》《议轻刑诏》《禁设非礼之祭诏》《车驾临江还诏三公》《诏赐温恢子生爵》《改封县王诏》《伐吴设镇军抚军大将军诏》《赠夏侯尚诏》《诏赐张辽李典子爵》《征吴临行诏司马懿》《收鲍勋诏》《追赠杜畿诏》《止临淄侯植求祭先王诏》《春分拜日诏》《赐桓阶诏》《答邯郸淳上〈受命述〉诏》《与于禁诏》《平准诏》《制旁枝入嗣大位不得加父母尊号诏》《诏报孙邕》《赐薛悌等关内侯诏》《答孟达荐王雄诏》《诏群臣》《还洛阳诏司马懿》

曹叡:《喻指华歆诏》《下诏征管宁》《封聊城王诏》《改元诏》《日蚀求言诏》《议定庙乐及舞诏》《贡士先经学诏》《下公卿议复肉刑诏》《诏张郃益邑》《报杨阜诏》《诏雍丘王植》《禁外藩入嗣复顾私亲诏》《诏青州刺史礼遣管宁》《议追崇处士君号谥诏》《诏卫臻》《答东阿王论边事诏》《策试罢退浮华诏》《刊〈典论〉诏》《听曹真分邑封曹遵朱赞诏》《谥钟繇诏》《答张郃诏》《幸许昌还诏》《拒蒋济请议封禅诏》《玉佩诏》《令诸王及宗室公侯各将适子一人入朝诏》《封曹真五子诏》《以蒋济为护军将军诏》《诏报东阿王植》《报满宠求留诏》《与

陈王植手诏》《改封诸侯以郡为国诏》《诏陈王植》《与陈王植诏》《陈国相为国王制服诏》《获玉印告庙诏》《报陈王植等诏》

卫觊：《为汉帝禅位魏王诏》

孙权：《诏孙虑假节开府治半州》

（二）令

曹操：《置屯田令》《为徐宣议刘矫下令》《褒赏令》《加枣祗子处中封爵并祀祗令》《军谯令》《败军令》《论吏士行能令》《修学令》《蠲河北租赋令》《收田租令》《诛袁谭令》《赦袁氏同恶及禁复仇厚葬令》《整齐风俗令》《选举令》《明罚令》《求言令》《举泰山太守吕虔茂才令》《封功臣令》《下令大论功行封》《分租与诸将掾属令》《告涿郡太守令》《下田畴令》《听田畴让封令》《表刘琮令》《宣示孔融罪状令》《为张范下令》《爵封田畴令》《存恤从军吏士家室令》《以蒋济为扬州别驾令》《辟蒋济为丞相主簿西曹属令》《求贤令》《让县自明本志令》《转邴原五官长史令》《下令增杜畿秩》《陇右平定下令》《止省东曹令》《辞九锡令》《以高柔为理曹掾令》《复肉刑令》《以杜畿为尚书仍镇河东令》《与和洽辩毛玠谤毁令》《悼荀攸下令》《夏侯渊平陇右令》《敕有司取士毋废偏短令》《选军中典狱令》《高选诸子官属令》《春祠令》《诸儿令》《赐死崔琰令》《赐夏侯惇伎乐名倡令》《曹植私出开司马门下令》《又下诸侯长史令》《举贤勿拘品行令》《立太子令》《使辛毗曹休参治下辨令》《敕王必领长史令》《赡给灾民令》《假徐晃节令》《在阳平将还师令》《选留府长史令》《原刘廙令》《遣徐商吕建等诣徐晃令》《以徐弈为中尉令》《劳徐晃令》《追称丁幼阳令》《礼让令》《清时令》《造发石车令》《百辟刀令》《鼓吹令》《戒饮山水令》《军策令》《军令》《船战令》《步战令》《营缮令》《与皇甫隆令》《终令》《遗令》

曹丕：《除禁轻税令》《拜毛玠等子为郎中令》《以郑称授太子经学令》《问张既令》《敕尽规谏令》《孟达杨仆降附令》《复谯租税令》《殡祭死亡士卒令》《以李伏言禅代合符谶示外令》《辞符谶令》《辞许芝等条上谶纬令》《再让符命令》《答司马懿等再陈符命令》《止群臣议禅代礼仪令》《又令》《罢设受禅坛场令》《既发玺书又下令》《辞请禅令》《让禅令》《又令》《答董巴等令》《三让玺绶令》《让禅令》《又令》《允受禅令》《令》

曹植：《写灌均上事令》《毁鄄城故殿令》《赏罚令》《令》

孔融：《教高密令》

张猛：《杀刺史邯郸商下令》

高柔：《丞相理曹掾令》

孙策：《诈令军中》《给周瑜鼓吹令》

孙权：《宽息令》

张逸：《遗令》

赵岐：《临终敕其子》

（三）教

曹操：《决议田畴让官教》《授崔琰东曹教》《与韩遂教》《征吴教》《原贾逵教》《合肥密教》《赐袁涣家谷教》

曹丕：《答卞兰教》

孔融：《告高密相立郑公乡教》《缮治郑公宅教》《答王修举孝廉让邴原教》《重答王修》《告昌安县教》

袁涣：《与主簿孙徽等教》

司马芝：《与群下教》《门干盗簪辞不符下教》

高柔：《管长教还引去吏》

孙策：《获太史慈教》

(四)策(册)

曹操：《假为献帝策收伏后》《策立卞后》

曹丕：《策谥庞德》《策命孙权九锡文》《策孙权太子登为东中郎封侯文》

潘勖：《册魏公九锡文》

卫觊：《乙卯册诏魏王》《壬戌册诏魏王》《丁卯册诏魏王》《庚午册诏魏王》《禅位册》

(五)敕、制等

曹丕：《敕豫州禁吏民往老子亭祷祝》《制复于禁等官》

国渊：《敕魏郡功曹》

满宠：《敕诸将》《敕留府长史》

文德郭后：《敕外亲刘斐》《敕诸家》《敕戒郭表孟武等》《止孟武厚葬其母》

二、奏议类

(一)表

曹操：《谢领兖州牧表》《陈损益表》《表糜竺领嬴郡》《谢袭费亭侯表》《谢置旄头表》《让还司空印绶表》《请爵荀彧表》《请封荀攸表》《表称乐进于禁张辽》《请增封荀彧表》《表论田畴功》《请追增郭嘉封邑表》《表论张辽功》《掩获宋金生表》《留荀彧表》《让九锡表》《上器物表》

曹植：《求祭先王表》《上九尾狐表》《谢初封安乡侯表》《封鄄城王谢表》《求习业表》《请招降江东表》《上〈责躬应诏诗〉表》《表》《乞田表》《请赴元正表》《又谢得入表》《罢朝表》《谢周观表》《求出猎表》《谢鼓吹表》《献马表》《上银鞍表》《上牛表》《上铠表》《求自试表》《又求自试表》《谏伐辽东表》《转封东阿王谢表》《上〈卞太后诔〉表》《谢妻改封表》《入觐谢表》《答诏示〈平原公主诔〉表》《答诏表》《谢赐柰表》《冬至献履袜颂表》《献璧表》《贺瑞表》《谢赐谷表》《表》《文帝诔并上表》

文德郭后：《谢上表》《止孟武厚葬其母》

文昭甄后：《奉辞迎诣行在》

刘廙：《论治道表》

应场：《表》

王朗：《冬腊不得朝表》《论乐舞表》《上求正贷民表》《谏行役夜表》《答文帝表》

华歆：《请叙郑小同表》

王肃：《请为大司马曹真临吊表》《奉诏为瑞表》

钟繇：《贺捷表》《请许吴主委质表》《力命表》《荐关内侯季直表》

卞兰：《赞述太子赋并上赋表》
卫觊：《受禅表》
缪袭：《撰上仲长统〈昌言〉表》
傅嘏：《请立贵嫔为皇后表》
公孙瓒：《表袁绍罪状》
许贡：《上表汉帝》
邯郸淳：《上〈受命述〉表》
张既：《表毌丘兴》
李伏：《禅代合符谶表》
苏林：《劝进表》
马超：《立汉中王上表汉帝》
刘备：《答诸葛亮表请张裕罪》
孙策：《明汉将军谢表》《讨黄祖表》

(二)上书(疏)

曹操：《上杂物疏》《上书理窦武陈蕃》《兖州牧上书》《上书让增封》《又上书让封》《上书让费亭侯》《上书让增封武平侯及费亭侯》《上书谢策命魏公》《上言破袁绍》《破袁尚上事》
曹丕：《上书让禅》《上书再让禅》《上书三让禅》
曹植：《求存问亲戚疏》《上疏陈审举之义》《上书请免发取诸国士息》
曹洪：《上书谢原罪》
孔融：《上书荐谢该》《上书请准古王畿制》《上书》《上三府所辟称故吏事》《荐祢衡疏》《崇国防疏》
蒋济：《谏遣田豫王雄攻辽东》
陈琳：《谏何进召外兵》
刘廙：《上疏谏曹公亲征蜀》《上言符谶》《上疏谢徙署丞相仓曹属》
王朗：《劝育民省刑疏》《谏文帝游猎疏》《谏东征疏》《谏明帝营修宫室疏》《屡失皇子上疏》《上请叙主簿张登》《上刘纂等椉輤事》
诸葛亮：《上先主书》
董昭：《谏屯渚中作浮桥疏》《陈末流之弊疏》
陈群：《明帝莅政上疏》《谏谥皇女淑平原公主疏》《谏追封太后父母》《荐管宁》
杨琦：《上封事》
华歆：《谏伐蜀疏》《请受禅上言》
王肃：《谏征蜀疏》
管宁：《辞征命上疏》
钟繇：《请复肉刑代死刑疏》《上书自劾》
袁绍：《上书自讼》
卫觊：《请恤凋匮罢役务疏》
陶谦：《被诏罢兵上书》

吕布：《上书献帝》
田丰：《谏攻许》
沮授：《谏袁绍出长子谭为青州》《谏南师》《谏济河》
审配：《献书袁谭》
傅干：《谏曹公南征》
栈潜：《谏立郭后疏》《谏太子田猎夜还》
司马芝：《考竟曹洪乳母等事无涧神上疏》
满宠：《请备无强口疏》
何夔：《制新科下州郡上言》《入为丞相东曹掾上言》
杨阜：《伐蜀遇雨上疏》《谏帝送葬平原公主疏》《让封关内侯》《谏治宫室发美女疏》
鲍勋：《谏文帝游猎疏》
高柔：《除妖谤赏告之法疏》《三公希与朝政上疏》《请待博士以不次之位疏》
刘晔：《议追尊宜不过高皇疏》
士孙瑞：《理王允等事》
刘若：《上书请受禅》
霍性：《谏魏王南征疏》
皇甫隆：《上疏对曹公》
周瑜：《疏论刘备》《疏荐鲁肃》
吕蒙：《疏请治疾》
刘备：《上言汉帝》
许靖：《因众瑞上言》
刘豹：《因众瑞上言》
费诗：《谏汉中王称尊号疏》
孙权：《上魏文帝书》《卑辞上魏文帝书》

(三) 奏

曹操：《奏定制度》《奏上九酝酒法》《奏事》
路粹：《枉状奏孔融》
刘廙：《奏议治受禅坛场》《奏具章拒禅》《奏请受禅》
王朗：《奏贺朔故事》《奏宜节省》《劾刺史王凌不遣王基》
陈群：《奏请魏王受禅》《奏定历》
华歆：《奏讨孙吴》
贾诩：《奏请治王立周忠罪》
桓阶：《奏请追崇始祖》《奏请具受禅礼仪》《奏议受禅礼仪》《奏请受禅》《又奏》《奏改服色牺牲》
卫觊：《公卿将军奏上尊号》《奏论赐谥》《奏请置律博士》
缪袭：《奏对诏问外祖母服汉旧云何》《奏改〈安世哥〉为〈享神哥〉》《奏文昭皇后庙乐》
陶谦：《奏记朱俊》
梁绍：《奏劾吴硕》

田畴:《奏记曹公辞赐绢谷》
黄琬:《奏论樊稜许相》
应劭:《奏上删定律令》
许芝:《条奏魏代汉谶纬》
鹿攸、韩盖:《奏议临淄侯求祭先王》
赵咨:《奏明帝外祖母服》
司马芝:《奏请崇本抑末》
辛毗:《奏请宣著符命》《奏事》
刘若:《奏请受禅》
崔琰:《奏记曹公让邴原等》
王修:《奏记曹公陈黄白异议》
鲍衡:《奏请公卿将校子弟诣博士》
秦宓:《奏记益州牧刘焉荐任安》
阙名:《奏除四帝后尊号》《奏请以立秋择吉日治兵》《奏改庙乐舞》《奏立亲庙二》《奏改元太和》《奏置大钧乐》《奏乐舞冠服》《奏谥文昭皇后》《奏立文昭皇后庙》《奏议文昭皇后庙乐》《奏外祖母丧制》

(四)议

曹丕:《有司劾田畴不受封宜免官加刑议》
孔融:《马日磾不宜加礼议》《肉刑议》
刘劭:《元会日蚀议》
高堂隆:《祀功臣议》《告瑞玺议》《告瑞玺又议》
王朗:《四孤议》《改元议》《遗针御衣议》《议》《兴师与吴取蜀议》《议不宜复肉刑》
陈群:《复肉刑议》《追尊始祖太王为高皇议》
郑玄:《皇后敬父母议》
邴原:《驳郑玄皇后敬父母议》
钟繇:《处士君号谥议》
卫觊:《关西议》
缪袭:《处士君号谥议》《乐舞议》
士孙瑞:《日蚀行冠礼议》
黄琬:《驳迁都长安议》
荀彧:《迎驾都许议》《散斋得宴乐议》《田畴让官议》
傅干:《肉刑议》
应劭:《追驳尚书陈忠活尹次史玉议》《旧名讳议》
司马芝:《议盗官练事》
杨阜:《应诏议政治不便于民》
辛毗:《改正朔议》
田琼:《四孤议》《皇后降服》《公子降服》《大夫子降服》《诸侯大夫妻及大夫士女降服》《贵不降服》

于达叔:《四孤议》

董巴:《历议》

王修:《四孤议》

司马懿:《太史丞许芝上符命事议》

阙名:《钟繇谥议》

(五)启

高柔:《军士亡勿罪妻子启》

(六)章

曹植:《庆文帝受禅章》《庆文帝受禅上礼章》《改封陈王谢恩章》《封二子为乡公谢恩章》

三、书牍类

(一)书类

曹操:《手书与吕布》《与荀彧书》《报荀彧》《手书答朱灵》《与王修书》《与荀彧书追伤郭嘉》《下荆州书》《与孙权书》《手书与阎行》《答袁绍》《报蒯越书》《报刘廙》《杨阜让爵报》《与太尉杨彪书》《与诸葛亮书》《遗荀攸书》《与钟繇书》《拒王芬辞》《内诫令》《戒子植》

曹丕:《报傅崔琰》《答繁钦书》《又与钟繇书》《与吴质书》《答曹洪书》《与王朗书》《又与吴质书》《又与吴质书》《铸五熟釜成与钟繇书》《又报钟繇书》《答王朗书》《与孟达书》《报王朗》《报吴主孙权》《又报吴主孙权》《答杨修书》《与钟繇书》《九日与钟繇书》《借取廓落带嘲刘桢书》《与曹洪书》《答刘备书》《与孙权书》《与诸将书》《与刘刘晔书》《与朝臣书》《送剑书》《诫子》

曹植:《与杨德祖书》《与陈孔璋书》《报陈孔璋书》《与丁敬礼书》《与司马仲达书》《答崔文始书》《与吴季重书》《自诫令》

曹叡:《手报司马芝》《报王朗》《报华歆》

献帝:《赐士燮玺书》

献废伏后:《与父伏完书》

孔融:《与曹公书荐边让》《与王朗书》《遗张纮书》《与曹公书论盛孝章》《与宗从弟书》《与诸卿书》《与许博士书》《喻邴原举有道书》《遗问邴原书》《又遗张纮书》《答虞仲翔书》《与韦休甫书》《与曹公书》《与曹公书啁征乌桓》《难曹公表制酒禁书》《又书》《报曹公书》《答路粹书》

丁冲:《与曹公书》

路粹:《为曹公与孔融书》

陈琳:《为曹洪与魏太子书》《答张纮书》《更公孙瓒与子书》

吴质:《与文帝书》《答东阿王书》

阮瑀:《为曹公与刘备书》《为曹公作书与孙权》

刘桢:《答魏太子丕借廓落带书》《谏曹植书》《与曹植书》

刘廙:《答丁仪刑礼书》《答太子命通草书书》《戒弟伟》
王粲:《为刘荆州谏袁谭书》《为刘荆州与袁尚书》
应玚:《报庞惠恭书》
王朗:《与许文休书》三首《与魏太子书》《与钟繇书》《答太祖遣咨孙权称臣》《遗孙伯符书》《论丧服书》
诸葛亮:《答关羽书》
应璩:《与刘公干书》《与刘文达书》
董昭:《作曹公书与杨奉》《与袁春卿书》《议丞相进爵九锡与荀彧书》
赵俨:《与荀彧书》
刘晔:《遗鲁肃书》
杨彪:《答曹公书》
袁氏(杨彪妻):《答曹公夫人卞氏书》
武宣卞后:《与杨彪夫人袁氏书》
曹洪:《与魏文帝书》
钟繇:《谢曹公书》《报太子书》《又报书》《答太子书》《与人书》
袁绍:《与曹操书》《与袁术书》《答陈登》《与公孙瓒书》
袁术:《答袁绍书》《报吕布书》《与陈珪书》《归帝号于袁绍书》
袁叙:《与从兄绍书》
袁涣:《与曹子建书》
袁徽:《与尚书令荀彧书》二首
繁钦:《与魏太子书》
祢衡:《书》
卫觊:《与荀彧书》
公孙瓒:《与袁绍书》《遣行人文则赍书告子续》
韩馥:《与袁术书议立刘虞为帝》
吕布:《答曹公》《与韩暹杨奉书》《留书与袁术》《与琅邪相萧建书》
王商:《与秦宓书》
宋衷:《与王商书》
司马徽:《与刘恭嗣书》《诫子书》
李固:《与弟圄书》
陈珪:《答袁术书》
张芝:《与朱赐书》《与李幼才书》《与朱使君书》《与府君书》
赵温:《与李傕书》
荀彧:《报赵俨书》《报曹公书》
臧洪:《答陈琳书》
傅干:《与张叔威书》
胡母班:《与王匡书》
郑玄:《戒子益恩书》

赵商:《与人书诣郑康成书》

张超:《与太尉朱隽书荐袁遗》

卫臻:《答蒋济》

张就:《被拘执私与父恭疏》

司马芝:《与刘节书》

满宠:《为王凌报孙布书》

薛夏:《报兰台》

张纮:《与孙会稽责袁术僭号书》《与孔融书》

崔琰:《谏世子书》《视杨训褒赞魏王表与训书》

王修:《诫子书》

张松:《与先主及法正书》

关羽:《与诸葛亮书问马超》《封还曹操所赐告辞书》

鲁肃:《遗刘先主书》《答吴主权书》

刘备:《拒答孙权》《报孙权》《贻刘璋书》

许靖:《奔孔伷自表》《与曹公书》

彭羕:《与蜀郡太守许靖书荐秦宓》《狱中与诸葛亮书》

孙策:《答记吕布》《说刘勋书》《与吴景等书》《与虞翻书》

孙权:《报刘备》《别纸与曹公》《与浩周书》《让孙皎书》《报陆逊表保明诸葛瑾事》《别咨诸葛瑾》

黄盖:《与曹公书》

陆逊:《与关羽书》

秦宓:《答王商书》《与王商书》《报李权》

蒋济:《遗卫臻书》

诸葛瑾:《与刘备书》

鬼神(刘伯文):《与儿佗书》

柯比能:《与辅国将军鲜于辅书》

(二)笺文

陈琳:《答东阿王笺》

吴质:《在元城与魏太子笺》《答魏太子笺》《答文帝笺》

阮瑀:《谢曹公笺》

刘廙:《谢刘表笺》

杨修:《答临淄侯笺》

荀攸:《劝进魏公笺》《复劝进魏公》

张纮:《临困授子靖留笺》

周瑜:《疾困与吴主权笺》

法正:《与刘璋笺》

孙权:《与魏公笺》《上魏王笺》

附录一　现存建安单篇散文(含残篇)分类目录

(三)檄文

陈琳:《为袁绍檄豫州》《檄吴将校部曲文》
王粲:《为荀彧与孙权檄》
董昭:《伪作袁绍檄告郡》
繁钦:《为史叔良作移零陵檄》

(四)移文

黄巾:《移书曹公》
李术:《报孙权移书》

(五)露布、露版

崔琰:《露版答曹公》
袁绍:《拜乌丸三王为单于版文》
曹叡:《露布天下并班告益州》

(五)盟辞

袁绍:《漳河盟辞》
臧洪:《酸枣盟辞》

四、论说文类

(一)论文

曹操:《辨卫臻不同朱越谋反论》
曹丕:《论郤俭等事》《论文》《论太宗》《论孝武》《论周成汉昭》《交友论》
曹叡:《正朔论》
曹植:《魏德论》《征蜀论》《周成汉昭论》《汉二祖优劣论》《藉田论》《辅臣论》《仁孝论》《相论》《贪恶鸟论》《萤火论》《辨道论》《释疑论》
孔融:《周武王汉高祖论》《圣人优劣论》《汝颍优劣论》《同岁论》《肉刑论》
丁仪:《周成汉昭论》《刑礼论》
吴质:《将论》
阮瑀:《文质论》
王粲:《难钟荀太平论》《爵论》《儒吏论》《三辅论》《安身论》《务本论》
应场:《文质论》
王朗:《相论》
薛靖:《朝日夕月论》
华佗:《食论》
陈群:《汝颍人物论》
傅巽:《奢俭论》

(二)"说"文

曹植:《说疫气》《髑髅说》

朱治:《说孙贲》
袁涣:《说曹公》
田丰:《说袁绍袭许》
沮授:《说袁绍》《说袁绍迎天子都邺》

(三)对问体

1. 难
刘廙:《难丁廙》

2. 答
仲长统:《答邓义社主难》
张既:《答文帝问苏则》
王肃:《答尚书难》
汜阁:《答陈铄问》《答桓翱问》
司马芝:《答刘绰问》
田琼:《答刘德文》

3. 对
王朗:《对孙策诘》
毛玠:《对状》
钟繇:《诘毛玠对状》

(四)设论体

1. 释
应场:《释宾》

2. 辩
曹植:《辩问》

3. 应
陈琳:《应讥》

五、序体文类

(一)典籍序

应劭:《风俗通义序》
荀悦:《汉纪序》
刘熙:《释名序》
颖容:《春秋释例序》
高诱:《吕氏春秋序》《淮南子叙》
仲长统:《尹文子序》
曹操:《孙子兵法序》
曹丕:《典论·自叙》
曹植:《前录序》《画赞序》

刘劭:《新律序略》
阙名:《中论序》

(二)诗序

曹丕:《寡妇诗序》《代刘勋出妻王氏诗序》《叙诗》
曹植:《离友诗序》《喜雨诗序》《于圈城作赠白马王彪诗序》

(三)赋序

陈琳:《武军赋序》《神武赋序》《马脑勒赋序》
刘桢:《瓜赋序》
王粲:《投壶赋序》《围棋赋序》《弹棋赋序》《浮淮赋序》
徐幹:《嘉梦赋序》
杨修:《孔雀赋序》
边让:《章华台赋序》
崔琰:《述初赋序》
曹操:《鹖鸡赋序》
曹丕:《蔡伯喈女赋序》《感离赋序》《寡妇赋序》《临涡赋序》《槐赋序》《柳赋序》《浮淮赋序》《戒盈赋序》《悼夭赋序》《感物赋序》《登台赋序》《迷迭赋序》《玛瑙勒赋序》《车渠椀赋序》《莺赋序》
曹植:《离思赋序》《叙愁赋序》《东征赋序》《九华扇赋序》《宝刀赋序》《洛神赋序》《迁都赋序》《怀亲赋序》《释思赋序》《玄畅赋序》《愍志赋序》《慰情赋序》《酒赋序》《鹞赋序》《离缴雁赋序》《神龟赋序》《藉田赋序》
缪袭:《许昌宫赋序》
杜挚:《笳赋序》

(四)颂序

曹植:《孔子庙颂序》《社颂序》《学宫颂序》《柳颂序》《郦生颂序》

(五)赞序

曹植:《禹庙赞序》
杨修:《司空荀爽述赞序》

(六)铭序

王粲:《刀铭序》
曹植:《承露盘颂铭序》
孔融:《卫尉张俭碑铭序》
张昶:《西岳华山堂阙碑铭序》
阙名:《横海将军吕君碑铭序》

(七)人物序

曹丕:《叙繁钦》《叙陈琳》

(八)碑序

曹植:《大飨碑序》

刘桢:《处士国文甫碑序》

繁钦:《丘隽碑序》

祢衡:《鲁夫子碑序》《颜子碑序》

邯郸淳:《汉鸿胪陈纪碑序》

阙名:《圉令赵君碑序》《巴郡太守樊敏碑序》《益州太守高颐碑序》《绥民校尉熊君碑序》《刘镇南碑序》

(九)诔序

曹丕:《曹仓舒诔序》

曹植:《王仲宣诔序》《武帝诔序》《任城王诔序》《文帝诔序》《卞太后诔序》

(十)哀辞序

曹植:《曹仲雍哀辞序》《金瓠哀辞序》《行女哀辞序》

(十一)俳谐文序

曹植:《诘咎文序》

六、碑诔哀吊类

(一)碑文

曹植:《大飨碑》

陈琳:《韦端碑》

刘桢:《处士国文甫碑》

潘勖:《尚书令荀彧碑》

繁钦:《丘隽碑》

祢衡:《鲁夫子碑》《颜子碑》

邯郸淳:《汉鸿胪陈纪碑》

阙名:《圉令赵君碑》《巴郡太守樊敏碑》《益州太守高颐碑》《绥民校尉熊君碑》《益州太守高眹修周公礼殿记》《魏大飨记残碑》《伊阙左壁摩崖》《胶东令王君庙门断碑二》《刘镇南碑》《千金碣石人腹上刻勒》《张詹碑阴》

(二)诔文

曹丕:《曹苍舒诔》

曹植:《光禄大夫荀侯诔》《王仲宣诔》《武帝诔》《任城王诔》《文帝诔》《大司马曹休诔》《卞太后诔》《平原懿公主诔》①

刘劭:《文帝诔》

---

① 严可均《全三国文》卷十九录有曹植《曹仲雍诔》,且有按语:诔(《曹仲雍诔》)与哀辞(《曹仲雍哀辞》),疑只一篇,本书从严说。

崔琰:《大将军夫人寇氏诔》

王粲:《阮元瑜诔》①

(三)哀策

曹丕:《武帝哀策文》

(四)哀辞

曹植:《曹仲雍哀辞》《金瓠哀辞》《行女哀辞》

张昭:《徐州刺史陶谦哀辞》

(五)祭文

曹操:《祀故太尉桥玄文》

(六)吊文

阮瑀:《吊伯夷》

王粲:《吊夷齐文》

祢衡:《吊张衡文》

糜元:《吊夷齐文》

七、颂赞铭箴类

(一)颂文

曹植:《孔子庙颂并序》《社颂并序》《皇太子生颂》《学宫颂并序》《冬至献袜颂》《玄俗颂》《列女传颂》(《隋书·经籍志》史部杂传著录曹植《列女传颂》一卷,今仅存两句)《母仪颂》《贤明颂》《宜男花颂》《柳颂》(已佚,仅存序)《郦生颂》(已佚,仅存序)

王粲:《太庙颂》《灵寿杖颂》

繁钦:《砚颂》

傅嘏:《皇初颂》

(二)赞文

曹植:《画赞并序》(《隋书·经籍志》集部别集著录曹植《画赞》五卷)《长乐观画赞》《禹庙赞》(已佚,仅存序)《吹云赞》

繁钦:《砚赞》

杨修:《司空荀爽述赞》

王粲:《正考父赞》《反金人赞》

(三)铭文

曹丕:《五熟釜铭》《露陌刀铭》《剑铭》

曹植:《宝刀铭》《成露盘颂铭并序》

---

① 见程章灿勘误、俞绍初校点《王粲集》补遗有《阮元瑜诔》(中华书局1980年版),本书从程、俞说。

王粲:《刀铭》《蕤宾钟铭》《无射钟铭》《砚铭》
张昶:《西岳华山堂阙碑铭》
孔融:《卫尉张俭碑铭》
傅巽:《笔铭》
阙名:《横海将军吕君碑铭》《丰都市古冢铭》

(四)箴文

王朗:《杂箴》
繁钦:《威仪箴》《尚书箴》(《全后汉文》卷四十四崔骃有《尚书箴》,卷九十三繁钦同名重出,仅一字异)
张纮:《瑰材枕箴》
傅干:《皇后箴》

八、杂文类及其他

(一)七体

曹植:《七启》《七忿》
王粲:《七释》
徐幹:《七喻》
傅巽:《七诲》

(二)连珠

潘勖:《拟连珠》
曹丕:《连珠》
王粲:《仿连珠》

(三)俳谐文

曹植:《释愁文》《诘咎文》《诘纣文》
繁钦:《嘲应德琏文》

(四)"势"文

应场:《弈势》
钟繇:《隶书势》
王朗:《塞势》

(五)语

王朗:《贫窭语》

(六)传

曹操:《家传》

(七)记

王粲:《荆州文学记官志》

附录二　建安单篇散文分类补遗、勘误与存疑

本部分内容参考了陆侃如《中古文学系年》、程章灿《魏晋南北朝赋史》附录、虞绍初《建安七子诗文钩沉》①、程章灿《论〈全上古三代秦汉三国六朝文〉之阙误》②等内容，是对严可均《全后汉文》《全三国文》所收散文的补遗和勘误，谨此说明。

一、诏令类

（一）教文补遗

孔融：有关郑玄的教令，严可均本有《告高密相立郑公乡教》和《缮治郑公宅教》2篇，吴云《孔融集校注》和虞绍初辑校《建安七子集》中的孔融文集皆有《告高密县立郑公乡教》《教告密令》《失题教》《缮治郑公宅教》《告僚属教》5篇，严本将吴、虞本《教告密令》置于《告高密相立郑公乡教》文后，原题定为《教高密侯国笺》，合为一篇。《失题教》《告僚属教》严本无辑。《失题教》据《北堂书钞》卷八三引"孔融教"："高密县有一衔，今欲为郑公后专造一乡，名曰'宗学'也。"《告僚属教》据《太平广记》一六四引《商芸小说》："昔周人尊师，谓之'尚父'，今可咸曰'郑君'，不得称名也。"另张溥《汉魏六朝百三名家集》中《孔少府集》在《修郑公宅教》题目下有言曰："玄在徐州，文举欲其还郡，敦请恳恻，使人继迹，又教曰"，内容即为严本《缮治郑公宅教》。由此可知此教写作时间当在郑玄流亡到徐州之后，回到高密之前，考郑玄生平，知在汉献帝初平和兴平年间。

《告僚属教》："昔周人尊师，谓之尚父，今可咸曰郑君，不得称名也。"（《太平广记》卷一百六十四引《商芸小说》）

（二）教文勘误

高柔：《管长教还引去吏》全文为："昔邴吉临政，吏尝有非，犹尚容之。况此诸吏，于吾未有失乎！其召复之。"《全三国文》卷二十七中"咸还，皆自励，咸为佳吏"三句，为原文出处《三国志·魏书·高柔传》中的文字。

---

① 俞绍初.建安七子诗文钩沉[J].郑州大学学报（哲学社会科学版），1987（2）：52-61.
② 程章灿.论《全上古三代秦汉三国六朝文》之阙误[J].南京大学学报（哲学·人文·社会科学版），1995（1）：64-70.

二、奏议类

(一) 上书补遗

孔融:《上书荐赵台卿》:"赵岐博古。"(《北堂书钞》卷三十三,按其引题作"孔融荐赵台卿"。《后汉书·赵歧传》:"赵歧字台卿。……光禄勋桓典、少府孔融上书荐之",据补"上书"二字。)

(二) 奏文补遗

孔融:《奏马贤事》:"楚将吴起,或遗之一樽酒,注之上流,使士卒迎流饮其下,明不独也。马贤于军中帐内施罻,士卒飘于风雪,不宜……",据韩格平《建安七子诗文集校注译析》补,原文见《四库全书》本《孔北海集》(系编修朱筠家藏本)。

(三) 表文补遗

曹植:《罢朝表》:"觐玉容而庆荐,奉欢宴而慈润。"(《文选》陆运《大将军宴会诗》李注)

《求习业表》:"虽免大诛,得归本国。"(《文选》曹植《责躬诗》李注)

《求出猎表》:"臣自招罪衅,徒居京师,待罪南宫。"(《文选》曹植《责躬诗》李注)

(四) 奏议勘误

应场:《表》(《全后汉文》卷四十二):"长戟百万,胡马千群。"

按:此表实即陈琳《为袁绍檄豫州》之文,已见《全后汉文》卷九二,唯"马"作"骑"。《御览》卷三五三承袭《北堂书钞》卷一一七,误题作者及篇名,严氏沿之而误。

曹操:《收田租令》,严可均所注出处为《文馆词林》六百六十五,当为六百九十五。

孙权:《卑辞上魏文帝书》中有"求自改厉"语,实为《三国志》卷四十七《孙权传》中语,严氏误入。

三、书牍类

(一) 书类补遗

孔融:《与族弟书》:"同源派流,人易世疏,越在异域,情爱分离。"(《文镜秘府论》西卷)

《失题书》:"附此短章,聊申我素心。"(《分门集注杜工部集》之二《毒热寄简崔评事十六弟》王洙注)

《与许博士书》(《全后汉文》卷八十三),张溥本在其题目旁有注曰:"许博士为汉乐师,融与书。"

阮瑀:《作书与韩遂》(《三国志》卷二十一《王粲传》裴注引《典略》,文已佚。)。

陈琳:《为袁绍书喻臧洪》(据《后汉书》卷五十八《臧洪传》:"绍兴兵围之,历年不下,使洪邑人陈琳以书譬洪,示其祸福,责以恩义。"注引《献帝春秋》亦曰:"绍使琳为书八条,责以恩义,告喻使降。"文已佚。)。

(二) 檄文补遗

陈琳:《檄》:"单于震骇,交臂受事,屈膝请和。"(《海录碎事》卷十)

(三)书信勘误

疏勒王:《致魏文帝书》

按:严可均言此文出处为《御览》卷七百五十八引《西域记》,而《西域记》原文曰:"疏勒王致魏文帝金胡瓶二枚,银胡瓶二枚。"全无此"书"记载,《致魏文帝书》正文两句"金胡瓶欧登于明堂,周鼎潜乎深泉",系引《楚辞》语,亦见东方朔《七谏》,应是严氏误入无疑。

《全三国文》卷七曹丕《手报司马芝》,据《三国志》卷十二《司马芝传》,当为曹叡作。

《全三国文》卷七曹丕《与王朗书》:"生有七尺之形,死为一棺之土,唯立德扬名,可以不朽,其次莫如著篇籍。疫疠数起,士人凋落,余独何人,能全其寿?"其后文字"故论撰所著《典论》、诗赋,盖百余篇,集诸儒于肃城门内,讲论大义,侃侃无倦",应为《三国志》卷二《文帝纪》注引《魏书》的内容,误入《与王朗书》①,从行文上亦可看出。

《全三国文》卷二十曹洪《与魏文帝书》。

按:此为陈琳《为曹洪与魏太子书》一节,已见《全后汉文》卷九十二,唯"张鲁"作"彼",不应重出误收。

应场:《报庞惠恭书》,严可均所注出处为《艺文类聚》二十二,当为二十一。

四、论说文类

(一)论说文补遗

王粲:《去代(伐)论》(据刘勰《文心雕龙·论说》:"详观兰石之才性,仲宣之去代②,叔夜之辨声,太初之本玄,辅嗣之两例,平叔之二论,并师心独见,锋颖精密,盖人伦之英也。"范文澜注引孙诒让《札迻》十二曰:"案代当作伐,形近而误。《隋书经籍志》儒家梁有《去伐论集》三卷,王粲撰,即此。去伐,言去矜伐。《艺文类聚》卷二十三引袁宏《去伐论》,仲宣论意,当与彼同。"文已佚。)。

《安身论》中"定其交而后行","后"与"行"之间脱"求,笃其志而后"数字,据《晋书·潘尼传》补。

《务本论》:"吏不徇功,民不私办"。(《北堂书钞》卷二十七)

曹植:《辨问》:"衡门茅茨"(《文选》陶渊明《还江陵诗》李注),"赫然而日曜之"(《文选》潘岳《关中诗》李注),"子徒苞怀仁义,锐精诗书"(《北堂书钞》卷九十七)。

《汉二祖优劣论》似非完篇,钱锺书有言:"按梁元帝《金楼子·立言篇》下:'曹植曰:"汉之二祖,俱起布衣"云云。诸葛亮曰:"曹子建论光武,将则难比于韩、周,谋臣则不敌良、平;时人谈者亦以为然。吾以此言诚欲美大光武之德,而诬一代之俊异,何哉!"云云'。见存植《论》中不睹此等语,诸葛之言似无他出……"③据《金楼子》卷四可补"汉之二祖俱起布衣,高祖阙于微细,光武知于礼法""高祖又鲜君子之风,溺儒冠不可言敬,辟阳淫僻,与众共之。诗书礼乐,帝尧之所以为治也,而高帝轻之。济济多士,文王之所以获宁也,

---

① 陈寿.三国志·卷二·文帝纪[M].裴松之,注.北京:中华书局,1959.
② "代"孙云明抄本《御览》作"伐"。
③ 钱锺书.管锥编(第三册)[M].北京:中华书局,1979:1069–1070.

高帝蔑之不用。听戚姬之邪媚,致吕氏之暴戾""将则难比于韩、周,谋臣则不敌良、平"。

《藉田论》:"夫凡人之为圃,各植其所好焉。好甘者植乎荠,好苦者植乎荼,好香者植乎兰,好辛者植乎蓼。至于寡人之圃,无不植也"(《太平御览》卷八百二十四引《藉田赋》),"名王亲枉千乘之体于陇亩之中,执锄镢于畦町之侧,尊趾勤于耒耜,玉手劳于耕耘"(《北堂书钞》卷九十一引《藉田赋》)。

孔融:《同岁论》:"记吏、孝廉无装帛也"(《北堂书钞》卷七十九),"仪凤屯集,狂鸟秽之"(《太平御览》卷九百二十八引《周岁论》,"周"当为"同"之误)。

陈琳:《应讥》:"冶刃销锋,偃武行德"。(《文选·王融·三月三日曲水诗序》注)

《答客难》:"太王筑室,百堵俱作。西伯营台,功不浃日"(《韵补》卷五"作"字注),"六合咸熙,九州来同。倒载干戈,放马华阳"(《韵补》卷二"同"字注)。

王粲《尚书问》①:"(王粲称)伊、洛已东,淮、汉之北,(康成)一人而已,莫不宗焉。咸云先儒多阙,郑氏道备。粲窃嗟怪,因求其学,得《尚书注》。退而思之,以尽其意。意皆尽矣,所疑之者,犹未喻焉。"(《旧唐书》卷一〇二《元行冲传》载《释疑》)

刘廙:《先刑后礼论》(据《资治通鉴》卷七十一:"南阳刘廙尝著先刑后礼论,同郡谢景称之于逊,逊呵之曰:'礼之长于刑久矣;廙以细辩而诡先圣之教,君今侍东宫,宜遵仁义以彰德音,若彼之谈,不须讲也!'"文已佚。)。

钟荀:《太平论》(据《全后汉文》卷九十一王粲《难钟荀太平论》,知钟荀当有《太平论》,文已不存。)。

(二)论说文勘误

《全三国文》卷七魏文帝《交友论》《周成汉昭论》《太宗论》。

按:《交友论》与《全三国文》卷八魏文帝《典论》佚文重出,二者所注出处均为《初学记》卷一八。《周成汉昭论》出处为《艺文类聚》卷十二,《御览》卷八十九,而卷八《典论》之《论周成汉昭》篇出处为《御览》四百四十七,严氏认为"此(指《周成汉昭论》)即《典论》也。《御览》删改,持论顿殊,但《类聚》不引《典论》,故附录之"。《三国志·魏书·文帝纪》注引王沈《魏书》曰:"文学诸臣,或以为孝文虽贤,其于聪明,通达政体,不如贾谊。帝著《太宗论》曰。"故推测《太宗论》与《典论》之《论太宗》似为一篇。

五、序体文类

序体文补遗。

曹丕:《代刘勋出妻王氏诗序》:"王宋者,平虏将军刘勋妻也,入门二十余年。后勋悦山阳司马氏女,以宋无子出之。还于道中作诗。"(《先秦汉魏晋南北朝诗·魏诗卷四》,据《玉台新咏》卷二)

《寡妇诗序》:"友人阮元瑜早亡,伤其妻(《艺文类聚》"妻"下有"子"字)孤寡,为作此诗。"(《先秦汉魏晋南北朝诗·魏诗卷四》,据《艺文类聚》卷三十四,《诗纪》正集卷十二)

---

① 吴云.建安七子集校注[M].天津:天津古籍出版社,2005:391.王应麟谓此《尚书问》即是《颜氏家训》所云"《王粲集》中难郑玄《尚书》事"。姚振宗《后汉艺文志》著录王粲《尚书问》二卷,云:"元行冲言此二卷尝编入本集,其后郑氏弟子田琼、韩益有《释问》四卷,见隋、唐《志》,即为此书而作。"

曹植:《喜雨诗序》:"太和二年,大旱,三麦不收,百姓分为饥饿。"(《先秦汉魏晋南北朝诗·魏诗卷七》,据《北堂书钞》卷一百五十六)

《大暑赋序》:"季夏三伏。"(据《玉烛宝典》卷六)

《失题赋序》:"众才所归。"(据《北堂书钞》卷二十九)

王粲:《浮淮赋序》:"建安十四年春三月,王师自谯东征,大兴水军,泛舟万艘,秋七月始自涡入淮口,将出肥水,经合肥,旌帆之盛,诚孝武盛唐之狩,舳舻千里,不是过也,时粲以丞相掾随行,承命同作斯赋。"(据《历代赋汇》卷二十六)

《蕤宾钟铭序》,据《北堂书钞》卷一○八补:"蕤宾钟,建安二十一年九月十七日作,重二千百八钧十有二斤。"

《无射钟铭序》,据《北堂书钞》卷一○八补:"无射钟,建安二十一年九月十七日作,重三千五十钧有八斤。"

杜挚:《笳赋序》:"昔伯阳避乱入戎,遂为斯乐,边笳是崇。"(据《北堂书钞》卷一百一十)与《全三国文》卷四十一《笳赋序》:"昔李伯阳避乱西入戎。戎越之思,有怀土风。遂造斯乐,美其出入戎貊之思,有《大韶》夏音。"可参看。)

崔琰:《述初赋序》:"琰性顽口讷,年十八,不能会问,好击剑,尚武事。"(据《太平御览》卷四百六十四人事部一百五"讷"条)"涉淄水,过相都,登铁山,望齐密。"(据《太平寰宇记》卷十八临淄县铁山引)"琰闻北郑征君者,名儒善训,遂往造焉。涉淄水,历杞焉,过杞郊之津,登铁山以望高密。"(据《太平寰宇记》卷二十四安丘县铁山引)可与《全后汉文》卷九十四《述初赋序》:"郁州者,故苍梧之山也。心说而怪之,闻其上有仙士石室也,乃往观焉。见一道人,独处休休然,不谈不对,顾非已所及也。登州山以望沧海。琰性顽口讷,至二十九,初关书传,闻北海有郑征君者,当世名儒,遂往造焉。道由齐都,而作《述初赋》曰"参看。

六、碑诔哀吊类

(一)碑诔哀吊补遗

阮瑀:《吊伯夷》,据《北堂书钞》卷一○二在文后补二句:"稽首凭吊,向往深之。"

曹植:《行女哀辞》,据《文选》谢灵运《拟魏太子邺中诗》李善注补:"家王征蜀汉。"疑为哀辞序中脱文。《三国志》卷一《武帝纪》:"建安二十三年秋七月,治兵,遂西征刘备。"则哀辞或作于建安二十三四年间。

王畅《刘表诔》:"蘧伯耻独为君子。"(《文选》卷四十任昉《百辟劝进今上笺》李善注引谢承《后汉书》[①])

(二)碑诔哀吊勘误

阙名:《张詹碑阴》,出处为《御览》卷五百八十九,严可均误为五百五十一,严可均按语说张詹为"魏征东军司",原文为"魏征南军司"。

---

① 赵厚均.《全上古三代秦汉三国六朝文》所收诔文补遗[J].古籍整理研究学刊,2005(4):73.

（三）碑诔哀吊存疑

《阮元瑜诔》："既登宰朝，充我秘府。允司文章，爰及军旅。庶绩惟殷，简书如雨。强力敏成，事至则举。"严可均《全三国文》卷三十六认为是王杰作，《北堂书钞》卷一〇三"王杰集《阮瑜诔》云：'既登宰朝，充我秘府。允司文章，爰及军旅。庶绩维殷，简书如雨。强力成敏，事至则举。"并有按语："陈俞本'成敏'作'敏成'，俞本司误可余同，又本钞'王杰'疑当作'王粲'。"程章灿据此认为作者为王粲①。虞绍初校点《王粲集》补遗亦有《阮元瑜诔》（中华书局1980年版），本书从程、虞说。

《全三国文》卷三曹操《祀故太尉桥玄文》。《后村诗话》续集卷三谓此文为蔡邕代曹公作，所录文字小有异同。而《后汉书》卷五十一《桥玄传》则谓操"自为其文"，作者存疑，本书仍定为曹操②。

《全三国文》卷二十八卫觊《大飨碑》与卷十九陈王植《大飨碑》重出，同采自《隶释》卷一九。据两文篇末严可均按语，可知严可均曾对此碑作者究竟为谁做过一番考索，但最后还是未能妥善处理。

七、颂赞铭箴类

（一）颂文补遗

晋代苏彦《女贞颂》云："昔东阿王作《杨柳颂》，辞意慷慨，旨在其中。"考文中意，曹植《杨柳颂》与《柳颂》当为一文。

刘勰《文心雕龙·指瑕》："陈思之文，群才之俊也……而《明帝颂》云'圣体浮轻'。"《冬至献袜颂》中亦有此句，未知《明帝颂》是否为另作。

曹植《孔子庙颂并序》："允神明之所欢欣也"，丁晏《曹集诠评》作："允神明之所福祚，宇内之所欢欣也。"

《冬至献袜颂》，据丁晏《曹集诠评》补："晷景舒长。"

中山王衮《黄龙颂》，按《三国志》卷二十《武文世王公传》："中山恭王衮……（黄初）三年（222）为北海王，其年，黄龙见邺西漳水，衮上书赞颂。诏赐黄金十斤，诏曰：'昔唐叔归禾，东平献颂，斯皆骨肉赞美，以彰懿亲。王研精坟典，耽味道真，文雅焕炳，朕甚嘉之。王其克慎明德，以终令问。'四年，改封赞王。"以是知衮有《黄龙颂》。文佚。

（二）颂文重出或误收

《全三国文》卷十七曹植《玄俗颂》。颂云："玄俗妙识，饥饵神颖。在阴倏逝，即阳无景。消摇北岳，陵霄引领。挥雾昊天，含神自静。"注引《艺文类聚》卷七十八。《全晋文》卷一百三陆云《登遐颂》篇，为秦汉以来二十一位仙圣作颂，中有玄洛。颂云："玄洛妙识，饥饵神颖。在阴倏逝，即阳无景。逍遥北岳，凌霄引领。挥雾昊天，合神自靖。"出处为陆云本集。二文所异之处："消摇"与"逍遥""凌霄"与"陵霄"，当音通而误；"含神"与"合神"，

---

① 程章灿.论《全上古三代秦汉三国六朝文》之阙误[J].南京大学学报（哲学·人文·社会科学版），1995（1）：66.

② 同①70.

《国语·周语》韦注:"含,藏也。"当以"含"为是;"静"与"靖"音近意近,当为一字,且二字均能讲通。由此看来,二文实当为一。陆云《与兄平原书》十六云:"省《登遐传》因作《登遐颂》,须臾便成……"是以士龙确有《登遐颂》。《玄洛颂》疑误收入曹植集中,但无确证,俟考。

《全三国文》卷十七曹植《贤明颂》。颂云:"於铄姜后,光配周宣。非义不动,非礼不言。晏起失朝,永巷告愆。王用勤政,万国以虔。"注引《初学记》卷十。《全晋文》卷五十九成公绥亦有《贤明颂》,注引《艺文类聚》卷十五,二文所异之处"晏起失朝"句为"晏起早朝"。参上下文意,"失"字为当。疑二文实一。按"贤明"本《列女传》旧题,《隋书·经籍志》史部杂传著录曹植《列女传颂》一卷,故《贤明颂》为曹植之作可能性较大。

崔骃《杖颂》,严可均所注出处为《书钞》一百三十一,当为一百三十三。

(三)赞文补遗

曹植:《王陵赞》:"从汉有功,少文任气。高后封吕,直而不屈。"(《韵补》卷四)

《黻赞》:"有皇子登,是临天位。黻文字裳,组华于黻。"(《韵补》卷四)

《王霸赞》:"壮气挺身奋节,所征必拔,谋显垂惠。"(《韵补》卷四,丁晏《曹集诠评》曰:"此有脱字。")

《孔甲赞》:"行有顺天,龙出河汉,雌雄各一,是扰是豢。"(《韵补》卷四)

孔融:东晋李充《翰林论》云:"容象图而赞立,宜使辞简而义正。孔融之赞杨公,亦其义也。"(《御览》卷五百八十八,知孔融似有《杨公赞》,已佚,杨公所指,不得而知。)

(四)箴文补遗

潘勖:据刘勰《文心雕龙·箴铭》卷三:"至于潘勖《符节》,要而失浅。"①知潘勖有《符节箴》,已佚。

(五)铭文补遗

曹丕:《露陌刀铭》。《全三国文》卷七只有六句:"于铄良刀,胡炼甍时。譬诸麟角,靡所任兹。不逢不若,永世宝持。"而卷八《典论·剑铭》后的按语则为八句:"于铄良刀,胡炼甍时。譬诸麟角,靡所任兹。不逢不若,永世宝持。利用卫身,以威弗治。"据《北堂书钞》卷一百二十三,应当为八句。

王粲:《钟簴铭》。《文选》卷六左思《魏都赋》刘渊林注引《钟簴铭》曰:"惟魏四年,岁在丙申,龙次大火,五月丙寅,作蕤宾钟,又作无射钟。"张溥认为《钟簴铭》乃王粲作②,景蜀慧亦认为王粲家学渊源,通音律,明钟簴之制,又曾作《蕤宾钟铭》《无射钟铭》,作此钟簴铭之说,未必无据③,俟考。

---

① 刘勰.文心雕龙·铭箴[M].范文澜,注.北京:人民文学出版社,1978:195.
② 参见《建安七子集·王粲集》附《钟簴铭》,中华书局1989年版,第135页。
③ 景蜀慧.王粲典定朝仪与其家世学术背景考述[J].四川大学学报(哲学社会科学版),2003(4):96.

八、杂文类及其他

(一)杂文补遗

孔融:《于国文》:"节士辞国食而终,于海遣门下掾驷驷坚奉馘一,盛鱼首以祭。"(《北堂书钞》卷八十九)

傅巽:《七诲》①:其母先生体杜志烈,贵义尚功,希慕明哲,忿愠末俗。朱紫杂形,是非散乱,雅郑糅声。乃捐绪业,弃缙绅,慕彭聃,思真人,愿松乔,希烈仙。藏身岩穴,托体名山。绝圣释智,含和养生。同欲婴儿,致思玄冥。方有在溺,惜足濡而弗拯也。或困途炭,实一毛而不营也。安有公子者,先生之旧也。闻而瞿然,曰:"夫智可以学益,而性不可迁,彼将有激,亿可诲焉。"于是登险阻,历高乔,披蓬莱,济崎岖,乃睹先生,魁然独居,陶埏腹穴,靡室靡庐,芒乎若有望而未睹,惘乎若有思而未周。怅视留侣,不顺厥初。公子曰:"夫有生之至灵,莫过乎人伦,必将运智役物,立德行仁。智运则不劳,役物则鲜勤。德立者宠荣,仁行者显尊。然后颐志自娱,逞意当年,究耳目之所好,玩人情之所珍。今先生志激则易度,恩感则变身。潜心以徼难望之福,锐精以求难见之神。舍荣名于当已,激幽昧于无垠。弃大繇之常路,苟异术于斯遵。吾将诲子以至言,子其省乎?"先生曰:"诺哉。"

公子曰:"礼崇馆次,以施盛德,将营显宇,名都乐国。平州广陆,敞丽弘修。顾倚陵阿,前据清流。乃命良匠,直准绳钩,埒基审面,势度良材。定昏中以正向,则阴阳以顺时。尔乃群工致巧,侈饰无形。重屋增构,栾柄相经。华井流其藻,兰房披其英。红采焕烂,敷耀舒荣。玄轩文槛,雕朱楹□。修阁纡曼,飞路绵延。金窗列而门置,绮目错以结连。洞房广启,内顾后庭。离馆别寝,每各异形。奇制卓诡,莫识所呈。游心穷览,恣意所宁。崇观极望,弥邈无疆。俯察氛霓,仰凌旻苍。乃有珍囿灵圃,平陆清沼,林薮繁富,所有无方。于是昵友亲宾,相与嬉娱,志和情欢,携手同车。游北渚,鉴清流。祛襦裳,登舫舟。攘素袂,挐玄芝。翳云盖,戴武旗。弯华弓,缴双凫。投修竿,钓潜鱼。弧张必获,饵下不徒。礓不侯加,纶不特钓。飞禽珍殪,鳞族无余。穷游极览,厥乐只且。此天下之异观也,子其处乎?"先生曰:"不能也。"

公子曰:"嘉膳良羞,太牢常珍。白醴九成,玄酎清醇。浮敷竖几,苞苦含辛。孟冬香粳,上秋膏粱,雕胡菰子,丹具东墙。柔润细滑,流泽芬芳。肥豢正肩,白肤盈尺。豹胎熊蹯,肌懦节沐。双鸡合烝,羔膋豚胎。飞鹔伏鹑,或炰或炙,秋双服。合成五黄,参案方丈,不可胜尝。乃有河汉鲜鲂,鸿波巨鲤,庖人执俎,吴刀应齿。割切纤丽,分皮截理。尔乃遝方殊果,兼有备物,蒲陶宛柰,齐樽燕栗,恒阳黄梨,巫山朱橘,南中荼子,西极石蜜,东海玄,陇都白榛,殊国万里,共成一珍。膳羞之品,惟斯为庶。有国人主,然后向御。此皆上载所同,莫之能异。乃有瓌味殊和,时所希识,体非三牲,不常厥事。伊挚典庖,吴章为司,合享龟鳖,齐适众调。食之甘旨,不可比喻。疾人轻体,万乘解怒。此天下之至味也,子其飨乎?"先生曰:"不能。"

---

① 许敬宗.日藏弘仁本文馆词林校证·第四一四卷[M].罗国威,整理.北京:中华书局,2001:139-141.

公子曰："玄冬仲月，冰寒惨烈。草木零落，恒阴涸煞。鸷鸟蹠，猛兽思噬。农功既毕，戒戎简旅，乃应玄气，薄狩于野。整部曲，齐行伍，扬素辉，勒金鼓。武士云布，屯骑星跱。众鸟惊翔，群兽否駃。于是置罘广设，被野弥山，挥霍漫衍，川动天旋。促围合阵，戈矢横厉。苍鹗挥翼，玄奋逝。控弦兼中，投殁耦殪。追飘执迅，噬猛攫戾。飞走惴惧，亡精失气。举翅遇网，摇足蹈绁。流血漂卤，草飞□□，毛掩云霓。乃有刚禽怪兽，逸材骇鸷，决围犯罘，不可羁制。乃使卞庄郑叔，肆其武势。斮狂兕，鏦奔狼，格貔，猛虎。提象挈豹，徒搏祖煞，种心臂，应权而毙。及其剽疾齐敏，莫能比类。捷过庆忌，轻迅楼季。仰博逸隼，下蹴惊麂。日不移晷，乐不极娱。良马搏衔，士怒未舒。俯仰倏忽，野空山虚，于是陈猎车，挍获实，数众寡，均劳逸，犒疲飨勤，搜功既毕。此天下之壮观也，子其览乎？"先生曰："不能。"

公子曰："乐酒今夕，嘉宾惟燕，献酬既交，酒末及乱。华镫炽曜，黼帐周褰。乃进名倡，材人殊观。振纤罗以除步，整长袂以自饰。七（下阙）

钟繇：《隶书势》："鸟迹之变，乃惟佐隶，蠲彼繁文，从此简易。厥用既弘，体象有度，焕若星陈，郁若云布。其大径寻，细不容发，随事从宜，靡有常制。或穿窾恢廓，或柎比针裂，或砥平绳直，或蜿蜓缪戾，或长邪角趣，或规旋矩折。修短相副，异体同势。奋笔轻举，离而不绝。纤波浓点，错落其间。若钟簴设张，庭燎飞烟。崱岩嵯峨，高下属连，似崇台重宇，层云冠山。远而望之，若飞龙在天；近而察之，心乱目眩，奇姿谲诡，不可胜原。研桑所不能计，宰赐所不能言。何草篆之足算，而斯文之未宣？岂体大之难睹，将秘奥之不传？聊伫思而详观，举大较而论旃。"（据《晋书·卫恒传》卷三十六，严可均《全三国文》据《初学记》卷二十一引钟繇《隶书势》三条为："鸟势之变，乃惟佐隶。蠲彼烦文，崇此简易。焕若星陈，郁若云布。"）

杨修：《七训》（据西晋傅玄《七谟序》，有目无辞）。

（二）其他文体补遗

王粲：《荆州文学记官志》。据《太平御览》卷六百七，在"然后太阶平焉"之后，"夫文学也者"之前有脱文："故曰物生而蒙，事屯而养，天造草昧，屯而养之。利有攸适，犹金之销炉，水之从器也。是以圣人实之于文，铸之于学"，严可均所据《太平御览》卷六百八为六百七之误。

王粲：《失题文》："胡越之异区。"（《分门集注杜工部诗》之《苦雨奉寄陇西公兼呈王征士》赵次公注）

参考文献

一、著作类

[1] 阮元校刻.十三经注疏[M].北京:中华书局,1980.
[2] 范晔.后汉书[M].李贤,等注.北京:中华书局,1965.
[3] 陈寿.三国志[M].裴松之,注.北京:中华书局,1959.
[4] 荀悦,袁宏.两汉纪[M].张烈,点校.北京:中华书局,2002.
[5] 司马光.资治通鉴[M].北京:中华书局,1962.
[6] 二十五史刊行委员会.二十五史补编[M].北京:中华书局,1958.
[7] 赵翼.廿二史札记校证[M].王树民,校证.北京:中华书局,1984.
[8] 刘知几.史通通释[M].蒲起龙,释.上海:上海古籍出版社,1978.
[9] 陈国庆.汉书·艺文志注释汇编[M].北京:中华书局,1983.
[10] 顾实.汉书艺文志讲疏[M].上海:上海古籍出版社,1987.
[11] 张舜徽.汉书艺文志通释[M].武汉:湖北教育出版社,1990.
[12] 章宗源.隋书经籍志考证[M].《二十五史补编》本.北京:中华书局,1955.
[13] 姚振宗.隋书·经籍志考证[M].《二十五史补编》本.北京:中华书局,1955.
[14] 蔡邕.独断[M].影印本.上海:上海古籍出版社,1990.
[15] 刘劭.人物志译注[M].伏俊琏,译注.上海:上海古籍出版社,1990.
[16] 王先谦.释名疏证补[M].上海:上海古籍出版社,1984.
[17] 王先谦.后汉书集解[M].北京:中华书局,1984.
[18] 卢弼.三国志集解[M].北京:中华书局,1982.
[19] 张溥.汉魏六朝百三家集题辞注[M].殷孟伦,注.北京:中华书局,2007.
[20] 虞世南.北堂书钞[M].天津:天津古籍出版社,1988.
[21] 欧阳询.艺文类聚[M].汪绍楹,校.上海:上海古籍出版社,1982.
[22] 徐坚,等.初学记[M].北京:中华书局,1962.
[23] 李昉,等.太平御览[M].上海:上海古籍出版社,2008.
[24] 萧统.六臣注文选[M].李善,吕延济,刘良,等注.杭州:浙江古籍出版社,1999.
[25] 于光华.评注昭明文选[M].上海:扫叶山房,1923.
[26] 许敬宗.文馆词林校证[M].罗国威,整理.北京:中华书局,2001.
[27] 严可均.全上古三代秦汉三国六朝文[M].北京:中华书局,1958.
[28] 逯钦立.先秦汉魏晋南北朝诗[M].北京:中华书局,1983.
[29] 李兆洛.骈体文钞[M].郑州:中州古籍出版社,1990.
[30] 古文苑[M].《四库丛刊》本.章樵,注.上海:上海书店,1989.

[31] 汉魏乐府风笺[M].黄节,笺,释,陈伯君,校订.北京:人民文学出版社,1958.
[32] 陈元龙,等.历代赋汇[M].南京:凤凰出版社,2004.
[33] 余诚.重订古文释义新编[M].武汉:武汉古籍书店,1986.
[34] 魏晋文举要[M].高步瀛,选注,陈新,点校.北京:中华书局,1989.
[35] 许梿评选,黎经诰笺注.六朝文絜笺注[M].北京:中华书局,1962.
[36] 安徽亳县《曹操集》译注小组.曹操集译注[M].北京:中华书局,1979.
[37] 曹操.曹操集注[M].夏传才,注.郑州:中州古籍出版社,1986.
[38] 曹操.曹操集[M].北京:中华书局,1959.
[39] 曹操论集[C].北京:生活·读书·新知三联书店,1960.
[40] 曹丕.曹丕集校注[M].夏传才,唐绍忠,校注.郑州:中州古籍出版社,1992.
[41] 曹丕.曹丕集校注[M].魏宏灿,校注.合肥:安徽大学出版社,2009.
[42] 章新建.曹丕[M].合肥:安徽人民出版社,1982.
[43] 曹操,曹丕.魏武帝魏文帝诗注[M].黄节,注.北京:人民文学出版社,1958.
[44] 洪为法.曹子建及其诗[M].上海:大光书局,1936.
[45] 曹植.曹植选集[M].俞绍初,王晓东,选注.北京:人民文学出版社,1997.
[46] 曹植.曹集诠评[M].丁晏,编.上海:商务印书馆,1933.
[47] 曹植.曹子建诗注[M].黄节,注.北京:人民文学出版社,1957.
[48] 曹植.曹植集校注[M].赵幼文,校注.北京:人民文学出版社,1984.
[49] 张可礼,宿美丽.曹操曹丕曹植集[M].南京:凤凰出版社,2009.
[50] 余冠英.三曹诗选[M].北京:人民文学出版社,1979.
[51] 张可礼.三曹年谱[M].济南:齐鲁书社,1983.
[52] 河北师范学院中文系古典文学教研组.三曹资料汇编[G].北京:中华书局,1980.
[53] 三曹诗文全集译注[M].傅亚庶,注译.长春:吉林文史出版社,1997.
[54] 余冠英.汉魏六朝诗选[M].北京:人民文学出版社,1978.
[55] 王粲.王粲集[M].俞绍初,校点.北京:中华书局,1980.
[56] 王粲.王粲集注[M].吴云,唐绍忠,注.郑州:中州书画社,1984.
[57] 孔北海集评注[M].孔至诚,评注.上海:商务印书馆,1935.
[58] 建安七子诗笺注[M].郁贤皓,张采民,笺注.成都:巴蜀书社,1990.
[59] 建安七子集[M].俞绍初,辑校.北京:中华书局,1989.
[60] 吴云.建安七子集校注[M].天津:天津古籍出版社,2005.
[61] 韩格平.建安七子诗文集校注译析[M].长春:吉林文史出版社,1991.
[62] 徐幼良,归青,等.建安七子集[M].济南:山东画报出版社,2004.
[63] 王巍.建安七子论稿[M].长春:东北师范大学出版社,1996.
[64] 王巍,李文禄.建安诗文鉴赏辞典[M].长春:东北师范大学出版社,1994.
[65] 李景华.建安诗传[M].长春:吉林人民出版社,2000.
[66] 郑文.建安诗论[M].兰州:甘肃民族出版社,1994.
[67] 张作耀.曹操评传(附曹丕、曹植评传)[M].南京:南京大学出版社,2001.
[68] 张作耀.曹操传[M].北京:人民出版社,2000.

[69] 冯国超.曹操传[M].北京:中国戏剧出版社,2005.
[70] 上海人民出版社编辑.曹操传注[M].上海:上海人民出版社,1975.
[71] 王巍.三曹评传[M].沈阳:辽宁古籍出版社,1995.
[72] 王巍.曹操·曹丕·曹植[M].沈阳:春风文艺出版社,1999.
[73] 陈一百.曹子建诗研究[M].上海:商务印书馆,1935.
[74] 钟优民.曹植新探[M].合肥:黄山书社,1984.
[75] 张可礼,刘加夫.建安文坛上的齐鲁文人[M].济南:山东文艺出版社,2004.
[76] 李文禄.建安七子评传[M].沈阳:沈阳出版社,2001.
[77] 刘文英.王符评传附崔寔、仲长统评传[M].南京:南京大学出版社,1993.
[78] 韩格平.建安七子综论[M].长春:东北师范大学出版社,1998.
[79] 王鹏廷.建安七子研究[M].北京:北京大学出版社,2004.
[80] 郑孟彤.建安风流人物[M].太原:山西人民出版社,1989.
[81] 山东大学文史哲研究所.中国历代著名文学家评传[M].济南:山东教育出版社,1983.
[82] 《艺谭》编辑部.建安文学研究文集[C].合肥:黄山书社,1984.
[83] 李宝均.曹氏父子和建安文学[M].上海:上海古籍出版社,1978.
[84] 王巍.曹氏父子与建安文学[M].沈阳:辽海出版社,2002.
[85] 李宗为.建安风骨[M].北京:中华书局,2004.
[86] 张可礼.建安文学论稿[M].济南:山东教育出版社,1986.
[87] 王巍.建安文学研究史论[M].长春:吉林大学出版社,1994.
[88] 王玫.建安文学接受史论[M].上海:上海古籍出版社,2005.
[89] 李景华.建安文学述评[M].北京:首都师范大学出版社,1994.
[90] 沈达材.建安文学概论[M].北京:北京书局,1932.
[91] 王巍.建安文学概论[M].沈阳:辽宁教育出版社,2000.
[92] 胡世厚.建安文学新论[M].郑州:中州古籍出版社,1992.
[93] 石云涛.建安唐宋文学考论[M].北京:学苑出版社,2003.
[94] 孙明君.三曹与中国诗史[M].北京:清华大学出版社,1999.
[95] 应劭.风俗通义校注[M].王利器,校注.北京:中华书局,1981.
[96] 鲁迅先生纪念委员会.古小说钩沉[M].北京:人民文学出版社,1951.
[97] 刘勰.文心雕龙注[M].范文澜,注.北京:人民文学出版社,1978.
[98] 钟嵘.诗品注[M].陈延杰,注.北京:人民文学出版社,1980.
[99] 许文雨.钟嵘诗品讲疏[M].成都:成都古籍书店,1983.
[100] 陆机.文赋集释[M].张少康,集释.上海:上海古籍出版社,1984.
[101] 玉台新咏笺注[M].吴兆宜,注.程琰,增补.穆克宏,点校.北京:中华书局,1985.
[102] 郦道元.水经注校证[M].陈桥驿,校证.北京:中华书局,2007.
[103] 张彦远.历代名画记[M].北京:中华书局,1985.
[104] 沈子丞.历代论画名著汇编[M].北京:文物出版社,1982.
[105] 潘运告.汉魏六朝书画论[M].长沙:湖南美术出版社,1997.

参考文献

[106] 古文笔法百篇[M].李扶九,选编.黄仁甫,纂定.长沙:岳麓书社,1984.

[107] 刘熙载.艺概[M].上海:上海古籍出版社,1978.

[108] 林纾.春觉斋论文[M].舒芜,校点.北京:人民文学出版社,1959.

[109] 何焯.义门读书记[M].崔高维,点校.北京:中华书局,1987.

[110] 钱锺书.管锥编[M].北京:中华书局,1979.

[111] 章太炎.国故论衡[M].上海:上海古籍出版社,2003.

[112] 章学诚.文史通义校注[M].叶瑛,校注.北京:中华书局,1994.

[113] 王水照.历代文话[M].上海:复旦大学出版社,2007.

[114] 程千帆.文论十笺[C].武汉:武汉大学出版社,2008.

[115] 姜书阁.骈文史论[M].北京:人民文学出版社,1986.

[116] 瞿兑之.中国骈文概论[M].上海:世界书局,1934.

[117] 方孝岳.中国散文概论[M].上海:世界书局,1935.

[118] 褚斌杰.中国古代文体概论[M].北京:北京大学出版社,1990.

[119] 李士彪.魏晋南北朝文体学[M].上海:上海古籍出版社,2004.

[120] 吴承学.中国古代文体形态研究[M].广州:中山大学出版社,2000.

[121] 陶东风.文体演变及其文化意味[M].昆明:云南人民出版社,1994.

[122] 童庆炳.文体与文体的创造[M].昆明:云南人民出版社,1994.

[123] 徐师曾.文体明辨序说[M].罗根泽,校点.北京:人民文学出版社,1962.

[124] 吴讷.文章辨体序说[M].于北山,校点.北京:人民文学出版社,1962.

[125] 任昉.文章缘起注[M].陈懋仁,注.北京:中华书局,1985.

[126] 姚鼐纂.古文辞类纂[M].胡士明,李祚唐,标校.上海:上海古籍出版社,1998.

[127] 刘师培.汉魏六朝专家文研究[M].南京:独立出版社,1945.

[128] 吴云.汉魏六朝散文精华[M].北京:中国文学出版社,1995.

[129] 陈鹏.六朝骈文研究[M].成都:巴蜀书社,2009.

[130] 刘师培.中国中古文学史讲义[M].北京:人民文学出版社,1957.

[131] 刘师培.中国中古文学史 论文杂记[M].舒芜,校点.北京:人民文学出版社,1984.

[132] 刘师培.刘师培中古文学论集[M].陈引驰,编校.北京:中国社会科学出版社,1997.

[133] 刘汝霖.汉晋学术编年[M].北京:中华书局,1987.

[134] 曹道衡,沈玉成.中古文学史料丛考[M].北京:中华书局,2003.

[135] 曹道衡,刘跃进.先秦两汉文学史料学[M].北京:中华书局,2005.

[136] 刘跃进.秦汉文学编年史[M].北京:商务印书馆,2006.

[137] 张采民.心远集:中古文学考论[M].北京:中华书局,2007.

[138] 逯钦立.汉魏六朝文学论集[C].西安:陕西人民出版社,1984.

[139] 清水凯夫.六朝文学论文集[C].韩基国,译.重庆:重庆出版社,1989.

[140] 郑振铎.插图本中国文学史[M].北京:人民文学出版社,1957.

[141] 曹道衡,沈玉成.中国文学家大辞典(先秦汉魏晋南北朝卷)[M].北京:中华书局,1996.

[142] 郭预衡.中国散文史[M].上海:上海古籍出版社,2000.
[143] 陈柱.中国散文史[M].南京:江苏文艺出版社,2008.
[144] 谢楚发.散文[M].北京:人民文学出版社,1994.
[145] 谭家健.中国古代散文史稿[M].重庆:重庆出版社,2006.
[146] 韩兆琦,吕伯涛.汉代散文史稿[M].太原:山西人民出版社,1986.
[147] 谭家健.六朝文章新论[M].北京:北京燕山出版社,2002.
[148] 葛晓音.八代诗史[M].北京:中华书局,2007.
[149] 傅德岷.散文艺术论[M].重庆:重庆出版社,2006.
[150] 章沧授.先秦诸子散文艺术论[M].合肥:安徽大学出版社,1996.
[151] 谭家健.先秦散文艺术新探[M].济南:齐鲁书社,2007.
[152] 钱志熙.魏晋诗歌艺术原论[M].北京:北京大学出版社,2005.
[153] 王钟陵.中国中古诗歌史[M].南京:江苏教育出版社,1988.
[154] 王运熙.六朝乐府与民歌[M].上海:古典文学出版社,1957.
[155] 罗根泽.乐府文学史[M].北京:东方出版社,1996.
[156] 萧涤非.汉魏六朝乐府文学史[M].北京:人民文学出版社,1984.
[157] 程章灿.魏晋南北朝赋史[M].南京:江苏古籍出版社,2001.
[158] 王琳.六朝辞赋史[M].哈尔滨:黑龙江教育出版社,1998.
[159] 马积高.赋史[M].上海:上海古籍出版社,1987.
[160] 曹道衡.汉魏六朝辞赋[M].上海:上海古籍出版社,1989.
[161] 傅刚.《昭明文选》研究[M].北京:中国社会科学出版社,2000.
[162] 黄侃.文选平点[M].重辑本.北京:中华书局,2006.
[163] 王琳.齐鲁文人与六朝文风[M].济南:齐鲁书社,2008.
[164] 顾农.建安文学史[M].长沙:湖南教育出版社,2000.
[165] 吴云.魏晋南北朝文学研究[M].北京:北京出版社,2001.
[166] 卞孝萱,王琳.两汉文学[M].合肥:安徽教育出版社,2001.
[167] 刘知渐.建安文学编年史[M].重庆:重庆出版社,1985.
[168] 陈文新.中国文学编年史·汉魏卷[M].长沙:湖南人民出版社,2006.
[169] 徐公持.魏晋文学史[M].北京:人民文学出版社,1999.
[170] 陆侃如.中古文学系年[M].北京:人民文学出版社,1985.
[171] 赵树功.中国尺牍文学史[M].石家庄:河北人民出版社,1999.
[172] 王瑶.中古文学史论[M].北京:北京大学出版社,1998.
[173] 胡大雷.中古文学集团[M].桂林:广西师范大学出版社,1996.
[174] 王瑶.中古文学史论集[C].上海:上海古籍出版社,1982.
[175] 胡大雷.中古诗人抒情方式的演进[M].北京:中华书局,2003.
[176] 孙康宜.抒情与描写:六朝诗歌概论[M].钟振振,译.上海:上海三联书店,2006.
[177] 高友工.美典:中国文学研究论集[M].北京:生活·读书·新知三联书店,2008.
[178] 周明.中国古代散文艺术[M].南京:江苏教育出版社,1994.
[179] 熊礼汇.中国古代散文艺术史论[M].武汉:湖北人民出版社,2005.

[180] 傅璇琮,蒋寅.中国古代文学通论(魏晋南北朝卷)[M].沈阳:辽宁人民出版社,2005.
[181] 孙明君.汉魏文学与政治[M].北京:商务印书馆,2003.
[182] 杨鸿年.汉魏制度丛考[M].武汉:武汉大学出版社,1985.
[183] 潘啸龙.诗骚与汉魏文学研究[M].合肥:安徽人民出版社,2008.
[184] 胡旭.汉魏文学嬗变研究[M].厦门:厦门大学出版社,2004.
[185] 胡国瑞.魏晋南北朝文学史[M].上海:上海文艺出版社,1980.
[186] 徐嘉瑞.中古文学概论[M].上海:上海亚东图书馆,1925.
[187] 郭麟阁.魏晋风流及其文潮[M].北平:重庆红蓝出版社北平分社,1946.
[188] 穆克宏.魏晋南北朝文学史料述略[M].增订本.北京:中华书局,2007.
[189] 刘跃进.中古文学文献学[M].南京:江苏古籍出版社,1997.
[190] 葛晓音.汉唐文学的嬗变[M].北京:北京大学出版社,1990.
[191] 王运熙.汉魏六朝唐代文学论丛[M].上海:上海古籍出版社,1981.
[192] 李健中.魏晋文学与魏晋人格[M].武汉:湖北教育出版社,1998.
[193] 施惟达.中古风度[M].北京:中国社会科学出版社,2002.
[194] 傅刚.魏晋风度[M].上海:上海古籍出版社,1997.
[195] 罗根泽.魏晋六朝文学批评史[M].上海:商务印书馆,1947.
[196] 王运熙,杨明.魏晋南北朝文学批评史[M].上海:上海古籍出版社,1989.
[197] 罗根泽.中国文学批评史[M].上海:上海古籍出版社,1984.
[198] 郭绍虞.中国文学批评史[M].天津:百花文艺出版社,1999.
[199] 穆克宏,郭丹.魏晋南北朝文论全编[M].南京:江苏教育出版社,2004.
[200] 郁沅,张明高.魏晋南北朝文论选[M].北京:人民文学出版社,1996.
[201] 冈村繁.汉魏六朝的思想和文学[M].陆晓光,译.上海:上海古籍出版社,2002.
[202] 钱穆.中国学术思想史论丛[M].合肥:安徽教育出版社,2004.
[203] 辛刚国.六朝文采理论研究[M].北京:中国社会科学出版社,2005.
[204] 袁济喜.六朝美学[M].北京:北京大学出版社,2000.
[205] 宗白华.艺境[M].北京:北京大学出版社,1987.
[206] 宗白华.美学与意境[M].北京:人民出版社,1987.
[207] 梁启超.中国之美文及其历史[M].北京:东方出版社,1996.
[208] 何善蒙.魏晋情论[M].北京:光明日报出版社,2007.
[209] 李泽厚.实用理性与乐感文化[M].北京:生活·读书·新知三联书店,2005.
[210] 蒙培元.情感与理性[M].北京:中国社会科学出版社,2002.
[211] 冯友兰.中国哲学简史[M].北京:北京大学出版社,1985.
[212] 任继愈.中国哲学发展史(魏晋南北朝卷)[M].北京:人民出版社,1988.
[213] 许抗生.三国两晋玄佛道简论[M].济南:齐鲁书社,1991.
[214] 尚学锋.道家思想与汉魏文学[M].北京:北京师范大学出版社,2000.
[215] 罗宗强.魏晋南北朝文学思想史[M].北京:中华书局,2006.
[216] 罗宗强.玄学与魏晋士人心态[M].杭州:浙江人民出版社,1991.

[217] 汤用彤.魏晋玄学论稿[M].上海:上海古籍出版社,2005.

[218] 葛兆光.中国思想史第一卷:七世纪前中国的知识、思想与信仰世界[M].上海:复旦大学出版社,1998.

[219] 赵超.汉魏南北朝墓志汇编[M].天津:天津古籍出版社,2008.

[220] 赵超.中国古代石刻概论[M].北京:文物出版社,1997.

[221] 黄金明.汉魏晋南北朝诔碑文研究[M].北京:人民文学出版社,2005.

[222] 金其桢.中国碑文化[M].重庆:重庆出版社,2002.

[223] 陈开梅.先唐颂体研究[M].广州:中山大学出版社,2007.

[224] 王启才.汉代奏议的文学意蕴与文化精神[M].北京:人民出版社,2009.

[225] 钱志熙.唐前生命观和文学生命主题[M].北京:东方出版社,1997.

[226] 徐国荣.中古伤感文学原论:汉魏六朝文士生命观及其文学表述[M].北京:中国社会科学出版社,2001.

[227] 李祥年.汉魏六朝传记文学史稿[M].上海:复旦大学出版社,1995.

[228] 谢巍.中国画学著作考录[M].上海:上海书画出版社,1998.

[229] 范文澜.中国通史简编[M].北京:人民出版社,1964.

[230] 王仲荦.魏晋南北朝史[M].上海:上海人民出版社,1979.

[231] 周一良.魏晋南北朝史札记[M].北京:中华书局,1985.

[232] 周一良.魏晋南北朝史论集[M].北京:中华书局,1963.

[233] 周一良.魏晋南北朝史论集续编[M].北京:北京大学出版社,1991.

[234] 唐长孺.魏晋南北朝史论丛(外一种)[M].石家庄:河北教育出版社,2000.

[235] 唐长孺.魏晋南北朝史论丛[M].北京:生活·读书·新知三联书店,1955.

[236] 唐长孺.魏晋南北朝史论丛续编[M].北京:生活·读书·新知三联书店,1959.

[237] 唐长孺.魏晋南北朝史论拾遗[M].北京:中华书局,1983.

[238] 唐长孺.魏晋南北朝隋唐史三论[M].武汉:武汉大学出版社,1992.

[239] 余英时.士与中国文化[M].上海:上海人民出版社,2003.

[240] 李泽厚,刘纲纪.中国美学史[M].合肥:安徽文艺出版社,1999.

[241] 张朝富.汉末魏晋文人群落与文学变迁——关于中国古代"文学自觉"的历史阐释[M].成都:巴蜀书社,2008.

[242] 范子烨.中古文人生活研究[M].济南:山东教育出版社,2001.

[243] 阮忠.先唐文化与散文风格的嬗变[M].武汉:湖北人民出版社,2009.

[244] 刘大杰.魏晋思想论[M].上海:上海古籍出版社,1998.

[245] 于迎春.汉代文人与文学观念的演进[M].北京:东方出版社,1997.

二、论文类

[1] 徐可超.汉魏六朝诙谐文学研究[D].上海:复旦大学博士学位论文,2003.

[2] 张振龙.建安文人的文学活动与文学观念[D].西安:陕西师范大学博士学位论文,2003.

[3] 施建军.建安文学专题研究[D].上海:复旦大学博士学位论文,2004.

[4] 徐俊祥.建安学术史研究[D].扬州:扬州大学博士学位论文,2004.

参考文献

[5] 汪军.魏晋南北朝的艺术批评[D].南京:东南大学博士学位论文,2005.

[6] 渠晓云.魏晋散文研究[D].苏州:苏州大学博士学位论文,2004.

[7] 王玥琳.序文研究[D].北京:北京师范大学博士学位论文,2008.

[8] 柏秀叶.汉魏六朝书信体散文论[D].济南:山东师范大学硕士学位论文,2001.

[9] 李新霞.汉末碑文研究[D].石家庄:河北师范大学硕士学位论文,2007.

[10] 陈廷玉.建安尺牍文学研究[D].济南:山东师范大学硕士学位论文,2008.

[11] 陈笑.先唐箴文研究[D].桂林:广西师范大学硕士学位论文,2006.

[12] 孔德明.中古笺文研究[D].桂林:广西师范大学硕士学位论文,2007.

[13] 李成荣.先唐赞体文研究[D].大连:辽宁师范大学硕士学位论文,2006.

[14] 刘玉珺.先唐铭文研究[D].桂林:广西师范大学硕士学位论文,2002,

[15] 钟嘉芳.汉魏赞文研究[D].桂林:广西师范大学硕士学位论文,2004.

[16] 宋姗姗.建安与正始文人不同仕宦心态及其诗文[D].呼和浩特:内蒙古大学硕士学位论文,2005.

[17] 王海兴.汉末散文创作及士人心态研究[D].北京:北京语言大学硕士学位论文,2007.

[18] 史遵衡.浅论建安散文的艺术特点[J].东岳论丛,1989(4):109-112.

[19] 宋景昌.论孔融[J].阜阳师院学报(社会科学版),1982(4):49-58.

[20] 李宁.论王粲风骨[J].艺谭,1987(6).

[21] 顾农.建安中小作家论[J].许昌师专学报(社会科学版),1993(1):59-63.

[22] 杨鉴生,黄珅.建安文学系年订补[J].中华文史论丛,2009(2):27-36.

[23] 徐公持.建安七子论[J].文学评论,1981(4):134-144.

[24] 张振龙.汉末儒学及建安七子的儒家思想[J].信阳师范学院学报(哲学社会科学版),2000(3):80-83.

[25] 侯迎华.试论两汉公文文风的演变及其原因[J].河南师范大学学报(哲学社会科学版),2008(4):163-166.

[26] 王启才.汉代奏议研究引论[J].阜阳师范学院学报(社会科学版),2005(6):27-31.

[27] 董家平.曹植章表"独冠群才"的精彩与悲哀[J].青海师范大学学报(哲学社会科学版),2003(1):58-62.

[28] 曹丽芳.论建安诗人个体人格之重建——建安时期诗歌创作的时代风格之形成研究之一[J].山西大学学报(哲学社会科学版),2001(5):49-52.

[29] 曹丽芳.论建安士人心灵重负的类型特征及其超脱方式——建安时期诗歌创作时代风格形成研究之二[J].山西师大学报(社会科学版),2002(2):107-111.

[30] 吴承学,刘湘兰.书牍类文体[J].古典文学知识,2008(5):103-111.

[31] 尚学锋.经学辩论与东汉论说文的变化[J].北京师范大学学报(社会科学版),2007(4):34-39.

[32] 顾农.建安时代的文人辩论[J].书城,1994(7):12-14.

[33] 寇矛.邺下文人集团文学创作特色研究[J].南京理工大学学报(社会科学版),2007

(3):26-29.

[34] 王琳.魏晋"赋序"简论[J].山东师大学报(社会科学版),1999(3):3-5.

[35] 李新霞,袁庚申.清议转向清谈与汉碑文的衰落[J].时代文学,2009(5):120.

[36] 后藤秋正.哀辞考[J].郭俊海,译.佳木斯师专学报,1990(3).

[37] 俞绍初.建安七子诗文钩沉[J].郑州大学学报(哲学社会科学版),1987(2):52-61.

[38] 程章灿.论《全上古三代秦汉三国六朝文》之阙误[J].南京大学学报(哲学·人文·社会科学版),1995(1):64-70.

[39] 熊礼汇.孔融文风论——兼论孔融能领建安文风之先的原因[J].武汉大学学报(哲学社会科学版),1999(2):99-104.

[40] 冈村繁.从蔡邕看东汉末期的文学趋势[J].王琳,牛月明,译.阴山学刊(社会科学版),1994(3):18-25.

[41] 熊礼汇.两汉散文艺术嬗变论[J].武汉大学学报(哲学社会科学版),1997(5):83-89.

[42] 黄觉弘.《春秋》学与建安文士群[J].湖北大学学报(哲学社会科学版),2007(6):68-72.

[43] 刘晓莉.论"建安体"[J].延安大学学报(社会科学版),1994(2):63-68.

攻读博士学位期间取得的学术成果

一、论文

1. (CSSCI来源期刊)福庆创作《异域竹枝词》原因探析[J].民族文学研究,2011(1).
2. (CSSCI来源期刊)建安铭文沿承与新变[J].求索,2011(2).
3. (中文核心期刊)由礼赞到伤悼的衍化——以曹植为例论析建安诔文之新变[J].名作欣赏,2011(3).
4. (人文核心期刊)《小豆棚》对《聊斋志异》题材的传承与突破[J].蒲松龄研究,2011(1).
5. 福庆《异域竹枝词》中的新疆风情[J].焦作大学学报,2011(1).
6. 福庆《异域竹枝词》的史料价值[J].河南科技大学学报(社会科学版),2011(1).
7. 浅论扬雄散文的艺术特色[J].阿坝师范高等专科学校学报,2010(4).
8. 建安颂文沿承与新变论略[J].江苏广播电视大学学报,2011(1).
9. 浅谈陶渊明辞赋与散文创作的风格和意境[J].唐山学院学报,2011(1).
10. 以陶渊明祭文为例谈东晋士人的文学生命主题[J].连云港师范高等专科学校学报,2011(1).
11. 浅析《法显传》的文学性和文学价值[J].江西蓝天学院学报,2010(3).
12. 序作者之意,成一家之言——建安典籍序述略[J].广东广播电视大学学报,2010(3).
13. 汉末至建安赞颂二体混同辨析[J].兰州教育学院学报,2010(3).
14. 建安碑文类析[J].淄博师专学报,2010(2).
15. 由建安赋序的创作方式看当时的文学观念[J].连云港师范高等专科学校学报,2010(1).
16. 方岳是否江湖诗人辨[J].兰州教育学院学报,2009(4).
17. 发现另一个贺铸——读《庆湖遗老诗集校注》[N].开封日报艮岳副刊,2009-07-14.

二、参编著作

1. 语文新课标必读丛书《西厢记》第五本[M].济南:山东文艺出版社,2008.

三、参与科研项目

1. 伊犁师范学院科研项目:新疆竹枝词研究。
2. 新疆维吾尔自治区高校科研计划资助青年教师培育基金项目:地域文化视阈中的新疆竹枝词研究。